李健吾译文集

IV

上海译文出版社

- 意大利遗事
- 司汤达小说集
- 司汤达行状

结婚照,1933 年 10 月 31 日

全家照,1938 年 7 月

上海译文出版社 1982 年初版《意大利遗事》

李健吾记录的司汤达关于《意大利遗事》的笔记

目　录

意大利遗事 ………………………………………… 001
司汤达小说集 ……………………………………… 323
司汤达行状 ………………………………………… 485

意大利遗事

[法] 司汤达 著

目 录

引言 ······ 005
序 ······ 014

卡司特卢的女修道院院长 ······ 020
维托里亚·阿科朗博尼·布拉恰诺公爵夫人 ······ 112
秦奇一家人 ······ 137
帕利亚诺公爵夫人 ······ 172
圣·方济各在里帕教堂 ······ 196
法尼娜·法尼尼 ······ 211
昵之适以杀之 ······ 237
苏奥拉·斯科拉斯蒂卡 ······ 268

引 言

司汤达的真名实姓是亨利·贝尔,一七八三年一月二十三日生,一八四二年三月二十三日去世。他生在法兰西东南靠近意大利的一个重要省会格勒诺布尔。虽然有四十多年活在十九世纪,虽然参加浪漫主义运动,而且在法兰西是最早、最激烈的战斗员①,但是他的基本精神,却属于十八世纪战斗的唯物论的文学传统。资产阶级启蒙运动的百科全书派的大师们,才是他的真正师承。

他曾经告诉一位英吉利朋友:

"世上只有两种真正科学:

"一:认识人们行动的动机的科学。你一认识人们行动的真正动机,你就能设法促使他们完成结局对你是幸福的行动。在一八二二年,人们谈起他们行动的真正动机,几乎是永远在撒谎。对于一个年轻人最有用的科学、证明他在二十岁上最有才情的科学,就是戳破这类谎话的科学。真正的政治只是使甲先生不在像害乙先生的行动之上建立他的行动的方法而已。有一本书,题目应当是:发现人们行动的真正动机的方法。这本书就是爱尔维修的《精神论》。

"二:第二种有用的科学,就是逻辑,或者是我们走向幸福而不发生错误的方法。"

这第二本书,他告诉他的朋友,就是德·特拉西的《观念学》②。

对于司汤达,追求快乐是人生终极的目的,同时,也是可以追求到的。他从他的唯物观点出发,认为宇宙不是一个谜,只要我们肯去认识,而又掌握得住认识的科学或者方法,永远尊重事实,真理或者幸福在最后是可以找得到的。他说:"彻底认识人,正确批判事物,这样,就是向幸福迈进了一大步。"③有这种唯物论的基本精神做他的依据,司汤达的思想,无论是表现在生活上的,或者是著述上的,显然就具备着高度进步的倾向。这是他和他的同代作家最不相同的一点:他从写作生涯一开始,就是挑衅的、战斗的。活着比他声誉高,然而比他年轻的大作家,例如雨果,一开始是保王党、天主教徒,同时在写作的风格上是描写的、抒情的;又如巴尔扎克,虽然对司汤达曾经表示衷心的钦佩,然而是右倾的,在政治思想上反而不如雨果能不断改正自己的错误。司汤达在小说家之外,还是批评家、游记家、自传家,然而即使是写游记,他也从来不是描写的;即使是写自传,他也从来不是抒情的;显然他是那样敏感,而且感情那样容易激动。他不仅是敢于在他的游记或者小说中攻击教会、教皇本人,而且还在教皇辖地,即使分析自己,他也永远是坦白从事、决不客气④。

他的爱憎是分明的。高尔基很早就肯定了他的倾向性:"我读司汤达的长篇小说,是在学会了憎恨许多东西之后,他那沉静的语言、怀疑的嘲笑,大大地坚定了我的憎恨。"⑤

司汤达活着的时候,在文学事业和在社会活动上,都没有得到应当得到的重视。他活在一个和他格格不入的时代,这个时代在政治上是复辟的王朝,在文学上是浪漫主义的反动势力和革命势力并驾齐驱的时代。列宁曾经这样肯定十八世纪末叶法兰西唯物主义者的战斗作用并指出:

"在欧洲全部近代史中,特别是十八世纪末叶在法兰西发生了反对一切中世纪废物、反对农奴制机关与农奴制思想的决战的时期,唯物

---

① 司汤达在一八二三年发表《拉辛与莎士比亚》小册子,受到学院派的攻击,他在一八二五年发表第二个小册子,加以反击。这时候,浪漫主义在法兰西还没有成为运动。
② 一八二二年六月十日,与苏东·夏尔普书。
③ 一八〇一年十二月十日,司汤达的《日记》。
④ 梅里美在他的《回忆录》里说:"坦白是贝尔性格的特征之一。没有人比他更忠诚,作事更可靠的了。我从来没有遇到一个文人,在批评上更直率,而又勇于接受朋友的批评的。"
⑤ 一八〇一年六月十七日,司汤达的《日记》。

主义成了唯一彻底的哲学,它忠于一切自然科学的学说,仇视迷信和虚伪习气等等。因此,民主派的仇敌就极力企图'驳倒'、摧毁、诬蔑唯物主义,而拥护那些归根到底总是辩护宗教或维持宗教的哲学唯心主义派别。"①

我们可以想见,到了十九世纪波旁王朝复辟期间,"民主派的仇敌"变本加厉,何等猖狂。夏多勃里昂用富丽的词句歌颂天主和神秘,在罗马做大使;德·麦斯特在更远的莫斯科做大使,发表极端荒谬的言论,要全世界统一在一个教皇之下、一个国王之下,而且"无论如何,不应协助将知识普及于下层人民"。②司汤达拒绝看夏多勃里昂的杰作《阿达拉》③,预言到一九一三年,就要没有人读他的书④。至于德·麦斯特,司汤达干脆骂他是坏蛋,不然也是懦夫,从第一页起就在撒谎。⑤然而像司汤达这样一个在巴黎卖文为生的自由职业者、苟全性命于意大利的小领事,除去忿懑、郁怒,实际上是孤独无力的。他给我们留下十四篇遗嘱,这就是说,他当时起过十四回自杀的念头。一八二八年四篇,一八三二年两篇,一八三四年一篇,一八三五年四篇,一八三六年、一八三七年和一八四〇年各一篇。尽管绝望,他没有自杀。他永远和唯我主义者的"我"斗争着。他永远在和丑恶的现实、在和造成这个现实的不合理的制度战斗着。在他几次想到自杀的这些寂寞、悠长的岁月里,他写着他的杰作,他发表了他部分的写作,不多的读者在读他,最后,他得到了巴尔扎克的赞扬,说他是"观念文学最卓

---

① 列宁的《马克思主义的三个来源与三个组成部分》,引自《论马克思、恩格斯及马克思主义》一书的中文译本。
② 参阅叶菲莫夫的《近代世界史教程》上册,引自人民出版社的中文译本。
③ 一八〇一年六月十七日,司汤达的《日记》。
④ 司汤达常常喜欢说些预言,奇怪的是,往往灵验。在政治上,他曾经预言,拿破仑的帝国要在法兰西再来一回,意大利要在一八四八年左右发生革命。最灵验的是他对于自己的文学事业的预言,这已是尽人皆知的了,因为他公开写在给巴尔扎克的信中。这很可能都是正确分析事物、实际掌握辩证法的结果。
⑤ 参阅德莱克吕日的《六十年回忆录》,或者汝尔达的《见过司汤达的人们说起的司汤达》。

越的大师之一"①，他写信给巴尔扎克表示感谢，说："我梦想在一八六〇年或者一八八〇年左右，我也许要得到若干成功。"他对自己的期许，和他某些其他预言一样，历史证明他不但不狂妄，反而完全正确。他深信未来属于他，属于《高老头》的伟大作者，而不属于那些洋洋得意的反动的浪漫主义者。一种不屈不挠、乐观而清醒的战斗精神是他的生命的原动力。

在"仇恨迷信和虚伪习气"上，司汤达比前辈伏尔泰走得远多了。他的年轻要好朋友梅里美回忆他道："我从来不晓得，他从什么地方得来他的见解，谈起一个问题来，他不幸几乎和每一个人的看法相左。"他的一个格言就是永远不饶恕谎话。 在《红与黑》正文开始之前，他放一句丹东的话："真理、严格的真理，"说明全书的意图。对于司汤达，"道德，就是增加幸福；罪恶，就是增加祸害。此外一切，只是虚伪或者资产阶级的愚妄。应当永远抓住机会教育青年。"②他自己出身于外省的一个绅士家庭，但是他"对一切有关资产阶级的事物，具有最深沉和最不掩饰的蔑视"。③在《红与黑》里，尤其是在另一部遗著《吕西安·娄凡》里，他对外省和巴黎的资本家做了毫不容情的告发式的批评。

他更猛烈的鞭挞是在宗教和封建制度方面。一时他说："我以为罗马天主教是一切罪恶的源泉；"④一时又说："贵族和神甫，是一切文明的大敌。"⑤梅里美记述道："他从来不能相信世上有真正的信徒： 一个神甫和一个保王党对他永远是伪君子，"⑥在另一个地方，更确定

---

① 巴尔扎克的《贝尔先生》，引自《巴尔扎克论文选》，新文艺出版社。
② 一八三四年十一月一日，与友人书。
③ 德莱克吕日的《回忆录》。
④ 引自司汤达的《意大利拾遗》中的《旅客与妇女》。
⑤ 一八一八年四月十四日，与友人书。
⑥ 梅里美的匿名小册子《H. B.》。他的别的话，不再加注解的，全引自他的《回忆录》。

道:"他是一个极不信教的人,一个病入膏肓的唯物主义者,或者,说正确些,上帝本人的仇敌……他否认上帝,可是恨起他来,就像恨一个主子一样。"我们晓得,说到最后,伏尔泰是一个泛神论者,而司汤达根本把上帝当做他的仇敌。德莱克吕日记录他这方面的议论道:"就算有一个上帝吧,可是哪一个有理性的人相信过上帝是善良的啊? 什么! 你希望我爱戴一个创造鼠疫和疥疮的上帝? 为了叫我受罪,一步给我来一个陷阱的上帝? 叫我生下来就害病,这是怎么样的上帝?"为什么德·麦斯特是坏蛋? 因为:"他做的正是所有叫化子神甫做的。他们拿空洞的观念代替事实,因为事实不像观念那样讨人喜欢。事实是可以测、可以量、可以证明的!"高尔基在《底层》中所痛恨于香客路卡的,正也是因为他专拿谎话安慰人或者哄骗人。

所以,就在夏多勃里昂歌颂天主的伟大的慈悲和织绘中世纪修道院的假想的静修生活的时候,司汤达把圣母的无灵和地狱一样戕害青年心灵的修道院摊给人看。在这一点上,《意大利遗事》①有着它的特殊的反抗的意义。它的尖锐的斗争意义就在于它不是想象出来的,而是像司汤达自己说起的,他爱过这些真实的贵族家庭历史的记述,是因为这里打上了"司法的铁掌"的铭记,而且在受害人"死后不几天写出来",血还是热的,这不可否认的事实是对伪造历史之流,如夏多勃里昂的最好的回答。在这些真实故事里,受难的不再是封建统治阶级所膜拜的圣母和圣者,而是被它的矛盾和不合理的制度所"压坏了"的

---

① 《意大利遗事》不是他亲手编订的短篇集。由于编订者取舍不同,篇目往往因人而异。中文译本根据的是亨利·马尔蒂诺先生的勒·狄望版本(一九二九年)。《法尼娜·法尼尼》是最早的一篇,一八二九年在《巴黎杂志》发表,取材于同代生活。取材于十八世纪的有两篇遗作,一篇是《圣·方济各在里帕教堂》,一八五三年问世;另一篇是没有完成的《苏奥拉·斯科拉斯蒂卡》,这是他的绝笔,先一天他还在写它的小序,几小时后,他就倒在街头中风死了。它和世人见面迟到一九二一年。这三篇的时代背景显然不属于十六世纪,但是人物仍然继承着它的敢作敢为的传统,所以编订者就把它们收入《意大利遗事》。除去《呢之适以杀之》是一篇没有完成的遗作之外,其他全是司汤达生前发表的作品。《维托里亚·阿科朗博尼》在一八三七年三月发表,《秦奇一家人》在同年七月,《帕利亚诺公爵夫人》在一八三八年发表。最后也是最长的一篇《卡司特卢的女修道院院长》,在一八三九年问世。

呼唤无门的男女。高尔基在这上面把他最深刻的感受告诉了我们：

"我熟悉好几千本描写秘密的与流血的罪行的小说。然而我阅读司汤达的《意大利遗事》的时候，我又一次不能了解：这种事怎么做得出来呢？ 这个人所描写的本是残酷无情的人、复仇的凶手，可是我读他的小说，好像是读《圣者列传》，或者听《圣母的梦》——一部关于她在地狱中看到人们遭受的《苦难的旅途》的故事。"

统治阶级，无论是在巴黎、维也纳或者罗马，当然是讨厌这种翻旧账的作家的。年轻时候，屠格涅夫游览罗马，请司汤达给他做了三天向导，当时写信给朋友道："这位聪明的法兰西人，是最好的向导：他对古代罗马和现代罗马同样熟悉，而且在我面前高谈阔论着。由于他，我晓得了罗马一个大概 Ansichten，它的内部情形，它的实际政策。他说的真话同调和这些真话的漂亮话，反而使这里人不喜欢他，不过，就我看来，实际上对的是他。"①法兰西政府把他派在意大利一个小港口做领事，赏他饭吃，主要是欣赏他已经"一半意大利化"了，大使馆利用他做做参考而已，其实是没有人喜欢他的。②教皇的警察一直在暗里尾随他，奥地利在意大利北部的帝国政府干脆就不许他逗留。他在意大利写一封信几乎换一个笔名。很可能他是世上用笔名最多的人了，已经晓得了的就有一百七八十个。然而他不要沉默。他的表弟高隆回忆他道：正相反，他有勇气坚持、维护他的见解，反对任何人。③

他热爱意大利。作为一个军人，他曾经在十七岁上随着总裁时代的法兰西大军，"通过最困难的白雪皑皑的圣·倍尔拿山隘，通过谁都

---

① 一八三二年十二月，屠格涅夫与维阿仁斯基书，见于汝尔达的辑录。
② 斯帕什的《回忆录》，见于汝尔达的辑录。
③ 高隆，司汤达最忠心的朋友，一八五五年全集（并不完全）的编订者，他的司汤达的《行传》是研究司汤达的主要资料之一。

没有料到的地方,迅雷不及掩耳地突进意大利北部。"①帝国崩溃以后,他到米兰住了七年,直到一八二〇年和一八二一年,意大利发生革命,奥地利警察认为他言行可疑,不许他继续居住为止。他在这里接触到烧炭党的革命活动,他在《法尼娜·法尼尼》这篇小说里,刻画了这样一个献身于资产阶级祖国的英雄形象。他在这里看到他喜欢的歌剧,体会到他讴歌的激情·爱,和意大利文艺复兴时期在各方面所表现的力量。作为契维塔韦基亚的领事,他在意大利度过了他寂寞的晚年。他死在巴黎,墓碑是用意大利文立的,上面写着:"米兰人,活、写、爱,膜拜契马洛萨、莫扎特和莎士比亚。"他的全部感情生活用这寥寥几个字表现无遗了。

然而他爱他的祖国——法兰西。在大革命时代,人民阵线曾经出现了一些真正英雄,到了帝国时代,安于逸乐的将军们贪生怕死,真正英雄只有到广大的士兵队伍里面寻找。紧接着就是一个更坏的时期,波旁王朝在外国人卵翼之下回到巴黎又来统治人民。这就是《红与黑》的时代,主人公于连就是这样一个虚糜人力,前途黯淡的时期产生的。红——军人;黑——教士。可是来到一八三〇年,军人没有出路,教士不是出路,于连走上犯罪的道路。这是一个有力无用处的时代。无论从哪一方面来看,一八三〇年的法兰西是一个辱没法兰西大革命,不配称为大国的祖国。一八四〇年的法兰西政府接受了《伦敦条约》,放弃支持埃及的一贯政策。领事馆一个属员后来写信告诉高隆说,司汤达就是从这时起才坚决在遗嘱上把自己叫做米兰人的:"把自己叫做法兰西人,我现在害臊。"②除非到下层找去,否则,力量在法兰西是看不见的。

---

① 叶菲莫夫的《近代世界史教程》上册一四一页(人民出版社)。
② 布奇与高隆书,见于汝尔达的辑录。

于是，一八三四年前后，他在意大利见到一批旧写本，讲的全是文艺复兴时期贵族家庭的变故。他感到极大兴趣，花钱陆续誊了十四本，认为这些逸事可以补充十六、十七世纪正史的不足："正是这些风俗，产生出了许多拉菲尔和米开朗琪罗。"这些大艺术家不是教皇或者霸主谁某奖掖出来的，"不是什么学院和美术学校在今天可以再生出来的。"①而是整个时代和社会发展在这一个阶段的自然应有的收获。他看出这些逸事可以写成"攻击教士的方式"。这是他为《卡司特卢的女修道院院长》规定好了的政治任务。②

而更结合着他深沉的喜爱的，是通过这些杀人流血的上等社会的阶级成见，暴露出了人性本身所含的力量。这里贯串着最原始、最基本、最粗野的反抗情绪：不甘于被教会和封建制度牺牲而终于被牺牲了的青年男女的力量的某种突出的表现。③

也正是这种反抗的浪漫主义精神，通过司汤达对于现实的分析和想象的具体的活跃，使读者感到的不是干巴巴的教训，而是综合性的诗意。十八世纪的唯物论是机械的，但是当司汤达深入生活而又反映生活的时候，他没有割离了人物的社会关系而单纯地、生理地加以观察和分析。他的人物有思想、心灵全部活动的思想；有行动、猛烈过于传奇小说的行动：而一切归总在社会制度的不合理的存在，这正是他的心理小说的特征。心理分析在法兰西文学有着相当悠久的传统，但是，属于这个传统的作品，往往孤立人物，陷于独白式的剖析，如果令人感到细致，却也往往令人感到单调。司汤达在法兰西游历的时候，有一个外省人问他是干什么的，他"摆出严肃的模样回答：人心的观

---

① 一八三二年十一月十一日，与勒法法色尔书。
② 写在司汤达收藏的写本上，见于《意大利遗事》编订者亨利·马尔蒂诺的引言。
③ 司汤达说："自从十五世纪以来，可憎的专制政体沉沉压在意大利人民身上，仅仅给他们留下一个品德：力量。这种品质往往具有罪恶的面貌……"（《意大利拾遗》中的《英吉利人在罗马》）

察者"，那个外省人几乎吓晕了过去，以为他在暗示他是警察局的情报员。①司汤达在观察，但是，他到活的社会观察人心，而不是把人心提到案板上，像割死鱼一样在解剖。

这种现实主义精神，有政治倾向的现实主义精神，像他对自己的作品所作的预言或者估计一样，在十九世纪后半叶起了巨大的良好作用。他活着的时候，现实主义这个名词在文学上还不存在，然而谈到现实主义在十九世纪的发展，没有一个人不首先上溯到司汤达。而且，在许多地方，他比若干后人健康，他没有陷到病态分析的泥坑，也没有挂起纯客观的胆怯的免战牌。托尔斯泰告诉巴黎记者："我再说一遍，就我知道的关于战争的一切，我的第一个师傅就是司汤达。"②因为他第一个以现实主义的创作方法处理战争。

司汤达属于文学的光辉的战斗传统。属于这个传统的伟大的名字，在法兰西有拉伯雷、莫里哀、伏尔泰、狄德罗、巴尔扎克、雨果、罗曼·罗兰……司汤达是他们中间的一位。

李健吾

---

① 这有趣的故事见于梅里美的《回忆录》。
② 一九〇一年八月二十八日《时代》记者访问托尔斯泰的谈话，见于麦里阿的《司汤达与解释他的人们》。战争场面见于司汤达的《巴马修道院》第二章到第五章，关于滑铁卢大战的尾声。托尔斯泰从这里学到了写《战争与和平》的战争场面。司汤达的战争场面也让巴尔扎克迟迟动笔而终于停止动笔。

序①

一三五〇年前后②,由于佩特拉尔克的提倡,古代写本在意大利风行一时③,影响所及,当代写本也有人保存了:这发生在法兰西上流人当中有人把能读能写看成丢脸事情的世纪④。意大利图书馆能在一八三九年藏有那样多的珍本书籍,就是这个缘故。请注意,意大利当时极为走运,分裂成了许多小国,各国的领袖又很聪明,威尼斯驻佛罗伦萨的大使取笑佛罗伦萨政府的设施,也正如同美第奇一姓驻威尼斯的大使讥笑执政官的措置⑤一样。

拿破仑的胜利给了意大利人一个几年寿命的祖国⑥,他们兴奋了一阵子,接着两院在法兰西就马马虎虎成立了⑦,于是从这时候起,出了一件怪事,特别是自从全意大利不分昼夜研究梯也尔先生的《法兰西大革命史》⑧以来,意大利那些合法的君主⑨,认为翻阅档案对他们非常有害,就不允许翻阅了。请你们注意,一五〇〇年的政治理论是完全可笑的;在这个时代还没有发明由应该缴纳捐税的人们的代表投票赞成通过捐税,尤其是,这些君主认为一切良好政策,都应该从神明的柏拉图的作品中找到,可是这些作品当时译得相当的坏⑩。不过,这时代的人们自然还有当时不拿孟地永奖金作为目标的学院人物⑪的作家们,他们又都充满了非常力量⑫;在新近以压制共和国而闻名的霸主的监视之下,他们知道什么是小城市生活。

所以,人们今天能在意大利得到保护,钻进档案,必须找寻的不是一些寻常的理论,而完全是若干有米开朗琪罗的诗句意味的崇高诗句⑬,和若干特别照亮人心深处的事实。因为最古怪和最无耻的政府有这一点好处:提供了若干关于人心的知识。这你在年轻的美洲找不到,因为激情在那边差不多全部集中到金元崇拜上了。

我要是能被意大利政府看成一位有文化而无伤于人的学者[14]，寻找的只是一些希腊写本，许我翻阅档案，我最感兴趣的怕就是主教们收藏的法庭档案了。他们的权势只有在我们今天，面对拿破仑这颗星宿，才黯淡下来。[15]

---

[1] 这篇序是编订者根据司汤达的手稿拼成的。作者在三个时期，分写在他私人收藏的三份意大利的写本上面。编订者虽说如今用序这个字把三篇残稿归在一起，放在《意大利遗事》正文之前；可作者本意，却是为介绍写本本身而写的。不过，作为序看，编订者未尝没有道理，因为它相当说明了司汤达的作品的精神和特征，对读者是有帮助的。
[2] 这个断片没有写明日期，在一七九号写本的开端。（编订者）
[3] 佩特拉尔克（一三〇四——一三七四），意大利文艺复兴最伟大的先驱者之一，第一个人文主义者。他曾经尽他的经济能力，收购古代写本，或者誊抄一份副本。
[4] 这里所谓"上流人"指封建贵族而言。某一个批评家曾经说："英吉利贵族还是一身粗鄙的乡下气，法兰西贵族还认为能读能写算不了一个有活动能力的人的什么本事，就在这时候，意大利贵族却已经倾全力来吸收各种学问了。"
[5] 执政官的字义是"公爵"，最初是世袭性质，后来贵族专政，改由议会推选，负"十人委员会"的行政责任。威尼斯当时是寡头政治的共和国，虽然行政领袖一直保持着执政官称号。
[6] 一七九六年，法兰西共和国派遣拿破仑进军意大利，把奥地利的军队从意大利北部赶走，成立了一个统一的共和国，京城是米兰，拿破仑做皇帝之后，又改成王国，拿破仑帝国崩溃，它也就结束了。在这十几年里面，民族革命和祖国统一的意识开始在意大利撒下了种子。
[7] 拿破仑帝国崩溃之后，路易十八回到巴黎做国王，很快就"马马虎虎"成立了参议院和众议院。参议院等于贵族院；众议员的选举人和候选人都要缴纳一定的金额，所以众议院等于富人院。
[8] 梯也尔（一七九七——一八七七），法兰西资产阶级的政治代表，晚年成了摧毁巴黎公社的主脑人。一八二七年，他写了一部并不正确的《法兰西大革命史》，一八三〇年后，混入政界，当了部长、总理。
[9] 这些"合法的君主"不许人民翻阅档案，因为他们害怕人民知道他们只是篡夺、盗窃各共和国的霸主的后裔。
[10] "神明的柏拉图"这个称呼是从佩特拉尔克用起来的。一四七七年，佛罗伦萨的费齐诺译出柏拉图的全部作品。
[11] "学院"指以编撰字典为主要职责的法兰西学院（一六三四年成立）而言。司汤达一八二四年与友人书："这著名的学院，在路易十四的手心就是一种反对新自由的武器。"
孟地永（一七三三——一八二〇），法兰西一个有钱的阔人，在遗嘱中指定用他遗产一部分的利息由学院办理三种奖金，其中之一是"道德奖金"。
[12] 司汤达在他的《罗马、那不勒斯与佛罗伦萨》里写道："我爱力量；在我所爱的力量里面，一只蚂蚁能像一只象表现的一样多。"
[13] 米开朗琪罗不仅是尽人皆知的世界最大的艺术家之一，同时也是一位真挚的抒情诗人。他曾经为追求理想感到无限的痛苦。
[14] 意大利的统治者（奥地利帝国政府和罗马教皇政府）始终厌恶司汤达，把他看成"一个不信教、闹革命的人"，仇视正统与任何正规政府"。意大利拒绝他在帝国政府势力范围以内做领事，法兰西政府不得不改派他到教皇治下去做一个冷清的港口的领事，教皇因为没有武力做拒绝的后盾，只得默认了，但是，"继续加以有礼貌的监视"（《教皇公安机关的报告书》）。
[15] 一八〇一年，拿破仑和教皇庇护七世订约，同意在法兰西恢复天主教，但是要求全部主教由他任命，不得由教皇指派。一八〇四年，教皇来到巴黎，为他加冕做皇帝。但是，一言不合，拿破仑就占领罗马，把教皇移到法兰西囚禁起来。

我①承认我对新荷兰②和锡兰岛居民的思想和行动方式一点不感兴趣。旅行家富兰克林③说起,在里卡拉斯人那边,丈夫和兄弟把太太和姐妹借给外乡人看成体面事。我在居维耶④先生家里见到过富兰克林队长。读他的真实故事,我可以得到一刻钟的娱乐,但是不久我就想着别的事了。这些里卡拉斯人和我的朋友或者我的仇敌不相同。也就是为了这同样的理由,荷马和拉辛的英雄、阿喀琉斯们和阿伽门农们,对我就开始属于呵欠类了⑤。的确许多我的同代法兰西人以为自己喜爱这些英雄,因为他们以仰慕这些英雄引以为荣。至于我,我开始抛弃所有建立在少年时期的虚荣心上的成见。

我爱描绘人心的作品,不过是我相识的人,不是里卡拉斯人。

从十六世纪中叶起,虚荣心,炫耀的欲望像费内斯特男爵⑥讲的,在法兰西给人们的行动,特别是行动的动机盖上了一层厚幕。虚荣心在意大利性质就不同了:我说这话,我有荣幸对读者负责的。它在行动上软弱多了。总之,意大利人想到邻居,只为了恨他或者疑心他。仅有的例外是每年举行三四次庆典,也就是在这时候,不妨这样说吧,每一个参与庆典的人才坚决强迫他的邻座的人赞成。心怀致命的不安,人就不会在刹那之间、在生命的每一刻钟发现、辨别一些转眼消失

---

① 这第二个断片有日期地点:罗马,卡法里耶里府,一八三三年四月二十四日写在一七一号写本的上端。司汤达在这里还添了一个小注:"给少数幸福的人……"(编订者)
② 新荷兰就是澳大利亚洲。
③ 富兰克林(一七八六——一八四七),英吉利的一个探险家,主要探险地区在加拿大西北一带。他写过两本关于他探险的故事的书。
④ 居维耶(一七六九——一八三二),法兰西著名生物学者,古生物学与比较解剖学的创始人。
⑤ 阿喀琉斯和阿伽门农,古代希腊传说中的英雄,荷马的史诗《伊利亚特》就是演唱他们远征的事迹的。拉辛(一六三九——一六九九)的悲剧没有例外地全拿外国古代英雄做主人公。
司汤达对古典主义下了一个讽刺的定义:"提供给人民一种尽可能使他们的祖先得到最大快感的文学。"他赞美古代希腊悲剧家,因为他们帮同代人民得到最大的快感。但是今天模仿他们,"以为这些模仿出来的作品不会叫十九世纪的法兰西人打呵欠,就属于古典主义了。"(《拉辛与莎士比亚》)
⑥ 费内斯特是《费内斯特男爵奇遇记》(一六一七年)里面的主人公。作者是法兰西讽刺诗人欧比涅(一五五二——一六三〇)。他在这部小说里面攻击宫廷生活和罗马教会,嘲笑一个有野心的地主,喜欢"炫耀",几次进京求官,终无所得。

的差异的。人就看不见那些处处带着永远受到痛苦的虚荣心的焦忧急虑的不安的瘦脸,那些维马奈(一八三三年埃罗省的议员①)式的面孔的。

正是这种意大利的虚荣心,那样不同于我们的虚荣心,那样比我们的虚荣心还要软弱,才使我们眷写出下面絮絮叨叨的话来。和我同代法兰西人那些话一比,我的喜好似乎就很古怪了,因为他们是习惯于到维尔曼、德拉维涅②……先生们的作品里寻找文学的快感和人心的描绘的。我的一八三三年的同代人看到这里的天真或者有力的特征,用长舌妇的风格阐述出来,我相信不会受到怎么感动的。至于我,这些文件和这些刑罚说到的故事,提供我一些关于人心的颠扑不破的真实材料,赶上夜晚乘驿车,我倒喜欢在这上面反复思考的。我未尝不更喜欢寻找爱情、婚姻、诈骗遗产的巧妙阴谋(例如一八二六年前后某公爵的阴谋)的故事,但是司法的铁掌既然没有打进这类故事来,即使我找到这类故事,我也不会觉得他们是值得信任的。不过有些可爱的人,目前已经用心在帮我搜寻了。

必须有一个民族具有实际感受的力量(例如在那不勒斯),或者具有深谋远虑的激情的力量(例如在罗马),才会在这上头把虚荣心和矫情赶掉。除去意大利(或许还有在十九世纪矫情之前的西班牙),我不知道能否找到一个比里卡拉斯人更有兴趣的相当有文化的时代,而且相当没有虚荣心的时代,可以让人看到几乎是赤裸裸的人心。我拿得稳的是:英吉利、德意志和法兰西,在今天染上了太多的形形色色的矫情与虚荣心,长久以来,就没有能力提供强烈的亮光,照到人心

---

① 维马奈(一七七七——一八六八),法兰西南部地中海边埃罗省的议员;他在一八二七年就当了议员。
② 维尔曼(一七九〇——一八七〇),法兰西一个保守的"正统"批评家。
  德拉维涅(一七九三——一八三〇),法兰西一个伪古典主义诗人和剧作家,一时曾有"国家"诗人之称。

深处。

大家①在这里看到的,将是用英吉利方法照大自然摄取来的景色,而不是什么组合风景②。真理应当代替其他一切优点,不过,如今是真理不足以满足的年代,大家觉得它不够泼辣。我劝有才情的人每星期只读一个故事。

我爱这些故事的风格,这是人民的风格,充满了同义迭用辞,不对我们指出一件事物是丑恶的,决不放过这件丑恶的事物。可是这样一来,叙述者尽管不存心,却描绘了他的世纪和流行的思想式样。

这些故事大多数是在它们说起的可怜人死后不几天写出来的。

我拿铅笔做了一些修改,少叫风格隐晦一点,读第三次时,免得我太不耐烦。

隐晦是意大利语言最大的缺点。事实是:这里有八种或十种意大利语言,谁也消灭不了谁③。在法兰西,巴黎的语言消灭了蒙田的语言④。人在罗马讲: Vi vedro domani al giorno⑤,佛罗伦萨那边就听不懂。我宁可读一篇用英文写的故事,也不愿读一篇用意大利文写的故事,英文写的故事对我要清楚多了。

---

① 这一个断片,日期是:一八三三年五月十六日写在一七二号写本的上端。(编订者)
② "组合风景"指法兰西十七世纪古典主义画家的作品:没有感情,仅仅依照理智把若干景物平衡对比地安排在画面上。十八世纪末叶,英吉利的风景画家朝前大跨一步,对大自然的美丽有了真实的感情和领会。
③ 中世纪的意大利,几乎每一个大城市有它自己的语言,教会的语言是拉丁语,人民的语言是没有人过问的。但丁第一个注意到社交工具的表现问题。文艺复兴三位伟大的先驱者恰巧都是佛罗伦萨人,都用故乡的方言写诗写散文,但是,一直延到一八二七年,米兰人曼佐尼用佛罗伦萨方言写出他的小说杰作《未婚夫妻》,意大利语言的统一问题才在他的谦虚和实践之下得到了初步解决。这个问题在今天已经不复存在了。
④ 蒙田(一五三三——一五九二),法兰西的著名散文作家,西南部人。当时国王亨利四世也是西南部人,南方语言在诗歌上一向有成就,因而取得了优异地位。但是,另一方面,巴黎是政治中心,在诗人马莱尔柏倡导清洗法兰西语言运动之下,巴黎方言接着就占到了优势。十七世纪出来许多大作家,都用巴黎方言做表现工具,正如佛罗伦萨方言变成意大利语言,巴黎方言变成了法兰西语言。
⑤ 照字面译出:"你·我·将在·明天·清早见。"

比较上最泼辣的故事是第十六页马西米的故事①。

对热那亚之围②我没有丝毫兴趣，我把它放进来，只是为了抄出一份借给我的全部写本的副本，我害怕有一天责备自己忽略了这点的③。这些故事有三分之一是一六〇〇年的坏东西，不值得誊出来，不过，依我看来，它们没有一八三三年的坏东西那样讨厌。特别是见解不同。例如，一位罗马的爵爷（桑塔克洛切）揣度老母亲有了情人，因为他看见她的腰身粗了；他以为这有伤他的体面，就刺死这害水臌病的可怜老妇人。④儿子不承认母亲有情人，西班牙孤芳自赏的傲情移到意大利来了。

在最乏味的故事里，也可以看到这些风俗的某一种反映。

就是一八三三年，我发现在法兰西，特别是在英吉利，害命还是为了谋财。前天处决的两个可怜人，是二十三岁和二十七岁，一个叫维瓦尔迪，杀死他太太，因为他爱上了另一个女人；第二个拿枪打死一个极端保王党的医生、或许还是出卖家乡的同乡；大家看不见有银钱关系的痕迹。⑤

建立在银钱上的罪行，平淡乏味，大家将在这里很少看到。

---

① 依照司汤达的写本，故事是：马西米侯爵续娶一个身份不明的年轻女人，他有五个儿子，除去小儿子，另外四个在他新婚的第二天清早把继母杀死，侯爵本人没有几天也就气死了。依照另外一个传说，是六个儿子中间五个，不是五个中间四个。
② 一八〇〇年，法兰西留在意大利北部的军队，在奥地利大军压境之下，坚守热那亚，最后在六月四日，签订和约。
③ 原文是空白。
④ 凶案发生在一六〇一年。原来故事是：保罗·桑塔克洛切要求寡母把财产交他管理，没有得到允许，他就写信给长兄，诬赖母亲不守妇道，而且有孕。得到长兄回信，说是应当按照贵人的荣誉处理，他就刺死母亲，逃到外乡去了。
⑤ 自"热那亚之围"起，讲起的故事，都没有翻译过来，或者没有收入本书，可能是由于"没有丝毫兴趣"。

卡司特卢①的女修道院院长

一

险剧②经常让我们看到十六世纪的意大利强盗，还有许多人对他们一无所知，也拿他们作为谈话资料，结果就形成了我们现在对他们持有的不正确的见解。说起这些强盗来，我们大致可以这样说：他们是继承中世纪意大利各共和国的残暴政权的反对党。新僭主通常就是灭亡了的共和国的最富裕的市民，为了笼络小民起见，他给城市点缀上一些辉煌的教堂和美丽的图画。例如腊万纳的波伦提尼、法恩擦的曼夫赖狄、伊莫拉的芮阿理欧、维罗纳的卡奈、博洛尼的奔提渥里欧、米兰的维斯困提，还有佛罗伦萨的美第奇，可以说是其中最不好战和最伪善的了③。这些小僭主，惴惴不安，布置下了不计其数的毒杀、暗杀事件，而这些小国的史家却没有一个敢记述下来，因为这些严肃的史家都接受了他们的俸禄。想想每一个僭主不但直接认识每一个共和党人，而且还知道这些共和党人都痛恨自己（例如托斯卡纳的大公爵考麦，就认识斯特洛奇④），再想想这些僭主有好几个就不得善终，你就会明白，使十六世纪意大利人有大量才情和勇敢，使他们的艺术家有无比天才的仇恨是多么深、疑心是多么重。你也就看得出来这些强烈的激情多么妨害那种相当可笑的偏见的形成。在塞维涅夫人⑤时代，人们把这种偏见叫作荣誉，它的主要内容就是：一个人生下来就是子民⑥，所以应该牺牲性命，为主效忠；还有就是：讨贵妇人们的欢心。在十六世纪，一个男人只能依靠战场上或者决斗里的骁勇骠悍，才会在法国得到别人的仰慕，才会表现他的活动和他的真正才能；因为妇女喜爱骁勇骠悍，特别是那种不顾一切的冲劲儿，她们就变成了评定男人优劣的最高裁判。这样一来，向妇女献媚的精神就出现了。为了我们人人服从的虚荣心——这位残酷的僭主的利益，这种精神准备一个又一个地消灭了所有的激情、甚至于爱情⑦。国王们保护虚荣心，而且理由十足，结局就成了滥发绶章。

在意大利，一个男人可以靠各种才能成名：舞剑、发现古代写

---

① 卡司特卢城现今已经不存在。一五三四年，教皇保罗三世（Paul Ⅲ）登基，封他的私生子路易吉·法尔奈斯（一五〇三——一五四七）为卡司特卢公爵，这块滨海的肥田便落在法尔奈斯一姓手中。法尔奈斯既是封建主，故事里的主教和女修道院院长在当地违犯教规，身兼红衣主教的封建主就不能坐视不问。后来的教皇总想找一个借口，把这块肥田抢到手里，可是直到一六四九年，才实现这个愿望：由于出兵反而把卡司特卢夷为平地了。
② 险剧原本是一种音乐剧，人物上场用音乐伴奏，对话也常用音乐补充，十八世纪末盛行于帝国和复辟期间，音乐有时弃而不用，主要特征是情节紧张曲折，经常用毒药、刺刀、改装、抢劫等种种凄惨恐怖的场面来刺激观众。
③ 腊万纳，从一二六五年起，到一四四一年为止，由波伦提尼一姓统治，后并入教皇领土。
法恩擦，从一三三四年起，到一五五〇年为止，由曼夫赖狄一姓统治，他们是从德意志来的贵族，后并入教皇领土。
伊莫拉，在意大利统一以前，属于教皇领土。
吉洛拉冒·芮阿理欧（一四四三——一四八八）利用叔父的教皇权势，做了伊莫拉的统治者，后被佛罗伦萨的美第奇一姓所推翻。
维罗纳，从一二七七年起，到一四〇四年为止，由斯卡拉一姓统治。卡奈是其中一个统治者的名字，自称"伟大的卡奈"，在维罗纳充当神圣罗马帝国的代理人。卡奈的称号一共用了三世。
博洛涅，从一四〇一年起，断断续续到一五〇六年为止，由奔提慢里欧一姓统治。
米兰，在十三世纪和十四世纪，将近两百年，由皇帝派维斯困提（Visconti）一姓统治。
在美第奇一姓内，考麦（一三八九——一四六四）明明想做统治者，却表示自己愿做"共和国的第一个公民"。他的孙子罗棱索为了解除佛罗伦萨的围困，曾经亲自到敌人的宫廷求和。
④ 一五六九年，教皇封考麦一世（一五一九——一五七四）为托斯卡纳的大公爵。托斯卡纳指意大利中部一带，京城即佛罗伦萨。
斯特洛奇一姓是佛罗伦萨资产阶级的另一大户，拥护共和国，是美第奇一姓的政敌。和美第奇斗争最厉害的是吉默巴提斯塔·斯特洛奇（一四八八——一五三八），娶的是美第奇一姓的女儿，和考麦一世熟识，失败后，在狱中自杀。
⑤ 塞维涅夫人（一六二六——一六九六），在法国十七世纪以书信见称。司汤达在他的《恋爱论》里，要他的读者读她的书信，增进对十七世纪的理解。
⑥ 法国十七世纪的国王路易十四，自称是上帝在地球上的代表，说"谁生下来是子民，就该盲目服从"。
⑦ 这种向妇女献媚的精神的主要来源，在中世纪可以说有两个：一个是柏拉图哲学的复活，从但丁起，开始歌颂精神恋爱；另一个是基督教很早以来就对童贞女（由于膜拜耶稣的母亲的缘故）表示崇敬。司汤达结合这两种来源，分析了它的社会根源。和塞维涅夫人同时的格言作者拉·罗什富科就贬斥这种精神，他说："精神献媚就是以一种周到的姿态说出媚话。"他又说："献媚之间最缺少的东西就是爱情。"它是封建社会上层人物的一种虚情假意的社交手段。

021

本，都能使他出人头地。看一下彼特拉克①、他那时代的偶像，你就明白了：一个十六世纪的妇女，爱一位研究古希腊的学者，不但不下于一位武功彪炳的名人，而且还会远过于他。我们在这期间看见的是激情，不是向妇女献媚的习惯。意大利和法国之间的主要区别就在这里。这种情形正好说明为什么在意大利诞生了许许多多的拉斐尔、乔尔乔涅、提香、柯勒乔②，而法国却产生了所有那些十六世纪的勇敢的统领，他们今天尽管默默无闻，当年却也杀死过成批的敌人。③

我请求大家原谅这些率直的真情实话。总之，由于中世纪意大利这些小僭主的残暴而又必需的报仇行径，人心反而向着强盗。强盗偷马、偷麦子、偷钱，一句话，偷一切生活上的必需品，大家是恨他们的；然而事实上，人心却向着他们。年轻的男孩子，鲁莽灭裂，惹下什么乱子，一辈子有这么一回，不得不"落草"（andar alla machia），就是说，逃进树林子，受强盗庇护，村里的姑娘们看上眼的是他，并不是别人。

今天，我们人人肯定还是害怕遇见强盗的；可是他们受了刑罚，人人又都可怜他们了。原因是意大利人民，非常机灵狡诈，顶爱嘲弄别人，一面取笑所有经过检查后发表的著作，一面经常在读那些热情地演述最知名的强盗的生平的小诗。他们在这些故事里看到的轰轰烈烈的事迹，深深打动一直活在下层社会里的艺术神经，何况官方对某些人的颂词，他们早就听腻了，所以这一类颂词，只要没有官方气味，

---

① 彼特拉克（一三〇四——一三七四）是意大利文艺复兴初期的抒情诗人，他在搜集古代写本和古籍上，曾经下过很大的功夫。
② 他们全是意大利文艺复兴时期的大画家。拉斐尔（一四八三——一五二〇）是罗马画派的创始人。乔尔乔涅（一四七七——一五一〇）和提香（一四九〇——一五七六）属于威尼斯画派。柯勒乔（一四九四——一五三四）是帕尔马画派的创始人。
③ 十六世纪的法国几乎可以说是在两个长期战争里度过的：在前半世纪，国王弗朗索瓦一世和神圣罗马帝国皇帝查理五世争夺意大利；在后半世纪，天主教派和耶稣教派在本国争夺统治权，形成所谓"宗教战争"。

马上就中他们的意。我们应当知道，下等人在意大利受到的某些痛苦，旅客即使在当地住上十年，也永远不会感到的。例如十五年前，在政府都想不出办法来清剿盗匪之前①，他们吊民伐罪，惩治小城市的统治者，并不少见。这些统治者是一些月薪不过二十艾居②的专横官僚，自然对当地最有声望的家族唯命是听，而这些望族就靠这种极简单的方法，压制它的仇人。强盗惩治这些暴戾的小统治者，不见得就常常成功，不过，至少，强盗小看他们，敢于向他们挑衅，在这些有才情的人民看来，就不简单了。他们的种种苦难，一首十四行的讽刺诗就使他们得到了安慰，但他们永远也忘不掉一次羞辱。这是意大利人和法国人之间的另一个重大区别。

在十六世纪，一个可怜的居民变成了大户人家的死对头，镇长判他死刑，人们就时常看见强盗攻打监狱，企图把受害者救出去。另一方面，有势力的家族也不太信任政府派去守卫监狱的八个或者十个兵，而是出钱招募一队所谓"布辣维"③的临时兵，驻在监狱周围，负责把可怜人押解到法场；他的死是行贿的结果。这个有势力的家族如果自己有一个年轻人的话，就由他充当这些临时编凑的兵的头目。

这种风俗习惯使道德败坏，我同意；今天情形却不同了，我们有决斗，有苦闷，而法官也不出卖良心；不过十六世纪这些习俗，对制造名副其实的好汉，倒也万分相宜。

将近一五五〇年的时候，这种情形培养出来一些极其伟大的性格，可是今天还被各学院陈陈相因的著述所誉扬的许多史家，却在设法隐瞒这种情形。他们在世的期间，佛罗伦萨的美第奇家族、费拉拉

---

① 嘎斯帕洛奈是最后一个强盗，一八二六年归顺政府。他和他的三十二个部下，被关在契维塔韦基亚的寨堡。他逃入亚平宁山，由于缺乏饮水，被迫妥协。他是一个有才情的人，面貌相当惹人喜爱。（原作者注）
② 艾居是法国往日通用的一种银币，有值六法郎的，不过最常见的是一种值三法郎的。
③ bravi，意大利语，勇士。

的艾斯太家族、那不勒斯的各任总督等等①,以力之所能及的种种荣誉来酬谢他们的审慎的谎话。一个叫作吉阿闹奈的可怜的史家,打算掀开黑幕的一角;然而由于他敢说出来的,只是真情实况的极小的一部分,用的还是表示怀疑和暧昧的形式,读起来很不痛快,可是仍然免不了在一七五八年三月七日,以八十二岁的高龄,死在监狱里。②

所以你想知道意大利历史,第一件要做的事,就是不读那些被人同声赞美的作家的著作;你所见到的谎话的标价,没有一个地方比这里标得更高的;谎话的卖价在过去,也没有一个地方比这里要得更多的;买价在过去,也没有一个地方比这里出得更多的。③

在九世纪大乱之后,人们在意大利写的最早的历史已经提到强盗

---

① 艾斯太是意大利一个比较古老的封建世家,一四七一年,教皇封这一姓的一个叫作博尔叟的为费拉拉公爵。
　　那不勒斯过去有一时期由西班牙统治,政治上最高的代表是总督。
② 吉阿闹奈(一六七六——一七四八)曾经在一七二三年发表一部关于那不勒斯王国的历史,从罗马时代谈到一七〇〇年,暴露了许多教会非法干涉政治的事件。教皇对他做了"出教"的处分。一七三六年,他在意大利边境被捕,虽然已经收回以前的主张,仍然死在监狱里。他死时是七十二岁,不是八十二岁。
③ 保罗·焦维奥(他是考麦的主教)、阿莱廷诺以及其他成百不如他们有趣的家伙,例如罗伯逊、洛斯考,由于不能引人入胜,很少人读,臭名反而不昭著了:这些人的著作充满了谎话。古伊恰尔狄尼把自己出卖给考麦一世,考麦一世却看不起他。在我们今天,考莱塔和皮尼奥提讲真话,后者时时害怕被革职,虽然只肯死后刊行他的著作。(原作者注)
　　保罗·焦维奥(一四八三——一五五二)是意大利北部人,学医,用拉丁文写历史,得教皇赏识,晋升为闹切拉地方的主教。
　　阿莱廷诺(一四九二——一五五六)是意大利的喜剧作家,以写小册子出名。他以辛辣的笔墨,攻击同代的政治人物(例如查理五世和弗朗索瓦一世);但是收到他们的馈赠后,立即改变口吻,大力颂扬。
　　罗伯逊(一七二一——一七九三)是英国史家。主要著作有《苏格兰史》(一七五九)、《查理五世史》(一七六九)和《美洲史》(一七七七)。他是所谓"正统"史家。洛斯考(一七五三——一八三一)是英国史家,主要著作有《罗棱索·美第奇生平》(一七九五)。他也写些儿童诗。
　　古伊恰尔狄尼(一四八三——一五四〇)是意大利史家。他是教廷一个高级官员。主要著作有《意大利史》(一四九二——一五三四)。晚年投奔考第奇,不见重用。
　　考莱塔(一七七五——一八三一)是意大利史家。他曾经在拿破仑建立的那不勒斯王国供职,帝国崩溃后,奥地利把他关进监狱,他在监狱里写了一部《那不勒斯王国史》。
　　皮尼奥提(一七三九——一八一二)是意大利作家兼教授。他死后留下一部《托斯卡纳史》(一八一三)。

了,而且说起他们来,像是古已有之。(参看穆拉陶理的辑录①。)中世纪各共和国一被推翻(对艺术说来,是有利的,可是对公众的福利、正义和良好的政府说来,却是不幸的),最刚强的共和党人,比大多数同胞更爱自由,就逃进了树林子。人民受尽巴里奥尼、马拉太斯塔②、美第奇等等家族的欺凌,自然而然,就敬爱他们的仇敌了。继第一批篡夺者之后而掌握政权的那些小僭主,都像佛罗伦萨第一位大公爵考麦那样残酷(他派人暗杀逃到威尼斯、甚至于逃到巴黎的共和党人)③,给这些强盗添了好些新伙伴。远的不说,单只我们女主人公活着的那些年月,将近一五五〇年,孟太·马里阿诺公爵、阿耳奉扫·皮考劳米尼和马尔考·夏拉④,就在阿耳巴诺附近,成功地指挥着几支武装队伍,向当时极其勇敢的教皇的兵士挑衅。人民到今天还在仰慕这些著名的首领。他们的活动范围,从波河和腊万纳沼泽地,一直扩展到当年覆盖维苏威火山的树林。夏拉的大本营就在法焦拉森林,离罗马二十二公里有余,在去那不勒斯的大路上,由于他们的战绩,这座森林出了大名。在教皇格莱格瓦十三⑤在位期间,夏拉有时候啸聚到好几千人马。在今天这一代人的眼里,这位有名的强盗的详细历史是难以置信

---

① 穆拉陶理(一六七二——一七五〇)是意大利考古学家,从一七二三年起,刊行《意大利史实辑录》,共二十八巨帙。
② 巴里奥尼是佩鲁贾的一个资产阶级大户,一三八九年,夺到当地统治权,一五〇〇年,敌党把这一姓人全部屠杀了,逃掉一个,抢回政权,但是最后仍被教皇骗到罗马杀死。
马拉太斯塔这一姓,从十三世纪起,就成了里米尼的统治者,一五二八年,教皇又从这一姓手把里米尼抢去。
③ 一五四七年,考麦一世派人到威尼斯,刺死一个有资格和他争位然而不愿和他争位的本家洛伦齐诺·德·美第奇。他还计划派人到巴黎刺死彼耶洛·斯特洛奇,但没有成功。
④ 阿耳奉扫·皮考劳米尼(一五五〇?——一五九一)是孟太·马尔奇阿诺公爵,司汤达漏了一个字母,误写成孟太·马里阿诺公爵。他反对教皇收回过去抵押或者赠给贵族的土地,被迫作强盗,受到"出教"处分。他先后投效法国和西班牙,后来由于援救夏拉,在托斯卡纳被捕,并被处死。
马尔考·夏拉是意大利十六世纪有名的强盗。他曾经率领一千五百名绿林好汉,杀到罗马城外。
⑤ 格莱格瓦十三(Crégoire Ⅷ),本名是布恩困帕尼(一五〇二——一五八五),一五七二年当选为教皇。他作教皇以前,有一个私生子,生活并不严肃。

的，原因是大家从来不想了解他的行动的动机。也只是在一五九二年，他才被打败。他一看大势已去，就和威尼斯共和国进行谈判，带着他的最忠心或者最有罪（你愿意怎么说，就怎么说好了）的人马，向它投效。威尼斯和夏拉虽然有约在前，可是迫于罗马的要求，派人把他暗杀了，让他的勇敢的人马到干地亚岛①去防御土耳其人。但是威尼斯消息灵通，知道危险的鼠疫正在干地亚流行，所以夏拉带到共和国效命的五百人马，不几天工夫，就剩下六十七名了。

这座法焦拉森林，是马尔考·夏拉作战的最后舞台。参天的大树盖着一座旧火山。每一个旅客将告诉你，这里是那引人入胜的罗马郊野的最壮丽的景色，沉郁的风貌像是为了悲剧才有的。黑黝黝的绿冕戴在阿耳巴诺山的峰顶。

远在有史以前，还在罗马创建许多世纪之前的一个时期，有一次火山爆发，在延伸在海和亚平宁山脉之间的辽阔平原的中心，涌起了这座壮丽的大山。卡维峰是它的最高点，周围就是法焦拉森林的沉郁的树荫，人无论站在什么地点，特拉契纳和奥斯西亚，罗马和提沃利，都望得见卡维峰；如今布满了府第的阿耳巴诺大山，正好在朝南的方向，成为那旅客赞不绝口的罗马天边的终点。峰顶原先有一所打击者朱庇特庙②，拉丁各部族来到这里一同献祭，以一种宗教联盟的方式加强联系，现在改成了黑衣修士③的修道院。旅客走在壮丽的栗子树的阴影底下，不几小时，就来到那些说明朱庇特庙遗址的大石块前头；这些沉郁的树荫，在这地方虽说可爱，但是旅客走在底下，望着森林的深处，甚至于在今天，心神依然不宁：他怕遇见强盗啊！他上到峰顶，

---

① 干地亚岛，即克里特岛，在希腊之南地中海内。
② 打击者朱庇特是罗马人的天神。作为"打击者"，一说：朱庇特帮助罗马人打击敌人；另一说：他是拉丁各部族结盟的见证，谁不守信誓，就要受到他的打击。打击者朱庇特庙相传是罗马最古的神庙。
③ 黑衣修士是天主教本笃宗的教士。

在庙的遗址里，点起火来烧饭。他站在这控制罗马四郊的顶点，望见西边的海，虽说有十几公里远，可他觉得好像只隔两步；他辨识得出顶小的船只，他用最小的望远镜，数得出驶往那不勒斯的轮船的乘客。任何方向都是一片壮丽的平原，东边的终点是横在帕莱斯特里纳上空的亚平宁山，北边的终点是罗马的圣·彼得大教堂和别的大建筑物。卡维峰不算怎么高①，人用不着历史解说，就能把这卓绝境地的任何细枝末节辨别出来，可是在平原或者在山坡望见的每一丛树林、每一堵断墙，都又让人想起提图·李维②说起的一场以爱国精神和骁勇剽悍著称的惊人战役。

我们今天还可以沿着早年罗马君王走过的凯旋路，来到打击者朱庇特庙遗留下来的大石块前头；黑衣修士的花园的墙就是拿它们垒起来的。路面铺着修得很整齐的石头；我们在法焦拉森林中间，还看得见这样一长段一长段的路。

熄灭了的火山口，现在盛满一汪清水，变成周围有十一二公里大小的秀丽的阿耳巴诺湖，深深嵌在火山喷出来的岩石里面。湖边是罗马的老城阿耳柏，从最早的国王们那时起，就根据罗马政策把它拆除了。③不过它的遗址还在。若干世纪以后，离阿耳柏一公里远近，现代的城阿耳巴诺在面向海的山坡上兴建起来。可是一道石头帷幕，隔开了湖和城，谁也望不见谁。从平原望过去，在强盗疼爱和经常被人赞扬的森林的又浓又黑的绿颜色上面，城的白颜色建筑显得更白，同时森林从四面八方兜过来，王冕似的盖着火山。

阿耳巴诺今天有五六千居民，一五〇四年，还不到三千，在头等

---

① 九百五十多米高。
② 提图·李维（公元前五九——公元一七）是罗马帝国时期的重要史家，主要著作有《罗马建城以来的历史》（简称《罗马史》）。
③ 拉丁民族的京城是公元前一一二五年建立的阿耳柏。罗马本来是它的殖民地。后来罗马强大，灭了阿耳柏，公元前六六五年，连城也给铲平了。

贵族中间，当时正兴旺的是有势力的家族堪皮赖阿里，我们下文就要演述这一家人的苦难。

这个故事是我从两部很厚的写本译出来的，一部是罗马写本，一部是佛罗伦萨写本。它们的风格接近我们的古老传统的风格。我不怕失败，斗胆把这种风格移植过来了。现下十分优雅和匀整的风格，在我看来，和以上所述、特别是和两位作者的议论，太不协调。他们是在将近一五九八年的时候写的。我恳请读者宽容他们，并宽容我。

二

佛罗伦萨写本的作者说："我写了许多悲惨的故事，临了要写的这个故事，是其中最使我痛苦的一个。我要讲的就是卡司特卢的拜访修道院①的那位有名的院长海兰·德·堪皮赖阿里。她的讼案和她的死亡曾经轰动了罗马和意大利的上等社会。将近一五五五年的时候，强盗已经盘踞在罗马附近，官吏早就把自己卖给了那些有势力的家族。一五七二年，也就是发生讼案这一年，格莱格瓦十三（布恩困帕尼）登上了圣·彼得的宝座②。这位圣明的教皇有使徒的全部美德，不过他在民政方面的一些缺点，也受到了指责：他不懂得如何遴选正直的法官，不懂得如何消灭盗匪；罪行使他痛苦，他不知道如何加以惩处。使用死刑，他觉得自己就要负担可怕的责任。这种看法的结果，就是通往罗马的各条大路，布满了不计其数的强盗。希望路上不出事故，就非结交他们不可。在阿耳巴诺那个地方，法焦拉森林横跨在去那不勒斯的大路上；许久以来，它就成了和教廷作对的一家政府的大本营；有好

---

① 修道院以"拜访"为名，指耶稣的母亲去看望她的亲戚以利沙伯（领洗者约翰的母亲）的传说。
② 圣·彼得是耶稣的大弟子。耶稣死后，他在各地传教，最后在罗马死难，罗马教皇的职位由他开始。

几次，罗马被迫和森林内的一位大王马尔考·夏拉进行谈判，就像两个国家之间的谈判似的。这些强盗所以有力量，就是因为周围的农民爱他们。

"阿耳巴诺这座秀丽的城，离强盗的大本营很近，一五四二年，海兰·德·堪皮赖阿里在这里出生。她的父亲据说是当地最富的贵族，凭着这种资格，把在那不勒斯王国拥有广大土地的维克杜瓦·卡拉法①娶到了手。我可以举出几个还活着的老人，他们对维克杜瓦·卡拉法和她的女儿都很了解。维克杜瓦为人审慎又极有才情；但是尽管才分高，她也没有能避免她的家族毁灭。说起来也真奇怪！虽然这些可怕的灾难将要成为我的故事中的悲惨情节，可是在我看来，也不能就特别归罪于我将介绍给读者们的任何一位当事者：我看见几个不幸的人，但是说实话，我不能肯定谁是罪人。对年轻的海兰说来，她的异常的美丽和十分温柔的灵魂是两个大祸根，同时也是我们谅解她的情人虞耳·柏栾奇佛尔太的理由，正如卡司特卢的主教齐塔狄尼大人，毫无才情，反而能得到某种程度的谅解。他的教会职位扶摇直上，固然是由于他为人正直，可主要的还是由于他罕见的高贵仪容和端整的面貌。我读到关于他的材料，说凡是看见他的人就不可能不爱他。

"卡维峰的修道院有一位得道的修士，常常有人在他的修行小间里看到他在离地几尺高的地方悬空而立，像圣·保罗那样，不靠别的东西，单凭神力，保持这种奇特的位置。②我没有意思恭维任何人，他对堪皮赖阿里贵人的预言，我也决不隐瞒。他的预言是：他的家族要在他这一代灭绝，他仅有的两个孩子都要死于非命。正是由于这种预言

---

① 卡拉法是那不勒斯一个有名的教皇封建世家。
② 就在今天，罗马郊野的人民还把这种怪异的现象看作圣洁的一个可靠的标志。一八二六年前后，阿耳巴诺有一个修士，被人看见好几次凭借神力，悬空而立。许多奇迹都被说成和他有关；八九十公里以外的地方，都有人跑来请他祝福。有些妇女，属于上流社会的，曾经看见他在他的修行小间，离地三尺，悬空而立，转眼之间，就不见了。（原作者注）
  圣·保罗是耶稣的另一个门徒。

的缘故，他在家乡不能解决婚事，就到那不勒斯碰运气去了。侥天之幸，他在那边发了大财，娶了一个精明强干的女人；如果厄运有可能扭转的话，她能带他扭转厄运的，只是没有这种可能罢了。这位堪皮赖阿里贵人，据说人很正直，也能慷慨布施，不过他毫无才情，只好逐渐退出罗马社会，末了几乎整年都在他的阿耳巴诺府第度过。他的田地在城市和大海之间那片肥沃的平原上，他就专心务农了。他听太太的劝告，让子女受到最好的教育。儿子法毕欧是一个对自己的门第感到十分骄傲的年轻人。女儿海兰是美的奇迹，在法尔奈斯的收藏里面就有一幅她的画像，①今天还可以看见。自从我开始写她的故事以来，我就到法尔奈斯府，观看上天赋予这个女人的外形。她的厄运轰动当时，甚至于今天还有人记得。她的头是长椭圆形，前额很高，头发是深金黄色的。她的神情可以说是快活的；她有一双含蓄的大眼睛，两道栗色的长眉各自构成一条精绘的弧线。嘴唇很薄，你会说：嘴的轮廓是著名的画家柯勒乔勾出来的。在法尔奈斯画库，环绕着她的画像中间，她显出一位王后的神情。快活的神情和端庄聚在一起，并不多见。

"卡司特卢城如今已经拆毁；当年罗马多数王公，都把女儿送到这里的女修道院读书。海兰作为住读生，在修道院整整待了八年，才回家乡。她走以前，给教堂的大坛奉献了一只华丽的圣爵。她一回到阿耳巴诺，父亲就用一笔相当高的年俸，从罗马请来著名的诗人切吉诺教家馆，他这时年纪已经很大了。他教海兰记诵神明的维吉尔的最美的诗句，还有他的著名的不及门弟子彼特拉克、阿利奥斯托和但丁的最美的诗句。"②

---

① 法尔奈斯是意大利文艺复兴时期有名的封建世家。教皇保罗三世是这一姓权势最大的人物。除去他在罗马的法尔奈斯府之外，另外还有一所别墅，也收藏了许多大师的名画。
② 维吉尔（公元前七〇——公元前一九）是罗马著名史诗《伊尼德》的作者。阿利奥斯托（一四七四——一五三三）和但丁（一二六五——一三二一）都是意大利的知名诗人。

这里原来有一段冗长的议论,讲十六世纪献给这些大诗人的种种荣誉,译者只好割爱了。海兰似乎认识拉丁文。她读的那些诗都谈到爱情,一种我们曾觉得很可笑的爱情。如果我们在一八三九年遇见的话,我说的是那种激情爱①。激情爱的比邻是最可怕的灾难,巨大的牺牲是它的营养,离开神秘的气氛就难以生存。

这正是虞耳·柏栾奇佛尔太打动海兰的爱情的所在,她当时才不过十七岁。他是她的一个邻居,家里很穷,住在山上一所破烂屋子里,离城一公里远,周围是阿耳柏的遗址,在环湖一百五十尺高的绿茸茸的悬崖的边沿。这所房子紧挨着法焦拉森林的沉郁而壮丽的树荫,自从兴建帕拉聚奥拉修道院②那时候起,就被拆了。这可怜的年轻人,除去他的活泼与爽快的风度和他忍受厄运时并非伪装的无忧无虑之外,一无所有。大家可能帮他说的好话只有这么一句:他的脸不好看,却有感情。不过他在考劳纳③爵爷指挥之下,和他的勇士在一起,参加过两三回危险百出的袭击,据说,作战很勇猛。他虽然穷,虽然不漂亮,可是在阿耳巴诺全部姑娘的眼里,他并不因而就没有那颗也许最能讨人喜欢的征服之心。直到海兰离开卡司特卢的女修道院为止,虞耳·柏栾奇佛尔太处处受欢迎,在情场上一向很得意。"年轻的女孩子回家没有多久,大诗人切吉诺离开罗马,来到堪皮赖阿里府,教她文学。虞耳认识他,用拉丁文写了一首诗献给他,说他老年有福,能看见那样美的眼睛望着他的眼睛,并且在他屈尊称赞她的思想的时候,还看见那样一颗纯洁的灵魂而感到十分快乐。尽管虞耳小心在意,瞒着这种方兴未艾的激情不叫人知道,可是他在海兰回家以前,曾经对一些姑娘

---

① 司汤达曾经在他的《恋爱论》里,把男女之爱分成四种:第一种即"激情爱"。另外三种是"欣赏爱"、"肉体爱"和"虚荣爱"。
② 帕拉聚奥拉修道院在湖的东岸。
③ 考劳纳是罗马有名的教会封建世家,十五世纪初叶,出过一位教皇,后来陆续出了几代绿林首领,一时投效法国,一时投效西班牙,一时反对教皇,一时帮助教皇,变动无常,说明当时政治形势的混乱。

表示过好感,所以她们如今又是妒,又是怨,没有多久,就让他的种种预防都变成了枉费心机。而且我也承认,一个二十二岁的青年和一个十七岁的姑娘谈恋爱,进行的方式不会经过周密的考虑的。三个月不到,堪皮赖阿里贵人就注意到虞耳·柏栾奇佛尔太在他的府第(在通往湖泊的大街中心,如今还可以看见)的窗户底下,来往过于频繁。"

在堪皮赖阿里贵人的初步行动里,一清二楚地表现了共和国容忍自由的自然结果的坦率与粗鲁,以及还没有被君主政体的风尚所压制的纵情的习惯。他不乐意年轻的柏栾奇佛尔太时时出现,当天就用这样的话申斥他道:

"你连一套正经衣服都没有,怎么敢在我的房子前面这样不断走来走去,朝我女儿的窗户乱丢媚眼?我要是不怕街坊误解我的话,就会给你三块金塞干①,到罗马去买一件比较合适的上衣。至少我和我女儿,不会经常看到你这身破衣服而感到厌恶。"

毫无疑问,海兰的父亲是言过其实了,因为年轻的柏栾奇佛尔太穿的衣服不是"破衣服",而是极平常的料子做的,不过尽管很干净,时常刷,可看上去显然是穿久了。堪皮赖阿里贵人骂虞耳的话,伤透了他的心,他白天不再在他房前露面了。

我们前面说过,古代水道留下的两座圆拱,离阿耳巴诺只有五六百步远,作成柏栾奇佛尔太父亲盖的房子的主墙。他把房子传给儿子。虞耳从高头到底下近代的城市去,非走过堪皮赖阿里府前面不可。海兰不久就注意到这古怪的年轻人不见了。她听女朋友们讲,他已经断绝一切交往,把所有的时间用来凝视她,他觉得这样无限幸福。

夏天有一晚间,快半夜的时候,海兰的窗户敞开着,年轻的女孩

---

① 塞干是意大利一种通用金币,十三世纪在威尼斯开始铸造,十九世纪初叶停止铸造。

子吸着海风。城和海虽说隔着十三四公里的平原,海风依然吹到了阿尔巴诺的山坡。黑沉沉的夜晚,四下里静极了,一片落叶落地也可以听见。海兰靠着窗户,也许在想虞耳,忽然隐隐约约望见什么东西,好像一只夜鸟的翅膀,不出声地轻轻掠过她的窗户。她一害怕,走开了。她决想不到会有什么过路人送她这件东西,因为她的窗户在府第的三楼,离地有五十多尺高。这件古怪东西,在悄无声息的静夜里,在她先前靠过的窗户前面,闪来闪去。忽然之间,她相信看清楚里面有一捧花,她的心拼命在跳。她觉得这捧花像是捆在两三根芦苇的梢头上。这些芦苇属于那类高大的灯心草,很像竹子,生在罗马的田野,秆子有二三十尺高。虞耳设想海兰可能会在窗口,可是芦苇软弱,风相当强,对准了窗户拿稳他那捧花,还是有困难的。再说黑漆漆的夜晚,从街上往高空望,就可能什么也望不到。海兰一动不动,站在窗前,心乱极了。把花接过来,不就等于答应人家了吗?在我们今天,一个上等社会的姑娘,受过良好的教育,对生活有准备,遇到这一类事,心里那些感情,老实说,海兰根本没有。她父亲和她哥哥法毕欧都在家,她的第一个念头就是:一点点响声也会引起人们朝虞耳放枪;她可怜这可怜的年轻人所冒的危险。她的第二个念头就是:虽说她还不怎么认识他,可是除去家人之外,她最爱的人就数他了。最后,她迟疑了几分钟,把花接了过来;她在漆黑的夜色里碰到了花,觉出有一封短笺绑在一朵花的枝子上;她跑到大楼梯上,就着圣母像前的灯亮读这封短笺。她读头几行,架不住心里高兴,脸也红了。她对自己道:"我真大意!万一有人看见我,我就毁定了,家里人也要迫害这可怜的年轻人一辈子的。"她回到自己的房间,点亮了灯。对虞耳来说,这期间是愉快的。他为他的行为害臊,好像要在深夜里藏好自己一样,他贴牢一棵奇形怪状的绿橡树的粗树身子。这棵橡树今天还活着,在堪皮赖阿里府的对面。

虞耳在信里，用极其率直的口吻，说起海兰的父亲对他的辱骂。

不错，他接着说，我穷，你很难想象我穷到什么地步。我只有我的房子，在阿耳柏的水道的遗址底下，你也许注意到了；房子周围有一个园子，我种了些菜，养活自己。我还有一个葡萄园子，租给人家，每年收三十艾居。说实话，我不知道我为什么爱你，我当然不能向你建议，来过我的苦日子。可是万一你不爱我的话，生命对我也就没有任何价值了，我用不着告诉你，我情愿为你冒一千次险。可是在你从修道院回家以前，我不但不觉得自己命苦，反而觉得生命充满了光彩夺目的幻想。所以，我可以说，我看到幸福，倒不幸福了。实说了吧，你父亲羞辱我的那些话，往常是没有一个人敢对我讲的，我的刺刀会立刻给我报仇的。仗着我的勇气和我的兵器，我先前自以为不比任何人矮一头，我什么也不短少。现在全变了：我懂得了畏惧。我写得太多，你也许看不起我。相反，尽管我穿的衣服破烂，要是你还有一点可怜我的话，你就会看到，每天夜晚，山顶风帽修士①的修道院一敲十二点，我就躲在大橡树底下，目不转睛地望着我对面的窗户，因为我假定这是你的房间的窗户。如果你不像你父亲那样看不起我的话，就在那捧花里拿一朵丢给我吧，不过当心别让花落在你的府第的飞檐或者阳台上。

海兰读这封信，读了几遍，眼里逐渐充满了泪水；她望着这把绚烂的鲜花，一腔柔情：花是用一根非常结实的丝线绑在一起的。她试着揪一朵出来，可是没有能揪出来，跟着她又懊悔这样做了。对于罗马的姑娘们，揪下一朵花来，随便以一种方式毁坏表示爱情的一把花，就有消灭这种爱情的危险。她害怕虞耳不耐烦，跑到窗户跟前，可是来到窗户跟前，她忽然想起一屋的灯亮，她太容易让人看见了。海兰

---

① 风帽修士是天主教方济各宗的一个支派。他们戴一顶又尖又大的风帽，所以被这样称呼着。

不知道她应该做什么样的信号才算得体，在她看来，任何信号都有些过分。

她一害羞，跑回房间去了。可是时间在流逝，她脑子里忽然涌起了一个念头，心里乱腾腾的，到了难以形容的地步：虞耳会以为她和她父亲一样，看不起他穷！她看见桌子上有一个名贵的云石小样品，就拿来用手绢包好，扔在窗户对面紧靠橡树的地方。她随后做手势叫他走开。她听见虞耳照着她的话做了，因为，走开的时候，他就不再设法隐瞒他的脚步声了。他登上那条隔开湖和阿耳巴诺最后几家人家的石头围墙高头，她听见他在吟唱一些情话，她朝他做了送别的手势，这回她不胆怯了，接着又去读他的信。

第二天和此后的日子，继续着类似的书信和会晤，不过在意大利乡村，什么事也瞒不住人的：海兰是当地最阔的待嫁的姑娘，所以有人警告堪皮赖阿里贵人，说每天晚晌，过了半夜，他女儿的房间有灯亮；而尤其奇怪的是，窗户开着，海兰甚至于站在窗前，好像一点也不害怕"zinzares"①（一种十分讨厌的蚊子，对罗马郊野的美好的夜晚损害极大。我这里应当再度请求读者宽容。一个人想知道外国风俗，遇到一些很古老的想法，和我们的想法大不相同，就该不以为奇才是）。堪皮赖阿里预备好了他和他儿子的枪。夜晚十一点三刻一响，他关照一声法毕欧，两个人尽可能压低响声，溜到二楼的宽大的石阳台上，正好就在海兰的窗户底下。万一外头有人朝他们放枪，他们有石栏杆的粗柱子掩护，一直到腰部，可以不受射击。十二点响了；他们父子听见他们的府第对面沿街的树底下有细微的响声；不过他们惊奇的是，海兰的窗户并没有亮光。这个女孩子，一直是那样单纯，举止活泼如同一个儿童，自从心中产生了爱情以来，性格变了。她晓得一点点粗心

---

① 意大利字，应作"zanzanes"。

大意，都会危害她的情人的性命；像她父亲这样一位有权有势的贵人，杀死像虞耳·柏栾奇佛尔太这样一个可怜虫，只要到那不勒斯躲上三个月，就没有事了；他的罗马朋友在这期间把事情安排妥当，给当时香火正盛的圣母坛献上一盏值几百艾居的银灯，也就风平浪静了。海兰第二天用早饭时，一望父亲的脸色，就明白他在大生其气；他以为没有人注意，可是她一看他望她的那副神气，就相信他生的这场暗气，跟她大有关系。父亲的床边挂着五把好枪，她马上去给枪把子上洒了一些土。她同样给他的刀剑也盖上一层浮土。她整天像疯了一样地快活，在家里上下跑个不停；她时刻走到窗户跟前，万一走运望得见虞耳的话，拿定主意给他做一个表示不同意的手势。但是她没有想到：有钱的堪皮赖阿里贵人的辱骂，让这可怜的男孩子伤心到了极点，他白天决不在阿耳巴诺露面；只有星期天，为了听教区的弥撒，他才不得不到城里来。海兰的母亲疼她疼得不得了，对她有求必应，这一天陪她出了三趟门，可是没有用：海兰望不见虞耳的影子。她绝望了。黄昏时去看父亲的兵器，她发现两管枪已上好子弹，刀剑差不多都移动过，她急死了！她小心装出对什么也不起疑心的模样。也只是由于她把注意力全放在这上面的缘故，才不始终显得忧心忡忡。晚晌十点钟，她回到房间，把门锁好。她的房间连着母亲的前间。随后她贴住窗口，伏在地面，外头正好望不见她。她听见钟响，有多着急，大家是可以意会的。过去她经常责备自己，不该那么快就和虞耳相好，因为这会让他觉得她不配他爱的，可是现在，都不成其为问题了。女孩子半年来坚贞不屈，这一天却帮男孩子成全了好事。海兰问自己道："撒谎有什么用？我不是一心一意都在爱他吗？"

临到十一点半钟，她清清楚楚看见父亲和哥哥在她窗户底下的大石阳台上埋伏好了。风帽修士的修道院敲了十二点钟；两分钟后，她又清清楚楚听见她的情人的脚步在大橡树底下停住；她注意到父亲和哥哥像是什么也没有听见,心里好生欢喜,因为要辨别出这样轻微的响声,得有爱情的焦灼啊。

她对自己道:"现在,他们要杀我了,不过,不管怎样,也不能让他们把今天晚晌的信抢去;信让他们抢了去,他们会迫害这可怜的虞耳一辈子的。"她画了一个十字,一只手抓牢她窗台上的铁栏杆,身子往外斜,尽可能朝街心伸出去。不到十五秒钟,就见那把花和平常一样,绑在长芦苇上,碰到了她的胳膊。她抓住了花;可是花绑在芦苇的尖尖头上,她抓急了,让这根芦苇碰到了石阳台。马上就是两声枪响,紧跟着又是一片寂静。她哥哥法毕欧在黑地里,不太清楚猛烈地敲打阳台的是不是一根绳子,是不是虞耳顺着绳子从妹妹房间溜下来,就朝她的阳台开了火;子弹碰到铁弹了回去,第二天她找到了弹痕。堪皮赖阿里贵人朝石阳台底下街心开枪,因为芦苇要倒下去,虞耳一抓牢,出了一点响声。虞耳这方面,听到头上枪响,猜出了将会发生什么事,就躲到阳台突出部分的底下去了。

法毕欧连忙又上好子弹,不管父亲对他说些什么,就跑进房子的花园里,轻轻推开临街的一个小门,蹑手蹑脚走出来,稍稍打量了一下府第阳台底下散步的人们。虞耳这时候贴住一棵树,离他二十步远。这天晚晌有人陪伴虞耳。海兰担心她的情人出事,俯在阳台上,一听见哥哥在街心,立刻扯高了嗓门,同他谈起话来;她问他有没有把那些小偷杀死。

街上这位先生,大踏步走着,四下里搜索,对她喊道:

"别以为我会上你这小贱人的当!等着哭吧,我这就杀死那个敢爬你窗户的混账小子。"

这话刚一出口,海兰就听见她母亲敲她的房门。

海兰连忙开门,一边说着她不明白门怎么会锁上了。她母亲对她道:

"我亲爱的天使,你别糊弄我啦;你父亲在大生其气,说不定要杀你,来,跟我躲到我的床上去;你要是收到了一封信,就给我,我把它藏好。"

海兰对她道:

"就是那把花,信藏在花儿里面。"

她们母女刚一上床,堪皮赖阿里贵人就走进他女人的房间;他是从他的小教堂来的,他在那边,把样样东西都给打翻了。海兰吃惊的是,父亲面色苍白,像一个鬼一样,动作慢条斯理的,像一个人完全打定了主意似的。"我死定了!"海兰对自己讲。

父亲从他女人的床前走过,到女儿的房间去,气得直哆嗦,可是装出一副异常镇定的模样。他说:

"添孩子,我们就开心;添孩子,我们就开心;可是临到这些孩子是女孩子呀,我们淌眼泪,就该淌血才是。上帝!有这种事!一个人活到六十岁,没有给自己惹过一回是非,可是她们一轻举妄动呀,就可以把他这样人的名声给糟蹋了的。"

他一边说话,一边走进女儿的房间。

海兰对她母亲讲:

"我毁啦,信全放在窗户那边十字架的座子底下。"

母亲马上跳下床,追上她丈夫;为了逗他生气,她对他喊着她能想到的顶没有道理的理由;她完全成功了。老头子气疯了,把女儿房间里的东西全砸毁了,可是母亲趁他没有注意,把信拿走了。一小时以后,堪皮赖阿里贵人回到他的房间(在他女人房间的隔壁)里去了,房里完全安静下来后,母亲对她女儿道:

"这是你那些信,我不要看,你看给我们险点儿惹出什么样的乱子!我要是你呀,会把它们全烧了的。再见,亲亲我。"

海兰回到自己房间里,哭成了泪人儿;她觉得自从母亲说了这话以后，她不再爱虞耳了。她接着准备烧这些信，可是在销毁它们之前，她禁不住又看了一遍。她看了一遍又一遍，看到太阳已经在天空高高升起，最后，才决定照着有利的劝告去做。

第二天是一个星期天，海兰和母亲往教区去；可喜的是，父亲没有跟着她们。她在教堂头一个看见的人，就是虞耳·柏栾奇佛尔太。她一眼就看清楚了他没有受伤。她幸福到了极点，那天晚晌的事早已不在她的心上。她事先准备好了五六份短笺，写在沾上稀泥的旧纸条子上，这样的纸条在教堂里的地上常常可以看到。这些短笺上写的全是同一的警告：

除他的名字外，他们全发觉了。他千万别再在街头露面，经常有人要到这里来的。

海兰掉下一张破纸条子，暗示了虞耳一眼；虞耳拾起它来，走了。一小时以后，她回到家里，在府第的大楼梯上看到一张纸，和她早晨用过的纸张完全相似。它吸住了她的视线，她趁母亲没有看到，把它拾到手里。上面写着：

他必须去罗马一趟，三天之内回来。赶集的日子，在农民喧嚷声中，将近十点钟的光景，有人将在白天唱歌。

海兰觉得罗马之行很奇怪。她忧郁地对自己讲："难道他怕我哥哥开枪打他吗？"爱情宽恕一切，就是不能原谅情人随意离开，因为这是最狠的刑罚。她不是生活在甜蜜的梦想之中，也不是一直在捉摸爱上自己情人的理由，而是始终被一些残酷的疑心烦扰着。柏栾奇佛尔太不在的悠长的三天，海兰对自己道："可是，不管怎么样，我能相信他不再爱我了吗？"忽然之间，她的苦恼被一种疯狂的喜悦替代了：原来是第三天，他在大正午出现了，她看见他在府前的街道上散步。他穿了一身近似华丽的新衣服。他的高贵的步态、他的快活而又刚强的天真面貌，从来没有这样意气风发，神采奕奕过。在这一天以前，虞耳的贫穷在阿耳巴诺从来没有这样经常被人提起过。一再讲到"贫穷"这个残忍的字眼的是男人，尤其是年轻人；妇女，尤其是年轻女孩子，说起他的风采来，往往就赞不绝口。

虞耳整天在城里散步；他的贫穷罚他幽居了几个月，他好像在补偿损失。虞耳的新衣服底下带有兵器，对于一个闹恋爱的人说来，这种作法倒是相宜的。除去他的短剑和他的刺刀不说，他还穿上他的锁子甲（giacco）：一种铁丝编成的长背心，穿在身上很不舒服，可是医治得了那些意大利人害的一种不治之症，他们在这一世纪不时受到它的致命的侵袭，我要说的就是：害怕在街角被一个相熟的仇人杀死。虞耳指望当天见到海兰，再说，他也有些讨厌一个人独自待在他的冷清的家里；原因如下：他父亲有一个老兵，字名叫作拉吕斯，和他父亲在一起，在好几位孔道提耶利①的军队里，打过十次仗，最后又跟着队长，投到马尔考·夏拉的军队；队长在这期间内受了伤，只得退伍。柏栾奇佛尔太队长不在罗马安家，是有一些理由的：他杀死的那些人的儿子，他就可能在罗马遇到；即使在阿尔巴诺，柏栾奇佛尔太也深信他只能听任官方的摆布。他不在城里买或租一所房子，宁可盖一所，地势恰好可以望见客人从远地方上来。他在阿耳柏的遗址找到一个称心的地点：粗心的来客没有望见他，他就能逃进他的老朋友和保护

---

① 孔道提耶利是意大利人对佣兵头目的称呼（这里是多数）。欧洲的佣兵制是在意大利发展起来的。最初是各城市的僭主向外国招募，从十六世纪起，佣兵中间出现了有野心的统领，僭主必须通过统领，才能控制佣兵。这些统领往往是贵族，又通过队长，率领他们的职业兵。他们一方面反抗统治者，一方面又为其他统治者效劳，流动性很大，所以虞耳的父亲就在好几位统领底下待过。

人、法柏利斯·考劳纳所控制的森林。柏栾奇佛尔太队长根本不拿儿子的前程搁在心上。他退伍的时候,才只五十岁,可是带着一身的创伤,他估计自己还能活上十年。他过去有幸参加过对城镇和乡村的抢劫,手上攒了一些钱;房子盖好以后,多余的钱他每年花掉十分之一。

为了回敬阿耳巴诺一个资产者的挖苦,他买下一座每年给儿子带来三十艾居收入的葡萄园。有一天,他热情激昂,争论本城的利益和繁荣,这家伙对他讲:像他这样一位阔业主,确实有资格向阿耳巴诺的元老们作建议。队长买下了那座葡萄园,宣称他还要买几座,然后他在一个僻静地点,遇到挖苦他的家伙,一手枪就把他打死了。

队长过了八年这种生活,死了。他的副官拉吕斯疼极了虞耳,不过他过不惯闲散的生活,又投到考劳纳爵爷的军队去了。他常去看望他的儿子虞耳(他这么称呼他)。爵爷在他的派特赖拉寨堡,有一次遭到危险百出的攻打,拉吕斯恰好在头一天赶到,带了虞耳和他一道作战。拉吕斯见虞耳十分骁勇,就对他说:

"你住在阿耳巴诺附近,当它的顶贱、顶穷的居民,不但是疯子,简直是傻瓜。像你这份儿本领加上你父亲的名字,依我看,你在我们中间,成为一个出色的响马大有可能,不单这个,还能帮你成家立业。"

虞耳听了这话,心里好生苦恼。他懂拉丁文,是一位教士教的,不过他父亲一来就拿教士的话开玩笑,所以他除掉拉丁文之外,就什么本事也没有学到手。尽管人家看不起他穷,一个人待在他的冷冷清清的房子里,他反而长了见识,看问题那种大胆劲儿,就连学者也会吃惊。比方说,他爱海兰以前,不知道为什么,特别爱打仗,可是对抢劫并无好感。在他的队长父亲和拉吕斯看来,抢劫就像继高贵的悲剧之后而演的逗笑的小戏。自从他爱海兰以来,那种在寂寞之中思索出来的见识,倒成了虞耳的刑罚。这颗灵魂从前那样无忧无虑,如今充满了激情和痛苦,有疑问也不敢请教别人。堪皮赖阿里贵人万一晓得他是响马的话,还有什么不好说的?这下子,他骂他可就有凭有据了!早先虞耳在父亲的铁箱子里,找到几条金项圈和其他珠宝,他一直在盘算着,把卖来的钱花光以后,当兵是他可靠的出路。虞耳自己这样穷,假如他对抢劫有钱的堪皮赖阿里贵人的女儿竟然毫无顾忌的话,原因就在于当时做父亲的可以随意处理他们身后的财产,堪皮赖阿里贵人留给女儿的全部财产,很可能只是一千艾居。还有一个问题霸住虞耳的想象不放:第一,把年轻的海兰抢到手,娶过来,在哪一个城市安家?第二,他拿什么钱养活她?

堪皮赖阿里贵人痛骂了虞耳一顿之后,虞耳难过极了,足足两天,怒火填胸,痛苦之至;他拿不定主意杀死这傲气凌人的老头子,还是留他一条活命。他整夜整夜在哭。最后他决定请教他在世上唯一的朋友拉吕斯,但是这位朋友了解他吗?他找遍了整个法焦拉森林,没有找到拉吕斯,他只得来到去那不勒斯的大路上,还要走过卫累特里,因为拉吕斯在那边打埋伏:他率领大队人马,打算拦劫西班牙将军雷日·阿法劳斯。这位将军忘记从前曾经当着许多人,带着蔑视的口气说起考劳纳的响马,要取道陆地来罗马。他的私人教士赶巧提醒他这件小事,所以他就决定武装一条船,改由海道来罗马。

拉吕斯队长一听完虞耳的话,就对他道:

"堪皮赖阿里这家伙的模样你给我好好儿形容一下,他做事不小心,是自作自受,别连累阿耳巴诺的善良居民也跟着赔一条命。我们这样的干,不管落空不落空,只要一了结,你就到罗马去,小心在意,一整天都要在旅馆和其他公共场所出现,免得由于你爱他的女儿,惹大家疑心你。"

虞耳费了老大周折,才把父亲的老伙伴的怒气压了下去。他只好发脾气了。他最后对他道:

"你以为我是要你的宝剑吗？明摆着我自己也有宝剑！我是向你讨一个好主意。"

拉吕斯这样结束他的谈话：

"你年纪轻，没有受过伤；侮辱是公开的；可是一个丢脸的男人，连妇女也要看不起的。"

虞耳对他讲，他打算怎么做，还要再考虑考虑。拉吕斯坚决要他参加对西班牙将军的扈从的攻打，说这样可以得到荣誉，还不算有都柏隆①到手。虞耳不顾他的劝导，独自转回他的小房子去了。就在堪皮赖阿里贵人朝他开枪那一天的前夕，他正在招待拉吕斯和他的班长；他们只是从卫累特里附近回来的。拉吕斯要看一眼小铁箱子里的东西，逼着虞耳把小铁箱子打开。他的保护人柏栾奇佛尔太队长，往年打家劫舍，抢到金项圈和其他珠宝，觉得回来马上变卖，拿钱花掉不合适，就锁在小铁箱子里头。拉吕斯在这里找不到两个艾居。他对虞耳道：

"我劝你当修士去，你有修士的全部德行：爱穷，眼前就是证明；谦卑，你由着阿耳巴诺的一个阔佬，在大街上糟蹋；你缺的只有伪善和贪吃了。"

拉吕斯费了好大的劲，才在小铁箱子里放了五十都柏隆。他对虞耳道：

"从现在算起，在今后一个月里头，堪皮赖阿里爵爷要是没有随着他的贵族身份和他的财富让人埋掉的话，我对你发誓，我这位班长就要带上三十个弟兄来拆掉你的小房子，烧掉你的破家具。柏栾奇佛尔太队长的儿子不该借口爱情，在世上作一个没有出息的人。"

堪皮赖阿里贵人和他儿子放那两枪的辰光，拉吕斯和班长在石阳

---

① 都柏隆是西班牙通用的一种金币，有大有小，币值不等。

台底下占好了位置，虞耳费了老大气力，才拦住他们不杀死法毕欧，或者少说也不把他绑架走。拉吕斯不小心走过花园的时候（这我们在讲起他的时节，已经交代过了），他不动手的原因是这样的：不应当杀死一个年轻人，他可能变成一个有用的人才，何况有一个老混蛋，比他罪名大多了，只配埋掉。

发生这事的第二天，拉吕斯进了森林，虞耳去了罗马。他对自己讲："海兰应当知道我是什么样的人。"这在他那世纪，是一种极了不起的想法，也说明他将来一定飞黄腾达；他用拉吕斯给他的都柏隆，买了一身漂亮衣服，本来欢欢喜喜的，可是有了这种想法以后，却高兴不起来了。任何另外一个同时代和同岁数的人，只会想到去享受他的爱情，把海兰抢走，决不会想到她在半年之后会变成怎样，更不会想到她对他的看法。

虞耳回到阿耳巴诺，就在他穿上从罗马带回来的漂亮衣服向人炫耀的当天下午，他从他的朋友、老司考提那里知道：法毕欧骑马出城了，他父亲在海边平原有一块地，离城有十三四公里远，他到那边去了。过后不久，他看见堪皮赖阿里贵人和两个教士在一起，走进绿橡树的壮丽小路，小路环绕着火山口，阿耳巴诺湖就在火山口紧底。十分钟后，一个老婆子借口卖好吃的水果，大胆地闯进了堪皮赖阿里府第。她头一个撞见的人就是海兰小姐的亲信、小丫环玛丽艾塔。海兰接过来一把美丽的花，连眼白也臊红了。藏在花里的信长的不得了：虞耳讲起自从放枪那一夜以来他的种种感受，可是由于一种极其奇怪的羞惭，别的同代年轻人引以为荣的事，他却不敢承认，那就是：他是一个江湖上著名的队长的儿子，自己又不止一次地在战斗中显过身手。他相信一来就听见老堪皮赖阿里在议论这些事实。我们应当知道，在十五世纪，姑娘们的见地比较靠近共和国，她们敬重一个男子，大多是为了他本人的作为，很少是为了他的尊长们聚敛的财富或者他们有声誉的行为。不过持有这种想法的，大多是民间的姑娘们。富贵阶级的姑娘们害怕强盗，当然也非常看重富贵。虞耳这样结束他的信："先前在我衣衫褴褛的时候，一位你尊敬的人物把我狠狠辱骂了一场，我从罗马带回来的这身合体的衣服，不知道能不能叫你忘掉那些骂我的话；我能报仇的，我也应当报仇，我的荣誉要我报仇；我没有这样做，因为我担心我的报复会让我心爱的人流眼泪。万一我不幸，你仍然不相信我的话，这一点总能向你证明，一个人即使很穷，也有高贵的感情。此外，我还有一个可怕的秘密向你交代，换一个女人，我讲给她听，当然不会有丝毫困难；可是一想到是讲给你听，我不知道为什么就哆嗦。它可能在转眼之间毁灭你对我的恩情；凭你怎么赌咒发誓，我都不会相信。我讲出来的秘密，发生什么效果，我要在你的眼睛里看到。我希望最近有这么一天，在天黑之后，能在府上后面的花园看到你。我希望这一天，法毕欧和你父亲正好都不在家。他们虽说蔑视一个衣衫破旧的可怜的年轻人，却不能剥夺我们三刻钟或一小时的谈话。我一证实他们不在家，就会有一个人在府上的窗户底下露面，叫当地的孩子来看一只驯服了的狐狸。随后，'敬礼马利亚'①的钟声一响，你就会听见老远一声枪响；你这期间，走到你的花园墙跟前；假如不止是你一个人的话，你就唱歌。假如四下里悄无声息的话，你的奴隶就会哆哆嗦嗦，在你的脚边出现，向你讲些也许会使你痛心疾首的事。我期待着这对我有决定意义的可怕的日子，不再冒险在半夜送花给你；不过将近夜晚两点钟的时候，我将唱着歌走过，你也许站在大石阳台上，扔下一朵在你花园里掐的花。这也许是你赏给不幸的虞耳的情意的最后标记。"

三天之后，海兰的父亲和哥哥，骑着马到他们海边的田庄去了；

---

① "敬礼马利亚"是天主教关于耶稣的母亲的祷告文的开端。祷告的时间分早、中、晚。

他们应当在挨近日落以前往回走,在夜晚将近两点钟的时候赶回家。可是就在他们动身的时候,不单是他们的两匹马,就连田庄的马,也统统不见了。这样大胆的盗窃很使他们惊奇。他们到处寻找,这些马一直到第二天才在海边的大树林里被人找到。堪皮赖阿里父子两个人,只好坐了一辆乡下的牛车回阿耳巴诺。

这天晚晌,虞耳跪在海兰跟前,天色差不多完全黑了,可怜的女孩子很高兴天天这样黑;她头一回在她心爱的男子跟前出现,他很清楚她爱他,不过她跟他一直还没有讲过话。

她说过头一句话以后,稍微有了一点勇气;虞耳比她的脸色还要白,比她还要哆嗦得厉害。她看着他跪在她跟前。他对她道:"说实话,我现在的情形就不能讲话。"他们有一时显然很快乐,你望我,我望你,一句话也说不出,一动不动,像一组相当有表现力的大理石像。虞耳跪着,握着海兰一只手;海兰头朝下,仔细打量他。

虞耳很清楚,按照他的朋友们,罗马那些年轻荒唐鬼的劝告,他就应该动手动脚才是;不过他厌恶这种想法。他一想到时光如飞,堪皮赖阿里父子快要到家了,就从这种销魂的境界和或许是爱情所能给的最生动的幸福之中醒过来了。他明白,像他这样一个有良心的人,瞒着心里这句可怕的话不告诉他的情人,他就不能找到经久的幸福。他的罗马朋友会认为他这种做法是愚蠢到了极点的。他终于对海兰道:

"我有一句话也许不该对你讲,不过我还是要讲给你听。"

虞耳的脸色十分苍白,他勉强讲下去,像要断气的模样:

"构成我生命的希望的那些感情,我看也许要烟消云散。你以为我穷,这算不了什么:我是强盗和强盗的儿子。"

海兰是一个富人的女儿,有特权阶级的种种恐惧,所以听见这话,觉得自己病了,直怕摔倒下去。她想:"可怜的虞耳要苦恼成什么样子，他要以为我看不起他的。"他跪在她跟前。她为了不摔倒下去，靠在他身上；没有多久，她像失掉知觉似的倒进了他的怀里。大家知道，人在十六世纪，喜欢爱情故事里的准确性。这是因为爱情故事不能用理智来判断，而是通过想象来感受的，读者的激情和主人公的激情是融为一体的。我们依据的两种写本，特别是具有佛罗伦萨方言的一些特殊语法的写本，用最细致的笔墨描绘此后的幽会故事。危险打消掉年轻女孩子的内疚心。危险到了极点也不过是燃着了这两颗心；对于他们，来自他们的爱情的一切感受都是幸福。法毕欧和他父亲有好几次险些撞上他们。他们父子以为自己受到了挑衅，气坏了：他们风闻虞耳是海兰的情人，可是什么凭证也没有。法毕欧是一个重视门第的暴躁的年轻人，所以向他父亲建议，杀死虞耳。他对他道：

"他活在世上一天，妹妹就要冒一天的最大的风险。谁知道什么时候，我们的荣誉不迫使我们杀死这固执成性的丫头？她胆子大到这般地步，不再否认她在闹恋爱；你看见的，你怎么骂她，她就是不吱一声。好啊！这种沉默就判决了虞耳·柏栾奇佛尔太死刑。"

堪皮赖阿里贵人道：

"想想他父亲是什么人吧。当然啦，我们到罗马过半年算不了什么难事。在这期间，可以叫人把柏栾奇佛尔太干掉。可是他父亲虽然犯罪重重，却是勇猛、大方的，他曾帮他的好几个兵士发了财，自己却一直穷着：谁知道他父亲在孟太·马里阿诺公爵的军队，或者在考劳纳的军队里面还有没有朋友啊？考劳纳的军队经常在法焦拉森林出入，离我们才二三公里远。因此，他们会把我们全都杀死的，你，我，也许还有你可怜的母亲在内，一个不饶。"

他们父子常在一起谈论，他们的谈论（只有一部分瞒着海兰的母亲维克杜瓦·卡拉法，不让她知道），她听在心里，难过死了。法毕欧和他父亲讨论的结果是：再让流言在阿耳巴诺盛行下去，不加阻挠，对他们的荣誉不利。年轻的柏栾奇佛尔太一天比一天傲慢,而且现在穿了一身华丽的衣服,趾高气扬,居然在公共场所对法毕欧、甚至于对堪皮赖阿里贵人本人也攀谈起来。既然把他干掉不妥当,就该在下面两种决策中挑选一种,也许甚至于两种全挑:要末全家搬到罗马去住,要末就把海兰送到卡司特卢的拜访修道院,一直待到给她找到合适的人家为止。

海兰从来没有对她母亲讲起她的爱情。她们母女感情很深厚,在一起过活,对这件事两个人差不多同样关怀,但是彼此却一字不提。因此在母亲告诉女儿有可能打算搬到罗马住家,或许甚至于送她到卡司特卢的修道院去过上几年的时候,这还是头一回用语言表达了她们心里几乎是同样关怀的事情。

维克杜瓦·卡拉法的谈话是不谨慎的,只能以她对女儿的溺爱作为谅解的理由。海兰迷恋爱情,希望向她的情人证明,她不以他的贫穷为羞,她对他的信任没有止境。佛罗伦萨的作者喊道:"赴过许多次与可怖的死亡为邻的冒险的幽会,在花园里,甚至于有一两次在她自己的房间里,海兰是纯洁的!谁会相信啊?她对自己的贞操有着强烈的信心,所以将近半夜的时候,她向她的情人建议,从花园走出府第,到他盖在阿耳柏遗址上的、相隔一公里远近的小房子里去过后半夜。他们改扮成圣·方济各的修士。海兰有一个修长的身材,这样一装扮,就像一个十八岁或二十岁的年轻的新教友。令人难以相信的,也看得出来是无意的,是虞耳和他的情人,扮成修士模样,在岩石中间开凿出来的窄路上(那条路现在还贴着风帽修士的修道院的外墙),遇见了堪皮赖阿里贵人和他儿子法毕欧。他们从湖边附近一个小镇冈多尔福庄园回来,后面跟着四个武装好了的听差,前头有一个侍童举着一根点亮了的火把。岩石中间开凿的这条小路约莫有八尺宽,堪皮赖阿里父子和他们的听差给两位情人让路,闪在左右两旁。海兰这期间要是被识破了该是多么幸福啊！她父亲或者她哥哥一手枪把她打死，她的痛苦也只是短暂的一刹那；不过上天别有一番安排（Superis aliter visium）①。

"关于这一次奇怪的相会，人们还添了一些情节：堪皮赖阿里夫人活到期颐之年，将近一百岁了，有时候还在把它讲给罗马一些重要人物听；他们也都很老了。经不起我的不知足的好奇心问东问西，她对我重述了一遍。

"法毕欧·德·堪皮赖阿里是一个以勇敢自居和睥睨不群的年轻人，他注意到年纪较大的修士，从他们的身旁走过，离得很近，既不向他父亲致敬，也不向他致敬，不由喊了起来：

"'这混蛋修士怎么这么傲气！上帝知道他到修道院外面干什么，他和他的同伴，在这种可疑的时刻！我不晓得是什么拉住我，不让我掀开他们的风帽，否则，我们就看见他们的嘴脸了。'

"虞耳听见这话，握住他道袍底下的短剑，走到法毕欧和海兰中间。他这时候离法毕欧不过一步远近，但是上天别有一番安排，两个年轻人的怒火奇迹般地平息下来了，不过没有多久，他们又该碰在一起了。"

后来在讼案进行的时候，官方控告海兰·德·堪皮赖阿里，就想把这次夜游作为伤风败俗的一个证据。其实这只是一颗被痴情燃烧的年轻的心一时冲动罢了，而心却是纯洁的。

三

有一件事大家应当知道：奥尔西尼家族②和考劳纳家族是死

---

① 拉丁文，即"上天别有一番安排"。
② 奥尔西尼是中世纪和文艺复兴时期罗马一个封建世家，出过五个教皇，三十多个红衣主教，还不算若干出名的佣军统领。

对头，奥尔西尼家族当时在离罗马最近的村庄中权势很大，前不久利用政府的法院，把一个生在派特赖拉的叫作巴塔沙尔·班第尼的富裕农民判了死刑。班第尼被指控的种种行迹，在这里述说一遍，未免太长：虽然大部分在今天都将构成罪行，可是在一五五九年，却不能以这样严格的方式来考虑。班第尼囚禁在一座属于奥尔西尼家族的庄院里，离阿耳巴诺二十六七公里远，坐落在法耳孟陶奈那边的山里。罗马的警官带了一百五十名宪警，在大路上过了一夜，来提解班第尼，把他押送到罗马的陶尔第闹纳监狱。班第尼曾经对判决死刑向罗马提出过上诉。不过我们前面说过，他是派特赖拉人，派特赖拉是考劳纳家族的寨堡，所以班第尼女人乘法柏利斯·考劳纳在派特赖拉的时候，当众对他讲：

"您就由着您的一个忠心随从死掉吗？"

考劳纳答道：

"上帝明鉴，对我主教皇的法院的决定，我没有丝毫不尊重的心思！"

他的兵士立刻接到命令；他吩咐他的党羽全都做好准备。集合地点指定在法耳孟陶奈附近。法耳孟陶奈是一座小城，建在一座不高的山头上，但是有笔直的悬崖作围墙，垂直的高度几乎有六十到八十尺。奥尔西尼的党羽和政府的宪警曾经顺顺当当地把班第尼押在这座属于教皇的城里。在当道的最热心的党羽之中，有堪皮赖阿里贵人和他的儿子法毕欧，并且他们和奥尔西尼家族还有一点亲戚关系。相反，虞耳·柏栾奇佛尔太和他父亲，却始终靠近考劳纳家族。

遇到不便公开的情形，考劳纳家族就采用一种极其简单的预防措施：罗马大多数富裕的农民，过去（今天还这样做）都加入一种悔罪会①。悔罪者按例不在公共场合出现,要出现就用一块布蒙住他们的头,遮住他们的脸,在布上正对眼睛的地方戳两个洞。考劳纳家族不想承认一件事的时候,就请他们的党羽穿上他们悔罪者的衣服来集合。

两星期以来,递解班第尼已经成了当地的新闻。这事经过长期准备,指定在一个星期天执行。这一天,早晨两点钟,法耳孟陶奈的县长传令法焦拉森林所有的村庄都打钟。每一个村庄都出来相当多的农民。(在中世纪共和国时代,为了把想要得到的东西弄到手,人们就互相殴打;由于这种风俗的缘故,农民在心里还保存着大量的勇猛,换在我们今天,听了钟声,谁也不会移动一步。)

这一天,有一件相当奇怪的事惹起了人们的注意,那就是每一个村庄出来了一小队武装的农民,朝森林里走去,走到最后,人少了一半;考劳纳家族的党羽在朝法柏利斯指定的地点集合。他们的头目似乎相信当天不会动手;他们早晨得到命令,散布这种流言。法柏利斯带着他的精锐部队,在森林里巡逻;他们骑着他马场里的还没有完全驯服的小马。他对农民形形色色的支队进行了相应的检阅,只是他不同他们讲话,因为随便一句话都会坏事。法柏利斯是一个瘦高的个子,有难以令人相信的敏捷和气力;年纪不到四十五岁,头发和胡须却已经雪白一片,这很不合他的心意,因为有些地方他是不喜欢被人识破的,可是有了这个标记,就瞒哄不过了。农民一看见他,就喊:"考劳纳万岁!"戴上他们的布风帽。爵爷本人的胸前也挂着一顶风帽,为的是一望见敌人,就好把风帽戴上。

敌人一点也没有让他们久等:太阳才出来,就有约莫一千奥尔西尼家族的党羽,从法耳孟陶奈那边过来,钻进森林,离法柏利斯·考劳

---

① 悔罪会是一种兄弟会组织,十三世纪在意大利就有了,现在还有。悔罪者蒙着一块风帽似的布袋,盖住头和肩膀,颜色依照派别,各有不同。他们平时参加送殡、唱赞美诗等事。

纳的党羽大概有三百步远。法柏利斯吩咐他的部下俯伏在地上。组成前卫的奥尔西尼的人手的最后一部分过去了几分钟以后，爵爷吩咐他的部下动手：他决定在押解班第尼的宪警进入森林一刻钟以后发起攻击。森林这个地点，布满了十五尺或二十尺高的小石块；这是火山喷出来的东西，相当古老，上面长着栗子树，枝叶茂密，差不多把天全遮住了。这些喷出来的东西，经过时间的侵袭，弄得地面很不平整，所以为了避免大路上这许多坑坑洼洼，人们把它们挖空了，大路经常要比森林的地面低下去三四尺。

挨近法柏利斯拟定的进攻地点，有一块空旷的草地，大路穿过它的一端，再折进森林。在这块地方，树身和树身之间长满了荆棘和灌木，人钻不进去。法柏利斯在森林里面一百步的地方，沿着大路两旁，埋伏好了他的骑兵。爵爷做了一个手势，个个农民戴好风帽，拿好枪，站到一棵栗子树后，爵爷的兵士站到离路最近的树后。农民奉到严格命令，只许在兵士放枪以后放枪，而兵士开火，要在敌人相距二十步的时候。路在这个地点相当窄，洼下去三尺。法柏利斯叫人赶快砍掉二十来棵树，连树枝一起扔到路上，完全把路隔断。拉吕斯队长带了五百人，跟在前卫后头，奉到命令，听见截路的乱树堆那边发出头一阵枪声，才许进攻。法柏利斯·考劳纳看见他的兵士和他的党羽，人人在树后站好，充满决心，他就率领他手下的全部骑兵（里面有虞耳·柏栾奇佛尔太），驰往别的地方去了。爵爷选了大路右手的一条小道，这条小道通到离路最远的空地的尽头。

爵爷走开不过几分钟，就见沿着法耳孟陶奈大路，远远来了一大队骑马的人。他们是押解班第尼的宪警和警官，以及奥尔西尼家族的全部骑兵。巴塔沙尔·班第尼在他们正当中，四个穿红衣服的刽子手围着他。他们奉到命令，如果看见考劳纳的党羽要救走班第尼，就执行初审的判决，把他处死。

考劳纳的骑兵刚一来到离路最远的空地或者草地的尽头,考劳纳就听见他埋伏在大路上乱树堆前的部下放了头一阵枪声。他立刻吩咐他的骑兵出动,朝着围住班第尼的四个穿红衣服的刽子手冲去。

我们不详细叙述这件延续不到三刻钟的小事了。奥尔西尼家族的党羽,惊惶之下,四面逃散,但是在前卫的正直的拉吕斯队长却遇害了:这意外的事故对柏栾奇佛尔太的命运起了很坏的影响。后者一直杀奔穿红衣服的人们,刀才挥了几挥,就和法毕欧·堪皮赖阿里遇了一个正着。

法毕欧骑着一匹烈马,穿着一件镀金的锁子甲,喊着:

"这些蒙住脸的混账东西是什么人呀?拿刀割开他们的面具;看我怎么做!"

几乎就在同时,虞耳·柏栾奇佛尔太的额头横里挨了他一刀。这一刀砍得十分灵巧,就在蒙脸布掉下来的同时,他觉得伤口里流出来的血迷糊了他的眼睛。伤口并不严重。为了取得喘气和擦脸的时间,虞耳把马移开了。他说什么也不愿和海兰的哥哥打仗;他的马已经离开法毕欧四步远了,当胸又狠狠挨了一刀,仗着他的锁子甲,刀没有戳进去,可是他有一时气也喘不过来。几乎就在同时,他听见耳边有人喊道:

"Ti conoso, Porco①!混蛋,我认识你!原来你就靠这个赚钱,换掉你的破衣服啊!"

虞耳被激怒了,忘记他先前的决心,杀奔法毕欧。喊着:

"Ed in mal punto tu venisti! ②"

两下里交锋了几回合,盖着他们的锁子甲的衣服纷纷脱落下来。法毕欧的锁子甲是镀金的、华丽的,虞耳的锁子甲是最普通的锁子

---

① 意大利语,即下文:"混蛋,我认识你!"
② 意大利语:"你是自己找死!"(原作者注)

甲。法毕欧对他喊道：

"你从哪条阴沟里捡到你的锁子甲的？"

就在同时，虞耳找了半分钟的机会找到了：法毕欧的考究的锁子甲在脖子那个地方不够紧密，有一点露在外头，虞耳照准了就一剑刺过去。虞耳的宝剑刺进法毕欧的咽喉五寸深，冒出一大股鲜血。虞耳喊着：

"傲慢的东西！"

他快马杀向穿红衣服的人们，有两名还骑着马，离他一百步远。他靠近他们的时候，第三名倒下来了。可是就在虞耳赶到第四名刽子手前面的时候，后者看见有十多个骑兵围住他，就在很近的距离内朝不幸的巴塔沙尔·班第尼放了一手枪，他倒下去了。柏栾奇佛尔太喊道：

"我的亲爱的先生们，我们这儿没有事干啦！那些坏蛋宪警在朝四面跑，把他们干掉！"

大家跟着他。

半点钟后，虞耳来到法柏利斯·考劳纳跟前，这位贵人是有生以来头一次同他讲话。虞耳发现他气疯了；胜利是有充分把握的，这完全是由于他的巧妙的布置，因为奥尔西尼家族有将近三千人，而法柏利斯这一回只集合了一千五百人。虞耳以为胜利了，看见他会大喜欲狂的，爵爷却对虞耳喊道：

"我们损失了你勇敢的朋友拉吕斯！我方才亲自摸过他的身子，人已经冰冷了。可怜的巴塔沙尔·班第尼受了致命伤。所以实际上，我们没有成功。不过正直的拉吕斯队长的阴魂谒见普路东[①]的时候，结的伴儿倒不少。我下令把全部坏蛋俘虏吊到树枝上头。"

---

① 普路东是希腊神话中的冥王，朱庇特的兄弟。

他提高嗓子喊着：

"照我的话办，先生们！"

他又驰往前卫作战的地方去了。虞耳可以说是拉吕斯那队人马的副统领，他跟在爵爷后面。爵爷来到这勇敢的兵士跟前，尸首躺在地上，周围有五十多具敌人尸首。爵爷再次下马，握住拉吕斯的手。虞耳学他这样做，哭着。爵爷向虞耳道：

"你还年轻，可是，我看你一身血，你父亲是一个勇敢的人，帮考劳纳做事，受过二十多次伤。拉吕斯剩下的队伍，你就率领了吧，把他的尸首送到我们的派特赖拉教堂，当心路上也许会受到攻击。"

虞耳没有受到攻击，但是他一剑杀死了他的一个兵士，这家伙对他讲，他作统帅太年轻。虞耳的轻率的举动是有收获的，因为他还染着一身法毕欧的血。他一路看见树上挂着被吊死的人。这种悲惨恐怖的景象，外加拉吕斯的死，尤其是法毕欧的死，快要把他逼疯了。他唯一的希望是没有人知道战胜法毕欧的人的姓名。

我们略过军事细节不谈。战斗三天之后，他可以回阿耳巴诺去过几小时；他告诉熟人：他发高烧，在罗马回不来，被迫在床上躺了整整一个星期。

但是他处处受到特殊尊敬；城里最有声望的人们争先向他致敬；有几个粗心的人甚至于喊他队长大人。他有几次打堪皮赖阿里府前面经过，发现大门关得严严的。新队长有些话想问人，可是由于很胆怯，拖到中午，才拿定主意，对一向待他很好的老头子司考提道：

"堪皮赖阿里一家人哪儿去啦？我看见他们的大门关着。"

司考提立刻变得忧郁了，回答道：

"我的朋友，这个姓你应当永远不提才是。你的朋友全相信是他在找你，而且他们也会到处这么说的；可是说到临了他是你婚姻的主要障碍；可是，他终于死了，留下一个阔极了的妹妹，她又爱你。甚至于朋友们还可以这样讲（随便说话在目前也成了美德），他们可以讲：她爱你爱到了这般地步，晚上到你在阿耳柏的房子去看你。这样，朋友们就可以从你的利益出发，说什么在齐安皮（当地人为我们方才描述的战斗取的名字）的不幸的战斗之前，你就是夫妻了。"

老头子住了口，因为他看见虞耳在流眼泪。虞耳道：

"我们到高头的客店去。"

司考提跟着他；人家给了他们一间房，他们把门锁住。虞耳要求老头子许他讲一遍一星期以来发生的事故。老头子听完了他原原本本的详细讲述，说道：

"我从你的眼泪看得出来，你事前没有存心这样做；不过法毕欧这一死，对你反正是没有好处的。一定要让海兰对她母亲讲，你早就是她的丈夫。"

虞耳没有回答，老头子把这看成一种值得夸奖的审慎。虞耳深深地沉入一种缅想，他问自己，海兰在兄长去世的刺激之下，会不会承认他对她的情义；他后悔从前不该那样迂腐。随后，由于他的询问，老头子对他毫无隐瞒地说起打仗那一天在阿耳巴诺发生的全部事故。法毕欧被杀是在上午六点半钟，离阿耳巴诺有二十七八公里地，想不到从九点钟起，人们就开始在谈论他的死了！将近正午的辰光，就见老堪皮赖阿里淌着眼泪，扶着听差，到风帽修士的修道院去了。没有多久，就见三位长老骑着堪皮赖阿里的骏马，后头跟着许多听差，顺着通齐安皮村的大路走去。战斗是在齐安皮附近发生的。老堪皮赖阿里执意要跟他们一道去，不过大家把他劝住了，理由是法柏利斯·考劳纳正在气头儿上（大家不太清楚是为了什么），万一他当了俘虏的话，是不会好好地对待他的。

将近半夜的时候，法焦拉森林像失了火一样：阿耳巴诺的全体修士和穷人，每人举着一枝点亮了的大蜡烛，去迎年轻的法毕欧的尸首。

老头子好像怕人听见,压低声音,继续道:

"不瞒你说,通法耳孟陶奈和齐安皮的路……"

虞耳道:

"怎么样?"

"怎么样,这条路经过你的房子,法毕欧的尸首经过这个地方时,血从脖子上一个可怕的伤口里冒出来。"

虞耳站起来喊道:

"多可怕呀!"

老头子说:

"我的朋友,你静一静。你看得出来,你应当全知道。现在我可以对你说了,你今天在这个地方露面,似乎有点儿嫌早。你既然赏我脸,找我商量,我就不妨说: 队长,从现在起,一个月里,你在阿耳巴诺露面不相宜。我用不着提醒你,你去罗马也不谨慎。圣父①对考劳纳采取什么态度,人们还不知道;法柏利斯说他晓得齐安皮战斗,还是听别人讲起的;大家以为法柏利斯这话,圣父会信以为真的。不过罗马总督是奥尔西尼方面的人,一肚子闷气,巴不得吊死一两个法柏利斯的勇敢的兵士才痛快;他这么做,法柏利斯找不到理由上告,因为他赌咒说他没有参预战斗。此外,我还有话讲。尽管你没有要求我讲,我还是自作主张,要对你提一个军事上的意见: 阿耳巴诺人爱你,不然的话,你在这里不会安全的。你想想看,你在城里散步好几小时了,就许有一个奥尔西尼家族的党羽,以为你在对他挑衅,或者至少会想到容易赚一大笔报酬。老堪皮赖阿里重复了一千回,说谁杀死你,他就把最好的地送给谁。你家里有兵,就该派几个下来到阿耳巴诺才

---

① 指教皇。

是……"

"我家里没有兵。"

"这样的话,队长,你是疯子。这家客店有一座花园,我们回头从花园出去,穿过葡萄园溜掉。我陪着你;我老了,不带家伙;不过万一我们遇见不存好心的人,我跟他们讲讲话,至少可以帮你争取争取时间。"

虞耳心碎了。我们敢说他疯到什么程度了吗?他一听说堪皮赖阿里府关了门,全家去了罗马,他就计划再去观看一趟那座花园,他往常和海兰在这里会过好多回。他甚至于希望再看一回她的房间,她母亲不在家的期间,她就在这个房间里接待过他。他曾经在这些地点看见她对他很温存来的:他需要看它们一眼,好让自己相信她没有生他的气。

柏栾奇佛尔太和善心的老头子,沿小路穿过葡萄园,朝湖那边走去,没有遇到任何意外。

虞耳请他再讲一遍年轻的法毕欧出殡的详情。许多教士护卫着这勇敢的年轻人的尸体,一直送到罗马,埋在雅尼库尔小山顶上圣·奥吕福尔修道院里本家的小礼拜堂里。有一件事很特别,就是在出殡的前一天,大家注意到,海兰又被她父亲送回卡司特卢的拜访女修道院;这证实外面的流言,说她私下里嫁给了不幸杀死她哥哥的响马。

虞耳来到他的房子前面,发现他部下的班长带着四个兵士在等他;他们告诉他,他们的旧队长,如果身边没有几个人手是从来不走出森林的。爵爷说过几回了,谁愿意粗心大意被人弄死,必须事先辞职,免得他负担给死者报仇的义务。

虞耳·柏栾奇佛尔太明白这些见解的正确性,到现在为止,他根本就不理会。他和那些幼稚的民族一样,以为战争只是奋勇厮杀。他立刻就照爵爷的意思去做;他仅仅留出一点时间,和明白事理的老头子吻别：老头子一番好意，一直陪他到他的房门口。

但是几天过后，虞耳闷闷不乐，成了一个半疯子，又看堪皮赖阿里府来了。天一黑，他和他的三个兵士，改扮成那不勒斯买卖人，进了阿耳巴诺。他一个人来到司考提家里。他知道了海兰一直被关在卡司特卢的修道院。她父亲认为她已经嫁给杀他儿子的凶手（他这样称呼虞耳），发誓再也不要见她。就是送她去修道院，他也没有见她。相反，母亲的慈爱似乎加倍了，她时常离开罗马，去和女儿过上一天两天。

四

当天夜晚，虞耳回到他的部队在森林里的营地，问自己道："我不到海兰跟前把事情解释清楚，她临了会相信我是凶手的。上帝晓得别人对她讲起这次不幸的战斗的时候，夹七夹八，编造了些什么！"

他到派特赖拉寨堡听取爵爷的命令，顺便请他允许自己去一趟卡司特卢。法柏利斯·考劳纳皱紧了眉头：

"这回小冲突的事，还没有跟圣上说明白。你应该知道，我讲了真话，这就是说：我对这次冲突根本不知情，连消息也还是第二天，在这里，我的派特赖拉寨堡里听人说起的。我有充分理由相信，圣上最后会相信我讲的是真话。不过奥尔西尼家族有势力，而且人人讲你在这次小冲突里头很露脸。奥尔西尼那方面甚至于还瞎扯有好几个俘房，让人在树枝上吊死了。你晓得这话是假的，不过提防提防报复，总是好事。"

年轻的队长的天真的目光中显出了极大的惊奇神情。爵爷一方面觉得有趣，一方面又见他太不懂事，觉得只有把话说得再清楚些才能见效，就接下去道：

"我在你身上看到了让全意大利知道柏栾奇佛尔太这个姓的无比骁

勇。我希望你能像你父亲那样，对我一家人忠心耿耿，我一向另眼看待他，愿意在你身上有所报答。这是我的队伍的口令： 永远不许透露关于我或关于我的兵士的真情实况。在你非开口不可的期间，你要是看见撒谎没有一点点用处，你就信口乱扯好了，可是就像不做什么伤天害理的坏事一样，半句真话也不要讲。你明白，它和别的情报混在一起，就可能破坏我的计划。不过我知道，你在卡司特卢的拜访修道院，有一个小情人；你不妨到这座小城玩两个星期。奥尔西尼家族在这座小城不缺朋友，甚至于代理的人手也不缺。你去看一趟我的管家，他会给你两百塞干的。"

爵爷笑着接下去道：

"凭我对你父亲的友谊，我想帮你出些主意，谈好这次恋爱，也就是安排好这次军事行动。你和你的三个兵士扮成商人；伙伴中间有一个人，专门请卡司特卢的游手好闲的人来喝酒，整天醉醺醺的，这样他可以结交很多朋友；你找机会对他发脾气。"

爵爷换了声调接下去道：

"可是万一你让奥尔西尼那方面逮住，判你死刑，千万不要招出你的真名实姓，尤其不要招出你是我的部下。我用不着叮嘱你，巡游一下所有的小城，从这个城门进去，就从那个城门出来。"

这些慈父般的劝告，从一个平日那样严肃的人的嘴里说出来，很让虞耳感动。看见年轻人的眼里有眼泪，爵爷先还微笑着，后来自己的声音也变了。他的手指戴着许多戒指，他摘下一个，虞耳接过戒指，吻着这只做过许许多多大事的手。年轻人兴奋地喊道：

"连我父亲都从来没有对我说过这么多的话！"

第三天，天亮以前不多久，他进了卡司特卢小城的城墙；有五个兵士跟着他，都和他一样打扮： 有两个自成一组，像似不认识他，也不认识另外三个。虞耳没有进城，就望见了拜访修道院的巨大建筑，黑墙围着，有些像堡垒。他朝教堂跑了过去；教堂是华丽的。女修士全是贵族，大多数家里有钱，自尊心很强，彼此抢着装潢这座教堂。这是修道院唯一面向公众的部分。根据旧日的习惯，保护拜访修道院的红衣主教呈上一张名单，教皇在三位小姐当中指派一位做院长，院长献上一件贵重物品，好让自己名垂万世。献上的物品比不上前任院长的礼物，她和她的家族就要被人看不起。

大理石和镀金闪闪发光，虞耳颤巍巍地走进这庄严的建筑。说实话，他一点没有想到大理石和镀金；他觉得海兰在望他。有人告诉他，大圣坛值八十多万法郎；但是他丢开大圣坛的珠宝不看，望着一个镀金的栅栏，约莫四十尺高，两根大理石方柱把它隔成三部分。高大的栅栏，森严可畏，高耸在大圣坛后面，隔在女修士的合唱厅和向全体信徒开放的教堂之间。

虞耳对自己讲，赶上圣事、女修士和住读生全到镀金栅栏后面。一位女修士或者住读生，需要祷告，白天随时可以到教堂内部来；可怜的情人的希望就建筑在这人人知道的情形之上。

一幅巨大的黑幔确实挂在栅栏里面；但是，虞耳心想，幔子遮不了住读生的视线，他们还是能望见教堂里的公众。就说我吧，还隔着一段距离，不能够靠近，我还能清清楚楚地隔着幔子望见照亮合唱厅的窗户，还能够辨别得出建筑上的细部。金碧辉煌的栅栏的每根柱子，面对出席的人，全有一个坚硬的尖尖头。

面对栅栏左半边，虞耳在最亮的地方选了一个极明显的位置；他在这里消磨辰光，听弥撒。看见周围只有乡下人，他希望隔着挂在里面的黑幔，栅栏里头的人能注意到他。这朴素的年轻人有生以来第一次追求效果，他的衣着是考究的；出入教堂，他大量布施。那些和修道院有若干关系的工人及供应小贩，他和他的随从是不轻易放过的。可是直到第三天，他才得到希望递一封信给海兰。他派人钉牢两个负责给修道院买一部分东西的勤务修女；其中一个和一个小商人有来往。虞耳有一个兵士当过僧侣，跟商人做朋友，答应他每递一封信给海兰·德·堪皮赖阿里，就送他一个塞干。

第一次谈到这件事的时候，商人道：

"什么！给强盗女人带一封信！"

海兰来到卡司特卢不到两星期，这称呼就被定下来了：喜爱每一个正确细节的民族，想象不动则已，一动就如脱缰之马。

小商人接下去道：

"至少，她是结了婚的！其实，我们有许多位小姐，不用这做借口，不单收到信，还收到外头好些别的东西。"

在这第一封信里，虞耳仔仔细细叙述法毕欧死的不幸的一天的种种经过，他在结尾道："你恨我吗？"

海兰回答了一行字：她不恨任何人，她要以她有生之年，试着忘记那使她哥哥丧命的人。

虞耳急忙回答；他模仿当时流行的柏拉图的文体，把命运咒骂一通之后，继续说道：

那么，你愿意忘记上帝给我们留在圣书里的话吗？上帝说：女人离开家和父母，随她的丈夫走。你敢说你不是我的女人吗？想一下圣·彼得节那天[①]夜晚。曙光已经在卡维峰后头露出来了，你扑在我前面跪着；我真想答应你；只要我肯，你就是我的；你抵抗不了你当时对我的爱。我先前同你讲过好几回了，许久以来，我就在为你牺牲生命和我在世上可能有的最珍贵的东西，忽然我觉得，你可能回答我，尽管你从来没有回答我：这一切牺牲，没有任何外在行动作标记，可能只

---

① "圣·彼得节那天"是六月二十九日。

是想象上的。一个念头在我心里亮起来了，它对我是残酷的，然而实际上是正确的。我心想，运气给我机会，为你牺牲我可能梦想到的最大的幸福，这也许是有原因的。你已经在我怀里，也不抗拒，你还记得吗；甚至你的嘴也不敢抗拒。就在这时候，卡维峰的寺院响起早晨"敬礼马利亚"的钟声，奇迹般的运气出现了，这响声一直传到我们这里。你对我讲：为了圣母、这位全贞母，你牺牲这一回。一时以来，我已经想到这最高的牺牲、我自有机会为你做的唯一真实的牺牲。我认为奇怪的是，你也想到这上头。"敬礼马利亚"的遥远的钟声感动我，我承认，我答应了你的请求。牺牲也不是完全为的你；我以为这样一来就把我们未来的结合放在圣母保护之下。当时我想，负心的人，困难不会从你这方面来，要来也从你的既富且贵的家庭方面来。要是没有神明干预，"安皆路斯"①的钟声，怎么会从半个森林之外那么远的地方，掠过被早晨的微风吹拂着的林海，传到我们耳边？当时，你记得，你跪在我面前，我站起来，从胸前取出我戴在身上的十字架，你对着如今就在我面前的十字架，赌着永劫不复的咒：不管你到什么地方，不管出什么事，我一有命令给你，你就完全听我指使，就像卡维峰的"敬礼马利亚"的钟声从老远地方传到你的耳边一样，赶来听我指使。随后我们虔诚地说了两遍"敬礼"，两遍"天父"。好啦！以你当时对我的爱，万一你忘了，我怕你是忘了，以你赌的永劫不复的咒，我命令你今天夜晚接见我，在拜访修道院的花园或者你的房间。

　　虞耳·柏銮奇佛尔太，在这封信之后，又写了许多长信，意大利作者全好奇地保留下来；但是海兰·德·堪皮赖阿里的回信，他却只有一些节录。经过二百七十八年，这些信充满的爱情和宗教情绪离我

---

① "安皆路斯"，是教会关于耶稣降生的祷告文，意思为"天使"，这是祷告文的头一个字。全文共分三节，每节之后加一"敬礼马利亚"，成一整体。

们远哉遥遥,我怕它们太冗长了。

大概由于这些信罢,我们方才节译的那封信,里面就包含着命令,海兰最后服从了。虞耳设法混进修道院;一句话说穿了——他扮成女人。海兰接见他,但是,只在朝花园开的底层窗户的栅栏那边。虞耳有说不出来的痛苦,他发现这年轻女孩子,从前那样柔情,甚至于那样激情,竟然变成一个陌生人;她待他几乎有了礼貌。她让步,许他进花园,几乎完全由于遵守誓言的缘故。会晤是短暂的:过了一会儿,虞耳的傲气或许是有一点受了两星期以来发生的事件的刺激,终于战胜了他的沉痛。

他私下问自己道:

"在阿耳巴诺,海兰像是拿自己永远给了我,如今在我面前,我看见的只是海兰的坟墓。"

所以,虞耳的大事就是把眼泪收起,因为海兰同他讲起话来,客客气气的,给他惹出一脸的眼泪来。她说,哥哥死后,她有了改变是很自然的;她一说完话,虞耳就慢悠悠地对她道:

"你不执行你的誓言,你不在花园接见我,你不是跪在我面前,像我们从前听见卡维峰的'敬礼马利亚'钟声半分钟以后你的样子。如果能够的话就忘记你的誓言吧;至于我,我什么也忘不了;愿上帝保佑你!"

虽说他在栅栏窗户旁边还可以待上将近一小时,可他说完这话,还是走了。这次会晤他那样盼望,一刻钟之前谁会想到他甘愿缩短会晤的时间!这种牺牲撕烂了他的心;不过,他心想他要是换一个方式回答她的礼貌,不引起她的疚心,就是海兰也要蔑视他。

天亮之前,他从修道院出来马上吩咐他的兵士在卡司特卢等他一整星期,再回森林去;他难过得不得了。他开始向罗马奔去。

每走一步,他都要对自己说:

"什么！我离开她！什么！我们彼此变成了陌生人！嘻，法毕欧！人家可报了你的仇了！"

他一路遇见的行人都增加了他的愤怒；他策马穿过田野，奔往沿海的荒凉的沙滩。他遇见那些和平的乡下人，羡慕他们的命运，直到他们不再扰乱他的心情，他才呼吸自如：这荒野地点的景色和他的绝望是一致的，这减轻了他的忿怒；于是他能静下心来考虑他可怜的命运了。

他问自己道：

"在我这年龄，我有一个办法：爱另外一个女人！"

碰上这种忧愁的思想，他觉得他的绝望加倍了；他看得太清楚了，对他来说，世界上只有一个女人。他想象自己要受什么样的罪，当着另外一个女人，不是当着海兰，敢于说出"爱"这个字来：想到这上头，他心碎了。

他苦笑了一阵。

他想道：

"我现在活像阿芮奥斯特写的那些英雄，只好忘掉他们负心的待在别的骑士的怀里的情妇，独自在荒凉的地方旅行……"

一阵狂笑之后，他流着眼泪问自己道：

"不过，她的罪名没有那样大；她不忠心，不见得就爱别人。是别人讲我讲得太残忍，这活泼、纯洁的心灵才迷失了本性。不用说，别人在她面前形容我，说我参加这次不幸的出兵，只为私下里希望找机会杀死她兄长。也许讲得还要坏：栽诬我存心不良，她哥哥一死，她就成了巨大财产的唯一继承人……我呀，糊涂透顶，整整两星期，让她受我仇人的勾引！我应当承认，就算我很不幸，上天也把指导生活的见识都给我剥夺光了！我是一个很可怜、很值得蔑视、很值得蔑视的人！我活着对人没有用处，对自己更没有用处。"

就在这时候,年轻的柏栾奇佛尔太忽然产生了一个在那一世纪很少有的念头:他的马走上海岸的边缘,浪花有时候打湿蹄子;他想把马打下海,就这样结束掉他遭到的可怕的命运。世上唯一使他感到还有幸福存在的人舍弃了他,今后他怎么办?接着一个念头忽然止住了他的行动。

他问自己道:

"一旦这可怜的生命完结了,我还是要受痛苦的,比比这个,我现在的痛苦算得了什么?海兰对我将不再像她在现实里对我那样光是冷淡了,我将看见她待在情敌的怀里,情敌将是罗马什么贵公子,有钱、受人尊重;因为,魔鬼将寻找最残忍的形象,撕烂我的灵魂,这是他们的责任。所以,甚至在我死后,我也不能忘记海兰;更糟的是,我对她的激情将加倍高,因为,我犯了可怕的罪过①,这是上天惩罚我所能找到的最可靠的方法。"

为了帮自己撵走诱惑,虞耳开始虔虔诚诚默诵"敬礼马利亚"。过去他只是在听早晨的"敬礼马利亚"的钟声,听献给圣母的祷告时,才被一种勇敢的行为所吸引、诱惑住,如今他把这看成他生平最大的过失。但是由于尊敬,他不敢再往远处想,把心里的意思全表达出来。

"我要是由于圣母的感召,犯了绝大的错误,难道她不应当以她无边的正义的法力,制造一种情况出来,把幸福还给我吗?"

这种圣母正义的想法,一点一点驱散了绝望。他仰起头来,望见在阿耳巴诺和森林后面,对着他,一片蓊郁的卡维峰和神圣的修道院。修道院早晨的"敬礼马利亚"的钟声曾经使他上过当,现在他把这叫做可耻的欺骗,看到了这个不期而遇的神圣地点,使他得到了安慰。

---

① "可怕的罪过",指自杀。但丁在《神曲》第十三节咏自杀者在地狱受到惩罚,变成不结果实的毒树。

他喊道：

"不会的，圣母不会舍弃我的。如果海兰是我女人的话，她的爱情许我这样称她，我男子的尊严要我这样称她，听到她哥哥死，她就该想起把她和我拴在一起的链子。远在不幸的命运把我和法毕欧面对面放在战场以前，她就对自己讲过她是我的。她哥哥比我大两岁；武艺比我高，不管怎样，他比我更勇猛、更强壮。成千上万的理由对我女人证明，不是我引起这场战斗的。她应当记得，就是她哥哥朝她开了枪，我对他从来也没有起过一点点仇恨的心思。记得我从罗马回来，我们第一次相会的时候，我告诉她说：你要怎么着？荣誉要他这样做；我不能怪罪一个做哥哥的！"

虞耳笃信圣母，又有了希望。他打起马，几小时就到了他的营盘。他发现他们在拿武器：他们取道卡散山，朝去罗马的那不勒斯大路出发。年轻队长换过了马，和他的兵士一同开拔，当天没有战斗。虞耳问也不问为什么出动，什么全不放在他的心上。看见自己站在兵士前头，他的命运的一个新景象在他前面出现了。

他问自己道：

"我简直是一个傻瓜：我不该离开卡司特卢；我生了气，心想海兰有罪，也许她不像我想的那样罪大。不会的，她不可能半路把我丢了，那样天真、那样纯洁的心灵，我看着她开始初恋！她对我有着一种万分真诚的激情！虽然我这样穷，难道她没有对我建议了十多次，同我一道逃走，请卡维峰一个修士给我们证婚？如果我在卡司特卢，首先应当想法子和她见第二面，用话说服她。激情简直让我像小孩子那样心乱！上帝！来一个朋友帮我出出主意多好！同一个行动，两分钟前我觉得坏极了，两分钟后又变得好极了！"

当天夜晚，人马离开大路回到森林里，虞耳来到爵爷跟前，问爵爷：他能不能在他知道的地方多待几天。

法柏利斯对他喊道：

"滚你的！你以为现在是我关心这种儿戏的时候吗？"

一小时后，虞耳又去了卡司特卢。他在这里找到了他的部下；不过，在他傲慢异常地离开海兰以后，他不知道怎么样给她写信。他的头一封信只有这几个字："可以在明天夜晚接见我吗？"

"可以来。"是全部回答。

虞耳走了以后，海兰相信自己是永远见弃了。于是她感到这万分不幸的可怜的年轻人的理论的全部分量：他不幸在战场和她哥哥相遇以前，她就是他的女人。

第一次会面，虞耳觉得万分残忍的那些客客气气的话，这回他听不见了。不错，海兰还是待在她的栅栏窗户后头；可是，她直打哆嗦，虞耳的声调很拘谨，说起话来就像是对一个陌生女人说话①，这回轮到海兰体会紧接着最甜蜜的亲密关系之后的近乎官腔的残忍味道。虞耳单怕海兰来上几句冷言冷语撕烂他的心，就采用律师的声调，证明海兰远在齐安皮不幸战役以前就是他的女人。海兰由他说下去，因为她要是不用简单的字句回答他的话，她担心自己要流眼泪。最后，她眼看自己撑不下去了，约好她的朋友明天再来。那一夜晚，盛大节日的前夕，早祷很早就唱起来了，他们的情形可能被人发觉。虞耳理论起来像一个多情的人，走出花园的时候，却心事重重了。他不能够肯定这次接见的情形是好是坏。同时，和他的伙伴们谈话以后，他受到了启发，动武的念头开始在他的脑子里面滋长；他问自己道：

"说不定有一天，需要把海兰抢走。"

他开始考虑用武力冲进花园来的方法。由于修道院很富，很值得勒索，修道院出钱雇了许许多多听差；他们大部分是老兵，住在一所类

---

① 在意大利，用"涂"(tu)、用"渥"(wo)或者用"莱伊"(lei)的方式同对方谈话，分别表示亲密的程度。"涂"是拉丁文留下来的东西，不如我们用起来那样分量重。（原作者注）

似兵营的房子里，装栅栏的窗户朝窄夹道开着。修道院的外门开在一堵八丈多高的高墙当中；夹道从外门通到传达修女看守的内门。在窄夹道左手，是高高的营房，右手是三丈高的花园围墙。修道院对着广场的那面是一堵岁月弄黑了的粗糙的墙，出口只有一扇通往外面的门和一个小窗户。兵士从小窗户往外张望。这堵大黑墙只开了一个门和唯一的一个小窗户，门包着宽宽的铁皮片子，钉着老大的钉子，窗户四尺高，一尺八寸宽，想见这堵大黑墙气象如何森严。

虞耳由海兰那边得到不断见面的机会，原来作者有详细叙述，我们从简了。两个爱人在一起的声调变得完全亲密了，和从前在阿耳巴诺的花园一样；只是海兰怎么也不肯答应到底下花园去。有一夜晚，虞耳觉得她心事重重的：原来是她母亲从罗马看她来了，要在修道院住几天。这位母亲假定女儿有私情，一向体贴入微，处处照顾，所以女儿对自己骗她，感到深深的内疚；因为，她究竟敢不敢对母亲讲起：她接见戕害她儿子性命的男子啊？海兰临了坦白告诉虞耳：万一这位慈心待她的母亲以某种方式盘问她，她说什么也没有勇气用谎话回答她。虞耳觉得他的地位危险万状；他的命运就看海兰是否会偶然泄露一言半语给堪皮赖阿里夫人知道。第二天夜晚，他以坚定的神情这样对她道：

"明天我早一点来，去掉栅栏上头一根柱子，你来到下边花园，我带你到城里一座教堂去，那边有一位对我忠心的教士帮我们证婚。天不亮，你又回到花园。你做了我女人，我就不再担心了。我们全一样为那可怕的不幸事件感到痛心，你母亲要我怎么样赎罪，我就怎么样做，哪怕是几个月不见你，我也同意。"

听见这种建议，海兰惊呆了。虞耳接下去道：

"爵爷喊我回去，荣誉和种种理由逼我动身。我的建议是唯一保障我们未来的建议；你要是不同意，我们就在这里，就在这时候，永别了。我走，我后悔自己当初粗心。我相信你赌的咒；可是你违背了最神圣的誓言。许久以来，太久了，爱情造成了我一生的不幸。我希望你的三心二意引起我对你的正当蔑视，最后帮我医好这种爱情。"

海兰流着眼泪哭喊道：

"老天爷！我母亲要气死啦！"

最后，她同意他对她提出的建议。她接下去道：

"可是，我们一来一去，可能会被人发觉；想想会有什么坏话出来，想想我母亲可怕的处境；等她走了吧，也就是几天的事。"

"信任你的话，在我是最最神圣的事了，你别叫我尽起疑心。我们明天夜晚结婚，不然的话，我们眼下是死前最后的一面。"

可怜的海兰说不出话，只能流眼泪；虞耳采用的坚定、残酷的声调尤其撕烂了她的心。难道她真配他看不起吗？这就是从前百依百顺的多情的爱人！她终于同意照他吩咐的话去做。虞耳走了。从这时候起，在最痛苦的焦灼不安之中，她等着下一个夜晚。如果她是准备好了等死，她的痛苦就不会怎么尖锐了，她就能从虞耳的爱情和母亲的慈爱的想法里找到一点勇气。后半夜是在最残忍的决心的改变之中度过的。有一时她想全讲给母亲听。第二天来到母亲面前，脸色惨白极了，母亲忘记了她种种合理的决心，扑在女儿的怀里，喊道：

"出了什么事？老天爷！告诉我，你做了什么，或者你要做什么？我看见你对我保持残忍的沉默，还不如拿一把刺刀，扎进我的心，叫我少受罪。"

在海兰看来，太显然了，母亲温存到了极点；她清清楚楚看出，母亲不但不夸张她的感情，反而想法子加以约制，不让感情流露出来；她终于感动了，跪了下来。因为母亲怪罪海兰躲着不见她，追问是什么可能成为这致命的秘密，海兰回答：明天，还有以后任何一天，她会在她身边待一辈子！不过，她求她别再问下去。

这句话说大意了,紧接下去就是和盘托出。听说杀死儿子的凶手就在眼边,堪皮赖阿里夫人气死了。不过,痛苦过去,接着就是一阵又兴奋又单纯的喜悦。晓得了女儿没有失身,谁能够想象她欢喜成了什么样子?

这位慎重的母亲,马上从头到尾,改变了全部计划;对付一个和她毫不相干的男子,她相信自己是可以耍诡计的。最残忍的激情的动荡撕烂了海兰的心:她讲出来的话真诚到了不能再真诚的地步;这苦闷的灵魂需要倾泻。堪皮赖阿里夫人,从现在起,相信自己可以为所欲为,她捏造了一连串理由:这里一样一样列举出来,就嫌长了。她不费气力,就向她不幸的女儿证明了私下结婚永远是女人一生的污点,她应当服从这样一位慷慨大方的爱人,不过,只要她肯延迟一星期再举行,她就会得到一种公开的、完全合法的婚姻,用不着私下偷着结婚。

她,堪皮赖阿里夫人,就要到罗马去;她会对丈夫说明:远在齐安皮不幸战役以前,海兰就嫁给虞耳了。有一天夜晚,她穿着一件宗教衣服,在湖边,在岩石中间凿出来的小路上,沿着风帽修士的修道院的外墙,遇见过她的父兄:婚礼就是那一夜晚举行的。母亲整天不离开女儿,最后,到了黄昏,海兰给她爱人写了一封天真的信,照我们看来,一封很动人的信。她在信上讲起斗争撕烂了她的心,临了,她跪下来求他延缓一星期。她接下去道:

母亲的信差等着送这封信,我一边写,一边觉得自己把话全讲给她听是犯了最大的错误。我相信我看见了你在生气。你的眼睛带着恨在望我;最残忍的内疚把我撕烂了。你要说我的性格十分软弱、十分懦怯、十分卑鄙:我承认你对,我亲爱的天使。可是,你想象一下这种情景:我母亲流着眼泪,几乎是跪在我面前。于是我就不可能不对她讲，有一个原因使我不能不答应她的要求。这句话我一疏忽，说出了口，我不知道是什么东西在我心里作祟，反正我们中间的经过我没有办法不全讲出来。就我能记得起来的看，我觉得自己当时惶惶无主，需要有人帮我出主意。我希望母亲的话对我有……我简直忘记了，我的朋友，这位亲爱的母亲的利害观点和你的利害观点相反。我忘记了我的第一个责任是服从你，显而易见，我不能够体验真正的爱情，据说，爱情经得起任何考验。蔑视我，我的虞耳，不过，看在上帝份上，别就半路不爱我。你要是愿意的话，把我抢走；不过，要对我公道：要不是我母亲在修道院里，随便世上什么事，哪怕是最可怕的危险，哪怕是耻辱，都不能够拦着我服从你的命令。可是这位母亲好极了！她呀天份真高！她仁厚极了！想想我往常同你说起的事，我父亲搜我的房间，我想不出一点办法拿你那些信藏起来，她把信救了出来。随后，危险过去，她连看也不要看，也不说一句责备的话，把信还了我！可不，她一辈子待我就都和这紧要关头一样。你明白我是不是应当爱她，可是，一边给你写信，说起来也可怕，我觉得我一边在恨她。她宣布，因为天热，想在花园搭一个帐篷过夜；我听见锤子的响声，这时候正在支帐篷，我们今夜不可能见面了。我担心的就是住读生的宿舍也上了锁，还有转梯的两个门也上了锁：这是从来没有过的事。有了这些预防措施，我就不可能到底下花园里来了，哪怕是为了求你息怒，我相信下来有用，我也来不了。啊！有办法的话，我这时候多想投奔你啊！我多想跑到有人帮我们结婚的教堂啊！

  这封信最后两页全是一些疯话，其中有些激情的议论，像是从柏拉图的哲学那里模仿来的。我方才译出来的信，好几个地方有这类漂亮东西，让我给删掉了。

  约莫在夜晚"敬礼马利亚"的前一小时，虞耳收到了信。太意外了；他方才正同教士安排完事。他气疯了。

"用不着她劝我把她抢走，这软弱、懦怯的东西！"

他立即奔往法焦拉森林去了。

在堪皮赖阿里夫人那一方面，她的处境如今是这样子：她丈夫躺在病床上，慢慢地朝坟墓走着，没有办法在柏栾奇佛尔太身上报仇。他送大量款项给罗马的布辣维，没有用，他们这些布辣维谁也不肯攻击考劳纳爵爷的一个伍长（他们这样称呼考劳纳的部下），因为他们深信自己和家里人要被杀个一干二净。不到一年的事，考劳纳为一个兵士报仇，就把整个村子都烧光了，还把逃到田野里去的男女居民的手脚拿绳子捆住，抛到着了火的房子里。

堪皮赖阿里夫人在那不勒斯王国有许多田地；她丈夫吩咐她到那边找些刺客来，可是她只是表面服从：她相信女儿和虞耳·柏栾奇佛尔太的关系是挽不回来了。万一真是这样的话，她心想，虞耳应当进西班牙军队，打一仗两仗去。西班牙当时正在和福朗德的反叛分子打仗①。万一打仗打不死他，她心想，婚姻势在必行，这就是上帝不反对的表示。这样的话，她就把她在那不勒斯王国的田地送给女儿，虞耳·柏栾奇佛尔太挑一块田地当姓用②，和太太到西班牙住几年。经过这一切考验，她或许有勇气见他。可是女儿一招认就改变了全部面貌：婚姻不再是势所必行的：完全相反，海兰给她爱人写我们译出来的信的时候，堪皮赖阿里夫人正在写信到派司喀辣和基耶提，吩咐佃户送些可靠的打手到卡司特卢来。她并不瞒他们，这是为她儿子法毕欧、他们的少东家报仇。天黑之前，信差就出发了。

---

① 福朗德，中世纪后一个地理名称，包括荷兰与比利时两个现代国家，当时属西班牙统治。小说的历史时代正是西班牙菲力普二世的统治时期（一五五六——一五九八）。那不勒斯王国也在他统治之下。他是一个极端天主教徒，对福朗德（北部信奉耶稣教）采取高压与重税政策，激起民变，衍成全民性的革命战争。一五七二年起，福朗德新兴的资产阶级对封建统治者西班牙开始进入战斗，北部七省在一五八一年宣布独立。

② 拿"田地当姓用"，表示一个人有了地主身份，基本上取得了贵族资格。

五

但是，第三天，虞耳就回到卡司特卢来了。他带来八个兵。他们干的这类危险事，爵爷有时候用死刑处分，但是他们不管爵爷生不生气，心甘情愿随虞耳来了。虞耳原来在卡司特卢有五个兵，他这回又带来八个；十四个人虽然勇敢，可是要进行袭击，他觉得还力不胜任，因为修道院仿佛像一座堡垒一样。

问题在于用武力或者使计谋通过修道院的第一道门；随后，必须穿过一个五十多步长的夹道。我们说过了，左手是一种类似兵营房子的装栅栏的窗户，女修士们在房子里面安置了三四十个听差、老兵。警报一响，猛烈的枪火就会从这些装栅栏的窗户那边放出来。

现任院长、地位最高的女修士，害怕奥尔西尼众领袖、考劳纳爵爷、马尔考·夏拉和许多在附近称孤道寡的头目打劫。万一来上八百敢死分子，以为修道院堆满金子，出其不意，占据了卡司特卢这样一个小城，怎么样抵抗呢？

平时，卡司特卢的拜访修道院，在通二门的夹道左手的营房有十五个或者二十个布辣维，夹道右手有一堵穿不透的大墙，夹道出口是一座铁门，朝一个有柱子的过厅开着；穿过过厅，就是修道院的大院子，右手就是花园。看守铁门的是传达修女。

虞耳带了八个弟兄，来到离卡司特卢三英里的地方，在一家僻静的客店住下，等最热的时间过去。直到这里，他才宣布他的计划；他随即在院子的沙土上画出他要攻打的修道院的图样。

他对弟兄们说：

"晚晌九点钟，我们在城外用饭；我们半夜进城；我们找到你们的五个伙伴，他们在修道院附近等我们。中间有一个，骑着马，假装从罗马来的信差,就说堪皮赖阿里要死,喊他太太回去。我们想法子悄悄溜过修道院的第一道门。"

他一边对他们指着沙土上的图样,一边道:

"第一道门就在营房中心。如果我们在第一道门开始战斗,我们待在小空场子上,就是这儿,在修道院前头,或者穿过连接第一道门和第二道门的窄夹道,女修士的布辣维朝我们开枪,可就太容易了。二门是铁做的,不过我有钥匙。不错,这儿有大铁杠子或者门锤子,一头搭在墙上,要是放对了榫的话,就能挡住两扇门,使人打不开。不过,这两根铁棍子太重了,传达修女拿不动,我从来没有看见它们搁上去过;因此,我出入铁门十多趟了。我希望今天晚响出入照样平安。你们明白,修道院里我有内应;我的目的是抢一个住读生,不是一个女修士;不到紧急关头,我们千万不要开枪。万一我们在来到铁栅栏二门以前就开了火,传达修女一定会喊两个七十岁的老园丁来;他们住在修道院里面;方才我同你们讲起的铁杠子,老头子就会搁上去了。万一我们碰到这倒霉事,想冲过门,就得拆墙,这要费我们十分钟;不管怎么样,我头一个奔向门去。我收买了一个园丁;不过,你们明白,我抢人的计划我不会同他谈起的。过了二门,往右手转,就到花园;一进花园,战斗开始,不管谁过来,就先结果了他。当然啦,你们要用只能用你们的宝剑,因为一点点枪声就会惊动全城,可我们出去的时候就可能受到攻击。我要和像你们这样的十三个人一起冲过这个小要塞:当然啦,没有人敢到街心来;不过,好几个市民有枪,会从窗户那边开枪的。遇到这种情形,我顺便交代一句,我们就得蹭着房墙走。一进修道院的花园,不管谁来,你们低声对他讲:闪开;谁不马上服从,你们就用短剑杀了他。你们中间谁在我身边,就随我从花园小门,到修道院楼上去,三分钟后,我带一两个女人下来;拿胳膊抱住她们,不许她们走路。马上我们就尽快赶出修道院,赶出城。你们中间,我留两个人把住城门,隔一分钟放一枪,放完二十来枪,吓唬吓唬城里头人,别到近处来。"

虞耳一连解释了两回。他对他的部下道:

"听懂了没有?到时候过厅底下会是黑洞洞的,右手是花园,左手是院子;千万别搞错。"

兵士们嚷嚷道:

"对我们放心好啦!"

他们随后喝酒去了;伍长没有跟他们去,要求和队长谈话。他对他道:

"没有比大人的计划再简单的了。我这辈子已经抢过两回修道院,这回要算第三回;可是,我们人手太少了。万一敌人逼我们,撑二门杠子的墙我们非拆不可,我们就得想到,在我们行动的长时间里,营房的布辣维不会闲着不管账。他们开枪打死你七八个兄弟,女人就会叫他们又抢了去的。在博洛尼附近一个修道院,我们就碰上这种事:人家干掉我们五个,我们干掉他们八个;可是队长没有搞到女人。我对大人提两个建议:我们待的这家客店附近,有四个乡下人我认识,在夏拉手底下卖过命,为一个塞干,可以像狮子一样打一整夜。他们也许要偷修道院什么银器;这跟你不相干,犯罪的是他们;在你,你雇他们抢一个女人。我的第二个建议是这个:屋高奈是一个有教养、挺机灵的孩子;他当医生的时候,杀了他姐夫,进了马开阿(森林)。天黑前一小时,你差他到修道院门前,搞好关系,混进守卫室,把女修士的听差灌醉;而且,他很可能会弄湿他们枪上的火捻子。"

虞耳不幸接受了伍长的建议。伍长走开的时候,又道:

"我们攻打修道院,要受出教重大处分的,而且,这修道院是在圣母直接庇护之下……"

虞耳像是让这句话提醒了,喊道:

"我懂你的话啦！别走。"

伍长关上门，回来和虞耳一同做祷告。祈祷继续了足足一小时。夜晚大家才又动身。

夜晚十一点钟，虞耳一个人去了卡司特卢，临到半夜钟响的时候，他回到城外接他的部下。他带他的八个兵士进了城，另外还有三个武装好了的乡下人，和城里的五个兵士聚到一起。他就这样做了敢死分子的头目。其中有两个打扮成听差，穿着一件宽大的黑布上身，掩藏他们的锁子甲，帽子上面也没有羽翎。

虞耳扮成信差这个角色，十二点半钟的时候，骑着快马，来到修道院门前，发出很大的响声，喊着快开门，放红衣主教派下来的一个信差进去。看见大门一旁小窗户那边回他话的兵士们有些醉了，他高兴了。他按照习惯，把名字写在一张纸上，一个兵士把名字递给传达修女；她有二门的钥匙；遇到紧急情形，她去喊醒院长。回信足足等了三刻钟；虞耳在这期间，费了很大气力才使队伍保持安静。有些居民甚至于开始胆怯地打开窗户。院长有利的回信终于来了。修道院的布辣维怕麻烦，不肯开大门，从小窗户垂下一架五六尺高的梯子；虞耳上了梯子，爬进守卫室，后头跟着两个装扮成听差的兵士。他从窗户跳进守卫室，遇见屋高奈的眼睛；仗着他能干，卫队全喝醉了。虞耳对头目说：堪皮赖阿里家里三个听差，为了护送他，他把他们扮成武装兵士，他们买到好烧酒，要求也上来，他们单独留在空场子嫌无聊。这要求被一致通过了。至于他，由两个弟兄伴着，下了守卫室的楼梯，来到夹道。

他对屋高奈道：

"想法子打开大门。"

他平平安安到了铁门前面。他在这里遇见善良的传达修女，她告诉他：已经过了半夜，他要是进修道院的话，院长就非请示主教不可;所以,院长差了一个小修女来取信,他拿信交给她好了。虞耳回答,堪皮赖阿里爵爷想不到就要死,忙乱中,他只拿到医生写的一封证明书,如果病人太太和他女儿还在修道院的话,他必须亲口把详情讲给她们听,无论如何,必须讲给院长小姐听。传达修女进去传话。门边只留下院长打发来的小修女。虞耳同她一边讲话、一边戏耍、一边拿手伸过门的粗铁条,同时,他一边笑着、一边试着开门。修女很胆小,怕起来了,不理睬他的玩笑;于是虞耳,看见糟蹋了许多时间,就冒冒失失送了一把塞干给她,求她给他开开门,说他等的太累了。史家说,他看出他把事做坏了:应当拿铁行动,不应当拿金子行动,不过,他没有体会出这必要来。修女待在门的另一边,离他不到一步远,没有比擒她更容易的了。对着这些塞干,年轻女孩子惊惶了。事后她讲,看虞耳对她说话的样式,她就明白这不是一个简单的信差,她心想:这是我们中间一个女修士的情人,为幽会来的。她是虔诚的。她恐惧了,开始使足气力,摇动一根挂在大院子里一个小铃铛上的绳子,马上一阵乱响,即使是死人也被吵醒了。

虞耳对他的部下道:

"战斗开始了,当心啊!"

他掏出钥匙,胳膊穿过铁条。打开门。年轻修女急死了,跪下来,边念"敬礼马利亚",边骂他们不敬神。虞耳这时候真应当封住年轻女孩子的嘴,可他没有勇气这样做。后来还是一个弟兄抓牢她,拿手堵住她的嘴。

就在同时,虞耳听见后边夹道发出一声枪响。屋高奈打开了大门,其余的兵士悄不作声地进来了。卫队里头有一个布辣维,不像别人那样烂醉,凑到一个装栅栏的窗户前面,看见有好多人在夹道里,大吃一惊,边骂边禁止他们往前走。他们不应当回答,应当继续朝铁门走;前头的兵士就是这样子;可是,落在最后的一个、下午招来的一个乡下人,照准窗边说话的修道院的听差就是一手枪,把他打死了。夜晚中间这一声手枪响,和醉鬼们看见伙伴摔下来的叫唤,把上了床但是没有能喝屋高奈的酒的修道院的兵吵醒了。修道院有八个布辣维,光着半个身子,跳进夹道,开始拼命攻打柏栾奇佛尔太的兵。

我们前面说过,枪响起来的时候,虞耳正好打开铁门。他跑到花园里面,后面跟着两个兵,奔往住读生的楼梯小门;可是迎接他们的是五六声手枪响。他的两个兵倒下去了,他右胳膊也中了一颗子弹。堪皮赖阿里夫人得到主教特许:她的底下人照她的吩咐,也在花园里面过夜;手枪就是他们放的。花园小门通住读生的楼梯,虞耳很熟,他就一个人奔小门去了。他用尽气力摇它,可是它关得严严的。他找他的部下,不见答应,他们死了;他在深夜遇见堪皮赖阿里的三个听差,他拔出短剑来保护自己。

他朝铁门跑,到过厅底下喊他的兵;他发现门关了:小修女拉铃铛,惊醒老园丁,老园丁把两根重极了的铁杠子搁上去,下了锁。

虞耳向自己道:

"我路断啦。"

他讲这话给他的部下听;他试着拿宝剑戳开一把锁,没有用:万一成功,他就可以拔掉一根铁杠子,打开一扇门。宝剑在锁环里头断了;就在同时,听差从花园赶过来,有一个伤了他的肩膀;他回过身子,贴住铁门,觉得有好几个人朝他进攻。他拿他的短剑保护自己;幸而夜晚漆黑,宝剑差不多全扎在他的锁子甲上。他的膝盖受了伤,很疼;有一个人一剑刺过来,冲过了头,他扑过去,照脸一短剑杀死了他,侥幸把他的宝剑抢到手。于是,他相信自己得救了;他站到院子那边、门左边。他的部下跑过来,隔着门的铁条,放了五六声手枪,吓跑了听差。在这过厅底下,仅仅靠手枪发出的火光,才看得见人。

虞耳对他的部下喊道：

"别朝我这边放！"

伍长非常镇静，隔着铁条，对他道：

"你现在像进了一个老鼠笼子；我们有三个弟兄死了。我们这就拆毁对着你那边的门的座子；你别过来，子弹要朝我们打的；花园里面好像也有了敌人！"

虞耳道：

"堪皮赖阿里的混蛋听差。"

他还在对伍长讲话，就见手枪子弹，顺着说话声音，从通花园的过厅那边朝他们射过来。

门房在进门的左手，虞耳躲进去，发现有一盏几乎看不清的灯，点在圣母像前面；他高兴极了。他小心翼翼取过灯来，怕它灭掉；他觉得出自己在哆嗦；他难过了。他望着膝盖上的伤口，伤口很使他痛苦；血大量在流。

他向四面一望，不由一惊，看出一张木扶手椅子里头有一个女人晕倒了，原来是海兰的心腹丫环小玛丽艾塔；他使劲摇她。

她哭喊道：

"什么！虞耳老爷，你想杀死你的朋友玛丽艾塔吗？"

"完全不是；告诉海兰，我吵她安息，请她宽恕，还请她记着卡维峰的'敬礼马利亚'。这儿是我在她的阿耳巴诺花园掐的一朵花；不过，沾了一点血；洗干净了再给她。"

就在这时候，他听见夹道里响起了一片枪声；女修士的布辣维在攻打他的部下。他对玛丽艾塔道：

"告诉我，小门钥匙在哪儿？"

"我没有看见；不过，这儿是顶大门的铁杠子的锁的钥匙。你好出去的。"

虞耳拿起钥匙,冲出门房,对他的兵道:

"别再拆墙啦,我总算弄到了门上的钥匙。"

完全静了下来。他试着拿一把钥匙开锁;他拿错了钥匙,换了一把;他终于把锁开开了;但是,就在他举铁杠子的时候,一颗手枪子弹从很近的地方打中他的右胳膊。他马上觉出这条胳膊不听使唤了。他对部下喊道:

"举起铁杠子。"

他已经用不着对他们说这句话了。

借着手枪的火光,他们看见铁杠子弯曲的尖头有一半脱出了门环。马上三四只强壮的手举起了铁杠子,尖头一离环子,大家就由它掉下去。于是,有一扇门能够推开一半。伍长进来,声音很低,对虞耳道:

"没有什么好干的啦,我们死了五个,没有受伤的只三四个。"

虞耳道:

"我血流的太多,我觉得我要晕过去了;叫他们抬我走。"

虞耳对勇敢的伍长讲话的时候,卫兵开了三四枪,伍长倒下去死了。幸而屋高奈听见虞耳的命令,他喊着两个兵的名字,他们举起队长。虞耳没有晕过去,吩咐他们把他抬到花园紧里、小门那边。兵听见这命令,骂起来了;不过,他们还是服从了。

虞耳喊道:

"谁打开这门,一百塞干!"

但是它抗拒着三个凶猛的人的力量。一个老园丁,站在二楼一个窗口,朝他们开了许多枪,正好照亮他们走路。

撞了许久门,没有用,虞耳忽然晕过去了;屋高奈告诉兵士尽快抬走队长。至于他,他走进门房,把小玛丽艾塔丢到门外,用怕人的声音吩咐她逃命,永远不许讲出她识破的人来。他抽下床上的草,砸坏几把椅子,放火点着了屋子。看见火旺了,在修道院布辣维的枪声中间,他飞快跑掉了。

走到离拜访修道院一百五十多步远,他才找见队长。队长完全晕过去了,一路由人抬着。几分钟后,他们来到城外,屋高奈吩咐大家歇歇:只有四个兵和他在一起;他派两个回到城里,命令他们每隔几分钟放几枪。他对他们道:

"想法子找回你们受伤的伙伴;赶天亮前出城;我们顺着红十字架小路走。你们有什么地方能放火,就放火好了。"

虞耳恢复知觉的时候,大家离城已经三英里,太阳在天边高高升起了。屋高奈告诉他说:

"你的队伍只剩下五个人了,其中三个人受了伤。两个乡下人没有受伤,每人拿了两个塞干的赏钱逃走了;我派两个没有受伤的弟兄到邻近镇上找外科医生去了。"

外科医生,一个颤颤索索的老头子,不久就骑着一匹高大的驴子来了;他是在要放火烧他的房子的威胁下才被逼着来的。他怕极了,要他动手术,不得不请他喝烧酒。最后他动手了;他告诉虞耳,他受的伤一点也不重。他接下去道:

"膝盖的伤口并不危险;不过,你要是不绝对静养上两三星期的话,你会跛一辈子的。"

外科医生绑扎好了受伤的兵。屋高奈使了一个眼色给虞耳;他们给了外科医生两个塞干,他做了许多动作表示感激;随后,他们借口谢他,尽量灌他烧酒,他临了睡熟了。大家就指望这个。他们把他搬到邻近的田地里,用纸包了四个塞干,放到他衣服的口袋里:这是他的驴子钱。他们把虞耳和一条腿受伤的兵放在驴子上。他们在一个靠近池塘的古代遗址里躲过最热的时间;他们避开村庄,整夜赶路；这条路上村庄不多。最后，第三天，出太阳的时候，部下抬着虞耳，来到法焦拉森林中心、烧炭人的草屋子，也就是他的大本营；他到了这里才醒过来。

六

战斗的第二天，在花园、在连接外门和铁栅栏门的夹道，拜访修道院的女修士找到了九具尸首，她们好不惊恐；她们的布辣维有八个受伤。修道院里的人从来没有这样害怕过；她们过去也听见空场子里放过枪，可是从来没有听见放过这样多的枪，就在花园、在建筑中心、在女修士的窗户底下放。事变足足经历了一小时半，修道院内部这时候乱到了极点。虞耳·柏栾奇佛尔太要是同任何一个女修士或者住读生有一点点联系的话，就会成功：许多门通花园，有人给他开一个门就够了；但是，虞耳对他所谓年轻的海兰的背信充满了忿恨，想单凭武力取胜。要是他把他的计划告诉别人，别人再说给海兰知道，他会以为有失自己的尊严。其实，对小玛丽艾塔透一句话过去，保定成功：她会开开一个通花园的小门，而且修道院寝室只要有一个男人露面，伴着外边传来的可怕的枪声，大家会句句听他吩咐的。海兰听见第一声枪响，就担心她爱人的性命，想着的就只是和他一同逃走。

小玛丽艾塔对她说起虞耳膝盖受了可怕的伤，她看见血流的多极了。怎么样描写海兰这时候的绝望呢？她憎恨自己的畏怯和懦弱。

"我守不住口，把话告诉了母亲，虞耳就流血了；他凭勇气蛮干，就许把性命送在这惊天动地的袭击上头。"

因为急于知道底细，女修士允许布辣维来到会客室。他们说，一个年轻人扮成信差，指挥强盗厮杀，他们一辈子也没有见过一个人会这样勇敢。要是说全体修女都怀着最热烈的兴趣来听这个叙述的话，我们可以想象得到海兰更是用极度的激情来盘问这些布辣维,打听这个年轻强盗头目的细节。她叫他们和那些十分公正的见证人、老园丁们一五一十全讲给她听,听过以后,她觉得她一点也不再爱她的母亲了。战斗前夕,母女还相爱之极,可是如今,两个人居然拌起嘴来。堪皮赖阿里夫人看见海兰有一束花,片刻不分离,上面有血点子,就表示厌恶道:

"这些花,沾着血,应当扔了。"

"这勇敢的血是我让人家流的,流血,因为我守不住口,把话告诉了你。"

"你还爱杀害你哥哥的凶手吗?"

"我爱我丈夫,是我哥哥打他,害了我一辈子。"

说过这话之后,堪皮赖阿里夫人还在修道院住了三天,在这期间,母女之间没有交换过一句话。

堪皮赖阿里夫人走了的第二天,一大群泥水匠来到花园,建筑新的防御工事,海兰利用修道院两道门前的杂乱,溜了出去。小玛丽艾塔和她改扮成工人。但是,居民严守着城门,海兰出城相当困难。最后,还是替柏栾奇佛尔太递信的小商人,答应认她做女儿,伴她一直伴到阿耳巴诺。到了阿耳巴诺,海兰在奶妈家里找到躲藏的地方;她赏过奶妈许多东西,奶妈开了一个小铺子。她一到,就给柏栾奇佛尔太写信,奶妈费尽周折,才找到一个人:他不知道考劳纳兵士的口令,可是愿意冒险到法焦拉森林里去。

过了三天,海兰打发去的信差,惊惶失措地回来了。首先,他没有办法找到柏栾奇佛尔太,他不停在打听年轻队长,末了,他被人疑心上了,不得不逃回来。

海兰向自己道:

"没有疑问,可怜的虞耳死了,是我害死他的!这该是我可恨的软弱和懦怯的结果；他应当爱一个刚强的女人，考劳纳爵爷的一个队长的女儿。"

奶妈担心海兰快要死了，就到山上风帽修士的修道院去了。修道院邻近那条从岩石上凿出的小路，就是从前法毕欧父子在半夜里遇到两位情人的那条路。奶妈同她的忏悔教士谈了许久，在不泄露她忏悔的话的保证之下，对他说出了年轻的海兰·德·堪皮赖阿里想和她丈夫虞耳·柏栾奇佛尔太聚会，愿意献给修道院的教堂一盏值一百西班牙皮阿斯特①的银灯。

修士忿慨了，回答道：

"一百皮阿斯特！万一堪皮赖阿里贵人恨起我们来了，我们的修道院怎么得了？上一回我们到齐安皮战场运他儿子的尸体，他给我们的，不是一百，是一千皮阿斯特，还不算蜡烛！"

有一件事应当表扬修道院一下，就是，两个年长的修士，晓得了年轻的海兰的真正处境，来到下面阿耳巴诺看她。他们的本意是劝导她或者强迫她，住到她的本宅去：他们知道堪皮赖阿里夫人会厚谢他们。全阿耳巴诺传遍了海兰逃走的新闻和她母亲重赏征求女儿下落的传说。但是，可怜的海兰相信虞耳·柏栾奇佛尔太已经死了，两个修士看她那样悲痛，很受感动，非但不出卖她，把她隐匿的地点通知她母亲，反而同意护送她，一直护送到派特赖拉寨堡。海兰和玛丽艾塔，仍然扮成工人，夜间步行到法焦拉森林，离阿耳巴诺一英里远的一个有泉水的地方。两个修士先牵了驴子在等她们，天一亮，大家就奔向派特赖拉。他们在森林里面遇见兵士，兵士知道爵爷保护修士，所以恭恭敬敬对他们行礼；可是，对伴他们的两个小人儿，就不一样了：兵士先是非常严厉的样子望她们，走到她们面前，随后，大笑着，向修士

---

① 皮阿斯特，西班牙流行的一种通货，后文说六十万皮阿斯特合三百二十一万法郎，一个皮阿斯特当时等于五法郎三十五生丁（分）。

085

恭维他们驴夫的雅致。

修士一边走，一边回答：

"住嘴，背教的东西，要知道，这是考劳纳爵爷的命令啊。"

但是可怜的海兰不走运；爵爷不在派特赖拉；三天之后，他回来了，虽然终于接见了她，可是脸色极其冷酷。

"小姐，你做什么到这儿来？这种错误的行动有什么意义？你做女人的一多嘴，死了意大利七个最勇敢的人；单凭这事，任何一个懂事的人就决不会饶恕你。人生在世，肯就肯，不肯就不肯。不用说，新近又有人多嘴了，官厅这才宣布虞耳·柏栾奇佛尔太污渎神圣，判决用烧红的钳子烙他两小时，然后，把他当做犹太人烧死，可是他，是我认识的一个最好的基督徒！不是你那方面胡说八道，人家怎么会捏造这种可怕的谎话，硬说攻打修道院那一天，虞耳·柏栾奇佛尔太在卡司特卢的？我的部下人人可以告诉你：就在那一天，大家还在这儿看见他在派特赖拉，临黄昏我还派他到外莱特芮去的。"

年轻的海兰第十次流着眼泪喊道：

"可是他活着吗？"

爵爷接下去道：

"他对你说是死了，今后你再也看不见他啦。我劝你回卡司特卢你的修道院去；以后别再胡言乱语。我限你一小时之内离开派特赖拉。千万别对人说起你看见我，否则，我会收拾你的。"

虞耳非常尊敬这位有名的考劳纳爵爷，因为虞耳爱他，海兰也爱他，想不到爵爷这样对待她，可怜的海兰心碎了。

不管考劳纳爵爷想说什么，反正海兰的行动也不是一点因由没有的。她要是早来派特赖拉三天的话，她就会在这里找到虞耳·柏栾奇佛尔太了；他膝盖上的伤让他不能够走路，爵爷叫人把他抬到那不勒斯王国的阿外萨漏镇。堪皮赖阿里贵人拿钱买下了可怕的定谳：宣布柏栾奇佛尔太污渎神圣、侵犯修道院。爵爷一听到这个消息，就明白万一到了非保护柏栾奇佛尔太不可的时候，他就不可能再指望他的四分之三的部下一同来做。这是触犯圣母的罪行，这些强盗个个相信自己有保护她的特权。①罗马只要有一个巴芮皆耳，敢到法焦拉森林里来捉虞耳·柏栾奇佛尔太，就会马到成功。

虞耳到了阿外萨漏，换了个名字，叫冯塔纳。抬送他的人全很口紧，回到派特赖拉，就痛苦地宣布：虞耳在半路上死了。从这时候起，爵爷的兵士个个清楚：谁要讲起这个倒霉的名字，一刺刀就插到谁的心口上。

所以，海兰回到阿耳巴诺，写了一封又一封的信，花掉她的全部塞干，妄想把信转给柏栾奇佛尔太，全都白费了。两个老年的修士成了她的朋友，佛罗伦萨的贵族家庭的史家说：因为，就是被最卑劣的自私自利与假冒为善所硬化了的心肠，极端的美丽也不至于对它一点不起作用。两个修士警告可怜的年轻女孩子说：如果她想法子要传一句话给柏栾奇佛尔太，那没有用：因为考劳纳扬言虞耳已经死了，所以，除非爵爷愿意，他不会再在人世出现。海兰的奶妈哭着跟她讲她母亲终于发现了她躲藏的地方，发出最严厉的命令，要用武力把她送到阿耳巴诺的堪皮赖阿里府。海兰明白，一送到府里，对她的监禁可能异常严厉，甚至完全禁绝她同外界有任何往来。可是如果是在卡司特卢的修道院的话，全体女修士有的方便，她一样也会有。而且，就是在这个修道院的花园里，虞耳为她流了血：她可能还会看见传达修女那张木扶手椅，虞耳曾在上面坐了坐，看膝盖上的伤。她那束永远不离身的沾着血的花，也是虞耳在这里交给玛丽艾塔的。于是，她忧心

---

① 意大利强盗永远不离的有两样东西：他的枪，为了保护他的生命；圣母的肖像，为了拯救他的灵魂。有了这两样东西，他一生打家劫舍，也就心安了。没有比这种残暴和迷信的混合更可怕的东西。

忡忡又回到了卡司特卢的修道院。说到这里,她的故事可以结束了,因为这对她好,或许对读者也好。说实话,我们将看到一颗高贵、勇敢的心灵在慢慢地堕落。从今以后,文明的周密步骤和谎话,将从各个角落来侵扰它,顶替有力而自然的激情的真挚行动。罗马的贵族家庭的史家在这里来了一段天真烂漫的议论:因为一个女人自寻苦恼,养了一个漂亮女儿,她就相信自己有了指导女儿一辈子必需有的才分;因为她在女儿六岁上说对了一句话:"小姐,翻直你的小领子",等女儿十八岁她五十岁了,等女儿有同母亲一样多和更多的聪明了,母亲已经养成了统治女儿的习惯,还相信自己有指导她一辈子的权利,甚至于有使用谎话的权利。我们将要看见,维克杜瓦·卡拉法、海兰的母亲,怎么样精心策划,巧妙安排,使她钟爱的女儿受了十二年的痛苦,最后把她送上悲惨的死路:这就是这种统治习惯的不幸的结果。

  堪皮赖阿里贵人死前看到判决柏栾奇佛尔太的谳文在罗马公布,于心是快慰的。谳文是:在罗马的主要十字路口,用红铁烙两小时,然后用小火烧死,把尸灰扔到提布河内。佛罗伦萨的新·圣·马利亚隐修院的壁画,在今天还指出当时怎么样执行关于污渎神圣罪的残酷谳文。就一般而论,防止忿怒的人民代行刽子手职务,需要大量卫戍。人人自信是圣母的好朋友。死前没有多久,堪皮赖阿里贵人还叫人读谳文给他听,把阿耳巴诺和大海之间的良田送给赢得谳文的律师。律师不是没有功绩的。柏栾奇佛尔太被判受这种残酷的刑罚,可是,那扮成信差的年轻人,似乎有权威很高,指挥着袭击者的行动,就没有一个见证说他和柏栾奇佛尔太是一个人。谢礼的丰盛惊动罗马所有的阴谋家。当时教廷有一个福辣陶奈(修士),深沉莫测,无所不能,甚至于可以强迫教皇封他红衣主教。他料理考劳纳爵爷的事务,这可怕的被保护人帮他得到极大的尊敬。看见女儿回到卡司特卢,堪皮赖阿里夫人就把福辣陶奈请了过来。

"事情很简单,我这就同长老解说,只要长老肯帮它成功,报酬一定从丰。判决虞耳·柏栾奇佛尔太受可怕刑罚的谶文,离现在没有几天,也就要在那不勒斯王国公布、生效了。我请长老看一下总督这封信,总督和我有一点亲戚关系,劳他大驾,把这消息通知我了。柏栾奇佛尔太到什么地方可以找到安身所在呢?我给爵爷送五万皮阿斯特过去,请他拿全部或者一部分转交给虞耳·柏栾奇佛尔太,条件是:他到我的主上西班牙国王底下做事,剿灭福朗德的反叛去。总督发一张队长证明书给柏栾奇佛尔太。污渎神圣的谶文,我希望也在西班牙生效,所以,为了不妨害他的事业起见,他不妨用李萨辣男爵这个名字。李萨辣是我在阿布鲁日①的一小块地。我假装要卖,想法子把产权过渡给他。我想,长老从来没有见过一个做母亲的,这样对待杀她儿子的凶手。我们只要花五百皮阿斯特,早就除掉了这可恶的东西;不过,我们一点也不想和考劳纳闹翻。所以,请您提醒他,为了尊重他的权利,我破费六万或者八万皮阿斯特。我要的是:永远不听见别人讲起柏栾奇佛尔太这人。除此之外,代我向爵爷致敬。"

福辣陶奈说,他三天以内要到奥司西那边散步去。堪皮赖阿里夫人送了他一枚值一千皮阿斯特的戒指。

过了几天,福辣陶奈又在罗马出现,告诉堪皮赖阿里夫人:她的建议他没有转告爵爷;不过,不出一个月,年轻的柏栾奇佛尔太就要乘船去巴塞罗那②,他可以叫当地一家银行把五万皮阿斯特的数目转交给他。

爵爷在虞耳面前遇到许多困难。不管从今以后他在意大利待下去会有什么样危险,年轻的爱人不能够就拿定主意离开本乡。爵爷叫他往远处看,堪皮赖阿里夫人可能会死的;没有用。他答应过了三年,不

---

① 阿布鲁日,意大利半岛的山地,包括四省,中部沿东海一带都是。
② 巴塞罗那,西班牙临地中海的重要港口。

管情形怎么样，虞耳可以回家乡看看；没有用。虞耳直流眼泪，但是决不同意。爵爷最后不得不要他把这趟远行看成对他本人一种报效了；虞耳不能够拒绝父亲朋友的请托；但是，无论如何，他希望听到海兰的命令。爵爷答应替他转一封长信过去；而且，额外允许虞耳每月从福朗德给她写一次信。绝望的爱人上船去了巴塞罗那。爵爷不希望虞耳再回意大利来，把他的信全烧了。我们忘记讲了，爵爷在性格上虽说一点也不傲慢，不过，他相信，为了使谈判成功，他不得不说：是他送五万皮阿斯特这笔小小财产给考劳纳家最忠心的一个臣下的独生子的；他认为这样做更合适些。

卡司特卢的修道院把可怜的海兰当做公主看。父亲一死，她发了大财，许多产业归她继承。父亲死的时候，卡司特卢或者附近的居民，只要说起愿意为堪皮赖阿里贵人服丧，她就一律送五欧纳①青呢。她还在初服期间，一个完全不相识的人递给她一封虞耳的信。拆信时的兴奋，和读信后的深深的忧郁，都是难于描写的。不过，的确是虞耳的手迹，经得起最苛细的反复检查。信上谈爱情；然而，什么样的爱情，老天爷！堪皮赖阿里夫人，聪明透顶，假造出来这封信。她的计划是用七八封充满激情的信开始；她希望这样可以为后来的信做好准备，爱情就会一点一点熄灭的。

我们一下子跳过十年不幸的生活。海兰以为虞耳完全把她忘了，不过，罗马最有名望的年轻贵人们来求婚，她还是傲然拒绝了。但是，人家同她谈到著名的法柏利斯的长子、年轻的奥克塔夫·考劳纳的时候，她犹疑了一下。法柏利斯从前在派特赖拉虽说待她很坏，可是，她在罗马治下和那不勒斯王国全有田地，必须找一个丈夫做保护人，她觉得，姓一个从前虞耳爱过的人的姓，在她还少讨厌些。海兰要是同

---

① 欧纳，法兰西古尺，约合一点二米。

意了的话，很快就会弄清楚虞耳·柏栾奇佛尔太的底细。老爵爷法柏利斯常常说起李萨辣上校勇敢异常的事迹，一说就兴奋。他（虞耳·柏栾奇佛尔太）完全像旧小说里的英雄，由于恋爱不幸，对一切欢乐失掉兴趣，唯一消遣就是高尚的行动。他以为海兰早已嫁人；堪皮赖阿里夫人对他，同样也拿谎话包围。

海兰同这能干极了的母亲和好了一半。母亲热望女儿出嫁，求她的朋友老红衣主教桑提·古阿特卢、拜访修道院的保护人，到卡司特卢走一趟，私下告诉修道院年事最高的女修士们：他迟迟未来，是为了大赦令的缘故。有一个叫虞耳·柏栾奇佛尔太的强盗，从前企图侵犯她们的修道院，善良的教皇格莱格瓦十三认为万一柏栾奇佛尔太在墨西哥①遇到袭击，让造反的野蛮人杀掉，他有幸仅仅下在炼狱②里的话，他在污渎神圣的罪名之下，就可能永远从炼狱里出不来，所以，听说他死了，怜悯他的灵魂，撤销他的谳文。这消息轰动了整个卡司特卢的修道院，也传到海兰的耳朵里。一个人本来就无聊到了极点，又有一大笔财富，自然就要在种种虚荣的花样上乱搞。从这时候起，她不再离开她的房间。我们知道，在发生战斗的那一夜晚，虞耳曾经有一时躲到小门房内，她为了把她的房间挪到小门房，翻盖了一半修道院。柏栾奇佛尔太雇用的布辣维，从前在卡司特卢战斗中逃出性命的有五个，活下来的还有三个，她费尽周折找到他们，把他们雇用了下来。事后引起很难打消得掉的议论。其中也有屋高奈，如今老了，一身伤疤。三个人一露面，惹起不少闲话；可是，全修道院害怕海兰高傲的性格，她终于胜利了。大家天天看见他们，穿着她家里的号衣，到栅

---

① 墨西哥从十六世纪初叶起，变成了西班牙的殖民地，和那不勒斯王国一样，由总督统治。但是墨西哥人民是不甘屈辱的，从西班牙的血腥统治开始，就在不断起义中对暴政进行斗争，终于在十九世纪初叶脱离了西班牙的羁绊。
② 炼狱是基督教的一种迷信，认为正人君子可不必下到地狱去，但因为他们在人世有些小小罪孽，所以进天国之前，先要在炼狱把罪孽消除干净。

栏外面听她吩咐,常常没完没了地回答她一些题旨永远相同的问题。

虞耳死了的消息宣布以后,她不问世事,隐居了半年。无可挽救的不幸和长期的无聊已经使她的心灵麻木了。第一个唤醒这个心灵的感觉的,就是虚荣的感觉。

没有多久,院长死了。依照习惯,红衣主教桑提·古阿特卢虽说高寿九十二了,还是拜访修道院的保护人,他呈上一张名单,上面是三位女修士的名字,教皇应当从里头选出一个院长来。必须有特别重要的原因,圣上才看名单上面末两个名字,平时只是拿笔划掉这末两个名字,任命就算决定了。

传达修女的旧门房,按照海兰的吩咐,现在成了新修建筑的厢房的最后一间。从前虞耳的血洒过的夹道,现在成了花园的一部分。窗户离地两尺多高。有一天,她站在窗口,眼睛牢牢盯着地面。继承院长职位的名单,红衣主教已经开出,几小时以来,大家已经知道是谁:这三位小姐正好走过海兰的窗户。她没有看见她们,自然就没有能够对她们行礼。三位小姐中间,有一位恼了,提高声音对另外两位道:

"可真好样儿啦,一个住读生把房间摊在公众面前!"

这话惊醒了海兰。她抬起眼睛,遇到三对恶意的视线。她不致敬,索性关了窗户,向自己道:

"好,我在修道院做绵羊做够份儿啦,哪怕单为城里好奇的大爷们换换消遣,也该做做狼啦。"

一小时后,她打发一个底下人做信差,把下面这封信送给母亲。母亲十年来住在罗马,为自己赢到广大的信誉。

极可尊敬的母亲:

每年我过生日,你送我三十万**法郎**;我在这里乱花钱,虽说没有什么可挑剔的,可也并不因之而就不是乱花钱。你对我的种种好意,很久以来，你不再向我表示了，可是我知道，我有两种方式可以向你证明我的感激。我决不结婚，不过我倒喜欢做这个修道院的院长。我所以有这种想法，是因为我们的红衣主教桑提·古阿特卢呈给圣上看的名单，上面的三位小姐是我的仇敌，不管是谁当选，我将来一定事事受气。应当送给谁，就把我的生日礼送给谁；先让任命迟半年公布；今天管事的是修道院的总监、我的心腹朋友：这样一来，她先乐疯了。这对我已经是一个幸福的源泉：对你的女儿来说，难得用上"幸福"这两个字。我觉得我的想法狂妄；不过，万一你看有机会成功，三天以内，我就戴白头巾，①我在修道院住了八年，没有到外面睡过一夜，有权利要求豁免半年②的。特许状会下来的，值四十艾居。

我年高可敬的母亲，我恭恭敬敬……（等等。）

这封信让堪皮赖阿里夫人开心死了。收到信的时候，她正深悔把柏桼奇佛尔太死了的消息让女儿知道；女儿忧郁到了那种地步，她不知道怎么样才结束得了。她预料会出岔子，简直担心女儿会想到去墨西哥，看看柏桼奇佛尔太谣传遇害的地点；那样一来，她很可能在马德里打听到李萨辣大队长的真名实姓。另一方面，女儿信上的要求，是世上最困难，简直可以说是最荒唐的事。一个女孩子，又不是女修士，而且只是由于一个强盗的疯狂的激情才出了名，说不定她还爱这个强盗：这样一个女孩子，竟然受命做一个修道院的首长，而罗马的王公在这里全有亲戚！不过，堪皮赖阿里夫人心想，据说没有打不得的官司，没有打不赢的官司。维克杜瓦·卡拉法在回信中给了女儿一线希望，一般说来，女儿有的只是一些荒唐的愿望，而事后对这些愿望又很

---

① "戴白头巾"就是女修士。海兰一直是以住读生的名义住在修道院。
② 申请进修道院做修士，须经一年考验，在这期间，她被称为初人，依照本笃的指示，共分三个阶段：第一个阶段两个月，第二个阶段六个月，第三个阶段四个月。海兰认为自己有资格争取缩短考验期限为半年。做女修士要发三个愿，一：贫穷；二：贞节；三：服从。

容易生厌。和卡司特卢的修道院有来往的，不问远近，维克杜瓦·卡拉法全去打听，赶到黄昏，她知道好几个月以来，她的朋友红衣主教桑提·古阿特卢就很不开心：他想把他的侄女嫁给本文常常说起的法柏利斯爵爷的长子奥克塔夫·考劳纳。爵爷对他推荐的却是他的次子劳伦佐，因为，那不勒斯国王和教皇最后意见一致，对法焦拉的强盗作战，使他的财产受到了意外损失，所以，为了补救起见，他的长媳必须给考劳纳家庭带进六十万皮阿斯特（三百二十一万法郎），然而红衣主教桑提·古阿特卢，就算用最可笑的方式取消他所有其他亲戚的继承权，拿得出来的也只有三十八万或者四十万艾居。

当天黄昏，还有一部分夜晚时间，维克杜瓦·卡拉法请了老桑提·古阿特卢所有的朋友帮她证实这话真不真。第二天，才七点钟，她就去拜望老红衣主教。

她对他说：

"大人，我们两个人全上了年纪；我们用不着自己骗自己，给不漂亮的事取些漂亮名字。我来，有一件荒唐事同你谈，我能为这事说的话，就是它还不怎么可憎；不过，我承认，我觉得这事滑稽无比。在奥克塔夫·考劳纳和我女儿议婚的时候，我对这年轻人起了好感，所以，他结婚那一天，我有二十万皮阿斯特的田地或者现银给你，请你转交给他。不过，像我这样一个可怜的寡妇，居然做出这样大的牺牲，就该让我女儿海兰做卡司特卢的院长才成。她现在二十七岁，从十九岁起，就没有在修道院外边住过夜。这样，选举就得迟半年举行；事情是合教会法规的。"

老红衣主教生气了，喊道：

"太太，你说什么？你来要求一个无能为力的可怜的老头子的事，就是圣上本人也办不到。"

"所以我方才对大人说，事情是滑稽的。傻瓜们觉得这事荒唐；不过,熟悉教廷掌故的人们,可就另有一种想法了。他们心想:全罗马都知道大人盼望这件婚事成功,我们的圣上、善良的教皇格莱格瓦十三,希望酬谢大人长久而忠心的效劳,不会不予以方便的。其实,这事很有可能,完全合教会法规,我负责;我女儿从明天起就戴白头巾。"

老头子用可怕的声音喊道:

"不过,借神敛财,太太!……"

堪皮赖阿里夫人辞行了。

"你留下的这张纸是什么?"

"万一不要现银的话,这是我拿出来的值二十万皮阿斯特的田地单子。这些田地更换业主这件事,可以很长久的保持秘密;譬方说,考劳纳家可以控告我,我可以输官司……"

"不过,借神敛财,太太!坏透顶的借神敛财!"

"选举一定先要延迟半年。明天我再来听大人吩咐。"

对话若干部分近乎官腔的声调,我觉得有为生在阿尔卑斯山以北①的读者解释一下的必要。我要提醒大家,在严格信奉天主教的国家,关于下流题旨的对话,大部是在忏悔间结束的,所以,用恭敬字样或者用讽刺字样,当事人一点也不在乎。②

第二天,维克杜瓦·卡拉法听说,在候补卡司特卢的院长职位的三位小姐的名单上,发现了一个重大的事实错误,选举缓半年举行:名单上第二位小姐,家里出过一个叛教的人;她有一个叔祖在乌迪内③改奉耶稣教。

---

① 阿尔卑斯山,横亘意大利北境的山脉,所以"阿尔卑斯山以北",意思是指法兰西和其他以北的国家,特别是法兰西。
② 忏悔间,是天主教信徒对忏悔教士做生活报告的地方,通常是隔成三小间,每小间仅可容纳一人,教士坐在当中一间,听两边跪着的信徒忏悔。除非女人生病,教士不许在另外地点听女人忏悔。
　某些教徒,像司汤达在这里指出的,日常无恶不作,只要到忏悔间一忏悔,就算清白了、"结束"了,然后,再胡作非为。
③ 乌迪内,在威尼斯的东北。

堪皮赖阿里夫人觉得她要为法柏利斯·考劳纳的家业加添一份绝大财产，按理也应当到他那边走动走动。经过两天周折，她在邻近罗马的一个村子会到他，可是，会面后，她吓坏了。爵爷平时非常安静，她发现他现在说来说去只是李萨辣（虞耳·柏栾奇佛尔太）上校作战的光荣事迹，请他在这方面保守秘密，看来绝对无望。对于他，上校像一个儿子，比儿子还要好，简直像一个得宠的学生。从福朗德来的某些信，爵爷整天是读了又读。十年以来，为了实现心爱的计划，堪皮赖阿里夫人做了那样多牺牲，万一女儿晓得了李萨辣上校的存在和光荣，心爱的计划岂不落空了吗？

有些情况事实上描绘了这时期的风俗，不过，讲出来也不怎么好受，我想还是秘而不宣了吧。罗马写本的作者费了无限辛苦，探索这些细节的确切时日，但是，我删掉了这些细节。

堪皮赖阿里夫人和考劳纳爵爷会面后两年，海兰做了卡司特卢的院长；可是老红衣主教桑提·古阿特卢，在这次大规模借神敛财行为之后，痛苦万分，死了。这时候，卡司特卢的主教是教廷最美的男子、米兰城的贵族弗朗赛斯科·齐塔狄尼。这年轻人以谦和的风度和尊贵的声调出名，同拜访修道院院长常有来往。特别是院长为了装潢修道院，兴建新走廊，他们来往的机会就分外多了。年轻的主教齐塔狄尼当时二十九岁，疯狂地爱上了美丽的院长。一年以后，进行公诉的时候，一群女修士，作为见证人，讲起主教来，说他尽可能增加访问修道院的次数，时常对她们的院长讲："我在别的地方发号施令，说起来，不怕难为情，我感到一些快乐；在你面前，我像奴隶一样服从，可是，比起在别的地方发号施令来，我快乐了许多。我发现有一个更高的生命在支配我；我想反抗，可是，除去你的愿望，我不能另有愿望，我宁可看见自己永生永世做你最贱的奴隶，也不要离开你的眼睛去当国王。"

见证人还讲，在他说这些文雅词句的时候，院长常常命令他住口，而且，措辞严厉，显出看不起的模样。

另一个见证人接下去讲：

"院长对待他，就像对待一个听差一样；遇到这些情形，可怜的主教低下眼睛，开始哭泣，可是，并不走开。他天天寻找新借口来修道院，女修士的忏悔教士和院长的仇敌都在纷纷议论。不过，直接承受院长命令，管理内部事务的院长的心腹朋友总监，却极力为她辩护。"

总监说：

"你们知道，我高贵的修女们，我们院长年轻的时候，爱上一个响马，后来没有如意，就起了许多希奇古怪的想法；不过，你们全知道，她的性格有这一点特别，她看不起的人，她永远看不起，变不过来的。可是，她当着我们臭骂可怜的齐塔狄尼大人的话，也许她一辈子还没有骂的那么多过。想想他的高贵职位，再看看他天天受到的待遇，我们替他脸红。"

不以为然的女修士们回答道：

"对，可是他天天来呀。所以，实际上，他受到的待遇不坏，不管怎么样，这种勾勾搭搭的情形，伤害了拜访圣宗的尊严。"

最严厉的主人骂起最痴呆的底下人来，比起高傲的院长每天骂起态度油滑的年轻主教，还不到她骂的话的四分之一。但是他在恋爱，他从故乡带来这句基本的格言，就是：这类事只要一开始，应当关心的只有目的，用不着考虑方法。

主教对他的心腹恺撒·代耳·拜奈说：

"做爱人的，在被迫用主力进攻以前，就放弃攻势，从任何一点来看，都惹人看不起。"

现在，我可怜的责任将只限于谈谈必然很枯燥的公诉的概况。

海兰就是在那次公诉之后寻了死。我在一家名字不应公开的图书馆读到公诉状,四开本,不下八册之多。审问和推论用的是拉丁文,回答用的是意大利文。我在上面读到:一五七二年十一月,夜晚十一点钟,年轻主教独自来到白天准许信徒出入的教堂门口;院长本人给他开门,答应他随她进来。她在一个她常用的房间接见他,房间有一个暗门通到控制教堂大厅的讲坛。一小时没有过完,很出主教意外,他就让撵出来了。院长亲自把他带到教堂门口,对他说着这样的话:

"赶快离开我,回到你府里。永别了,大人,你让我恶心,我像失身给一个跟班。"

可是,三个月后,狂欢节①到了。卡司特卢的居民在过节上是出名的,在这期间,彼此忙于布置,全城传遍化装舞会的新闻。有一个小窗户,突出在修道院某一间马厩上,人人到它前面望望。在狂欢节前三个月,马厩就改成了大厅,可想而知,在化装舞会的日子,那里挤满了人。就在公众疯狂作乐中间,主教坐着马车来了;院长对他做了一个手势,于是当天夜晚,一点钟,他来到教堂门口。他进去了;但是,不到三刻钟,院长生着气,把他撵走了。自从十一月第一次幽会以来,他差不多每星期来修道院一回。人人看得出来,他脸上微微流露出一种得意和愚蠢的神情,然而,结局都大大冒犯了年轻院长的高傲性格。别的日子不说,复活节的星期一,她把他当做最下贱的人看待,对他讲的话,就是修道院最穷的苦工也忍受不了。可是,几天后,她对他做了一个手势,漂亮的主教当然在半夜来到教堂门口;她叫他来,为了告诉他:她有了孕。诉状上讲,听见这话,年轻的漂亮人惊惶失措,面无人色,畏惧之下,完全愣住了。院长发烧;她请医生来,并不对他隐瞒她的实情。这人知道病人的慷慨性格,答应帮她解除困难。他先介绍

---

① 狂欢节,基督教的热闹节日,从三王瞻礼那一天(一月六日)起,一直到"斋祭"(carême)四十天的第一个星期三"圣灰节"为止。因为"复活节"(从三月二十二日到四月二十五日,其中任何一个星期天有做"复活节"的可能)的流动性很大,所以"斋祭"四十天也就因年而异。总之,海兰和齐塔狄尼第一次发生关系是在十一月,如今隔了三个月,应当是在第二年初春。

了民间一个年轻漂亮的女人给她：这女人没有收生婆的名分，却有接生的本领。她丈夫是面包师。海兰同这女人谈过话后，表示满意。女人对她讲：按照计划行事，她希望救得了她，不过，为了保证计划实行，她需要在修道院里有两个帮手。

"像你这样一个女人，也还罢了，可是，叫身份和我一样的一个女人知道，不成！你走。"

收生婆走了。但是，过了几小时，海兰觉得如果这女人把话张扬出去，反而不好，就把医生请过来。他又让这女人到修道院来。海兰这回待她宽厚了。这女人发誓道，就是不再叫她回来，人家的秘密她也永远不会声张出去的。不过，她还是讲：修道院里要是没有两个对院长忠心、样样事晓得的女人，她没有办法过问。（不用说，她怕人家告她戕害婴儿。）院长想了又想，决定把这可怕的秘密告诉修道院的总监、C公爵贵族家庭出身的维克杜瓦小姐，和P侯爵的女儿白纳尔德小姐。她让她们对着她们的祈祷书赌咒：她要告诉她们的话，永远也不说出去，哪怕是到了忏悔间也不说。两位小姐怕死了，直发冷。她们在过堂的时候，招供道：她们心想，院长性格那样高傲，以为她要供出什么杀人的事来。院长显出一种直率的冰冷的神情，对她们道：

"我不尽职，我怀孕了。"

许多年来，友谊把总监维克杜瓦小姐和海兰连在一起。所以一听这话，就觉得心慌意乱。是友情使她深深激动，而不是虚浮的好奇心，她脸上挂着眼泪，嚷道：

"那么是谁粗心，犯下这罪的？"

"连我的忏悔教士我都没有告诉；你们想想看，我愿意不愿意告诉你们！"

两位小姐马上就考虑隐瞒的方法，不让修道院其他人知道这不幸的秘密。院长现在的房间正在全院中心。她们决定先把她的床铺搬到配药间。配药间新近设在修道院最偏僻的地点,海兰捐资兴建的大楼的第四层楼。院长在这地点生了一个男孩子。三星期以来,面包师女人就藏在总监的寝室里。这女人抱着小孩子沿走廊快步走着,小孩子啼哭了,这女人一害怕,躲到地窖子里。一小时后,靠医生帮忙,白纳尔德小姐想法子开开花园里一个小门,面包师女人急忙溜出修道院,不久就溜出城,来到旷野。她一直心惊胆战,凑巧在山石中间遇到一个洞,就躲了进去。院长写信给主教的亲信和贴身亲随恺撒·代耳·拜奈;他骑着马,朝着信里给他指出的那个山洞奔去。他把小孩子抱在怀里,驰往孟太分阿司考奈。小孩子在圣·玛盖芮特教堂受洗礼,取的名字是亚历山大。当地的女店主找了一个奶妈来,恺撒给了她八个艾居: 行洗礼的时候,许多女人聚在教堂四周,大声问恺撒先生,孩子的父亲是谁。他告诉她们:

"是罗马一位大贵人,在外头瞎搞,骗了你们这样一个可怜的乡村女人。"

说过话,他就溜了。

七

在这巨大的修道院里面,住着三百多个好奇的妇女,直到目前为止,总算安然无事;大家什么也没有看见,什么也没有听见。但是院长送了医生几把罗马新铸的塞干。医生分了几个给面包师女人。这女人长得标致,她丈夫不放心,搜她的箱子,找到这些亮晶晶的金币,心想这是她不名誉的代价,刀子架在她喉咙上,逼她说出它们的来由。女人犹疑了一会儿,就照实说了。夫妇和好了,考虑这笔钱的用法。面包师女人想还掉一些债务;但是丈夫觉得买一匹骡子更合算,就这样做了。地方上人清楚他们夫妇穷,这匹骡子惹出是非了。满城的长舌妇，不管是面包师女人的朋友，还是仇敌，接二连三问她：这慷慨大方的情人是谁，居然出钱给她买一匹骡子。女人急了，有时候就照实回答。有一天，恺撒·代耳·拜奈去看小孩，回来向院长报告他看望的情形，院长虽说很不舒服，还是拖着身子，来到栅栏前头，责备他用人大意。主教那方面吓病了，写信给米兰他的兄弟们，说他受人冤枉，求他们快来救他。虽说病很严重，他决定离开卡司特卢。他走前写信给院长道：

你想必已经知道，事情全部败露了。所以，你要是有意思救我的话，不光是救我的名誉，也许是救我的性命，为了不使乱子闹得更大，你不妨说奸夫是让·巴浦提斯特·道勒里：他死了没有几天。你要是用这法子救不了你的名誉，至少我的名誉不必再冒什么危险。

主教把卡司特卢的修道院的忏悔教士路伊吉叫来，对他道：
"把这交到院长手里。"
院长读完这无耻的便条，当着所有在房间里的人就喊道：
"女孩子们胡闹，爱身体的美丽，不爱灵魂的美丽，受这种对待，真正活该！"
卡司特卢的传说很快就传到可怕的红衣主教法尔奈斯①（他给自己造出这种性格，有好几年了，因为他希望在下届选举教皇的大会上，得到日兰提②红衣主教们的支持）的耳朵里。他马上通知卡司特卢的波代

---

① 红衣主教法尔奈斯（一五二〇——一五八九），教皇保罗三世的侄子，红衣主教的领班，大权在握，一直准备自己当选教皇，但是，由于佛罗伦萨方面暗中反对，始终未能当选。
② 日兰提（Zelanti），意大利文，意思是"热心的"。十六世纪初叶出现了若干教宗，站在天主教立场，对外反对宗教改革，对内主张严守教规，例如耶稣会教士，基耶提教士等等。当时，格莱格瓦十三左右的重要人物就是这些教宗的教士。野心勃勃的红衣主教法尔奈斯迎合时尚，自然要"给自己造出"可怕的性格。

司塔①，逮捕主教齐塔狄尼。主教的听差怕拷问，全逃散了。只有恺撒·代耳·拜奈一个人，对主人忠心，没有走；他对主教发誓，说他宁可死于非刑，也不供出连累他的话来。一看他府里全是看守，齐塔狄尼又写信给他的兄弟们求救。他们从米兰赶来，发现他已经被关进隆齐里奥奈②监狱。

我看到院长第一次的供状，她承认过失，但是否认同主教大人发生关系；她的奸夫是修道院的律师让·巴浦提斯特·道勒里。

一五七三年九月九日，格莱格瓦十三下令，要案子火速严办。一个承审官、一个检察官同一个警官到了卡司特卢和隆齐里奥奈。主教的贴身亲随恺撒·代耳·拜奈，仅仅承认抱过一个小孩子到奶妈家。他们当着维克杜瓦和白纳尔德小姐审问他。他一连两天受刑，吃了很多苦，但是，说话算话，他仅仅承认他不可能否认的部分。检察官从他嘴里什么也没有套出来。

维克杜瓦和白纳尔德小姐亲眼看见恺撒受刑，所以轮到她们，就全招了。关于奸夫的名姓，每一个女修士都被盘问到：大多数回答，听说是主教大人。有一个管门修女讲起院长把主教撵到教堂门口骂他的话。她接着讲：

"用这种声调讲话，可见他们相爱已经很久。说实话，主教大人平时出名自高自大，可是走出教堂的时候，样子真叫尴尬。"

有一个女修士，面对刑具，受到盘问，回答说：奸夫一定是猫，因为院长一来就把猫抱在怀里，疼极了猫。另一个女修士以为奸夫应当是风，因为，刮风的日子，院长就快活、脾气也好了，走到她特地兴建的一座高亭子里，叫风吹着；谁要是在这个地方求情，她准不拒绝。

---

① 波代司塔，意大利北部和中部城市的行政首长。
② 隆齐里奥奈是法尔奈斯的采邑，和卡司特卢一样。

面包师女人、奶妈、孟太分阿司考奈的长舌妇们,看见恺撒受刑,吓坏了,从实招了。

年轻的主教在隆齐里奥奈病了,或者装病了,他的兄弟们仰仗堪皮赖阿里夫人的信用和势力,借着他生病的机会,好几次跪到教皇面前,求他停止诉讼,等主教健康恢复了再进行。可怕的红衣主教法尔奈斯听见这话,增添监狱里面看守他的兵士的数目。不能够审问主教,警官们每次开庭,就不断提出院长审问。有一天,她母亲让人带话给她,要她鼓起勇气,否认到底。她却全招认了。

"你为什么开头诬赖让·巴浦提斯特·道勒里?"

"可怜主教懦怯,再说,万一救得了他宝贵的性命,他能照料我的儿子。"

在这口供之后,他们就把院长关进修道院一间房子里,墙和拱顶有八尺厚;女修士说起这地窖子就害怕,它有一个名字,叫修士室;三个女人在这里监视院长。

主教病情稍一好转,就来了三百司比尔或者兵士,把他从隆齐里奥奈提出来,用舁床把他解到罗马,收在叫做考尔太·萨外拉的监狱里。没有几天,女修士们也被提到罗马;院长收在圣·玛尔特修道院。女修士被控告的有四个:维克杜瓦和白纳尔德小姐,传达和听见院长骂主教的管门修士。

审问主教的是教廷的参议、司法界一位头等人物。可怜的恺撒·代耳·拜奈又上了刑,他不但什么也不招,反而说了一些使检察官难堪的话,结局是再上一次刑。这种初步刑罚同样加到维克杜瓦和白纳尔德小姐身上。主教蠢蠢地否认一切,而且固执到底;有三天夜晚,明明是和院长一道过的,他编造假话,说他怎么怎么过这三天夜晚,详细得不得了。

最后,提出院长同主教质对,虽然她说的一直是实情,也上了刑。因为她永远重复她第一次从实招认的口供,主教忠于他的角色,就骂起她来了。

意大利的法庭,在查理五世和菲力普二世统治之后,虽然经过几次实际上合理的其他步骤,但是经常失之于残酷。①受了这种精神的影响,主教被判在圣·安吉堡终身监禁;院长被判在圣·玛尔特修道院关一辈子。不过,为了救她女儿,堪皮赖阿里夫人已经雇人在挖隧道。奢华的古罗马留下了一些阴沟。地道就从一个阴沟开始,应当通到圣·玛尔特的幽深的墓穴:墓穴里面放着女修士们的遗骸。地道约莫两尺宽,用木板支住左右的厚土;朝前挖的时候,用两块木板做拱顶,好像大写 A 字的两竖。

隧道挖下去,约莫有三十尺深。要点是在把握方向;工人时时遇到一些水井和古建筑物的基础,不得不改变方向。另一个大困难就是挖出来的土不知道如何处理才是,他们只好趁夜晚撒在罗马各街道上。这堆土像是从天上掉下来的,十分惹人惊奇。

为了试着救女儿,堪皮赖阿里夫人花了许多钱;钱花了,不用说,她的隧道还会被人发觉的,不过教皇格莱格瓦十三活到一五八五年死了②:皇位一空,紊乱开始。

海兰在圣·玛尔特很受罪;这些心地单纯的女修士相当穷,碰上一个院长很阔,又犯了滔天大罪,可以想见她们是不是热心欺负她。海兰直盼母亲进行的工作有结果。可是她心里忽然起了古怪情绪。法柏利斯·考劳纳看见格莱格瓦十三的健康有问题,对皇位虚悬期间自有一番计划,派他一个官员去看虞耳·柏栾奇佛尔太,已经去了半

---

① 神圣罗马帝国皇帝查理五世作为西班牙国王,称号是查理一世。在政治上,他和教皇是矛盾的,但是在对付异教徒上,都同样严厉。他的儿子菲力普二世即位之后,大力支持宗教裁判所,被他烧死的异教徒有好几千人。
② 格莱格瓦十三死在一五八五年四月十三日。海兰一五七三年关进监狱,当时是三十岁,死时应当是四十二岁。

年。他现在名叫李萨辣上校,在西班牙军队尽人皆知。爵爷叫他回意大利来。虞耳急欲再看到他的故乡,用假名字在派司喀辣登陆:这是阿布鲁日地方属基耶提管的一个亚得里亚海小码头。他翻山来到派特赖拉。爵爷的喜悦情绪使人人惊奇。他告诉虞耳:他叫他来,要他继承他的事业,统率他的兵士。听见这话,虞耳回答:从军事观点来看,这种事业不值一文。他不费事就证明了他的看法:西班牙如果真想消灭意大利的全部响马的话,不用多大开销,半年内就会做到。

年轻的柏栾奇佛尔太接着道:

"不过,话说回来,你吩咐一声,我的爵爷,我就开拔。你将永远发现我是在齐安皮遇害的勇敢的拉吕斯的继承者。"

虞耳来到之前,爵爷已经下令(他懂得怎么样下令的):不许在派特赖拉讲起卡司特卢,不许讲起院长吃官司;谁多一句嘴,就是死罪,决不宽赦。爵爷以兴奋的友情接待柏栾奇佛尔太,但是要求虞耳,没有他在一起,不得去阿耳巴诺。爵爷实现这趟旅行的方式是:派一千人马把城占住,另派一千二百兵士做前卫,守住通罗马的大路。老司考提还活着,爵爷把他传到大本营驻扎的房子,让他上楼,来到他和柏栾奇佛尔太待的房间:大家想想可怜的虞耳高兴成了什么样子。两个朋友才搂在一起,爵爷就对虞耳道:

"现在,可怜的上校,听听糟糕的事罢。"

说完这话,他吹灭蜡烛,走出房间,把两个朋友锁在里面。

第二天,虞耳不肯走出他的房间,派人去向爵爷要求:让他离开几天,回派特赖拉去。但是,去的人回报他:爵爷不见了,军队也不见了。头一天夜里,他听说格莱格瓦十三死了,他忘记他的朋友虞耳,干打抢营生去了。留在虞耳身边的,只有拉吕斯的老部队三十多人。大家知道,在那时候,皇位一空,法律成了哑巴,各人想着满足各人的欲望,除去武力只有武力。因此,天黑以前,考劳纳爵爷已经缢死了五十多个仇人。至于虞耳，身边不到四十人，竟敢杀奔罗马去了。

卡司特卢的院长的听差，全对院长忠心，住在邻近圣·玛尔特修道院的破烂房子里。格莱格瓦十三拖了一个多星期才咽气；堪皮赖阿里夫人盼他死后而引起骚乱的日子，好不心焦：她要在这期间完成隧道的最后五十步。眼看就完工了，隧道一定要穿过几家有人住的房子的地窖子，她直怕瞒不过公众。

柏栾奇佛尔太来到派特赖拉的第三天，海兰雇的三个虞耳的老布辣维，活活就像疯子。海兰被关在绝对秘密的地方，看守她的是一些恨她的女修士；尽管人人晓得这个情况，布辣维中间有一个屋高奈，还是来到修道院门口，做出最古怪的模样，苦苦恳求他们许他马上看到他的女主人。他们拒绝了他，把他撵到门外头。他偏不走，绝望中，遇见工作人员出入，就送每人一个巴姚克（一个苏）①，一字不改地对他们说着这句话："同我一道高兴吧；虞耳·柏栾奇佛尔太先生到了，他活着：把这话说给你的朋友听。"

屋高奈的两个同伴整天忙着给他送巴姚克来，他们停也不停，白天黑夜地散钱，永远说着那几句话，直到他们一个钱也没有。可是三个布辣维，轮流替换，并不因之而就不继续守在圣·玛尔特修道院门口，对过往人永远说着那几句话，临了再行一个大礼："虞耳先生到了，"等等……

这些大好人的想法成功了：第一个巴姚克散出之后，不到三十六小时，可怜的海兰在地窖深处的秘密地方，知道了虞耳还活着；这句话把她抛在一种疯癫的境界。她喊道：

"哦，我的母亲！你可把我害苦啦！"

几小时后，小玛丽艾塔证实了这惊人的消息。她牺牲了她的全部

---

① 巴姚克（bajoc，应作巴伊奥克 baioque），意大利一个艾居的百分之一。苏是法兰西的通货，一个法郎的二十分之一。

金币，得到允许，跟随送饭给女犯人的传达修女进来。海兰投到她的怀里，高兴得哭了。她对她道：

"这真好啦，不过，我不会再同你在一起了。"

玛丽艾塔对她道：

"当然！我想，不等选举教皇的大会开完，就要把你从监禁改成流放了。"

"啊！我的亲爱的，再看见虞耳！再看见他，我可有罪！"

在这次谈话之后第三天的半夜里，教堂有一部分石头地陷下去了，发出很大的响声。圣·玛尔特的女修士以为修道院要塌掉，人人喊着地震了，乱成一团。教堂大理石铺的地坪陷落之后，约莫一小时光景，堪皮赖阿里夫人由隧道走进地窖子，前边有海兰用的三个布辣维带路。

三个布辣维喊着：

"胜利了，胜利了，小姐！"

海兰怕得要死；她以为虞耳·柏栾奇佛尔太同他们在一起。他们告诉她，他们陪来的只有堪皮赖阿里夫人，虞耳还在阿耳巴诺，他带几千兵把它占了。听见这话，她放了心，脸上的纹路恢复了严厉的表情。

等了一会，堪皮赖阿里夫人出现了；她走路很吃力，扶着她的总管。总管穿一身制服，宝剑挂在一旁；但是，他的华丽衣服沾满了土。

堪皮赖阿里夫人喊道：

"啾，我亲爱的海兰！我救你来啦！"

"谁告诉你我要你救我？"

堪皮赖阿里夫人惊呆了；她睁大眼睛望着女儿，显得很激动。

她最后道：

"从前我们家里出了祸事，后来我做了一件事，当时也许很自然，可是如今我后悔了，好，我亲爱的海兰，我求你饶恕我：虞耳……柏栾奇佛尔太……活着……"

"正因为他活着，我才不要活着。"

堪皮赖阿里夫人开头听不懂女儿的话，随后明白过来，对她说着最动情的哀求话；但是，她得不到回答：海兰不理她，转向她的十字架，祷告着。足足一小时，堪皮赖阿里夫人用尽力量，得不到她回一句话或者她看一眼。女儿终于不耐烦了，对她道：

"就是在这十字架的大理石底下，在阿耳巴诺我的小房间里，藏着他的信；让父亲一刀把我扎死，倒好多了！走吧。把钱给我留下。"

堪皮赖阿里夫人不顾总管对她做的惊惶手势，想继续同女儿讲话，海兰不耐烦了。

"至少给我留一小时的自由；你害了我一辈子，我死的时候你还想害我。"

堪皮赖阿里夫人流着眼泪，喊道：

"我们在隧道里还可以做两三小时的主；我斗胆希望你改改主意！"

她又走进了隧道。

海兰对她的一个布辣维道：

"屋高奈，你留在我身边，拿好家伙，因为，说不定要你保护我。让我看看你的短剑、你的宝剑、你的刺刀！"

年老的兵士指兵器给她看，全好好的。

"好啦，你待在那边我的监狱外头；我要给虞耳写一封长信，你要亲手递给他；我不要别人递，只要你递，因为我没有东西封口。信里的话你可以看。我母亲留下的钱，全放到你的口袋里；我只需要五十塞干，放到我的床上好了。"

海兰说完这话，就开始写信。

我不疑心你，我亲爱的虞耳：我现在死，是因为我会在你的怀里难过死的。如果没有失足的话，我将多么幸福。不要相信我在你之后爱过世上任何人；完全相反，我答应进我房间的人，我心里对他充满了最大的反感。我的过错完全由于无聊；再找原因的话，就是由于放荡。想想看，我尊敬爵爷，因为你爱他，可是我去派特赖拉，爵爷对待我残忍极了，自从这回徒然的努力以来，我的精神大大削弱；想想看，我说，我受了十二年谎话的围攻，精神大大削弱。环绕着我的全是假话、谎话，这我知道。先是我收到你三十来封信，想想我拆头几封信的兴奋！可是，一读信，我的心冰凉了。我研究笔迹，我认出是你的书法，可是我认不出你的心。想想看，这头一个欺骗，扰乱了我生命的本质，简直到了叫我不高兴拆一封你的笔迹的信！那宣布你死了的可憎噩耗，杀死了我心里还留下来的我们青春时期的快乐年月的回忆。我头一个计划，你明白，是到墨西哥，亲手摸摸它的海滩，据说，野蛮人在那里屠杀了你；如果我照这想法做的话……我们现在就会快乐了，因为，在马德里，尽管有一只机警的手在我周围撒下又多、又狡猾的奸细，我这方面可能会感动所有还留下一点点慈悲和善良的灵魂，最后会知道实情；因为，我的虞耳，你的战功引起了世人对你的注意，马德里就许有一个人知道你是柏栾奇佛尔太。你愿意我告诉你，是什么阻碍我们幸福吗？首先是爵爷在派特赖拉接见我的残酷和羞辱的回忆；从卡司特卢到墨西哥，要遇到多少巨大的障碍！你看得出来，我的灵魂已经失掉它的机能。随后，我有了虚荣的念头。在攻打修道院的那一夜晚，你躲到传达室，我为了把它改成我的房间，在修道院大兴土木。有一天，望着你从前拿你的血浸湿过的地，我听见一句看不起我的话，我抬起头，看到几张恶毒的脸；我为了报复，想做院长。我母亲晓得你活着，破除一切困难，把这狂妄的任命弄到手。这地位在我只是一种无聊的源泉；它完全腐化我的灵魂，表示我有权力，我常常磨难别人，并且引以为乐。不正义的事我也在干。我看见自己在三十岁上，依照世俗之见，有德行，有钱，被人敬重，然而却非常不幸。于是出现了这可怜虫，他是善良本身，又是愚呆的化身。自从你走了以后，由于我的环境，我的灵魂那样不幸，就是最小的诱惑也没有力量抵抗。我对你承认不承认一件下流事呢？可是我想过了，死人没有什么可禁忌的。你读这封信的时候，虫子在吞噬这应当为你而存在的所谓美丽。总之，我必须讲出我丢脸的事来；我不明白为什么我就不可以，像我们所有的罗马贵妇人一样，试试粗野的爱情；我起了放荡心。不过，我虽说失身于他，却从来不能不感到恐怖和厌恶的心情：这打消了全部快感。我永远看见你在我身边，在我们阿耳巴诺府里的花园里，当时圣母引起你那种表面上慷慨大方的想法，可是照我母亲看来，这造成了我们一生的不幸。你从不气势汹汹，而是和你平日一样，永远温柔、善良。你一直在望着我，于是我对这另一男子，有时候感到忿怒，我甚至于用我全部力气打他。我亲爱的虞耳，这是全部实情：我不愿意死了不告诉你。我还想，同你谈谈话，我就许不想死了。我因而只有看得更清楚：如果我始终不渝配得上你的话，再看见你，我该多开心啊。我命令你活下去，继续你的军人生涯，听说你春风得意，我真开心。老天爷！我要是收到了你那些信，特别是阿开纳战役之后那些信，我该多开心啊！活下去，时时想着在齐安皮遇害的拉吕斯和为了不愿意看见你眼里的责备的眼光而死在圣·玛尔特的海兰。

海兰写完信，走到老兵跟前，看见他睡着了；她不惊动他，偷偷从他身上把他的短剑拿过来，然后，才叫醒他。

她对他道：

"我写完啦，我怕我们的仇人把隧道占了。我的信在桌子上，快拿去；你亲手递给虞耳，亲手，听明白了吗？还有，拿我这条手绢给他；

告诉他,我这时候爱他,永远和我一向爱他一样,永远,听好了!"

屋高奈站着不动。

"走吧!"

"小姐,您仔细想过啦?虞耳先生可真爱您!"

"我也一样,我爱他。拿着信,你亲手交给他。"

"好,您是好人,上帝赐福给您!"

屋高奈走开,很快又回来;他发现海兰死了:她拿短剑扎在自己的心窝里。

维托里亚·阿科朗博尼·布拉恰诺公爵夫人①

在我说来是不幸的,在读者说来也是不幸的,因为,这不是一部小说,而是一五八五年十二月写在帕多瓦的一篇很严肃的纪事的忠实译文。

几年前我在曼图亚,以我有限的财力,搜集一些素描和小幅油画,不过,我要的是一六〇〇年前的画家;一五三〇年,佛罗伦萨陷落,意大利的创造性已经遭逢重大危机,临到一六〇〇年,就无声无息了。②

一个很有钱、很吝啬的贵族老头子,要高价卖给我的,不是油画,而是被时间熏黄了的旧写本;我请他让我看一遍;他同意了,又说:他相信我的为人正直,万一我不买这些写本的话,会忘记我读到的那些有趣的掌故的。

在我喜欢的这个条件之下,我不顾损害眼睛浏览了三四百本东西,这里堆积着两三世纪前悲惨的奇遇的纪事、同决斗有关的挑战书、近邻贵人之间的和约、关于种种问题的回忆,等等、等等。年老的卖主为这些写本要的价钱非常高。我喜欢某些小故事,表现一五〇〇年前后的意大利风俗,经过许多回谈判,我以昂贵的代价买下誊抄的权力。对开本,我抄了二十二册。我忠实地译出这些故事。不过读者有耐心的话,马上就可以读到其中的一篇。我知道意大利十六世纪的历史,我相信下文完全真实。这种古老的意大利风格,严肃、直截了当、非常隐晦,全是有关席克斯特五世(一五八五年)③治下的社会事物和见解的典故。为了不使译文沾染上现代的华丽词藻和我们不具偏见的世纪的观念,我费了相当的手脚。

写本的无名作者是一位慎重人物。他不下按语,不做事前准备;

他唯一的心事是如实叙述。万一他在不知不觉之中笔致偶尔生动,那是因为,在一五八五年前后,虚荣心还没有以矫揉造作的荣光掩盖人们的全部行动;只有尽可能把话交代明白,人才相信能对旁人起作用。在一五八五年前后,除去宫廷豢养的弄臣④或者诗人,就没有人想到用语言讨人喜欢。人还不会说:"我将死在陛下脚前"同时却派人找驿马准备逃走,叛逆行为当时还没有发明出来。人不大开口;每一个人都全神贯注地听别人对他讲些什么。

所以,善意的读者啊!不要在这里寻找有趣、干净、以时髦的感

---

① 维托里亚·阿科朗博尼是席克斯特五世的外甥媳妇、奥尔西尼爵爷的女人,后来被人暗杀了,暗杀的人对她说:"我的刺刀碰到你的心了没有?"维托里亚在一五八五年十二月被杀。路多维科在一五八五年十二月二十七日用一条深红丝绳在帕多瓦被绞死了。——原作者注。远在司汤达之前,和莎士比亚同代而造诣仅次于莎士比亚的英吉利剧作家韦布斯特就用这一故事,写成他的悲剧杰作《白妖》(一六一二年成书问世)。可能在一六○八年,这出悲剧就上演了,离意大利这出大血案的发生不过二十五年左右。封建统治阶级把维托里亚·阿科朗博纳(剧作者这样拼她的姓)叫做"白妖",剧作者并不同意,她临死的时候,他使她说:"有人从未见过宫廷,除去偶尔听说,同大人物也从无往来;噢,快乐的是他们!"故事绝大部分并不符合事实。剧作者所根据的,可能只是传闻。
② 美第奇一姓篡夺了佛罗伦萨共和国的政权,人民直到一五二七年五月才从这一姓手里把佛罗伦萨夺回来。共和国恢复了,但是,兼罗马教皇的克莱芒七世,为了夺回佛罗伦萨和维持他的权位,把全意大利的自由出卖给日耳曼帝国的统治者查理五世。从一五二九年十月起,直到一五三○年七月,在查理五世的大军围攻中,英勇的佛罗伦萨足足抵抗了十个月,最后,由于有了内奸,战争失利,被迫投降。在这次不顾强弱之势的英勇抵抗中,艺术家米开朗琪罗贡献了他全部的力量。城破的时候,他隐避了。依照条约,克莱芒七世不得采取报复。但是,暴君是没有信义的,他杀了为数一千的佛罗伦萨居民。他不杀米开朗琪罗,因为他"尊重"天才,要他为美第奇修建墓碑。墓碑没有完成,"日"、"夜"、"黄昏"和"黎明"四座雕像是大艺术家郁怒与绝望之作。谈到他的"夜",他在诗里道:"唉!当暴政和耻辱在近旁猖狂,受不到惩罚,我多喜欢睡到石头里去;看不见、听不见倒是幸运!所以,别喊醒我!轻些!耳语吧!"最后他还是逃到罗马去了。
米开朗琪罗是佛罗伦萨文艺复兴时期末一个天才。十六世纪后半叶只出了一些廉价的模仿之作,文艺复兴已经接近寿终正寝了。
本书除原注、编订者注外,其余均系译者注。
③ 席克斯特五世(一五二一——一五九○),原来的名姓是费利克斯·佩雷蒂。出身很穷,有一个叔父做修士,照料他读书,他在十二岁上进了方济各宗做修士。生活刻苦,拥护宗教裁判,主张严守教规,他得到天主教有力者的提携,一五七○年做了红衣主教。蒙泰尔托是他的故乡,做了红衣主教,他就改用故乡做称呼:红衣主教蒙泰尔托。一五八五年,他当选为教皇。
④ "弄臣",十字军远征之后,欧洲的王公从东方带回一种风气,特别是在十五世纪盛行,就是身边豢养一个丑样的人物。有的很矮,属于"侏儒"型;有的很丑;有的很笨,供王公取笑;有的很聪明,专说俏皮话,甚至可以放肆,只要能达到娱乐的目的,属于优孟型。莎士比亚的历史戏写了很多这样的"弄臣"。他们通常穿着主人规定的制服,挂了一身小铃铛,头上一顶长耳朵尖帽,手中拿着一根人头短杖。

受方式引用新近的典故而光彩奕奕的风格，尤其不要期待一部乔治·桑①小说的激动人心的感情；这位大作家会拿维托里亚·阿科朗博尼的生平与不幸写成一部杰作，而我献给你的真诚的纪事，只能有历史的比较谦虚的优点而已。凑巧你一个人乘驿车，天又黑了，在认识人心的伟大的艺术上，你有意思多想一想，你就不妨拿这里的历史情况当做判断的基础吧。作者有话就说，随地解释，什么东西也不留给读者猜测；他是在女主人公死后十二天写出来的。

维托里亚·阿科朗博尼，生在乌尔宾公国一个叫阿古比奥的小城②的很高贵的家庭。由于一种希有的非凡的美丽，从她做小孩子时候起，就引人注意了；不过，这种美丽是她最小的魅力：能使人钦佩一个门第高贵的姑娘的东西，她全不缺少；但是，在这许多非凡的特征中间，她最惹人注目的东西，不妨说，最显得出来是奇迹的东西，莫过于一种十分可爱的风韵，每一个人看头一眼就让她赢去了心和意志。这种天真无瑕渗透了她最简短的语言，引不起任何施诡计的疑心；人只要和这位天生美丽非凡的小姐一接触，就相信她了。如果只是看看她，人还可以用全部力量抵抗抵抗这种蛊惑；可是，一听她讲话，特别是同她谈谈话，人就不可能逃出她的非凡的魅力。

她父亲住在罗马，公馆在圣·彼得附近的鲁斯蒂库奇广场。城里许多年轻公子希望娶到她，因而引起不少的妒忌和竞争；但是维托里亚的父母看中了红衣主教蒙泰尔托的外甥费利克斯·佩雷蒂。蒙泰尔托后来做了教皇，就是当今圣上席克斯特五世。

费利克斯是红衣主教的妹妹卡米耶·佩雷蒂的儿子，起初叫弗朗

---

① 乔治·桑（一八〇三——一八七六），法兰西的女小说家。司汤达所认识于她的，属于她的早期作品。
② 阿古比奥即古比奥。

索瓦·米纽奇；后来舅父正式把他过继了，他才改成费利克斯·佩雷蒂的。

嫁到佩雷蒂家，维托里亚不知不觉把这种优势带过来了。这种优势可以说是命里带来的，她到什么地方，就跟到什么地方，简直可以说，想要不膜拜她，除非永远不看见她①。她丈夫爱她爱到了真正痴迷的地步；她婆婆卡米耶，还有红衣主教蒙泰尔托本人，除去猜测维托里亚喜欢什么马上想法子满足她之外，就像世上没有别的事了。人人知道红衣主教经济不宽裕，而且厌恶任何种类的奢华生活，可是他却把逢迎维托里亚的一切愿望，经常引为快事，整个罗马都感到惊讶。她年轻、美丽绝世，人人膜拜，有时不免起了一些花钱很多的癖好。维托里亚从她的新长辈那边收到最贵重的首饰、珍珠，总之，罗马珠宝店最希罕的东西，当时珠宝店是很充裕的。

红衣主教蒙泰尔托，出名严厉，但是，由于喜爱这位娇媚的外甥媳妇，把维托里亚的兄长也当做亲外甥看了。奥克塔夫·阿科朗博尼，不到三十岁，仰仗红衣主教蒙泰尔托，经乌尔宾公爵指定、教皇格莱格瓦十三任命，做了福松布罗内的主教；马尔塞尔·阿科朗博尼，一个慓悍的年轻人，让人告下了好几种罪，科尔特（公安机关）②追捕得很急，逮住他，可能就是死，他简直无法逃脱，但是，有红衣主教的保护，他就能得到一种可以说是安静的生活。

维托里亚的第三个哥哥、虞耳·阿科朗博尼，一经红衣主教蒙泰尔托推荐，红衣主教亚历山大·斯福尔扎③就把他安排在府里显要的位

---

① 尽我们所能想得起来的，在米兰的昂布洛席图书馆，大家看得见维托里亚·阿科朗博尼的作品：若干充满韵味与感情的十四行诗和其他诗篇。关于她的奇怪的命运，当时有相当好的十四行诗咏叹。似乎她的才情和风韵和美丽是一样丰盈。——原作者注
② 这是以公安为职责的武装机构，一五八〇年的宪兵和警察。一个叫巴尔皆洛的队长统帅他们，他本人负责执行罗马总督（警察总监）大人的命令。——原作者注
③ 红衣主教亚历山大·斯福尔扎，在格莱格瓦十三时代，掌握教会兵权，奉命剿除教皇领土内蜂起的匪徒。

置上来。

总之,人们要是知道衡量他们的幸福,不用他的欲望的贪得无厌来衡量,而用他们已经有的好处的实际享受来衡量,那么就阿科朗博尼一家人来说,维托里亚和红衣主教蒙泰尔托的外甥的婚姻,似乎已是人间至福了。但是,利益浩瀚多变,疯狂的欲望能把最最走运的人们投进充满危险的奇异的想法之中。

维托里亚的亲戚里,要是有谁想交上更好的运气,帮她谋害丈夫(罗马有许多人这样疑心),事后不久,他就不得不承认:更聪明的是满足于称心如意的命运的适当利益。而命运也一定很快就达到了野心家所能向往的顶点。的确是这样。

就在维托里亚在婆家这样养尊处优的期间,有一天晚晌,费利克斯·佩雷蒂和太太刚上床,维托里亚的女用人,生在波伦亚,叫做卡特琳的交给了他一封信。这是卡特琳的一个哥哥送来的,他叫做多米尼克·德·阿夸维瓦,绰号曼奇诺(左撇子)。罗马以好几种罪名把这家伙流放出去了;但是,费利克斯听了卡特琳的哀求,帮他得到红衣主教、舅父的有力的保护。曼奇诺时常到费利克斯家里来。费利克斯对他很信任。

我们说起的信,是用马尔塞尔·阿科朗博尼的名义写的①。在维托里亚的哥哥里面,她丈夫同他最要好。他经常躲在罗马城外,有时候冒险到城里来,就拿费利克斯的家当作避难地方。

马尔塞尔在这不相宜的时候送信来,请他妹夫费利克斯·佩雷蒂救他;求他帮他一回忙,又说:为了一件万分紧急的事,他在蒙特卡瓦洛府附近等他。

费利克斯把给他的这封怪信告诉了太太,接着他穿好衣服,没有

---

① 是以马尔塞尔·阿科朗博尼的名义写的信,还是他亲手写的呢?这是重要的。信也许是马尔塞尔写的,那么他就是同谋了。意大利不幸的隐晦的语言写成了"名义",没有写成"亲手"。一八三三年四月二十六日。——原作者注

拿别的武器，只拿了他的宝剑。作伴的只有一个听差，拿着一个点亮的火把；他正要出门，就见母亲卡米耶、家里所有妇女，其中有维托里亚本人，跟在后头，苦苦劝他不要在这深更半夜出去。看见他不听劝告，她们跪下来，含着眼泪，求他听她们的劝告。

格莱格瓦十三在位期间，充满了骚乱和闻所未闻的命案，而且凶手永远逍遥法外，这些妇女，尤其是卡米耶，听说天天出怪事，简直吓死了。她们还有一种害怕的想法：马尔塞尔·阿科朗博尼每次冒险混进罗马，没有邀约费利克斯的习惯，所以，这样一种行动，在夜晚这种辰光，她们觉得完全不合适。

年轻人心里充满了热情，费利克斯一点也不感到害怕。他很喜欢曼奇诺，也为他效过力，所以听说信是他送来的，就走出家门，说什么也拦不住他。

方才说过，他前面只有一个听差，拿着一个点亮的火把；但是，可怜的年轻人朝蒙特卡瓦洛高处才走了不过几步，三声枪响，他就倒下去了。看见他倒在地上，凶手们扑过去，争先拿刺刀戳他，直到他们觉得他死透了，这才住手。不幸的消息立刻传到了费利克斯的母亲和太太耳朵，他舅父，红衣主教又从她们这边听到。

红衣主教面不改色，情不外露，马上穿好衣服，祷告上帝哀怜他，也哀怜这可怜的灵魂（在意想不到之中去了世）。然后他到外甥媳妇家，全家妇女正在号啕大哭，他以一种可钦佩的严肃和一种十分安静的神情制住她们大哭。他对这些妇女很有权威，从这时起，甚至在把尸首往外运的时候，人看不见也听不见她们这方面有一点点违背在最有规矩的家庭里关于最预料得到的死亡的措施。①至于红衣主教蒙泰尔托本人，没有人能从他身上看出最简单的甚至通常有的痛苦的标

---

① 兴趣在这故事里一来就移动。这里，好奇的兴趣，的确转向红衣主教。——原作者注

记。在他生活秩序和外貌上，什么也没有改变。罗马以寻常的好奇眼光在观察一个受了如此严重的冒犯的人的最细微的动作，但是，不久它就确信了。

恰好在费利克斯暴死的第二天，梵蒂冈举行（红衣主教）会议。全城没有一个人不在想：至少，这第一天，红衣主教蒙泰尔托会回避这种公众职务吧。说实话，在会上他必须在许多好奇的见证人的视线之下出现，人会注意到这种自然的弱点的最小的动作，可是就一个身居高位可还想居更高位的人物①来说，把这种弱点藏起来，是非常合适的。因为有野心做人上人的人，如像平常人那样，把弱点露在外面，那就不合适了：这一点想必人人都会同意吧。

可是有这些想法的人是大错而特错了，因为，首先红衣主教蒙泰尔托按照习惯，第一批出现在会议厅；其次，目光最锐利的人也不可能在他身上发现一点点人类感情的标记。同事们为了这件残酷的事找话安慰他，可是听了他的回答，个个都惊倒了。他的心灵在这残酷祸事中所表现的坚定和表面的镇静，不久就成了全城的谈话资料。

在这同一会议里，有些人玩弄宫廷手法比较熟练，不把这种表面无动于衷看成缺乏感情，而是看成用心作伪；不久，多数廷臣都有了这种看法，因为，不用说，同他为难的这人是强有力的人，日后就许能堵住最高位置的道路，所以，表示自己受伤不太厉害，反而有好处。的确是这样子。

不管这表面、全部的无动于衷的原因是什么，有一件事是确实的，就是：全罗马和格莱格瓦十三的教廷被震慑住了。但是，回到会议来看，②红衣主教到齐后，教皇本人走进大厅，他立即拿眼睛望着红

---

① 作者的罗马感情。——原作者注
"罗马感情"指古代罗马人而言：他们性格上的特征是严谨、刚毅、勇敢而爱国。
② 时间的规则破坏了。他们是在四五天后再开会议的。——原作者注

衣主教蒙泰尔托，大家看见圣上流泪了。至于蒙泰尔托，和平常一样镇静，脸上的纹路一点没有改变。

就在这个会议上，轮到红衣主教蒙泰尔托在御前下跪，回禀他负责的事务时，大家越发惊奇了：教皇在允许他开始之前，不由自主地哭出了声。圣上好容易能说话了，就找话安慰红衣主教，许他尽速严办这件如此重大的命案。但是红衣主教很谦逊地谢了圣上，求他不要下令追究既往，担保他这方面诚心诚意宽恕凶手，不管凶手是谁。红衣主教三言两语说完了他的愿望，立刻转入他负责的事务的细节，好像没有出过什么了不起的事情一样。

出席会议的红衣主教全都目不转睛地望着教皇和蒙泰尔托。说实话，圣上完全失去了自制，尽管老练的廷臣很难受骗，但没有一个人敢说：红衣主教蒙泰尔托近在御前，看见圣上哭，脸上有一点点感情露出来。在红衣主教蒙泰尔托和圣上工作期间，他一直保持着这种惊人的无动于衷的样子。连教皇本人也觉出来了，会议一完，他忍不住对他心爱的侄子，红衣主教桑·西斯托说：

"Veramente, cortui è un gran frate!"（说实话，这家伙是一个了不起的修士！）①

此后所有的日子，红衣主教蒙泰尔托的一言一行没起任何一点变化。他按照习惯，接受红衣主教、教廷显宦和罗马王公的吊唁，但是，他对任何与他有关系的人都没露出半句痛苦或者悲伤的话来。大家说起人事无常，引证几句《圣经》或者圣父的格言、经文，短短议论一番后，他马上改变话题，谈论城里的新闻或者同他酬酢的人的特殊事务，

---

① 暗示假冒为善。恶意的人们以为修士经常假冒为善。席克斯特五世当过行乞僧，在本宗受过迫害。参看他的传记，格雷高里奥·莱蒂（一个有趣的历史家，不比别的历史家更撒谎）写的。费利克斯·佩雷蒂在一五八○年被暗杀；他的舅父在一五八五年当选为教皇。——原作者注
莱蒂（一六三○——一七○一），信奉耶稣教，米兰人，死在荷兰。有一部《席克斯特五世传》，写于一六六九年。费利克斯·佩雷蒂在一五八一年被暗杀，不是像这里所说：在一五八○年。

活像他要安慰他的安慰者。

传说保罗·吉奥尔达诺·奥尔西尼爵爷（布拉恰诺公爵）①对费利克斯·佩雷蒂的死最有关系，所以，他来吊唁，罗马特别感到兴趣②。照一般俗人想来，红衣主教蒙泰尔托同爵爷处在一起，面对面讲话，感情不会一点痕迹不露出来的。

爵爷来看红衣主教的时候，街头门外一片群众，间间房屋挤满了许多廷臣：大家好奇极了，谁都想看看两个谈话人的脸。可是，看来看去，两个人不管是谁，一点也看不出什么地方特别。红衣主教蒙泰尔托照教廷的规矩待客；他脸上显出一种十分显著的喜悦，十分亲切地同爵爷说着话。

过了一会儿，保罗爵爷上了马车，看见只有自己和他的亲信臣子在一起，忍不住笑道：In fatto, è vero che costui è un gran frate!（可不，真的，这家伙是一个了不起的修士！）好像他要证实前几天教皇嘴里露出的那句真理。③

明哲之士认为红衣主教蒙泰尔托采取的行为，帮他铺平了做教皇的道路；因为，许多人对他有这种看法：他不懂或者不想伤害别人，不管这人是谁，出于天性还是出于道德，那就不得而知了，因为他是有绝对理由发怒的。

费利克斯·佩雷蒂没有对太太留下片言只语，因而她不得不回娘家。在她回娘家以前，衣服、首饰、她做媳妇期间收下的一切礼物，红衣主教蒙泰尔托尽她带走。

---

① 保罗·吉奥尔达诺·奥尔西尼（一五三七左右——一五八五），从一五六〇年，做了布拉恰诺公爵。他胖得不得了，很难找到一匹马驮得动他，教皇免除他觐见时下跪。因为他腿上长着一种癌症，叫做"母狼"的怪病。女人爱他，为了他的财富，不是为他本人，这是必然的。
② 兴趣移动。转向奥尔西尼爵爷。——原作者注
③ 这种风格有着和于连的缺点相反的缺点。有些本身就是明显的琐细情形，他折磨自己，往过分里说。——原作者注
于连是司汤达长篇小说《红与黑》的男主人公。

费利克斯·佩雷蒂死后第三天，维托里亚由母亲伴着，住到奥尔西尼爵爷府里去了。有些人讲：她们母女采取这种步骤，为了个人的安全，因为，公安机关①像在恐吓她们，控告她们同意杀人，或者，至少行凶之前是知情的；另外有些人以为（事情的发展不久似乎证实这种想法）：她们采取这种步骤，是为了实行婚约，因为爵爷答应维托里亚，她一失去了丈夫，他就娶她。

其实，不论是当时还是后来，大家都不清楚谁是杀害费利克斯的凶手，大家也有过猜测。不过，多数人都说是奥尔西尼爵爷干的；人人知道他曾爱过维托里亚，他有过并不暧昧的表示；最大的证明是他们后来结了婚，因为，女方地位太低，只有男方忍受不了爱情的压力才会抬举她，作为门当户对的婚姻来着②。罗马总督收到一封信，没有几天就传开了，可是信的内容并没有改变一般俗人这种看法。写这封信的人叫做恺撒·帕朗蒂耶里，一个性情暴躁、流放在城外的年轻人。

帕朗蒂耶里在信里讲，总督大人不必多费周折，另找费利克斯·佩雷蒂的凶手了，因为前一些时候，他们之间起了争论，是他把他杀了的。

许多人想，不得到阿科朗博尼一家人的同意，命案是不会发生的；大家指出，是维托里亚的兄长们受了同一位有钱有势的爵爷联亲的野心诱惑。大家特别指出马尔塞尔使不幸的费利克斯离开家的那封

---

① 宪警不敢进爵爷府捕人。——原作者注
② 奥尔西尼爵爷的前妻给他生过一个儿子，叫维尔吉尼奥。她是托斯卡纳大公弗朗索瓦一世的妹妹、红衣主教费尔第南德·德·美第奇的姐姐。他得到她兄弟的同意，害死了她，因为她有奸情。这就是西班牙人带到意大利的荣誉的法则。女人不正当的爱情冒犯丈夫，也冒犯兄弟。——原作者注。他的前妻的名字是伊萨白拉（一五四二——一五七四），一五五八年嫁给他，感情很坏，据说她和他的本家特洛伊罗·奥尔西尼有私情，他拿这做借口，亲手拿绳子把她绞死。其实，他是为娶维托里亚铺平道路（杀害他的太太和维托里亚的丈夫）罢了。
红衣主教费尔第南德（一五四九——一六〇九），在一五八七年继弗朗索瓦一世之后做了托斯卡纳大公。

信就是线索、理由。大家说维托里亚本人坏话，丈夫刚刚去世，就见她作为未婚妻同意住到奥尔西尼府去了。大家以为用长距离武器，至少经过一个相当时间，才会换短武器，一上手就短兵相接，不大可能。①

格莱格瓦十三下令，指派罗马总督博尔蒂西大人侦察这件命案。大家仅仅看见公安机关逮住了绰号叫曼奇诺的多米尼克。一五八二年二月二十四日，两次审问，没有用刑拷问，他就供道：

"维托里亚的母亲主谋，帮手是波伦亚的女用人，谋杀之后，她马上逃到布拉恰诺城堡（属奥尔西尼爵爷，公安人员不敢进去），凶手是马基奥内·德·古比奥和保罗·巴尔卡·德·布拉恰诺。他们是某位贵人的朗奇·斯佩扎特（兵士），为了适当理由，没有写贵人的姓名。"

在这些"适当理由"中间，我相信，还有红衣主教蒙泰尔托的呼吁。他恳切要求中止调查，而实际上，诉讼已不再进行。曼奇诺从监狱放出来了，附带命令：一直回到本乡，没有特别许可，永远不得离开，否则就是死罪。一五八三年，圣·路易那一天②，这家伙恢复了自由，因为这一天也是红衣主教蒙泰尔托的生日，由于这种情形，我越来越确信这件事这样结束，是他呼吁的结果。在格莱格瓦十三这样软弱无力的政府底下，这种诉讼可能引起很不愉快的后果，还得不到丝毫补偿。

公安机关的活动就这样终止了，可是教皇格莱格瓦十三，说什么也不同意布拉恰诺公爵、保罗·奥尔西尼爵爷娶寡妇阿科朗博尼。圣上用一种监禁方式惩罚寡妇之后，就颁布命令：没有他或者他的继承者的许可，她和爵爷不得结为夫妻。

---

① 暗示互斗时用一把宝剑和一把刺刀。——原作者注
② 圣·路易有两个，一个节日是八月二十五日，一个是八月十九日。下文说这一天是红衣主教蒙泰尔托的生日，但是，他的生日是十二月十八日，所以都不相符。

格莱格瓦十三死了（一五八五年初），保罗·奥尔西尼请教了一些法学博士，他们回答：他们认为，由于颁布命令的人死亡，命令也就不存在了。他决定在新教皇选出之前娶维托里亚。但是婚礼不可能像爵爷希望的那样立即就办，一是因为他希望得到维托里亚兄长们的同意，不料福松布罗内的主教奥克塔夫·阿科朗博尼怎么也不肯表示同意，二是因为大家不相信格莱格瓦十三的继承者的选举这样快就完成。结局就在和这件事关系最深的红衣主教蒙泰尔托当选为教皇的同一天，就是一五八五年四月二十四日，举行婚礼，也许是巧合，也许是爵爷不在乎，表示他在新教皇之下像在格莱格瓦十三之下一样，并不害怕公安机关。

婚事大大得罪了席克斯特五世（这是红衣主教蒙泰尔托做了教皇的名字）；他已经丢掉一般修士应有的想法，把灵魂提到上帝新近给他的地位的高度。

可是教皇没有露出一点点生气的表示；只是奥尔西尼爵爷，到现在为止，对这人太不清楚，所以和罗马贵人们在同一天去吻他的脚，私下企图从圣父脸上的纹路看出一些情况，做自己期待或者害怕的根据，结果是：他明白不再是开玩笑的时候了。新教皇用奇特的样子望着爵爷，对他的颂词一句也不回答。爵爷决定立刻探听圣上对他的意图。

靠红衣主教和天主教大使[①]费尔第南德（他头一个太太的兄弟）帮忙，他求到教皇在房间赐见他的机会：他在这里对圣上来了一篇经过斟酌的谈话，不提过去的事，只说圣上新登大宝，他同圣上一样高兴，他愿意做一个极为忠心的臣仆，把他的全部财产和他的全部兵力献给圣上。

---

① 一八五五年版的原文："天主教驻西班牙的大使。"（编订者）

教皇①显出非常严肃的样子听他讲,最后回答他:没有人比教皇更热望保罗·吉奥尔达诺·奥尔西尼将来配得上奥尔西尼血统,够做一个真正的基督教骑士;至于他过去对政府和教皇本人的种种行为,没有人比他自己的良心能对他说得更好了;不过爵爷有一件事可以放心,就是,过去他虽然同费利克斯·佩雷蒂和红衣主教费利克斯·蒙泰尔托作对,教皇愿意宽恕他,可是,将来他要是同教皇席克斯特作对,就永远得不到宽恕了;②所以,教皇劝他立刻把他到现在还窝藏在家里和封邑的强盗(流犯)和恶棍全部驱逐出境。

随便席克斯特五世说话用什么声调,全有一种奇异的效果,特别碰上他生气、恐吓的时候,人会说,他的眼睛在闪电。③确实是:保罗·奥尔西尼爵爷,虽说习惯于使教皇们时时刻刻害怕,但现在听了新教皇以这种方式说的话,也不得不认真考虑一下他的问题了。④他有十三年没有听见这样方式说的话了。所以一出教宫,他就跑到红衣主教美第奇府,把方才的情形讲给他听。随后,接受红衣主教的建议,他决定立即遣散他窝藏在府里和封邑的逍遥法外的全部罪犯。国土由这样果断的教皇统治,他想还是尽快找正当借口走掉吧。

我们要知道,保罗·奥尔西尼胖得不得了;腿比常人的身子粗,有一条大粗腿害母狼病,这样叫的缘故,是因为要在有病的地方,搁一大堆鲜肉来喂它;不然的话,暴烈的毒气找不到死肉,就要吞四周

---

① 席克斯特五世,一五八五年做教皇,六十八岁统治了五年又四个月;他有些地方很像拿破仑。——原作者注
② 配得上拿破仑。人们在软弱无能的格莱格瓦十三之下犯的罪行,如果真处分的话,就没完没了。——原作者注
③ 在万科里圣·彼得教堂的更衣室,挂着这位大人物的真实画像。他有阿尔塞斯特(《愤世嫉俗》)的容易发怒的神情。到格雷高里奥·莱蒂的席克斯特五世的传记里面研究这个特征。——原作者注
  《愤世嫉俗》是莫里哀的喜剧,阿尔塞斯特是喜剧的主人公。
④ 如果他对教皇失礼,我看他不是死就是长期监禁。监禁她丈夫,维托里亚难过,可是她的性命就保全下来了。——原作者注

的活肉了。

爵爷就拿治病做借口，到威尼斯共和国的属邑帕多瓦附近著名的阿耳巴诺温泉①去。他在六月中旬，带着他的新夫人出发了。对他来说，阿耳巴诺是一个极安全的港口，因为，许多年来，姓奥尔西尼的就同威尼斯共和国交相服务，关系密切。

爵爷来到这安全国度，想到的只是享受旅居的快乐；他根据计划，租了三所豪华的房子：一所在威尼斯，丹多洛府，在柴卡特街；第二所在帕多瓦，是福斯卡里尼府，在叫做阿雷纳的宏伟的广场；他选的第三所是在萨洛，在加尔达湖的赏心悦目的岸边：这所房子原先归斯福尔扎·帕拉维奇尼家所有。

威尼斯（共和国政府）的贵人们，听说这样一位爵爷驾临他们的国家，很高兴，马上送了他一份极贵重的厚礼（这就是说，一笔相当大的年俸，爵爷可以用它招募一队两三千人的兵士由他来做统帅）。爵爷漫不经心就谢绝了这份厚礼，让人回答这些元老们说：虽然由于他家庭的传统的自然癖性，他愿意衷心为无限尊严的共和国效劳，但是，眼下他是天主教国王的臣子，似乎不便接受其他约束。答复坚决异常，元老们的心冷下来了。他们起先还想，等他来到威尼斯，以全共和国名义，举行一次盛大招待，得到他的答复，就决定把他当做一个私人来看待了。

奥尔西尼爵爷得到消息，连威尼斯也决计不去了。他已经来到帕多瓦附近，就带着他的全部随从，穿过这风景宜人的国土，来到加尔达湖畔萨洛，住在为他预备的房子里。他在这里，在这最有趣、最有变化的游戏中间，度过了整个夏天。

更换住址的时期到了，爵爷做了几次小旅行，随后，他觉得他不

---

① 温泉的名字是阿巴诺，不是阿耳巴诺。

像先前那样能受得住疲劳,他对健康有了顾虑;最后,他想还是去威尼斯过一阵子吧,可是他的夫人维托里亚打消了他的这个意图,要他在萨洛继续住下去。

有些人认为:维托里亚·阿科朗博尼明知爵爷她丈夫没有几天好活了,她要他待在萨洛,计划过后把他拖出意大利,例如到瑞士去,住在某个自由城;这样一来,万一爵爷死了的话,她本人和财产就都安全了。

这种推测不管有没有根据,反正没有成为事实,因为十一月十日,爵爷在萨洛又害了新病,他立刻对要发生的事有了预感。

他可怜他不幸的太太;他看见她在如花的青春时期名利两空,意大利当今的王公恨她,奥尔西尼一姓人不喜欢她,而他死后,她没有希望改嫁。他是一个慷慨大方、忠诚有信的贵人,就自动写了一份遗嘱,想拿它来保证这不幸女子的未来。他给她留下值十万皮阿斯特的大笔数目①的银钱或者是珠宝,不算他这次旅行使用的全部马匹、车辆同家具。他此外的财产,他全部留给他前妻生的独生子维尔吉尼奥·奥尔西尼。前妻是托斯卡纳大公弗朗索瓦一世的妹妹(经她兄弟们同意,为了她的奸情缘故,他把她杀死了)。

然而人们的先见是多不准确啊!保罗·奥尔西尼心想,他的安排应当充分保证这不幸的年轻女人的安全了,不料却变成她的祸害。

十一月十二日,爵爷签过遗嘱,觉得自己好了一点点。十三日早晨,医生们给他放血,他们唯一的希望是严格节食,所以,留下最明确的指示,不许他动用任何食物。

但是,他们才走出房间,爵爷就硬要给他开饭;没有人敢反对

---

① 约合一八三七年两百万法郎。——原作者注

他，他照常吃喝。饭才用完，他就不省人事了，日落之前两小时死了。①

在这骤死之后，维托里亚·阿科朗博尼的哥哥马尔塞尔和去世的爵爷的全体侍从陪着她来到帕多瓦，住在阿雷纳附近的福斯卡里尼府，就是奥尔西尼爵爷先前租下的房子。

到后不久，最得红衣主教法尔奈斯欢心的兄弟弗拉米尼奥来了。她当时采取了一些必需的步骤，要她丈夫送她的遗产兑现；这份遗产有六万皮阿斯特现金，应当在两年之内付她，她手头陪嫁、迎亲的财礼和全部珠宝、家具还不计算在内。奥尔西尼爵爷在遗嘱里吩咐：随公爵夫人选择，在罗马或者任何其他城市，给她买一所值一万皮阿斯特的房子和一所值六千皮阿斯特的葡萄园（别墅）；他还指示，她的饮食起居要照她的身份供应，应当配备四十个听差和数目相同的马匹。

维托里亚夫人很希望斐拉尔、佛罗伦萨和乌尔宾的王公会对她好；她很希望红衣主教法尔奈斯和美第奇也会对她好。死去的爵爷曾经指定后两位做他的遗嘱执行人。值得注意的是，遗嘱是在帕多瓦立的，经过当地大学第一流教授、今天极著名的法学家、最卓绝的帕里佐洛和梅诺奇奥审定过。

路易·奥尔西尼爵爷②来到帕多瓦，处理有关死去的爵爷和他的孀妇的一些问题，然后去科尔富岛③，因为尊贵的共和国任命他主持那边的政府。

---

① 差不多像菲力普三世一样死得愚蠢，仅仅品级不同罢了。菲力普死是因为司管移开炭盆的侍臣恰巧不在。
　菲力普三世（一五七八——一六二一），西班牙国王。关于他死于"炭盆"的传说，见于法兰西驻西班牙大使巴松皮耶（一五七九——一六四六）的《回忆录》。
② 路易·奥尔西尼即本书——三页注一司汤达说起的路多维科。
③ 科尔富岛，靠近希腊西海岸，从十四世纪末叶起，到十八世纪末叶止，有一长时期是威尼斯共和国的殖民地，现在并入希腊。

首先，关于已故公爵的马匹，在维托里亚与路易爵爷之间就起了争论。爵爷说：照平常说法，马匹不好算做家具。但是公爵夫人指出，它们应当被看做实际的家具。双方商议下来，她先使用这些马，等到有了最后的决定再说。她请索阿尔迪·德·贝尔加梅贵人做担保。他是威尼斯贵人们的首领，本国第一流的大阔人。

路易爵爷曾经借给已故公爵一笔钱，公爵当时拿了一批银台面给他做抵押：关于这批银器，又成了争执的题目。一切都用法律方式解决了，因为斐拉尔，最尊贵的公爵出面，要已故奥尔西尼爵爷的最后措施全部实现。

这第二件事是十二月二十三日，一个星期日决定的。

当天晚晌，四十个男子进了上面说起的贵妇人阿科朗博尼的房子。他们穿着粗布衣服，剪成古怪模样，谁也认不出他们是谁，除非是听声音才听得出来；他们互相呼唤的时候，就用某些切口名字代替。

他们头一个就找公爵夫人，后来找到了，中间有一个人就对她说：“现在该死啦。”

于是，他一分钟也不给她，就是她要求祷告上帝的时间也不给她，他拿起一把细长的刺刀朝她左奶底下扎了进去。这残忍家伙朝四面搅动刺刀，问了几次不幸的女人，要她告诉他有没有碰到她的心。她终于咽了最后一口气。在这同时，其他人在找公爵夫人的兄弟，其中一个马尔塞尔得了活命，因为他们没有在房里找到他；另一个挨了一百刺刀。凶手把死尸丢在地上，抢了盛珠宝、银钱的匣子走了，留下一家人在哭喊。

消息很快就传到帕多瓦官吏的耳朵；他们验明尸身，向威尼斯打报告。

星期一一整天，人抢着到上面说起的房子和隐修士教堂去看尸首。

怜悯激动了所有的好奇者，特别是看见公爵夫人这样美：他们哭她的不幸，et dentibus framebant（咬牙切齿），痛恨凶手，但是大家还不知道他们的姓名。

根据明显的迹象，公安机关疑心事情是上面说起的路易爵爷下令干的，或者至少是经他同意了的，就传他问话；可是他走进极显赫的队长办公室，要带四十名武装部队。守卫把他挡在门外，告诉他只许带三、四名进去。但是，就在他们几个人进去的时候，其余的人跟在后面，推开守卫全进来了。

路易爵爷来到极显赫的队长面前，对这样的羞辱提出抗议，说他没有从任何一位君王那边受过这种待遇。极显赫的队长问他：知道不知道关于维托里亚夫人的死和昨天晚晌发生的事情。他回答知道，已经盼咐司法机关做报告了。官方要记下他的回答；他就说，像他这样有身份的人不需要这种手续，似乎也不应该加以盘诘。

路易爵爷要求许他派一个信差去佛罗伦萨送一封信给维尔吉尼奥·奥尔西尼爵爷，向他报告讼案和意外发生的罪行。他掏出一封信，得到了许可。

但是派出去的人在城外被捕了。经过仔细搜查，官方找到路易爵爷掏出来的那封信，同时在信差的靴子里，找到第二封信。信文如下：

"呈维尔吉尼奥·奥尔西尼贵人。

非常尊敬的贵人，

我们约定的事，我这边已经执行了，一切顺利，极显赫的董第尼（显然是盘问爵爷的宪警首领的名字）也让我们蒙哄过去了，他们这里把我看成世上最大的君子。我亲自下的手，所以立即派你知道的人来。"

这封信引起官方的重视；他们迅速把信送到威尼斯。还下令关闭城门，兵士不分昼夜巡逻城墙，而且发出一张通告：凡知凶手实情而不向司法机关报告者，严惩不贷。凶手中有人告密其他凶手的，非但不受惊忧，还可以得到一笔赏金。但是，圣诞节前夕（十二月二十四日将近半夜的时候），晚晌七点钟，阿洛伊斯·布拉加丹从威尼斯来了。他从元老院方面带来至高的权力和不问死活，不顾一切逮捕上面说起的路易爵爷和他的全体部下的命令。

上面说起的贵人检察官布拉加丹、队长和高等法官贵人们来到堡垒集合。

上面说起的路易爵爷的房子，邻近堡垒紧靠阿雷纳的圣·奥古斯廷教堂。全体步、骑、民兵奉到命令，携带武器，来到爵爷的房子周围，不去者绞刑处分。

到了这一天（圣诞节这一天），城里公布了一张通告：鼓励圣·马可①的后代进攻路易贵人的房子；那些没有武器的人被召到堡垒，尽量供应他们武器。这张通告悬赏两千杜卡托，给不问死活把上面说起的路易贵人捉到公安机关的人；另外悬赏五百杜卡托，给捉到他每一名部下的人。此外，命令不带武器的人们，认为自己必须外出的话不得走近爵爷的房子，妨碍人们作战。

同时，人们在老城墙头架起重枪、臼炮和大炮对准了爵爷占据的房子。在望得见上面说起的房子的背后的新城墙头也架起了同样数量的枪炮；骑兵也安顿在新城墙这一边，有需要的话，他们就可以自由行动。在河的西岸，布置了一些凳子、衣橱、车辆与其他可以筑防的家具。他们心想，万一被围困的人们企图以密集队形进攻居民，用这种方法，他们行动起来就不方便了。这些防御物同样可以

---

① "圣·马可"指共和国。

用来保护炮手和兵士免受被围困的人们的射击。

最后,人们在爵爷房子的对面和两旁的河面安排了一些船只,船上是携带老铳同其他武器的人们。万一敌人企图冲出来,可以起扰乱作用,同时在各街道也安置了防御物。

在准备期间,来了一封信,措词很有礼貌。爵爷在信上抱怨他们在审查之前,就判他有罪,把他当敌人,甚至当反叛看了。信是利韦洛多写的。

十二月二十七日,官方派城里的要人、三位绅士去见路易贵人。房子里面,他有四十个人和他在一起,全是用惯武器的老兵。三位绅士发现他们忙着在拿木板同泡湿了的床垫子做防御工事,忙着准备他们的枪械。

三位绅士向爵爷宣布:官方决定逮捕他。他们劝他归顺,又说:在使用武力之前,他采取这种步骤,有希望得到他们部分赦免。路易贵人听了这话回答:要是能首先撤除他房子四周的防卫的话,他就带两三名部下,到官府进行谈判,但是他有一个特殊条件,就是他永远有自由回到他的房子。

使者带着他亲手写的提议回来。官方不接受条件,特别是依照显赫的皮奥·埃奈阿和其他在场的贵族的劝告,全部拒绝。使者回到爵爷那边对他宣布:他不是无保留地归顺的话,官方就要开炮轰平他的房子。听了这话,他回答:他宁可死,决不这样投降。

官方发出作战的信号。虽说一排炮火就差不多能完全毁坏房子,可官方还是喜欢开始行动相当慎重些,看看被围困的人们同意不同意归顺。

这种做法成功了,这给圣·马可省了许多钱,否则,被攻的房子一破坏,重修被破坏的部分,钱就花多了。不过,做决定的时候,意见并不一致。路易贵人的部下要是坚定不移,冲到房子外头的话,胜利就没有很大把握了。他们是老兵；他们不缺乏军需品、武器、勇气，特别是他们对战斗的胜利怀有极大的信心。就算情形坏到不可收拾的地步，死在枪口下不比死在刽子手的刀下好多了吗？再说，对方是些什么啊？没有实际战斗经验的不幸的围攻者。这样一来，贵人们就要后悔自己不该仁慈、天性善良了。

所以，官方先轰房子前边的柱廊；随后一点一点越轰越高，摧毁了柱廊后面的前脸墙。在这期间，里面的人放了许多枪，但是没有别的效果，只伤了居民中间一个人的肩膀罢了。

路易贵人狂喊狂叫着：作战！作战！打仗！打仗！他一心一意拿盘子边的锡和窗玻璃的铅造子弹。他恐吓要冲出去，可是围攻的人们采取新步骤，往前移动口径最大的炮。

第一炮就打掉了房子一大块，一个叫做潘多尔福·隆普拉蒂·德·卡梅里诺的倒在了乱土堆里。他是一员猛将、一个很重要的土匪。

路易·奥尔西尼曾经率领上面说起的潘多尔福同他的伙伴，攻打温琴·维泰利的马车，拿枪和刺刀把他杀死。神圣的教会放逐潘多尔福，极显赫的维泰利贵人曾经悬赏四百皮阿斯特买他的头。潘多尔福这回一下子就跌晕过去动不得了；卡伊迪·利斯塔贵人们的一个用人，拿着一管手枪跑到他身边，很勇敢地割下他的头，连忙捧着去了堡垒，把头交给官方。

没有多久，另一炮轰坍了一段墙，同时蒙泰梅利诺·德·佩路斯整个儿被炮弹打烂了，死在乱土堆里。

随后，就见房里出来一位人物：叫作洛伦佐上校的，他是卡梅里诺的贵族，一个很有钱的人，曾在好些场合证明了他的勇猛；爵爷很敬重他。他决定死也不能白死。他想开枪，机子扳动了，可是，或许是天意吧，枪不发火，就在这时飞来一粒子弹，穿过他的身子。枪是一个穷小子、圣·米歇尔的学生的复习教员放的。他想得到赏金,过去割他的头,但是他落在别人后面了: 比他更灵活、特别是比他更强壮的人们抢掉了上校的钱袋、剑带、枪、银钱和戒指,还割了他的头。

路易爵爷信任的几个人死了,他心乱极了,人们不见他再有丝毫动作了。

他的管家和便服秘书、费朗费贵人,在阳台上拿一条白手绢做信号,表示自己投降。他出来了,安塞尔梅·苏阿尔多、贵人们(官方)的副官,把他往胳膊底下一挟带进了城堡。据说打仗时候有这种挟法的。

他马上受到审问;他说他过去没有犯过什么过错,因为他圣诞节前夕才从威尼斯来,他在那边住了几天,料理爵爷的事务。

他们问他,爵爷身边有多少人。他回答:"二三十人。"

他们问他,他们的姓名。他回答: 有八个或十个,因为是贵人和他一样,同爵爷一道用饭,这些人的姓名他知道,至于别人、一些流浪汉,才到爵爷身边没多久,他完全不清楚他们的底细。

他举了十三个人的姓名,其中有利韦洛多的兄弟。

不久,架在城墙头上的大炮开始吼了起来。兵士来到紧连爵爷房子的房子里面,阻止他的部下逃走。有两个人死的情形,我们已经说过了,上面说起的爵爷冒着同样的危险告诉他周围的人要坚持下去,直到看见他的亲笔信和一个信号再停。说过这话,他就向安塞尔梅·苏阿尔多投降,这人前面已经说过了。照规定,他坐马车过来,不过由于人群拥挤和街头防御物的缘故,他不可能坐马车,只得决定步行。

他走在马尔塞尔·阿科朗博尼的人中间,两旁是当首领的贵人们: 苏阿尔多中尉、城里其他队长和绅士都是全副武装。随后是城里一队兵士和有武装的人。路易爵爷穿着棕色衣服,腰里挂着刺刀,披风的下摆卷在胳膊底下，一副很神气的样子，他带着一种充满蔑视的微笑说："我要是早打就好啦！"德思差不多是让人以为他会打胜的。他来到贵人们面前，立即向他们致敬，指着安塞尔梅贵人说：

"先生们，我是这位贵人的囚犯；过去的事我很抱歉，不过，概不由我。"

队长下令把他腰里的尖刀拿掉，于是他靠着阳台，用在这里找到的一把小剪刀开始修指甲。

他们问他，房里有些什么人。他举了一些姓名，其中有利韦洛多上校和蒙泰梅利诺伯爵（上面已经说过），接着又说：他愿意出一万皮阿斯特赎后者的性命，至于前者，他愿意拿他的血赎。他要求把他搁在一个合乎他这样一个人的身份的地方。协议达成了，他亲手写信给部下，命令他们归顺，拿他的戒指做信号。他告诉安塞尔梅贵人：他把他的宝剑同他的枪送给他，在家里看到他的武器的时候，求他为了爱他的缘故用用它们，把它们当做一位贵人的武器，不要看成什么丘八的家伙。

兵士进房子仔细搜索，立刻就按名呼唤爵爷的部下。一共是三十四名。随后，一对一对押进政府的监狱。死人留给狗吃了。官方连忙向威尼斯报告这一切。

官方发觉路易爵爷有许多兵士、事件的共同制造者全不见了。官方禁止窝藏他们；违者，拆毁他们的房子，并没收他们的财产；告发者可以得到五十皮阿斯特。靠这方法，官方找到了几个。

威尼斯派出一只战舰到康第①去，带了命令给拉蒂诺·奥尔西尼贵人，要他立刻回国有重大事情相商。大家相信他要丢官了。②

---

① 康第即克里特岛，现归希腊。
② 慎重在当时是必需的，政府没有我们的政府强。它有的只是武力，一点同意也得不到。——原作者注

昨天是圣·埃蒂耶的日子①，人人等着看上面说起的路易爵爷的死，或者听人讲他在监狱里被绞死；换一个方式，大家通常就要感到惊奇了，因为他不是笼子里关得久的鸟儿。当天晚响，进行审问，圣·约翰的日子②，黎明前不久，大家得知：上面说起的贵人已经被绞死，死的很是安详。他的尸身很快就移到了礼拜堂，陪伴的有教堂的教士和耶稣会的神甫，他被整天放在教堂当中一张桌子上，公开展览，给没有经验的人做借鉴。

第二天，照他的遗嘱吩咐做，把他的尸体送到威尼斯，在那边埋掉。

星期六缢死了他两名部下：第一名，主要的一名是富里奥·萨沃尔尼亚诺；另一名是一个下等人。

星期一是上面说起的一年的倒数第二天，缢死了十三名，其中有几名出身是很高贵的；另外两名：一个叫斯普伦迪亚诺队长，另一个叫做帕加内洛伯爵，押到广场，拿钳子轻轻烫了烫，就在受刑的地点，头被搥碎了，人被切成四块，差不多还活着。他们是贵族，作恶之前很有钱。据说，帕加内洛伯爵就是杀死维托里亚·阿科朗博尼夫人的凶手，那种狠法，上面已经说过了。有人反对这种说法，因为在上面引证的信里，路易爵爷证明是他亲手干的；或许这是出于虚荣好胜吧，就像他让人害死维泰利，在罗马夸口一样，或者是为了更多地博得维尔吉尼奥·奥尔西尼爵爷的宠幸。

在受致命一击之前，帕加内洛爵爷让人在他左奶底下攮了好几刀子好碰到他的心③，就像他对付那可怜的贵夫人一样。血从他的胸脯像河水一样涌了出来。他就这样活了半小时多，人人都很惊奇。这人四

---

① 十二月二十六日。
② 十二月二十七日。
③ 报复的法则似乎在人心是天生的。一八三三年四月二十六日。——原作者注

十五岁,显得很有气力。

节后头一天,给剩下十九人送终的刑架子还立着。刽子手累得不得了,居民看到这么多死人,就像自己在咽气一样,因此死刑推迟在两天内执行。大家料想不会留一条活命的。也许是例外,在路易爵爷的随员里,只有他的管家费朗费贵人呕尽心血,证明他毫不知情,说实话,这对他是重要的。

一次判决这么多人死,没有人记得,连帕多瓦城最年老的人也不记得,曾有过一回比这回更公道的判决。这些(威尼斯)贵人,在最文明的国家面前,获得了良好的舆论和名声。①

(另外一个人添的:)

秘书兼管家弗朗索瓦·费朗费被判十五年徒刑。酒管奥诺里奥·阿达米·德·费尔莫和另外两个人被判一年徒刑;另外七个被判戴脚镣划船;最后,有七个得到释放。

---

① 这里最有趣味的是史家关于道德习惯的描绘。一八三六年八月二十六日。——原作者注

秦奇一家人
一五九九年

毫无疑问,莫里哀的堂·璜是多情的,不过首先应当肯定,他是上流社会的男子;他对漂亮的妇女有克制不住的喜好,然而他在追逐之前,先要自己合乎某种理想的典范,先希望自己在多情而又多才的年轻国王①的宫廷里,成为众望所归的男子。

莫扎特的堂·璜已经比较自然些,法国人的味儿少了些,他很少考虑旁人的意见;②首先,他不想到炫耀,如欧毕涅写的那位费内斯特男爵说起的炫耀。③我们只有两个堂·璜的意大利形象,符合他在文化复兴的开始、十六世纪,这美丽的国家所应当显示的面貌。

这两个形象,有一个我决不能公之于众,因为世界如今太假道学了;我听见拜伦爵爷重复了许多回的那句至理名言:This age of cant,必须在意才是。④这种十分讨厌而又骗不了人的伪善,有一个大方便处,就是让蠢人们有话可讲:他敢说这话,敢取笑这事,等等,因而他们纷纷议论起来。不方便处就是,漫无限制地缩小了历史的领域。

第二个堂·璜,可以在一八三七年谈一下了,读者倘使兴致高,许我谈谈,我就不辞谫陋,提供一点他的传记材料。他的名字叫作弗朗索瓦·秦奇。

要堂·璜有可能出现,必须世上先有伪善,在古代,堂·璜也许是一种找不出原因解释的孤立现象;宗教在当时是一种节令,一直在鼓励人们寻欢作乐,既然如此,怎么还会打击把某种享乐当作唯一正务的人呢?只有政府才说什么禁戒的话,对可能危害祖国,也就是说,对可能危害全体利益的那些事加以禁止,但不禁止可能危害行动者个人的事。

  任何一个男子，对妇女有兴趣，又很有钱，就可以在雅典当一名堂·璜，而且不会受到批评；也不会有人公然讲什么：人生是泪之谷，清心寡欲才有意义。

  我不相信雅典的堂·璜，能像现代君主国家里的堂·璜这样快，就到了犯罪的地步；后者有一大部分的快感得之于敌视舆论，然而年轻的时候，他起初却以为自己只在敌视伪善。

  在路易十五式的君主国家里，每一个小堂·璜，目无法纪，可以随便开枪打一个修缮屋顶的泥瓦匠，让他骨碌碌滚下地来；这不正好证明他活在王公社会，气度非凡，并不把法官⑤放在眼里吗？不把法官放在眼里，岂不正是小堂·璜之流要走的第一步，尝试的第一件事吗？

  今天的时尚不再是妇女的了，所以堂·璜也就少了；可是从前有堂·璜的时候，他们开始总在寻找最合乎天性的欢乐，并以敌视他们认为在同代人宗教中缺乏理智基础的见解为荣。也只是到了后来，堂·璜开始往坏里变的时候，他才从敌视他本人认为正确与合理的舆论方面得到美好的享受。

  这种过程大概在古代很难出现，也只是到了罗马皇帝治下，在提拜里屋斯⑥住到卡普里以后，我们才看到为堕落而爱堕落，也就是说，

---

① 国王指路易十四。莫里哀上演他的五幕散文体喜剧《堂·璜》，路易十四当时二十七岁。
② 一七八九年十月二十九日，莫扎特在布拉格上演他的歌剧《堂·璜》（两幕·九场）。莫里哀用堂·璜传说，讽刺当代贵族生活，人物自然就有法国上流社会成分。
③ 欧华涅（一五五二——一六三〇），法国作家，信奉新教，攻击天主教甚力。他所创造的费内斯特男爵，见于他的小说《费内斯特男爵奇遇记》（一六一七——一六二〇），全书共四卷，大部分用对话体，主人公有两个，一个是费内斯特，字义为"外表"，一个是艾耐，字义为"人生"，前者是一个好吹牛、诳人的富人，后者是一个善良的普通人。
④ 一八一六年秋，拜伦来到米兰，司汤达当时正在米兰，经友人介绍相识。一八二二年，拜伦有一封长信给司汤达，回忆他们的友谊。拜伦这句话的意思是"眼下这种扯谎的年月"。
⑤ 一八五五年版，在"法官"二字前，增加"资产阶级的"字样。法国从很早起，国王就把法院的职位全部卖给资产阶级世袭。
⑥ 提拜里屋斯（公元一四——公元三七）是罗马帝国的第二个皇帝，晚年住在那不勒斯湾的卡普里小岛，过着极其荒淫的豪华生活。

为敌视同代人合理的舆论的快感而爱堕落的风流人物。

所以我把堂·璜有魔鬼角色的可能性算在基督教头上，毫无疑问，是这种宗教向世人指出：一个可怜的奴隶、一个角斗者有一种和恺撒本人的灵魂在功能上完全相等的灵魂；所以出现细腻的感情，应当感谢基督教才是；而且我相信，迟早这些感情是要在各民族的内部出现的。《埃涅阿斯纪》比《伊利亚特》已经是温柔多了。①

耶稣的理论是和他的同代人、阿拉伯的哲人们的理论一致的；继圣·保罗布道之后，世上唯一的新事情就是出现了一个完全脱离其他公民，甚至于利害相反的教士团体。②

这个团体唯一的事务就是培植和巩固宗教感情，发明一些方术和习惯，感动各阶级的心灵，从没有受过教育的牧人一直到对生活没有新鲜感受的老廷臣；而且知道怎么样把关于它的回忆和童年动人的印象联结起来；最小的疫情或者最小的祸患，都要加以利用，增加畏惧和宗教感情，或者至少也要用来兴建一座美丽的教堂，如同威尼斯的萨鲁太。③

这个团体的存在产生了这种令人赞叹的事情：教皇圣·利奥不用人力，就抵挡住了凶悍的阿提拉和他那些新近威慑中国、波斯与高卢的成群的野蛮人。④

所以宗教犹如被诗歌所美化了的专制政权（我们称之为法兰西君主国）一样，⑤产生了一些假使去掉这两种制度，世上就会永远看不到

---

① 《埃涅阿斯纪》是罗马帝国早期大诗人维吉尔（公元前七〇——公元前一九）的史诗，歌咏罗马建国的传说。特别能说明它比荷马的史诗《伊利亚特》温柔的，是迦太基女王由于失恋而自杀的故事。
② 参看孟德斯鸠的《罗马人的宗教政策》。（司汤达原注）
③ 萨鲁太指圣母马利亚·拉·萨鲁太教堂，兴建于十七世纪中叶。萨鲁太的字义是"赐福"。本篇故事末尾就有这么一个例子，拜纳尔·秦奇给教堂捐了四十五法郎。
④ 圣·利奥即利奥一世，于四四〇年当选为罗马教会的教皇，四六一年死。在他领导罗马教会的期间，匈奴可汗阿提拉（四〇六——四五三）远征罗马，他亲自到郊外谈判条件，送了许多礼物，阿提拉遵守信约撤退，他便谎称，由于彼得和保罗在他身边显灵，才把阿提拉吓走了。
⑤ 诗歌，特别是中世纪在法兰西流行的演义诗歌，歌颂为国王出生入死的英雄事迹，美化了残暴的专制政权；或者教化诗，叙述社交礼貌，美化了封建堡主的强暴行为，正如传说美化了宗教一样。

的怪事。

　　这些事好坏不同，可是永远稀奇少见，即使是亚里斯多德、波里布、奥古斯都以及古代其他明智的人们听到了，①也会为之惊奇。我把堂·璜的近代性格和这些事放在一起，并不迟疑。依我看来，这是来自路德之后的教皇的修行制度的一种产物；②因为利奥十世③和他的教廷（一五〇六年）遵循的大致还是雅典的宗教原则。

　　一六六五年二月十五日，也就是在路易十四统治的初期，演出了莫里哀的《堂·璜》；这位王爷当时还不虔诚，但是教会照样检查，去掉了《森林中穷人》那场戏④。这次检查是为了提高它本身的威信，希望说服无知已极的年轻国王，能相信杨塞尼屋斯信徒和共和党人是同义字。⑤

　　原作是一个西班牙人写的，名字叫作提尔叟·德·莫里纳；一六六四年前后，有一个意大利剧团，在巴黎演出一种仿本，轰动一

---

① 波里布，公元前二世纪希腊的历史家，著有《通史》。奥古斯都（公元前六三——公元一四），恺撒的义子，罗马帝国第一个皇帝。
② 路德（一四八三——一五四六），德意志宗教改革运动的领袖，反对教皇卖赎罪券，严厉攻击天主教的腐败。在欧洲各国建立耶稣教的后期，天主教为了保持自身权势，在内部积极进行改革运动。
③ 利奥十世（一四七五——一五二一），一五一三年当选为教皇。为了完成圣·彼得教堂的修建，他发行赎罪券，引起路德的坚决反对；一五二一年，他驱逐路德出教，宗教改革成为对立的运动。利奥是美第奇一姓的子弟，爱好文艺，把美第奇一姓在佛罗伦萨的作风带到罗马。
　一五〇六年的教廷是虞耳二世做教皇的时期（一五〇三——一五一三）。他爱好文艺（为了点缀他的统治）不下于他的后继者。一五〇六年，他为圣·彼得教堂奠基。
④ 这场戏是第三幕第二场：堂·璜在这里嘲笑祷告。全戏演了十五场，营业很好，复活节后禁演，下文司汤达说："这或许是上演次数最多的社会喜剧，"其中并不包括莫里哀的堂·璜，因为再度被允许公演，要在将近二百年（一八四七年）之后了。
⑤ 参阅圣·西蒙与布朗实院长的回忆录（司汤达）。
　圣·西蒙（一六七五——一七五五），法兰西贵族，留下一部庞杂的《回忆录》，对当时有详尽的记载。
　布朗实（一六三五——一七一四），反对耶稣会教士，被关在监狱，有《回忆录》传世。
　杨塞尼屋斯（一五八五——一六三八），法兰西天主教的主教，对某些宗教理论有特殊见解，他死后才有信徒。他们受到天主教正统派的激烈反对，但是得到最高法院多数的支持。路易十四不许他们活动。但是，他不但没有能镇压下去，反而从一七〇五年起，逐渐转为政治运动，成为在野的反对党。

时。这或许是演出次数最多的社会喜剧了。①原因是这里有魔鬼和恋爱，有对地狱的畏惧和对一个女子的痴情，这就是说，在所有人（哪怕他们还没有怎么摆脱野蛮状态）看来，这里有最恐怖和最甜蜜的东西。

　　一位西班牙诗人把堂·璜的形象介绍到文学里来，不足为奇。恋爱在这个民族的生活里占有一种重要的位置；在西班牙，这是一种严肃的情欲，可以为了它牺牲所有其他的情欲，而且毫无困难，甚至虚荣心（谁相信这个？）也可以牺牲！②情形相同的还有德国和意大利。这些国家的人，由于这种情欲，做出了许多蠢事。例如，娶一个穷女孩子，借口她长得好看，他爱上了她。细看下来，只有法国完全摆脱了这种情欲。丑姑娘们在法国不缺乏爱慕的男子；我们是有世故知识的人。在旁的国家，她们唯一的出路就是当女修士；此其所以西班牙就少不了修道院。姑侄们在这个国家里没有嫁奁的：这一条不成文法支持爱情的胜利。在法国，爱情不是逃到六层楼上，就是说，逃到没有家庭的公证人③作媒就嫁不出去的女孩子中间了吗？

---

① 加布里耶尔·泰莱日，一个僧人，有才学的人的笔名。他属慈悲宗。他给我们留下几出戏，其中如《宫里胆小的人》，有些戏的场面显出他的天才。泰莱日写了三百出喜剧，现存的还有六十或八十出。他死的时候，将近一六一〇年（司汤达）。
② 堂·璜传说的发祥地是西班牙。根据《塞维耳史乘》的记录：堂·璜·泰诺利奥是一个年轻贵人，夜晚劫奸一位小姐，杀死她的父亲屋脑阿武士。家人把武士埋在方济各宗的教堂，立有石像。僧侣用女人做饵，把堂·璜引到教堂武士的私殿弄死，然后散布流言，说堂·璜到教堂侮辱石像，石像显灵，把他打进地狱去了。
提尔叟·德·莫利那（一五七一——一六四八），本名泰莱日，是西班牙一个有名的喜剧作家。在一六二五年左右，第一次使用堂·璜传说，写在一出分成三"日"的喜剧，题做《塞维耳的骗子和石头客人》。
传说很快到了意大利，前后有了两个演出本子，滑稽成分加多了。一六五七年左右，意大利职业喜剧团到巴黎上演《堂·璜》，轰动一时。法兰西立刻也有了两种模拟本子。一六六四年五月十二日，莫里哀的杰作《达尔杜夫》，仅仅上演一场就被禁演，他被迫想到改编《堂·璜》。十七世纪末叶，又出现了一些改编本子；其中有一个西班牙本子（萨莫拉改编的），成了意大利歌剧本的根据。此后关于堂·璜的艺术作品越发多了，一八三〇年，普希金用这个传说写成题为《石客》的诗剧。
③ 公证人，性质近乎律师，为人作中，订立契约，有法律效力。

拜伦爵爷的堂·璜①，只是一个浮布拉斯、一个无足轻重的漂亮年轻人，形形色色不可置信的幸福扑面而来，也就没有必要谈他。

那么，这古怪性格，第一次出现，只是在意大利和在十六世纪。在意大利，在十七世纪，有一天，天气很热，一位公主在晚晌高高兴兴举起一杯冰水，说："真可惜，这不是犯罪！"

据我看来，这种感情形成了堂·璜的基本性格。大家看得出来，基督教对他是必要的。

说到这一点，一位那不勒斯作家叫起来了：

"对上天进行挑战，还相信就在同时上天能把你烧成灰烬，难道这也不相干吗？据说，这就是找女修士做情妇的极度愉快的来由：一个笃信宗教的女修士，她很清楚她在做坏事，她怀着激情请求上帝宽恕，就像她怀着激情犯罪一样。"②

有一种简单的伦理，只把对人们有用的东西叫做道德。严厉的庇护五世虽然恢复或者发明了许多苛细的教规③，却完全和这种伦理不相干。我们不妨假定一个十分乖戾的基督徒在这期间生在罗马。他赶上了一个严酷的宗教裁判时期，严酷到了这种地步，它在意大利待不下

---

① 拜伦的《堂·璜》（一八一九——一八二四），共十六章，未完，是一首讽刺叙事诗。故事和传说完全不同。堂·璜在十六岁上离开西班牙，过流浪生涯，在土耳其做奴隶，逃到俄罗斯，做女沙皇的宠臣，到英吉利做使臣……一切为了给诗人提供描绘和讽刺的机会。

浮布拉斯是路外·德·辜无赖伊（一七六〇——一七九七）的同名小说的主人公。他和三个性格不同的妇女谈情说爱，最后选了一个比较纯洁的女孩子结婚。这里是十八世纪大革命前的风俗描绘。

② 参阅道米尼可·帕里耶塔（司汤达）。

③ 圣·庇护五世·吉斯里艾利，皮埃蒙特人，在圣·马利亚·马焦尔教堂席克斯特五世的坟旁，看得见他的削瘦、严厉的形象。他是宗教裁判所的大法官，一五六六年登圣·彼得的宝座。他统治教会六年又二十四天。参看他的书信。德·波特先生发表了这些书信。德·波特先生是我们中间唯一知道这段历史的人。他的作品、事实的巨矿，是他在佛罗伦萨、威尼斯和罗马的图书馆十四年细心研究的结果（司汤达）。

庇护五世（一五〇四——一五七二），本名米歇尔·吉斯里艾利，一五六六年当选为教皇。他热爱内部改革，订了许多苛细规则，例如，医生没有得到病人重新忏悔的证明书，不得诊视该病人超过三天以上；在安息日不安息者，处罚；诽谤神圣者，处罚；穷人初次犯过，手绑背后，在教堂门前罚站一天；二次犯过，游行鞭打；三次犯过，舌头穿洞，罚海外划船；等等。

去，只好躲到西班牙，教皇新近加强宗教裁判所的作用，人人望而生畏。这些小小的苛细的教规被提升到宗教最神圣的职责的地位，而若干年来，人却费尽心血不执行，或者公开加以蔑视。看见全体公民当着宗教裁判所的可怕的法律发抖，他[①]耸耸肩膀，对自己道：

"好啊！我是罗马、这世界之都的最有钱的人；我也要做最勇敢的人；这些家伙尊敬的东西都太不像人应当尊敬的东西了，我要公开嘲弄一下。"

因为一个堂·璜，为了做堂·璜，就该是一个敢作敢为的人，具有那种透视人们行动的动机的生命和准确的眼力。

弗朗索瓦·秦奇将对自己道："用什么样惊人的行动，我、一个罗马人、一五二七年生在罗马，恰好就是波旁所帅的路德兵士在罗马对神圣器物犯下最可怕的亵渎的半年的时期[②]；用什么样行动，我才能使人注意我的勇敢、尽量使自己得到对舆论进行挑战的快感呢？怎么样我才会惊动我同代的庸人呢？怎么样我才能使自己得到觉得自己不同于这批凡夫俗子的隽永之至的快感呢？"[③]

一个罗马人、一个中世纪罗马人，不会光说不干的。没有比意大利更讨厌放空炮的国家了。

能对自己说这话的人叫做弗朗索瓦·秦奇：一五九八年九月十五日，他在女儿和太太眼皮下面被杀了。这位堂·璜没有给我们留下一点点可爱的印象。他不像莫里哀的堂·璜，首先要做一个上流

---

① 一八五五年的版本："我们说起的乖僻的罗马人耸了耸肩膀。"
② 波旁（一四九○——一五二七），是法兰西元帅，一五二三年，投降日耳曼大帝查理五世。他占领米兰，召募德意志游民，答应他们抢掠意大利，率领他们攻打罗马。进攻中，他受伤死掉。但是信奉路德的同乡仍在罗马抢掠了足足两个月。
③ 据我看来，这家伙是一个荒唐鬼，因为家私很大，在朝坏蛋过渡。一个萨德。老秦奇活了七十岁。（司汤达：写在意大利写本的边沿。）
萨德（一七四○——一八一四），法兰西封建社会末期一个贵族小说家。他一生坐牢十一次，罪名都和讽刺社会风化侵关。他在成为小说家之前，由于对贵族生活不满，走上反动的荒淫虐待妇女犯的道路，因之被称为"萨德主义"。

社会人：这种想法没有柔化，缩小他的性格。他不想到别人，除非是为了表示他比他们高，把他们用到他的计划里，或者恨他们。堂·璜永远没有一颗温柔的心的同情、甜蜜的梦想或者幻觉引起的快感。他首先需要的是一些属于胜利的欢乐、别人能看得见而又不能否认的欢乐；他需要无礼的莱波雷洛^①在忧愁的埃尔维尔的眼下打开的名单。

罗马的堂·璜小心在意，不做出奇的笨事，像莫里哀的堂·璜，露出性格的底细，把心里话告诉一个跟班的；他活着没有知己，也不说话，除非是那些对他计划的开展有用的话。我们所宽恕于莫扎特的堂·璜的那些真正的柔情与可爱的欢欣的时候，谁在他身上也看不到；总之，我要译出来的形象是丑恶的。

有选择的话，我不会说起这种性格的，单只研究研究他，我也就心满意足了，因为他引起的不是好奇，而更是厌恶。不过，我的旅伴要求我这样做，我承认，我不能回绝他们的。一八二三年，我有幸和一些可爱的人游意大利，我永远忘不了他们，也和他们一样被白阿特丽丝·秦奇的美妙画像迷惑住了。这幅画像可以在罗马的巴尔贝里尼府看到。

府里画廊现在只有七八幅油画了，然而有四幅却是杰作：首先是拉斐尔的情妇、著名的"福尔纳丽娜"的画像，是拉斐尔自己画的。这幅画像确实出于他的手笔，没有一点疑问，因为今天找得到当代临本。佛罗伦萨的画廊也有一幅，说是拉斐尔的情妇的画像，莫尔根就用这名字把它翻成木刻。其实，两幅画像完全不一样，佛罗伦萨的画

---

① 莱波雷洛，莫扎特的《堂·璜》里一个人物、堂·璜的跟班。在第一幕第二场，堂·璜无意中在街上遇见他的太太埃尔维尔；她责备他另发别人；堂·璜留下莱波雷洛替他解释。莱波雷洛掏出一张名单，一个一个念给她听：上面是一百〇一个堂·璜追逐的妇女的姓名。

像根本就不是拉斐尔画的。①为了这伟大的名字，读者想必愿意宽恕这短短离题的话吧？

巴尔贝里尼画廊的第二幅珍贵的画像是吉德画的，就是白阿特丽丝·秦奇的画像，外面的恶劣翻版很多。②这位大画家在白阿特丽丝的脖子上放了一角无足轻重的打褶衣服，还给她蒙了一块包头巾。她到法场受刑，特地做了一身衣服，还有，一个可怜的十六岁女孩子方才大哭大闹完了，头发乱乱的，如果统统照实描绘下来，他怕逼真逼真到恐怖里去了。头是优柔、美丽的，视线很柔和，眼睛很大：显出一个人在痛哭中被人发觉的吃惊模样。头发是金黄色，而且很美。这颗头没有一点罗马人的高傲神情和那种体会到自己的力量的感觉。我们常常在一个提布河女郎的坚定的视线里发现她的力量。她们说起自己来，傲然于色道：diuna figlia del Tevere③。从死难到现在，已有二百三十八年了，在这悠长期间，中间色调④不幸变成了砖红颜色。关于死难的叙述，读者回头就读到。

巴尔贝里尼画廊的第三幅画像是卢克雷切·佩特罗尼的画像，她是白阿特丽丝的继母，她们是一道就刑的。这是罗马贵妇人在天生美丽和高傲⑤之一的典范。纹路宽大，肤色雪白，眉毛黑而分明，视线逼

---

① "福尔纳丽娜"是一个绰号，真名是玛尔加丽塔，因为她是罗马一个面包商的女儿，所以有了这个绰号（字义是"面包师的女儿"。拉斐尔的"福尔纳丽娜"经后人修复过，当代有三幅临本，保存在罗马）。
佛罗伦萨的屋飞奇画廊传说也有一幅"福尔纳丽娜"，题为《蒙纱女郎》，可能是皮翁包的作品。莫尔根（一七五八——一八三三），那不勒斯人，有名的版画家；一七八二年，来到佛罗伦萨，翻刻屋飞奇画廊的杰作，并创设学校。
② 吉德（一五七五——一六四二），波伦亚人。这里这幅画像是否吉德画的，是否即是白阿特丽丝·秦奇的画像，根据《弗朗索瓦·秦奇和他的家庭》一书的作者白尔陶劳提与《文艺复兴》一书的作者西蒙司，很成问题。吉德到罗马来，是一六〇八年，在她死后九年。巴尔贝里尼画廊的目录，在一六〇四年和一六二三年编的，都没有提到这幅画像。
③ 意大利文，意思即："提布河女郎"。
④ 中间色调，介乎明暗之间的部分。
⑤ 这种高傲，不是从社会的品级得来的，像万·代克画的那些画像（司汤达）。
万·代克（一五九九——一六四一），福朗德画派大师，晚年住在伦敦，画像很有名，对象多是伦敦上等社会人物。

145

人,同时具有肉感。这同她女儿那样柔和、那样天真、差不多是德意志的脸,正好形成美丽的对比。

第四幅画像以颜色的真实和煊丽出名,是提先的一幅杰作:画的是一个希腊女奴,著名的执政官巴尔巴里苟①的情妇。

几乎所有外国人,来到罗马,在游览开始时,就请人把他们带到巴尔贝里尼画廊;白阿特丽丝·秦奇和她继母的画像把他们吸了过去,特别是妇女们。我有过相同的好奇;随后,和别人一样,我设法读到这著名讼案的文件。除去被告的回答,文件全部是拉丁文。如果你有资格读到这些文件,你会大吃一惊,因为你几乎就找不到事实的说明。原因是:在罗马、在一五九九年,没有人不知道这些事实。我拿钱买到誊抄一篇当代纪事的许可;我想,我把它翻译过来,不会伤害任何礼节吧。至少这篇译文,当着一八二三年的贵妇人们,是可以高声念出来的。自然,译者不可能继续忠实时,也就停止忠实了,因为厌恶很容易在这里战胜好奇的兴趣。

这里完美的堂·璜(他没有意思附合任何理想的典范,想到舆论也只是为了蹂躏它)的可怜的角色,在他的全部丑恶之中,暴露出来。他罪大恶极,两个不幸的妇女不得不把他弄死:这两个妇女,一个是他的妻室,另一个是他的女儿,而读者不敢决定她们是否有罪。她们的同代人认为她们不该死于非命。

加莱奥托·曼夫雷蒂(被他女人杀死,大诗人蒙蒂用过这一题材)的悲剧②,以及十五世纪许多不大出名、意大利城市的志书几乎提也不提起的其他家庭悲剧,我相信,结局和佩特雷拉城堡的惨剧是相仿的。下边是当代纪事的译文;它是罗马的意大利文,写在一五九九

---

① 巴尔巴里苟,从一四八五年到一五〇一年为止,被推为威尼斯的执政官之一。
② 蒙蒂(一七五四——一八二八),意大利新古典派领袖。《加莱奥托·曼夫雷蒂》是他写的悲剧(一七八七年)。
加莱奥托·曼夫雷蒂是法恩萨的霸主,一四八八年,被他女人弗朗切斯卡·奔提渥里奥杀死。

年九月十四日。①

在我们圣父、教皇克莱芒八世、阿尔多布朗第尼②治下,一五九九年九月十一日、上星期六,雅克和白阿特丽丝·秦奇,和卢克雷切·佩特罗尼·秦奇,他们的继母,犯杀父罪,被执行死刑。关于他们死亡的真实故事:

弗朗索瓦·秦奇生在罗马,是我们城里最阔的一个市民,他一直过的是可憎的生活,结局走上毁灭的道路,连累儿女也早死了。儿子们是强壮、勇敢的年轻人。女儿白阿特丽丝,虽说不到十六岁就绑进了法场(到今天才四天),不就因而不是教皇领地和全意大利最美的一个女子。外边传说,上星期五,就是说,正当可怜的白阿特丽丝受刑的前一天,吉德·雷尼爵爷,这可钦佩的波伦亚画派的弟子之一,希望画她的画像。这位大画家要是完成这件工作,像他在京城画别的油画一样,这可爱的女孩子美到什么程度,后人是可以想象出的。这颗真正罗马的心灵懂得怎么样用惊人的力量对她无比的不幸作战。为了后人能对她的不幸和力量有一点印象,我所知道的把她带到死路的行动,和我在她光荣就难的日子所看到的种种,我决定全写下来。

虽说六个星期以来,除去秦奇的讼案,人们在罗马不谈别的,有些最秘密的情况照样还是没有人晓得,就是今天也不晓得。给我提供材料的人们,由于所处的地位关系,恰好全部知道。我写的相当自由,因为我确知我能把我的记录放到可尊敬的文库去,而取出来必然要在

---

① 我喜欢这篇记载,是因为它尽可能和故事同时代。可怜的女孩子在一五九九年九月十一日被杀,记载在九月十五日写完。昨天我到巴尔贝里尼府研究、瞻仰她的形象来的。一八三四年三月。(司汤达:写在意大利写本上。)
② 克莱芒八世(一五三六——一六〇五),一五九二年当选为教皇,本名是伊波里投·阿尔多布朗第尼。

我死后。我唯一的苦恼是我必须说起反对可怜的白阿特丽丝·秦奇的天真的怪话。不过实情如此，我也就顾不得了。认识她的人全膜拜她、尊敬她，正如憎恨、厌恶她可怖的父亲一样。

谁也不能否认，这人天生就有惊人的聪慧和怪性格。他是秦奇大人①的儿子。在庇护五世（吉斯列里）治下，秦奇大人做官做到财务大臣（财政部部长）。大家知道，圣上不重视国家尘世的行政工作，集中他的确切的憎恨反对邪说，惦念着恢复可钦佩的宗教裁判所，结局就是这位秦奇大人在一五七二年前做了几年财务大臣，捞了一大笔钱留给这可怕的家伙、他的儿子和白阿特丽丝的父亲，一年光利息就有六万皮阿斯特（约合一八三七年二百五十万法郎）。②

除去这份巨大的财产之外，弗朗索瓦·秦奇还出名的勇敢、谨慎；年轻时，没有一个罗马人比得上他这方面名气大。由于这种名气关系，他在教廷和民间的信用也就越发大了，开始把算到他账上的罪行，只是些性质不严重的，人们很容易就宽恕了它。在一五一三年离开我们的利奥十世的时代和死在一五四九年的保罗三世的治下，大家享有思想和行动的自由，所以许多罗马人念念不忘，仍记得这种自由。在这后一位教皇的治下，弗朗索瓦·秦奇有些奇怪的恋爱事件，由于使用还要更奇怪的方法，全顺顺当当地成功了，因之，人也就开始谈起这年轻人了。

在保罗三世治下，人还有倾心畅谈的时候，许多人说：弗朗索瓦·秦奇特别喜好能给他一些"一新耳目的变动"peripezie di nuova idea③的奇异事故，使人心神不安的新感觉。说这话的人们，根据的是

---

① 一般人对教皇官吏的称呼。他们不在教，而在教廷作官，具有特殊的中间身份。
② 将近一五八〇年的时候，一年利息合五十五万法郎。折成一八三三年的币值，这笔款应当乘多少才行？我相信应当乘四倍。秦奇在今天一年利息可以收二百二十万法郎。大家晓得，为了打消索（索多米）的官司，他花了十一万法郎（或者四十四万法郎）。我们今天的大人掏不出这样大的罚镯的。一八三三年五月十五日。（司汤达：写在意大利写本上。）
③ 意大利文，意思与译文相同。

他的账簿的项目,类如:

"为托斯卡纳的奇遇和'变动',用去三千五百皮阿斯特(约合一八三七年六万法郎),e non fu caro(并不怎么贵)。"

在意大利其他城市,或许有人不知道:我们的命运和我们在罗马的生活方式随着在位的教皇的性格而改变。所以,善良的教皇格莱格瓦十三(布翁孔帕尼)在位的十三年,人在罗马完全自由;谁想刺死仇敌,只要行动方式还有一点点顾忌,官方决不追究。紧接着过分宽大,就是伟大的席克斯特五世统治的五年的过分严厉,说起这位教皇,就像说起奥古斯都皇帝一样,他应当永远不来,或者应当永远待下去。于是,为了一些暗杀或者下毒事件,好些倒霉的人被执行死刑了,这些事件虽然已经忘了十年了,不过,因为往年他们不幸对蒙泰尔托红衣主教忏悔过,所以就身败名裂了。蒙泰尔托红衣主教就是后来的席克斯特五世。

人们开始大谈特谈弗朗索瓦·秦奇,主要是在格莱格瓦十三治下。他娶了一位很有钱的太太,而她也配得上这样一位信用很高的贵人。她给他生过七个孩子就死了。她死了没有多久,他就续娶卢克雷切·佩特罗尼。她是少见的美丽,特别以肤色雪白出名,不过有一点太胖了,这是我们罗马妇女共有的缺点。卢克雷切没有给他养孩子。

弗朗索瓦·秦奇值得谴责的最小的恶习,就是可耻的恋爱关系;最大的恶习就是不信上帝。人们从来没有看见他进过教堂。

他为了可耻的恋爱,坐过三回监狱,但是给十二位教皇的宠臣送过二十万皮阿斯特,他也就平安无事,挨次在他们的治下活了下来。(二十万皮阿斯特约合一八三七年五百万。)

我看见弗朗索瓦·秦奇的时候,他的头发已经灰白了,当时是在布翁孔帕尼教皇治下,谁有胆量,谁就可以胡来。这是一个约摸有五尺四寸高的人,尽管太瘦却很结实;据说他强壮得不得了,这种流言或许是他自己散布的；他的眼睛大而有神，但是上眼皮有点太下垂；鼻子太朝前伸，也太大；嘴唇薄；微笑充满了韵味。他盯牢仇敌看时，这种微笑就变得可怕了。只要他受到一点点激动或者刺激，他就大抖特抖，简直要病了。在布翁孔帕尼治下，还是我年轻时，我看见他骑马从罗马到那不勒斯去，不用说，是为了拈花惹草的一桩什么恋爱事件。他穿过圣·皆尔马诺和法约拉森林，一点也没有拿强盗搁在心上，据说，不到二十小时他就到了。他总是一个人旅行，事前不告诉人；马跑累了，他就另买一匹，或者另偷一匹。刺人一刀，别人多少总有一点顾虑，他是没有顾虑的，说动手就动手。不过，说实话，在我年轻时，他不是四十八岁就是五十岁吧，没有一个人有胆量抵抗他。他特别喜欢对他的仇敌挑战。

他走遍圣上治下的条条道路，名气很大，出手大方，可是，谁得罪了他，两三个月后，他就能够派一个刺客弄死得罪他的人。

他活得很久，在这期间，他只做过一件好事，就是在他邻近提布河的大公馆的院子当中，盖了一座献给圣·多玛的教堂。但是他这善行的动机，却是出于一种奇怪的愿望：要子女的坟墓在他的眼边①。他恨极了他们，不近情理，甚至从他们年幼无知、还不可能做任何事得罪他的时候起，他就恨上他们了。

"我要他们统统埋在里头。"他常常做出一种苦笑，对他雇来盖教堂的工人们讲。他打发他的三个大儿子雅克、克里斯托夫和洛克，到西班牙的萨拉芒克大学去念书。他们一到这遥远的国度，他就起了一种恶作剧的快感，一点钱也不汇给他们，这些不幸的年轻人给父亲写了许许多多信，得不到一封回信，陷进了穷困境地，不得不借一小笔钱，或者一路讨饭，转回祖国。

---

① 罗马的坟墓在教堂底下（司汤达）。

来到罗马,他们发现父亲比过去还要严厉、还要刻薄、还要心狠。尽管他有万贯家私,可他不肯给他们衣服穿,或者给他们必需的钱买最粗糙的东西吃,逼得不幸的孩子们只有向教皇呼吁。教皇强迫弗朗索瓦·秦奇津贴他们一小笔生活费。

有了这份不大的资助,他们就同他分手了。

过了不久,弗朗索瓦由于他的可耻的恋爱关系,第三回也是末一回,又关到监狱去了。三个兄弟为了这事,觐见我们当今的圣父教皇,同声求他处死他们的父亲弗朗索瓦·秦奇;他们说,他贻辱门庭。①克莱芒八世很想这样做,不过,他不肯照他的头一个想法做,免得这些不肖的孩子称心如意,所以他不赏脸,把他们从面前轰了出去。

我们前面已经说过,父亲给有力量保护他的人送了一大笔钱,出了监狱。大家想象得出,三个儿子的奇怪行为必然是越发增加他对子女的憎恨。他不分大小,无时无刻不在咒他们,两个可怜的女儿同他住在府里,他天天拿棍子打她们。

虽说监视严密,大女儿费尽周折,还是递了一封请愿书给教皇。她哀求圣上把她嫁掉,或者把她送进一座修道院。克莱芒八世可怜她的不幸,把她嫁给古比奥最高贵的家族,丈夫是查理·加布里耶利;圣上强迫父亲掏出一份丰厚的嫁妆。

弗朗索瓦·秦奇对这意外打击显出了极端愤怒。眼看白阿特丽丝就要大起来了,为防她照姐姐的榜样学,他把她囚在大公馆一间屋子里。外人得不到许可看她。白阿特丽丝这时还不到十四岁,已经发出动人的美丽的光辉。她禀性快活、热诚,有喜剧才情;除去她,我从来没有看见别人有过。弗朗索瓦·秦奇亲自端饭给她吃。相信就是这时候,这怪物爱上了她,或者假装爱上了她,为的是折磨他不幸的女儿。

---

① 三个儿子对教皇的巧妙的请求。(司汤达:写在意大利写本上。)

他时常同她谈起她姐姐对他玩弄的可恶的诡计,同时对自己说话的声音又十分生气,结局是打白阿特丽丝一顿。

就在这期间,他儿子洛克·秦奇被一个猪肉贩子①杀死,第二年,克里斯托夫·秦奇被保罗·科尔索·德·马萨杀死。这一回,他显出他反对宗教的险恶本性了,因为,埋两个儿子的时候,他甚至不肯破费一个巴姚克②买蜡烛。听见他儿子克里斯托夫死了,他喊:除非是他的孩子全埋掉,他才可能感到些喜悦,所以,末一个孩子要是一死,他表示幸福,打算放火把他的公馆烧了。听见这话,罗马全城吓了一跳,不过,这种人以对每一个人和对教皇本人挑战为荣,大家相信他是什么事也干得出来的。

(弗朗索瓦·秦奇企图惊动他的同代人,做了一些怪事,不过,这里,记载很隐晦,完全不可能了解罗马叙述者的意思。表面看来,他太太和他不幸的女儿成了他可憎的想法的牺牲品。)

他嫌这一切做得不够,就试着用恐吓、用暴力来强奸他的亲生女儿白阿特丽丝。她已经是又高又美了。他不害臊,赤条条一丝不挂,就去睡到她的床上。他脱得光光的,带着她在府里的大厅散步;随后,他把她领到他女人的床上,为的是可怜的卢克雷切照着灯亮,看看他和白阿特丽丝在干什么。

他让这可怜的女孩子听一种可怕的邪说,我简直不敢讲出来了;好比说,父亲同亲生女儿发生关系,养出来的孩子必然是圣者,教会敬礼的最伟大的圣者全是这种方式养下来的,就是说,他们的外祖父是他们的父亲。③

---

① 劳尔奇诺 Norcino:劳尔奇阿 Norcia 的居民,引申成了猪肉贩子。(司汤达:写在意大利写本上。)
② 巴姚克 (bajoc, 应做巴伊奥克 baioque),意大利一个艾居的百分之一。苏是法兰西的通货,一个法郎的二十分之一。
③ 叙述人仅仅为了邪说,就忽然生起气来。(司汤达:写在意大利写本上。)

白阿特丽丝抗拒他可憎的意图，他就狠狠毒打她一顿，于是这可怜的女孩子，忍受不了这种不幸的生活，想照她姐姐的榜样学。她给我们的圣父教皇递了一封详尽的请愿书，不过，看来弗朗索瓦·秦奇事前早有提防，因为这封请愿书似乎从来就没有送到圣上手里；后来白阿特丽丝下了监狱，她的辩护人急切需要这个文件，可是至少在保存档案的秘书室就没有能找到：在某种程度上，它可以说明在佩特雷拉城堡发生的骇人听闻的凶杀事件。白阿特丽丝·秦奇有正当防卫的必要，看到这个文件，大家不就一目了然了吗？上面同样有白阿特丽丝的继母卢克雷切的名字。

弗朗索瓦·秦奇晓得了这个举动。大家可以想象他是怎样生气，加倍虐待这两个不幸的妇女了。

这种生活她们完全忍受不下去了，就是在这时候，她们明白她们指望不到皇上一点点的公道，弗朗索瓦的重贿买通了他的侍臣，她们这才横下心来，做出极端的决定。这把她们毁了，不过，无论如何，这有一样好处，就是：结束了她们在人间的苦难。

我们应当知道，著名的圭拉大人，常到秦奇府里走动。他身材高，又是一个很美的男子；命运送了他一份特别礼物，就是随他想做什么事，他都能以一种特殊风度脱身而去。有人揣测他爱白阿特丽丝，计划抛掉曼泰莱塔来娶她。①但是，他虽说小心翼翼，藏起他的感情，弗朗索瓦·秦奇还是厌恶他，嫌他和他的孩子全有联系。圭拉大人一听说秦奇贵人不在家，就上楼到妇女的房间，同她们谈几小时话，听两个妇女控诉她们身受的令人难以置信的虐待。她们决定的计划，好像是白阿特丽丝头一个大起胆子讲给圭拉大人听的。日子一久，他也帮腔谈谈；最后经不住白阿特丽丝几次紧逼，他答应把这计划告诉贾科

---

① 大部分大人不受圣教约束，可以结婚（司汤达）。
曼泰莱塔：教士的披肩。

莫·秦奇知道：没有他的同意，什么事也不能做，因为他是长兄，除去弗朗索瓦，他就算是家长了。①

他们发现非常容易拉他参加阴谋。父亲待他坏极了，什么帮助也不给，尤其是贾科莫结过婚，有六个孩子，就更怨恨了。他们选定在圭拉大人的房间聚会，商量弄死弗朗索瓦·秦奇的方法。事情按照适当的情形进行，每一决定都经过继母和年轻女孩子的同意。最后，商量定了，他们挑选弗朗索瓦·秦奇的两个家臣下手。这两个人恨他恨透了。其中一个叫马尔齐奥，是一个勇敢的人，同弗朗索瓦不幸的子女感情很好，为了使他们称心，他同意参加杀死他们的父亲。第二个是奥林皮奥，科洛纳爵爷曾经选他做那不勒斯王国里的佩特雷拉城堡的堡主，但是弗朗索瓦·秦奇仗着他在爵爷面前得势，有信用，把他撵走了。②

他们同这两个人把事情商量定当。弗朗索瓦·秦奇曾经讲起，为了避开罗马的坏空气，他打算到佩特雷拉城堡过下一个夏季。他们想纠合十二三个那不勒斯的强盗。奥林皮奥负责供应。他们决定把强盗藏在邻近佩特雷拉的森林里，弗朗索瓦·秦奇出发时，他们就派人通知强盗，半路把他抢走，然后强盗捎信给他的家人，说：要他们放他，必须付一大笔赎金。于是子女不得不回罗马，想法子凑集强盗勒索的数目；他们应当装成没有能很快找到这笔钱来，于是，强盗不见钱到，按照他们的恐吓，就把弗朗索瓦·秦奇处死。这样，就不会惹人怀疑谁是真正谋害的人了。

夏天到了，弗朗索瓦·秦奇离开罗马去佩特雷拉，强盗在树林里安顿好了，但是，管送出发情报的探子，通知他们通知得太迟了，所以

---

① 长兄、家长，封建和西班牙观念。（司汤达：写在意大利写本上。）
贾科莫即雅克的原名，司汤达没有统一人物的名字。
② 这位堡主并不蔑视亲手报仇。（司汤达：写在意大利写本上。）
佩特雷拉的全名应当是洛咯·狄·佩特雷拉，即"佩特雷拉城堡"。原属考劳纳一姓所有，参阅《卡特特卢的女修道院院长》。
秦奇一姓属二等贵族。头等贵族为王公或教皇亲属受封爵者。

他们来不及到大路上腰截，秦奇一路无事，已经到了佩特雷拉。强盗们懒得等一个靠不住的肉票，就到别的地方干自己偷东西的营生去了。

秦奇那方面，成了一个世故、多疑的老头子，决不冒险到城堡外面来。他忍受不了年岁的羸弱，脾气越发坏，他加倍虐待两个可怜的妇女。他认为她们高兴看他的衰老。

白阿特丽丝忍受着这些可怕的情形，最后，实在忍受不下去了，叫人把马尔齐奥和奥林皮奥喊到城堡墙外。晚晌，父亲睡熟了，她就着一个矮窗户同他们讲话，把写给圭拉大人的一些书信扔给他们。

靠着这些书信，他们商量定了：马尔齐奥和奥林皮奥要是肯亲自负起弄死弗朗索瓦·秦奇的责任的话，圭拉大人答应送两个人一千皮阿斯特。

三分之一的数目，应当在动手之前，由圭拉大人在罗马付；其余三分之二，等事成之后，卢克雷切和白阿特丽丝做了秦奇保险箱的主人，由她们付。

同时还商量定了：在圣母的诞日动手，事先想办法放这两个人混进城堡。但是卢克雷切想到应当尊敬圣母的节日，叫白阿特丽丝缓一天动手，免得犯双重罪过。①

所以，就在一五九八年九月九日的晚晌，母女很灵敏地弄了些鸦片给弗朗索瓦·秦奇服。骗这家伙很难，可他还是沉沉入睡了。

将近半夜的时候，白阿特丽丝亲自把马尔齐奥和奥林皮奥放进城堡；随后，卢克雷切和白阿特丽丝带他们来到老头子的房间：他睡得很熟。她们把两个人留在这里，执行他们商量好了的事情。两个妇女在隔壁一间屋子等候消息。忽然就见这两个人失魂落魄地回来了。

---

① 人对付上帝，就像对付一位霸主，必须照顾一下他的虚荣心。其实，他仅仅间接为不道德行为发怒罢了。（司汤达：写在意大利写本上。）

妇女们喊道：

"出了什么事？"

他们回答：

"弄死一个睡着的可怜的老头子，未免太卑鄙、无耻了！我们狠不下心。"

一听这推托，白阿特丽丝动怒了，开始咒骂他们道：

"好啊，你们这些男子汉，准备好了干这事，可没有勇气弄死一个睡着的人①！要是他醒过来的话，你们想必是看也不敢看他了！你们大着胆子拿钱，就这样了事啊！好吧！既然你们胆小，我就亲手弄死我父亲去；至于你们呀，你们别想活得长久！"

这有限几句疾言厉色的话把凶手激将起来，又怕讲定的价钱减少，他们决定回到房间。妇女跟在他们后头。两个人中间，有一个人有一枚大钉子，就拿钉子垂直放在睡了的老头子的眼睛上面；另一个人带着一把锤子，就把钉子打进他的头去。同时他们又拿一枚大钉子，打进他的咽喉，于是这可怜的灵魂，负着好多新近的罪过，被魔鬼带走了：身子挣扎着，但是，无济于事。

事情一了，年轻女孩子就送了奥林皮奥一大袋子银钱；有一件呢披风，上面有金线肩章，原来是她父亲的，她给了马尔齐奥。她把他们打发走了。

留下的只有妇女了，她们先抽出陷在死尸的头里和脖子里的大钉子；随后，拿被单裹住尸首，穿过一长串房间，把它拖到对着一个小荒园的走廊。她们从这里把尸首扔到长在这僻静地方的一棵大的接骨木树上。在这小走廊的末端，有一个厕所，她们希望第二天人们在接骨木树枝上找到老头子的尸首，会假定他上厕所滑了脚，跌下去的。

---

① 讼案证实这些细节（司汤达）。

事情完全不出她们所料。死尸在早晨被发现了,城堡里闹成一片;她们少不了号啕大哭,哭父亲、丈夫死得那样惨。年轻的白阿特丽丝,有廉耻心受伤、豁出去了的勇气,然而缺乏生活上必需的谨慎;她一清早就拿一条沾着血的被单,交给城堡里洗衣服女人洗,告诉她:不必看见血多惊奇,因为,她出了许多血,难过了一整夜。当时总算混过去了。①

家里体体面面埋掉弗朗索瓦·秦奇,妇女回到罗马,享受她们想望了许久没有想望到手的平静。

她们自以为永远快乐下去了,因为她们不知道那不勒斯那边出了什么事。

那样狠地把父亲害死,不受惩罚,公道的上帝是不情愿的,所以,佩特雷拉城堡发生的变故,京城②不久就知道了,为首的法官起了疑心,派出一位专员检验尸首,逮捕可疑的人众。

专员逮捕了城堡全体居民,用链子锁住,解到那不勒斯。所有人证的口供没有什么可疑的地方,只有洗衣服女人说:白阿特丽丝给过她一条沾了血的被单或者几条被单,情形可疑。官方问她:白阿特丽丝有没有找话解释这些大血点子。她回答:白阿特丽丝说起害月经来的。官方问她:这样大的点子像不像是月经上来的。她回答不像,被单上的点子红得太鲜了。

官方立刻把情报送给罗马法庭,但是,在我们这边有人想起逮捕弗朗索瓦·秦奇的子女之前,好几个月已经过去了。卢克雷切、白阿特丽丝和贾科莫借口到佛罗伦萨进香,或者到契维塔·韦基亚上船,是有上千的机会逃掉的,但是上帝不给他们这种保全性命的灵感。③

圭拉大人听说那不勒斯出了事,立刻派出一些人,负责弄死马尔

---

① 应当烧掉被单子,或者至少藏到地板的夹层,那就好了。(司汤达:写在意大利写本上。)
② "京城"指那不勒斯。向那不勒斯王国的京城告密的人是马尔齐奥·考洛纳,当地的封建主。
③ 白阿特丽丝借口旅行,有时值逃往佛罗伦萨或者法兰西,契维塔·韦基亚的一条船就济事了。(司汤达:写在意大利写本上。)

齐奥和奥林皮奥；但是，只有奥林皮奥在泰尔尼被弄死。那不勒斯法庭逮捕了马尔齐奥，解到那不勒斯，他在这里立刻就从实招认了。①

这可怕的口供很快就被送到了罗马法庭。法庭最后决定逮捕弗朗索瓦两个活着的儿子雅克和白尔纳尔·秦奇，还有他的寡妇卢克雷切，一同押在宪警萨外拉的法庭监狱。白阿特丽丝被一大队宪警看管在她父亲的府里。马尔齐奥从那不勒斯解来，押在萨外拉监狱。官方叫他在这里和两个妇女质对，她们坚决否认一切，特别是白阿特丽丝，永远不肯承认送过马尔齐奥有肩章的披风。年轻女孩子的出众的美丽和回答法官的惊人的辩才，使这家伙很受感动，推翻了他在那不勒斯的全部口供。官方拷打他，他什么也不招认，宁愿在折磨之中死掉：对白阿特丽丝的美丽表示了真诚的敬意。②

这人死了以后，罪行得不到证明，法官觉得没有足够的理由拷打秦奇的两个儿子或两个妇女③，就把四个人全送到圣·安吉堡。他们在这里安安静静过了几个月。

一切似乎结束了，这年轻女孩子，那样美、那样勇敢引起了人们对她的极大的兴趣，罗马谁都相信她不久就会恢复自由的。然而不幸的是，法庭捉住了在泰尔尼弄死奥林皮奥的强盗，这人解到罗马后，一五一十招认了。

谁也想不到，强盗的口供会把圭拉大人也牵连上了。官方传他在最短期限以内出庭受审：监禁是必然的，或许是死。但是这可钦佩的

----

① 理论和实行有多快！这是包尔吉阿（昨天我在包尔皆斯画廊看见他的画像，在米兰 B.伯爵家里也见过）的世纪。（司汤达：写在意大利写本上。）

  包尔吉阿是西班牙一个封建世家，主要人物是亚力山大六世（一四三一——一五〇三），一四九二年当选为教皇。他和女人的关系很乱，有好几个私生子女，最得宠的是他的第二个儿子恺撒，狡诈、强暴、狠毒，仗着父亲的权势，勾结法兰西，好几个小国家被他夺到了手。妹妹卢克雷丝，名声同样恶劣。父亲一死，包尔吉阿的权势也就立即崩溃了。这是一个荒淫的世纪、也可以说是行动的世纪、怎么样想就怎么样的世纪。

② 一个坚强的灵魂的效果。（司汤达：写在意大利写本上。）

③ 可见执行拷问，也要有某种可能性才行。（司汤达：写在意大利写本上。）

人，生来就懂得把样样事安排妥帖，想法子以一种奇迹方式逃掉。大家把他看做教廷最美的男子，他在罗马太出名，不可能希望逃掉的，而且，城门把守好了，或许就从传讯的时候起，他的住宅就在监视之下了。我们必须知道，他个子很高，脸十分白，一把美丽的金黄胡须，同样颜色的漂亮头发。

他以意想不到的迅速，收买了一个卖炭的商人，他换上他的衣服，剃成光头，去掉胡须，脸涂上颜色，买了两条驴子，开始在罗马的街上跑动，跛着腿卖炭。他独出心裁，装成一副粗野、愚呆的模样，一嘴的面包同葱，到处叫卖他的炭，而成百的宪警，不但在罗马搜索他，还在所有的大路搜索他。最后，大多数宪警熟识他的脸相了，他大起胆子出了罗马，一直把他两条驮炭的驴子赶在前头。他碰见好几队宪警，都没有想到留难他。从此以后，谁也没有收过他一封信；他母亲把钱给他汇到马赛；大家推测他当了兵，在法兰西打仗。

太尔尼的凶手的供状和圭拉大人的逃亡轰动了罗马，大大引起了疑心、甚至对秦奇一家人也不利。他们被从圣·安吉堡子提出来，又关到萨外拉监狱去了。

两个兄弟一经受刑，不但不学强盗马尔齐奥的灵魂的高贵，反而胆小认罪了。卢克雷切·佩特罗尼夫人习惯于穷奢极侈的慵懒与安逸，而且身体强壮得不得了，根本经不起吊刑，她把知道的全说了。

但是，白阿特丽丝·秦奇就不同了，这年轻女孩子又机灵又勇敢。莫斯卡蒂法官的好话与恫吓一点不起作用。她忍受被吊的痛苦，勇气十足，一刻也不改口。法官永远勾不出她一句对她有一丝不利的答话。而且，由于她的思路敏捷，她把负责审她的法官、著名的雨里斯·莫斯卡蒂完全搞糊涂了。他被年轻女孩子的行动方式惊住了，认为一切有报告给当今圣上、教皇克莱芒八世知道的必要。

159

圣上希望看看讼案的卷宗,再加以研究。他害怕白阿特丽丝的美丽把以学问深澈与才思敏捷闻名的法官雨里斯·莫斯卡蒂征服了,审问之间留情。因此圣上撤消了他承审的职务,交给一个更严厉的法官办理。说实话,这野蛮家伙有勇气 ad torturam capillorum(就是说,用白阿特丽丝·秦奇的头发吊她起来拷打①),折磨一个美丽极了的身体,决不怜悯。

就在她被吊起来的时候,新法官叫白阿特丽丝的继母和兄弟来到她面前。贾科莫和卢克雷切一看见她,就对她喊道:

"孽造了,也应当忏悔了,固执没有用,别叫身子受罪了。"

年轻女孩子答道:

"那么,你们愿意家门受辱,自己带着恶名声死掉?你们犯了大错;不过,既然你们愿意,就这样好了。"

于是,她转向宪警,对他们道:

"放我下来吧,叫人念我母亲的供状给我听,应当同意的我就同意,应当否认的我就否认。"

照她的话做了。对的地方她全承认。②人们立即给他们解开了锁链。因为她有五个月没有见到她兄弟,她希望同他们在一起用饭;四个人快快活活过了一整天。

但是,第二天,他们又被拆开了,两兄弟押在陶尔第闹纳监狱,妇女留在萨外拉监狱。我们的圣父、教皇看过有全部口供的正式诉状,下令把他们捆在野马的尾巴上拖死,不得稽迟。

---

① 参阅当代法学家、著名的法里纳奇的论文《刑罚论》有些可怕的细节,即使读一遍,我们十九世纪的敏感仍然忍受不了,然而一个十六岁、被爱人所丢弃的年轻的罗马姑娘,却坚强地忍受下来(司汤达)。
法里纳奇(一五五四——一六一八),最初是律师,后来担任教廷的最高检察官。一六二〇年,家人刊行他的遗著。
② 法里纳奇的著述有好几段讲到白阿特丽丝的口供;我觉得她的口供有一种动人的简朴(司汤达)。

听见这严厉的决定,全罗马颤栗了。一大群红衣主教和王公来到教皇面前跪下,请求他允许这些不幸的人们呈上他们的辩状。

忿怒的教皇回答:

"他们,可给他们老父亲时间呈上他的辩状来的?"

最后,他答应特别通融,延期二十五天执行。这事引起全城的混乱和怜悯,罗马第一流的律师马上为它动手写状子。第二十五天,他们聚在一起,来到圣上面前。尼科洛·代·安加里斯头一个讲话,但是他才念了两行他的辩状,克莱芒八世就打断他,嚷嚷道:

"那么,在罗马,有人杀死父亲,随后竟有律师为这些人辩护!"

大家都不言语了,只有法里纳奇大着胆子开口道:

"至圣的父,我们不是在这里辩护罪行,而是,万一我们能做到的话,证明这些不幸的人们中间有一个或者几个是无辜的。①"

教皇示意他说下去,他说了足足三小时;随后,教皇收下他们全体的辩状,打发他们走了。就在他们走开的时候,阿尔蒂耶里走在最后,他唯恐连累自己,过去跪到教皇面前,说:

"我是穷人们的律师,不能不为这事出面。"

听了这话,教皇回答:

"我不奇怪你,我是奇怪别人。"

教皇不肯上床,整夜在读律师们的辩状,还叫红衣主教圣·马尔塞尔帮他做这工作;圣上好像很受感动,不少人对这些不幸的人们的生命有了希望。为了营救男孩子,律师们把罪行全推到白阿特丽丝身上。因为诉讼中证实她父亲有罪恶企图,好几回使用武力,律师们希望她得到宽恕,因为凶杀在她,属于正当防卫情况。既然是这样子,主要罪犯倒得到了活命,她兄弟是她诱使的,怎么可以处

---

① 很好。教皇假定罪名成立了。成问题的正是这一点。(司汤达:写在意大利写本上。)

以死刑呢？

克莱芒八世这一夜尽了他法官的职责，最后下令：被告押回监狱，严格隔离。处理的情形给了罗马很大希望。在全部案件里，大家关心的只是白阿特丽丝。她爱圭拉大人是事实，但是从来没有违犯最严的道德的规则，所以，就真正的公道来看，不能拿一个大坏蛋的罪行算到她的账上。因为她使用自卫的权利就惩罚她，万一她同意了他，又当如何？一个这样可爱、这样值得怜悯、而已经这样不幸的孩子，人类的公道应当增加她的苦难吗？在她十六岁以前，生活黯淡，形形色色的不幸已经堆在她面前了，难道最后她没有权利过几天不怎么可怕的日子？每一个人在罗马似乎捎起为她辩护的责任。弗朗索瓦·秦奇要是头一回试图无礼，她把他刺死的话，岂不宽恕她了吗？

教皇克莱芒八世是仁厚、慈悲的。他曾经一时兴起，打断律师们的辩护，我们开始希望他能起一点疚心，宽恕了以暴力抗拒暴力的女孩子。说实话，她不是在初次无礼，而是在再度试图无礼的时候，才使用暴力的。就在全罗马焦忧急虑的时候，教皇接到贡斯当斯·桑塔·克洛切侯爵夫人暴死的新闻。这六十六岁的贵妇人，被儿子保罗·桑塔·克洛切拿刺刀扎死了，因为她不答应他继承她的全部财产。报告上又讲：桑塔·克洛切逃走了，官方没有逮捕到他的希望。教皇想起前不久马西米兄弟相杀的事了。①暗杀近亲的案件接二连三地来，圣上难过了，认为他没有权利宽恕。接到关于桑塔·克洛切的不幸的报告的时候，教皇正在蒙泰·卡法洛府。这是九月六日，为的是这里更邻近圣·马利亚·代·安吉教堂；第二天早晨，他必须在教堂封一位德意志红衣主教做教区主教。

---

① 关于这两件大逆不道的暗杀案件，参看序的注释。桑塔·克洛切是白阿特丽丝母亲的娘家，这引起教皇从严处理的决心。

星期五，二十二点钟（黄昏四点钟），他传见罗马总督费朗特·塔韦尔纳①，对他说了这些话：

"秦奇的事我交你办，为的是，你用心尽快把案子结了。"

命令很使总督感动，他回到府里，马上公布死罪判决书，召集会议，考虑执刑方式。

一五九九年九月十一日，星期六早晨，罗马第一流贵人们、"安慰者"善会的会员们，来到了两座监狱：囚禁白阿特丽丝和她继母的萨外拉法庭监狱和囚禁雅克与白尔纳尔·秦奇的陶尔第闹纳监狱。从星期五到星期六，整个这一夜，得到消息的罗马贵人们不干别的事了，只从蒙泰·卡法洛府往主要红衣主教的公馆跑动，希望至少争到妇女在监狱内部处决，不在玷辱声名的断头台上，同时希望圣上开恩，赦免了年轻的白尔纳尔·秦奇：他不到十五岁，没有可能参与任何机密。在这不幸的夜晚，高贵的红衣主教斯佛尔萨特别显得热心，可是，尽管他是有权有势的爵爷，仍然什么也没有能争到。桑塔·克洛切的罪行是一种无意义的罪行，犯罪为了弄钱，而白阿特丽丝犯罪，是为了救护荣誉。

就在最得势的红衣主教们奔波没有用的时候，我们的大法学家法里纳奇不顾一切，大着胆子去见教皇。这惊人的人物来到圣上面前，啰唆过来啰唆过去，用计谋打动了他的良心，终于把白尔纳尔·秦奇的性命抢救下来。

教皇放出这句话的时候，已经是早晨四点钟（九月十一日星期六）。人在圣·安吉桥的广场，整夜工作，为这残忍的悲剧做准备。但是，死罪判决书必须的种种副本，只能在早晨五点钟完成，所以直到六点钟，官方才可能向这些可怜的不幸的人们宣布这重大的消息。他们

---

① 为了这奇特事件，他后来做了红衣主教。

这时候还安安静静在睡觉。

年轻女孩子起初连穿衣服的力气都没有了。她不断尖声哭喊,疯了一样,陷入了最可怕的绝望①。她嚷嚷着:

"这怎么可以,啊!上帝!我该当这样冷不防就死掉吗?"

相反,卢克雷切·佩特罗尼只说了一些很合适的话;她先跪下来祷告,随后安安静静,劝女儿和她一同到小教堂去;两个人全应当到那边为自己准备从生到死的伟大旅程。

这句话使白阿特丽丝恢复了平静。自从继母给她找回这颗高贵的灵魂以来,原先她有多少疯狂、兴奋,如今她有多少懂事、明理。从这时起,她成了全罗马敬仰的一面坚毅的镜子。

她要求来一个公证人帮她立遗嘱,官方应允她了。她留下话:把她的尸首埋到圣·彼得在蒙托里奥的教堂②;她留三十万法郎给斯蒂马太(圣·方济各的司提各马特的女修士们③);这笔钱必须送给五十个贫苦女孩子做嫁妆。这种作法感动了卢克雷切夫人,她也立遗嘱,吩咐把她的尸首埋到圣·乔治教堂;她布施五十万法郎给这教堂,还做了一些别的善事。

八点钟,她们忏悔、听弥撒、领圣体。但是,在听弥撒之前,白阿特丽丝小姐觉得她们穿着富丽的衣服,当着所有人,在断头台上出现不合适。她定做了两件袍子,一件为她,另一件为她母亲。袍子做得和女修士的袍子一样,胸脯同肩膀没有装饰,只打褶子,宽袖子。继母

---

① 在一八三三年,一个有这种灵魂力量的年轻女孩子,会万分尊严,想着模仿玛利亚·斯图尔特的。想找到自然,必须去意大利,而且要在一五九九年。(司汤达:写在意大利写本上。)
玛利亚·斯图尔特(一五四二——一五八七),苏格兰女王,被英格兰女王伊丽莎白囚禁了十八年,然后处死。
② 一八三三年五月十二日,我在圣坛附近石地寻找碑文,没有找到。修士们告诉我,可怜的白阿特丽丝的尸首确实就在圣坛附近,但是不清楚准确地点。(司汤达:写在意大利写本上。)
③ 根据基督教的传说:一二二四年,方济各恍惚望见上空有一个天使钉在十字架上,天使把伤痕印在他身上,从此他的两手、两脚和右胸就有了疮痕(司提各马特)。方济各的信徒创立了一个疮痕宗或者司提各马特宗。意大利文是司提马太 Stimâte。

的袍子是黑布料子；年轻女孩子的袍子是蓝绸子，有一根系腰的粗绳子。

袍子送来了，跪着的白阿特丽丝小姐站起来，对卢克雷切夫人道：

"我的母亲，我们受难的时辰近了，我们该做准备，换上这些衣服了，让我们最后一回彼此帮忙穿衣服吧。"

在圣·安吉桥的广场，搭了一座大断头台，上面放了一架塞普同一把马纳雅（一种砍头的快刀①）。十三点钟（早晨八点钟），慈悲会把它的大十字架扛到监狱门口。贾科莫·秦奇第一个走出监狱；他先在门限虔心虔意地跪下来，做祷告，吻着十字架的神圣伤口。他后面是他的小兄弟白尔纳尔·秦奇，也是手捆着，眼前放着一块小板子。看的人多极了，一个悔罪者②站在旗子旁边，举着一个点着的火把，想不到一家窗户掉下一只瓶子，险些落在头上，引起了一片骚乱。

人人望着两兄弟，忽然就见罗马的贵族检察官走向前来，说：

"白尔纳尔贵人，救主开恩赦免你了；你伴着你的亲人，为他们祷告上帝吧。"

马上他的两个"安慰者"就取下他眼前的小板子。刽子手让贾科莫·秦奇上车，脱掉他的上衣，好拿钳子烙他。刽子手来到白尔纳尔前面，验明赦书的签字，松了他的绑，解开他的手铐；因为他应当受烙刑，没有穿上衣，刽子手就拿有金肩章的富丽的呢披风裹住他。（有人说，那件呢披风就是白阿特丽丝在佩特雷拉城堡下手

---

① 马纳雅应当很像法兰西的死刑器具。（司汤达：写在意大利写本上。）
塞普是中世纪一种刑具，可以强制手、脚和头不动。
② 参看《卡斯特卢的女修道院院长》第三节有关悔罪者的注。

之后，送给马尔齐奥的。）街上、窗口和房顶的许多人群忽然感动了；①大家听见一片隐约、深沉的响声，人们开始在说这小孩子得到赦免。

赞美歌开始了，队伍经过纳渥广场，慢慢向萨外拉监狱走去。来到监狱门口，旗手站住，两个妇女出来，在神圣十字架底下做礼拜，随后一个跟一个步行着。她们穿得像前面说的一样，头上蒙着一幅巨大绸巾，差不多一直垂到了腰。

卢克雷切夫人是寡妇身份，蒙着一块黑面巾，按习惯穿着一双没有后跟的黑绒鞋。

年轻女孩子的面巾，像她的袍子，是蓝绸子；此外，她肩膀上披着一条银线织成的大围巾，一条紫呢裙子，平底白绒鞋，系着深红鞋带，挽着好看的结子。她穿这样一身服装走路，具有一种奇特的风仪。望见她在队伍最后的行列慢慢前进，人人眼里有了眼泪。

两个妇女手是自由的，只有胳膊绑在身上，所以各自能捧着一个十字架；她们把它紧紧举在眼前。她们袍子的袖筒很宽，人看得见她们的胳膊，而照当地习惯，是穿一件扣紧腕子的衬衫。

卢克雷切夫人，心比较软弱，几乎是不停地在哭；相反，年轻的白阿特丽丝显出很大勇气，队伍走过每一座教堂，她的眼睛都要转向那里，跪一刻钟，以刚强的声音说：Adoramus te, Christe! ②

就在这时，可怜的贾科莫·秦奇在车上受了烙刑，但他显得很刚强。

车辆、人群拥挤得不得了，队伍几乎不能沿圣·安吉桥的广场下

---

① 大家看得出来，一个被现时感受支配的民族，怜悯受难的犯人。（司汤达：写在意大利写本上。）
② 拉丁文，意思是：“我膜拜您，基督！”

边穿过去。妇女立刻就被带进预备好了的小教堂,其后贾科莫·秦奇也被送到这里。

年轻的白尔纳尔,披着他的有肩章的披风,直接被领上了断头台。于是人人以为他没有得到赦免,官方要处死他了。这可怜的小孩子怕得不得了,上到断头台的第二级就晕了过去。人拿冷水把他喷醒,叫他面对马纳雅坐着。

刽子手去找卢克雷切·佩特罗尼夫人来。她的手绑在背后,肩膀上已经没有了围巾。她由旗手陪着出现在广场:头包在黑绸面巾里。她在这里做出同上帝和解的表示,吻着神圣伤口。人告诉她把她的平底鞋留在石地。因为她很胖,上去的时候她有些困难。她上到断头台,她的黑绸面巾被取下,肩膀同胸脯全露在外头,她很难过。她看看自己,再看看马纳雅,做出顺从的表示,慢慢举起肩膀;①眼里含着眼泪,她说:"噢,我的上帝!……你们、我的教友们,为我的灵魂祷告吧。"

她不知道怎么样做才好,就问第一个刽子手亚力山大她应当怎么样做。他告诉她:她马跨到塞普的板子上。但是她觉得这个动作伤害她的廉耻心,她费了许多时间才跨上马去。(意大利读者要求对任何事物有极端正确的知识,经受得住下面的细节;对法兰西读者来说,知道这可怜的女人,由于廉耻心,蹭破胸脯也就够了。刽子手提起她的头给人群看,然后用黑绸面巾把它包起来。)

就在为年轻女孩子放好马纳雅的时候,一座看台坍下来,死了许多人。这样他们就先白阿特丽丝一步在上帝面前出现了。

看见旗手回到小教堂来帮她,白阿特丽丝急忙道:

---

① 在意大利是顺从的表示,不是指摘的表示。顺从的 stringimento 比起我们来,更慢,更显明。(司汤达:写在意大利写本上。)
Stringimento,意大利文,意思是:"强制"。"顺从的强制":勉强的顺从表示。

"我母亲死了吗?"

他回答她,死了。她扑到十字架前面跪下,热烈为她的灵魂祷告。随后,她高声对十字架说了许久:

"主,您为我又到了人间,我、我真心诚意随您走,您就大发慈悲,宽恕我的重大罪孽吧,"等等。①

随后她默诵了几首永远颂扬上帝的赞美诗和祈祷文。刽子手终于拿一条绳子在她面前出现了,她说:

"捆起这应该受罚的身体,赦免这个应该千古不朽、名垂万世的灵魂。"

于是她站起来,做祷告,把她的平底鞋留在扶梯底下,走上断头台,拿腿灵活地放到板子上面,把脖子搁在马纳雅底下,自己拿身子摆正了,免得刽子手碰她。由于她的动作快,取下绸面巾的时候,观众没有望见她的肩膀和她的胸脯。刀很久才下来,因为发生了障碍。这期间,她高声呼着耶稣·基督和至圣的圣母的名字。②死的时候,身子大动了一下。可怜的白尔纳尔·秦奇,一直坐在断头台上,他又晕过去了;足足费了大半小时,他的"安慰者"才把他弄醒来。于是雅克·秦奇在断头台上出现了;不过,这里仍然需要删掉一些过分残暴的细节。雅克·秦奇是捶死的。

官方立刻就又把白尔纳尔送回监狱去了。他在发高烧;人给他放血。

至于可怜的妇女,都在各自的棺材里面放好了,离断头台几

---

① 意大利写本记录白阿特丽丝的话还要长。司汤达只给了一个大概。在写本的边沿,他写着:"情绪。这一切会在一八三三年严格避免的"(编订者)。
② 当代一位作家讲:克莱芒八世很为白阿特丽丝的灵魂的幸福担心;因为他知道他的判决是不公道的,他怕她有急躁情绪。在她拿头放到马纳雅上面的时候。圣·安吉炮台(人在这里可以清清楚楚望见马纳雅)放了一响炮。教皇在蒙泰·卡法洛做祷告,等着这信号,马上就把教皇的最高赦免,in articulo mortio 给了年轻女孩子。史家说起的残忍时间的延迟,就是这缘故(司汤达)。
in articulo mortio:拉丁文,意思是:"临死时"。

步远,靠近圣·保罗的雕像,圣·安吉桥右手的第一座雕像。她们在这里一直停到下午四点一刻。围着每一口棺材,点着四枝白蜡烛。

随后,她们和雅克·秦奇的残骸,被运到了佛罗伦萨领事馆。①年轻女孩子的身上盖上了她的衣服,戴上了许许多多花冠。黄昏九点一刻②,尸首就被运到圣·彼得在蒙托里奥的教堂去了。她有动人的美丽;大家都在说她是睡了。她埋在大圣坛和拉菲尔·德·马尔班的"显灵"前边。五十枝点着的大蜡烛和罗马的全体方济各修士伴送她。

黄昏十点钟,卢克雷切·佩特洛尼被运到了圣·乔治教堂。在悲剧发生的期间,人群密到数不过来;尽视线往远里望,就见街上全是车辆和人,架子、窗户和房顶站满了看热闹的人。那一天,阳光似火,许多人晒晕了。无数人在发烧;十九点钟(两点钟欠一刻),一切宣告结束,人群散开时,许多人感到窒息,另外有些人让马踏了。死人的数字非常之高。

卢克雷切·佩特洛尼夫人长得并不怎么高,虽说五十岁了,人还很健康。她的纹路很美,鼻子小,眼睛黑,脸很白,肤色好看;头发不多,栗子颜色。

永远使人遗憾的白阿特丽丝·秦奇,正好十六岁;个子矮小,长得相当丰满,脸上有酒涡,所以,她死了,戴着花冠,大家还是说她在睡觉,甚至说她在微笑,像她活着的时候,一来就笑的模样。她嘴小;头发金黄色,天生鬈曲,死的时候,这些金黄鬈发搭在眼睛上,别有一种风韵,动人哀怜。

---

① 为什么尸体停放在"佛罗伦萨的领事馆"?——译者。
② 这是罗马殡葬王公的时间。资产阶级在太阳下去的时候举行;小贵族在夜晚一点钟被送到教堂;红衣主教和王公在夜晚两点半钟,在九月十一日,相当于九点三刻钟(司汤达)。

169

贾科莫·秦奇的身材，矮小、宽大；白脸、黑胡须。他死的时候，大概是二十六岁。

白尔纳尔·秦奇完全像他姐姐，头发长长的，和她一样，他在断头台上出现的时候，许多人错把他当成她了。

太阳毒的不得了，这出悲剧的看客好几个当夜就死了，其中有年轻人乌巴尔迪诺·乌巴尔迪尼，长得稀有的美，原先十分健康。他是朗齐贵人的兄弟，在罗马很出名。这样秦奇一家人的亡灵不断拉去了好些人做伴。

昨天是一五九九年九月十四日、星期三，圣·马尔切洛的悔罪者们，一看是圣·十字架的节日，就运用他们的特权，把白尔纳尔·秦奇贵人从监狱放出来。①他一年之中不得不付四十万法郎给席克斯特桥的至圣的三位一体②。

（另一个人添上去的：）

活在今天的弗朗索瓦和白尔纳尔·秦奇就是他的后人。③

著名的法里纳奇发表了他的辩状。他仗着顽强，救下年轻的秦奇的性命。他在克莱芒八世面前为了营救秦奇一家人而读的第六十六号辩状，他只公开了一个节录。这篇辩状，用拉丁文写的，有六大页，绘出一五九九年的思想方式，我觉得很有道理：不能放在这里，我感到遗憾。一五九九年之后若干年，法里纳奇付印他的辩状，给他为营救秦奇一家人而读的辩状添了一个注：Omnes fuerunt ultimo supplicio effecti, excepto Bernardo qui ad

---

① 六二八年，波斯王把十四年前从耶路撒冷俘虏去的基督徒送还，其中有耶稣死难的十字架。六二九年，在耶稣原来受难的地方又立起了十字架。九月十四日是纪念这件事的节日。
② "三位一体"应当是教堂的名称，虽然原文第一个字母是小写 trinité。教堂在台伯河席克斯特桥的东首，隔一条街，就是司帕达府。
③ 这最后三行，是一个抄写人添上去的，很靠后了。（司汤达：写在意大利写本上。）

triremes cum bonarum confiscatione condemnatus fuit, ac etiam ad interessendum aliorum morti prout interfuit.①拉丁注的末尾是动人的，不过，我猜想，读者已厌倦这样长的故事了。②

---

① 拉丁文，大意是："人全判处死刑，只有白尔纳尔，被罚划船，财产充公，别人死的时候，还要他在场观看。"
② 关于秦奇故事，如今知道的有几个主要来源：一个，就是本篇；另一个，是英吉利诗人雪莱译出来的意大利写本，故事大致相仿，互相补充，小有出入。例如，白阿特丽丝是二十岁，白尔纳尔是二十六岁，不是她的兄弟，而是她的兄长。雪莱根据他的写本，写成他的悲剧杰作，在一八一九年发表。另一个来源是意大利人白尔陶劳提对这案件的研究，他推翻了白阿特丽丝的动人传说，例如，白阿特丽丝并不美、有私生子，律师故意夸张她父亲的罪恶，希望官方减轻处分，等等，这里不详细引述了。

帕利亚诺公爵夫人

巴勒莫①,一八三六年七月二十二日。

我不是博物学家,我对希腊文晓得的也很有限;我到西西里旅行,主要目的不是来观察艾特纳的现象,也不是为我或者为别人,来解释古希腊作家说起的西西里的一切。②我首先追求游览的快乐;在这奇特的国家,这种快乐是大的。据说,它像非洲;但是,依我看来,完全确实的是,它只在强烈的激情上像意大利。我们很可以这样说西西里人:爱或者恨把他们一燃烧起来,不可能这个字对他们就不存在了。而恨,在这美丽的国家,永远不是由于银钱关系。

我注意到,在英吉利,特别在法兰西,人常常说起意大利激情,人在十六、十七世纪的意大利看见的疯狂激情。在我们今天,在由于模仿法兰西风俗和巴黎或者伦敦的时髦行动方式而受损害的各阶级中间,这种美丽的激情死了,完全死了。

我明白,大家可以说,从查理五世时代(一五三〇年)起,那不勒斯、佛罗伦萨,甚至罗马,有一点在模仿西班牙风俗。任何配称为人的人,应当无限制地注意自己的心灵的活动。而这些高贵的社会习惯不就恰好建立在这种注意之上吗?这些社会习惯非但不排除力量,反而夸大了它。然而,将近一七六〇年的时候,模仿黎希留公爵③的自大的傻瓜,第一个格言却是:装出好像不为一切所动的样子。现在,那不勒斯不喜欢法兰西自大的傻瓜了,改学英吉利"花花公子",而这些"花花公子"的格言岂不就是做出讨厌一切、目空一切的样子吗?

所以,一世纪以来,意大利激情就不再在这国家的上流社会存在了。

我们的小说家谈起意大利激情，信心极强，可我为了想对它有一点了解，却不得不查问历史；而有才分的人们写成的伟大历史，又往往过于庄严，对这些细枝末节几乎一字未提。越是王公们乱搞出来的花样，历史越是不肯加以注意。我求救于每一个城市的志书；但是，材料的丰富又把我吓住了。任何小城，傲然于色，拿出印好的四开本的三四册志书和七八册写本请你过目。这些写本到处是省笔字，字体特别，差不多就认不出来，兴趣最浓的时候，又充满了当地流行的说话方式，但是二十古里④以外，就没有人懂了。因为在这美丽的意大利（爱情在这里撒下许许多多悲惨事件），只有三个城：佛罗伦萨、锡耶纳和罗马，说与写大致相同；此外各地，写的语言和说的语言就要相差十万八千里远。

所谓意大利激情，就是说，想法子满足自己而不使别人对本人有了不起的想法的激情。这种激情开始于十二世纪社会再建的时候，而在上流社会消灭，却至少在一七三四年前后。在这期间，波旁王室由堂·卡尔洛斯出面，统治那不勒斯。他是法尔奈斯家里一个小姐的儿子；她嫁给菲力普五世做续弦；菲力普五世是路易十四的悒悒无欢的孙子，在炮火中那样勇猛、那样苦闷、那样热爱音乐。大家知道，整整二十四年，卓越的女音歌手法利奈里每天给他唱三支他爱听的曲调、

---

① 巴勒莫，西西里的首邑，司汤达并未去过西西里。
② 西西里从公元前八世纪起，成了希腊的殖民地。土地肥沃，气候温和，出产以麦子为最有名，希腊神话的地母之家就在这里。古代希腊作家常常说起西西里。最后，在腓尼基和罗马对希腊竞争之下，它失去了统治的地位。
③ 黎希留公爵（一六九六——一七八八），法兰西红衣主教，路易十三的首相的侄孙，是路易十四摄政与路易十五时期的风头人物。
④ 法兰西古里，约合四公里。

永远相同的曲调。①

在罗马或者那不勒斯感受到的激情细节,一个有哲学头脑的人可能觉得有趣,但是我敢说,我觉得没有比给人物取一些意大利姓名的小说更可笑的了。难道我们不同意朝北走一百古里,激情就随时因地而异吗?在马赛、在巴黎,爱情是一样的吗?人最多可以说,许久以来受同一政体控制的国家,在社会习惯上也就是表面类似罢了。

风景好像激情,好像音乐,朝北走三、四度就变了。甚至在意大利,欣赏那不勒斯的美丽的自然,大家意见并不一致,那不勒斯的风景会在威尼斯显得可笑的。在巴黎,好办多了,我们以为森林和耕田的面貌,在那不勒斯和在威尼斯是完全一样的;例如我们宁愿卡纳莱托的色彩完全和萨尔瓦托·罗扎的色彩一样②。

安娜·拉德克里夫夫人、一位英吉利太太,是她岛上的一个完人了,然而她描绘恨与爱,即使是在岛上,看来也不见得相宜,因而她给她著名的小说《黑衣悔罪者的忏悔间》③的人物取了一些意大利姓名,添了一些伟大的激情,岂非滑稽透顶吗?

这篇过于真实的纪事,简单、粗暴,有时候粗暴到了令人反感的程度,我请读者宽宥,但是我决不想法子文饰它的简单、粗暴;例如,

---

① 一七〇〇年,西班牙王国绝嗣,由法兰西的昂如公爵继位,即菲力普五世。他一辈子就是想回法兰西做国王,始终未能如愿以偿。他有严重的忧郁症,不大过问朝政,王后把欧洲最著名的女音歌手(割去阳具的男子)法利奈里(一七〇五——一七八二)请到马德里来给他唱歌。法利奈里每夜唱六个歌给他听,永远不变,十年如一日。菲力普五世的儿子卡尔洛斯(一七一二——一七五九),即费尔第南德六世,也是一个忧郁病人,法利奈里给菲力普五世唱了十二年歌,又为他儿子唱了十三年歌,一共唱了二十五年,并非单为他一个人唱了"整整二十四年"。
"法尔奈斯家里一个小姐"是伊丽莎白·法尔奈斯(一六九二——一七六六),一七一四年嫁给菲力普五世做续弦。她有两个儿子,一个即卡尔洛斯,在做西班牙国王之前,得母亲助力,先做那不勒斯国王。
② 卡纳莱托(一六九七——一七六八),威尼斯风景画家,以建筑物出名。
萨尔瓦托·罗扎(一六一五——一六七三),那不勒斯风景画家,以战场出名。
③ 安娜·拉德克里夫(一七六四——一八二三),英吉利女小说家,一七九七年印行《黑衣悔罪者的忏悔间》,通行的书名是意大利人,写的是宗教裁判所的恐怖和罪恶,故事地点在那不勒斯,时间在一七六四年。作者从来没有到过意大利。

帕利亚诺公爵夫人对她亲戚马尔塞尔·卡佩切表白爱情的回答，我就一字不移地翻译过来。这篇家庭纪录，我不知道为什么附在一部巴勒莫写本志书的第二册后面，关于这一点，我提供不出任何说明。

我很抱歉，我大大缩短了这篇纪事（我删掉许多有特征的情况）。这是包括不幸的卡拉法家庭的最后遭遇，不就只是一个激情的有趣故事。文学的虚荣告诉我：发展若干情节，就是说，揣测人物的感受，仔细告诉读者，因之增加兴趣，这在我不见得就做不到。不过，我，年轻的法兰西人，生在巴黎以北[①]，揣测这些属于一五五九年的意大利人的遭遇，我真有把握吗？我能希望的，最多是揣测一八三八年法兰西读者认为优雅、活泼的东西罢了。

这种在一五五九年左右统治着意大利的感受的激烈方式，要的是动作，不是语言。所以，人在下文将很少遇见谈话。就这篇译文来说，这是一种缺点：我们习惯于我们小说人物的冗长谈话。对于人物，谈话就是战争。我为故事要求读者多多宽宥。它显出了西班牙人给意大利风俗介绍进来的一种奇异特征。我不走出翻译者的角色。十六世纪感受方式的忠实描绘，甚至史家的叙述方式，依我看来，就是这悲惨故事的主要价值，如果有价值的话。就表面看来，史家是不幸的帕利亚诺公爵夫人底下的一个贵人。

最严格的西班牙礼节统治着帕利亚诺公爵的宫廷。你们注意一下，每一个红衣主教、每一个罗马王公都有一个类似的宫廷，罗马城文化在一五五九年所呈现的景象，你们也就了然了。你们不要忘记，这是国王菲力普二世时代：为了一个阴谋实现，他需要两个红衣主教赞成，所以，作为教会福利，他每年送他们每一个人二十万法郎收入。罗马虽说没有可畏的军队，可到底是世界之都啊。在一五五九年，巴黎

[①] 司汤达生在法兰西东南部，邻近意大利，而且并不年轻。

是相当可爱的野蛮人的一个城市罢了。

一篇写在一五六六年左右的古老的纪事的正确译文：

让·皮埃尔·卡拉法，虽说藏在那不勒斯王国一个最高贵的家庭，动作方式却有些激烈、粗野、狂暴，完全配一个看牲口的。他穿上长袍（袈裟），年轻轻就去了罗马，那边有他的本家红衣主教和那不勒斯大主教奥里维耶·卡拉法提携他。亚力山大六世，这位无所不知无所不能的大人物，派他做他的卡梅列雷cameriere（大致相当于我们习俗上所谓的侍中）。虞耳二世任命他做基耶蒂大主教；教皇保罗封他为红衣主教，最后，一五五五年五月二十三日，经过教皇选举大会上红衣主教之间一些可怕的阴谋与争吵之后，他当选为教皇，取的名字是保罗四世；他那时是七十八岁。甚至于那些新近把他请到圣·彼得宝座上的人们，想到给自己找来的主子，严酷、虔诚到了暴戾、寡情的地步，不久也就颤栗了。①

这意想不到的当选消息，在那不勒斯和巴勒莫引起很大的震动。短短几天之内，罗马就见来了一大群显赫的卡拉法家庭的成员。全有官做；但是，自然啰，教皇特别照顾他的三个侄子、他哥哥蒙托里奥伯

---

① 保罗四世（一四七六——一五五九），在他没有做教皇以前，他是主张严厉推行天主教内部改革的首要人物之一。一五〇五年被任命为基耶提主教；一五一八年被任命为布朗狄西大主教；一五三六年被任命为红衣主教兼那不勒斯大主教；当选为教皇后，他恢复宗教裁判所，发表禁书名单，但是，他更大的仇恨却在西班牙国王方面。为了消灭西班牙统治者在意大利的势力，他放弃中间路线，和西班牙世仇法兰西缔结友好条约，不惜放弃宗教立场，联络耶稣教，甚至伊斯兰教！最后，西班牙兵临城下，孤立无援，他被迫改换政策，倒向西班牙怀抱。军事上、政治上失败之后，他全力转向天主教内部的改革。
即位初期，他逮捕和西班牙接近的廷臣和红衣主教；逃亡的，他就没收财产。做红衣主教的时候，他反对教皇重用亲人，等他做教皇以后，他的三个侄子全成了当朝重要人物，主要原因是因为：他们仇视西班牙，特别是他的第二个侄子，和西班牙有私仇。但是，军事上、政治上失败以后，共同仇敌不复存在了，教皇对侄子们的态度立刻就冷淡了。
考劳纳一姓接近西班牙，所以他夺去考劳纳的封邑帕利亚诺和蒙泰贝洛，分别送给他的两个侄子。

爵的儿子。

大侄子堂·璜已经结婚，封为帕利亚诺公爵。这公国包括许多村庄和小城镇，是从马克·安东·科洛纳手里夺过来给堂·璜的。圣上的第二个侄子堂·卡尔洛斯是马尔特骑士①，打过仗，他被封为红衣主教、首相和驻波伦亚的大使。他是一个富有决心的人；他忠实于家庭的传统，敢憎恨世上最强大的国王（西班牙和西印度群岛的国王菲力普二世），而且对他做出憎恨的表示。至于新教皇的第三个侄子堂·安托尼奥·卡拉法，因为结了婚，教皇封他为蒙泰贝洛侯爵。最后，他企图把哥哥续弦生的一个女儿，嫁给法兰西太子弗朗索瓦、国王亨利二世的儿子；保罗四世想从西班牙国王菲力普二世手里夺到那不勒斯王国，给她做陪嫁。卡拉法家庭憎恨这强大的国王。回头你们就看见国王利用这家庭的过失，达到了灭绝它的目的。

圣·彼得的宝座当时甚至盖过了西班牙的显赫的国君。自从保罗四世登上这世界最有权势的宝座以来，他就像我们见到的继他之后的大多数教皇一样，成了圣德的榜样。他是一位伟大的教皇、伟大的圣者，专心致志于改革教会的恶习，并以这种方法延迟宗教会议②。各方面要求罗马教廷召集宗教会议，而慎重的政治是不允许召开的。

当时的习惯不允许君主信任一些可能与他有不同利害的人，③所

---

① 马尔特骑士是武装的天主教徒，最早在耶路撒冷和伊斯兰教徒进行斗争，一五三〇年退到地中海的马尔特岛，得到查理五世的支援，勉强站住了脚。
卡尔洛斯在马尔特享有相当地位，被任命为某修道院院长，由于查理五世从中作梗，他始终未能接事。
② 宗教会议是天主教徒为本身改革问题预备举行的会议，但是发展下来成了西班牙和教皇之间的斗争工具。皇帝派查理五世统治之下的主教，企图利用会议限制教皇的权益。所以尽管各方面要求教皇召开宗教会议，从一五五二年起，教皇（保罗三世）表面不敢拒绝，暗地却尽量寻找借口拖延。保罗四世认为他已经在积极整顿天主教，所以没有必要召开，也没有时间召开会议。这种拖延情形直到庇护四世才停止，他决定在一五六二年召开会议。
③ 教皇不照顾家族，当时认为是不智之举。一四八九年左右，洛伦佐·德·美第奇写信给他的亲家，教皇伊诺桑八世，就这样指摘他。重用亲人风气一开，这些皇亲国戚希望自己能真正做到封建诸侯，新型封建阶级就在教会形成了。但是保罗四世的侄子们给了后来者一个教训，皇亲国戚改变了活动方式。

177

以，依照这太被我们如今忘记了的习惯，圣上的领地由他三个侄子专横地管理着。红衣主教是首相，操纵着叔父的决定；帕利亚诺公爵奉命担任神圣教会的军队的统领；蒙泰贝洛侯爵是皇宫卫戍队长，只放他同意的人们进宫。不久，这些年轻人就干出越权的事来了；首先，他们霸占违抗政令的家庭的财产。人民想要公道，不知道求谁才好。他们不但要为他们的财产担惊受怕，而且，说来可怕，在贞节的吕克赖丝的祖国①，他们妻女的荣誉并不安全。帕利亚诺公爵和他兄弟抢劫最美丽的妇女；谁不走运，中他们的意就算完了。看见他们对皇亲身份毫无顾忌，大家感到惊怖。顶坏的是，神圣修道院的禁地，也一点挡不住他们胡闹。三兄弟在教皇周围引起极大的恐怖，人民简直无路可走，不知道向谁告状才是；甚至对待大使，他们也傲慢无礼。

在叔父登基之前，公爵娶的是维奥兰特·德·卡尔多内，祖籍西班牙，在那不勒斯属于头等贵族。

Seggio di nido② 有她在内。

维奥兰特以她少有的美丽和风韵出名。她想讨人欢心的时候，她知道怎么样来一下就有了风韵。尤其使她出名的，是她异常骄傲。但是，应当公道才是，找一个更高的天才怕不容易，死前她对风帽修士忏悔，不吐露一句实情，单这一点就显出来了。她背得下来阿利奥斯特先生的可钦佩的《奥尔兰多》，神明的佩特拉尔克大部分的十四行诗、《佩科罗纳的故事》③等等。并以无限韵味朗诵出来。但是，她肯对在座的朋友讲讲她偶尔想到的奇特见解，这时她就越发迷人了。

---

① "贞节的吕克赖丝的祖国"，指罗马。公元前五一〇年，罗马一个美妇人吕克赖丝被暴君的儿子强奸，便自杀了。罗马人民激于公愤，推翻专制统治，建立了共和国。
② 意大利文，"窠的座次"；近乎贵族世家谱系一类东西。
③ 《佩科罗纳》是一部故事集，作者是桑·吉奥瓦尼，佛罗伦萨人，写于一三七八年左右，是模仿《十日谈》的作品。

她有一个儿子,叫做卡维公爵。她兄弟阿里夫伯爵,D.费朗德羡慕亲家弟兄高官厚禄,也来到罗马。

帕利亚诺公爵保持着一个豪华的宫廷;那不勒斯头等家庭的子弟,勾心斗角,争取进身的荣誉。在他最亲近的人里面,罗马欣赏年轻的骑士马尔塞尔·卡佩切(属于 Seggio di nido)。他在那不勒斯以才情出名,同样出名的是他从上天得来的天仙的美丽。

公爵夫人宠的是迪亚纳·布拉卡奇奥,当时三十岁,她的弟媳蒙泰贝洛侯爵夫人的近亲。人在罗马说,看见这得宠的女人,她就不再骄傲了,把她的秘密统统说给她听。不过这些秘密只和政治有关;公爵夫人虽然激起了若干男子对她的激情,但是自己却一个也不理睬。

由于红衣主教卡拉法的劝告,教皇对西班牙国王宣战了,法兰西国王派吉斯公爵①率领一支军队援助教皇。

不过,我们应当集中在帕利亚诺公爵宫廷内部的事情。

许久以来,卡佩切就像疯了一样;人看见他做出最奇怪的举动;事实是,可怜的年轻人满怀激情地爱着他的主妇、公爵夫人,但是他不敢让她知道。然而他对达到目的,并不完全绝望:他看见公爵冷淡公爵夫人,她对丈夫有很大的气。帕利亚诺公爵在罗马权高一切,公爵夫人当然知道,最出名的罗马贵妇人几乎天天到她自己的公馆来看她丈夫:这是一种她不能长久忍受的侮辱。

在神圣教皇保罗四世的随身教士中间,有一位可尊敬的修士,同他在一起默祷告文。这位人物不怕受害,也许背后有西班牙大使支持吧,有一天大胆对教皇揭发了他侄子的全部邪恶行为。神圣大祭司感

---

① 吉斯公爵(一五一九——一五六三),法兰西的将领,一五五七年率领法兰西军队支援教皇,进攻那不勒斯,但是战事没有展开,就被调回国内,解巴黎之围去了。教皇没有得到法兰西援助,被迫向西班牙求和。

到万分痛苦；他想怀疑；但是四面八方来了压倒性的证据。一五五九年元旦，出了一件事，打消了教皇的全部疑心，或许坚定了圣上的决心。事情出在救主举行割礼的一天，君主非常虔诚，在他看来，这种情形大大加重了过失。就在这一天，帕利亚诺公爵的秘书安德雷·兰福朗基邀请红衣主教卡拉法用丰盛的晚餐。他希望色欲刺激不低于食欲刺激，约了玛尔图恰作陪。她是高贵的罗马城的最美、最有名、最富有的妓女之一。公爵的宠臣卡佩切，不久以来，眷恋玛尔图恰。卡佩切正是私下爱公爵夫人的人，也被认为是世界之都的最美的男子。当天黄昏，他在可能希望遇到她的地方，四处找她。他什么地方也没有找到她，听说兰福朗基家里请客，他起了疑心，就在半夜，带着许多武装的人，直奔兰福朗基家里去了。

主人欢迎他来，请他坐下，参加宴会；但是，说过一些相当拘礼的话，他做手势给玛尔图恰，要她站起来同他一道走。她迟疑着，不知道如何是好，卡佩切看出来要惹乱子了，便从他坐着的地方站起来，走到年轻姑娘前边，握住她的手，试着拉她同他一道走。她来是为了红衣主教，所以红衣主教坚决反对她走；卡佩切坚持着，用力把她拖到大厅外面。

红衣主教首相，当天黄昏，穿了一件完全显示不出他崇高职位的衣服，拿起宝剑，以全罗马闻名的气力和勇敢，反对年轻姑娘走。马尔塞尔气疯了，喊他的部下进来；不过他们大多数是那不勒斯人，首先认出了公爵的秘书，红衣主教穿的怪衣服起初遮住他，随后也被认出来了，他们把宝剑收回鞘，不肯打架，夹在中间劝和。

大家把玛尔图恰围在当中，马尔塞尔·卡佩切拉住她的左手，她相当机灵，在骚乱之中溜掉了。马尔塞尔一发现她不在，就追她去了，他的部下也跟着他走了。

但是夜晚的黑暗酿造最奇怪的传说，一月二日上午，京城传遍了危险的战斗,据说,是在圣上的侄子、红衣主教和马尔塞尔·卡佩切之间发生的。教会军队的总司令帕利亚诺公爵,相信事件比原来还要严重许多,又同他兄弟首相的关系不很好,就在当夜逮捕了兰福朗基,第二天一清早,把马尔塞尔本人也关进了监狱。随后,他发现没有死亡,监禁仅仅增加议论,而议论又全部落到红衣主教头上,就又连忙释放犯人。三兄弟集合他们的巨大权势,想法子把事情压下去。他们起初希望成功,但是第三天,事情全部传进教皇的耳朵。他召见两个侄子,像位异常虔诚而又异常震怒的爵爷那样面斥他们。

一月五日,圣务院议事大厅聚集了许多红衣主教,神圣的教皇第一个说起这可恨的事,他问出席的红衣主教,他们怎么就敢不禀报他知道:

"你们不作声!可是你们担当的崇高职位,免不了世人议论!红衣主教卡拉法,居然敢穿一件世俗衣服,拿着出鞘的宝剑,在公路出现!为了什么目的?就为夺回一个下贱的妓女?"

首相挨骂的期间,可以想象这些廷臣肃静到了什么程度。一个八十岁老头子在生一个心爱的侄子的气,而侄子过去一直主宰着他的全部意志。教皇盛怒之下,说起撤消侄子红衣主教的职位。

托斯卡纳大公的大使支持教皇的忿怒,向他申诉红衣主教、首相新近一件傲慢无礼的事。这位红衣主教,从前那样有权有势,为了日常的工作来见教皇陛下。教皇叫他在前厅待了整整四小时,在众目睽睽之下等着,随后又不要见他,打发他走。首相一向骄傲得不得了,可以想见他有多难过了。红衣主教激怒了,但是并不屈服;他想:一个上了岁数的老年人,生平就爱家庭,而且,又不大习惯于处理世俗的事务,会在最后借重他的。但是神圣教皇的德行胜利了;他召集红衣主教,望着他们许久不开口,最后他流着眼泪,不稍迟疑,表示类似公开的谢罪，向他们道：

"年岁的衰老，和我对宗教事物的关怀，你们知道，我希望摧毁这方面的恶习，使我不得不把世俗的职权交托给我的三个侄子；他们滥用职权，我把他们永远赶走了。"

紧跟着宣读圣旨：侄子全放逐到穷苦的村落，职位全部撤消。红衣主教、首相，流窜到契维塔·拉维尼亚；帕利亚诺公爵，流窜到索里亚诺；侯爵，流窜到蒙泰贝洛。圣旨上说，取消公爵应得的薪俸，这有七万二千皮阿斯特（合一八三八年一百多万）。

违抗这些严厉的命令，根本不可能：全罗马人民憎恨卡拉法，他是他们的仇人、监视人。

帕利亚诺公爵带着内弟阿里夫伯爵和莱奥纳尔·代耳·卡尔迪内来到索里亚诺小村子住，同时公爵夫人和她婆婆住到加莱斯，离索里亚诺二小古里远的一个破庄子。

这些地方是可爱的；不过，这是流放啊；从前统治罗马，傲慢无礼，而今是从罗马放逐出来啊。

马尔塞尔·卡佩切，还有其他廷臣，随着主妇来到她被流放的可怜的村子。这女人前几天有权有势，享受荣华富贵，目空一切，如今全罗马的敬礼没有了，她只看见一些简单的农民在她周围，他们的惊奇甚至让她想起她的没落。她得不到一点点安慰；叔公那样老，在他召回侄子之前，就许猝然死了；而且，三兄弟互相憎恨，糟不可言。有人甚至说，红衣主教纵情声色，公爵和侯爵并不过问，所以，看见他放荡不羁，惊惧之下，便亲自去见教皇，向他们的叔父告发。

在这极度失宠的惶恐中间，发生了一件事，使公爵夫人和卡佩切本人受害，也说明他在罗马追逐玛尔图恰，不是出于真正的激情。

有一天，公爵夫人叫他过来，有话吩咐，他发现只他一个人和她在一起，这种情形一年不见得有两回。看见公爵夫人接见他的大厅没有别人，卡佩切变得呆板、沉默了。他走到门口，看看隔壁大厅有没有人能听见他们，然后，他放大胆子这样讲：

"夫人，我有几句怪话斗胆对你讲，你听了不要心乱，也不要生气。许久以来，我爱你比爱性命还厉害。我要是太不谨慎，敢像一个情人望着你天仙似的美丽的话，你不应当怪罪我，而应当怪罪的是推动我、扰乱我的超自然的力量。我在痛苦，我在燃烧；烧我的火焰我不要求减轻，我仅仅要求你宽宏大量，可怜可怜一个充满了疑惧和恭顺的奴隶。"

公爵夫人显出惊奇，尤其是恼怒，对他道：

"马尔塞尔，你倒是看见我什么了，有胆量向我讨爱情？难道是我的生活、难道是我的谈话违背礼法你才毫无顾忌，这样放肆？你怎么会有胆量相信，除去家主我丈夫之外，我能委身于你或者另外一个人？我原谅你对我说的话，因为我想你是一个疯子；不过，当心别再犯这一类过错，否则，我对你发誓，我要为第一次和第二次的无礼同时惩罚你。"

公爵夫人一腔怒火走开了。卡佩切也实在没有遵守谨慎行事的规则：他应当让对方猜出来，不应当说出来。他惶愧了，直担心公爵夫人告诉她丈夫。

但是下文和他的忧虑正好相反。在村居寂寞之中，高傲的帕利亚诺夫人不由自已，就把别人大胆对她讲的话说给她得宠的侍女迪亚纳·布朗卡奇奥听了。这是一个三十岁的女人，热烈的激情在吞噬她。她是红头发（历史家几次说起这情形，觉得这就解释得了迪亚纳·布朗卡奇奥的全部胡闹）。她热恋着蒙泰贝洛侯爵驾前的一个贵人多米蒂恩·福尔纳里。她想嫁他；不过，她很荣幸和侯爵夫妇是血亲关系，他们肯答应她嫁一个实际上伺候他们的下人吗？至少就表面看来，这困难是跨越不过的。

只有一个成功的机会：必须从侯爵的长兄帕利亚诺公爵这边取得一种权威性的力量支持她，迪亚纳在这方面不就没有希望。公爵待她像一个亲眷，不像一个女用人。他是一个心地朴实和善良的人，丝毫不像他兄弟那样看重单纯的礼节。像真正年轻人一样，公爵虽说利用他崇高的地位的种种方便，对太太一点也不忠实，他感情上还是爱她的；就外表看来，她要是求他一件事，而且相当坚持的话，他不见得会拒绝她的。

卡佩切大着胆子把心里的话告诉了公爵夫人，对忧郁的迪亚纳像是一种意想不到的幸福。直到现在为止，主妇循规蹈矩，使人气短；她要是能起一回激情的话，她要是有一回过错的话，她就时时刻刻需要迪亚纳，而迪亚纳晓得了一个妇女的秘密，也就可以问她要东要西了。

迪亚纳不但不先同公爵夫人谈她应尽的责任，再谈她在眼睛雪亮的侍从中间可能遇到的可怕的危险，反而在激情热狂之下，对主妇讲起马尔塞尔·卡佩切，就像她对自己讲起多米蒂恩·福尔纳里一样。在寂寞的悠长的谈话之中，她想方法每天提醒公爵夫人，回忆一下可怜的马尔塞尔的风采和美丽；他像是很忧愁的样子；他和公爵夫人同样属于那不勒斯头等家庭；像他的出身一样，他的姿态是高贵的；他少的只是财富罢了，否则，他在任何一点上，也就和他大胆爱慕的女子平等了，不过，吉星高照，他随时能发财的。

迪亚纳看出谈话的第一个效果是公爵夫人加倍信任她。她很开心。

她自然把经过的情形告诉马尔塞尔·卡佩切知道。在这炎热的夏天，公爵夫人常常在加莱斯四周的树林里散步。日落时，她到树林当中可爱的小山上等海风来，山顶望得见海，相隔不到二古里。

马尔塞尔可以待在树林里而不违背礼节上严格的规则。据说，他藏在这里,小心避开公爵夫人的视线。迪亚纳·布朗卡奇奥拿话打动了她的心,就做信号给马尔塞尔。

看见主妇快到了接受她在她心里制造的致命激情阶段,迪亚纳自己也就依顺多米蒂恩·福尔纳里在她心里引起的狂暴爱情。从今以后,她相信自己一定能嫁他了。但是多米蒂恩是一个懂事的年轻人,属于冷静、谨慎的性格;他的热狂的情妇的兴奋不但得不到依恋,反而使他不久感到不愉快了。迪亚纳·布朗卡奇奥和卡拉法是近亲。他的爱情有一点点传到可怕的红衣主教卡拉法的耳朵,他相信自己一定被刺死;红衣主教虽说是帕利亚诺公爵的兄弟,事实上倒是真正的家长。

公爵夫人依顺了卡佩切的激情,不多久,有一天,在蒙泰贝洛侯爵全家谪居的村子,怎么也找不到多米蒂恩·福尔纳里。他失踪了:后来大家晓得,他在内土诺小巷乘船走了;不用说,他改名换姓,从此永远没有了消息。

谁能描绘得出迪亚纳的绝望?帕利亚诺公爵夫人听她抱怨命运,光表示同情,有一天,意思之间露出,这种题材她觉得没有什么好谈的了。迪亚纳看见情人在蔑视她,心里充满了最残忍的激动。公爵夫人老听她在抱怨,觉得腻烦,她就从公爵夫人短时的腻烦上做出了最奇怪的结论。迪亚纳相信是公爵夫人叫多米蒂恩·福尔纳里永远离开她,而且,供给他路费的。这种疯狂想法仅有的根据就是从前公爵夫人规劝她的一些话罢了。紧接着疑心就是报复。她要求公爵接见她,并把他女人和马尔塞尔的情形一五一十告诉了他。公爵不肯相信,对她道:

"你想想看,十五年来,我对公爵夫人没有一点点可挑剔的地方。她抵制宫廷的诱惑和我们在罗马的时候地位显赫的坏风气;最可爱的王公们,还有法兰西的将军吉斯公爵本人,都枉费心机:你倒想她依顺一个简单的盾手①吗?"

不幸的是,公爵在谪居的索里亚诺气闷无聊,村子离他女人住的村子只有二小古里远,迪亚纳可以得到许多机会见他,不让公爵夫人知道。迪亚纳有惊人的天才;激情使她口齿伶俐。她给公爵提供了许多细节;报复变成她唯一的快乐。她再三向他说起:几乎每天晚晌,十一点钟的时候,卡佩切溜进公爵夫人房间,早晨两三点钟才出来。这些话起初给公爵没留下什么印象,他不想自寻烦恼,半夜走两古里路,来到加莱斯,冷不防进他女人的房间。

但是,有一天黄昏,他在加莱斯,太阳落山了,可是天还亮着,迪亚纳披头散发,跑进公爵待着的客厅。人全走开了,她告诉他:马尔塞尔·卡佩切方才溜进公爵夫人的房间。公爵这时候,不用说,心情恶劣,拿起刺刀,奔向他女人的房间去了。他从一扇暗门进去。他在这里看见马尔塞尔·卡佩切。两个情人一看见他来,脸色确实变了;不过,尽管如此,就他们的位置来看,没有一点可受指摘的地方。公爵夫人新近有一笔小开销,她正坐在床上记账,一个使女待在房间;马尔塞尔站着,离床三步远。

狂怒的公爵抓住马尔塞尔的咽喉,把他揪到隔壁小间吩咐他把身上带的短剑、刺刀扔在地上。然后,公爵喊他的侍卫进来,立刻把马尔塞尔解往索里亚诺的监狱。

公爵夫人虽然留在府里,但是,被严加看管。

公爵并不残忍;他似乎有意藏起丑的一面,避免荣誉要他采取的极端步骤。他让人相信他拘禁马尔塞尔,是为了另一个原因,借口是两三个月前,马尔塞尔高价买了几只极大的蛤蟆。他放话出去,说这年轻人企图毒死他。不过,真正的罪名是太明显了,他兄弟红衣主教

---

① 盾手是最末一级的贵族身份,在中世纪为骑士持盾,到了十五、十六世纪近乎仆从了。

叫人问他：什么时候他才想到血洗罪犯大胆给他们家庭带来的耻辱。①

公爵约内弟阿里夫伯爵和家庭的朋友安东·托朗多做副手，三个人组织了一个类似法庭的东西，审问马尔塞尔·卡佩切，控告他和公爵夫人通奸。

人事无常，属于西班牙一党的庇护四世继承了保罗四世做教皇②。他对国王菲力普二世有求必应。菲力普二世要他处死红衣主教和帕利亚诺公爵。国家法庭把两兄弟告下来了，诉状的正本告诉我们关于马尔塞尔·卡佩切死的全部情形。

被问的许多证人中间，有一个证人这样供道：

"我们是在索里亚诺；公爵、我的主人和阿里夫伯爵进行了一次长谈话……晚响，很迟了，他们来到下面底层一个储藏间，公爵事前叫人在这里预备好了拷问罪犯需要的绳索。这里有公爵、阿里夫伯爵、安东·托朗多先生和我。"

传问的第一个证人是卡佩切的心腹知己朋友卡米耶·格里福内。公爵这样对他讲：

"说真话，我的朋友。马尔塞尔在公爵夫人房间干什么，你知道吗？"

"我什么也不知道；我同马尔塞尔闹翻有二十多天了。"

因为他一味固执，不讲出更多的话，公爵大人从外边喊进几个他的侍卫。索里亚诺的高等法官拿绳子绑起格里福内。侍卫一拉绳子，用这方法，把罪犯吊高了，离地四指。队长这样被吊了足足一刻钟之后，说：

"放我下来，我知道的我讲就是了。"

---

① 西班牙的荣誉观点在罗马舆论中间发生作用。（司汤达：写在意大利写本上。）
② 庇护四世（一四九九——一五六五），律师出身，日常作风和修士出身的保罗四世完全相反。保罗四世曾当众申斥过他。

侍卫把他放到地上，就走开了，只有我们和他在一起。队长说：

"不错，有好几回，我伴马尔塞尔来到公爵夫人房子前面，不过，再多我就不知道了，因为我在隔壁一个院子等他，一直等到早晨一点钟光景。"

马上侍卫又喊进来了，他们照公爵的吩咐，又把他拉高了，使他的脚碰不到地。队长不久就嚷嚷：

"放我下来，我愿意讲真话。"

他继续道：

"不错，好几个月以来，我发现马尔塞尔在和公爵夫人做爱，我本来想通知大人或者 D.莱奥纳尔。公爵夫人天天早晨派人问马尔塞尔的消息；她送他一些小巧的礼物；其中有费了很大心思调成的、很贵的蜜饯；我看见马尔塞尔戴着精制的小金链子，显然是公爵夫人给他的。"

队长陈述过后，又押回监狱去了。他们把公爵夫人的门房带来；他说他什么也不知道；他们拿绳子绑起他来，吊在半空。过了半小时，他说：

"放我下来，我说我知道的。"

他一下地，就说他什么也不知道；他又被拉上去了。过了半小时，他们放他下来；他解释：公爵夫人雇他做事，没有多少时候。因为这人可能什么也不知道，他们把他送回监狱去了。由于每次吩咐侍卫退出，这些事前后用了许多时间。他们要侍卫相信案情是拿蛤蟆提出来的毒液，打算毒死人的。

公爵提审马尔塞尔·卡佩切的时候，夜已经很深了。侍卫退出，门用钥匙锁牢了。

他问他道：

"你在公爵夫人的房间一待就待到早晨一点钟、两点钟，有时候四点钟，你在里边干什么？"

马尔塞尔否认一切；他们喊进侍卫，把他吊起来；他的胳膊让绳子吊脱了臼；他忍受不住痛苦，要求放他下来；他们把他放在一张椅子上；但是一到椅子上，话就乱了，简直不知道他在说什么。他们喊进侍卫，又把他吊起来，过了一个长时间，他要求放他下来。他说：

"不错，我在违例的时间进公爵夫人的房间；不过，我是在同迪亚纳·布朗卡奇奥做爱，她是太太的一个使女，我答应娶她，除去伤名誉的事，她统统答应我了。"

马尔塞尔又押回监狱，和队长和迪亚纳质对。她否认一切。

随后，马尔塞尔又被带到低矮的大厅。我们一到门旁，马尔塞尔就说：

"公爵大人记得，我要是讲真话的话，你答应留我活命来的。用不着再拿绳子吊我；我全讲给你听就是了。"

于是他走近公爵，声音颤颤索索，几乎说不清楚的样子，告诉他：不错，他得到公爵夫人的欢心。公爵听见这话，扑向马尔塞尔，咬他的脸庞，随后，拔出他的刺刀。看见他要剜罪犯几刀子，我就说：顶好让马尔塞尔亲手写下他方才招认的话，公爵有这文件，好做解说。我们走进低矮的大厅，里面有写字的用具；但是绳子把马尔塞尔的胳膊和手吊坏了，他只能写这有限几个字："是的，我出卖我的爵爷；是的，我损害他的荣誉！"

马尔塞尔一边写，公爵一边读，这时候，他扑到马尔塞尔身上，给他三刺刀，结果了他的性命。迪亚纳·布朗卡奇奥在旁边相隔三步远，人像死人一样，不用说，对自己做的事后悔到了极点。

公爵喊着：

"不配生在贵族家庭的女人！我丧失名誉的唯一原因！为了你寻欢作乐不正经，你坏了我的名誉，我一定要报答报答你出卖主子的行为。"

说这些话的时候,他抓住她的头发,拿刀切她的脖子。不幸的女人流了一大摊血,最后倒下去死了。

公爵叫人把两个尸首扔到邻近监狱的阴沟里。

年轻的红衣主教阿尔丰斯·卡拉法、蒙泰贝洛侯爵的儿子、全家里保罗四世留在身边的唯一的人,觉得应当把这事讲给他听。教皇仅仅回答了这么一句话:

"还有公爵夫人,他们怎么办她呢?"

人在罗马一般会以为这句话一定把这不幸的女人送上死路了。但是公爵决定不下来做这种大的牺牲,或许是因为她有孕,或许是因为他往日对她恩情很深的缘故。

神圣的教皇保罗四世完成道德上的壮举,和全家人分了手,在这以后,过了三个月,他生病了,随后又病了三个月,他在一五五年八月十八日去世了。

红衣主教一封信又一封信催帕利亚诺公爵,不断对他提起:他们的荣誉要求公爵夫人死。他看见他们的伯父死了,不知道将来当选的教皇是什么心思,所以希望在最短期间结束一切。

公爵为人朴实、善良,不像红衣主教那样把关系荣誉的事情搁在心上,所以人家要他做的恐怖的暴行,他就决定不下来了。他问自己道,他本人做了许多对公爵夫人不忠实的事,一点也没有想到隐瞒她,碰上一个心情高傲的女人,就可能报复他。红衣主教甚至在听过弥撒,领过圣体,走进教皇选举大会的时候,还写信给他,说他为一再延迟难过,公爵要是最后不做决定,满足家庭荣誉的要求的话,他决计不再过问他的事了;无论是在选举大会上,无论是在新教皇面前,也决不想法子为他效劳了。一个有关荣誉的奇怪理由从旁促使公爵下了决心。公爵夫人虽然是在严加看管中,据说,她还是想出办法传话给马克·安东·科洛纳,说:马克·安东要是有办法救她的性命,恢复她的自由的话，她这方面可以帮他收复帕利阿诺堡垒，因为在那里做统帅的，是一个对她忠心的人。科洛纳是公爵最大的仇敌，为了帕利亚诺公国的缘故，这是公爵从他手里硬抢过去的。

一五五九年八月二十八日，公爵派出两队兵到加莱斯。三十日，公爵的亲戚 D.莱奥纳尔·代耳·卡尔迪内和公爵夫人的兄弟阿里夫伯爵 D.费朗特①，来到加莱斯的公爵夫人的房间，结果她的性命。他们向她宣布死刑，她听见消息，神色没有一点点改变。她首先要做忏悔、听神圣的弥撒。随后，两位贵人走近她，她发觉他们意见并不一致。她问公爵她丈夫有没有命令要她死。

D.莱奥纳尔回答：

"有，太太。"

公爵夫人要看一眼；D.费朗特拿给她看。

（我在帕利亚诺公爵的诉状读到参加这可怕事件的修士们的证词。这些证词比别人的证词高明多了，我觉得这是修士们在公堂回话不害怕的缘故，别的证人或多或少全是他们主人的从犯。）

风帽修士安东·德·帕维做证的话是：

做弥撒的时候，她虔心诚意领圣体，后来就在我们安慰她的时候，公爵夫人的兄弟阿里夫伯爵走进房间，拿着一条绳子和一个小榛木棒，拇指一样粗，大约半古尺长②。他拿一条手绢蒙住公爵夫人的眼睛；她很冷静，为了不看见，让它更下来一点蒙住她的眼睛。伯爵拿绳子套在她的脖子上；不过，绳子很不合适，伯爵解下来，走开了几步；公爵夫人听见他走路，摘掉眼睛上的手绢，说：

"怎么的啦！我们怎么着？"

伯爵回答：

---

① 上文是"费朗德"，这里是"费朗特"。"德"d 与"特"t 之别。
② 古尺约合一米多一点点。

"绳子不合适,我去另拿一条来,免得你吃苦。"

他说着这话,出去了;不多久,他换了一条绳子回到房间,重新拿手绢在她的眼睛上蒙好,又拿绳子套在她的脖子上,把小木棒插在结心,他一转它,就缢死了她。在公爵夫人这方面,事情前后,完全是日常谈话的声调。

另一个风帽修士安东·德·萨拉扎尔,用这话结束他的证词:

"我由于良心不安,想退出屋子,不看她死;但是公爵夫人对我讲:'为了上帝的爱,不要离开这里'。"

(修士在这里说起死时情形,完全和我们方才报告的一样。)他补充道:

"她像一个善良的基督徒一样死去了,时时重复着:'我信,我信。'"

两个修士显然从他们的道长方面得到必要的允许,所以做证时,一再说起公爵夫人每次同他们谈话,每次忏悔,特别是在领圣体做弥撒之前的一次忏悔,一直认定她是清白无辜的。她要是有罪的话,这种骄傲的表示就把她打进地狱了。

风帽修士安东·德·帕维,和D.莱奥纳尔·代耳·卡尔迪内质对的时候,说:

"我的同伴告诉伯爵,最好等公爵夫人分娩过了;(他补充道)她有六个月身孕①,千万不要伤害她肚里不幸的可怜的小东西的灵魂,应当尽可能给他行洗礼。"

听见这话,阿里夫伯爵答道:

"你知道我必须去罗马的,我不要脸上戴着这种面具(蒙着这种没有报复的耻辱)在那边出现。"

---

① 是谁使她有孕的?(司汤达:写在意大利写本上。)

公爵夫人一死，两个风帽修士坚持立即破开她的肚子，尽可能给小孩子行洗礼。但是伯爵和D.莱奥纳尔不听他们的劝告。

第二天，公爵夫人被埋到当地的教堂，仪式相当庄严（我读了公诉状）。消息立刻传开了，这件事给人印象不深，许久以来，人就等着这事了；死信在加莱斯，在罗马宣布过好几回，而且，一件暗杀案子发生在城外、在没有教皇的期间，丝毫不足为奇。保罗四世死后，教皇选举大会吵作一团，足足开了四个月。

一五五九年十二月二十六日，可怜的红衣主教卡尔洛·卡拉法被迫同西班牙支持的一位红衣主教竞选；后者自然不能拒绝菲力普二世任何关于红衣主教卡拉法的苛刻要求。当选的新教皇取的名字是庇护四世。

红衣主教在叔父死的时候要是没有流放在外的话，他就许掌握得了选举，至少有方法防止仇人当选。

不多久，红衣主教和公爵就被捕了；菲力普二世的命令显然是要他们死。他们必须答复十四条控告。能说明这十四条的人统统受到审问。诉状写得很好，订成对开两大册，我带着很大的兴趣读，因为我每一页都遇到一些风俗细节，而历史家都认为不配历史的庄严。我在这里注意到一个暗杀未遂案件的栩栩如生的细节，暗杀是在西班牙派指挥之下，准备对付红衣主教卡拉法的，当时他是大权在握的首相。

其实，他和他哥哥的罪名，例如：杀死一个有夫之妇的情人和淫妇本人，换一个人，就许不存在了。若干年后，奥尔西尼爵爷娶托斯卡纳大公的妹妹，他相信她不守妇道，得到她哥哥大公的同意，就在托斯卡纳把她毒死了，从来没有人说他有罪。美第奇一姓有好几个公主是这样死的。

卡拉法两兄弟讼案结束的时候，官方写了一篇详细节略，红衣主教会议审查了好几回。大家既然同意杀死淫夫淫妇（法律从来不闻不问这种罪名）应处死刑，红衣主教逼他哥哥犯罪，因而有罪，正如公爵付诸实行一样有罪，这太显然了。

一五六一年三月三日，庇护四世教皇召集红衣主教会议，会议开了八小时，结束时他用这话宣布卡拉法兄弟死刑：Prout in schedulâ（照议会的办吧）。

第二天晚晌，贵族检察官派警官到圣·安吉堡子，执行两兄弟（红衣主教查理·卡拉法和让·帕利亚诺公爵）的死刑判决；人们这样做了，先从公爵起。他从圣·安吉堡子被解到托尔迪奥纳监狱，这里一切预备好了；公爵、阿里夫伯爵和D.莱奥纳尔·代耳·卡尔迪内，就是在这里斩首的。

公爵支持住这可怕的瞬间，不仅像一个门第高贵的骑士，而且更像一个为上帝的爱而准备忍受一切的基督徒。他对两个同伴说了一些勉励的话，叫他们不要怕死；随后，他写信给他儿子。

警官回到圣·安吉堡子，对红衣主教卡拉法宣布死刑，只给他一小时作准备。红衣主教的心灵显出比他哥哥的灵魂伟大，话说得少，就看出来了；话永远是一种人到身外寻找的力量。可怕的消息宣布之后，就听见他低声说着这话：

"我，死！噢，教皇庇护！噢，国王菲力普！"①

他忏悔；他默诵悔罪诗篇第七首②，然后，他坐在一张椅子上，向刽子手说：

"动手吧。"

刽子手拿一条丝绳勒他，绳子断了；必须来第二回。红衣主教望着刽子手，不肯说半句话。

---

① 卡拉法错了：开头他太相信朋友，末了太相信他的仇敌。（司汤达：写在意大利写本上。）
② 悔罪诗篇共七首，指《旧约》《诗篇》第六首、第三十一首、第三十七首、第五十首、第一百零一首、第一百二十九首与第一百四十二首而言。第七首即《诗篇》的第一百四十二首，大意是：敌人陷害我，请上帝引我的灵魂脱离囚居。

（添上去的注。）

不多年后，神圣的教皇庇护五世又审查了一遍案卷，推翻原判，恢复红衣主教和他哥哥应有的全部荣誉，绞死置他们死地的罪魁祸首高等检察官。庇护五世下令销毁案卷。各图书馆保存的副本统统烧掉；不许有一份保留，否则要受出教处分；但是教皇想不到他自己的图书馆有一份诉状副本，我们今天看见的所有的副本，就是根据这份副本抄的。

圣·方济各在里帕教堂[1]

> 阿里斯特和多朗特用过这个题材，
> 这就使埃拉斯特也想到使用。
> 九月三十日

我从意大利一个记述贵族家庭的历史家那边译出一个罗马贵族夫人恋爱一个法兰西人的经过。事情出在前世纪的开始，一七二六年。教皇滥用亲戚之风，当时正在罗马盛行。教廷从来没有像这时期更其昌明的了。白努瓦十三（奥尔西尼）[2]统治着，或者不如说是他的侄子坎波巴索亲王，以他的名义管理一切大小事情。外国人从四面八方聚到罗马；意大利的王公们，依然拥有新大陆黄金的西班牙的贵族们，一群一群，往这里跑。任何有财有势的人在这里不受法律拘束。向妇女献媚和争逐奢华似乎是许多外国人同本国人聚在一起的唯一事情。

教皇的两个侄媳妇、奥尔西尼伯爵夫人和坎波巴索亲王夫人，分享伯父的权势和教廷的尊崇。即使她们是在社会的最下层，她们的美貌也会让她们成名的。奥尔西尼夫人，正如人们在罗马经常说的，快活而洒脱；坎波巴索夫人，温柔而虔诚，不过这温柔的灵魂容易发生最强烈的激动。两位贵妇人虽说不是公开的仇敌，天天在教皇那边遇见，常常在她们的公馆相会，然而处处都是对手：美丽、信用、财富。

奥尔西尼伯爵夫人欠好看，但是，有光彩、轻浮、好动、诡计多端，一天换一个情人，她根本不拿这些情人放在心上。她的幸福是看见她的客厅有两百人，而她在这里统治着。她就爱拿她的堂弟妹坎波巴索夫人开玩笑。这位弟妹，明目昭彰地一连三年和一位西班牙公爵同进同出，最后却吩咐他在二十四小时以内离开罗马，否则，就处以死刑。奥尔西尼夫人说："自从这次伟大的遣送以来，我的崇高的弟妹就没有再微笑过。特别是近几个月，人看得出，可怜的女人不是恹恹无聊，就是在害相思病；她丈夫不是笨伯，他当着教皇、我们的伯父，把这种恹恹无聊说成了高度虔诚。我希望这种虔诚把她带到西班牙进一次香。"

坎波巴索夫人根本就不在想念她的西班牙情人，他起码有两年把她腻烦死了。她要是想念他的话，她会派人找他去的，因为这是自然而激烈的性格之中的一种性格，在罗马是不难遇到这种性格的。她虽说不到二十三岁，正当貌美年轻的时候，却由于信仰热狂，居然跪到伯父面前，求他把教皇降福的恩典赐她。人对这种恩典现在不大了然，这里不妨解说一句：这种恩赐除去两三种重大罪过之外，可以赦免其他任何罪过，即使不忏悔也成。善良的白努瓦十三感动得哭了。他对她道："起来，我的侄媳妇，你用不着我降福，在上帝眼里，你比我有价值。"

这话虽说确实，但是像全罗马一样，教皇弄错了。坎波巴索夫人疯了一样在恋爱，她的情人分享她的激情，然而她很不幸。好几个月以来，她几乎天天看见圣·艾尼安公爵③的外甥塞内切骑士④。公爵当时是路易十五的驻罗马大使。

年轻的塞内切是摄政王菲力普·奥尔良⑤的一个情妇的儿子，在法兰西享到最高的宠遇；许久以来，他就是陆军上校了。虽说不到二十

---

① 这是一座小教堂，在罗马的河西区，建于一二三一年。"教堂"两个字是译者添上去的。
② 白努瓦十三（一六四九——一七三〇），本来的名姓是奥尔西尼，一七二四年当选为教皇。
③ 圣·艾尼安公爵（一六八四——一七七六），本来的名姓是包维里耶、路易十五的一个外交家。
④ "骑士"是介乎男爵与最低级的"盾士"之间的贵族称谓。在中世纪，"骑士"是一种光荣称号，渐渐不骑马比武作战的，也可以享有这种身份了，最后，可以买卖了。
⑤ 菲力普·奥尔良公爵（一六七四——一七二三），路易十四死时（一七一五年），路易十五不到六岁，王室推他做摄政王。他过着最荒淫的生活，情妇多到不可胜计。

二岁,他已经养成了自负的习惯,不过,值得谅解的是,他没有自负的性格。快活、得乐且乐的愿望、轻率、勇敢、善良,形成这奇异性格的最显著的特征。人在当时可以说,作为国家的荣誉,他是这种奇异性格的一个标准样本。坎波巴索亲王夫人一看见他,就另眼看待了。她曾经对他说:"不过,我对你有戒心,你是法兰西人;不过,我警告你一件事: 要是有一天有人在罗马知道我有时私下见你,我就确信是你说出去的,我就不再爱你了。"

坎波巴索夫人在和爱情做游戏的同时,却激起了真正的热情。塞内切也曾经爱过她,可是他们相好已经八个月了,时间加强一个意大利女子的激情,摧毁一个法兰西男子的激情。骑士的虚荣心帮他减轻了一点厌烦;他已经给巴黎送去了两三幅坎波巴索夫人的画像。而且不妨这样说吧,享尽各种各类的财富和方便,从做小孩子时候起,他就把他性格上的无忧无虑带进了虚荣心的场合。他本国的那些十分不安的心灵,平时就靠虚荣心来维持。

塞内切一点也不了解他情妇的性格,所以她的怪癖有时反而让他觉得好玩。她用女圣巴尔比娜的名字做名字,因之,临到女圣的命日①,她的热烈而真诚的宗教感情就激动了,就痛苦不堪了,他还得时时加以压制。塞内切不曾使她忘记宗教,意大利普通妇女就两样了,她们会忘记宗教的;他拼命把它压制下来,可是战斗常常却又开始了。

年轻人一帆风顺,生平还是第一次遇见这种障碍,所以障碍反而让他觉得好玩,同时,他在夫人身边的温柔而专心的习惯干瘪了,也要靠它维持下去。他时时刻刻相信爱她是他的责任。另外还有一个极不传奇的理由: 塞内切只有一个心腹,就是他的大使圣·艾尼安公爵;

---

① 节日是三月三十一日。

坎波巴索夫人无所不知，他通过她，对大使可以有所效劳。他在大使眼里获得的重要，特别使他体面。

坎波巴索夫人就不和塞内切一样了，她对情人优越的社会地位一点也不在意。她关心的只是被爱或者不被爱。她向自己道："我为他牺牲了我永生的幸福；他呀，是一个邪教徒、一个法兰西人，决不可能为我做出同样的牺牲。"但是骑士出现了，他的十分可爱、取之不竭、而又异常自然的快活心情震惊坎波巴索夫人的灵魂，迷住了她。所有她计划好了要对他说的话、种种阴沉的想法，当着他的面，全消失了。对这高傲的灵魂，这种情形是这样新颖，就是塞内切死后，还延长了许久。她最后发现她离开了塞内切，就不能思索、不能生活。

有两世纪了，罗马的风气曾经是学西班牙人，现在开始有一点向法兰西人讨教了。人开始在了解这种走到什么地方就把快乐和幸福带到什么地方的性格。这种性格当时只在法兰西有，自从一七八九年革命以来，在任何地方也看不见了。因为，一种给人不变的快活心情需要无忧无虑，然而在法兰西，人不再有稳定的职业了，甚至于有天才的人也没有稳定的职业，要是有这种人的话。

战争在塞内切的阶级的人们和国家其余的人们之间宣布了。罗马在当时也不同于人今天看见的罗马。一七二六年，人在这里决不相信，远在六十七年后，这里会有这种事情发生：几个神甫收买人民，扼杀了雅各宾派巴斯维尔①，据说，他想教化基督世界的京城来的。

坎波巴索夫人还是第一次，在塞内切身边失去了理智。为了一些理智不赞成的事情，她发现自己颠三倒四，一时快乐像上了天，一时又苦不堪言。宗教在她，原和理智不是一个东西，所以塞内切一旦把宗教压制下来，爱情在这严厉而真诚的性格里，一定就要迅速上升，一直

---

① 巴斯维尔（一七五三——一七九三），热心大革命，一七九二年，奉命在那不勒斯公使馆工作，一七九三年来到罗马，在街头宣传革命，暴徒当场把他杀害了。

升到最疯狂的激情，方才算数。

公爵夫人曾经赏识费拉泰拉大人，照应他的前程。费拉泰拉报告她：塞内切不但比平时更常去奥尔西尼府，而且还使伯爵夫人新近打发走一个一直是她的主要情人的著名女音歌手，几星期以来，想想她气成什么样子吧！

就在坎波巴索夫人听到这致命的报告的当天夜晚，我们的故事开始。

她动也不动坐在一张有扶手的镀金大皮椅里。她旁边是一张黑大理石小桌子，上面放着两枝长脚大银灯，著名的邦韦努托·切里尼①的杰作，照亮或者不如说是显出她府里底层一间大厅的黑暗，大厅装潢着被时间弄黑了的油画：因为，在这时期，大画家的统治已经是远哉遥遥了。

年轻的塞内切面对着夫人，差不多就在她的脚边，正好把他优雅的身体往一张镶着沉重金锦的乌木小椅子上一摆。夫人望着他，她不但不飞过去迎他，投进他的怀抱，反而从他走进大厅以来，没有同他说过一句话。

在一七二六年，巴黎已经是装饰与生活便利的城市之王了。能够帮衬一个法兰西最漂亮的男子的风姿的物品，塞内切经常委托驿车带来。塞内切是一个有身份的男子，同摄政王的宫廷美人们有过初次交锋的经验，又是他舅父（摄政王的荒唐人物之一，有名的卡尼拉克②）指导出来的，信心在他虽说那样自然，然而不久，不难看出他脸上的窘态了。夫人的美丽的金黄头发有一点乱；她的深蓝的大眼睛盯着他看：它们的表情是暧昧的。这关系着一种致命的程度呢？还只是激情的极度严肃呢？

---

① 邦韦努托·切里尼（一五〇〇——一五七一），意大利的雕刻家。
② 荒唐人物，卡尼拉克侯爵是其中一个，除寻欢作乐之外，不知其他。

她终于以一种低沉的声音道：

"那么，你不再爱我了吗？"

继宣战之后，是一阵长久的静默。

夫人难以割舍塞内切的可爱的风貌，不是她和他吵闹的话，他正有许多逗笑的话同她讲；但是她太骄傲了，不愿意拿解说往后推延。一个妖娆女人由于自尊心而妒忌；上个风流女人由于习惯而妒忌；一个真诚而热烈地爱着的女人认为这是她的权利。这种看人的方式、罗马激情特有的方式，塞内切觉得很有趣：他在这里找到深奥和犹疑；不妨这样说吧，他看见了赤裸裸的灵魂。奥尔西尼夫人没有这种风韵。

不过，这一次静默延长的过久了，年轻的法兰西人把握不住深入意大利心灵的隐秘的感情的方法，他发现她神情平静而豁达，便心安下来。而且，他这时候有一件事感到不舒服：他从邻近坎波巴索府的一所房子，穿过地窖和隧道，来到这低矮的大厅，昨天从巴黎来的一件漂亮衣服的崭新的锦绣蹭着了几个蜘蛛网。看见这些蜘蛛网，他心不安了。再说，他非常厌恶这种昆虫。

塞内切以为在夫人眼里看到了安静，便寻思怎样避免这场吵闹，怎样不回答她，而转移这种怨尤。但是，不愉快的情绪使他严肃了，他向自己道："眼下不正是让她稍稍领会一下实情的有利的机会吗？她自己方才把问题提出来了；这已经避免了一半麻烦。的确，我这人谈情说爱，一定不相宜。我从来没有见过有像这女人同她奇异的眼睛这样美的了。她态度恶劣，她让我穿过可憎的隧道；但是，她是教皇的侄媳妇，我是国王派到教皇驾前的。况且，在一个妇女头发全是棕色的国家里，她的头发是金黄色：这是一个绝大的优点。天天我听见人称赞她美，他们的见证是可信赖的，不过他们做梦也想不到，他们是在同美人的幸运的占有者谈话。说到男子支配情妇应有的能力，我在这方面绝对放心。只要我高兴说一句话，我就拐了她走，丢下她的府第、她的金摆设、她的教皇伯父，牺牲一切，带她到法兰西远僻的外省，在我的采邑之一，过苦日子……说实话，这种牺牲的远景仅只引起我最坚定的决心罢了，那就是永远不要求她这样做。奥尔西尼夫人在好看上差多了：她爱我，万一她爱我的话，也就是仅仅比昨天我叫她打发走的女音歌手布托法科稍好一点罢了；但是她了解世故，懂得生活，人可以坐马车去看望她。而且我拿稳了她永远不会吵闹的；她爱我还没有爱到这种地步。"

在这长久静默期间，夫人的坚定视线没有离开过年轻的法兰西人的漂亮额头。

她向自己道："我再也不会看见他了。"于是她忽然投到他的怀抱，吻遍了他的额头和眼睛。他的额头和他的眼睛如今已不再因为又看见了她而幸福地泛红了。骑士当时要是没有忘记他的全部决裂计划，会看不起自己的；可是他的情妇受刺激太深，忘记不了她的妒忌。过了不久，塞内切瞧着她感到十分惊讶：她脸上迅速落着忿恨的眼泪。她低声道："什么！我下贱到同他谈起他的负心；我在责备他，我，我赌过咒，永远不拿这搁在心上！可我居然还顺从这张可爱的脸在我心里引起的激情，我不是非常可耻吗！啊！下贱、下贱、下贱的夫人！……必须结束。"

她揩掉眼泪，似乎恢复了一些平静。

她相当平静地向他道：

"骑士，必须结束。你常常去看伯爵夫人……（说到这里，她的脸色苍白极了）你要是爱她的话，天天看她去好了，行；不过，别再到这里来了……"

她不由停住了口。她在等骑士说一句话；这句话不见来。她做了一个细微的抽搐的动作，好像咬着牙，她继续道：

"这将决定我的死和你的死。"

直到现在为止，骑士对热吻之后这阵意想不到的狂飙仅只感到惊异罢了。因而这个恐吓坚定了他模棱两可的灵魂。他开始笑了。

一片红云立时飞上夫人的两颊，变成朱红颜色。骑士寻思道："她大怒了，出不来气，要脑充血了。"他走向前去，打算解开她袍子的纽结；她用一种他往常没有见过的决心和气力把他推开了。塞内切事后回忆，就在他试着把她搂进怀里的时候，他听见她在同她自己讲话。他往后退了退：用不着谨慎，因为她似乎不再看他了。她好像是在对她的忏悔教士讲话，声音低而集中，向自己道："他侮辱我，他对我挑战。不用说，在他这种年纪，有他本国人天生的大意，他会对奥尔西尼夫人说起我屈辱自贬的种种丑行的……我拿不稳我自己；当着这张可爱的脸，我简直不能保证我不动心……"说到这里，又是一阵静默，骑士觉得很腻烦。夫人最后站起来，以一种更阴沉的声调重复道：必须结束。

塞内切以为两下和好了，便不打算做认真解释，对她讲起人在罗马纷纷谈论的一件奇事，俏皮话才出口……

夫人打断他的话，向他道：

"离开我，骑士，我觉得不舒服……"

塞内切向自己道："这女人腻烦起来了，没有比腻烦更容易传染人了。"他急忙服从。夫人的眼睛随着他，一直随到大厅深处……她痛苦地微笑着道："我方才轻率就要决定我一生的命运！幸而他不合时宜的俏皮话唤醒了我。这人真蠢！我怎么能爱一个这样不了解我的人呢？这里关系着我的生命和他的生命，他想拿一句俏皮话逗我开心了事！……啊！我看出来了，正是这种凶险而阴沉的心情造成我的不幸！"于是她气忿忿离开她的扶手椅。"他同我讲这句话的时候，那双眼睛多好看！"……而且，应当承认，可怜的骑士的用意是可爱的。他看出我性格上的不幸；他想叫我忘记激动我的郁闷，却问也不问原因是什么。可爱的法兰西人！其实，爱他之前，我知道什么是幸福吗？"

她开始愉快地想着她情人完美的地方。慢慢她顺着思路体会奥尔西尼伯爵夫人的风姿。她的灵魂开始从不利方面看问题了。最可怕的妒忌在折磨着她。实际上，两个月以来，一种不幸的预感就在扰乱她。她仅有的过得去的时光也就是在骑士身边消磨的时光，然而一不在他的怀抱，她同他说起话来，便几乎总是带着尖酸的味道。

她一夜没过好。疲倦，同时痛苦像是给了她一点安静，她起了同骑士说话的心思：因为，最后，他虽说看见我在生气，可是他不清楚我抱怨的原因。或许他并不爱伯爵夫人。或许他看望她，只因为一个旅客必须看看他所到的国家的社会，特别是皇室。我要是请人把塞内切引见给我，他要是能公开来看我，他在我这边就像在奥尔西尼夫人那边一样，也会一待就是整整几小时。

"不，"她怒喊道，"我一说话就变下贱了；他要看不起我的，这就是我唯一的收获。尽管我胡闹，可是我还是一来就看不起奥尔西尼夫人的轻浮的性格，不过，事实上，她的性格比我的性格顺人心思多了，特别是在一个法兰西人眼里。我呀，我生来就不喜欢和一个西班牙人在一起。有什么比永远摆出一副严肃相更可笑的，就像人生变故本身就不够严肃一样！……当我的骑士不再给我生命，不再往我心里扔进这把我没有的火，我会变成什么样呀？"

她吩咐谢客；不过，这道命令并不针对费拉泰拉先生，他来向她报告奥尔西尼府种种情形，一直报告到早晨一点钟。直到现在为止，这位教廷官员一直在为夫人的恋爱忠心服务；但是，从这一夜起，他相信塞内切不久就会和奥尔西尼伯爵夫人真好起来，万一过去他们没有好的话。

他在想："坎波巴索夫人做信徒比做社交之花对我有用得多。就算她喜欢我吧，可是永远有一个人她更喜欢：这人就是她的情人；如果有一天这情人是罗马人，他可能就有一个伯父被封为红衣主教。万一我感化了她，她首先想到的将是她良心的指导者，照她性格那样热狂……有她在伯父面前说话，我有什么不能指望的！"于是野心勃勃的教廷官员，为美好的未来而醺醺然了。他看见夫人跪在她伯父面前，为他谋红衣主教做。他回头要做的事，教皇会十分感谢他的……夫人一感化过来，他就想法子拿她和年轻的法兰西人的私情的真凭实据给教皇看。圣上一向虔笃、真诚、憎恶法兰西人，有人帮他结束一桩最使他反感的私情事件，他对这人会永久感激的。费拉泰拉属于费拉尔的高级贵族，有钱，五十多岁……做红衣主教的远景这样近，他感到兴奋，开始大显身手，敢在夫人面前骤然改变他的角色了。两个月以来，塞内切显然疏远了她，不过，要朝他进攻，可能会遇到危险，因为教廷官员不了解，以为塞内切也是野心勃勃。

　　由于爱情和妒忌而发狂的年轻夫人同野心勃勃的教廷官员的对话，读者会嫌长的，这里就不重复了。费拉泰拉一开头就源源本本把伤心的实情讲出来了。宗教和热烈的虔笃的情绪，在年轻罗马妇人的心灵深处，原来就像只是打盹罢了，经过这样一个紧张的开端，他很容易地把它们全部唤醒了。她的信心是真诚的。——教廷官员对她道：任何蔑弃宗教的激情，结局一定是不幸和耻辱——。他走出坎波巴索府的时候，天已经大亮了。他要求被感化了的妇人答应他当天不接见塞内切。夫人答应了，相当痛快；她相信自己虔笃，而事实上，她是害怕自己软弱，被骑士看不起。

　　这种决心一直坚持到四点钟：这是骑士可能访问的时间。他来到坎波巴索府的花园的后街，看见了会面不可能的信号，于是，很满意，奔奥尔西尼伯爵夫人那边去了。

　　坎波巴索夫人渐渐觉得自己像是要疯了的样子。最古怪的想法和决心迅速交替着。她忽然像中了邪似的，走下府里大楼梯，上了马车，对车夫喊着："奥尔西尼府。"

她过度的不幸逼着她去看她的堂嫂，好像身不由己似的。她在五十个人中间找见了她。有才情的人们、罗马的野心家们，不能去坎波巴索府，全聚在奥尔西尼府了。夫人的光临成了一件大事；大家恭而敬之地闪开；她也不屑加以注意；她望着她的情敌，她赞赏她。堂嫂的装饰件件对她都是当心一刺刀。寒暄之后，奥尔西尼夫人看见她不言语、有心事便继续漂亮而洒脱地谈话去了。

坎波巴索向自己道：

"同我的疯狂和使人腻烦的激情一比，她的快活对骑士简直相宜多了！"

在一阵不可解脱的羡慕和憎恨的激情中，她扑上去搂住伯爵夫人的脖子。她只看见堂嫂艳丽的面貌；不问远近，她觉得它同样可爱。她拿自己的头发、眼睛、皮肤和她的做比较。在这古怪的检查之后，她对自己恐怖、厌恶起来了。她觉得她的情敌处处可爱，处处胜人。

在这群指手画脚、说笑风生的人群中间，坎波巴索夫人一动不动，阴阴沉沉，倒像一座石头雕像。有人进来，有人出去；一切声响使坎波巴索夫人感到厌烦、感到不舒服。然而，忽然她听见禀报塞内切先生来了，想想她难受成了什么样子吧！他们开始发生关系的时候，约好了他在社交场合要同她很少讲话，这对一个外国来的外交家是合适的，依照他出使的身份，一个月也只遇到教皇的侄媳妇两三次而已。

塞内切以习惯的尊敬和严肃向她行礼，随后，回到奥尔西尼伯爵夫人身边，换了一种近乎亲密的快活声调说话，一个有才情的女子殷勤招待你，你天天看见她，你同她说话用的就是这种声调。坎波巴索夫人崩溃了。她向自己道："伯爵夫人在指教我应当怎么样做人。她就是活榜样,可是我永远做不到!"她摆脱了一个人可能遇到的最大不幸,几乎打定主意要服毒的心境。塞内切的爱情过去给她的全部快乐,根本不能和她在整整一长夜中经受的极度痛苦相提并论。可以说,这些罗马灵魂对受苦有着别国妇女不知道的刚强的力量。

第二天,塞内切重新走过,并看见了拒绝的信号。他快快活活走开了;不过,他恼火了。他的虚荣心在说:"难道她前天是打发我走吗?我必须看她流眼泪。"在要永远失去教皇的侄媳妇、一个如此美丽的女子时,他才微微感到一点爱情的分量。他离开他的马车,走进他讨厌极了的不干净的隧道,用力推开夫人经常接见他的底层的大厅的门。

夫人吃惊道:"怎么!你敢在这里露面!"

年轻的法兰西人心想:这吃惊缺乏真诚;她不等我,是不会待在这房间里的。

骑士拿起她的手;她哆嗦着。她的眼睛充满了眼泪;骑士觉得她非常好看,一时有了爱情。她这方面,忘记了两天以来她对宗教立的所有誓言,投到他的怀抱,快乐到了极点:"这就是奥尔西尼夫人今后要享的幸福!……"塞内切和平常一样,不了解一个罗马灵魂,以为她想同他和和气气分手,有礼貌的决裂。"我是国王大使馆的随员,派到教皇驾前工作,和他的侄媳妇成了死对头(因为这是免不掉的),对我是不相宜的。"塞内切以为达到了令人满意的结局,便洋洋自得,开始谈起大道理来。他们会在最称心的结合之中生活的;为什么他们会极不快乐呢?事实上,有什么可责备他的?爱情会让位给良好、温柔的友谊。他恳求她给他不时来到他们相会的地点的权利;他们的关系会永远甜蜜下去的……

起初,夫人听不懂他的意思。等她又惊又气懂了他的意思后,她便直挺挺立着,一动不动,眼睛发直了。最后,听到他们关系的甜蜜这

末一句刺心的话,她打断他的话,声音好像是从胸部发出来的,一个字一个字慢慢道:

"这就是说,你觉得我,毕竟相当好看,配做你手下一个女用人!"

这回轮到塞内切真正吃惊了,他答道:

"可是,亲爱的好朋友,这样一来,自尊心不就安全了吗?你怎么会想到抱怨呢?幸而从来没有人疑心到我们之间的关系。我是君子;我再对你发一回誓,将来永远不会有一个活人知道我享到的幸福的。"

她接下去道:

"就是奥尔西尼夫人也不知道?"

声调冷冷的,但是,还给骑士留下了幻想。他天真地道:

"难道我曾经对你讲起我在做你的奴隶之前爱过的女人们吗?"

夫人带着决心的模样,说:

"尽管我十分尊重你的誓言,可是,我不要冒万一之险。"

她终于开始有一点使年轻的法兰西人吃惊了。"再见!骑士……"看见他走开有一点迟疑,她对他道:"来亲亲我。"

显然她心软了;随后她以一种坚定的声调向他道:"再见!骑士……"

夫人派人去找费拉泰拉。她对他说:"要为我报仇。"教廷官员开心死了。"她要把柄给我了;她永远是我的啦。"

两天以后,天热得不得了,塞内切半夜到林道去乘凉。他在这里看到罗马整个上等社会。就在他要上车回去的时候,他的跟班喝醉了,差不多不能回答他的话了;车夫不见了;跟班结结巴巴告诉他,车夫同一个仇人争吵去了。

塞内切笑着说:

"啊!我的车夫有仇人!"

在他返回家时，他走过考尔索①，才走了两三条街，就见有人在尾随他。有四五个人，他站住，他们也站住；他走，他们也跟着开始走。塞内切心想："我不妨换一个方向，从另一条街穿到考尔索。哼！这些粗人不值得我绕道走；我有武器。"他亮出他的刺刀，握在手里。

这样想着，他走了两三条偏僻的、越来越寂静的街。他听见这些人加快了步子。这时，他抬起头，看见面前有一座小教堂，花玻璃窗透出奇异的光彩。主持教堂的是圣·方济各宗的修士。他奔向大门，举起刺刀的把子用力敲着。那些似乎在尾随他的人离他五十步远。他们朝他跑过来。一个修士开开大门；塞内切钻到教堂里；修士拿铁杠子又关住了大门。就在同时，这些凶手拿脚踢门。修士道："不信教的东西！"塞内切送了他一个塞干。他说："他们一定是跟我作对的。"

起码有一千支蜡烛照亮这座教堂。

他向修士道：

"怎么！这时候还在做祭事！"

"大人，这得到至高的京城红衣主教②的特许。"

一座华严的墓碑占据圣·方济各在里帕小教堂门前整个狭窄的空地。人们唱着超度死人的诗歌。

塞内切道：

"谁死啦？是一个亲王吗？"

修士回答道：

"当然是，因为什么也没有省；不过这一切、这银钱和蜡烛，还不全糟蹋了；司祭长告诉我们，死人临死没有做忏悔。"

塞内切走过去，看见徽饰是法兰西式样；他加倍好奇了；他完全

---

① 考尔索，意思是"大街"，在罗马有两条叫考尔索的大街，如果单称考尔索，就指从人民广场开始的考尔索·翁拜尔托而言。
② 京城红衣主教，代教皇专管罗马教区的红衣主教。

走过去，认出是他的家徽！还有一行拉丁碑文：

Nobilis homo Johannes Nobertus Senec egues decessit Romae.

"让·诺尔贝尔·德·塞内切贵人、骑士，死于罗马。"

塞内切寻思："我是有荣誉参加自己丧仪的第一个人……我看只有皇帝查理五世给过自己这种快乐①……不过，教堂里的气氛我受不了。"

他又给了管圣器的执事一个塞干。他对他道："神甫，放我从你们修道院的后门出去吧。"

修士道：

"很愿意。"

塞内切一只手握着一管手枪，才一进街，就开始飞快跑了起来。不久，他听见后面有人追他。来到他的公馆附近，他看见门关着，有一个人在前面。年轻的法兰西人心想："是进攻的时候了。"他正准备一枪打死对方，忽然认出是他的听差。他向他喊道："开开门。"

门开了；他们赶快进去，又把它关好了。

"啊！先生，我到处找你；消息糟透了：可怜的让、你的车夫，叫人拿刀砍死了。杀他的那些人直咒骂你。先生，有人要你的性命……"

就在听差说话的时候，八支喇叭枪②同时把子弹射进了一个开向花园的窗户，撂倒了塞内切，死在他的听差旁边；他们每人中了二十多颗子弹。

两年以后，坎波巴索夫人在罗马被人敬奉为有最高虔心的典范；许久以来，费拉泰拉大人就当上红衣主教了。

饶恕作者的错误。

---

① 查理五世晚年退居修道院，死前曾为自己举丧。
② 喇叭枪的枪口像喇叭，可以同时放出几颗子弹。

法尼娜·法尼尼
——教皇治下发现的烧炭党人末次密会的详情

这是一八二七年春天的一个夜晚。罗马全城轰动：著名的银行家B公爵，在威尼斯广场他的新邸举行舞会。为了装潢府邸，凡是意大利的艺术、巴黎和伦敦所能生产的最名贵的奢华物品，全用上了。人人抢着赴会。高贵的英吉利的金黄头发而又谨饬的美人们，千方百计以获得参加舞会为荣。她们来了许多。罗马的最标致的妇女跟她们在比美。一个少女由她父亲陪伴着进来，她的亮晶晶的眼睛和黑黑的头发说明她是罗马人。人们的视线全集中到她身上，她的一举一动都显示出一种罕见的骄傲。

可以看出，舞会的华贵震惊了前来赴会的外国人。他们说："欧洲任何国王的庆典都赶不上它。"

国王们没有罗马式的宫殿，而且只能邀请宫廷的命妇。B公爵却专约漂亮的妇女。这一夜晚，他在邀请妇女上是成功的，使得男人们几乎眼花缭乱了。值得注目的妇女是那样多，要就中决定谁最美丽可就成为问题了。选择一时决定不下来。最后，法尼娜·法尼尼郡主，那个头发乌黑、目光明亮的少女，被宣布为舞会的皇后。马上，外国和罗马的年轻男子，离开了所有别的客厅，聚到她待着的客厅里。

她的父亲堂·阿斯德卢巴勒·法尼尼爵爷，要她先陪两三位德意志王公跳舞。随后，她接受了几个非常漂亮、非常高贵的英吉利人的邀请。可是她讨厌他们的虚架子。年轻的里维欧·萨外里似乎很爱她，她仿佛也更喜欢折磨他。他是罗马最头角峥嵘的年轻人，而且也是一位爵爷。不过，谁要是给他一本小说读，他读上二十页就会把书丢掉，说看书让他头疼。在法尼娜看来，这是一个缺点。

211

将近半夜的时候,一个新闻传遍舞会,相当轰动。一个关在圣·安吉城堡的年轻烧炭党人,在当天夜晚化装逃走了,当他遇到监狱最后的守卫队时,竟像传奇人物一样胆大包天,拿一把匕首袭击警卫。不过他自己也受了伤,警卫正沿着他的血迹在街上追捕。人们希望把他捉回来。

就在大家讲述这件事的时候,堂·里维欧·萨外里正好同法尼娜跳完舞。他醉心于她的风姿和她的胜利,差不多爱她爱疯了,送她回到她原来待的地方,对她道:"可是,请问,到底谁能够得到你的欢心呢?"

法尼娜回答道:"方才逃掉的那个年轻烧炭党人。至少他不是光到人世走走就算了,他多少做了点事。"

堂·阿斯德卢巴勒爵爷来到女儿跟前。这是一个二十来年没有同他的管家结过账的阔人。管家拿爵爷自己的收入借给爵爷,利息很高。你要是在街上遇见他,会把他当作一个年老的戏子,不会注意到他手上戴着五六只镶着巨大钻石的戒指。他的两个儿子做了耶稣会教士,随后都发疯死掉。他也把他们忘了。但是,他的独养女法尼娜不想出嫁,使他不开心。她已经十九岁,拒绝了好些最煊赫的配偶。她的理由是什么?和西拉①退位的理由相同: 看不起罗马人。

舞会的第二天,法尼娜注意到她的一贯粗心大意、从不高兴带过一次钥匙的父亲,正小心翼翼关好一座小楼梯的门。这楼梯通到府里四楼的房间。房间的窗户面向点缀着橘树的平台。法尼娜出去做了几次拜访,回来的时候,府里正忙着过节装灯,把大门阻塞住了,马车只好绕到后院进来。法尼娜往高里一望,惊讶起来了,原来她父亲小心在意关好了的四楼的房间,有一个窗户打开了。她打发走她的伴娘,

---

① 西拉(公元前一三六——公元前七八),罗马共和国的独裁者,在他得势的末年(公元前七九)忽然宣布退位,退位的理由成了一个隐谜。本文所举的退位理由只是一种推测。

上到府里顶楼，找来找去，找到一个面向点缀着橘树的平台，有栅栏的小窗户。她先前注意到的开着的窗户离她两步远。不用说，这屋子住了人。可是，住了谁？第二天，法尼娜想法子弄到一把开向点缀着橘树的平台的小门钥匙。

窗户还开着，她悄悄溜了过去，躲在一扇百叶窗后面。屋子靠里有一张床，有人躺在床上。她的第一个动作是退回来，不过她瞥见一件女人袍子，搭在一张椅子上。她仔细端详床上的人，看见这个人是金黄头发，样子很年轻。她断定这是一个女人。搭在椅子上的袍子沾着血，一双女人鞋放在桌子上，鞋上也有血。不相识的女人动了动。法尼娜注意到她受了伤，一大块染着血点子的布盖住她的胸脯，这块布只用几条带子拴住。拿布这样捆扎，一看就知道不是一个外科医生干的。法尼娜注意到，每天将近四点钟，父亲就把自己锁在自己的房间里，然后去看望不相识的女人，不久他又下来，乘马车到维太莱斯基伯爵夫人府去。他一出去，法尼娜就登上小平台，她从这里可以望见不相识的女人。她对这个十分不幸的年轻女人起了深深的同情。她很想知道她的遭遇。搭在椅子上的沾着血的袍子，像是被刺刀戳破的。法尼娜数得出戳破的地方。有一天，她更清楚地看见不相识的女人：她的蓝眼睛盯着天看，好像在祷告。不久，眼泪充满了她美丽的眼睛。年轻的郡主眼巴巴直想同她说话。第二天，法尼娜大起胆子，在她父亲来以前，先藏在小平台上。她看见堂·阿斯德卢巴勒走进不相识的女人的屋子。他提着一只小篮子，里头装着一些吃的东西。爵爷神情不安，没有说多少话。他说话的声音低极了，虽说落地窗开着，可法尼娜仍听不见。没有多久他就走了。

法尼娜心想：

"这可怜的女人一定有着一些很可怕的仇人，使得我父亲那样无忧无虑的性格，也不敢凭信别人，宁愿每天不辞辛苦，上一百二十级楼梯。"

一天黄昏,法尼娜把头轻轻伸向不相识的女人的窗户,她遇见了她的眼睛:全败露了。法尼娜跪下来,嚷道:

"我喜欢你,我一定对你忠实。"

不相识的女人做手势叫她进去。

法尼娜嚷道:

"你一定要多多原谅我。我的胡闹和好奇一定得罪了你!我对你发誓保守秘密。你要是认为必要的话,我就决不再来了。"

不相识的女人道:

"谁看见你会不高兴?你住在府里吗?"

法尼娜回答道:

"那还用说。不过我看,你不认识我。我是法尼娜,堂·阿斯德卢巴勒的女儿。"

不相识的女人惊奇地望着她,脸红得厉害。她随后说道:

"希望你肯每天来看我。不过,我希望爵爷不晓得你来。"

法尼娜的心在怦怦地跳。她觉得不相识的女人的态度非常高尚。这可怜的年轻女人,不用说,得罪了什么有权有势的人,或许一时妒忌,杀了她的情人?她的不幸,在法尼娜看来,不可能出于一种寻常的原因。不相识的女人对她说:她肩膀上有一个伤口,一直伤到胸脯,使她很痛苦,她常常发现自己一嘴的血。

法尼娜嚷道:

"那你怎么不请外科医生?"

不相识的女人道:

"你知道,在罗马,外科医生看病,必须一一向警察厅详细报告。你看见的,爵爷宁可亲自拿布绑扎我的伤口。"

不相识的女人神气委婉温柔,对自己的遭遇没有一句哀怜的话。

法尼娜爱她简直发狂了。不过，有一件事很使年轻的郡主奇怪：在这明明是极严肃的谈话之中，不相识的女人费了大劲才抑制住一种骤然想笑的欲望。

法尼娜问她道：

"我要是知道你的名字，我就快乐了。"

"人家叫我克莱芒婷。"

"好啊！亲爱的克莱芒婷，明天五点钟，我再来看你。"

第二天，法尼娜发现她的新朋友情形很坏。法尼娜吻着她道：

"我想带一个外科医生来看你。"

不相识的女人道：

"我宁可死了，也不要外科医生看。难道我想连累我的恩人不成？"

法尼娜连忙道：

"罗马总督萨外里·喀唐萨拉大人的外科医生，是我们的一个听差的儿子，他对我们很忠心。由于他的地位，他谁也不怕。我父亲对他的忠心没有足够认识。我叫人找他来。"

不相识的女人嚷道：

"我不要外科医生！看我来吧。要是上帝一定要召我去的话，死在你的怀里就是我的幸福。"

她的急切倒把法尼娜吓住了。

第二天，不相识的女人情形更坏了。法尼娜离开她的时候道：

"你要是爱我，你就看外科医生。"

"要是医生一来，我的幸福就全完啦。"

法尼娜接下去道：

"我一定打发人去找他来。"

不相识的女人什么话也没有说，留住她，拿起她的手吻了又吻，眼里汪着一包泪水。许久，她才放下法尼娜的手，以毅然就死的神情，向她道：

"我有一句实话对你讲。前天，我说我叫克莱芒婷，那是撒谎。我是一个不幸的烧炭党人……"

法尼娜大惊之下，往后一推椅子，站了起来。

烧炭党人继续说道：

"我觉得，我一讲实话，我就会失去唯一使我依恋于生命的幸福。但是，我不应该欺骗你。我叫彼耶特卢·米西芮里，十九岁，父亲是圣·盎其洛·因·伐图的一个默默无闻的外科医生，我哪，是烧炭党人。官方破获了我们的集会。我被戴上锁链，从洛马涅①解到罗马，关在白天黑夜都靠一盏油灯照明的地牢里，过了十三个月。一个善心的人想救我出去，把我装扮成一个女人。我出了监狱，走过末道门的警卫室，听见有一个卫兵在咒骂烧炭党人，我打了他一巴掌。我告诉你，我打他并不是炫耀自己胆大，仅仅是一时走神罢了。惹祸以后，一路上被人追捕，我让刺刀刺伤，已经精疲力竭了，最后逃到一家大门还开着的人家的楼上，听见后面卫兵也追了上来，我就跳进一个花园，跌在离一个正在散步的女人几步远的地方。"

法尼娜道：

"维太莱斯基伯爵夫人！我父亲的朋友。"

米西芮里喊道：

"什么！她说给你听啦？不管怎么样，这位夫人把我救了。她的名字应当永远不讲出来才是。正当卫兵来到她家捉我的时候，你父亲让我坐着他的马车，把我带了出来。我觉得我的情形很坏；好几天了，肩膀挨的这一刺刀，让我不能呼吸。我快死了。我挺难过，因为我将

---

① 洛马涅，古时意大利北部一个省区。

再也看不见你了。"

法尼娜不耐烦地听了以后,很快就走出去了。米西芮里在她那美丽的眼睛里看不出一点点怜悯,有的也只是那种自尊心受到伤害的表情。

夜晚,一个外科医生出现了;只他一个人。米西芮里绝望了,他害怕他再也看不到法尼娜。他问外科医生,医生只是给他放血,不回答他的问话。一连几天,都这样渺无声息。彼耶特卢的眼睛不离开平台的窗户,法尼娜过去就是从这里进来的。他很难过。有一回,将近半夜了,他相信觉察到有人在平台的阴影里面。是法尼娜吗?

法尼娜夜夜都来,脸庞贴住年轻烧炭党人的窗玻璃。

她对自己说:"我要是同他说话,我就毁啦!不,说什么我也不应当再和他见面!"

主意打定了,可是她不由自已地想起,在她糊里糊涂地把他当作女人的时候,就已经爱上他了。在那样亲亲热热一场之后,难道必须把他忘掉?在她头脑最清醒的时候,法尼娜发现自己来回改变想法,不禁害怕起来。自从米西芮里说出他的真实名姓以后,她习惯于思索的每一件事,全像蒙上了一层纱幕,隐隐约约只在远处出现。

一个星期还没有过完,法尼娜面色苍白,颤颤索索地同外科医生走进烧炭党人的屋子。她来告诉他,一定要劝爵爷换一个听差替他来。她待了不到十分钟。但是,过了几天,出于慈心,她又随外科医生来了一回。一天黄昏,虽说米西芮里已经转好,法尼娜不再有为他的性命担忧的借口,她却大着胆子一个人走了进来。米西芮里看见她,真是喜出望外。但是,他想隐瞒他的爱情,尤其是,他不愿意抛弃一个男子应有的尊严。法尼娜走进他的屋子,涨红了脸,深怕听到爱情的话。然而他接待她用的高贵、忠诚而又并不怎么亲热的友谊,却使她惶惑不安。她走的时候,他也没有试着留她。

过了几天，她又来了，看到的是同样的态度，同样尊敬忠诚与感激不尽的表示。用不到约制年轻烧炭党人的热情，法尼娜反问自己：是不是她自己一个人在单相思。年轻的姑娘一向傲气十足，如今才痛心地感到自己的痴情发展到了何等地步。她故意装出快活、甚至于冷淡的模样，来的次数少了，但是还不能断然停止看望年轻的病人。

米西芮里热烈地爱着。但是，想到他低微的出身和他的责任，决心要法尼娜连一星期不来看他，他才肯吐露他的爱情。年轻郡主的自尊心正在步步挣扎。最后她对自己道："好啊！我去看他，是为了我、为了自己开心，说什么我也不会同他讲起他在我心里引起的感情。"于是她又来看米西芮里，而且一待就许久。但是他同她谈话的神情即使有二十个人在场也无伤大雅。有一天，她整整一天恨他，决定对他比平时还要冷淡，还要严厉，临到黄昏，却告诉他她爱他。没有多久，她就什么也不拒绝他了。

法尼娜很痴情，必须承认，法尼娜非常幸福。米西芮里不再想到他自以为应该保持的男子的尊严了，他像一个初恋的十九岁的意大利青年那样爱着。由于"激情，爱"而生的种种思虑，使他不安到了这种程度：他对这位傲气冲天的年轻郡主讲起他用过的要她爱他的手段。他的过度的幸福使他惊讶。四个月很快就过去了。有一天，外科医生允许他的病人自由行动。米西芮里寻思：我怎么办？在罗马最美的美人的家里藏下去？那些混账的统治者，把我在监狱里头关了十三个月，不许我看见白昼的亮光，还以为摧毁了我的勇气！意大利，你真太不幸了，要是你的子女为了一点点小事就把你丢了的话！

法尼娜相信彼耶特卢的最大幸福是永远同她在一起待下去。他像是太快乐了；但是波拿巴①将军有一句话，在年轻人的灵魂里面，引起

---

① 即拿破仑一世。

痛苦的反应，影响他对妇女的全部态度。一七九六年，波拿巴将军离开布里西亚，陪他到城门口的市府官吏对他说："布里西亚人爱自由，远在其他所有意大利人之上。"他回答道："是的，他们爱同他们的情妇谈自由。"

米西芮里模样相当拘束，向法尼娜道：

"天一黑，我就得出去。"

"千万留意，天亮以前回到府里，我等你。"

"天亮的时候，我离开罗马要好几里地了。"

法尼娜不动感情地道：

"很好，你到哪儿去？"

"到洛马涅，报仇去。"

法尼娜露出最平静的模样，接下去道：

"我阔，我希望你接受我送的军火和银钱。"

米西芮里不改神色，望了她一时，随后，他投到她的怀里，向她道：

"我的命根子，你让我忘掉一切，连我的责任也忘掉。不过，你的心灵越高贵，你就越应当了解我才是。"

法尼娜哭了许久。他们讲定，他推迟到后天才离开罗马。

第二天她向他道：

"彼耶特卢，您常常对我讲起，假如奥地利有一天卷入一场离我们老远的大战的话，一位有名望的人，例如，一位拿得出大批银钱的罗马爵爷，就可以为自由做出最大的贡献。"

彼耶特卢诧异道：

"那还用说。"

"好啊！你有胆量，你缺的只是一个高贵的地位。我嫁给你，带二十万法郎的年息给你。我负责取得我父亲的同意。"

彼耶特卢扑通跪了下去。法尼娜心花怒放了。他向她道：

"我热爱你。不过，我是祖国的一个可怜的仆人。意大利越是不幸，我越应当对它忠心到底，要取得堂·阿斯德卢巴勒的同意，就得好几年扮演一个可怜的角色。法尼娜，我拒绝你。"

米西芮里急于拿这话约束自己。他的勇气眼看就要丧失了。他嚷道：

"我的不幸就是我爱你比爱性命还厉害，就是离开罗马是对我最大的刑罚。啊！意大利从野蛮人手里早就解放出来该多好啊！我跟你一起搭船到美洲生活，该多快活啊！"

法尼娜心冷了。拒绝和她结婚的话激起她的傲气。但是，不久，她就投到米西芮里的怀里，她嚷道：

"我觉得你从来没有这样可爱过。是的，我的乡下的小外科医生，我永远是你的了。你是一个伟大人物，就和我们古代的罗马人一样。"

所有关于未来的想法、所有理性的伤心的启示，全无踪无影了，这是一刻完美无缺的爱情。等他们头脑清醒过来以后，法尼娜道：

"你一到洛马涅，我差不多也就来了。我让医生劝我到波雷塔浴泉去。靠近佛尔里，我们在圣·尼考洛有一座别墅，我在别墅住下来……"

米西芮里喊道：

"在那边，我跟你一起过一辈子！"

法尼娜叹了一口气，接下去道：

"从今以后，我命里注定要无所不为。为了你，我要毁掉自己，不过，管它呐……你将来能爱一个声名扫地的姑娘吗？"

米西芮里道：

"你不是我的女人、一个我永远膜拜的女人吗？我知道怎么样爱你，保护你。"

法尼娜必须到社会上走动走动。她才一离开，米西芮里就开始感觉他的行为不近情理。他向自己道：

"祖国是什么？不就像一个人一样，一个人对我们有过恩，我们就应当感恩图报，万一他遭到不幸，我们并不感恩图报，他就可能咒骂我们。祖国与自由，就像我穿的外套，对我是一件有用的东西。我父亲没有遗留给我，不错，我就应当买一件。我爱祖国与自由，因为这两件东西对我有用。要是我拿到手不懂得用，要是它们对我就像八月天的一件外套一样，买过来有什么用，何况价钱又特别高？法尼娜长得那样美！她有一种非凡的天资！人家一定要想法子得她的欢心的，她会忘记我的。谁见过女人从来只有一个情人？作为公民，我看不起这些罗马爵爷，可是他们比我方便得多了！他们一定是很可爱的！啊！我要是走的话，她就忘记我了，我就永远失掉她了。"

半夜，法尼娜来看他。他告诉她，他方才怎样犹疑不决，怎样因为爱她，研究过祖国这伟大的字眼。法尼娜很快乐。她心想：

"要是必须在祖国和我之间决然有所选择的话，他会选我的。"

附近教堂的钟在敲三点，最后分别的时间到了。彼耶特卢挣出女朋友的怀抱。他已经走下小楼梯了，只见法尼娜忍住眼泪，向他微笑道：

"要是一个可怜的乡下女人照料你一场，你不做一点什么谢谢她吗？你不想法子报答报答她吗？你此去前途茫茫，吉凶未卜，你是要到你的仇人中间去旅行呀。就算谢我这个可怜的女人，给我三天吧，算你报答我的照料。"

米西芮里留下了。三天之后，他终于离开了罗马。仗一张从一家外国大使馆买到的护照，他到了他的家乡。大家喜出望外，他们全以为他已经死了。朋友们打算杀一两个宪兵，庆祝庆祝。

米西芮里道：

221

"没有必要,我们不杀一个懂得放枪的意大利人。我们的祖国不是一座岛,像幸运的英吉利。我们缺乏兵士抵抗欧洲帝王的干涉。"

过了些时候,宪兵们四面兜捕米西芮里,他用法尼娜送给他的手枪杀死了两个。官方悬赏捉拿他。

法尼娜没有在洛马涅出现。米西芮里以为她忘了自己。他的虚荣心受了伤。他开始想到他和他情妇之间地位上的悬殊。一想起过去的幸福,他又心软了,直想回罗马看看法尼娜在做什么。这种疯狂的念头眼看就要战胜他所谓的责任了,这时,一天黄昏,山上一座教堂怪声怪调地传出晚祷的钟声,就像敲钟的人心不在焉的样子。这是烧炭党组织集会的一种信号。米西芮里一到洛马涅,就和烧炭党组织有了联系。当天夜晚,大家在树林里的一座道庵聚会。两位隐修士让鸦片麻醉住,昏昏沉沉,一点也意识不出他们的房子在派什么用场。米西芮里闷闷不乐地来了。在集会上他得知首领被捕,而他——一个不到二十岁的年轻人,被推为首领。在这个组织里,有一些成员已五十多岁,从一八一五年缪拉①远征以来就入党了。得到这意想不到的荣誉,彼耶特卢觉得他的心在跳。剩下他一个人的时候,他决定不再思念那忘了他的罗马姑娘,把他的思想全部献给"从野蛮人手里解放意大利"②的责任。

作为首领,大家一有关于当地人员来往的报告,就送给米西芮里看。集会以后两天,他从报告上看到法尼娜郡主新近来到她的圣·尼考洛的别墅。读到这个名字,他心里的骚乱要比快乐大。他拿定主意当天黄昏不到圣·尼考洛别墅去,以为这就保证了他对祖国的忠心。他疏远法尼娜。但是,她的形象妨碍他按部就班地完成他的任务。第

---

① 缪拉(一七六七——一八一五),拿破仑的妹夫,在那不勒斯当国王,烧炭党就是为了反对他的统治而开始组织的。
② 原注:"这是佩塔尔克在一三五〇年讲的话……"

二天他见到了她。她像在罗马一样爱他。她父亲要她结婚，延迟了她的行期。她带来两千金币。这意想不到的捐助，大大提高了米西芮里在新职位上的声望。他们在考尔夫定做了一些刺刀；他们收买下奉命搜捕烧炭党人的教皇大使的亲信秘书，这样，他们把给政府做奸细的堂长的名单也弄到了手。

就是在这时期，在多灾多难的意大利，一个最慎重的密谋计划拟定了。我这里不详细叙述，详细叙述在这里也不相宜。我说一句话就够了：起义要是成功了，大部分的荣誉要属于米西芮里。在他的领导之下，只要信号一发，几千起义者就会起来，举起武器，等候上级领导来。然而事情永远是这样子，决定性的时刻到了，由于首领被捕，密谋成了画饼。

法尼娜一到洛马涅，就看出对祖国的爱已经让她的情人忘掉还有别的爱。罗马姑娘的傲气被激起来了。她试着说服自己，但无济于事。她心里充满了郁郁不欢：她发现自己在咒骂自由。直到现在为止，她的骄傲还能够控制她的痛苦。但是，有一天，她到佛尔里看望米西芮里，再也控制不住了。她问他道：

"说实话，你就像一个做丈夫的那样爱我，我指望的可不是这个。"

不久，她的眼泪也流下来了。但是，她流泪是由于惭愧，因为她居然自贬身价，责备起他来了。米西芮里心烦意乱地看着她流泪。忽然法尼娜起了离开他、回罗马的心思。她责备自己方才说话软弱，她感到一种残酷的喜悦。静默了没有多久，她下了决心；要是她不离开米西芮里的话，她觉得自己会配不上他。等他在身边找她不到，陷入痛苦和惊慌的时候，她才高兴。没有多久，想到她为这人做了许多荒唐事，还不能够取得他的欢心，她难过极了。于是她打破静默，用一切心力，想听到他一句谈情说爱的话。他神不守舍地同她说了一些很温存的话。但是，只有谈起他的政治任务，他的声调才显出深厚的感情。他痛苦地喊道：

"啊！这件事要是不成功，再被政府破获的话，我就离开党不干了。"

法尼娜一动不动地听着。一小时以来，她觉得她是最后一回看见她的情人。他这话就像一道不幸的光，照亮了她的思路。她问自己道：

"烧炭党人收了我几千金币。他们不会疑心我对密谋不忠心的。"

法尼娜停住幻想，对彼耶特卢说：

"你愿意到圣·尼考洛别墅和我过二十四小时吗？你们今天黄昏的会议用不着你出席。明天早晨，在圣·尼考洛，我们可以散散步，这会让你安静下来；遇到这些重大的情况，你需要冷静。"

彼耶特卢同意了。

法尼娜离开他，做游行的准备，同时和往常一样把他锁在藏他的小屋子里头。

她有一个使女，结了婚，离开她，在佛尔里做小生意。她跑到这女人家，在她屋子里面找到一本祷告书，在边缘连忙写下烧炭党人当天夜晚集会的准确地点。她用这句话结束她的告密："这个组织是由十九个党员组成的，这里是他们的姓名和住址。"这张名单很正确，只有米西芮里的名字被删去了。她写完名单，对她信得过的女人道：

"把这本书送给教皇大使红衣主教，请他念一下写的东西，然后让他把书还你。这里是十个金币。万一教皇大使说出你的名字，你就死定了。不过，我方才写的东西，你给教皇大使一念，你就救了我的性命。"

一切进行圆满。教皇大使由于畏惧，做事一点也没有大贵人的气派。他允许求见的民妇在他面前出现，不过要戴面具，而且还得把手捆起来。做生意的女人就在这种情形下，被带到大人物面前。她发现他缩在一张铺着绿毯子的大桌子后头。

教皇大使唯恐吸进容易感染的毒素，把祷告书捧得远远的。他读过那一页，就把书还给做生意的女人，也没有派人尾随她。法尼娜看到她旧日的使女转回家，相信米西芮里从今以后完全属于她了。离开她的情人不到四十分钟，她又在他的面前出现了。她告诉他，城里出了大事，宪兵从来不去的街道，有人注意到他们也在来回巡逻。她接下去道：

"你要是相信我的话，我们马上就到圣·尼考洛去。"

米西芮里同意了。年轻郡主的马车和她的谨慎而报酬丰厚的心腹伴娘，在城外半英里的地方等她。他们步行到马车那边。

由于行动荒诞，法尼娜心不安了，所以到了圣·尼考洛别墅，对她的情人加倍温存起来。但是，同他说到爱情，她觉得她就像在做戏一样。前一天，派人告密的时候，她没有想到自己会后悔。现在，把情人搂在怀里，她默默想道：

"有一句话可以同他讲，可是一讲出口，他马上而且永远厌恶我了。"

临到半夜，法尼娜的一个听差撞进了她的屋子。这人是烧炭党，而她并不疑心他是，可见米西芮里并没有把秘密全告诉她，尤其是在这些细节上。她哆嗦了。这个人来警告米西芮里，夜晚在佛尔里，十九个烧炭党人的家被包围，他们开完会回来，全被捕了。虽说事出仓猝，仍然逃掉了九个人。宪兵捉住十个，押到城堡的监狱。进监狱的时候，其中有一个人跳进井，井非常深，死了。法尼娜张皇失措起来，幸而彼耶特卢没有注意到她，否则，往她眼里一看，就可以看出她的罪状了。……听差接下去说，眼下佛尔里的卫兵，排列在所有的街道上。每一个兵士离下一个兵士近到可以交谈。居民们不能够穿街走，除非是有军官的地点。

这人出去以后,彼耶特卢沉思了一会儿,最后道:

"目前没有什么可做的啦。"

法尼娜面无人色,在情人视线之下哆嗦着。他向她道,

"你到底怎么啦?"

随后,他想着别的事,不再望她。将近中午的时候,她大着胆子向他道:

"现在又一个组织被破获了;我想,你可以安静一些时候了。"

米西芮里带着一种使她颤栗的微笑,回答她道:

"安静得很。"

她要对圣·尼考洛村子的堂长做一次不可少的拜访,他可能是耶稣会方面的奸细。七点钟回来用晚饭的时候,她发现隐藏她情人的小屋子空了。她急死了,跑遍全家寻他,没有一点踪迹。她绝望了,又回到那间小屋子,这时候她才看到一张纸条子,她读着:

我向教皇大使自首去。我对我们的事业灰心了。上天在同我们作对。谁出卖我们的?显然是投井的混账东西。我的生命既然对可怜的意大利没有用,我不要我的同志们看见只我一个人没有被捕,以为是我出卖了他们。再会了,你要是爱我的话,想着为我报仇吧。铲除、消灭出卖我们的坏蛋吧,哪怕他是我的父亲。

法尼娜跌在一张椅子上,几乎晕了过去,陷入了最剧烈的痛苦之中。她一句话也说不出口,她的眼睛是干枯的、炙热的。

最后,她扑在地上跪下来,喊道:

"上帝!接受我的誓言,是的,我要惩罚出卖的坏蛋。不过,首先,必须营救彼耶特卢。"

一小时以后，她动身去了罗马。许久以来，父亲就在催她回来。她不在的期间，他把她许配了里维欧·萨外里爵爷。法尼娜一到，他就提心吊胆地说给她听。他怎么也意想不到，话才出口，她就同意了。当天黄昏，在维太莱斯基伯爵大人府，父亲近乎正式地把堂·里维欧介绍给她。她同他谈了许久。这是最风流倜傥的年轻人，有着最好的骏马。不过，尽管大家认为他很有才情，他的性格却是轻狂的，政府对他没有一点点疑心。法尼娜心想，让他先迷上她，之后她就好拿他做成一个得心应手的眼线。他是罗马总督萨外里·喀唐萨拉大人的侄子，她揣测奸细不敢尾随他的。

一连几天，法尼娜都待可爱的堂·里维欧很好，过后却向他宣告，他永远做不了她的丈夫，因为照她看来，他做事太不用心思了。她向他道：

"你要不是一个小孩子的话，你叔父的工作人员也就不会有事瞒着你了。好比说，新近在佛尔里破获的烧炭党人，他们决定怎么样处置呢？"

两天以后，堂·里维欧来告诉她，在佛尔里捉住的烧炭党人统统逃走了。她显出痛苦的微笑，表示最大的蔑视，大黑眼睛盯着他看，一整黄昏不屑于同他说话。第三天，堂·里维欧红着脸，来对她实说：他们开头把他骗了。他向她道：

"不过，我弄到了一把我叔父书房的钥匙。我在那里看到文件，说有一个什么委员会，由红衣主教和最有势力的教廷官员组成，在绝对秘密之下开了会，讨论在腊万纳还是在罗马审问这些烧炭党人。在佛尔里捉住的九个烧炭党人，还有他们的首领、一个叫米西芮里的，这家伙是自首的，蠢透了，如今全关在圣·莱奥城堡。"

听到"蠢"这个字，法尼娜拼命拧了爵爷一把。她向他道："我要随你到你叔父书房去一趟，亲自看看官方文件。你也许看错了。"

听见这话，堂·里维欧哆嗦了。法尼娜几乎是向他要求一件不可能的事。可是这年轻姑娘的古怪天资让他加倍爱她。过不了几天，法尼娜扮成男子，穿一件萨外里府用人穿的漂亮小制服，居然在公安大臣最秘密的文件中间待了半小时。她看到关于刑事犯彼耶特卢·米西芮里的每日报告，快活得要命。她拿着这件公文，手直哆嗦。再读这名字，她觉得自己快要病倒了。走出罗马督府，法尼娜允许堂·里维欧吻她。她向他道：

"我想考验考验你，你居然通过了。"

听见这样一句话，年轻爵爷为了讨法尼娜的欢心，会放火把梵蒂冈烧了的。当天晚上，法兰西大使馆举行舞会。她跳了许久，几乎总是和他在一起。堂·里维欧沉醉在幸福里面了。必须防止他思索啊。

法尼娜有一天向他道：

"我父亲有时候脾气挺怪，今天早晨他辞掉了两个底下人。他们哭着来见我。一个求我把他安插到罗马总督你叔父那边；另一个在法兰西人手下当过炮兵，希望在圣·安吉城堡做事。"

年轻爵爷急忙道：

"我把两个人全用过来就是了。"

法尼娜高傲地回道：

"我这样求你来的？我照原来的话向你重复这两个可怜的人的请求。他们必须得到他们要求的事，别的事不相干。"

没有比这更难的事了。喀唐萨拉大人不是一个随随便便的人，他不清楚的人家里是不用的。在一种表面上充满了种种欢娱的生活当中，法尼娜被悔恨折磨着，非常痛苦。进展的缓慢把她烦死了。父亲的经纪人给她弄到了钱。她好不好逃出父亲的家，跑到洛马涅，试一下让她的情人越狱？这种想法尽管荒谬，她却打算付诸实行。就在她跃跃欲试的时候，上天可怜她了。

堂·里维欧向她道：

"米西芮里一帮烧炭党人，要解到罗马来了，除非是判决死刑之后，在洛马涅执行，才不来。这是我叔父今天黄昏奉到的教皇旨意。罗马只有你我晓得这个秘密。你满意了吧？"

法尼娜回答：

"你变成大人了，拿你的画像送我吧。"

米西芮里应当来到罗马的前一天，法尼娜找了一个借口去齐塔·喀司太拉纳。从洛马涅递解到罗马的烧炭党人，就被押在这个城的监狱过夜。早晨米西芮里走出监狱的时候，她看见他了：他戴着锁链，一个人待在一辆两轮车上。她觉得他脸色苍白，但是，一点也不颓丧。一个老妇人扔给他一捧紫罗兰，米西芮里微笑着谢她。

法尼娜看见她的情人，她的思想似乎全部换成了新的。她有了新的勇气。许久以前，她曾经为喀芮院长谋到过一个好位置。她的情人要关在圣·安吉堡，而院长就是城堡的神甫。她请这位善良的教士做她的忏悔教士。做一位郡主、总督的侄媳妇的忏悔教士，在罗马不是一件小事。

佛尔里烧炭党人的讼案并不延宕。极右派不能够阻止他们来罗马，为了报复起见，就让承审的委员会由最有野心的教廷官员组成。委员会的主席是公安大臣。

镇压烧炭党人，律有明文。佛尔里的烧炭党人不可能保存任何希望。但是他们并不因而就不运用一切可能的计谋，卫护他们的生命。对他们的审判不单是判决死刑，有几个人还赞成使用残酷的刑罚，像把手剁下来等等。公安大臣已经把官做到头了（因为他卸任下来，只有红衣主教可做），所以决不需要什么把手剁下来的刑罚。他带判决书去见教皇，把死刑全部减成几年监禁。只有彼耶特卢·米西芮里例外。公安大臣把这年轻人看成一个热衷革命的危险分子，而且我们先前说过,他杀死过两个宪兵,早就判处死刑了。公安大臣朝见教皇回来没有多久,法尼娜就晓得了判决书和减刑的内容。

第二天,将近半夜的时候,喀唐萨拉大人回府,不见他的随身听差来。大臣诧异之下,捺了几次铃,最后出现一个糊里糊涂的老听差。大臣不耐烦了,决定自己脱衣服。他锁住门。天气很热,他脱掉衣服,卷在一起,朝一张椅子丢了过去。他使大了力气,衣服丢过椅子,打到窗户的纱帘,纱帘后显出一个男子的形体。大臣赶快奔向床,抓起一支手枪。就在他回到窗边的时候,一个年纪很轻的男子,穿着他用人的制服,端着手枪,走到他面前。大臣一看情形不好,就拿手枪凑近眼睛,准备开枪。年轻人向他笑道:

"怎么!大人,你不认识法尼娜·法尼尼啦?"

大臣发怒道:

"什么意思,要这样恶作剧?"

年轻女孩子道:

"让我们冷静下来谈谈吧。首先,你的手枪就没有子弹。"

大臣吃惊了。弄清楚这是事实,他从背心口袋抽出了一把匕首。

法尼娜做出一种神气十足、妩媚可爱的模样向他道:

"让我们坐下吧,大人。"

于是她安安静静地坐到一张安乐椅上。

大臣道:

"至少,就只你一个人吧?"

法尼娜喊道:

"绝对只我一个人,我向你发誓!"

这是大臣所要仔细证实的:他兜着屋子走了一圈,四处张望,然后,他坐在一张椅子上,离法尼娜三步远。

法尼娜露出一种温和、安静的模样道:

"弄死一个心情平和的人，换上来一个性子火暴、足以毁掉自己又毁掉别人的坏家伙，对我有什么好处？"

闹情绪的大臣道：

"你到底要什么，小姐？这场戏对我不相宜，拖长了也不应该。"

法尼娜忽然忘记她温文尔雅的模样，傲然道：

"我下面的话，关于你比关于我多。有人希望烧炭党人米西芮里能够活命。他要是处死了的话，你比他多活不了一星期。这一切同我没有任何关系。你嫌胡闹，其实我胡闹首先是为了消遣，其次是为了帮我一个女朋友的忙罢了。我愿意……"

法尼娜恢复了她上流社会的风度，继续道：

"我愿意帮一个有才的人的忙，因为不久他就要做我的叔父了，而且就目前情形看来，家业兴旺正依靠他呐。"

大臣不再怒形于色了。不用说，法尼娜的美丽是有助于这种迅速的转变的。喀唐萨拉大人对标致妇女的喜好，在罗马是人所皆知的，而法尼娜，装扮成萨外里府的跟班，丝袜子平平整整，红上身，绣着银袖章的天蓝小制服，端着手枪，是十分迷人的。

大臣几乎是笑着道：

"我未来的侄媳妇，你胡闹到了极点，不会是末一回吧。"

法尼娜回答道：

"我希望这样懂事的一位人物帮我保守秘密，特别是在堂·里维欧那方面。为了鼓励你的勇气，我亲爱的叔父，你要是答应我的女朋友保护的人不死的话，我就吻你一下。"

罗马贵族妇女懂得怎样用这种半开玩笑的声调应付最大的事变。法尼娜就用这种声调继续谈话，终于把这场以手枪开始的会见变成年轻的萨外里夫人对她叔父罗马总督的拜访。

喀唐萨拉大人不久就以高傲的心情抛却了自己受畏惧胁制的思

想,和侄媳妇谈起营救米西芮里性命的种种困难。大臣一边争论,一边和法尼娜在屋里走动着。他从壁炉上拿起一瓶柠檬水,倒进一只水晶杯子。就在他正要拿杯子举到嘴边的时候,法尼娜把杯子抢了过来,举了一会儿工夫,好像一失手,让它掉在花园里。过了些时候,大臣从糖盒取了一粒巧克力糖,法尼娜一把把它夺过来,笑着向他道:

"你要当心呀,你屋里的东西全放上毒药了,因为有人要你死。是我求下了我未来叔父的性命,免得嫁到萨外里家,无利可图。"

喀唐萨拉大人大惊之下,谢过侄媳妇,对营救米西芮里的性命,表示很有希望。

法尼娜喊道:

"我们的交易讲成啦!证据是,现在就有报酬。"

她一边说话,一边吻他。

大臣接受了报酬。

他接下去道:

"你应当知道,我亲爱的法尼娜,就我来说,我不爱流血。而且,我还年轻,虽说你也许觉得我老了,我可以活到今天流的血将会玷污我的名誉的时代。"

午夜两点,喀唐萨拉大人一直把法尼娜送到花园小门口。

第三天,大臣觐见教皇,想着他要做的事,相当为难。圣上向他道:

"首先,有一个人我请你从宽发落。佛尔里那些烧炭党人,有一个还是判了死刑。想起这事,我就睡不着觉,应当救了这人才是。"

大臣一看教皇站在他这方面,就提出了许多反对意见,最后写了一道谕旨,由教皇破例签字。

法尼娜先就想到,她的情人可能得到特赦,不过,是否会有人要毒死他可就难说了。所以,前一天,她通过忏悔教士喀芮院长送了米西芮里若干小包军用饼干，叮咛他千万不要动用政府供应的食物。

过后，听说佛尔里的烧炭党人要移到圣·莱奥城堡，法尼娜希望在他们路过齐塔·喀司太拉纳的时候，设法见上米西芮里一面。她在囚犯来前二十四小时到了这个城里。她在这里找到喀芮院长，他前几天就来了。他得到狱吏许可，米西芮里半夜可以在监狱的小教堂听弥撒。尤其难得的是：米西芮里要是肯同意拿锁链把四肢捆起来的话，狱吏可以退到小教堂门口，这样可以看得见他负责监视的囚犯，却听不见他在说什么。

决定法尼娜的命运的一天终于到了。她从早晨起，就把自己关在监狱的小教堂里。谁猜得出这整整一天她的起伏的思想？米西芮里爱她爱到能够饶恕她吗？她把他们的组织告发了，但是她也救下了他的性命呀。在这苦闷的灵魂清醒过来的时候，法尼娜希望他会同意和她离开意大利。她从前要是犯了罪的话，也是由于过分爱他的缘故呀。钟敲四点了。她听见石道上远远传来宪兵的马蹄声。每一声似乎都在她心里引起回响。不久，她听出递解囚犯的两轮车在滚转。它们在监狱前面的小空场停住。她看见两个宪兵过来搀扶米西芮里，他一个人在一辆车上，戴了一大堆脚镣手铐，简直动弹不得。她流着眼泪，向自己道："至少他还活着，他们还没有毒死他！"黄昏黯淡凄凉。圣坛的灯，放在一个很高的地方，又因为狱吏省油，灯光微弱，只这一盏灯照着这阴沉的小教堂。几个中世纪的大贵人死在附近的监狱，法尼娜的眼睛在他们的坟上转来转去。他们的雕像有一种恶狠狠的神情。

一切嘈杂的声音早已停止。法尼娜是一脑子的忧郁的思想。半夜的钟声响了不久以后，她相信听见轻轻的响声，像是一只蝙蝠在飞。她想走动，却昏倒在圣坛的栏杆上。就在这时，两个影子离她很近，站在一旁，她先前并没有听见他们来。原来是狱吏和米西芮里。米西芮里一身锁链，活像一个裹着襁褓的小孩。狱吏弄亮一盏手提灯，放在圣坛的栏杆上，靠近法尼娜，好让她清清楚楚看见他的囚犯。随后，他退到紧底，靠近门口。狱吏刚刚走开，法尼娜就扑过去，搂住米西芮里的脖子，把他搂在怀里，她感觉到的只是他的冰凉的尖硬的锁链。她心想：谁给他这些锁链戴的？她吻她的情人，却得不到一点快感。紧跟着是一种更锐利的痛苦：他的接待十分冰冷，她有一时真以为米西芮里晓得了她的罪状。

他最后向她道：

"亲爱的朋友，我怜惜你爱我的感情；我有什么好处能够使你爱我，我找不出来。听我的话，让我们回到更符合基督精神的感情上来吧。让我们忘记从前使我们走上岔路的幻景吧。我不能归你所有。什么缘故我起义，结局经常不幸，说不定就是因为我经常处在罪不可逭的情形的缘故。其实只要凡事谨慎，也就行了。为什么在佛尔里不幸的夜晚，我不和我的朋友一道被捕呢？为什么在危险的时际，我不在我的岗位上？为什么我一不在就会产生最残忍的猜疑呢？因为在要求意大利自由之外，我另有一种激情。"

米西芮里的改变太出乎法尼娜的意外，她呆住了。他不算了不起瘦，不过，模样却像三十岁的人。法尼娜把这种改变看成他在监狱受到恶劣待遇的结果。她哭着向他道：

"啊！狱吏再三答应他们会好好待你的。"

事实是，年轻烧炭党人濒近死亡，可能和要求意大利自由的激情协调的宗教原则，统统在他心里再现了。法尼娜逐渐看出，她的情人的惊人改变，完全是精神上的，一点不是身体受到恶劣待遇的结果。她以为她已经苦到不能再苦了，想不到还要苦上加苦。

米西芮里不言语。法尼娜哭得出不来气。他有点感动的样子，接下去道：

"我要是在人世爱什么东西的话，那就是你，法尼娜。不过，感谢上帝,我这一辈子如今只有一个目的: 我不是死在监狱,就是想法子把自由给予意大利。"

又是一阵静默。法尼娜显然不能开口讲话: 她试了试,无济于事。米西芮里讲下去:

"责任是残酷的,我的朋友。可是,完成责任,如果不经一点点苦,哪里又是英雄主义呢? 答应我,你今后不再想法子看我了。"

锁链把他捆得十分紧。他尽可能挪动一下手腕,把手指头伸给法尼娜。

"你要是允许一个你亲爱的人劝告的话,你父亲要你嫁的有地位的人,你就听话嫁了他吧。你的不愉快的事不必告诉他。另一方面,永远不要想法子再看我了。让我们从今以后彼此成为陌生人吧。你给祖国捐献一大笔款子,有一天它要是得到解放的话,一定要用国家财产偿还你这笔款子的。"

法尼娜五内俱裂了。彼耶特卢同她说话,只有提到"祖国"的时候,眼睛才亮了亮。

骄傲终于来援助年轻的郡主了,她带了一些金刚钻和小锉刀。她不回答米西芮里,拿它们送给了他。

他向她道:

"由于责任的缘故,我接受了,因为我必须想法子逃走。不过,我永远看不见你了,当着你新送的东西,我发誓。永别了,法尼娜! 答应我永远不给我写信,永远不想法子看我。把我完全留给祖国吧。我对你就算死了,永别了!"

气疯了的法尼娜道:

"不,我要你知道,我在爱你的心情之下,做了些什么。"

于是,自从米西芮里离开圣·尼考洛别墅去见教皇大使自首以来她做的事,她一五一十讲给他听。说完这段话法尼娜道:

"这都算不了什么。为了爱你，我还干别的事来的。"

于是她告诉他，她出卖的事。

"啊！混账东西！"

彼耶特卢喊着，他气疯了，扑向她，想拿他的锁链打她。

不是狱吏一听喊叫就跑来的话，他打着她了。狱吏揪住米西芮里。

"拿去，混账东西，我什么也不要欠你的！"

米西芮里一边对法尼娜说着，一边尽锁链给他活动的可能，把锉子和金刚钻朝她扔过去，迅速走开了。

法尼娜失魂落魄地待着。她回到罗马。报纸上登出，她新近嫁了堂·里维欧·萨外里爵爷。

昵之适以杀之

一五八九年的故事①

这是一位西班牙诗人给这故事取的题目，他用这故事写了一出悲剧。我避免借用任何华丽辞藻，而这位西班牙先生却借重华丽辞藻，运用想象，想法子美化一个修道院内部的这幅愁苦的画。若干虚构的确增加了兴趣，但是，我的愿望是介绍十五世纪②的淳朴而热情的人，现在的文化就是从他们这里来的，所以，我按照我的愿望，把这故事原原本本写出来，关于布翁·德尔蒙泰伯爵的一切原始文件和引人入胜的记载都保存在某主教区的文库里，大家带着一点厚道的心不妨去看一看。

托斯卡纳有一个城，我不举出它的名字来了，一五八九年它存在着，现在还存在着一个阴沉而华丽的修道院。它的黑墙起码有五十尺高，整个一区为之愁苦起来了；沿着这些墙有三条街，修道院的花园在第四面墙的地方扩展出去，一直扩展到城墙底下。花园的围墙并不怎么高。我们用女圣·里帕拉塔称呼这座修道院，它只收留属于最高的贵族的女孩子。一五八七年十月二十日，修道院的钟全在响动；公开对信徒开放的教堂挂着华丽的红缎彩绘，沿边镶着绚烂的金流苏。神圣的修女维尔吉丽亚·托斯卡纳、新大公费尔第南德一世的情妇，在昨天黄昏被任命为女圣·里帕拉塔的院长，本城主教率领他的全部教士为她举行就职典礼。全城沸腾，邻近女圣·里帕拉塔的街道拥挤万分，要从那儿过去简直不可能。

红衣主教费尔第南德·德·美第奇，三十六岁，十一岁当选为红衣主教，他身居这个崇高的职位已经二十五年了；他新近继承他哥哥弗朗索瓦做大公，不过并没有因而放弃当红衣主教。弗朗索瓦不是一个以性格坚强著称的国君，所以在位期间，其目的也就是寻欢作乐，极荒唐之能事而已，甚至在我们今天，他的统治还是由于他对比安卡·卡佩洛的爱情而知名的。③费尔第南德这方面，应当责备自己有若干弱点，和他哥哥的弱点属于同一类型；在托斯卡纳，他同舍身修女维尔吉丽亚的恋爱是著名的，但是必须说，他们特别是以关系清白而著名的。弗朗索瓦大公阴沉、狂暴、沉湎声色，不十分想到他的恋爱所引起的议论，而国人谈到修女维尔吉丽亚的，只是她的高尚品德。舍身宗允许它的女修士一年约莫三分之二时间在父母家里过，维尔吉丽亚属于舍身宗，所以，美第奇红衣主教在佛罗伦萨的时候，她天天看见他。一个年轻、富有的爵爷，有哥哥做他肆行无忌的榜样，然而在恋爱上，有两件事使这寻欢作乐的城市惊奇：修女维尔吉丽亚温柔、懦怯、才情高于一般，长得并不好看，而年轻的红衣主教从来不看她，除非面前有三两个对雷斯普奇奥贵族家庭忠心的妇女。年轻亲王的这个不同寻常的情妇就属于雷斯普奇奥贵族家庭。

一五八七年十月十九日，黄昏，弗朗索瓦大公去世。十月二十日，中午以前，朝廷最大的贵人和最富的商人（因为，应当回想一

---

① 《昵之适以杀之》人物：大公兼红衣主教；布翁·德尔蒙泰伯爵；维尔吉丽亚院长；费而泽、罗德里克的情妇；罗德琳德，朗斯洛的情妇，费丽泽的朋友；法比耶娜，十七岁，活泼，欠思虑，某某的情妇；赛丽亚娜，某某的阴沉的情妇，法比耶娜的朋友；玛尔托娜，维尔吉丽亚院长的心腹；罗德里克，洛伦佐·R，法比耶娜的情人，法比耶娜疯狂地爱着他，为了他的缘故，她新近和马尔特骑士堂·恺撒决裂了；彼埃尔·安东·D，赛丽亚娜的情人，赛丽亚娜同他相好，仅仅为了肉体的欢乐；丽维亚，罗德琳德的贵族使女（司汤达）。
洛伦佐在小说正文是赛丽亚娜的情人，但是有时候，司汤达又把他说成法比耶娜的情人，这表示司汤达还没有再最后校订一遍：事实上，这是一篇未完成稿，另外还有几个小地方，前后也没有统一起来。
② 应作十六世纪。
③ 比安卡·卡佩洛（一五四三——一五八七），是威尼斯一个著名贵族的女儿，十七岁时私下里嫁给一个佛罗伦萨的平常人，一同逃到佛罗伦萨。在她二十岁时，弗朗索瓦大公偶然见到她，后来她丈夫死了，大公的夫人也死了，他便娶她做大公夫人；她这时候已经三十五岁了。他们相爱到死，她仅仅比他迟了十一小时死。费尔第南德·弗朗索瓦的兄弟，生平最恨比安卡·卡佩洛，所以她死后，不以礼葬，叫人随便把尸首扔了。

下，美第奇这家人本来只是一些商人；他们的亲戚和朝廷最有势力的人物一直都在经营商业，这就使这些侍臣不完全像当代其他宫廷的同僚一样可笑）。十二月二十日，早晨，首要侍臣和最富的商人来到舍身修女维尔吉丽亚的简朴的住宅。这么多人来，她大为惊奇了。

新大公费尔第南德希望自己凡事通情达理，有利于臣子的幸福，他特别希望把阴谋从他的宫廷驱除出去。登基以后，他发现国家最富的女修道院的院长位子空着；我们把它叫做女圣·里帕拉塔修道院；它是所有贵族女儿避难的地方，父母为了显耀门第，甘愿牺牲她们。他立即任命他心爱的女子做了院长。

女圣·里帕拉塔修道院隶属圣本笃宗，教规上不许女修士走出禁地。佛罗伦萨善良的人民怎么也意想不到，红衣主教大公决不去看新院长，然而另一方面，他又感情过敏，永远不许自己看见任何女人同男人私下谈心。宫廷所有的妇人全看出这种敏感，可以说，她们一般是不赞成的。这个行动计划一经证实，侍臣们就殷勤有加寻找修女维尔吉丽亚，一直寻找到了她的修道院。尽管她谦虚到了极点，他们认为看得出来，她对这种情意不是没有感觉。这是她高尚品德允许新君王表示的唯一的情意。

女圣·里帕拉塔修道院经常需要处理一些性质极为微妙的事务：佛罗伦萨是当时欧洲的商业之都，异常富裕，社会在当时也异常昌盛，这些最富的家庭的年轻女孩子并不由于把她们驱出社会就不念念于怀。她们对父母的不公道常常提出公开抗议，有时她们就向爱情要求安慰，于是可以看到修道院的仇恨和竞争扰乱了佛罗伦萨的上流社会。由于这种情况，女圣·里帕拉塔的院长觐见当今的大公，不免相当频繁。为了尽可能少破坏圣本笃的教规，大公打发一辆他节日使用的马车去接院长，车里坐着两位命妇，陪伴院长，一直来到大公的宏大的宝殿维亚·拉尔加（Via Larga①）。被称为禁地的见证人的两位命妇，坐在门边的靠背椅子上，这时院长就一个人走向前去，和坐在大殿另一端等她的大公谈话，这样一来，在觐见中讲些什么话，禁地的见证命妇就一句也不能听见。

有时候，大公来到女圣·里帕拉塔教堂；有人给他打开合唱所的栅栏，院长便过来同殿下谈话。

这两种召见方式对大公一点也不相宜；他想减弱的一种感情也许由此反而增强了。可是，性质相当微妙的事情在女圣·里帕拉塔修道院里面偏又很快就发生了：修女费丽泽·德利·阿尔米耶丽的恋爱扰乱了修道院的安静。德利·阿尔米耶丽家庭是佛罗伦萨最强最富的一个。为了成全三个哥哥的虚荣心，年轻的费丽泽就被牺牲了：两个哥哥已死了，第三个没有子女，一家人自以为成了上天惩罚的对象。尽管费丽泽许愿守穷，活着的母亲和哥哥还是在送礼形式之下把为了成全哥哥的虚荣心而剥夺了她的财产送还她。

女圣·里帕拉塔修道院当时有四十三位女修士。每一个人都有自己的贵族使女：她们是从贫穷贵族中找来的年轻女孩子，第二批用饭，每月从修道院的财务手里领一个埃居做零用。但是，根据修道院的于和平极为不利的奇特的惯例，做贵族使女只能做到三十岁；这些女孩子活到这期间不是嫁人就是进低一级的修道院做女修士。

女圣·里帕拉塔的高级贵族小姐，可以有到五个丫环，修女费丽泽·德利·阿尔米耶丽要用八个。修道院有十五六位小姐，据说是风流一派的，全体支持费丽泽的要求，同时另外有二十六位小姐议论纷纷，公开表示反对，说是要向大公请愿去。

新院长、善良的修女维尔吉丽亚缺乏魄力，解决不了这严重事

---

① 意大利文，意思是"大路"。

件；双方似乎有意要把问题提给大公来决定。

所有阿尔米耶丽家庭的友好，已经开始在宫廷说：像费丽泽这样身世高贵的女孩子，家庭从前那样残忍地牺牲了她，奇怪现在居然有人想阻止她自由使用她的财产，特别是，这种使用是那样无伤大雅。另一方面，年纪稍大或者较穷的女修士的家庭反驳说：一个女修士许了愿守穷，有五个丫环伺候还不知足，倒是有点出奇了。

大公希望中止一件可能引起全城震动的小纠纷。他的大臣催促他召见女圣·里帕拉塔的院长；大公应当向她传达一种决定，由她单独负责执行，因为这女孩子品德卓绝，性格可敬，精神完全集中在神圣事物方面，就许不肯把精力耗费在这样无聊的纠纷的细节上。贤明的大公向自己道："要是我对有利于双方的理由一无所知的话，我又怎么能下判断呢？"再说，没有充分理由，他决不愿意做大户阿尔米耶丽的仇敌的。

大公的知己朋友是布翁·德尔蒙泰伯爵，比大公小一岁，就是说三十五岁。他们从躺在摇篮的时候起就相识了，因为他们用的是同一奶娘，森蒂诺一个有钱的漂亮的乡下女人。布翁·德尔蒙泰伯爵很有钱、很高贵，是城里最美的一个男子，以性格极端淡漠、无情出名。费尔第南德大公来到佛罗伦萨，当天就约他来做首相，他谢绝了。

"我要是你的话，"伯爵向他道，"早就逊位了；我打算在城里过一辈子，可是做了大公的大臣，一半居民的仇恨就要集中到我身上来了，你想想看，我愿意不愿意做！"

女圣·里帕拉塔修道院的内哄给宫廷添了一些困难，大公在这之间心想，他可以求助于伯爵的友谊了。后者住在他的采邑，专心致志于指导耕种。他依照季节，每天打猎或者钓鱼两小时，大家从来没有见他有过情妇。大公叫他来佛罗伦萨的信，极其违背他的心愿；等到大公告诉他，想请他担任女圣·里帕拉塔贵族修道院的指导人，那越发违背他的心愿了。

伯爵向他道:"殿下知道,我几乎要更喜欢做你的首相了。我膜拜灵魂的和平;在这一群疯了的母绵羊当中,你要我变成什么呢?"

"我的朋友,我看中你的就是大家知道,从来没有一个女人能控制你的灵魂一整天;我远没有这种幸福;我哥哥对比安卡·卡佩洛种种胡闹的行为,我犯不犯就看我自己了。"

说到这里,大公谈起心里的知己的话来了,希望借着这个打动他的朋友。"你知道,"他向他道,"这女孩子柔和极了,我封她做女圣·里帕拉塔的院长,我要是再看见她的话,就不再能保证自己不出问题。"

伯爵向他道:

"这有什么不好?你要是觉得弄一个情妇是幸福,你为什么不弄一个?如果我身边没有情妇的话,那是因为任何女人喜欢飞短流长,性格琐碎,和她们相识三天,我就厌烦了。"

大公对他道:

"我嘛,是红衣主教。不错,教皇考虑我做国君,我感到突然,他允许我辞去红衣主教而结婚;不过,我并不想下地狱受罪。我要是结婚的话,我就娶一个我并不喜爱的女人,我对她要求的是继承大室的诸君,不是世俗的所谓男女之欢。"

伯爵答道:

"我对这没有话说,不过,我不信万能的上帝会过问这些无聊的小事。你要是能做到的话,就使你的臣子快乐而且彬彬有礼吧,另外也来它三打情妇吧。"

大公笑着驳道:

"我连一个也不想要;不过,我要是再看见女圣·里帕拉塔的院长的话,可就要万分危险啦。她是世上最好的女孩子,最没有本领管别人,不要说一个全是被迫离开社会的年轻女孩子的修道院,就是信教虔诚的老妇人的最安静的集会,她也管不了。"

大公这样害怕再看见修女维尔吉丽亚,伯爵终于感动了。他想着大公,问自己道:"教皇许他结婚,当时他没有接受,他要是背了誓言的话,他的心可能一辈子也得不到安宁。"①于是第二天,他到女圣·里帕拉塔修道院来了。作为大公的代表,他受到优渥的招待,引起无限的好奇。费尔第南德一世派一位大臣向院长和女修士们宣布:大公国务在身,不能专心照料她们的修道院,从今以后,他把他的权力交给布翁·德尔蒙泰伯爵,他的决定就是最后的决定。

同善良的院长谈过话以后,发现大公的审美力那样低,伯爵愕然了。她缺乏常识,而且根本说不上好看。想阻止费丽泽·德利·阿尔米耶丽用两个新丫环的女修士,伯爵觉得她们都很阴险。他传费丽泽到会客室来。她不客气地叫人回答:她没有时间来。截至现在为止,伯爵对他的使命感到相当厌烦,后悔自己不该迁就大公,但是,听了这句回话,他发生兴趣了。

他说,他喜欢同丫环谈话,和喜欢同费丽泽本人谈话一样。他传五个丫环到会客室来,可是只来了三个;她们用小姐的名义宣称,她离不开其中两个。伯爵一听这话,就使用他代表大公的权利,把他的两个听差叫进修道院,去把不驯服的丫环给他带过来。这五个漂亮而年轻的女孩子大部分时间是同时讲话,支支吾吾,足足使他有趣了一小时。也就是这时候,由于她们不知不觉向他泄露了秘密,修道院里发生的事情,大公的代理人也就大致全清楚了。年纪大的女修士只有五六个;有二十来个女修士虽然年轻可信教是心诚的;但是,此外的女修士,年轻、好看,在城里就全有情人了。其实,她们很少有机会看见他

---

① 不合事实,费尔第南德做大公必须辞去红衣主教,事实上,他在登基的第一年就正式要求法兰西王室和他缔婚了。小说这里所说的一五八九年正是他娶法兰西公主的一年。

们。不过，她们怎么样看见他们？伯爵不愿拿这话问费丽泽的丫环，他决定在修道院周围安置一些查访的人，不久他就会全知道的。

听说女修士中间闹小圈子，他大为惊奇了。这是内部纠纷和憎恨的主要原因。好比说，费丽泽的知心朋友是罗德琳德·德·P.；修道院除去费丽泽就数赛丽亚娜最美，她的朋友是年轻的法比耶娜。每一位小姐有她自己或多或少宠信的贵族使女。好比说，院长的贵族使女玛尔托娜，因表示自己比院长信教还心诚而得到了院长的宠信。她跪在院长旁边祷告，每天五六小时，不过据丫环们讲，她觉得这时间很长。

伯爵还打听出来：罗德里克和朗斯洛是这些小姐的两个情人，显然是费丽泽和罗德琳德的了，不过他不愿意对这事直接发问。

他同这些丫环消磨的时间，他并不觉得长，但是，对费丽泽却长得不得了。大公的代理人在同一时间剥夺了她五个丫环伺候她；通过他的行动，她看见她的尊严受到了侮辱。她忍不下去了，这时远远听见会客室传出一片人声，她就闯了进去。显然她的尊严告诉她：在拒绝大公的特使的正式邀请之后，这种方式出现可能显得滑稽，但是，急躁的情绪显然使她不顾一切了。费丽泽向自己道："可是我封得了这位小老爷的嘴。"她是最高傲的女人。所以，她冲进会客室，对大公的特使随便行了一个礼，就吩咐她的一个丫环跟她走。

"小姐，这女孩子要是服从你的话，我就要叫我的听差进修道院，马上再把她带到我面前来。"

"我抓牢她的手；你的听差对她使强吗？"

"我的听差将把她连同你一起带到会客室来，小姐。"

"连同我？"

"连你本人；我要是高兴的话，我叫人把你从这修道院带走，搁在亚平宁一座山的山顶上的一个很穷的小修道院，你可以在那儿继续为自己祈福。不光这个,我收拾你的法子有的是。"

伯爵注意到,五个丫环脸吓青了;费丽泽本人的脸庞也透出苍白颜色,反而分外让她美了。

伯爵向自己道:"她的确是我生平遇到的最美的人了,应当拖长这场面才是。"场面确实拖长了,将近三刻钟的光景。费丽泽在这期间显出来的精神,特别是性格的高傲,大公的代理人觉得很有趣。会议结束的时候,谈话的声调放柔缓了许多,伯爵觉得费丽泽不像方才那样好看了。他心想:"应当让她发发脾气。"他就提醒她,从前她许了愿服从,将来大公的命令,他带到修道院来,她要是有一点违抗的表示,他相信把她送到亚平宁最无聊赖的修道院过半年,对她长远的幸福是有用的。

费丽泽一听这话,怒火上升,立刻傲气冲天了。她告诉他:"殉难的圣者们,受过罗马皇帝更多的暴行。"

"我不是皇帝,小姐,同时殉难者也没有因为有了五个像小姐一样可爱的丫环,还要多用两个而使整个社会骚乱。"他冷酷无情地向她行了一个礼就走出去了,不给她留下回答的时间,也不管她气成了什么样子。

伯爵极想知道女圣·里帕拉塔修道院的实在情形,就留在了佛罗伦萨,没回他的采邑。大公的警察供给了他一些查访人,他把他们安置在修道院附近和通菲耶索莱的城门近旁它的大花园周围,这样他想知道的一切不久就全知道了。罗德里克,城里最有钱、最荒唐的一个年轻人是费丽泽的情人;她的心腹朋友,温柔的罗德琳德和朗斯洛·P. 在谈恋爱。在佛罗伦萨对比萨作战中间,他是很有声望的一个年轻人。这些年轻人需要克服一些重大困难才进得去修道院。自从费尔第南德公爵登基以来,加倍严厉了,或者不如说,旧日的自由完全取消了。维尔吉丽亚院长希望做到严格奉行教规,但是她的见识和她的性格实现不了她的善良的意图。受伯爵差遣的那些查访人告诉他：罗德里克、朗斯洛和两三个其他年轻人，和修道院里有关系，没过几个月，就想法子见到他们的情妇了。修道院的大花园使主教不得不默许两个门的存在。这两个门开向北城城墙后头的一片荒地。忠于职守的女修士在修道院里占多一半，不像伯爵那样确切地熟悉这些细节，但是她们也疑心到了，所以遇到关连她们的问题，就利用这种恶习存在，不服从院长的命令。

有像院长这样软弱的一个女子做首领，伯爵不难明白，恢复修道院的秩序就不见得容易。他把这意思禀告了大公；大公请他用最严厉的手段应付，同时他似乎不想使他的老朋友难过，以缺乏能力的理由，调她到另一个修道院去。

伯爵回到女圣·里帕拉塔，下定决心，用极严的手段尽快解除自己不小心承当起来的苦差事。费丽泽那方面，还在为伯爵同她谈话的方式生气，抱定决心，利用下一次会面，采取符合她家庭的高贵门第与她社会地位相应的声调。伯爵一到修道院，立刻传见费丽泽，要先为自己解决苦差事中最棘手的部分。费丽泽来到会客室；由于最剧烈的怒火，她这方面早在激愤中了。可是，伯爵觉得她很美，他在这上头是大内行。他向自己道："在弄乱这绝世容貌之前，先多利用时间欣赏欣赏吧。"由于他到修道院执行任务的缘故，他觉得自己应当穿一身全黑的衣服。他实在是很引人注目的。费丽泽那方面就赞赏这位美男子的合理而冷静的声调。费丽泽向自己道："我原先以为他三十五岁多了，像我们的忏悔教士一样是一个滑稽老头子。我现在看到的正相反，是一个真配得上这名字的男子。我认识的罗德里克和别的年轻人，夸张的衣服做成他们大部分的价值，说实话，伯爵没穿那种衣服。就他穿的衣服看，在大量的天鹅绒和金绣上，他远不及他们，可是，他要是愿意的话，他可以立刻取得这类价值的。至于别人，我想，是很难模仿布翁·德尔蒙泰伯爵通情达理，真正引人入胜的谈话的。"一小时以来，费丽泽同这位穿黑天鹅绒衣服的大人物谈了许多不同主题的话，可是她就没有十分正确地理解是什么使他的容貌这样奇特。

这女孩子这样美，性格这样高傲，过去同她发生关系的人们明明晓得她有过情人，也总是轮流着凡事依顺她。伯爵虽说小心在意避免刺激她，却并不向她让步。因为伯爵对她没有任何奢望，所以态度上就简单、自然了；截至现在为止，他仅仅避免细谈可能惹她生气的问题罢了。然而，无论如何必须解决傲慢的女修士的要求；他谈到修道院的紊乱。

"说实话，小姐，引起全院不安的是修道院最令人注目的一个人物摆出来的问题，就是比别人多用两个丫环；或许从某一点上看来，这要求也许有它的理由的。"

"引起全院不安的是院长性格软弱：她要用一种完全新的严厉的手段管理我们，而这种手段是我们从来就连想也没有想到过的。世上可能有一些修道院，全是真正信教心诚的女孩子，爱好隐居，想着真正完成十七岁上人家要她们许的愿：守贫呀、服从呀、等等、等等。至于我们，家庭把我们搁在这里为的是把全家财产留给我们的哥哥罢了。除去修道院，我们就没有别的活路，就没有可能逃到别的地方活着，因为我们的父亲不肯再接我们回府里住。再说，我们许的愿，就道理来看，显然不太成其愿了，何况许愿的时候，我们在修道院全做过一年或者几年寄宿生，看见当时女修士行动自由，我们人人心想也应当享受同一程度的自由才是。好了，大公的代理先生，我说给你听了吧，靠近城墙那边的门从前一直开到天亮，个个小姐在花园自由自在会见她的情人。没有人想到指摘这种生活方式。我们的吝啬的父母允许我们的姐姐出嫁，她们得到了自由，过着一种幸福的生活，我们虽然是女修士，但全想着享受同样的自由，过着幸福的生活。自从我们那儿来了

247

一位做过二十五年红衣主教的国君以来,真的,一切全变了。像你那一天一样,代理先生,你可以叫兵士或者甚至听差进修道院来。他们可以欺负我们,像你的听差欺负我的丫环一样,他们这样做,唯一的大理由是他们比她们强壮罢了。就算你得意吧,可是,千万别以为你有丝毫权利管我们。我们到这修道院,是让人逼来的;人家逼我们在十六岁上发誓、许愿;最后,你妄想让我们遵守的闷闷无聊的生活方式,根本就不是我们许愿时候看见住在这修道院的女修士奉行的生活方式。就算我们许的愿是正当的,那也就是要像她们一样生活,可是,你偏要我们像她们没有生活过的样子生活。对你实说了吧,代理先生,我看重我同市人民的尊敬。在共和国时代,是不允许这样可耻地压迫这些可怜的女孩子的;她们没有别的过错,除非是生在豪富人家、有哥哥罢了。我直想找机会把这话对公众,或者对一个明白事理的人讲讲。至于我的丫环数目,我根本就没搁在心上。用不着五个或者七个,其实两个就很够我用了。我也许会坚持要七个的,直到把折磨我们的那些可恶的欺诈行为认真取消了才不坚持下去:有些欺诈行为我已经对你说起过了。不过,因为你穿的黑天鹅绒礼服对你很相宜,大公的代理先生,我告诉你,我有用得起多少丫环就用多少丫环的权利,今年就算我放弃了吧。"

抗争使布翁·德尔蒙泰伯爵很感兴趣;他提出他能想到的一些最滑稽的相反的见解来延长它。费丽泽带着一种可爱的激昂和才情回答他。伯爵看见她露出一脸的惊奇:这二十岁的年轻女孩子看见一个表面明白事理的人,居然说出这样无理取闹的话,勿怪乎要惊奇了。

伯爵辞别费丽泽,把院长请过来,给了她一些合理的劝告,然后禀告大公,说:女圣·里帕拉塔修道院的纠纷平息了。他接受了许多关于他精明干练的恭维,最后他回他的采邑务农去了。有时他问自己道:"无论如何,这二十岁的女孩子要是活在社会上的话,或许就是城里最美的人了,她理论起来完全不像一个洋囡囡。"

但是修道院出了一些重大事件。女修士们理论起来不全像费丽泽那样有条不紊;可是大部分年轻女孩子都腻烦到了极点。她们唯一的安慰是画些讽刺画,写些讽刺诗,嘲笑一位国君,当过二十五年红衣主教登基的时候,除去不再看见他的情妇,叫她以院长资格折磨这些可怜的年轻女孩子之外,就想不出别的好事做了。而这些女孩子是由于父母吝啬才被扔在修道院里的。

我们前面说过了,温柔的罗德琳德是费丽泽的知心朋友。布翁·德尔蒙泰伯爵三十六岁多了,可是自从费丽泽和这上了年纪的人谈话以来,她觉得她的情人罗德里克成了一个相当讨厌的人。她把这话告诉了罗德琳德,她们的友谊似乎更深了。总之,费丽泽爱上这位异常严肃的伯爵了;她和她的朋友罗德琳德谈起这事来无终无了,有时候一直延长到早晨两三点钟。可是,院长希图把圣本笃的教规重新严格建立起来。依照教规,日落一小时以后,听见某一种叫做静修的钟声,每一个女修士应当回到自己的房间去。善良的院长相信应当以身作则,所以听见钟声,就把自己关在房间里,虔诚地以为女修士全在学她的榜样。在最好看和最有钱的小姐当中,惹人注目的有法比耶娜,十九岁,也许是修道院最没有头脑的女孩子了,另一个就是她的知心朋友赛丽亚娜。两个人都对费丽泽很有气,说她看不起她们。事实上,自从费丽泽和罗德琳德有了一个兴会淋漓的谈话资料以来,她对别的女修士的存在就不耐烦起来了,她掩饰也掩饰不好,或者不如说,她根本就不掩饰。她最好看、最有钱,显然比别人也才情更高。在一个人人腻烦的修道院,用不着特征再多就燃起深仇大恨了。法比耶娜想也不想就对院长说:费丽泽和罗德琳德有时在花园一待就待到半夜过后两点钟。修道院的花园门开向北边城墙后面的空地,院长曾经要求伯爵,派大公的一个兵士到门前站岗。她给这门加上了大锁,每天黄昏,一天工作完了，最年轻的园丁和一个六十岁的老头子就拿门上的钥匙交给院长。院长立刻就差女修士们痛恨的一个老传达修女锁好门上的第二把锁。虽说有这种种预防，但在花园待到早晨两点钟，就她看来，还是一种重大罪过。她把费丽泽叫了过来，傲声傲气对待这生在最高的贵族家庭而现在变成了家庭继承人的女孩子：她要是不确信大公宠她，也许就不这样做了。她的申斥特别使费丽泽伤心，因为自从她认识伯爵以来，她只叫她的情人罗德里克来过一回，这一回还是为了嘲笑他。她一生气，话就滔滔不绝了。善良的院长虽说拒绝对她讲出告密人的名字，但是说起了一些细节，费丽泽很容易从这上头猜出她受训是法比耶娜在使坏。

费丽泽立刻打定主意报复。不幸给了这女孩子力量，决心恢复了她的安静。

她向院长道："你知道，院长，我也值得你可怜可怜吗？我完全失掉了灵魂的安宁。我们的创建人、伟大的圣本笃明文规定：任何六十岁以下的男子永远不得进修道院来，不是没有深谋远虑的。管理这修道院的大公的代理人，布翁·德尔蒙泰伯爵，因我要增加我的丫环数目，劝我撤销这种胡闹的想法，不得不同我做久长的谈话。他有智慧，他在明烛万里的见识上结合了可钦佩的才情。我们的代理人、伯爵这些伟大的品质给了我很深的印象，这对上帝和圣本笃的一个女仆是远不相宜的。上帝有意惩罚我的胡闹的虚荣心，所以我才疯狂地爱上了伯爵。我不管我的朋友罗德琳德议论不议论我，就照实把这种不由自已的犯罪激情告诉了她。因为她劝我、安慰我，因为她给我力量抵抗恶魔的诱惑，有时居然成功，有时则在我身边待到很晚很晚。不过，总是我求她，她才这样做；罗德琳德一离开我，我就瘦塌了，就要想念伯爵了。"

对这迷失方向的绵羊，院长自然说了一篇长长的劝勉的话。费丽泽就她的话小心发挥了几句,又把训诲延长了。

她心想:"现在,我们的报复,罗德琳德和我的报复要惹出事来的;出了事,可爱的伯爵又该来修道院了。我在打算用丫环这件事上让步太快,犯了错误,这样一来我就补救过来了。人家那样明白事理,我还稀里糊涂向人家卖弄自己明白事理,真是鬼迷了心。我就看不出来,我取消了他来我们的修道院执行代理人职权的任何机会了。这就是我现在百无聊赖的缘故。罗德里克这小洋囡囡,过去有时我觉得有趣,现在我觉得完全可笑,可是由于我的错误,我就再也没有见到这位可爱的伯爵。我们的报复惹下的乱子,能不能让修道院经常离不开他,今后就全看我们、罗德琳德和我了。我们的可怜的院长保守不住秘密,将来我想法子同他在一起谈话,她很可能劝他尽量缩短谈话,这样一来,我相信红衣主教、大公的旧情妇作为她的责任,会把我的话讲给这位十分奇特、十分无情的人听的。这一定是一场喜剧,他也许会觉得有趣的,因为,除非是我大错而特错,否则,劝我们遵守的那些臭规矩是根本就骗不过他的。他只是还没有找到配得上他的女人罢了;我要做这女人,不然的话,我要死在这上头的。"

从这时起,费丽泽和罗德琳德时时想着报复,由于筹划报复,她们也不烦闷了。

"大热天在花园乘乘风凉,本来无所谓,法比耶娜和赛丽亚娜偏往坏里解释,既然这样,她们下一回应情人幽会,一定会引起可怕的公愤,把发现我在花园深夜散步,这件事在修道院严肃的小姐们的心里留下来的坏印象抵消干净方才能解恨。我们花园门前有一块空地,放着建筑用的石头,法比耶娜和赛丽亚娜下一回答应洛伦佐和彼埃尔·安东幽会的晚响,罗德里克和朗斯洛先去藏在石头后面。罗德里克和朗斯洛不必杀死两位小姐的情人,只要拿宝剑轻轻扎他们五六下子,让他们流一身血也就成了。他们的情妇看见这种情形会惊惶起来的,两位小姐想着别的事,甭想有一句柔情蜜意的话同他们说。"

为了筹划她们酝酿好了的阴谋,两位朋友觉得顶好是为罗德琳德的贵族使女丽维亚向院长请一个月假。这很灵巧的女孩子负责把信送给罗德里克和朗斯洛。她还给他们带去一笔款子,雇些间谍,包围洛伦佐·R.和赛丽亚娜的情人彼埃尔·安东·D.。这两个城里最高贵和最时髦的年轻人将在同一夜晚进修道院来。自从红衣主教、大公在位以来,这种冒险举动比先前困难得多了。朝北边城墙后面的荒地,开着花园用的便门,最近,维尔吉丽亚院长曾经要求布翁·德尔蒙泰伯爵,在门前安置了一个岗位。

贵族使女丽维亚每天来看费丽泽和罗德琳德,向她们报告筹划攻打赛丽亚娜和法比耶娜的情人的布置。布置足足进行了六星期。问题在揣测洛伦佐和彼埃尔·安东选定哪一夜来修道院:自从新君当政以来,标示着一切从严,做这一类冒险事就要加倍小心。而且,丽维亚在罗德里克方面遇到很大的困难。他已经看出费丽泽对他冷淡起来了,所以最后干脆就拒绝了她,不肯在法比耶娜和赛丽亚娜的恋爱上帮她报仇,除非她同意答应他一回幽会,在幽会的时候亲口命令他。可是费丽泽一心想着布翁·德尔蒙泰伯爵,这正是她永远不肯同意的事。她带着她欠谨慎的坦白给他写信道:"为了获得幸福,把自己打下地狱,这我想象得出来;可是,打下地狱,为了看一个过时的旧情人,这我就永远想象不出来了。不过,为了叫你明白道理,我可以同意夜晚再接见你一次。其实我要你做的并不是一件犯罪的事。所以,你不可以心怀奢望要求报酬,像我要请你杀死一个傲慢无礼的人一样。千万不要失手,让我们仇敌的情人受到重伤进不了花园,叫我们辛辛苦苦聚在这里的小姐全看不到好戏。你这样一来就把我们报复之中最好玩的部分给打消了,我只能把你看做一个没有头脑的人,不配我对你有一点点信任。而且,你知道,特别是由于这种重大缺点的缘故,你才失去了我的友谊。"

这小心在意布置的报复的夜晚终于来了。罗德里克和朗斯洛带着几个帮手，整天侦伺洛伦佐和彼埃尔·安东的行动。由于后者的疏忽，他们确切知道了哪天夜晚后者一定要做翻越女圣·里帕拉塔的墙的企图。一个很阔的商人在这一天黄昏嫁女儿，他的房子就邻近女修士花园门前站岗的卫队。洛伦佐和彼埃尔·安东扮成阔人家的听差，将近夜晚十点钟的时候，利用喜事，以他的名义送了一桶酒给卫队喝。兵士们把礼物收下了。夜是漆黑的，翻修道院的墙应当在半夜进行。

从夜晚十一点钟起，罗德里克和朗斯洛藏在墙边，欢欢喜喜看见一个醉了大半的兵士来换岗，不到几分钟，他睡着了。

费丽泽和罗德琳德在修道院里，早就看见她们的仇敌法比耶娜和赛丽亚娜藏到了花园的树底下，离围墙相当近。半夜前不久，费丽泽大着胆去把院长喊醒了。她费了不少辛苦来到她面前；她费了更多的辛苦让她明白：她来告发的罪行可能是事实。最后，浪费了多半小时的时间，费丽泽在这期间直担心被看成是一个进谗言的人，直到最后，院长才宣称：就算这是事实，也不应当在罪行上头再添一件违犯圣本笃的教规的坏事。因为，教规绝对禁止在日落后到花园去。幸而费丽泽想起了用不着去花园就可以从修道院里一直来到冬天保藏橘子树用的一间很矮的小房子的平顶望台上面，而且紧挨着哨兵看守的门。就在费丽泽一心一意在劝说院长的时候，罗德琳德过去喊醒她年老的信心极诚的姑母，她是修道院的副总监。

院长虽说由着费丽泽把她拉到保藏橘子树的房子的平台，对她说的话却不就全部相信。在平台底下九尺十尺的地方，她果然瞥见了两个女修士在这违禁的时间走出她们的房间，因为夜晚黑漆漆的，她一下子不能就认出法比耶娜和赛丽亚娜来，她这时惊奇、忿怒、恐怖到了什么地步,人就想象不出来了。

她喊着,发出声音,希望它有威严:"无法无天的女孩子,抛头露面的坏东西!你们就这样侍奉天神吗?想想看吧,你们的保护者、伟大的圣本笃在天上望着你们,看见你们亵渎他的法规气成了什么样子。好好改过吧;静修的钟声已敲过了,赶快回房间做祷告去,等着明天早晨我处分你们吧。"

听见激动的院长的响亮的声音就在头上,就在身旁,谁能描绘充满赛丽亚娜和法比耶娜的灵魂的惊怖和苦恼?她们停止说话,动也不动站着,忽然又来了一件意想不到的事,不但打击她们,也打击了院长。离她们不到八步远,在门的另一边,两位小姐听见斗剑的激烈的响声。不久,受伤的战士叫了起来;有人在痛苦着。赛丽亚娜和法比耶娜听出是洛伦佐和彼埃尔·安东的声音多么痛苦啊!她们有花园门的钥匙,她们急忙扑向锁,门虽说大开,她们还是用力把它推开了。赛丽亚娜最强壮、年纪也最大,她大着胆头一个人走出了花园。没有多久她进来了,两只胳膊扶着她的情人洛伦佐,他似乎受了致命的伤,几乎不能支持了。他走一步唉一声,像一个快要咽气的人;说实话,他在花园里走了不到十来步,赛丽亚娜虽说使足气力,他还是倒下去,差不多立刻就咽气了。赛丽亚娜这时什么也顾不得了,看见他不回答,高声喊他,扑在他身上哭着。

这一切发生在离保藏橘子树的小房子的平顶望台约莫二十步的地方。费丽泽十分清楚,洛伦佐不是快要死了,就是已经死了;她的绝望是难以言传的。她向自己道:"我是造成这一切的原因。一定是罗德里克动了怒把洛伦佐杀死了。他这人天生残忍;别人得罪了他,他的虚荣心就永远不宽恕别人的,好几回在化装会上,洛伦佐的马同听差的制服全显得比他的美。"费丽泽扶着院长,院长在惊恐之下几乎晕过去了。

不多久，不幸的法比耶娜走进花园，扶着她不幸的情人彼埃尔·安东。他也受了致命的剑伤，眼看也要咽气，不过，在这恐怖场面引起的一般的寂静之中，还可以听见他对法比耶娜讲：

"是马尔特骑士堂·恺撒。我认出了是他。他虽然伤了我，可也挨了我好几记。"

堂·恺撒是法比耶娜在彼埃尔·安东之前的爱人。这年轻女修士似乎丝毫不顾惜她的名声；她高声呼唤圣母和她的庇护女圣来救她；她也呼唤她的贵族使女；她一点也不在乎她会不会叫醒整个修道院：因为她是真正爱着彼埃尔·安东。她想照料他，止住他的血，绑扎他的伤口。这种真诚的激情激起许多女修士的怜悯。大家来到受伤的人旁边，有人去找灯火。他坐在一棵桂树旁边，靠住一棵桂树。法比耶娜跪在他面前照料他。他还在说话，又讲起了是马尔特骑士堂·恺撒刺伤了他。就在这时候，他忽然挺直胳膊咽了气。

赛丽亚娜打断法比耶娜的哭喊。她一清楚洛伦佐确实是死了，就像把他忘了，记得起来的只是她们、她和她亲爱的法比耶娜四周的危险。法比耶娜倒在她情人身上晕过去了。赛丽亚娜扶她扶起了一半，用力摇她，要她清醒过来。

"你要是一味这样软弱下去的话，你和我就死定了。"她低声对她说，嘴凑近她的耳朵，为的是不要院长听见；她清清楚楚望见她靠着保藏橘子树的房子的平台栏杆，离花园的地面不到十二尺或者十五尺高。"醒过来呀，"她向她道，"当心你的名誉和你的安全！你要是在这时候由着性子再伤心下去的话，你就要长年监禁在黑暗、发臭的地窖里。"

院长早想下来了，这时她倚着费丽泽的胳膊来到两个不幸的女修士面前。

"至于你，院长，"赛丽亚娜以一种高傲和坚定的声调威吓她道，

"你要是爱安静，珍重贵族修道院的名誉的话，你一定会闭住嘴不到大公面前搬弄是非的。你自己，你也爱过人，大家一般都相信你规矩，这是你比我们高明的地方；可是你要是拿这事讲给大公知道，哪怕是一句话，不久就要成为城里唯一的话柄，大家就要说，女圣·里帕拉塔的院长年轻的时候谈情说爱，所以指导她修道院的女修士就不够坚强了。你害了我们，院长，可是比害我们还要确定的是你害了你自己。你就同意了吧，院长。"她对院长说，大家听得见院长的叹息、暧昧的感叹和细微的惊呼，"为了修道院的利益，为了你的利益，你现在要做的就是只当自己什么也没看见好啦！"

院长窘在一边，说不出话来，赛丽亚娜接下去道："首先，你千万别出声，其次要紧的是把这两个死尸马上从这里运走，万一让人发觉了的话，就要成为你同我们、我们大家的祸根了。"

可怜的院长深深地叹着气，心乱得不得了，简直不知道怎么样回答才是。费丽泽已经不在她身旁了；她把院长带到两个不幸的女修士面前，怕被她们认出来早就小心走开了。

"你们觉得是必要的，你们认为是相宜的，我的女孩子，你们做去好了。"不幸的院长终于说话了，她对环境的惊恐使声音也变得有气无力了。"我知道怎么样隐瞒我们的一切耻辱，可是你们记着，我们犯了什么罪，上天的眼睛总在望着。"

赛丽亚娜一点也不注意院长的话。

"千万别声张，院长，我们要求你的只是这个，"她打断她的话，向她重复了好几回。院长的心腹玛尔托娜正好在这时来到院长旁边；赛丽亚娜随即转向她道：

"帮帮我，我亲爱的朋友！这关系着全修道院的荣誉，这关系着院长的荣誉和性命；因为她要是声张出去的话，她害我们，自己也好不了，我们的贵族家庭不会看着我们受害不报仇的。"法比耶娜跪在一棵橄榄树前面，靠着树，哭哭啼啼，没有可能帮助赛丽亚娜和玛尔托娜。

赛丽亚娜向她道："你回房间去吧。特别想着要把你衣服上可能有的血迹弄掉。一小时以内，我就来和你一道哭。"①

于是赛丽亚娜在玛尔托娜的帮助下，先把她情人的尸首，随后是彼埃尔·安东的尸首移到有钱庄的一条街，离花园门有十多分钟的路程。赛丽亚娜和她的女伴相当走运，没有人认出她们来。特别幸运的是，在花园门前站岗的兵士坐在相当远的一块石头上，像是睡着了，不然的话，她们小心提防了半天全没有用了。赛丽亚娜拿稳了这一点，她才搬运尸首。第二趟回来的时候，赛丽亚娜同她的女伴吓坏了。夜晚有一点不大黑了；可能是早晨两点钟光景；她们清清楚楚看见三个兵士聚在花园门前，更糟糕的是：门似乎关上了。

赛丽亚娜向玛尔托娜道："这是我们院长做的最要不得的事了。她大概是想起圣本笃的教规要关花园门了。我们只有逃到父母家去了，我们现在的大公严厉、阴沉，看样子我要把命送在这事上头了。至于你，玛尔托娜，你是没有罪的；尸首留在花园里，可能损害修道院的名声，你是照我的吩咐移移尸首罢了。我们跪到这些石头后面吧。"

---

① 原稿有一个断篇，和故事不大连贯得起来，甚至于有若干点互相矛盾，所以，我们只作为注解放在这里（编订者）：

费丽泽难过极了。虽然这世纪太邻近真正的危险，不以过分良心不安出名，她不能哄骗自己，说这事不是她一手包办出来的。站在保藏橘子树的房子用做房顶的望台上面，她听不清楚彼埃尔·安东说些什么。再说，她看见门完全打开：罗德里克天生心粗，她怕极了他乱冲进来，妄想得到一次幽会，因为自从她不再爱他以来，尽管天生轻浮，他倒变成了一个热烈的爱人。

院长愣在那里一动不动，充满了恐怖；她拒绝费丽泽的恳求到下面花园去。但是，最后，疚心差不多要把费丽泽逼疯了，她搂住院长的腰，差不多是强迫她走下了保藏橘子树的房子的平台通花园的七八级台阶。费丽泽路上遇到别的女修士，连忙就把院长交给她们照顾。她朝门跑去，直怕在这里遇见罗德里克。她在这里仅仅看到哨兵的愚蠢的面孔。嘈杂的响声终于把他从酣酣中惊醒，站在那里，端着枪，望着花园里面动来动去的黑影子。费丽泽本来想去把门关上，但是，她看见兵士盯着她望。她向自己道："他什么也看不见，正在纳闷出了什么事，我要是一关门，他一气就许记住我的脸模样，把我拿连上。"

她这样一想，心里亮起来了。她溜到花园暗的地方，东张西望，看罗德琳德在什么地方；她最后找到了她，罗德琳德脸色苍白，半死的模样，靠在一棵橄榄树上；她抓住她的手，两个人急急忙忙回房间去了。

257

两个兵士来到她们这边,从花园门回队部去。赛丽亚娜高兴了,注意到他们差不多全像大醉了的模样。他们谈着话,但是站岗的兵士(因为个子很高,很引人注目)没有对他的同伴谈起夜晚的事。事实上,后来进行审讯的时候,他也仅仅说:来了一些衣着华丽、带武器的人,在离他几步远的地方打架。深夜之中,他辨出来有七八个人,不过他没有过问他们的争吵;随后他们就全进了修道院的花园了。

两个兵士一过去,赛丽亚娜就知道她的女伴来到花园门前,发现门只是虚掩着,她们开心得要命。这是费丽泽事前小心布置好了的。她不要赛丽亚娜和法比耶娜认出她来,离开了院长,当时花园门完全敞开,她就奔了过去。她这时候一心就是厌恶罗德里克,怕死了他想法子利用机会,走进花园要求幽会。费丽泽晓得他心粗胆大,又怕他看出她对他感情低落,有意报复,想法子陷害她,就藏到了门旁边树后面。她听见赛丽亚娜对院长以及后来对玛尔托娜讲的话,所以,赛丽亚娜和玛尔托娜抬起尸首,出去没有多久,她听见兵士们来换岗就把花园门掩上了。

费丽泽看见赛丽亚娜拿钥匙把门锁好,然后离开了,于是她才离开花园。她向自己道:"这就是这场报复,我还预计自己会兴高采烈呐。"后半夜她和罗德琳德一直在想法子推测带来这样一个惨局的种种变故。

幸而是,一清早,她的贵族使女回到修道院给她带来了一封罗德里克的长信。罗德里克和朗斯洛为了显示勇敢不肯雇用凶手(当时在佛罗伦萨这是十分盛行的)帮助自己,所以攻打洛伦佐和彼埃尔·安东只有他们两人。决斗的时间很长,因为罗德里克和朗斯洛忠实于他们得到的命令,总是往后退,只肯使对方受些轻伤。说实话,他们只是在他们的胳膊上刺了几下子,他们可以完全肯定他们不会死在这些伤口上的。不过就在他们跑开的时候,他们怎么也意想不到斜刺里冲出一位慓悍的剑客，扑向彼埃尔·安东。听他攻打时候发出的喊声，他们清清楚楚认出了他是马尔特骑士堂·恺撒。一看是三个人在攻打两个受伤的人，于是他们就连忙逃走了。第二天，两个年轻人的尸首被发现了，佛罗伦萨起了绝大的惊扰。在全城风流倜傥和富裕的青年中间，他们据有头等地位，也正是由于他们的地位，人们才注意到了他们，因为在佛朗索瓦荒淫无道的统治下，托斯卡纳像西班牙的一省，每年城里出一百以上凶杀案件。严厉的费尔第南德不过是新近继承他的统治罢了。洛伦佐和彼埃尔·安东属于上流社会，所以这里议论纷纷，目的是想知道：他们还是彼此决斗死的，还是做了某一报复的牺牲品死的。

出了这件大事的第二天，修道院里面一切平静。绝大多数女修士就不清楚出了什么事。天才破晓，玛尔托娜在园丁没有来以前就到沾着血的地点，把土弄松，毁掉事变的痕迹。这女孩子自己也有一个情人，赛丽亚娜吩咐她的话，她一一做了，很精明，尤其难得的是一句也没有告诉院长。赛丽亚娜送了她一个镶钻石的好看的十字架。玛尔托娜、一个心地十分单纯的女孩子感谢她道：

"有一件事比世上所有的钻石我还爱。自从这位新院长来到修道院以来，虽说为了博取她的欢心，我低声下气伺候她，做尽了卑贱的事，可是我从来没有能从她那边得到丝毫方便去看依恋我的玉连·R.。这位院长成了我们全体的灾星。总之，我有四个多月没有看见玉连了，临了他会把我忘了的。小姐的知心朋友、法比耶娜小姐是八个管门修女中间的一个；我帮人一回，人帮我一回并不为过。有一天轮到法比耶娜小姐看门，她能不能够许我出去看看玉连，或者许他进来呢？"

"我尽可能帮你就是，"赛丽亚娜向她道，"不过，法比耶娜有一个大困难要对我提出来的，就是院长要觉出来你不在的。你寸步不离伺候她，她成了习惯，离不开你了。你试试短期离开她几回。你服侍的要是别人，不是院长小姐的话，我拿稳了法比耶娜答应你的要求不会有一点点困难的。"

赛丽亚娜说这话不是没有计划的。

"你成天到晚哭你的情人，"她向法比耶娜道，"你就不想想威胁我们的可怕的危险。我们的院长是守不住口的，迟早事情会传到我们严厉的大公的耳朵。他把一个做过二十五年红衣主教的人的想法带到宝座上来。就宗教观点看来，我们犯的罪是最大中间的一种了。一句话，院长的生就是我们的死。"

法比耶娜揩掉眼泪，喊道：

"你要说什么？"

"我要说的是，你应当要求你的女朋友维克杜瓦·阿玛娜蒂给你一点著名的秘鲁毒药，她母亲临死给她的，她本人就是她丈夫毒死的。她病了好几个月，没有人想到她是中了毒；我们的院长也要这样才好。"

温柔的法比耶娜喊道：

"我厌恶你这种想法。"

"我相信你厌恶，我要是不真相信院长的生就是法比耶娜和赛丽亚娜的死的话，我也会厌恶的。你想想看吧：院长小姐是绝对守不住口的；过去在我们可怜的修道院里，因为自由，出过一些罪行，红衣主教、大公特别表示厌恶；现在她只一句话，大公就会信的。你的表姐同玛尔托娜很要好，她们本来属于一个家庭，不过玛尔托娜另是一支罢了，一五八七年，银行破产连带毁了她这一支。玛尔托娜疯狂地爱着一个叫玉连的织绸缎工人。秘鲁的毒药可以使人在半年内死掉；你一定要你表姐拿毒药给她，然后当安眠药给院长用，只要她受痛苦，那么对我们的监视势必也就停止了。"

布翁·德尔蒙泰伯爵遇到机会来到宫廷，费尔第南德大公由于女圣·里帕拉塔修道院现在安静到了示范的地步而向他道喜。听了这话伯爵不得不去察看一下他的工作。院长对他说起死了两个人的凶杀事件，说她亲眼看到了事件的结果，伯爵听见这话惊成了什么，大家不妨想想吧。关于这两条人命的罪行的原因，伯爵明白维尔吉丽亚院长根本不可能向他提供一点点消息。他向自己道："半年前，我第一次来的时候，费丽泽理论起来，我窘透了，现在关于这事，也只有这聪明孩子能够指点指点我。可是她对社会和家庭侍女修士不公道、有成见，她肯不肯讲呢？"

大公的代理人来到修道院，费丽泽大喜欲狂。她终于又要看见这个与众不同的男子了，他是她半年来全部行动的唯一的原因！相反的效果是，伯爵来了以后，赛丽亚娜和她的朋友，年轻的法比耶娜陷入了深深的恐怖之中。

赛丽亚娜向法比耶娜道："你的顾虑要把我们害了。院长人太软弱，不会不讲出来的。现在我们的性命落在伯爵的手心了。我们有两条路走：逃走，可是我们拿什么过活？人疑心我们犯罪，我们吝啬的哥哥抓住借口会拒绝供养我们的。往日，托斯卡纳只是西班牙的一省，受迫害的不幸的托斯卡纳人可以逃亡法兰西。可是这位红衣主教、大公希望摆脱西班牙的束缚，直向这强国表示好意。我们就不可能找到一个避难的地方，我可怜的朋友，这就是你小孩子的顾虑给我们带来的好处。你顾虑没有用，我们还得照样犯罪，因为在那不幸的夜晚，危险的见证人只有玛尔托娜和院长。罗德琳德的姑妈不会声张的；她那样爱修道院，决不愿意它的荣誉受害的。玛尔托娜拿假安眠药给院长吃，我们一告诉她这安眠药是毒药，她也就不敢声张了。再说这是一个狂热地爱着她的玉连的女孩子。"

费丽泽和伯爵机灵的谈话，叙述起来未免太长。关于两个丫环的事，她让步太快，她永远忘记不了她那次犯的错误，过分善意的结果就是伯爵有半年不到修道院来。费丽泽下定决心不再犯同样的错误。伯爵以最大的礼貌请她光临会客室和他谈一次话。邀请使费丽泽失去了张致。她需要回想一下，她应有她妇女的尊严，把谈话延迟到第二天。但是来到会客室，里面只有伯爵一个人，虽说和他隔着一道栅栏，柱子粗粗的，费丽泽还是感到一种她从未有过的畏怯。她惊奇到了极点，从前她认为是非常灵巧、非常有趣的看法，现在想起来后悔死了。我们的意思是说，从前她讲给院长听她爱伯爵为的是让院长再讲给伯爵听。当时她爱过他，远不和现在一样。大公给修道院派了一个道貌岸然的监督，她觉得收他做情人怪好玩儿的。现在她的感情大大不同了：讨他欢喜，对她的幸福成了不可少的事；她要是得不到他的欢心，她就要不幸了，而且一个男子这样严肃，听了院长告诉他的非常秘密的话会说什么呀？他很可能觉得她不端庄，费丽泽这样一想不由痛苦起来。可是她又非说话不可。伯爵在那边，道貌岸然，坐在她面前，恭维她才情高深。院长是不是已经对他说起过了？年轻女修士的注意力完全集中在这重大的问题上。幸而是她看出了实在情形，而且的确是实在情形：在那不幸的夜晚，忽然出现了两个尸首，院长看在眼里一直心惊胆战，一个年轻女修士胡思乱想出来的爱情，像这样无足轻重的小事，院长早就忘光了。

伯爵这方面也看出这美丽的姑娘心慌意乱到了极点，可是想不出是什么原因。他问自己道："难道她有罪吗？"他是一个非常明白事理的人，这样一想心也乱了。有了这种疑心，他对年轻女修士的回答不但极其注意，而且认真起来了。这是许久以来任何妇女的语言没有从他这里得过的一种荣誉。他赞赏费丽泽的聪慧。伯爵一同她说起花园门边不幸的战斗，她就巧妙地用一种谄媚的方式回答；她可是小心在意不对他做有结论性的答复。谈话进行了一小时半，在这期间伯爵没有感到一分钟无聊，谈话结束后，他向年轻女修士告辞，请求她答应过几天与他作第二次谈话。费丽泽听了这话心花怒放了。

伯爵走出女圣·里帕拉塔修道院，十分忧郁。他问自己道："不用说，我的责任是向大公报告我方才听到的怪事。这两个可怜的年轻人那样出色，那样有钱，全国都关心他们离奇的死。另一方面，红衣主教、大公新近给我们派了一位可怕的主教，告诉他这里发生的事，简直等于把西班牙宗教裁判所种种暴行引进这座不幸的修道院。这可怕的主教要杀害的将不只是一个可怜的年轻女孩子，而可能是五个、六个；她们因谁而死，难道不是因我吗？我只要稍稍滥用一下大公对我的信任，她们不就得救了吗？万一大公知道后怪罪我，我就对他说：我畏惧你那位可怕的主教啊。"

伯爵不敢如实说出保持缄默的所有动机，他拿不稳美丽的费丽泽有没有犯罪。一个可怜的年轻女孩子受够了父母和社会的虐待，一想到要危害她的生命，他感到恐怖极了。"要是有人娶她的话，"他向自己道，"她会成为佛罗伦萨的荣耀的。"

锡耶纳有一半沼泽地归伯爵所有，他早已邀请好了宫廷最大的贵人和佛罗伦萨最富的商人来这里举行盛大的猎会。现在他请求他们原谅，说他不能奉陪他们打猎。所以出乎费丽泽的意外，在第一次谈话的第三天，她就听见伯爵的马蹄声在修道院的前院啪嗒啪嗒响起来了。大公的代理人打定主意不让大公知道过去发生过的事，因此他感到有必要关心修道院未来的平静。然而想要做到这一点，首先就得知道死了两个情人的女修士对他们的死有什么责任。伯爵同院长谈过一番很长的话之后就传来了八个或十个女修士，里面有法比耶娜和赛丽亚娜。果然不出院长所料，有八个女修士完全不知道不幸的夜晚的事变，这是他怎么也意想不到的。伯爵直接盘问的只有赛丽亚娜和法比耶娜；她们一口否认。赛丽亚娜以坚强的灵魂战胜了最大的灾难。年轻的法比耶娜就像一个可怜的绝望的女孩子被人残忍地提醒了她一切痛苦的来由。她瘦得怕人，好像得了肺病；她不能忘怀年轻的洛伦佐的死。"是我害了他。"她和赛丽亚娜长谈的时候说，"我和在他之前的情人、凶恶的堂·恺撒决裂的时候应当更好地照顾一下他的自尊心才是。"

费丽泽一进会客室就以为院长留不住话，告诉大公的代理人我爱他了；贤明的布翁·德尔蒙泰的姿态因之完全有了改变。这首先是费丽泽满脸通红和局促不安的重大原因。但是她并没有确实觉出它来，所以在她和伯爵长谈期间，她一直是可爱的，不过，她没有说出实在情形。院长确切知道的只是她当时看到的情形，而且就一切表面看来，她也没看清楚。赛丽亚娜和法比耶娜是什么也不会说的。伯爵觉得很棘手。"我要是盘问贵族使女和听差的话，等于把消息透露给主教知道。她们一讲给她们的忏悔教士听，修道院就要变成宗教裁判所了。"

伯爵很不放心，天天到女圣·里帕拉塔来。他决定盘问所有的女修士，其次所有的贵族使女，最后所有的用人。三年前发生过一件杀害婴儿的事件，当时教会法庭的主席是主教，承审人曾把告发的材料给了他，他发现了真情。但是他怎么也意想不到进来死在修道院花园里的两个年轻人的故事，只有院长、赛丽亚娜、法比耶娜、费丽泽和她的朋友罗德琳德完全知道。罗德琳德的姑妈很会装假，没有引起别人的疑心。新主教某某大人造成了绝大的恐怖，除去院长和费丽泽，所有其他女修士的证词，虽说总是用的同一的词句，却显然夹着说谎的成分。伯爵在修道院每次谈话完了就和费丽泽进行一次长谈，这成为她的幸福，但是为了使谈话时间拉长，她每天在关于两个年轻骑士死的事上小心在意，只对伯爵说她知道的极小的一部分。相反，说到她本人的事她就极其坦白了。她有过三个情人；伯爵差不多变成了她的朋友，她拿她的恋爱统统告诉了伯爵。年轻女孩子这样美，那样有才情，又坦白到了无话不谈的地步，伯爵不但感到兴趣，而且很快就以极大的诚恳回报这种坦白。

他向费丽泽道:"像你那样有趣的故事,我就没有,所以我是无法回谢你的。我不知道我敢不敢对你说: 我在社会上遇到的所有的女性,她们引起我对她们美丽的仰慕就永远抵不上我对她们性格的蔑视。"

伯爵经常访问倒不要紧,赛丽亚娜却坐立不安了。法比耶娜越来越陷入她的痛苦之中,对朋友的劝告已经不表示厌恶。轮到她看守修道院门的时候,她打开门转过头,于是院长的心腹玛尔托娜的朋友、年轻的绸缎工人玉连就能进修道院了。他要在里头整整待八天,一直待到法比耶娜再值班才能把门开开。似乎就在她情人这次久居要完的时候,玛尔托娜才拿安眠药水给院长用,因为院长要她不分昼夜待在旁边,而玉连孤单单一个人被锁在她的房间里,腻烦得要死,她受了他诉苦的感动。

虞丽是一个十分虔笃的年轻女修士,有一天黄昏走过大寝室,听见玛尔托娜房间有人讲话。她不出声走向前去,眼睛对准钥匙眼,看见一个漂亮的年轻男子坐在桌边和玛尔托娜说说笑笑在用晚饭。虞丽敲了几下门,随后一想,玛尔托娜很可能打开门把她和这年轻人关在一起,倒打一耙,把她虞丽告发了,而且院长会相信她的,因为玛尔托娜和院长生活在一起,听信她成了习惯。这样一想,虞丽心慌意乱到了极点,她想象玛尔托娜在追她,过道这时候没有人,又很暗,灯还没有点,玛尔托娜比她也强壮多了。慌乱之下,虞丽跑开了,但是她听见玛尔托娜开开了门,以为她认出她来了便跑去把全部情形都对院长说了。院长又气又急,慌忙朝玛尔托娜房间跑去,玉连已经不在房里,躲到花园去了。可是就在当夜,院长为了谨慎起见,考虑到玛尔托娜的名誉,要她睡到她的房间。院长还告诉玛尔托娜: 明天一早,她要找修道院的忏悔教士某某神甫亲自给她修行小间的门加上封条,因为有人恶意假设里头藏着一个男子。玛尔托娜当时正在预备院长当晚饭用的巧克力,一生气就把大量所谓安眠药掺合进去了。

第二天,院长维尔吉丽亚觉得头怪样的难受,一照镜子发现脸完全改了模样,心想她快要死了。秘鲁毒药的第一个效验,就是使吃了它的人差不多要发疯。维尔吉丽亚想起女圣·里帕拉塔贵族修道院院长有一个特权,就是临死请主教大人送终,她写信去了。这位教廷官员不久就在修道院露了面。她不光同他说起她的病,还说起两个尸首的故事。主教严厉申斥她没有把这样离奇、这样有罪的事件早告诉他。院长回答:大公的代理人布翁·德尔蒙泰曾经一再劝她,要避免外人的议论。

"你严格完成你的责任,这俗人怎么敢说成要惹外人议论?"

一见主教到了修道院,赛丽亚娜就对法比耶娜道:"我们完啦。这位教廷官员是一个狂热的信徒,他想不顾一切地把特朗特宗教会议的改革方案介绍到他教区的修道院来。他待我们不像布翁·德尔蒙泰伯爵,而是另一个样子。"

法比耶娜哭着扑到赛丽亚娜的怀里。"我倒不在乎死,不过死的时候,有两件事让我难过,因为是我把你毁了的,毁了你不说,还救不了不幸的院长的性命。"

法比耶娜马上去了当夜值班守门的小姐的修行小间,告诉她:必须搭救玛尔托娜的性命和名誉,她太粗心,在她的修行小间接见了一个男子。她没有对她做详细解释。经过许多口舌,这位女修士同意在夜晚十一点钟过后不久,把门开开,离开一会儿工夫。

就在这时,赛丽亚娜叫人通知玛尔托娜到合唱厅来。这是像教堂那样大的一个大厅,一道栅栏把公众使用的大厅隔在外头,天花板有四十尺高。玛尔托娜跪在合唱厅的中央,她可以低声说话而不叫别人听见。赛丽亚娜过去跪在她旁边。

她向她道："这里是一个钱袋，里头装着法比耶娜和我找到的全部银钱。今天晚晌，或者明天晚晌，我安排修道院门开一会儿工夫。让玉连溜出去吧，还有你本人紧跟着也逃命去吧。你知道维尔吉丽亚院长一定把一切全告诉可怕的主教了，不用说，他主持的法庭会判你十五年监禁，或者死刑的。"

玛尔托娜做了一个动作，想跪到赛丽亚娜面前。

"做什么，粗心的人？"赛丽亚娜叫了起来，及时止住了她的动作。"想想看吧，玉连和你，你们随时可能被捕的。从现在到你逃走的时候尽可能藏起来，尤其要注意进院长会客室的人们。"

第二天，伯爵来到修道院，发现有了许多改变。院长的心腹玛尔托娜在夜晚失踪了；院长弱得不得了，接见大公的代理人不得不坐着一张扶手椅子，叫人抬到会客室。她告诉伯爵，她全讲给主教听了。

"这样的话，我们不是要流血，就是要服毒了。"伯爵喊道……（司汤达的原稿在这里中断①。）

---

① 一八三九年四月十五日，司汤达忽然放弃了这个故事，在边下注了一句，说他以后再根据意大利写本结束它。不过原稿有几行也告诉了我们，他原来收尾的意图，下边是主要的计划。

布翁·德尔蒙泰伯爵想救走费丽泽，但是她不愿意把罗德琳德留在困境中自己一个人逃命。伯爵因而越发敬重她了。但是罗德琳德害肺病死了，费丽泽逃了。伯爵把她安顿在波伦亚，他后半辈子就在经常从比斯卡纳到波伦亚的旅行上消磨掉了。

至于其他女修士，大家要是关心她们的命运的话，我最好还是极简单地叙述一下一八二九年在巴黎印行的《帕里阿诺修道院·十六世纪遗事》吧。司汤达从这里摘取了一大部分故事，用在《昵之适以杀之》上。为了行文清楚起见，我不用书里女修士的名字，改用司汤达给她们取的名字：

那不勒斯大主教的代理人秘密地、严厉地审讯女修士案件。赛丽亚娜和法比耶娜判决服毒，其他女修士判决徒刑，介乎十年和终身监禁之间。

读过判决书，响起了一片凄楚的哭声，有一个女修士从窗户跳到下面花园，另一个拿刺刀把自己扎死。

赛丽亚娜保持着一种蔑视的冷静。她一口喝光毒芹汁子，劝法比耶娜不要再呻吟了。法比耶娜也把毒药咽掉。毒性很快就发作了。两个年轻女孩子痛苦地抽搐着，在地上打着滚，露出她们身体隐藏的美丽的地方。赛丽亚娜的稠密的黑头发在她肩膀和胸脯上滚动着，由于动作紊乱，肩膀和胸脯统统露在外头。看的人再也看不下去了，走进隔壁一间屋子。大主教的代理人说："没有比这形体更美的了，在这美丽的形体里面，或许从来就没有一颗比这更刚强的灵魂，多可惜！这眼睛，这头发！"

最后，嫌死来得不够快，赛丽亚娜用尽最后的力量自己爬起来，发现桌子上证物之中有一把短剑，她抓过来一剑刺进自己的心里（编订者）。

苏奥拉·斯科拉斯蒂卡

一七四〇年①轰动那不勒斯的故事

序

一八二四年我在那不勒斯,听见社会上谈起苏奥拉·斯科拉斯蒂卡②和参议教士③奇博的故事。大家可以想象我这样好奇的人,能不去打听这是怎么一回事吗?可是人们怕连累自己,谁也不肯稍微清楚一点回答我。

在那不勒斯,人们谈论政治从来都是模棱两可的。原因是,一个那不勒斯家庭,比如说是由三个儿子、一个女儿和父母组成的,他们各自分别属于三个不同的党派,所谓党派,在那不勒斯,就是阴谋的别称。这样,女儿属于情人一党;每个儿子参预一种不同的阴谋,父母叹着气,谈起他们二十岁时候的朝廷。这种自成一体带来的结果就是,谈起政治来,大家决不认真。你只要说话稍出格,稍微明朗一点,就可看见身旁两三个人脸色都变白了。

我在社会上打听这个名字古怪的故事,但是一点头绪也没有打听出来,我便以为苏奥拉·斯科拉斯蒂卡的故事,不妨这么说吧,可以联想到一八二〇年一件可怕的史实。

一个四十岁的寡妇,长得一点也不美,可是人很善良,她拿小房子的一半租给我住。房子坐落在山脚一条小巷里,离可爱的基亚花园约莫一百步远。山在这地点俯瞰着老王的女人弗洛里达贵夫人④的别墅。这或许是那不勒斯唯一安静一点的地区了吧。

寡妇房东有一个老情人,我巴结了他整整一星期。有一天,我们一道在城里游荡,他指给我看拉查洛尼⑤进攻尚皮奥纳将军部下的地点和活烧某某公爵的十字路口,我装着一副天真的模样,猛然问他,为什么大家对苏奥拉·斯科拉斯蒂卡和参议教士奇博的故事那样严守秘密。

他安安静静回答我道:

"这个故事的人物有公爵、王爷的称号,他们的后代在今天还是公爵、王爷,他们看见自己的名姓夹杂在一个人人认为悲惨、凄凉的故事里,大概会生气的。"

"那么,事情是不是发生在一八二〇年?"

"你说什么?一八二〇年?"我的那不勒斯朋友一听年月很近,放声笑道,"你说什么?一八二〇年?"他重复着,那种意大利式不大礼貌的活泼情调,很使巴黎的法兰西人反感。

他继续道:

"你要是想有常识的话,就该说:一七四五年,继维莱特利战役之

---

① 按照下文,应当是一七四五年。
② 苏奥拉·斯科拉斯蒂卡(Suora scolastica),意大利文,意思是"听课修女"。初到修道院的见习修女,需要进修,随班上课,和一般修女不同。它在这里成了女主人公的别称,甚至代替了她的名姓,因而使她受到一连串迫害。
③ 参议教士是有权参加主教主持的最高会议的教士,由主教指派,并可代理主教进行工作。
④ 老王指西·西西里国王菲尔南德一世(一七五一——一八二五),是本篇一再说起的国王堂·卡尔洛斯的第三个儿子。一八二〇年七月,这胆怯无能而又反复无常的国王面对军队的叛变,他被迫任命革命领袖派将军做总司令,同时指定太子做国政的代理人,希图缓和空气,等待奥地利(他娶的是奥地利公主)的外援来到。外援一到,他的反动面貌立刻就暴露出来了。一八一四年原配奥地利公主去世,不久他就秘婚(因为女方地位不称他的身份。)和帕尔塔纳爵爷的寡妇卢西亚·米里阿齐奥结婚,封她为弗洛里迪亚公爵夫人,司汤达把她当作弗洛里达(Florida)夫人。
⑤ 拉查洛尼(lazzaroni多数)是那不勒斯过去特有的一种游民,司汤达在日记里记载:"他们住在街上和海岸。他们尤其常在市场附近出现,在这里干社会上最低贱的事。他们的财产只有一件衬衫和一条布裤子。没有房子、没有床的时候,他们就睡在沿街的凳子底下。……他们什么也没有,也不在乎。……他们有一个团体,有一个选出的首领,政府一直拨给他们津贴。他们很爱国王菲尔第南德。他们说自己的语言:这种语言充满明快、滑稽和淫荡的表情。"(一八一一年十月十一日)
他们是国王的死党。一七九九年一月二十三日,法兰西总裁政府派遣军队南征,击溃他们的顽强抵抗,在那不勒斯成立共和政府。当时的统帅是尚皮奥纳将军,(一七六二——一八〇〇)。六月二十日,菲尔南德一世凭借外援,利用这些游民的忠心,回到那不勒斯,大肆报复,进步的贵族和资产阶级人士被杀害的有好几百人。

后,巩固我们伟大的堂·卡尔洛斯占有那不勒斯的一年。本地人称他查理七世,后来他在西班牙做了一些了不起的大事,那边的人称他查理三世。法尔奈斯家族的大鼻子就是他带到我们王室来的。①

"今天大家也许不高兴说破当时大主教的真名实姓,提起他来,那不勒斯人人胆战心惊,可是维莱特利这个致命的地名却也把他吓住了。当时德意志人在维莱特利周围的山上扎营,我们伟大的堂·卡尔洛斯住在吉奈蒂府,他们打算一举把他劫走。

"你说起的掌故,据说是一位修士写的。大家用苏奥拉·斯科拉斯蒂卡这个名字称呼的年轻女修士,生在比西尼亚诺公爵的家庭。当时的大主教是一个大阴谋家,事情从头到尾,都是他主使参议教士奇博去做的。写故事的修士对大主教显出强烈的憎恨,也许他是年轻的堂·杰纳利诺保护的一个人吧。堂·杰纳利诺是拉斯·弗洛雷斯侯爵家的子弟,据说他为了赢得洛萨琳德这个姑娘,曾经和富有风情的国王堂·卡尔洛斯本人和号称当时最富裕的贵人法尔嘎斯·代耳·帕尔多老公爵有过一番竞争。不用说,在这不幸故事之中,有些地方可能深深得罪了一七五〇年还有权势的某一人物,因为大家相信修士是在这一时期写的,有些话他存心不交代清楚。他的废话是惊人的;他总用一些陈词滥调表达自己的意思,不用说,劝善惩恶是完全做到了,可是内容空洞,什么也看不出来。人常常需要盖起写本,寻味一下善良的修士心里要说的话。比如讲到堂·杰纳利诺的死,大家就几乎看不透他的心思。

"过几天,我也许能弄到这份写本,借你看看,我不劝你买它,因为它太要人有耐心了。它在公证人B某的事务所已经搁了两年了,少

---

① 法尔奈斯是意大利一个阀阅世家,世代是巴马公爵。西班牙国王菲力普五世续娶法尔奈斯一姓的伊丽莎白,生下来的儿子就是堂·卡尔洛斯,所以这里才说:"法尔奈斯家族的大鼻子就是他带到我们王室来的。"

于四个杜卡托还不卖。"

一星期后，我拿到了写本。它也许是世上最要人有耐心的东西了。作者才讲过的故事，随时又换一套再说一回；倒霉的读者还以为是另起了一个头呐。最后乱到这步田地，人就想象不出到底在说什么。

大家应当知道，一个米兰人、一个那不勒斯人，生平也许没有用佛罗伦萨语言一连气说过一百句话，临到他们一八四二年印书的时候，倒觉得用这种外来语言漂亮了。本世纪最伟大的历史家、杰出的科莱塔将军①，就有一点这种癖好，常常使他的读者看不下去。

这个标题使苏奥拉·斯科拉斯蒂卡的可怕的写本，篇幅不下三百余页。我记得，为了弄准确我采用的意思，某些页我还重抄了一回。

掌故一熟悉，我就当心不直接发问了。闲谈许久，证明我对事实有充分认识之后，我才做出完全不在乎的模样，要求某些说明。

过了不久，有一位大人物，两个月前拒绝回答我的问题，后来帮我弄到一份薄薄的写本，六十页厚，叙述的线索虽说不对头，但是在某些事实上，又补充了一些生动的细节。关于疯狂的妒忌，这份写本就提供了一些真实的细节。

费尔第南达·德·比西尼亚诺公爵夫人从她的家庭教士嘴里（这个教士后来被大主教收买下了）知道了年轻的堂·杰纳利诺爱的不是她，而是公爵前妻的女儿洛萨琳德。

她以为是国王堂·卡尔洛斯在爱洛萨琳德，所以为了在情敌身上报复起见，她扇起了堂·杰纳利诺·德·拉斯·弗洛雷斯难以忍受的妒忌心。

一八四二年三月二十一日

---

① 科莱塔（一七七五——一八三一）是那不勒斯人，当过军官，写过一部《一七二四年到一八二五年那不勒斯王国史》。

你们知道，路易十四失去那些和他同时生下来的大人物①，曼特侬夫人②又缩小他的视野，他变得狂妄自大，在一七一一年，把一个小孩子送到西班牙去做国王。这小孩子就是昂如公爵，不久成了又疯、又勇、又虔诚的菲力普五世。当时如果照外国人的建议做的话，把比利时和米兰地区并入法兰西，那要有利多了。

法兰西处境很坏，国王在这以前，仅仅得到一些轻而易举的成就和喜剧性的光荣，但是他在苦难之中，倒也显示出了真正伟大。德南的胜利和泼在马尔博鲁公爵夫人袍子上的有名的一杯水，给法兰西带来相当光荣的和平。③

菲力普五世一直在西班牙做国王，就在签订和约前后，死了王后。这件意外事故和他的修士品质几乎使他疯了。尽管如此，他还是有本领从巴马的一间鸽楼里，把著名的伊丽莎白·法尔奈斯找出来，接到西班牙，最后还娶了她。西班牙的狂妄、幼稚，后来在欧洲那样有名，在西班牙仪式这个被尊敬的名称之下，得到欧洲所有王室的摹仿。在这种环境中，这位伟大的王后还是显出了她的天才。

十五年来，这位伊丽莎白·法尔奈斯王后每天要和她的疯子丈夫见面，时间却在十分钟以上。在这表面显赫、实际万分猥琐的宫廷，出了一个天才文人圣西门公爵④。他的批评极为透彻，他对西班牙性格的

---

① 指拉辛、沃班、布瓦洛等人而言。
② 曼特侬夫人是路易十四的续弦夫人，笃信天主教，对路易十四起了很坏的影响。
③ 路易十四的次孙昂如公爵继承西班牙王位，奥地利和英吉利反对，爆发了争夺西班牙王位的战争（一七〇一——一七一三）。马尔博鲁公爵是当时英吉利方面的统帅，夫人是女王的内府总管，深得宠信，后于一七一〇年失宠，据说，她曾经当着女王，故意失手把一杯水泼在女王的新宠、她的堂妹的袍子上，一说，泼在女王的袍子上，总之，不是像这里说的，倒在自己身上。马尔博鲁公爵同时被解除了统帅的职位。路易十四在他手上一直吃败仗，所以他的去职和法国最后在德南一役的胜利（一七一二），结束了这无意义的战争。
④ 圣西门公爵（一六七五——一七一五）的《见闻录》，记载十七、十八世纪之交的宫廷生活。

阴郁特征也有深刻感受。截到现在为止,他是法兰西民族产生的唯一的历史家。他绘出了伊丽莎白·法尔奈斯王后苦心孤诣的有趣的细节。王后给菲力普五世养了两个晚生儿子,为了能有一天发出一支西班牙军队,帮他一个儿子在本国征服一块领土,她呕尽了心血。菲力普五世要是一死,她就可以靠这方法,找到一个安身之处,避免等待着一位西班牙太后的凄凉生涯。

国王前妻养过两个儿子,全是白痴;神圣宗教裁判所教养出来的王子,也就只有这样了。他们中间有一个要是做了国王,他的宠臣很可能让他明白,把法尔奈斯王后投入监狱,在政治上是必要的。她的活动和锐利的直觉把慵懒的西班牙人得罪下了。

伊丽莎白王后的长子就是堂·卡尔洛斯。他在一七三四年去了意大利,轻而易举就打赢了比通托战役,登上那不勒斯宝座。但是临到一七四三年,奥地利认真攻打起他来了;一七四四年八月十日,他率领他那一小队西班牙人马,驻在离罗马十二古里远的维莱特利小城。他扎营在阿尔特米西奥山脚,奥地利一小队人马占的地势比他的地势好,双方相隔不到两古里。

八月十四日,天方破晓,一分队奥地利士兵出其不意,把堂·卡尔洛斯困在他的房间里。王后曾经不顾宫廷大司铎的反对,把法尔嘎斯·代耳·帕尔多公爵派到儿子身边,当时公爵就抓起他的腿,把他举到离地板十尺高的窗口;奥地利精兵这时正拿枪把子撞门,他们尽可能保持尊敬口吻,朝里喊着,请王爷投降。

法尔嘎斯继王爷之后,跳出窗户,找见两匹马,扶王爷骑上马,驰往步兵营。步兵营在四分之一古里远的地方。

他对西班牙兵士说:

"你们要是不记得你们是西班牙人,你们的王爷就毁了。这些奥地利邪教徒,想把你们善良的王后的儿子活捉了去,不干掉他们两千人是不成的啊。"

寥寥几句话，唤起了西班牙人的全部勇气，他们挥动宝剑，刺杀从维莱特利来的四个分队的敌人；敌人先还打算出其不意，把王爷抢走呢。法尔嘎斯侥幸遇到了一个老将军，他不记得一七四四年作战的滑稽方式，没有那种怪异的想法：采用巧妙的行动反攻，打消西班牙勇士的怒火。总之，维莱特利之役，他们杀死了奥地利军队三千五百人。

从此以后，堂·卡尔洛斯真正成了那不勒斯的国王。

堂·卡尔洛斯仅仅是以爱打猎而出名，法尔奈斯王后派了一个宠臣对他讲：那不勒斯人特别忍受不了奥地利人的地方，就是小气和贪婪。

"生意人一向狐疑成性，就关心眼前感受，您就多拿他们几百万吧；用他们的钱让他们娱乐娱乐，可是别当一个木头国王。①"

堂·卡尔洛斯虽说是由教士扶养大的，而且有严格的仪式管束，可是并不缺乏聪明。他网罗了一批杰出的朝臣，又设法找来年轻的贵人，待遇特别优渥；他初来那不勒斯的时候，他们才从学校出来，在维莱特利战役时期，还不到二十岁。奥地利军队偷袭，这些年轻人不肯让和他们一样年轻的国王做俘虏，好几个战死在维莱特利的街上。

奥地利企图制造的阴谋，回回全被国王破获。他那些法官把这些笨蛋、有过几年寿命的各种政权的党羽叫做无耻的卖国贼。

堂·卡尔洛斯不执行任何死刑，但是他允许没收大量的良田。那不勒斯人天性爱好浮华排场，宫廷贵人从这上头得到启发，知道想讨

---

① 木头国王，参阅拉封丹《寓言集》三之四：一群蛙嫌民主政体不好，要了一个国王；这是一根木头，它们嫌它老实，又找了一只鹤来做国王，鹤把它们吃光了。

年轻国王的欢心，就得多花钱才行。所有被他的大臣塔努奇①告发了的私下效忠奥地利王室的贵人，国王由他们倾家荡产。拒不从命的只有那不勒斯大主教阿夸维瓦②；在堂·卡尔洛斯的新王国内，国王发现他是唯一真正危险的敌人。

一七四五年冬天，堂·卡尔洛斯从维莱特利之役归来，举行庆祝。庆典极其豪华，帮他赢到那不勒斯人的心，不下于他在战争上所走的鸿运。那不勒斯到处呈现出一派国泰民安的气象。

为了庆祝他的诞辰，查理三世在王宫举行大典和盛大的吻手仪式，拿许多良田分赠给那些他认为忠心于他的大贵人。他懂得怎么样统治，大主教的情妇们和年老的妇女们念念不忘于可笑的奥地利政府，堂·卡尔洛斯私下就常拿她们取笑。

国王一见年轻贵人的开销超出了他们的薪俸，就送两三个公爵头衔给他们，因为堂·卡尔洛斯天生伟大，讨厌那些照奥地利原则竭力节省的人们。

年轻国王有才思，有崇高的感情，说起话来也轻重有致。关于民众，政府并不经常欺压他们，他们感到万分惊奇。他们喜爱国王的庆典，他们对纳税也已很习惯；从前收去的税款，不是半年一次运到马德里，就是运到奥地利，现在不然了，一部分拿来给了作乐的年轻人和年轻妇女。大主教阿夸维瓦每逢讲道，就暗示宫廷生活方式将要走到亵渎神明的道路上去，支持他的有全部老年人和已经不年轻的妇女，然而也不起作用。国王和王后每回走出王宫，民众夹道欢呼，喊"万岁"

---

① 塔努奇（一六九八——一七八三），最初在大学任教，后来到那不勒斯王国做首相，大力削弱教会特权；一七五九年，堂·卡尔洛斯到西班牙去做国王，留他在那不勒斯做监国，他大权在握，直到一七七六年，菲尔第南德四世（作为那不勒斯国王，他是四世，从一八一六年起，他统一西西里王国和那不勒斯王国，总称之为西·西西里王国，他就改换称号为菲尔第南德一世）的王后才将他免职。

② 阿夸维瓦是那不勒斯有名的宗教世家，十七世纪初叶，耶稣会将军克楼德·阿夸维瓦是一个代表人物。

的声音传到四分之一古里以外。这里人天生爱嚷嚷①,当时也确实心满意足,所以他们的呼喊,怎么描摹得出呢!……

*　　　*　　　*

维莱特利战役之后,头一个冬天,好几个法兰西宫廷贵人,以休养为名,来到那不勒斯过冬。朝廷欢迎他们;最有钱的贵人当做任务,请他们参加他们的种种庆典。按照西班牙的庄重古风和仪式的规定,早晨拜访年轻妇女,完全在禁止之列,她们没有丈夫选定的两三个看妈陪伴,同样绝对不许接见男子。但是当着宽和的法兰西风格,这些规矩似乎也让了一点步。分享这种尊荣的,有八九位稀世美人。可是,年轻国王是一个大内行,他认为宫廷里最美的美人是比西尼亚诺爵爷的女儿、年轻的洛萨琳德。这位爵爷从前在奥地利统治之下当过将军,是一个极忧郁、极谨慎的人物,和大主教的关系很密切,在有决定性的维莱特利战役之前,堂·卡尔洛斯在位四年,他就没有去过王宫。只有在国王的两次吻手仪式的庆典,就是说,国王的命名日和诞辰,比西尼亚诺爵爷因为非去不可,国王才看到他。但是国王举行的庆典,像当时人在那不勒斯说起的,甚至在最效忠于奥地利权力的家族里,也为他结下了党羽。所以比西尼亚诺爵爷经不起他的续弦夫人费尔第南达再三央求,尽管不乐意,也不得不让步,许她进宫,并且带了女儿去,这女儿就是美丽的洛萨琳德,也就是国王堂·卡尔洛斯称之为他的王国里最美的姑娘。

比西尼亚诺爵爷的前妻给他留下三个儿子,他为他们成家立业,操足了心思。儿子的头衔不是公爵,就是侯爵,就他可能留给他们的

---

① 司汤达在日记里分析道:"那不勒斯人对政府百依百顺,可是他们愿意谈论一切,决定一切,他们这样做的时候,就吵得天也要塌下来。……这些人特别爱好吵闹,他们为一点点小事动怒,同样为一点点小事,也就安静下来。老百姓缺乏任何种类的教育。他们是自然人。"(一八一一年十月十一日)

一份菲薄财产来看，头衔未免太高了。王后诞辰的那天，国王军队有许多少尉蒙恩擢升，但是比西尼亚诺爵爷的三个儿子并不在内；理由很简单，他们事前没有提出任何要求。爵爷原来就是一肚子愁闷，现在越发难过了。但是庆典的第二天，他们的妹妹，年轻的洛萨琳德，随继母进宫晋谒，王后告诉洛萨琳德，说她注意到，前次宫里玩小牌的时候，她没有东西做赌注。王后对她道：

"年轻女孩子虽说不时兴戴钻石，但是我希望，以我的特旨，你能同意戴上这个戒指。作为你的王后对你表示友谊的证明。"

于是王后送了她一只镶着一颗值几百杜卡托的钻石的戒指。

这戒指给比西尼亚诺老爵爷出了一个大难题：他的朋友大主教威胁他说，要是他的女儿洛萨琳德戴上这只西班牙戒指的话，到了复活节期间，他就要叫全教区的教士拒绝赦免她的过失。爵爷听他家庭老教士的建议，向大主教提供了一个 mezzo termine①，从比西尼亚诺贵妇人们世代相传的珠宝里面选一颗钻石，尽可能做成一只相似的戒指。但是费尔第南达夫人却大生其气了。

她生气他们从她的珠宝盒子里偷走东西，坚持要以王后赏赐的戒指顶还被拿去的钻石。家里有一个老看妈，是爵爷的亲信，爵爷听了她的主意，认为把洛萨琳德的戒指放进家传的珠宝盒子，一旦爵爷身死，她便可能被剥夺掉这只戒指的所有权；再说，万一王后看破顶替的秘密，女儿就不再能以圣·约翰的血来赌咒，说戒指一直归她所有，跑回家来取，证明话是真的。

洛萨琳德对这场争论并不关心，但是它整整扰乱了爵爷全家两星期。最后，还是家庭教士出主意，把王后赏赐的戒指交给家里最年长的看妈老丽塔保管。

---

① 意大利文，意思是"折衷办法"。

贵族出身的那不勒斯人，喜欢把自己看成独立的诸侯，利害关系各异，正由于这种癖好，所以兄弟姊妹之间也就没有一点感情，永远以最严格的政治尺度来衡量彼此的利害关系。

*　　　*　　　*

比西尼亚诺爵爷很爱他的太太[①]。她比他小三十岁，性格很快活，也很大意。一七四五年冬季，正值著名的维莱特利战役获胜之后，举行了一连串的庆典；费尔第南达夫人在这期间，看见宫廷最出色的年轻人全聚在她的周围，心中欢喜，自不待言。我们不必讳言，她之所以能出风头，无非是托了年轻的前房女儿的福。前房女儿不是别人，就是年轻的洛萨琳德、国王称为他的宫廷最好看的女人。包围比西尼亚诺夫人的那些年轻人，拿稳了国王要和他们待在一起，只要他们想得出几句风趣话来，让空气轻松一点，国王就会赏脸同他们讲讲话的。因为国王尊奉母后懿旨，而且为了不辜负西班牙人的尊敬，他是决不开口的，当他身边有一个他喜欢的女人时，他便忘记了自己的职位，说起话来，差不多像是换了一个人，看上去一副道貌岸然的样子。

但是比西尼亚诺夫人在宫廷这样快乐，一点也不是由于国王在她周围的缘故，而是由于拉斯·费洛雷斯侯爵府上的子弟、年轻的杰纳利诺不断献殷勤的缘故。侯爵的门第很高贵，因为他们属于西班牙的麦第纳·切里家族，他们迁到那不勒斯居住，还不过一个世纪。但是堂·杰纳利诺的父亲，可以说是宫廷最贫寒的贵人了。他的儿子只有二十二岁，出落得又风雅、又漂亮，但是容色之间，流露出一些严肃和高傲的表情，点破他的西班牙血统。他没有错过一次宫廷的庆典，许久以来，他就热爱着洛萨琳德，可是她不喜欢他。他小心在意，永远不同她说话，唯恐她的继母忽然停止带她到宫里来。

[①] 下文是司汤达在生命的最后一天，三月二十二日口授的。——编订者注

为了避免他的爱情遭到这种意外打击，他时时刻刻逢迎公爵夫人。她是一个稍微嫌胖的女人（不错，她三十四岁了），但是她那永远热情、永远愉快的性格，使她显得年轻了。这种性格对杰纳利诺的计划很有用处，因为他愿意以任何代价，改掉洛萨琳德不喜欢的那种高傲、轻蔑的神情。

杰纳利诺没有同她说过三回话，可是洛萨琳德任何感情也瞒不过他：他一设法模仿法兰西宫廷年轻贵人的快活、爽朗、甚至有一点轻浮的风度，他就从洛萨琳德眼里看出了满意的表情。甚至有一回，他当着王后，讲完一则掌故，掌故本身相当忧郁，可是他用法兰西人特有的漠不关心和毫不悲痛的神情把细节讲出来的时候，他想不到她微笑了，还做出了一个富有表情的手势。

王后和洛萨琳德一般年纪，也二十岁了。她情不自禁地恭维杰纳利诺，说：听他演述，她高兴没有发现那种西班牙式的悲痛神情。杰纳利诺望着洛萨琳德，像是对她说："我是为了讨你喜欢，才用心改掉我一家人天生具有的高傲神情的。"洛萨琳德明白他的意思，微笑着；如果杰纳利诺本人不是在疯狂相爱的话，就会明白他是在被爱着了。

比西尼亚诺夫人目不转睛，看着年轻人的漂亮面孔，但是他心里想些什么，她就不去费心猜测了，因为她缺乏深刻体会事物的细腻心灵；夫人端详的只是杰纳利诺脸上线条的优美和近乎女性化的身体的均匀罢了。他的头发照堂·卡尔洛斯从西班牙带来的风尚，留得长长的，亮闪闪的金黄颜色，一环一环，垂在他的脖子上，脖子又细又柔，倒像一个年轻女孩子的脖子。

模样好看的眼睛，使人不由想起最美的希腊雕刻，这样的眼睛在那不勒斯经常可遇到；但是这些眼睛的表情，只限于对自己健康的满足，或者最多也只限于不同程度的威胁而已。杰纳利诺有时候竟不由自主地显露出那种高傲的神情，但从来也没有高傲到带威胁的程度。

他一有机会就长久地凝视着洛萨琳德，这时，他的眼睛就有了忧郁的表情，一个苛细的观察者甚至可以下结论说：他有一种软弱、犹疑的性格，而且已到了疯狂的地步。这种特征是相当难猜出来的，他的宽眉毛常常聚拢，减低了他那双蓝眼睛的光泽和柔和。

国王在情有所属的时候，是不乏心细的，他清清楚楚看到洛萨琳德，在估计她所深惧的继母不注意到她的时候，目光总徘徊在杰纳利诺的美丽的头发上。她不敢同样停留在他的蓝眼睛上，她怕让人看破她这种古怪的动作。

国王宽宏大量，并不妒忌杰纳利诺。也许他以为一个年轻、慷慨、胜利的国王不应当害怕情敌吧。一般人称赞洛萨琳德，说她像最美的西西里纪念章上的雕像；不过一个苛细的观察者，也许就不特别恭维这种没有缺陷的美丽。她长着一张令人永远忘记不了的脸。我们不妨说，她的灵魂熠耀在她的额头上、在最动人的嘴的细致的轮廓里。她的身材柔荏、苗条，好像她长得太快了；她的举止，她的姿态甚至还带着几分可爱的孩子气，但是她的面貌显出一种敏捷的智力、尤其是一种快活的精神，这种精神弥补了她有时候被人指摘的盯着看人的傻相，可惜这种精神很少和希腊美同时并存。她的黑头发在前额当中分开，披散下来搭在她的脸上；她的眼上有一对长眉毛，国王对此赞不绝口，也正是由于这个特征，国王才给迷住了。

堂·杰纳利诺的性格有一个显著的缺点：他易夸张情敌的优点，因而妒忌到了不可收拾的地步。他妒忌国王堂·卡尔洛斯，虽然洛萨琳德费尽心思，要他明白：他不应当妒忌这执掌大权的情敌。杰纳利诺听见国王当着洛萨琳德说出一句半句漂亮话，脸色就忽然发白了。正是由于一种妒忌的因素，杰纳利诺尽量多和国王待在一起，反而觉得非常愉快。他研究国王的性格和他可能忽略的国王对洛萨琳德表示爱情的示意动作。国王错把这种关怀看成忠心，也就由他去注视了。

杰纳利诺同样妒忌法尔嘎斯·代耳·帕尔多公爵,堂·卡尔洛斯的御前大臣和心腹宠幸,当年在维莱特利战役前夕,对国王出过死力。据说公爵是那不勒斯宫廷最富裕的贵人。但是这些优点统统坏在年龄上了：他六十八岁了。不过这个弱点一点也没有影响他爱慕美丽的洛萨琳德。他也的确长得很漂亮,骑起马来很有风采；他对花钱有些很古怪的想法,挥霍起财产来,也是少有的慷慨。这些永远惊人的古怪的花钱方式,使他年轻,使他不断获得国王的恩宠。公爵愿意把在婚约上写明准备留给太太的种种好处,送给比西尼亚诺爵爷看,做到他没有可能拒绝。

"法兰西人"是堂·杰纳利诺在宫廷上的绰号；他的确很快活,很轻浮,交结所有旅居意大利的法兰西年轻贵人。国王器重他,因为这位王爷永远忘不了：奥地利无时无刻不在威胁那不勒斯。法兰西朝廷要是有一天抛开这种似乎指导它的行动的无忧无虑的轻浮精神,只消到莱茵河上稍稍示威一下,就可能引起这强大无比的王室对那不勒斯的注意,把它并吞了的。我们不必讳言,国王这种十分现实的恩宠,有时候未免推波助澜,使堂·杰纳利诺的性格分外轻浮了一些。

有一天,他和从凡尔赛来了两个月的夏罗斯特侯爵,一同在马德莱娜桥上散步。这是去维苏威火山的大路。维苏威火山的山中腰有一所道庵,两个年轻人望见了,一时兴起,就想上去。步行是不切实际的,因为天气已经热了；如果派一个跟班到那不勒斯去找马来,又嫌时间太久。

就在这时,堂·杰纳利诺望见前面约莫百步开外,有一个骑马的听差,穿的是谁家的号衣,他认不出来。他走到听差跟前,恭维他牵在手里的那匹安达卢西亚马英俊。

"代我向你主人致意,对他说一声,把他的两匹马借我到上面道庵走走。两小时之后,就送它们到你主人府上；拉斯·费洛雷斯府里会

281

来一个底下人代我致谢的。"

骑马的听差是一个西班牙老兵;他气忿忿望着堂·杰纳利诺,没有丝毫准备下马的意思。堂·杰纳利诺拉了一下他的号衣下摆,再一提他的肩膀,免得他整个身子都摔下来。穿号衣的听差不由自主地松了手,杰纳利诺便朝马背轻轻一跳,把牵在手里的安达卢西亚好马让给夏罗斯特侯爵骑。

就在侯爵上马的一刻,堂·杰纳利诺揪住马络头,觉得一把寒森森的刺刀掠过他的左胳膊。原来是西班牙老听差反对两匹马改换方向。

堂·杰纳利诺显出他常有的快活精神向他道:

"告诉你的主人,我深深向他致意,两小时之后,拉斯·费洛雷斯侯爵的马房,就有一个人来还他的两匹马。我们会当心马,不叫马跑得太快的。骑上这匹可爱的安达卢西亚马,我的朋友要有一趟可爱的散步了。"

怒气冲冲的听差走近堂·杰纳利诺,像是要再刺他一刀,可是两个年轻人呵呵大笑,快马跑开了。

两小时后,堂·杰纳利诺从维苏威火山回来,派父亲的一名马夫去打听马主人的名姓,顺便把马送还他家,并向他献上堂·杰纳利诺的敬意和谢意。一小时后,马夫面无人色,来见堂·杰纳利诺,告诉他:马是大主教的,大主教传话给他,不接受放肆的人的敬意。

三天下来,这件小小的事变成了一件大事;全那不勒斯都在谈论大主教的震怒。

宫廷举行舞会。堂·杰纳利诺是最热爱跳舞的人之一,他和平时一样,在舞会上出现了。他向费尔第南达·德·比西尼亚诺夫人伸出胳膊,陪着她和她的前房女儿洛萨琳德小姐在客厅散步,就见国王喊住他道:

"你新近轻率从事,向大主教借两匹马,是怎么一回事,讲给我听。"

堂·杰纳利诺几句话说完了读者在上文读到的意外遭遇,随后又讲:

"虽然我没认出是谁家的号衣,可是我相信马主是我的一位朋友。这类事我过去碰到过,我可以证明:我父亲马房里的马我也用,有一回正在遛着马,别人就把马给牵去骑了。去年,就在这条去维苏威火山的大路上,萨莱尔纳男爵的一匹马也被我借去骑了,他虽说年纪比我大得多,可也没有为了开玩笑而生气,因为陛下知道,他是一位有才情的人、一位大哲学家。无论如何,事情恶化了,已到了非比剑不能释怨的地步,因为我派人去致意,大主教那边拒绝接见,到头来受气的只是我。家父的马夫认为马不是大主教的,因为大主教从来没有骑过它们。"

国王一副严厉的脸色,道:

"事情到此为止,我禁止你再闹下去。我至多只能许你继续致意,大主教可能宽宏大量,愿意接受的。"

＊　　＊　　＊

两天以后,事情越发严重了:大主教认为国王谈到他的时候,用了一种不利于他的声调,因此宫廷里的年轻人乐得抓住机会冒犯他。另一方面,比西尼亚诺夫人公开站在每次舞会陪她跳舞的漂亮年轻人这面说话。她头头是道,证明他没有认出那遛马的听差穿的是谁家的号衣。这身号衣偏巧落在堂·杰纳利诺的一个听差手里,也不知道他是怎么弄到手的。说实话,这身号衣不是大主教家的听差穿的。

总之,马主生气生的这样岂有此理,要是有意思同他比剑的话,堂·杰纳利诺倒也乐意奉陪。堂·杰纳利诺甚至愿意去对大主教说,要是他当时随随便便借的马,的确属于大主教的话,他感到非常难过。

我们说起的这件事，很使国王堂·卡尔洛斯为难。由于大主教的布置，那不勒斯全体教士利用他们在忏悔小间谈话的机会，散布流言，说宫廷里的年轻人，过惯了不信教的生活，竟有意侮辱起大主教府的号衣来了。

国王一清早就去了他的波尔蒂奇宫。他在这里召见萨莱尔纳男爵，就是堂·杰纳利诺第一次回国王的话说起的那位先生。男爵属于头等贵族，很有钱，据说是国内第一个有天才的人。他刻薄到极点，像是从不放过说国王政府坏话的机会。他订了一份巴黎出版的《多情的水星》①，奠定了他天才的最高名声。他和大主教的关系很密切，大主教甚至愿意做他儿子的教父。（附带讲一句，儿子后来认真接受了父亲所夸耀的自由思想，因此便在一七九二年被绞死了。）

在上述期间，萨莱尔纳男爵在十分机密的情况下觐见国王，报告了许多事。那不勒斯上流社会可能欣赏的国王的行动，国王常常向他请教。依照男爵的建议，第二天流言就在那不勒斯社会的各个角落传开了，说红衣主教有一个年轻的亲戚，住在大主教府，听说堂·杰纳利诺精通武器像精通其他各种技艺一样，他已经跟人决斗过三回，每回结尾，一般说来，对手都不怎么有利，大主教的年轻亲戚感到绝大的恐怖；借马的时候，他一下子就冒了火，可是他的勇敢配不上他的高贵出身，因此对上文说起的恼人的事，经过仔细斟酌以后，他不得不小心从事，宣称马是他舅父的了。

当天黄昏，堂·杰纳利诺就去向大主教表白下衷，说是马要是的确属于大主教的话，他当时就会感到万分难过的。

---

① 《多情的水星》是一份消闲周报，一六七二年创办，报道社会名流的活动，发表一些爱情诗歌；一七一四年起，改名为《法兰西水星》，苟延残喘到一八二五年停刊。水星是希腊古代众神的使者。

大家晓得大主教的亲戚的真实姓名。一个星期下来，他变成笑柄，不得不离开了那不勒斯。一个月以后，堂·杰纳利诺升为禁卫军第一联队少尉，国王做出才听说他的财产配不上他的高贵出身的样子，从御厩选出三匹骏马送他。

这种恩宠的表示收到奇异的效果。国王堂·卡尔诺斯明明赏赐众多，却由于教士们散布的流言，而一向背着吝啬的恶名。流言原是大主教主使散布的，可是这一回，大主教却自食其果了。国王觉得一个家境相当贫寒，被人认为跟他挑过战的贵人对自己的秘密计划很有用处，因而一变吝啬的本性，把三匹最罕见的骏马作为礼物送给了他。民众相信这是事实，就像离开一个落难的人一样，纷纷离开了大主教。

堂·杰纳利诺无论遇到什么事情，对他来说不但丝毫无损，反而增高了声望，大主教考虑下来，便决定等候有利的机会，加以报复；不过这暴躁的灵魂，在猛烈的烦恼的吞噬之下，不做出什么来，是不可能活下去的，所以那不勒斯的忏悔小间全都奉到饬令，散布流言，说在维莱特利战役中，国王根本谈不上什么勇敢，指挥一切的是法尔嘎斯·代耳·帕尔多公爵，大家晓得他性情激烈、粗暴，国王敢于出生入死，全是他把他逼的。

新制造出来的诽谤，在那不勒斯漫无止境地流传开来。国王虽不是英雄，也感到莫大的难堪。堂·杰纳利诺新到手的恩宠似乎一时起了动摇。不是他乱开玩笑，在去维苏威火山的大路上，粗心浮气，向一个不认识的人借马的话，就不会有人回想到维莱特利战役的特殊环境；国王对军队演说，也不该过分常提这些讲话。

国王曾经命令堂·杰纳利诺巡视某地的御厩，汇报一下全黑的马的数目，看能不能凑成一中队，他当时正在为王后编制新的近卫骑兵。

费尔第南达夫人呕不得气,一呕气就没完没了,比西尼亚诺爵爷的家庭也从此失去了安宁。三个儿子生计无着,老头子已经很不高兴了,太太再这样一闹,心情更加恶劣了。公爵夫人猜想,她丈夫是有意要他的那些教士朋友相信,和宫廷往来,并非出自本心,而是因为年轻的王后对他太太恩遇优渥的缘故;并且他想通过这种往来,怂恿她为前房儿子谋得一官半职。公爵夫人有了这种猜想,再加上被人借去了珠宝盒子里的钻石,又不拿别的东西抵偿这件事,真是气上加气。正好堂·杰纳利诺得知自己不久要去某地御厩的消息,在那天到她这里来做早晨第一次的拜访;我们知道,公爵夫人这人只图眼前享受,她眼看要有好几天在宫里遇不到堂·杰纳利诺,就利用这个机会,托言自己身体不适。她的目的之一便是故意同丈夫作对,因为在王后赏赐戒指这件事上,他当时的决定实际上是对她不利的;公爵夫人虽然三十四岁了,就是说,比丈夫小三十岁,但她还希望自己能讨堂·杰纳利诺的喜欢。她虽然有点嫌胖,但还算好看;她的性格特别有助于使她保持依然年轻的声誉;她很快活,很大意,很热衷于任何她觉得她的高贵出身没有得到足够重视的小事上。

一七四〇年[①]冬天,在盛大的庆典期间,她发现在宫廷里聚在她周围的,始终是所有那不勒斯最出色的年轻人。她特别赏识年轻的堂·杰纳利诺。他那张极其优雅、极其快活的脸正好配上他的十分高贵、甚至有一点傲慢的西班牙风度。梅蒂纳·切里家族这一分支,迁到那不勒斯,不过是一百五十年以来的事,所以它后代的活泼、亲切的法兰西风度,特别使费尔第南达夫人觉得顺眼。

杰纳利诺的头发和髭是美丽的金黄颜色,眼睛蓝蓝的,富有表情。公爵夫人特别欣赏这种色泽,认为这是哥特人后裔的明显特征。

---

① 应当是一七四五年。

她常常提起，堂·杰纳利诺在胆大和勇猛上，特别显出他是哥特人的后裔，因为他在某些家庭制造混乱，同做兄弟的或者做丈夫的进行决斗，已经受过两回伤了。惹出这些小乱子以后，杰纳利诺就小心了，年轻的洛萨琳德尽管经常待在继母一旁，他也很少同她谈话。他小心到了这种地步，即使在洛萨琳德的继母不可能清清楚楚听见他同她说些什么的时候，他也从来不同她谈话；虽然如此，洛萨琳德还是确信这年轻人是在爱她，而杰纳利诺也差不多同样确信他在洛萨琳德心里所引起的感情。

那不勒斯在西班牙总督的任性与专制统治之下，受了一百一十年的害，现在虽然成了王国，积习所在，人们照旧怀着戒心，利用宗教做掩护，把感情统统藏了起来。法兰西人逢事取笑作乐，要他们了解这种戒心，自然相当困难。

＊　　＊　　＊

杰纳利诺要去御厩，但因不能跟洛萨琳德谈上半句话而感到痛苦万分。他不单单妒忌国王，连法尔嘎斯·代耳·帕尔多，他也妒忌。可是国王根本没想到他对洛萨琳德的爱慕。自从他不断出入宫廷以来，为时不久，他就发觉了一桩严格保守的秘密：正是这位法尔嘎斯·代耳·帕尔多公爵，从前在维莱特利之役，曾给堂·卡尔洛斯出过死力，他自以为在宫廷得宠，而不可一世，他的财产极多，每年有二十万皮阿斯特收入，他自以为这些财产足以使一个年轻女孩子忘记他那六十六岁高龄和他那古怪的粗暴性格。他打算好了向比西尼亚诺爵爷求婚，只要他应允把女儿嫁给他，他就可以义不容辞，负责照顾三位舅爷的前程。公爵不愧是一个西班牙老人，疑心很大；他所以不敢就去求婚，唯一的顾忌就是国王，他摸不透国王爱洛萨琳德的心思。截到现在为止，凡是得罪了法尔嘎斯的自尊心的大臣们，堂·卡尔洛斯毫不迟疑，就把他们全牺牲了；现在他会不会放弃一时的高兴，顾全这位帮他承当国家大事的宠臣,不和他彻底翻脸呢?洛萨琳德的性格是愉快的,王爷虽然得了轻微的忧郁症,却也偶尔显出一些愉快来,他会不会最后真动了激情?

杰纳利诺在去御厩的路上,因为弄不清楚国王的爱情和代耳·帕尔多公爵的爱情,感到一种他从来没有体会过的忧闷。也就是从这时起,他陷入了真正激情的全部狐疑之中。不见洛萨琳德不过三天,他对她在那不勒斯深信不疑的一件事也起了疑心:当洛萨琳德偶然望见他时,他以为从她眼里看出了那种感情,和每当她继母对杰纳利诺显出过分明白的浓情厚意时她心里所起的那种明显反感。

年轻的杰纳利诺①手腕相当圆滑,比西尼亚诺公爵夫人相信他追求的是她。不过事实上,他爱的是年轻的洛萨琳德,而且还妒忌旁人爱她。就是这位法尔嘎斯·代耳·帕尔多公爵,当年在维莱特利战役前夕,给堂·卡尔洛斯出过死力,如今在这年轻国王身边备受恩宠,他也迷上了年轻的洛萨琳德·德·比西尼亚诺的自然风韵,特别是天真的神情与坦率的视线。他追求她,声势煊赫,不愧其为一个真正伟大的西班牙人物。但是他闻鼻烟,戴假辫子,这正是那不勒斯的年轻姑娘们所最厌恶的两件事。洛萨琳德虽然也许只有两万法郎陪嫁,而且将来除去进圣·佩蒂托贵族修道院(坐落在托莱德街地势最高的部分,当时很时髦,可以说是最高贵的贵族姑娘们的坟墓)也许就没有别的出路了,可是对于代耳·帕尔多公爵的激情的视线,她却怎么也横不下心来领会。相反,堂·杰纳利诺趁比西尼亚诺公爵夫人不注意时,对年轻的洛萨琳德所使的眼色,她却一一领会了;至于杰纳利诺投来的眼色,她是否有时候回报回报,就很难说了。

说实话,这种恋爱并不具有普通的意义;不错,拉斯·弗洛雷斯

---

① 从现在起,我们根据的是一种比上文写本更早的写本。洛萨琳德在这里叫做阿梅丽。——编订者注

一姓属于最高贵的贵族,可是堂·杰纳利诺的父亲、拉斯·弗洛雷斯老公爵,有三个儿子;依照当地习俗安排,长子一年得到一万五千杜卡托的收入(约合五万法郎),而两个小儿子,每月有二十杜卡托作膳费,城内和乡下的府邸有房间住,就应当知足了。堂·杰纳利诺和年轻的洛萨琳德虽然两下没有经过商量,却用尽心计,不让比西尼亚诺公爵夫人知道他们的感情;因为她一旦发现她过去的想法不确实,风骚落空的话,她是永远不会饶恕年轻侯爵的。

她的丈夫、老将军比她看得清楚;那年冬天在国王堂·卡尔洛斯举行的最后一次盛会上,他看出曾因为不止一次的奇遇而成了名的堂·杰纳利诺企图讨他的太太或者女儿的欢喜;不管是讨谁欢喜,全不合他的脾胃。

第二天,用过早饭,他吩咐女儿洛萨琳德同他一道上车,然后一言不发,把她送到圣·佩蒂托贵族修道院。靠近豪华的斯图迪府,在托莱德街地势最高的部分的左边,我们今天看见的华丽的宅第,就是修道院。它在当时非常时髦。人在阿雷内拉上面的沃梅罗平原散步,沿着绵延不断的围墙,一走就是许久。这堵围墙没有别的用处,只是把世俗的眼睛从圣·佩蒂托的花园那边隔开罢了。

临到要把他的女儿交给他的妹妹、一位严厉的小姐了,爵爷这才开口。他对年轻的洛萨琳德说,她今生只能有一回走出圣·佩蒂托修道院,就是她发愿修行的前一天,此外就休想了。他把这话作为一种指示,好意说给她听,而她应当感谢他才是。

洛萨琳德对所发生的一切并不觉得意外,她十分清楚,她是不应当期望结婚的;除非发生什么奇迹,她想起嫁给法尔嘎斯·代耳·帕尔多公爵就感到厌恶。再说,如今她进的这所圣·佩蒂托修道院,从前她曾在这里当过几年寄宿生,她记起的全是些快活、有趣的回忆;所以第一天,她还不大为自己的处境发愁;可是从第二天起,她觉得她永远不会再看见年轻的堂·杰纳利诺了，尽管她在年龄上还孩气十足，可是这种想法开始使她非常痛苦。像她这样一个快活、轻率的人，不到两星期，就可以归到修道院最不安分、最忧郁的女孩子中间去了。现在她一天也许有二十回要想到这位她再也不应当看见的堂·杰纳利诺，可是当初她住在父亲府里的时候，想到这可爱的年轻人，一天也就不过一两回罢了。

她来修道院三星期后，有一天临到晚祷，她背圣母颂没有背错，见习修女的教师第一次允许她第二天上望楼：这正是大家称呼一个众女修士争奇斗巧、拿金箔和油画装璜的大走廊。圣·佩蒂托修道院正面对着托莱德街，走廊就在正门侧首的上方。

洛萨琳德重新看到两排漂亮马车，那高兴劲就甭提了。到了出游的时间，这些马车就停满了托莱德街地势较高的这一部分。马车和乘车的贵族妇女，她可以认出一大半，这种景象又使她开心，又使她苦恼。

可是当她认出一个年轻男子的时候，该怎么形容她的心乱呢？他站在一个车门底下，摇着一大捧好看的花，一副矫揉造作的模样，原来他就是堂·杰纳利诺。自从洛萨琳德离开上流社会以来，他天天来这地方，希望她在贵族女修士的望楼出现；他知道她很喜欢花儿，于是为了吸引她的视线，使她注目自己，他就用心给自己配备了一把最名贵的鲜花。

堂·杰纳利诺一看她把他认出来了，心里感到一阵莫大的喜悦。他立即对她遥遥做了一些手势，但是洛萨琳德小心在意，没理睬他。随后她细想了想，依照佩蒂托修道院遵循的圣本笃的教规，很可能要再过好几个星期才许她再上望楼。她在这里遇到一群轻佻的女修士，全在或者差不多全在对她们的情人做手势。这些小姐当着这位蒙白纱的年轻姑娘的面，显得相当局促不安：她可能看不惯她们不合宗教的态度,大惊小怪,张扬出去。大家知道,在那不勒斯,年轻姑娘从小就养成了手语的习惯,手指的不同部位可以构成一些字母。所以在客厅里面,就见她们这样静静地和一个站在二十步开外的年轻男子交谈,同时父母却在高声谈话。

杰纳利诺直怕洛萨琳德信教真挚。他在车门底下,稍稍退后几步,然后用小孩子的语言对她道:

"自我不见你以来,我很难过。在修道院,你快乐吗?你有自由常上望楼吗?你还喜欢花儿吗?"

洛萨琳德盯着他望,只是不答理。忽然,她不见了,如果不是见习修女的教师在喊她,就是堂·杰纳利诺同她讲的寥寥几句话得罪了她。他很痛苦。

他往上走进了那座俯瞰那不勒斯城的秀丽的树林子。树林子叫做阿雷内拉。圣·佩蒂托修道院的大花园的围墙一直延伸到这里。他抑郁不欢,继续散步,来到俯瞰那不勒斯和海的沃梅罗平原;他从这里又走了一古里路,来到法尔嘎斯·代耳·帕尔多公爵豪华的庄园。它是中世纪一个要塞,墙是黑的,有洞眼,在那不勒斯很有名气,这一方面是由于它外貌阴沉,另一方面是由于公爵古怪的癖好,他这里用的听差全是西班牙来的,而且全和他年纪一样大。他说,他一到这地方,就自以为是到了西班牙,并且,为了增多幻觉,他把周围的树木统统砍掉了。公爵在国王身旁处理完事务,就一定到他的圣·尼科洛庄园来散散心。

这阴沉的建筑物越发加深了堂·杰纳利诺的愁闷。他从这里折回来,忧忧悒悒,沿着圣·佩蒂托的花园围墙走时,心里涌起了一个念头,他寻思道:

"不用说,她还爱花?女修士在这大花园里一定栽种上了许多花;这里一定有园丁,我应当想法子认识他们才对。"

在这十分荒凉的地方，有一家小 osteria（酒店）；他走了进去，不过，他想着心事，沉浸在热情之中，他就没有想到他的服装在这个地方太华丽了，所以他的出现引起了人们的惊讶，惊讶之中还搀杂了许多疑惧，他苦恼起来了。于是他假装累极了，像一个乖孩子，由着店家和来喝几瓶酒的老百姓摆布。就当时情形来说，他的衣服是有点太富丽，但是他们看他为人直爽，也就放心他了。杰纳利诺丝毫没有看不起店家和店家的朋友的意思，他要了稍好点的酒，约他们一道喝，所以经过一小时的努力，他看见他在场已经不再惹人惊惶了。大家开始谈起圣·佩蒂托的贵族女修士，拿她们中间有些人在花园墙头接见情人的事来打趣了。

杰纳利诺这才相信，人在那不勒斯常常说起的这件事，并非无稽之谈。沃梅罗这些善良的农民虽然拿它打趣，可是并不显得太不正经。

"这些可怜的年轻姑娘，不是像我们教堂堂长讲的，自愿去那里的，而是因为父母要把家产全给她们的长兄，才把她们从府里撵出来的。所以她们想法子开开心，那是很自然的。不过眼下的院长安杰拉·玛利亚小姐，是卡斯特卢·比尼亚诺侯爵府的女儿，她异想天开，折磨这些可怜的年轻姑娘，以为这样就可以巴结国王，帮侄儿弄一个公爵做做，所以在她管理之下，日子就不容易过了。其实姑娘们一辈子就没有认真想到对上帝、对圣母许愿。她们在花园里跑来跑去，快快活活的，人看到眼里，也是一种快乐，你会把她们看成真正的寄宿生，不是什么女修士。做女修士，就要被迫认真许愿，一心一意想着还愿，不然的话，就会下地狱。最近，为了尊重她们的高贵出身，那不勒斯大主教还为她们向罗马教廷求到了一种特权！发愿修行，不必等到十七岁，十六岁就成了。这种特权给这些可怜的小姑娘带来了显著的荣誉，修道院为了这个，还很热闹了一番呐。"

杰纳利诺道：

"不过你们说到花园，我倒觉得它很小。"

四面八方叫了起来。

"怎么，小？不用说，您从来没有往里看过：里头有三十古尺①地面，园丁头儿贝波老爷子，有时手底下要带一打多工人呐。"

堂·杰纳利诺笑着喊道：

"这园丁头儿是漂亮小伙子吗？"

四面八方叫了起来：

"你才不清楚卡斯特卢·比尼亚诺院长的为人呐！她可不是那种由人乱搞的女人！要她用贝波老爷子，他得证明自己年过七十才行；他是拉斯·弗洛雷斯爵府里出来的人，侯爵在切西有一所漂亮花园。"

杰纳利诺高兴得跳了起来。

他的新朋友们问他：

"你怎么啦？"

"没什么；我累坏了！"

他记起了贝波老爷子是他父亲的一个老园丁。他利用当天黄昏剩下的时间，不露痕迹，打听出来园丁头儿贝波老爷子的住处和能会见他的方式。

的确，第二天他就见到他了；老园丁一看是他的主人拉斯·弗洛雷斯侯爵的小儿子，从前他常常把他抱在怀里，高兴得哭了起来，现在他一口答应帮他的忙。杰纳利诺埋怨父亲吝啬，对他说：只要有一百杜卡托，他就可以摆脱掉这种极其困难的处境。

两天后，见习修女洛萨琳德（现在大家叫她听课修女）独自在花园右边美丽的花坛里散步；园丁老贝波走到她身边，向她道：

---

① 法国丈量地亩的古尺"阿尔庞"，长短随地而异，约为41至52 are，每 are 有100平方米。

"我熟识比西尼亚诺爵爷的高贵家庭。年轻时候，我在爵爷的花园当过差，小姐要是赏脸的话，我送小姐一朵好看的玫瑰，包在葡萄叶子里头；不过，有一个条件，就是，等小姐回到房间，只有一个人了，再请打开。"

洛萨琳德几乎谢也没谢一声，接过了玫瑰；她把花贴胸藏好，一路沉思，走回她的修行小间。由于她是公爵的女儿，将来一定是第一等女修士，她住的小间有三间屋子。洛萨琳德一进去，就点亮了灯，她想取出藏在怀里的那朵好看的玫瑰，可是花萼离开枝，落在她的手上花瓣下面，花心当中，她看到下面这封短简；她的心扑扑直跳，可是她毫不犹疑就读了起来：

"和你一样，美丽的洛萨琳德，我很不富裕：原因是，如果你家里的人为了成全你的兄长而把你牺牲了，那么我也一样；因为你或许不会不知道，我只是拉斯·弗洛雷斯侯爵的第三个儿子。自从我失去你的踪影以来，国王派我充当他的近卫军旗手，我父亲趁这机会就向我宣告：我本人、还有我的听差和我的马匹，可以由府里供给食宿，除此以外，我就应当想到每月只有十个杜卡托的津贴过活。在我们家里，小儿子永远领这样一份津贴。

"所以，亲爱的洛萨琳德，我们彼此是一样穷，一样没有遗产继承。不过，你以为痛苦一辈子是我们的绝对责任，真就避免不了吗？人家把我们放在绝境，也正由于这种绝境，我才有胆量对你说：我们互相爱慕，我们的意志决不应当成为父母残酷的吝啬的从犯。我总有一天要娶你的，像我这样出身的一个人，一定能找到谋生的方法的。我唯一担心的，便是你信教过分虔诚。你和我通信时，可千万不要把自己看成是一个不守愿言的女修士；完全相反：你只是一个年轻女子，人家硬要把你和你心上的丈夫拆开罢了。千万拿出勇气来，尤其重要的是，别生我的气；我对你再胆大，也不敢背礼而行，只是想到十五天可能看不见你，我心里的确难过，何况我又是满心的爱，话不免就莽撞了。在我一生的那些快乐日子，我们虽然也在庆典相遇，又因为尊敬你的缘故，我不能用此刻这种坦白的语言表达我的感情，可是如今，谁知道我会不会有机会给你写第二封信呢？我能去经常拜访的那位修女，是我的表姐，她告诉我说：或许要等两星期之后，你才会得到许可再上望楼。不管怎么样，每天在同一时间，我都会到托莱德街来；我或许化了装来，因为万一给我的新伙伴，那些近卫军军官认了出来，他们会拿我取笑的。

"但愿你知道，自从我失去你的踪影以来，我的生活起了什么样的变化，我是多么不愉快！我只跳过一次舞，而且还是因为比西尼亚诺夫人来找我，一直找到我坐的地方。

"我们的贫穷需要我们交游广泛；你对用人要很有礼貌，甚至要有感情：老园丁贝波对我特别有用处，因为他在我父亲在切西的花园里，连续当了二十年差。

"我下面要告诉你的话，你会不会讨厌听呀？不管怎么样，我还是说了吧。在卡拉布雷斯，离那不勒斯八十古里路程，我母亲在海边有一块地，可以抵借六百杜卡托。我母亲一向钟爱我，我要是恳求她的话，她会叫管家照一年六百杜卡托抵借给我的。他们告诉我，一年贴我一百二十杜卡托生活费，那么，我每年只要付四百八十杜卡托，我们就可以从佃户那里获得收益。不错，这种作法会被人看成不体面的，我不得不拿这块地的名称当姓用，这块地叫……。

"可是，我不敢写下去了。方才我向你隐约透露的打算，也许冒犯了你吧：什么！永远离开那不勒斯这高贵的城？单有这种想法，我就算得卤莽放肆。无论如何，还是请你考虑考虑吧，我可能还有这样一个希望：我有一个哥哥会死的。

"再见，亲爱的洛萨琳德。你也许会觉得我很认真吧：三个星期以来，我离开你活着，就像不在活着，你就想不出我脑子里颠三倒四在思索些什么。不管怎样，请你饶恕我这些胡言乱语吧。"

洛萨琳德没有答复这第一封信。随后他又写了几封信来。她这时期对杰纳利诺表示的最大的好感，便是叫老贝波送一朵花给他。现在贝波已经成了听课修女的朋友，或许是因为他总有一些关于杰纳利诺的童年事迹同她谈谈吧。

杰纳利诺不再到交际场所去了，整天围着修道院的墙转来转去，只有在宫廷值勤的时候，大家才看得见他。他的日子过得很愁闷，要听课修女相信他宁愿死掉，简直用不着大肆夸张。

这奇怪的爱情占据了他的整个心灵，他不幸极了，最后他鼓足勇气，给情人写信道：这种写信方式的谈话太冷酷了，他从这上面再也得不到一点幸福。他需要面对面谈话，他有许许多多话要问她，这样他就可以立刻得到回答了。他向情人提议，让他由贝波陪着，到修道院花园她的窗户底下来。

经过好几回央求，洛萨琳德终于感动了，答应他到花园来。

会面给爱人们带来无限情趣，他们经常相会，次数频繁，什么也不加考虑。老贝波的存在成了多余；他把出入花园的小门开着，让杰纳利诺出去的时候，自己把小门关好。

在一个动乱的世纪，人人需要保持警惕。依照圣本笃亲自建立的一种习惯，早晨三点钟，众女修士到唱经堂为早祷歌唱的时候，应当在修道院的庭院和花园巡视一匝。圣·佩蒂托修道院是这样奉行这种习惯的：贵族女修士们早晨三点钟不起床，而是雇些穷女孩子在早祷的时候替她们歌唱，同时有人把花园一间小房子的门打开，这里住着三个七十多岁的老兵；这些兵士全副武装，大家假定他们是在花园里巡逻，另外在花园里放了几只白天被链子拴住的大狗。

杰纳利诺平时来，都很安静，但是有一天晚晌，狗突然大吠大叫，整个修道院都被吵醒了。兵士放狗以后，又睡去了，一听狗叫，急忙跑出来，证明他们在场。他们放了好几枪。院长不禁为她家里的公爵头衔担起忧来。

原来是杰纳利诺在洛萨琳德窗户底下谈话太大意了。他费了许多周折才脱身，但是恶狗追他追得紧，他没有来得及带上门。第二天，安杰拉·库斯多德院长听说修道院的狗跑遍了阿雷内拉所有树林子和沃梅罗一部分平原，她又急又气。就她看来，三只狗大吠大叫的时候，花园门显然是开着的。

为了维护修道院的体面，院长就说，由于年老的守卫疏忽职守，贼进了花园。所以她要辞退他们，另换一批守卫。这件事在修道院引起了一种革命状态，因为好几个女修士对这种专横的措施愤愤不平。

花园在夜晚一点不冷清；不过别人走过花园，也就知足了，并不逗留。只有一往情深的堂·杰纳利诺，才不好意思要求他的情妇许他进她的房间；可是他这样做，险些连累了修道院的全部恋爱事件。所以第二天一清早，他就设法递了她一封长信，求她许他上楼，到她的房间去。洛萨琳德起先没有答应，后来她想出一个方法减轻她良心上的反抗，他才得到了她的许可。

我们前面已经说过，她像所有的王公的女儿一样，将来一定是第一等贵族女修士，所以她的修行小间有三间屋子。末一间连着一间储衣室，中间仅仅隔着一道薄薄的木板，从来没有人到这末一间去。杰纳利诺设法去掉板壁当中的一块板子，差不多有一尺见方；他穿过花园来到修道院，几乎每天夜晚，拿头伸进这类似窗口的地方，同情人谈上好半天话。

这种幸福继续了许久，杰纳利诺已经在向她请求别的恩惠了，这时有两个相当年纪的女修士也经过花园接见她们的情人，她们被年轻侯爵的漂亮面孔吸引住了，决定把他从这个无足轻重的小见习女修士那边夺

297

过来。于是这两位小姐就和杰纳利诺攀谈起来,为了使谈话显得冠冕堂皇,她们开始责备他不该这样来到一所女修道院的花园和神圣禁地。

杰纳利诺简直没有听出她们的弦外之音。他告诉她们,他谈恋爱不是为了赎罪,而是为了取乐,所以他请求她们听其自便。

这句答话很不礼貌,今天在同样的场合,人们是不会允许这样做的。两个老女修士一听这话,气糊涂了,不管时间是否相宜,——当时将近早晨两点钟光景,——也不想上一想,就去喊醒院长了。

对年轻侯爵来说,还算幸运,告发的女修士没有认出他是谁来。院长正是他的祖姨、他外祖父的小妹妹;不过,她一心想着家庭的荣耀和晋升,虽然杰纳利诺可能接受去西班牙或至少是去西西里服役,可她知道年轻国王查理三世对教规是一个又热烈又严厉的拥护者,还是会向王爷控告她的外甥①胡作非为,伤风败俗的。

两个修士费了许多周折,来到院长面前,把她喊醒;这虔诚、热心的院长,一明白这事涉及到怎样可怕的罪行时,便朝听课修女的小间奔来了。

杰纳利诺没有同他的情人讲起他会到两个老女修士的事。他在连着储衣室的屋子里,安安静静和听课修女谈话,就见小房子的卧室门砰的一声开开了。

照着他们的只有黯淡的星光;院长的随从带来了八盏、十盏雪亮的灯,他们一下子就让亮光照花了眼睛。

一个女修士或者一个见习修女,被当场发现在所谓修行小间的小房子里面接见男人,杰纳利诺知道,正如那不勒斯人人知道,她要受到什么样的重大处分。所以他不加思索,就从储衣室很高的窗口跳下花园去了。

---

① 如果按上文院长是杰纳利诺的祖姨,这里他应当比"外甥"还要小一个辈份。

罪名是明显的，听课修女也就不做什么声辩了。安杰拉·库斯多德院长当场讯问了她。院长是一个干瘦、苍白的四十岁的高个子姑娘，出身于王国最荣显的贵族，她只有这几种情况显示出来的全部道德品质。她有严厉执行教规所需要的一切勇气，特别是自从年轻国王发现了做专制国王的诀窍，公开宣布他要"事事都有纪律"，而且是最严格的纪律以来。尤其是，安杰拉·库斯多德院长属于卡斯特卢·比尼亚诺家庭，从圣路易的兄弟昂如公爵①做国王时起，和比西尼亚诺爵爷的家庭就结下了宿仇。

可怜的听课修女，当着这许多亮光，被人在半夜她的房间里发现和一个年轻男子谈话，只有用手蒙住了脸。这最初一刻，对她起着决定性的意义，可是她羞愧难当，没想到要注意一下可能是绝对重要的关键问题。

她说的有限几个字完全对她不利；她重复了两次：

"可是这年轻人是我丈夫！"

这句话使人想到许多无影无踪的事，两个告发的女修士听了非常高兴。还是院长拿出公道精神，向大家指出：根据地点的布置，胆敢侵犯修道院禁地的该死的荒唐鬼，至少是没有和走入歧途的见习修女待在"同一房间"。他仅仅来到一间储衣室，去掉隔开储衣室和听课修女房间的板壁的一块木板罢了；不用说，他同她谈话来的，可是他没有走进她的房间，因为就在大家冲进听课修女的小间的第二间屋子撞见他的时候，大家望见荒唐鬼待在储衣室，而且他就是从那边逃掉的。

可怜的听课修女消沉到了极点，她不作一句声辩，由人带进了牢狱。牢狱是贵族修道院的 in pace② 的一部分，几乎完全在地底下，是

---

① 圣路易即路易九世（一二一五——一二七〇），法兰西国王，一二六五年支持他的兄弟昂如（一二二六——一二八五）公爵做那不勒斯和西西里国王。
② 拉丁文，意思是"平安"，实际是"密室"，修道院幽禁违犯教规的男、女修士的地方，多半是地下室。

从质地相当松的岩石里开凿出来的,岩石上今天耸立着豪华的斯图迪府。凡是关进这座牢狱的,必须是判死刑或者犯严重罪行当场拿获的女修士和见习修女。这种条件刻在门上,但并不符合听课修女的情况。院长不是不清楚大家做过了火,不过大家认为国王喜欢从严处理,同时院长又念念不忘家庭的公爵头衔,也就由它去了。院长心想,她向大家指出听课修女没有答应让企图破坏贵族修道院名誉的可恶的荒唐鬼真正进入她的房间,对年轻姑娘已经相当有利了。

听课修女一个人留在岩石里凿出来的小屋子。小屋子比邻近的地面只低五六尺,是从前把质地很松的岩石凿开了一点,在岩石里面造成的。那些雪亮的灯方才照花她的眼睛,好像在责备她不知羞耻,现在她发现只她一个人了,又离开了灯,她觉得去掉了一股沉重的压力。

她寻思道:

"这些女修士傲气冲天,事实上,她们哪一个有权利对我做这样严厉的表示?我夜晚接见一个我心爱的,我想嫁的年轻男子,可是我从来没有在我的房间里接见他。这些小姐发愿舍身修行,可是外边议论纷纷,说有许多小姐夜晚接见客人;起先我还不相信,自从我到修道院以来,就我见到的一些事来说,我和外边人也一样想了。

"这些小姐公然讲,特伦特神圣宗教会议要修道院成为一个斋戒和绝欲的地方,圣·佩蒂托根本不是这样一座修道院,它只是一个像样的隐居地方,让一些不幸有哥哥的贵族出身的可怜姑娘能在这里省俭过活罢了。人不要求她们斋戒、绝欲,有种种内心痛苦。她们没有财产,已经够不幸的了,加上这些内心痛苦,她们简直要没有活路了。至于我,说实话,我来到这里,本想服从我父母的,可是没有多久,杰纳利诺就爱上了我,我也爱上了他,两个人虽说很穷,可我们打算要结婚,到萨莱尔纳以南的海边,离那不勒斯二十古里的乡下小地方去过活。他母亲告诉他,她可以让人把这一小块地典给他,它每年只有五百杜卡托的进益。他是小儿子,每月的津贴是四十杜卡托;我家里不要我,把我丢在这里,我也有一笔津贴,我结了婚,他们也不好不停止继续给我津贴;官司打完了,我每月还有十个杜卡托。我们在一起计算了不知多少回了;有了这几笔小款子,我们就能活下去,用不起听差,可也不缺物质生活上必需的东西,这就很好了。全部困难就在取得心性高傲的父母的同意,让我们像平民一样生活。杰纳利诺以为,他不姓公爵父亲的姓,任何困难就都解决了。"

前想想,后想想,想来想去,可怜的听课修女倒有了勇气。可是修道院的女修士,数目将近一百五十,却认为昨天的夜袭,对修道院的荣誉十分有利。全那不勒斯以为这些小姐夜晚接见她们各自的情人;好了,现在有一个出身高贵的年轻姑娘,不懂得替自己辩护,大家可以根据教规,从严惩办了。唯一要提防的,就是在诉讼进行期间,应当断绝她和家庭的任何往来。随后,等判决的日子到了,家里人再费心机,也阻止不了严厉惩罚的执行。这样一来,在那不勒斯王国,尊贵的修道院的名誉,过去即使受到一点损害,今后也好恢复了。

安杰拉·库斯托德院长召开院务会议,会议由七个女修士组成,她们是全体女修士从七十岁以上的女修士中间选出来的。听课修女照样拒绝回答;她们把她押到一间屋子里,一堵极高的墙,只开着一扇窗户。两个勤务修女远远守着她,她在里面不得不保持绝对缄默。

那不勒斯的贵族家庭,在圣·佩蒂托修道院全有一亲半戚,所以出了怪事,外边立刻就传开了。大主教叫院长送一份报告上来。院长叙述情节,把分量减轻了,免得连尊贵的修道院也卷进去。

大主教虽然能把案件发给大主教法庭审问,但是比西尼亚诺爵爷的家庭和王国各方面全有密切关系,所以大主教考虑下来,觉得还是请示一下国王比较妥当。王爷很重视秩序,听到大主教的述说,非常生气;大家说起,大主教觐见的时候,法尔嘎斯·代耳·帕尔多公爵正好在朝,听说有一个他不认识的女修士,叫堂娜·斯科拉斯蒂卡①的,品行不端,便劝年轻王爷严办。

"陛下永远记住,谁不怕上帝,谁就不怕国王!"

大主教一回府,就把这不幸的案件交给他的大主教法庭办理。一个大主教助理和两个贵族事务检察官、一个法庭秘书,来到圣·佩蒂托修道院,进行诉讼的预审和口供记录。几位先生从听课修女那边所能得到的回答,永远是:

"我的行为是清白的,我没有做坏事。我能说的永远只是这一点,我要说的也只是这一点。"

将近诉讼末期的时候,院长希望不惜任何代价,开脱她的修道院,不受外边的非议;所以在法律明文规定之下,又在她的恩许之下,讯问一再延期。最后,大主教法庭认为没有具体罪证,也就是说,根据院长的陈述,见证人没有看见听课修女和一个男子"在同一房间",仅仅看见一个男子从隔壁一间隔开的屋子逃走,所以这个修女就被这样判决:在幽室禁闭,直到她说出在隔壁屋子和她谈话的男子的姓名,再放出去。

第二天,在院长主持之下,提出听课修女,当着众元老,宣布第一次判决。院长这时对事件似乎换了一种看法。她想,公众喜欢说三道四,把内部乱七八糟的情形摊出去,对修道院是有危害的。公众会说:"你们惩罚一件私情,无非由于当事人一时失策,可是我们知道,类似的丑闻还有好几百件。"一个年轻国王,声称英明果断,想使法律得到实施,这在本国是从来没有见到的事。我们既然是和他打交道,就不妨利用这一时风尚,做一件对修道院更为有用的事:那不勒斯大

---

① 堂娜·斯科拉斯蒂卡,即"听课小姐"。

主教和他指派下来的参议教士们,组成大主教的特别法庭,对十个可怜的女修士作出庄严的判决,还不及它有用得多了。我的意思是,要惩罚就惩罚那个大胆闯进修道院的男子;宫廷里只要有一个年轻的漂亮男子在碉堡关上几年,那要比惩办百十个女修士收效大得多。再说,这也是公道,因为攻势是男人这方面发动的。听课修女没有真正在她的房间接见这个男人;但愿上帝叫修道院全体女修士都这样谨慎就好了!她要告诉我们粗心的年轻人叫什么,晓得了他是谁,我一定要到法院把他告下来。事实上,她犯的罪是很轻的,我们随便判她一种刑罚也就够了。

院长费了许多周折,要众元老同意她的见解;她们起初不同意,最后,由于她的出身远比她们高贵,特别是她同宫廷的关系远比她们密切,她们才勉强让了步。院长以为开庭的时间不会很久的。但是完全不是那么一回事。

听课修女跪在法庭前面,遵照习惯做过祷告之后,接下去只补充了短短几句话:

"我没有把自己当一个女修士看。我进修道院以前就认识这位年轻人;我们虽说都很穷,可是计划好了要结婚的。"

这句话是违反修道院的基本信条的,是人在尊贵的圣·佩蒂托修道院所能说出口的最大的罪过了。院长以为听课修女要做赞扬婚姻的演说,连忙打断她的话,喊道:

"可是名字!这年轻人的名字!"

听课修女回答:

"您永远不会知道这名字。我永远不会拿话伤害应当做我丈夫的男子。"

事实上,任凭院长和众元老怎样追问,年轻的听课修女只是不肯说出杰纳利诺的名姓。院长甚至告诉她:"只要你肯说出一个字,我立刻就把你送回你的修行小间，什么都饶恕你。"年轻姑娘当胸画了一个十字，深深鞠了一躬，表示自己无话可说。

她清楚杰纳利诺是这位可畏的院长的外甥。她想道：

"我要是说出他的名姓来，我就会得到饶恕和清静，就像这些小姐一再说起的；可是他呢，就算是最轻的处分，也要被流放到西西里去，甚至到西班牙去，那么我就再也看不见他了。"

年轻的听课修女说什么也不开口，院长气极了，忘掉她的全部仁慈打算，把修道院前一天夜晚询问的经过连忙报告给那不勒斯红衣大主教知道。

国王主张从严，大主教为了讨他喜欢，对这事一直很关心；可是出动了京城的全体堂长和直属大主教府的全体侦察员，仍然一无所得，大主教只好把这事禀告国王。国王迅速把案子下给他的警察部部长。部长回禀国王道：

"进入圣·佩蒂托修道院储衣室的年轻人只要是属于宫廷，或是属于那不勒斯最高贵的家庭，我觉得，陛下不让流血，是绝不可能做到杀鸡给猴看的，这个可怕的例子也不会长久留在人们的记忆之中。"

国王当下同意这种看法，部长呈上一张二百四十七个人的名单给他看，其中有一个人，十之八九，有嫌疑闯进尊贵的修道院。

一星期后，杰纳利诺被捕了。根据简单的观察，半年以来，他过分省俭，几乎到了吝啬的地步，而且自从出事那夜起，他的生活方式好像完全改变了。

为了判断这种形迹有几分可信，部长事先通知院长，暂且把听课修女从她待的一半在地底下的牢狱提出来。就在院长劝她真心诚意回答讯问的时候，警察部部长走进了会客室，当着听课修女的面，向她宣称：捕获追赶企图逃跑的杰纳利诺·德·拉斯·弗洛雷斯，当场把他杀死了。

听课修女晕倒在地。

部长得意洋洋喊道:

"我们的猜疑证实了;我用六个字知道的事,比院长花六个月的辛苦知道的事还多。"

但是高贵的院长对他这声欢呼却是极度冷淡,他不免感到惊奇了。

依照宫廷当时的惯例,部长是一个小律师出身:由于这种缘故,院长认为应当对他做出一副高不可攀的神情。杰纳利诺是她的外甥,案子直接告到国王那边,她怕妨碍她的贵族家庭。

部长知道贵族讨厌他,关于他的前程,唯一指靠就是国王,所以尽管拉斯·弗洛雷斯公爵苦苦求情,他仍然干干脆脆,照他新近得到的形迹干下去。这件事情开始在宫廷传开了;部长平时但愿避免是非,这一回却设法扩大事态。

近卫军旗手杰纳利诺·德·拉斯·弗洛雷斯和圣·佩蒂托的见习修女、年轻的洛萨琳德·德·比西尼亚诺,现在叫做听课修女,当面对质:这是一场好戏,宫廷的贵夫人全希望列席。

修道院的内外教堂,趁这机会,富丽堂皇,铺挂起来;部长邀请贵夫人列席,旁听近卫军旗手杰纳利诺·德·拉斯·弗洛雷斯的一幕诉讼。部长放话出去,说这场官司一定案,年轻的杰纳利诺少不得要问死罪,听课修女也要落一个 in pace 终身监禁。不过大家明白,国王不见得敢为了这样轻微的一个原因,就处死赫赫有名的拉斯·弗洛雷斯家里的人。

圣·佩蒂托的院内教堂,平时就金碧辉煌,极尽豪华之能事。许多贵族女修士,如果不是由于先前许愿守穷的话,临到老年,便会变成全部家产的继承人,遇到这种情形,有良心的人家,一般做法就是把她们应得的财产拨出四分之一,或者六分之一送给她用,直到她们去世为止；不过这些女修士的余年从来不会很长的。

所有这些款项全部用做修饰外面给公众用的教堂同里面女修士做祷告和做仪式用的教堂。在圣·佩蒂托，一座六十尺高的镀金栅栏隔开了公众出入的教堂和院内教堂或者女修士的唱经堂。

只有那不勒斯大主教亲自光临，这座栅栏大门才许打开，现在为了进行对质的仪式，门也打开了；有头衔的贵夫人全进来坐在唱经堂。外面的教堂规定好了安置大主教宝座的地位、没有称号的贵族妇女与男子的座位，最后靠近大门，在一根横贯教堂的链条后面，便是所有其他信徒的座位。

庞大的绿绸幔子，当中是四寸宽缝子缀成的圣母名字的第一个硕大的字母在闪耀，原来它挂在六十尺高的栅栏里面，把整个栅栏都挂满了，现在移到了唱经堂顶里，拴在穹隆上，又张挂起来。听课修女在跪凳前面说话，跪凳离穹隆上拴大幔子的地方，还要靠后一些。她的十分短暂的讲话一结束，大幔子就从穹隆落下来，把她和公众迅速隔开，于是典礼在一片威严气氛中结束，在所有人的心里留下了畏惧与忧愁，好像那个可怜的女孩子就此永远同活人分开似的。

对质典礼只有一刻工夫，那不勒斯宫廷里的贵夫人们大不开心。用她们的话来说，穿上见习修女这身素朴衣服，年轻的洛萨琳德越发显得出众了。她和从前随继母比西尼亚诺夫人到宫廷参加舞会时一样美，而且她的面貌越发动人了：她瘦了、苍白了许多。

听课修女将近一年没有见到她的情人，这次又看到他，不禁沉醉在爱情与幸福中了。修道院全体人员刚刚唱完佩尔戈莱斯[①]的歌曲《造物主降临》，大家几乎听也没听清楚，她就表白道：

"我根本不认识这位先生，我从来没有看见过他。"

---

① 佩尔戈莱斯（一七一〇——一七三六）是那不勒斯人，歌剧和教堂音乐的作曲家，造诣很深，不幸在海滨游泳淹死。

部长听见这句话，又见幔子落了下来气疯了。他想给宫廷看的大场面，就这样骤然（在他看来，有些滑稽）结束了。他在离开修道院以前，不由说了几句可怕的恫吓的话。

堂·杰纳利诺回到监狱，有人就把部长的话全告诉了他。朋友们没有丢下他不管；他们器重他的不是他的爱情，因为一个和我们一样年纪的人把他的热烈的恋爱故事说给我们听，如果我们不相信他就会嫌他自负，可是如果相信的话，我们就要妒忌他了。

堂·杰纳利诺在绝望中，向朋友们解释，听课修女受人陷害，作为正人君子，他有责任救她出来。堂·杰纳利诺的朋友们听了他的论证，留下深刻的印象。

关他的监狱的狱吏，娶了一个很标致的太太，她向丈夫的靠山解说：许久以来，她丈夫就要求上面修补一下监狱的外墙。这事人人知道，没有一点可疑的地方。这标致女人接下去道：

"是啊，这事人人知道，大人可以从这上面帮我们捞一笔一千杜卡托的外快，我们从此就可以不愁吃穿了。年轻的堂·德·拉斯·弗洛雷斯，单只为了深夜溜进圣·佩蒂托修道院的嫌疑，就被关进了监狱，其实，您知道，那不勒斯最大的贵人们在修道院都有情妇，比溜进修道院的嫌疑大多了，我说，堂·杰纳利诺的朋友们送给我丈夫一千杜卡托，要他放堂·杰纳利诺逃走。将来我丈夫顶多关上半个月或一个月；我们求您保护的是，别开除他，过一阵子，再把位子给他。"

靠山觉得这种帮人捞一大笔外快的方式也还方便，就同意了。

这①不是年轻的囚犯从朋友方面得到的唯一援助。他们在圣·佩蒂托全有亲戚；他们格外同她们要好，打听到听课修女的情形，就一五一十，统统说给堂·杰纳利诺听。

---

① 我们现在根据的是一八四二年三月十五日的写本。——编订者注

靠了他们的协助,在一个暴风雨的夜晚,将近清晨一点钟光景,就在狂风和大雨好像在争夺那不勒斯街道的统治权的一刻,杰纳利诺堂而皇之,由大门走出了监狱,狱吏亲自动手,弄坏监狱的平台,好让人相信他是从这里逃走的。

堂·杰纳利诺带着一个帮手、一个勇猛的西班牙逃兵(他久经战斗,在那不勒斯专帮年轻人干有风险的事),利用狂风酿成的一片呼嚣,又有老贝波(没有因为前途危险就丢了朋友不管)相助,闯进修道院的花园。风雨的呼嚣虽然可怕,可是修道院的狗还是嗅出了他,而且很快就朝他扑了过来。狗勇猛极了,如果只他一个人的话,也许就被狗拦住了;但是,因为他和西班牙逃兵背对背作战,所以他终于杀死了两条狗,打伤了第三条。

最后一条狗的嗥叫引来了一个守卫。堂·杰纳利诺送他一袋钱,和他讲理,不见效用;这人信教心诚,对地狱非常迷信,又有的是勇气。他们和他动起手来,他在自卫中受了伤,他们拿手绢堵住他的嘴,把他捆在一棵粗大的橄榄树上。

两次战斗费去许多时间,暴风雨似乎小了一些,还有最困难的事要他们做: 必须闯进 Vade in pace①。

每隔二十四小时,有两个勤务修女负责把修道院听课修女用的面包和水坛子给她送下地牢。可是这一夜,她们感到害怕,就给包铁皮的大门加上了几道门闩。杰纳利诺原先还以为拿小钩子或者别的钥匙就可以把门打开了。西班牙逃兵是一个爬墙好手,一看大门开不开,就帮他攀上亭子顶上。亭子底下便是圣·佩蒂托修道院用作密室的几口从阿雷纳拉岩石里凿开的深井。

两个勤务修女看见上面下来两个浑身是泥的男子,简直吓死了。

---

① 拉丁文,意思是"一路平安",实际是"监狱"。

他们朝她们扑过去,堵住她们的嘴,把她们绑住。

下一步就是闯进密室了: 这不是一桩容易事。杰纳利诺从勤务修女身上取下一大把钥匙;可是井有好几口,上面全盖着机关门,勤务修女又不肯指出关听课修女的是哪一口井。西班牙逃兵已经拔出刺刀,准备扎她们,逼她们说话,可是堂·杰纳利诺知道听课修女心地极为善良,唯恐用了暴力她不喜欢。逃兵再三对他说:"大人,我们糟蹋时间,回头流血只有流得更多。"杰纳利诺只是不听他的劝告,一定要一口井一口井打开,一口井一口井呼喊。

经过三刻多钟没有结果的尝试,终于一声 Deo gratias① 的微弱的呼喊,回答了他的呼喊。堂·杰纳利诺急忙顺着一个有八十多台级的螺旋梯奔了下去。台级是质地很松的石头凿成的,踩久了,几乎成了陡斜小径,下去很困难。

逃兵带来的小灯照花了听课修女的眼睛,她已经有三十七天没有看见亮光了,就是说,自从她和杰纳利诺对质那一天起。她一点也不懂出了什么事;最后,认出一身泥和血迹斑斑的堂·杰纳利诺时,便扑在他的怀里,晕了过去。

这临时变故把年轻人给惊呆了。

西班牙人比他有经验,喊道:

"没有时间糟蹋啦!"

听课修女完全晕过去了。他们两个人抱起她来,费了许多力气,总算沿着几乎全部毁坏了的阶梯,把她弄到上头。来到勤务修女住的屋子,听课修女还没有怎样恢复知觉,逃兵出了一个好主意,用就地找到的一件灰布大斗篷把她裹住。

他们拔掉通花园的门闩。逃兵打先锋,手执宝剑,先冲出去;杰

---

① 拉丁文,意思是"感谢上帝",祈祷中常用,表示对当前情况满意。

纳利诺抱着听课修女，跟在后头。可是，他们听见花园里传来一片兆头很坏的嘈杂声音：兵来了。

逃兵先前要杀死守卫，杰纳利诺感到害怕，一口拒绝了。

"不过，大人，我们侵犯禁地，已经犯了亵渎宗教的罪名，死刑是逃不脱的，因此杀不杀人根本无所谓。这人可能坏我们的事，得牺牲他。"

杰纳利诺说什么也不敢这么做。守卫是匆匆忙忙被绑起来的，他解开捆他的绳子，去喊醒别的守卫，还到托莱德街的警卫队找了些兵来。

西班牙人喊道：

——我们突围，尤其是救走小姐，不是一桩小事！我先前告诉大人，起码得有三个人，还是我对。

听见说话，两个兵士扑到他们前头。西班牙人一剑刺过去，打倒了头一个；第二个想放枪，可是，一丛小树的枝子妨碍了他。乘这一耽搁，西班牙人照样放倒了他。不过这第二个兵士并没有就死，他大声叫喊起来。

杰纳利诺抱着听课修女夺门就走；西班牙人护卫着他。杰纳利诺跑着，一些兵士冲到前头，太靠近了，西班牙人一连给了他们几剑。

幸而暴风雨似乎又开始了；倾盆大雨成全了这奇异的撤退。不过，有一个被西班牙人刺伤的兵士放起枪来，子弹轻轻擦伤了杰纳利诺的左臂。有八九个兵士，听见枪声，从花园远处跑了过来。

我们承认，这次撤退杰纳利诺表现得很勇猛，不过，证明有军事才能的，却是西班牙逃兵。

"我们有二十多个敌人；错一小步，我们就完蛋了。人家就要把小姐当做从犯，判她服毒自杀，她永远掏不出凭据，证明自己和大人没联系。我熟悉这类事：我们应该把她藏进密林子，放在地上，拿斗篷盖住她。然后我们去应战,把兵士引到花园另一个角落,想法子叫他们相信我们是跳墙逃走的,过后我们再回到这里,想法子救小姐出去。"

听课修女向杰纳利诺道:

"我不愿意离开你,我不害怕。同你一道死,我觉得太幸福了。"

这是她第一次开口说话。她接下去讲:

"我可以走路。"

不过,离她两步远,放来一枪,打断了她的话,可是,没有伤人。杰纳利诺又把她抱起来,她又瘦又小,抱着并不吃力。一道电光闪过,他看清楚了左面有十二个或者十五个兵士。他赶快朝右面逃,他这样快打定主意对他十分有利,因为几乎就在同时,一打左右的子弹射穿了一棵小橄榄树……

…………

贝波向他喊道①:

"放下修女来,要不我们两个人全完蛋啦。"

她待在一丛灌木里,晕了过去;兵士追赶堂·杰纳利诺,留下贝波一个人,他把洛萨琳德背到街头,朝她脸上泼了些水,关好花园门,径自睡觉去了。当时是清晨一点钟。三点钟的时候,寒气下降,洛萨琳德醒转过来,她往高处走,一直走到沃梅罗平原。天快亮了,她躲进一间农民的房子,向他要衣服替换。她向他道:"我要是让人再捉住的话,就死定了。"那农民听人说过密室的残酷,起了怜悯,取了几件他女人的衣服给女修士换;不过谁也料想不到,他是法尔嘎斯·代耳·帕尔多公爵庄园的佃户。

黄昏时候,东家回到庄园,佃户把事情一五一十禀告了他。因为对他说的是一个从修道院逃出的女修士,公爵来到田庄,公爵是虔诚

---

① 这是根据一个纲要的片断修补的。——编订者注

的天主教徒,他作出最严厉的决定。当他认出是洛萨琳德时,显得极度惊讶。

…………

对于不幸的洛萨琳德①失踪这件事,法尔嘎斯公爵越来越挂念了。他采取了一些措施,但没有一点效果,因为他不知道她就叫苏奥拉·斯科拉斯蒂卡。

他的寿辰到了。这一天,府门大开,他接见他所有相识的官员。这些穿大礼服的军官看见一个女人来到外接待室,个个大吃一惊,看上去她像是一个修道院的勤务修女;而且,目的显然是不要人从服装上认出她来,她被一幅长长的黑纱裹着,模样像是平民阶级什么赎完了罪的寡妇。

公爵的跟班打算撵她出去,她跪下来,从衣袋取出一串长念珠,呢呢喃喃祈祷起来。她就这样等候公爵的第一个随身听差过来揪她的胳膊;她一言不发地给他看一粒绝顶美丽的钻石,然后接下去道:

"我以圣母的名义发誓,我并不是来求大人布施什么东西的。公爵大人看见这粒钻石,就知道是谁打发我来的了。"

这种情形把公爵的好奇心激到了最高峰。他连忙应酬完三四个和他会谈的头等人物,然后显出高贵而道地的西班牙式礼貌,请求普通官员允许他接见一个他完全不认识的可怜的女修士。

勤务修女一看自己到了公爵书房,单她一个人和他在一起,就跪下来了。

"可怜的听课修女苦到不能再苦的地步。人人像是在同她作对。她要我拿这个美丽的戒指交给大人。她说,你认识那个在当年最幸福的时期送她戒指的人。依仗这人的帮助,你可以让一个您信得过的人,

---

① 从现在起,我们发表的是一个简单的纲要,一八四二年三月十九日口授。——编订者注

来看听课修女；不过，因为她如今关在 in pace della morte^①，必须得到大主教大人的特别许可才成。"

公爵认出了戒指，虽说上了年纪，可他还是又急又气，连话也说不出来了。

"说出名字来，说出关洛萨琳德的修道院的名字来！"

"圣·佩蒂托。"

"我一定照打发你来的人的吩咐去做。"

勤务修女接下去道：

"我送信这件事，上面万一起了疑心，我就毁啦。"

公爵扫视了一下他的书桌，拿起一幅钻石镶边的国王的彩色小画像：

"这幅神圣的肖像，在任何情形下，可以给你权利觐见国王。永远别离开它。这里是一袋钱，是给叫做苏奥拉·斯科拉斯蒂卡的人的。这里是给你的一小笔款子。请相信在任何情形下，我都会保护你。"

善良的女修士站住，在一张桌子上数袋里的金币。

"尽快回到可怜的洛萨琳德身边去吧。别数了。我想了一下，有必要把你藏起来。我的随身听差带你从我的一个花园门出去，我有一辆车把你送往和城市相反的方向。当心把自己藏好了。不管怎么样，明天正午到下午两点钟之间，想法子到我的阿雷纳拉花园来。我信得过我那边的底下人，他们全是西班牙人。"

公爵重新出现在官员面前时，脸色像死人一样苍白，这足够说明他请他们原谅的原因了。

"诸位先生，出了一件事，我必须立刻出门。明天早晨七点钟，我才可能有荣幸向你们道谢、接见你们。"

---

① 意思是"死牢"。

法尔嘎斯公爵奔到王后的寝宫。她认出自己从前送给年轻的洛萨琳德的戒指，淌下了眼泪。王后带着法尔嘎斯公爵来到国王那边。公爵惊惶失措的神情感动了国王，像他这样一位伟大的王爷，自然是首先提出合理的意见：

"可怜的勤务修女，即使仰仗我的肖像做护符，能够逃出大主教的奸细的手掌的话，也应当小心在意，不让他起疑心。我现在明白为什么两星期前大主教要住到某某地方他的茅舍去了。"

"陛下允许的话，我下令所有去某某地方的船只，一律禁止驶出。已经上船的人，全部送到鸡蛋堡子，从优款待。"

国王向他道：

"去吧。然后你再回来。这些古怪的步骤，可能成为议论的口实，塔努奇（堂·卡尔洛斯的首相）不喜欢这种做法。不过，这件事我决不走漏风声，他对大主教的愤恨已经是太深了。"

法尔嘎斯公爵吩咐了他的副官几句，回到国王面前，发现他正在照料王后，她方才晕过去了。王后是一个心性柔和的人，她在想象，如果勤务修女去公爵府的时候，被人看见，洛萨琳德这时已经让人毒死了。公爵完全消除了王后的顾虑。

"幸而大主教不在那不勒斯，现在正刮东南热风，到某某地方去，起码要两小时。大主教不在那不勒斯的期间，由参议教士奇博代行职务，这是一个严厉到了残忍程度的人，不过没有奉到上司的命令，把人处死，他会受到良心谴责的。"

国王道：

"参议教士奇博的侄子，新近杀死一个农民，他上星期来见我，为他的侄子求情。我现在把他召到宫里来，一直留到黄昏。我这样一来，大主教的政令就乱了。"

国王到御书房颁发诏书去了。

王后向法尔嘎斯道：

"公爵，你有把握救洛萨琳德吗？"

"有大主教这样一个人做对头，我什么把握也没有。"

"那么，塔努奇要他去做红衣主教，把他从我们这里弄走，也就很有道理了。"

公爵道：

"是的，不过，要从我们这里把他弄走，就必须把他留在罗马教廷当大使；可是他在大使这位子上，在那边同我们捣起乱来，比在这边要坏多了。"

国王在他们的短促谈话之后回来，大家开始从长计议。法尔嘎斯公爵随即得到允许，立刻到圣·佩蒂托修道院，以王后的名义，打听比西尼亚诺爵爷的女儿、年轻的洛萨琳德（传说她有性命之忧）的消息，公爵在去修道院之前，故意先去看望看望费尔第南达夫人，好让人相信他是从她那边听到她前房女儿有危险的消息。法尔嘎斯公爵心里惴惴不安，不敢在比西尼亚诺府久留。

公爵来到圣·佩蒂托修道院，发现从看守大门口的勤务修女起，人人带着一副心事重重的奇怪神情。公爵奉的是王后之命，有权利立刻会见安杰拉·德·卡斯特卢·比尼亚诺院长。然而她却让他等了足足二十分钟。他在厅房尽头，望见一道螺旋梯的梯口，似乎往下通到很深的地方。公爵以为他再也不会看见美丽的洛萨琳德了。

院长一副惊惶失措的样子，她终于露面了。公爵改变了要他传达的使命[①]：

"比西尼亚诺爵爷昨天黄昏中风，情形很坏，他希望无论如何也要在死前见到女儿洛萨琳德一面，恳求圣上颁发必需的诏书，从修道院

[①] 我相信这样惹人反感的场面从来没有发生过。我把这些场面看成叙述者的恶作剧。——司汤达

把洛萨琳德小姐接回去。国王尊重这贵族家庭的特权,决定派我这样一个有地位的人,他的御前大臣,带诏书下来。"

院长一听这话,扑倒在法尔嘎斯公爵面前说:

"表面上我像是没有服从圣旨,这是我要到圣驾面前请罪的。现在我对你跪下来,公爵大人,这证明我非常尊敬你本人和你的职位。"

公爵喊道:

"她死啦!不过,圣·约翰在上,我要见到她!"

公爵一急之下,拔出剑,打开门,喊进他的副官;副官一直待在院长的一间外客厅里。

"阿特利公爵,拔出你的剑来;叫我的两个传令兵上来;这里出了性命相关的事。国王要我营救年轻的洛萨琳德郡主。"

安杰拉院长站起来想溜开。

公爵喊道:

"别走,夫人。不许你离开我,回头你到圣·埃尔梅庄园做囚犯去。这里有人造反。"

公爵虽然心乱如麻,还在想法子制造侵犯神圣禁地的借口。公爵寻思道:"院长万一不肯给我带路,我的两个龙骑兵的出鞘宝剑万一吓不住她,这修道院像海一般大,我就算完了。"

幸而公爵时时刻刻注意院长可能采取的行动,握牢她的手腕。她只好把他带到一座大梯子跟前:梯子通到一间半掩在地下的大厅。公爵看到事情有一半得手,又看到有他的副官阿特利公爵和两个龙骑兵做助手,他听着他们的大靴子踏着梯级响,觉得不妨放肆两句,吓唬吓唬她。他终于来到我们前面说过的那间阴暗的厅房,厅房被圣坛上的四支蜡烛照得通亮。两个年纪还轻的女修士,躺在地上,像是灌了毒药,在痉挛中等死;另外三个,相距二十步远,跪在她们的忏悔教士面前。参议教士奇博坐在一张背向圣坛的扶手椅上,脸色虽然很苍白,但显出一种无动于衷的模样。两个高大的年轻人，站在他背后，微微低下头来，不想看那两个躺在圣坛底下的女修士：抽搐的动作搅乱了她们穿的深绿色长绸袍。

公爵迅速扫视了一遍这恐怖场面上的全部人物，发现洛萨琳德坐在一张麦秸椅子上，在三个忏悔教士后面六步的地方；他喜欢成什么样子，可以不言而喻。他情不自禁就走到她跟前，用亲密的称呼①问她道：

"你吃毒药啦？"

她相当冷静地向他道：

"没有，我不要吃；我不想学这些粗心大意的女孩子。"

"小姐，你得救啦；我要带你见王后去。"

参议教士奇博坐在他的扶手椅上道：

"公爵大人，我斗胆希望，你不要忘记大主教大人有组织特别法庭的权利。"

公爵明白他在同谁打交道，过去跪在圣坛前面，向参议教士奇博道：

"参议教士、代理大人，按照国王和教皇所订的条约，这一类的判决，不经国王签署，是不得擅自执行的。"

参议教士奇博连忙用尖酸口吻回答道：

"公爵大人草草一看就判断，未免鲁莽；眼前这些女犯人，亵渎宗教，全有真凭实据，已经依法定罪了；可是教会并没有加给她们任何刑罚。根据你告诉我的话，和我仅仅在这时才看到的现象，这些不幸的女孩子是吃了毒药了。"

---

① 法文第二人称有两种代名词，一种是"Vous"，是一般的、有距离的，也是表示尊敬的称呼，一种是"tu"，是关系密切、感情亲密的称呼，同时也是上级对下属的称呼。公爵原对洛萨琳德怀着深情，这时又急又高兴，不禁脱口而出，问她："你吃毒药啦？"这句话后，就又改成一般口吻，称"Vous"了。

317

参议教士奇博说的话，法尔嘎斯公爵只听到一半，因为阿特利公爵的声音盖过他的声音。阿特利公爵跪在两个女修士旁边，她们跪在石板地上乱抽动，看来剧痛已经使她们对行动失去一切知觉。其中有一个三十岁左右的很美的姑娘，精神似乎错乱了；她撕开胸脯上的袍子，喊着：

"救救我！救救我！救救我这样出身的女孩子！"

公爵站起来，摆出他在王后客厅里所具有的完美风度：

"小姐，您的健康真是一点点也没有受到损害吗？"

洛萨琳德回答：

"我一口毒药也没有吃，不过，公爵大人，我照样深深感到，我的性命是您救出来的。"

公爵答道：

"我对这事没有立下一点点功劳。国王得到忠心的臣子的报告，把我召去，告诉我，有人在这修道院搞阴谋。必须防止阴谋分子进行活动。"

他望着洛萨琳德，接下去道：

"现在，除去听你吩咐之外，我没有事了。小姐，你愿意去见王后谢恩吗？"

洛萨琳德站起来，挎着公爵的胳膊。法尔嘎斯朝梯子走去，走到门口，向阿特利公爵道：

"我命令您，把奇博先生和眼前这两位先生关起来，一人一间屋子。您同样把安杰拉院长也锁在屋子里头。您到底下牢狱去一趟，把全部女犯人送出修道院。我荣幸地把圣旨传达给你，万一有人企图反抗圣旨，就一人一间屋子，分别关起来。凡是表示愿望要觐见圣上的人，圣上要您全送到宫里去。把眼前这些人分别关到屋里去，不得延误。另外，我马上给您派些医生和一分队近卫军来。"

说过这话，他向阿特利公爵做手势，表示还有话要对他讲。来到

梯子上,他向他道:

"亲爱的公爵,你明白,不许奇博和院长串通好回话。五分钟以内,你就有一分队近卫军,由你指挥。通街或者通花园的每一道门,你都派上一个站岗的。愿意出去,听便;可是任何人不许进来。你搜索一下花园;全部阴谋分子,包括园丁在内,分别隔开,关进牢狱。照料一下吃毒药的可怜女孩子。"

....

堂·杰纳利诺的嫉妒心被挑逗到了要自杀的地步。[1]

阿夸维瓦大主教答应比西尼亚诺爵爷的家庭教士,只要他能使费尔迪南达夫人相信堂·杰纳利诺爱着洛萨琳德,他就在他的礼拜堂给他一个参议教士位置。堂·杰纳利诺缺乏深思的头脑,大主教就用这种方法折磨他,蹂躏他。

要使文体摆脱那种愚蠢的惊人之笔,使用一些词,如:"他戴假辫子,闻鼻烟,"等等——采取一些想法:"在那不勒斯,常常遇见外型很美的眼睛,可是这种眼睛,长得就像荷马作品中朱诺的眼睛一样[2],毫无表情。"要从这种文体中去掉高大的外表,去掉那种"伟大",它远离人心,它(一字不清)具有谦逊的、自然的、富于同情心的外表,那种德国式的善良纯朴。[3]

王后说:

"我劝你尽早嫁了人吧,你一有了丈夫,我就封你做承御[4]。你成了我的亲随,那些教士就不敢暗算你了。考虑考虑吧。不然的话,种种迫害要落在你头上的。我不打算替我们的法尔嘎斯说情,用任何一种方式

---

[1] 一八四二年三月二十一日口授。——编订者注
[2] 朱诺是罗马的天后,即希腊神话中的赫拉;荷马在史诗中形容她的眼睛,有时候用"牛的眼睛"。
[3] 这一段是作者在风格上提醒自己的话。他打算在修改这篇"遗事"的时候,采用这种未免俗气的"风格",因为他很不喜欢流行的浪漫主义作品的夸张词句。
[4] 承御(dame de palais),随侍王后的贵夫人,并非宫女。

影响人家的婚姻；不过，请你考虑一下，你会使圣上和我高兴的。"

……………

国王对法尔嘎斯把比通托联队的分队派到尊贵的圣·佩蒂托修道院门口，很生气。

"目的达到就算了，何必制造是非呢？"

"这些教士非常骄横，又归罗马教廷管辖，很有可能开门揖盗，出卖陛下的江山。所以对付他们，唯一借口就是指控圣·佩蒂托修道院发现了阴谋。我一看参议教士奇博那张严肃的面孔、那双盯着我的探索的眼睛，就认为必须不顾一切，消除企图劫走一个见习修女的疑心。比通托分队的存在使人相信这里牵涉到一个奥地利的阴谋，那不勒斯的舆论就全变过来了，甚至教士的舆论也受到了影响。"

国王道：

"可是现在，塔努奇大不开心了。哪里去找一个这样正直，这样操劳，而且拒绝过罗马教廷的百万贿赂的首相呢？你愿意代替他吗？"

"反正我是不想操劳的。"

法尔嘎斯公爵用一个假名字，把勤务修女藏在热那亚，让她过着舒服的日子。

堂·杰纳利诺忽然起了信教的痴心，如同卡波·勒·卡斯地方的美丽的博卡一样。

洛萨琳德大大方方，又回到了修道院。堂·杰纳利诺以为圣母在迫害她，觉得上天的恶咒跟定了她。洛萨琳德害怕杰纳利诺罪上加罪，拒绝在婚前依顺他，这种拒绝使他陷入了绝望。

杰纳利诺备受妒忌和猜疑的折磨，寻了短见。[①]这意外变故几乎使

[①] 最后，我把杰纳利诺写得可笑一点，否则他一死，洛萨琳德跟着也该自杀了。（司汤达）

洛萨琳德失去理智,她几乎相信上天的毒眼跟定了她。一个信教的狂徒打算拿匕首刺死她。

法尔嘎斯六十九岁那年,她嫁了他,条件是每年让她到杰纳利诺自杀的修道院去住三个月。

结婚前夕,她大哭特哭,伤心极了:"万一杰纳利诺从他的天上住处望见我,该把我看成什么样的人呀?……"

司汤达小说集

[法]司汤达 著

目 录

迷药 ································· *330*

箱中人 ······························· *345*

费理拜·赖嘉勒 ···················· *368*

法妮娜·法尼尼 ···················· *374*

贾司陶的女住持 ···················· *401*

司汤达

司汤达（Stendhal，一七八三——一八四二）的真名姓是亨利·白勒（Henri Beyle）。他是法国东南格勒诺布尔（Grenoble）人，但是他最恨他的故乡。他著述的范围广极了，然而发表的少极了，或者不如说，活着的时候，就没有多少人注意到他。他崇拜拿破仑，跟他打仗，到过莫斯科，然而他记载下好些小事讥诮他。拿破仑失败以后，他不高兴做旧王室的官，跑到他心爱的意大利，特别是米兰——在他的遗嘱上，他写好了自己是米兰人，而且说他"活过，写过，爱过"。他真够得上这六个字。不幸是，他活着，没有人重用他；他写书，没有人誉扬他；他爱了不少女人，没有女人爱他。他做了一辈子官，在意大利一个小城做了好几年领事，写了好几部没有问世的自传，最后中了风，一跤摁在外交部门口死掉。

人人都嫌他胖、怪，然而没有人体会他多么深刻，多么笔直打进事物的灵魂。他不幸又生在一个浪漫主义风靡的时代。他是一个传统的作家，然而给自己辟了一条新路。他承继的是百科辞典学派，推重的是理智；他是第一个把观念论具体化到小说的世界。他有的是热情，然而他爱的是推敲热情。这正是他和雨果之群冲突的地方。他非常同情浪漫主义，还替他们下了一个定义，怕是最早的一个定义，就是："浪漫主义是把文学作品呈给人们的艺术，无论他们习惯和信仰的实际情形如何，这些作品可以供给他们最可能的愉快。"这定义怕没有一个浪漫主义者肯来接受。反正他爱莎士比亚，却是真的。

他的作品，犹如他的性格，是一种奇怪的组合。一方面是十八世纪的形式、方法、叙述、文笔，然而一方面是十九世纪初叶缅怀中古世纪与异域的心情、材料、故事、情感。这两种糅在一起，做成他观察与分析的根据。这就是为什么,他落了个四面八方不讨好。他用法典做他文笔的楷模;他不喜欢描写风景——所以他不是承继卢骚,而是承继第德罗;他不用辞藻,根本他就不修辞,反对修改,因为修改等于作伪;但是他的人的趣味和立场战胜了他一切仇敌。他往里看;他不要浮光;他探求真理——人生的究竟。而且他很可爱,用他自己做他研究的对象。

他生时最大的文学的荣誉,是巴尔扎克(实际是他的晚辈)写了一篇文章,恭维他的巴穆外史。此外没有一个人提到他,圣佩夫只推重他的外交才干。但是他很自负,每部书后他都写上一句"献于少数有福的人",还是用英文写的。他预言一八八〇年会有人看他的书,其后改了口,大约是不放心罢,说一九三五年他会成名的。和他做爱一样,他这次推算错了,因为一八五〇年他就变成了一群少年的神圣。浪漫的热潮退了,现在该用得着冷静的头脑了,于是司汤达现出了不烂的金身。

他是近代心理小说的大师,如若不是祖师。他的两部著名的长篇小说:《红与黑》、《巴穆外史》,是人人知道的。他很少自己意拟一部小说的事实;他缺乏相当的想象。他的小说差不多全有来源。没有来源的,他很少写完了的。但是经过他的安排、布置、扩展,加上他自身的经验,没有一部作品到了他手上不是富有独创性的。他是一个出名的文抄公,然而他因而永生。在他的作品里面,尤其能表现他的性格与喜好的,是他的短篇小说。和他的长篇小说一样,这自成一派。这些短篇小说,大部分采自十六世纪意大利的传说——因为一八三三年他买到十二大本意大利小故事稿本供他使用。其后他死了,由麦瑞麦介绍,重新卖给国家图书馆保存。现在我译的这一篇《迷药》(Le Philtre),是一八三〇年在 Dodecaton 二卷上发表的,其后别人收进一八六九年的《文艺丛谈》(Mélanges),又经人收在五版的《意大利平话》(Chroniques italiennes)。

这篇故事的男主人公李耶放，一个年轻的中尉，几乎写的就是司汤达自己或者向往的精神。我们前面说过，司汤达注意的是心理的发展，这篇正是一个很好的例子。他一点不留心技巧，有时反而忽略，例如，他先说"不幸近一个月以来"，女主人公才得到丈夫的允许去听戏，跳过几段，就是"差不多两个月了罢"，他们正要看戏去。而且他绝不注意文法。好在中文的文法不像法文那样严密，中文的读者也就用不着说他文章粗疏。但是，我们总该佩服他行文的舒畅，除非是我译坏了，失掉他那种自自然然的味儿。

四月

民国 25 年生活出版社《司汤达小说集》代序

迷 药

拟意大利西维亚·马拉派耳塔（Silvia Malaperla）

一八二×年的夏天，有一个阴沈而将雨的夜晚，在包尔斗（Bordeaux）驻扎的第九十六联队，有一个年轻的中尉，从咖啡馆出来，输掉他所有的钱。他诅咒自己糊涂，因为自己原本就穷。

他静静地拐进劳尔孟（Lormont）区一条最荒凉的胡同，忽然他听见哭叫的声音，于是一家大门砰地开开了，闪出一个人，倒在他的脚前面。天黑极了，听见乱嘈嘈的声音，也没有人敢说是怎么一回事。那些追赶的人们不知道是谁，在门边站住了，不用说听见了年轻军官的步子。

他听了一听：好些人低着声说话，但是并不往前来。不管这出戏引起的恶感如何，李耶放（Lièven）觉得应该扶起倒了的人。

他看出这人只穿着一身内衣；夜晚虽说极其黑暗，那时也就是清晨两点钟罢，他相信看到披散的长发：那么，这是一个女人。这个发见一点不招他欢喜。

没有人搀着，她似乎走不了路。李耶放想到人类应有的义务，自然不该丢下她才对。

他看到第二天警察的拘问，同伴们的取笑，本地报纸讽刺的演述。他向自己道，我把她放在一家门口，我一捺铃，赶快就走好了。他正打算这样做，就听见这个女人用西班牙语言呻吟起来。他一个西班牙字也不认识。或许因为这个缘故，赖奥娜（Lèonor）发出两个顶简单的字，把他扔进极其传奇的观念。他不再看见警察和一个被醉鬼们殴打的下女了；他的想像遗失在爱情与奇遇的观念之中。

李耶放扶起这个女人,向她说了些安慰话。"不过她要长的丑呢?"他自言自语着。这样一怀疑,差不多推翻了他的理智,简直叫他忘掉那些传奇的观念。

李耶放想扶她坐到一家门限上,她拒绝了。她带着一个全然异乡人的口音道:

——再走远点儿。

李耶放道:"你怕你丈夫吗?"

——唉!我为了一个赶走我的极其野蛮的情人,离开我丈夫,那崇拜我而且最可敬的男子。

这句话又让李耶放忘记了警察和夜晚遇事应有的拂意的结局。停了一刻,赖奥娜道:

——我叫人偷了,不过我看我还留下来一个钻石戒指。总会有店家要我罢。不过,先生,我怕人家要说笑我,因为,我告诉你说,我身上只有一件衬衣;先生,我要是有工夫的话,我宁可跪下来,求你看着我也是人,把我藏在随便一间屋子里头,再替我向穷人买一件脏袍子穿。(看见这年轻军官听了下来,她就继续道,)一穿好衣服,你可以把我领到随便一家小客店的门前,然后,我不再麻烦一位过路君子人,请你丢下一个苦人不管好了。

这一切,用恶劣的法文说出,很招李耶放欢喜。他答道:

——夫人,你吩咐我什么,我做什么,对于你,同时也对于我,顶要紧的是我们别停住不走。我叫李耶放,第九十六军的中尉;要是我们碰上一个巡逻的,又不是我联队上的人,叫人把我们带到卫戍司令部过夜,明天你跟我,夫人,可就成了包尔斗①说笑的资料。

李耶放把胳膊给赖奥娜,觉得她抖战着。他想:"怕人诽谤倒是好

---

① 包尔斗:法国西南临海一大都市,以酒著名,离西班牙不远。

兆头。"他向那位夫人道：

——请你屈尊披上我的大衣，我把你一直领到我的住所。

——噢，天！先生……

——我用荣誉发誓，我绝不点灯的。我把你一个人留在我屋子，不到明天早晨我不来看你。我非来不可，因为我的马弁六点钟就来，他会敲门敲到你一个不开不成。放心好了，我不是一个坏人……她很漂亮！李耶放向自己道。

他开开他的家门。不识者走到楼梯下面，险些绊倒了，因为她找不见第一级。李耶放低低地和她说话；她也同样回答着。

"多可怕呀，把女人带进我家里来！"一个满漂亮的女店主，一壁开门，一壁端着一盏小灯，用一个尖嗓子叫着。李耶放急速转向不识者，看见一个可爱的面孔，然后回身吹灭了女店主的灯。"别嚷！苏赛德（Saucède）太太，要不，明早我离开你，这里有十佛郎给你，可是你不许跟别人提起一个字来。这是联队长夫人。我还要出去的。"李耶放上到第三层楼，在他屋门口，他抖战起来。他向只有一件衬衣的女人道："夫人，请进。钟旁边有一匣火柴。点好了蜡烛，弄好了火，把门从里关住。我敬重你和一个妹妹一样，天不亮我不会回来的；我回头带一件袍子来。"——耶稣，马利亚！美丽的西班牙女人不由自已叫起来。

第二天李耶放敲门的时候，他变成一个疯了的爱人。怕惊动不识者太早，他在门外耐住心等候他的马弁，然后到一家咖啡馆检点他的护照。

他到邻近赁了一间屋；他给不识者带来衣服，甚至于一张面具。他隔着门向她道："现在，夫人，你要是不叫我进去，我就不进去看你。"

年轻的西班牙女人很欢喜戴面具的念头，不由忘掉自己的深忧焦虑。她没有开门,然而向他道:"你慷慨极了,我大胆求你,把你买给我的衣服卷儿留在门边。听见你下去了,我会出来取的。"

李耶放一壁走,一壁道:"再见,夫人。"

赖奥娜喜欢极了这种直爽的服从,差不多用最温柔的友谊的声调向他道:"你要能够的话,先生,请你在半点钟以内回来。"

李耶放回来了,看她戴着面具;不过他见到最美的胳膊,最美的脖子,最美的手。他心花缭乱了。

这是一个门第清白的年轻人,为了和他心爱的女人在一起,他还得多给自己来点儿勇气。他的声调极其恭敬,他的小屋子虽说很穷,他也用了心力装饰,等他安置好了一架屏风,转回身子,看见他从来没有遇到的最美的女人,他简直羡慕的呆住了。不识者去掉面具,她有一双像要说话的眼睛。也许因为有力,到了人生通常的情境,眼睛显得非常冷酷。绝望倒给眼睛添了点儿同情。我们真可以说,赖奥娜的美丽是一点东西也不缺少。李耶放想她也就是十八到二十岁的光景。中间沈默了一时。虽说极其痛苦,赖奥娜挡不住自己有点儿欢喜,看见年轻军官那样入迷。她觉得他属于良善的社会。她最后向他道:

——你是我的恩人,你我年纪虽说轻,我希望你照样儿规矩下去。

李耶放回答的和一个真正热爱着的男子一样;但是他很能够自持,不去说那句他爱她的幸福话。而且赖奥娜的眼睛具有一种威严似的,别瞧她适才穿上的衣服平常,她的神气高贵极了,他只好加意谨慎。他向自己道:"倒是装做傻子好些。"他尽自己畏缩着,默默领受着观看赖奥娜的无比的愉快,半句话也不向她提起。没有比这再好的了。这种举动渐渐安住美丽的西班牙女人的心。面对面,彼此静静地看着,两个人的样子十分有趣。她向他道:"我得有一顶穷女人的帽子藏住脸，"她差不多笑着道："因为，不幸，我不能在街上也用你的面具。"李耶放弄了顶帽子；随后他带赖奥娜到他为她赁好的屋子。她越发不安了，差不多越发快活了，向他道："别瞧这顺心，临了我逃不掉断头台。"

李耶放极其热烈地向她道："为了服侍你，我跳进火都可以。我用李耶放夫人，我太太的名义赁下这间屋子。"

"你太太？"不识者差不多气上来。

"要不用这名子，就得拿出一份护照来，可是护照我们又没有。"对于他，这个"我们"简直是一种幸福。他已经卖掉那个戒指，无论如何，他交给不识者那应值的一百佛郎。午饭端了上来；不识者请他坐下。用过饭，她向他道："你真是世上最慷慨的人。只要你愿意，如今就可以离开我。这颗心永久感激你。"

"我照你的话办，"李耶放站了起来。他简直死了心。不识者显出极其思虑的样子，随后她道："别走。你虽说年轻，我总得一个人帮忙；谁知道我能不能再找得出这样一位慷慨的人呢？再说，就让你对于我有一种我不该妄想的感情，回头一听我说到我的过失，你就会看不起我，再也不会关心我这犯了滔天大罪的女人的。因为，先生，全是我的罪过。我是谁也不该抱怨，尤其不该抱怨我丈夫，费郎戴（Guttier Ferrandez）先生。有两年了，一群不幸的西班牙人在法国避难，而我丈夫就是其中的一个。我们彼此全是贾达杰（Carthargène）① 人，不过人家十分阔，我却非常穷。在我们结婚的前一天，他把我扯到一旁道：'我比你大三十岁，不过我有好几百万财产，而且我疯了一样地爱你，我从来没有那样爱过人地爱你。好，挑一下罢：要是你嫌我年纪太大，不高兴成婚，我可以到你父母面前认起决裂的过错。'先生，这有

———————————
① 贾达杰：西班牙的一个军港，在地中海的北岸。

四年了。我才十五岁。那时我感到最显明的,是国会闹革命把我家闹的一贫如洗的愁苦。我不爱,我承认。不过,先生,你得给我出出主意,因为,你看得出来,我不懂这一国的风俗,也不懂你们的话。要不是我极其需要你,我就受不下这刺心的羞辱……昨天晚晌,看见我叫人从一个小家门户撵出来,你以为你救的是一个烂污女人。唉!先生,我还不如哪。"赖奥娜一壁流泪道:"我是女人里面最不幸,最有罪的女人。总有一天你会在法堂上看见我的,我总会叫人罚去吃苦捱刑的。结了婚不久,费郎戴先生就透出嫉妒来了。呵!我的天,那时他并没有什么把柄,不过,还用说,他猜出了我的坏性格。我也糊涂,看见我丈夫怀疑,很不高兴,我的自尊心很受了伤。呵!我这该死的。"

李耶放打断她道:"你就把你的罪过说得天大,我还是跟定了你。不过我们万一怕警察搜寻的话,赶快告诉我,我好立刻安排你的逃走。"

她向他道:"逃吗?我怎么能在法国旅行呀?我的西班牙口音,我的青春,我的心神不定,怕是向我要看护照的头一个警察就抓住了我。还用说,这时候包尔斗的警察正在搜寻我,我丈夫会一把金子一把金子地答应他们,只要他们想法子找得见我。离开我,先生,丢掉我……我有一句还要胆大的话向你讲。我崇拜另一个男子,不是我丈夫,是比我丈夫还要坏的一个男子!这是一个大坏蛋,你看不起他的;然而,只要他向我说出一个悔过的字眼儿,我就飞了过去,我不是说飞进他的胳膊,我是说飞到他的脚底下。我要说一句极不应该的话,不过在我堕落的这个黑渊里面,至少我不愿意欺骗我的恩人。你瞧,先生,我这该死的女人,羡慕你,有的是感激,然而绝不能爱你。"

李耶放非常难过。最后他用一种微弱的声音道:

——我心里猛然这阵难过,你别错看做我要丢下你不管,不,我思索用什么方法躲得开警察的尾随。比较妥当的,还是藏在包尔斗好。随后我设法给一个和你一样年纪,一样漂亮的女人在船上寻一个位子,到时你好顶替她上船。

说完这几个字,李耶放的眼睛简直没有了神彩。

赖奥娜继续道:

——恰好统治西班牙的政党对费郎戴先生起了疑心。我们总在海上驾了船游玩。有一天,我们在海面发见了一只法国的小帆船。我丈夫向我道:'我们上船,扔下我们在贾达杰所有的财产好了。'我们动了身。我丈夫仍然很阔;他在包尔斗弄了一所精致的房子,重新开始他的商业;不过我们绝不和人往来。他反对我去看法国的社会。特别有一年,借口政治上的提防,不许他看见自由党人,我没有出门拜访过两次。我闷的要死。我丈夫为人极其可敬,要算人里最慷慨的了;不过他谁也不凭信,一切看成黑的。

不幸近一个月以来,他答应了我的吁求,在戏园子包了一座厢。他选了一座顶坏的包厢,正好就在戏台上面,免得露出我来,叫城里年轻人们看见。一队拿波里的马戏班子刚到包尔斗……呵!先生,你就要看不起我的!

李耶放回道:"夫人,我用心在听你讲,不过我禁不住想着我的不幸;你永久爱着一位更为快乐的男子。"

赖奥娜低下眼睛道:"不用说,你听人讲起那著名的梅辣勒(Mayral)。"

李耶放吃了一惊,答道:"那西班牙马戏子?真的,全包尔斗都跑去看他,他是一个极其灵活,极其漂亮的孩子。"

——唉!先生,我以为这只是一个平常人。一壁在马上献技,他一壁不住地望着我。有一天,我丈夫刚刚出去,他走过我的包厢下面,用贾达劳（Catalogne）①话向我道：我是马开西道（Marquesito）队上的一个队长，我崇拜你。

让一个卖艺的来爱！多可怕，先生！尤其没有廉耻的是，能想着这个而不以为可怕。接着好些天我打定主意不到戏园子去。还说什么，先生，我是一个极其不幸的女人。有一天我的老妈子向我讲：'费郎戴先生出了门，太太，我求你念念这个条子；'于是她锁上门，溜了出去。 这是梅辣勒写来一封多情的信；他向我叙述他的一生；他说，自己是一个穷军官，因为穷的没有饭吃，才逼的做了这行职业，不过为了我，他愿意洗了手不干。他的真姓名是罗坠格·皮芒泰勒（Rodrigue Pimentel）。我又去看戏了。渐渐我把梅辣勒的不幸信做真的。我高兴接他的信。唉！后来我就写了回信。我带着热情爱他，一种（赖奥娜说到这里流下眼泪来）不能消灭的热情，就是叫人发觉了，也消灭不掉。不久我就答应了他的呼求，和他一样盼着跟他说话的时机。不过从这时起，我就疑惑梅辣勒什么也不是，只是一个皮芒泰勒，一个马开西道戏团的头目罢了。他一点傲气也没有；好几回他都显出怕我，因为他是拿波里马戏班子的艺员而取笑他的样子。

差不多两个月了罢，我们正要出门看戏去，我丈夫接到消息，说他有一只船靠近罗洼杨（Royan）②河水的下游，沉掉了。他，从来不开口，一天同我说不上十个字，叫了起来："我明天得出一趟远门。"晚晌在戏园子，我向梅辣勒做了一个约好的暗号。看见我丈夫在包厢里面，他就到我家，向他收买了的女门房，取走我留下来的一封信。不久我就看见他大喜欲狂。我给他写信，第二天晚晌，我在面对花园的一间低屋子接见他。

打发掉巴黎的信差，我丈夫在上午就上了船。天气好极了，我们

---

① 贾达劳：西班牙旧时省区，现今分做四省，自成一种方言。
② 罗洼杨：法国沿海的一个镇市，离包尔斗不远，正在吉龙德河的下游。

正在最热的时期。黄昏,我讲,我睡到楼底下我丈夫的屋子,正好对着花园。我希望在这里少受点儿暑气。清晨一点钟,我小心翼翼地打开了窗户,正在等候着梅辣勒,忽然我听见门那边一阵响声:我丈夫回来了。在去罗洼杨的半路上,他看见他的船,平平安安地溯着吉龙德(Gironde)河①,向包尔斗驶来。

费郎戴先生回来,一点没有看出我的惊惶不安;我想到睡在一间空气新鲜的屋子,他觉得很好,然后就在我旁边躺了下来。

瞧瞧我的焦急罢:月光不幸明亮极了。不到一小时,我清清楚楚看见梅辣勒走近十字窗户来。我丈夫回来以后,我就没有想到关闭寝室旁边屋子的门窗。这整个敞着,同时旁边屋子通到寝室的门也敞着。

身旁躺了那样嫉妒的一位丈夫,我所敢做的,也只有摇摇头,好叫梅辣勒明白我们遭到了意外。我白费心。我听见他走进那边屋子,不久他就拢近我睡的床那边。瞧瞧我的恐怖罢:和大白天一样看得清楚。还好,梅辣勒向前走,并不开口。

我把睡在我身旁的丈夫指给他看;我看见他忽地抽出一把刺刀。怕得要命,我仰起了半身;他拢到我的耳边,向我道:'这是你的情人,我明白我来得不是时候,要不然,就是你觉得拿一个穷戏子开心好玩儿;不过这位漂亮先生马上会死到我手上的。'我用尽了力量抓住他的手,低声向他道:

——这是我丈夫。

——我看见你丈夫上午坐了去罗洼杨的汽船的。一个拿波里的戏子还不那么傻,信他妈的这个。起来,到旁边屋子跟我讲个明白;不然的话,我就叫醒这位漂亮先生;那时他也许说出自己姓名

---

① 吉龙德河:流灌法国西南部的一条大河,过包尔斗入海。

的。我比他更强壮，更轻灵，还带好了家伙，别瞧我穷光蛋，我倒要他知道知道，拿我开心不是好惹的。妈的，我要做你的情人，到时瞧谁才可笑！

这时际我丈夫醒了。

他乱糟糟地叫道：'谁讲什么情人！'

梅辣勒，站在我一旁，搂住我，在我耳边说话，看见这意外的动作，立即把身子弯的低低的。我伸开胳膊，彷彿我丈夫的话吵醒了我；我同他说了好些话，叫梅辣勒明白这是我丈夫。最后，费郎戴先生相信他在做梦，又睡着了。梅辣勒的刺刀一直就迎着月光发亮，这时月光也正好照到床上。我应下梅辣勒一切的指望。他要求我陪他到旁边的屋子。他一壁生气，一壁重复道：'就算是你丈夫，反正我叫你骗了个好看！'最后，停了一小时，他走了。先生，要是我给你讲，梅辣勒的浑账行为差不多叫我明白他是个怎样的人，然而一点没有减轻我的爱情，你信的及我吗？

我丈夫从来不进社会，平日只和我在一起……我立了誓，应下二次和梅辣勒相会，真是没有比这再困难的了。

他向我写了好些责难的信；在戏园子，他假装不看我。最后，先生，我命里注定的爱情再也忍不下去了。我向他写信道：

"随便那一天，看见我丈夫在交易所，你来好了；我会藏起你来的。我只要身子一得闲，就来看你；无论如何，你至少可以得到我爱你的一个证明，看出你猜疑的不当来。想想我多么危险。"

他总怕我在社交场里另外挑了一个情人，一同拿拿波里的穷戏子开心。他有一个伙伴，在这上面，我也不知道添了些什么怪话。这封信就为除掉他的害怕的。

八天以后，我丈夫到交易所去了；梅辣勒就在白天，从花园墙爬进我家来。瞧瞧我多么危险。我们在一起不到三分钟，我丈夫又回来了。梅辣勒溜进我的洗脸屋子；好在费郎戴先生回来,只为取些重要的文件。不凑巧,他带了一口袋葡萄牙钱。他懒得到库房去,就进了我的洗脸屋子,把他的钱放在我一架衣橱里面,用钥匙锁住,本来他就不大凭信人,所以为了加倍小心,他把洗脸屋子的钥匙也带走了。瞧瞧我的愁苦：梅辣勒气的火儿极了,我哪,只能隔着门和他讲点儿话。

不久我丈夫又回来了。吃过饭,他强着我到外头散散步。他要到戏园子去；总之,我回家回得晚极了。家里所有的门,每晚全上锁,钥匙由我丈夫保管着。真是费了老大的心机,等我丈夫一睡着,我把梅辣勒从洗脸屋子放出来,他在里面已经不耐烦好半天了；我帮他打开屋顶下面一间鸽子间的门。往下坠到花园,简直不可能。花园堆了好些羊毛包,有两三个挑夫在看守着。第二天一整天,梅辣勒全是在鸽子间过的。瞧瞧我多受罪：我觉得时时刻刻看见他下来,手里拿着刺刀,暗杀了我丈夫逃走,他什么也干得出来。听见家里一点点声音,我全抖索。

尤其不幸的,我丈夫不上交易所去。最后,没有一分钟来和梅辣勒说话,我想法子支开所有的挑夫,自己快活极了,瞧好时间,从花园救他出去。走过的时候,他用刺刀的把子打碎了客厅的玻璃。他火儿极了。

现在,先生,不说你看不起我,我也一样看不起我自己。从这时候起,梅辣勒再不爱我了,他相信我拿他开心。这我如今才看了出来。我丈夫一直就钟爱我；在那一天,有好几回他把我抱在胳膊里面,吻着我。梅辣勒,把骄傲看的比爱情还当心,自以为我把他藏起来,只为叫他偷看我和丈夫要好。

他不回答我的信,他在戏园子甚至于不屑看我。

先生,你一定听腻了这段儿不名誉的故事,不过还有最利害最下流的哪。

有八天的光景罢，拿波里的马戏班子说要起身了。自从那次在我家里出事以后，有三个星期了，我爱疯了的那位男子既不屑看我，更不屑给我写回信，于是上星期一，圣欧古斯丁（Saint－Augustin）节，我离开人世最好的丈夫的家，先生，还偷了他好些东西，而我哪，什么嫁妆也没有陪，除去一颗不忠实的心。我带走他送我的钻石，我从他的库房拿了三四捆五百佛郎，因为我想，在包尔斗，梅辣勒要是出售钻石，一定会被人疑惑的。

说到这个地方，赖奥娜的脸红得不得了。李耶放是既苍白，又绝望。赖奥娜每一句话都刺着他的心，然而，由于他性格上一种可怕的无常罢，她每一句话都增高他的热爱。

不由自己，他握住赖奥娜的手。她并不把手缩回去。李耶放向自己道，赖奥娜当我面说她爱上一个别人，我还拿着这只手玩着，真叫不要脸的！她叫我握她的手，不是由于看不起，就是由于心不守舍，我真是男子之中最不雅相的了。

赖奥娜继续道：

——上星期一，有四天了罢，清晨两点钟，我用药酒打发我丈夫和门房睡着，就逃了出来；我逃出敲的那家门，就是昨天晚响你走过的时候，我正好又逃出来的那家。这是梅辣勒住的地方。我走到他跟前，向他道：'你会相信我爱你了罢？'我快乐得要晕了。我觉得，从一起头，他吃惊比爱我还要利害。

第二天早晨，我给他看我的钻石和我的银钱，他决定离开他的戏班子，同我一起逃到西班牙去。然而，老天爷！一看他那么闹不清楚我祖国的风俗，我就觉出他不是西班牙人了。我和自己讲，说不定我这一辈子跟了的只是一个马戏班的戏子！唉！只要他爱我，有什么关系。我觉得他是我的主子。我会是他的奴才，他忠实的女人；他照样做他的戏子。我还年轻哪；必要的时节，我也学骑马。等上了年纪，我们要是穷光了，嗐！活该了！二十年下来，我反正会在他的身旁咽气。我不求人可怜的，我会过得快活的！呵！我多么狂！多么疯！

赖奥娜叫着，不说下去了。

李耶放道："这也得另外一个看法，要是和你丈夫在一起，他什么地方也不愿意领你去，你还不是无聊一辈子死掉。在我眼里，你很值得人原谅。你才十九岁，他已经四十九岁。在我的国家，社会上有多少女人，一辈子受人敬仰，犯的错儿还要大，然而绝没有你这样自问自的疚心！"

这类话彷佛帮赖奥娜减轻了一大堆重量。她继续道：

——先生，我和梅辣勒住了三天。晚晌他离开我到戏园子去。前天晚晌，他对我讲：'警察也许搜到我这里来，我得把你的钻石和你的银钱存到一个可靠的朋友家里。'清早一点钟，我等他等到过了平常回来的时间，唯恐他从马上摔下来，不过他回来了，亲了我一下子，不久又走出屋子。幸而我没有熄灯，虽说他禁止了我两回，甚至于小油灯他也要灭掉。过了好些时候，我睡着了，一个男子进了我的床；马上我就觉出来这不是梅辣勒。

我抽出一把刺刀；这浑账东西怕了，跪下来，求我哀怜。我扑过去要杀他。

他说：'你敢杀我，你小心断头台！'

这种语言的下流引的我惊恐起来。我不由想：'我毁到什么人手上呀？'我总算支起胆子，向这男子说，在包尔斗我有的是阔亲戚，他要不给我把实情讲出，高等检察官会捕他的。

他回道：'好啦！我哪，没有偷你的银钱，也没有偷你的钻石。梅辣勒刚刚离开包尔斗，他带了所有的财宝，往巴黎去了。他跟我们导演的太太一块儿走的；他拿你二十五块老路易①给了导演，导演就把他太太让给他。这儿有两块路易，是他给我的，我照样还给你，好在你不在乎这个，还是留给我好了；他给我这两块路易，为的叫我来留住你，留的时间越长越好，他好先有二十或者三十个钟头用。'

我就说：'他是西班牙人吗？'

——他，西班牙人！他是圣道岗格（Saint‑Domingue）②人，偷了或者杀了他主人才逃出来的。

我向他道：'为什么他晚晌还来这儿一趟呢？回我的话，要不叫我叔叔罚你做苦工去。'

——因为我迟疑不来看守你，梅辣勒就告诉我，说你长得美极了。他还加了几句道，'在她旁边替我一躺，没有再容易的事了。这怪好玩儿的。从前到了时候她拿我开心；我也要拿她开开心。'他这么一说，我就答应了；不过，见我胆量小，他就叫驿车绕到家门口，进来把我藏在床旁边，搂搂你给我看。

说到这里，呜咽又堵住了赖奥娜的声音。

她继续道："和我在一起的那个年轻马戏子，害怕得了不得，把梅辣勒什么难堪的底细全讲了出来给我听。我绝望透了。我和自己讲，'说不定他暗中给了我点儿迷药吃，因为我并不恨他。'当着那样丧尽天良的事，我不唯不恨他，先生，我反而觉得我崇拜他。"

赖奥娜停住了，思维着。

李耶放想道："奇怪的昏愦！那样年轻，那样聪明的一位女人，也信什么邪术！"

赖奥娜接着道："最后，那年轻人看见我在思索，也就不那么害怕了。他忽然离开我，一点钟以后，又带了一个伙伴来。我不得不保护

---

① 路易：法国古时金币，值二十四镑，铸于路易十三时代。
② 圣道岗格：中美洲的一个岛国。

我自己；打架打得很凶；说不定他们装做要别的，其实是要我的命。他们抢了我的钱口袋和一些小首饰。最后我挣扎到了大门口；然而要不是你，先生，说不定他们会到街上追我的。"

李耶放越看赖奥娜一死恋着梅辣勒，他越崇拜她。她哭得很利害；他吻她的手。他和她讲话，总隐隐牵到他的爱情，所以过了几天，她向他道："我真正的朋友，你试想，要是我能够向梅辣勒证明我从来没有打算欺骗他，拿他开心，他或许会爱我吗？"

李耶放接过来道："我没有什么钱，我因为无聊，所以才去赌钱；不过我父亲在包尔斗给我介绍的那位银行家，要是我去央求的话，或许不会拒绝我十五或者二十块路易的；我什么也可以做的出来，那怕下贱也成：你拿着这钱，就可以到巴黎去。"

赖奥娜跳过来搂住他的脖子："好天爷！我多该爱你才是！什么！你饶恕我这些可怕的过失吗？"

——你瞧，只要是我能欢天喜地娶你，一辈子和你在一起，我就自命是最走运的男子。

——不过，我一遇见梅辣勒，我觉得我就要发疯犯罪，扔掉了你，你，我的恩人，跪到他的脚底下。

李耶放气的脸都红了。他吻遍了她道："那么只有一个法子救我，就是自杀。"

她向他道："呵！别自杀，我的朋友。"

没有人再见到他。赖奥娜进了鱼须林（Ursulines）道院。

箱中人

——西班牙故事

一八二×年五月,有一天晴朗的早晨,布拉司大人(Don Blas Bustos y Mosquera)后面随了十二个骑兵,走进亚高劳蒂(Alcolote)村子,离格濡纳德(Grenade)①有十里光景。一见他来,老百姓赶快跑回家,把门关住。女人们怕极了,从窗户的小犄角,望着这位可畏的格濡纳德的警察厅厅长。上天惩罚他的酷虐,把他的灵魂印到他的脸上。这是一个身高六尺的人,黑皮肤,怕人地削瘦;他不过是一个警察厅厅长,然而在他前面,总督,甚至于格濡纳德的主教,都抖索着。

反对拿破仑的战争,就后人看来,实在把西班牙人提得比欧洲别的民族全高,比起法国人也只次一等罢了。就在这次高贵的战争,布拉司要算游击队最著名的一位首领。一天里面他的队伍要是没有杀到至少一个法国人,他绝不上床睡觉: 这是他立下的誓。

费迪南(Ferdinand)②复位的时候,人家把他流到嵩达(Ceuta)③做苦工,整整受了八年活罪。人家控告他,说他年轻时候做过方济派修士,④后来又叛了教。随后他被赦回来,人也不知道是怎么回子事。现在,布拉司大人是有名地缄默;他从不开口。从前,在缢死俘虏以前,他总要对他们说好些挖苦话,所以人人都夸他有才思: 在西班牙全国军队里面,大家拿他的俏皮话重复着。

布拉司大人在亚高劳蒂的路上慢慢向前走着,用他的野猫眼,望着两侧的房屋。他走过教堂,正在敲钟做弥撒;他从马上——差不多不是下来——急忙跳到地面,跑去跪到神坛近旁。四个宪兵围住他的椅子也跪了下来;他们望着他,他眼里已然无所谓虔敬了。他可怕的眼睛瞪住一个身段很好的年轻人,在他几步开外,虔敬地祈祷着。布拉司向自己道："什么！就外表看，一个属于上流社会的人物我会不知道！我在格濡纳德他会不出面！他一准躲在暗地。"

布拉司把身子斜向一位宪兵，下令道，年轻人一出教堂，就把他擒住。临到弥撒末了几个字，他自己也急忙走出，来到亚高劳蒂的客店的大厅憩下。不久，那受惊的年轻人出现了：

——你叫什么？

——费南斗（Don Fernando della Greva）。

布拉司的坏脾气越显得大了，因为靠近一看，费南斗有最漂亮的面孔；他有金黄色的头发，他虽说遭逢意外，他脸上的表现还是极其柔和的。布拉司一壁看着这年轻人，一壁梦想，最后道：

——你在议会时代做什么？

——一八二三年我在赛维勒（Séville）上学；那时我十五岁，如今我也不过才十九岁。

——你仗什么过活？

这句问话的无礼好像很惹年轻人生气；他捺住自己，说道：

——我父亲是嘉劳司麾下⑤（Don Carlos Cuarto）（上帝保佑这位好王爷的荣誉！）的团长，靠近这个村子给我留下一小块田地；这一年可以帮我一万二千莱阿勒（三千佛郎）⑥；我和三个家人亲自耕种着这块地。

——不用说，他们对你还很忠心。倒是顶好的游击队！

布拉司酸酸地微笑着！然后加上一句道：

---

① 格濡纳德：西班牙东南昂达路西的省会。
② 费迪南：一八零八年，拿破仑征服西班牙，驱逐费迪南第七王室，另立本支为王。其后拿破仑失败，费迪南重新复辟即位。
③ 畲达：西班牙北非洲殖民地马罗克 Maroc 的省会。
④ 方济派修士 Capucin：属于天主教圣福朗丝瓦 Saint－Fraucois 创立的苦修教派。所谓僧人，即指此言。
⑤ 嘉劳司：西班牙另一王室宗裔，总想夺过统治权来，然而终归失败。
⑥ 莱阿勒 réales：西班牙辅币，约值佛郎四分之一。

——带到狱里！不许张扬出去！

他走开了，把囚犯留给他的随从。过了些时，布拉司一壁用午餐，一壁思维道：

——这姣好的皮色，这鲜嫩劲儿，这傲慢的自满劲儿，有半年狱也就够他们受的。

在饭厅门边警卫的骑兵忽地举起他的短枪。他把枪横顶住一个老头子的胸脯。这老头子打算尾随一个捧着盘子的跑堂走进饭厅。布拉司大人跑到门口；在老头子后面，他看见一个年轻女孩子，让他忘掉了费南斗。他向老头子道：

——连一顿饭都不叫我好好吃，真是太那个的了；不过你进来，告诉我你有什么事。

布拉司禁不住盯着看那年轻女孩子；在她的前额和她的眼里，他看见意大利画派的美丽的圣母放射出来的虔诚和天真。布拉司不听那老头子讲话，也不继续他的午餐了。最后，他从他的幻想醒了出来；老头子重复了三四回应当释放费南斗先生的理由，他很久就是他身边这女儿伊逎丝（Inés）的未婚夫，下星期日就要嫁给他了。听到这句话，可畏的厅长的眼睛射出那样一种奇怪的光辉，伊逎丝，甚至于她父亲，都害怕得了不得。后者继续道：

——我们是老教徒，活着总怕上帝；我这一族很旧，不过我很穷，费南斗先生同我女儿是一门很好的亲事。法国人在的时候，我就没到任过事，以前以后都没有。

布拉司只是一味沉默着。老头子继续道：

——我属于格濡纳德地方最老的贵族；（他叹息道）在革命以前，我要是跟一个无礼的僧人说话，他不回答我，我会割掉他耳朵的。

老头子的眼睛充满了泪水。畏怯的伊逎丝，从她的胸怀，取出一串曾经碰过波拉（Pilar）地方圣母的袍子的小念珠，两只好看的手带着一种抽搐的动作握住上面的十字。可畏的布拉司的眼睛看定她的手。他随即注意到年轻伊迺丝的有点儿强壮然而十分匀称的身体。

他想道,她的容貌也许还可以端正点儿,不过这种天仙般的风韵,除去她,我真还没有见过。他终于向老头子道:

——你就叫叶穆（Don Jaime Arregui）吗?

叶穆静下心答道:

——这是我的名字。

——七十岁?

——只六十九。

布拉司松开额纹道:

——那准是你了,我寻你寻了好久。我们的皇上开恩赏赐你四千莱阿勒（一千佛郎）的年俸。在我格濡纳德的府里,我有你两年应得的年俸,明天晌午我当面交给你。我叫你也知道我父亲是老贾司蒂（Vieille—Castille）的一个富农,和你一样,也是一个老教徒,我自己也绝没有当过僧人。所以你方才骂我的那句话,算是落了空。

这里诚恳的老年人不敢不去会他。他没有太太,家里也就是他女儿伊迺丝。在去格濡纳德以前,他把她领到村子牧师家里,然后准备动身,样子就像他再也不会见到她。他看见布拉司大人打扮的极其整饬;衣服上面挂着一条大绶章带子。叶穆觉得他很客气,好像一个老兵想做点儿好事,不管应题不应题,总是微笑着。

要是他敢的话,叶穆会拒绝布拉司给他的八千莱阿勒的;他不由自主同他在一起用餐。饭后,可畏的厅长请他读所有的证书,他行洗礼的文件,甚至于一份法院的训令,上面证明他从来没有当过僧人,同时宣布他苦工停止。

叶穆总怕有什么恶意的取笑。布拉司最后向他道:

——那么我现在四十五岁，一个光荣的位置，一年有五万莱阿勒薪俸。我在拿波里银行一年还有一千两收入。我求你把你女儿伊逎丝小姐嫁给我。

叶穆脸白了上来。静了一时。布拉司继续道：

——不瞒你说，费南斗叫人牵连在一桩不幸的案件里头。警察部部长正在搜寻他，捕住了不是像对待贵族那样地绞死他，至少也得罚去做苦工。我做过八年苦工，我可以向你讲，这真不是人去的地方。(说到这里，他凑向老头子的耳朵道：)从现在算起，有两个或者三个星期，我也许接到部长的命令，把费南斗从亚高劳蒂狱里提到格濡纳德狱里。这道命令要在夜深极了的时候执行；要是费南斗利用晚晌逃掉，就算看你待他的交情面上，我闭住眼不管好了。譬如他到马岳克（Majorque）①躲上一两年，没有人会再想到他的。

那诚恳的老年人只是不回答，心上沈沈的，费了好大的力气回到乡村。他收下的银钱反而引起他的恐怖。他向自己道：这就是我伊逎丝的未婚夫，我朋友费南斗的血的价值吗？来到牧师的住宅，他投进伊逎丝的怀抱，哭喊道：

——我女儿，那和尚要娶你！

伊逎丝不久揩干眼泪，要求去和牧师商量商量，这时他正在教堂听人忏悔。他的年纪和他的地位虽说尊严，牧师也哭了。商量的结果是，不嫁给布拉司，夜晚就得逃走。伊逎丝小姐和她父亲得设法逃到吉布罗陀（Gibraltar），②然后乘船去英国。伊逎丝道：

——可是在英国怎么过活呀？

——你不妨卖掉你的房子和园子。

---

① 马岳克：地中海的巴莱阿 Baléares 群岛之一，省会为耙尔马 Palma，在西班牙之东，属后者统治。
② 吉布罗陀：在同名海峡之北，有炮台，属英国管辖。

年轻的女孩子哭了起来：

——谁买呀？

牧师道：

——我还有点儿积蓄，约模五千莱阿勒罢；要是嫁给布拉司大人，你于心不安，我就把这钱送给你，我女儿，心甘情愿地送给你。

十五天之后，格濡纳德所有的弓手，穿着制服，围住非常幽暗的圣道密尼格（Saint-Dominiqne）教堂。差不多正晌午，人都看不清怎么在这里行走才对。然而这一天，除去来宾，根本就没有人敢走进去。

有好几百枝蜡烛在侧面的小殿点着，射出来的光，穿过教堂的阴影，好像一条火路。人从远处就可以望见一个人跪在神坛的台级上；他比围住他的人们全高一头。这个头向下俯着，样子很虔敬，同时他的瘦胳膊交在他的胸上。不久他就起来，露出装点了一身勋章的衣服。他把手伸给一位年轻女孩子，后者轻盈而少艾的态度和他的严重做成一种奇怪的对比。好些泪水在年轻的新妇的眼里熠耀着；她到教堂门口上马车的时候，她面容的表情和面容特有的天使般的温煦（虽说她心里难过，）引起观众深切的注意。

这得承认，自从结婚以后，布拉司不再那样残暴了；死刑越来越少了。囚犯不从背后枪毙，仅仅缢杀了完事。他常常答应囚犯在就刑以前和家人拥别。他爱太太爱疯了，有一天，他向她道：

——我嫉妒桑莎（Sancha）。

这是伊迺丝的女友，一起乳大的姊妹。在叶穆家里，她算是他女儿的侍婢，也就是用这种名义，她尾随伊迺丝，来到她住在格濡纳德的府邸。

布拉司继续道：

——我离开你，伊迺丝，就留下你一个人和桑莎谈话。她很招人爱，逗你发笑，我哪，不过是一个老兵，尽干些严重的职务；不说怎么的话,我实在少招人爱。这位常带笑脸的桑莎,一定叫你把我比得还要老上半截去。瞧,这是我钱柜的钥匙,你愿给她多少钱,只要你欢喜,那怕是我一柜子的钱,你全给她好了,不过你得叫她走,叫她走远点儿,我再也瞧不见她就成。

晚晌,从公事房回来,布拉司见到的第一个就是桑莎,忙着做她的活,和平常一样。他第一个动作就是生气;他很快拢到桑莎身边,后者张开眼睛,用一种西班牙的视线,一种畏惧,勇敢与憎恨奇异的糅合,定定地看住他。过了一时,布拉司微笑着,向她道:

——我亲爱的桑莎,伊逦丝小姐告诉你了没有,我给你一万莱阿勒?

她一壁回答,一壁眼睛总看着他,道:

——除掉我的女主人,谁的礼物我都不收。

布拉司走进他夫人的屋子。她向他道:

——老塔(Torre-Vieja)的监狱,如今有多少囚犯?

——三十二个在地窖里头,二百六十个在上层,我相信。

伊逦丝道:

——放他们出去,我就离开我人世唯一的女友。

布拉司答道:

——你吩咐我的事,我做不到。

于是整宵他没有再多说一句话。伊逦丝在灯边做活,看见他一时脸白,一时脸红;她丢下她的女红,走过去祈祷。第二天,同样的沈默。第二晚晌,老塔的监狱起了大火,死了两个囚犯。然而,无论厅长和他的军警监视的多么严,所有其余的囚犯全想法子逃掉。

伊逦丝一句话也不同布拉司说,他也同她一句话不说。第二天,回到家,布拉司不见桑莎了,他投到伊逦丝的怀抱。

从老塔失火以来,一年半过去了,在格濡纳德南边十里的山里头（亚高劳蒂在北边，）在醋伊亚（Zuia）镇上最坏的客店前面，一个盖满了尘土的旅客从马上下来。

在昂达路西（Audalousie）枯燥的平原中间，这座靠近格濡纳德的镇市，就和沙漠上一座仙洲一样。这是西班牙最美的地方。然而这旅客仅只为了好奇而来吗？看他的衣服，人家会把他当做一个贾达劳（Catalogne）人。他的马岳克发下的护照，上面的确注明巴塞劳（Barcelone），①他下船的地方。这个坏客店的主人是穷极了。贾达劳的旅客看着他，把护照递给他，上面写的名字是巴布劳·罗迪先生（Don Pablo Rodil）。店主向他道：

——好，先生，格濡纳德的警察要是来看护照的话，我再通知您好了。

旅客说他想看看这美丽的地方。日出的前一点钟，他就出去，回来已经晌午了，正是最热的时候，人人全在吃饭或者打盹。

在一座长满了小软木的丘陵上，费南斗消磨了整整好几小时。从这里，他望着格濡纳德旧时的宗教裁判所，如今是布拉司和伊洒丝住在里面。他的眼睛简直离不开这座府邸的黑了的墙，在全城房屋的中央，这和巨灵一样高高立起。离开马岳克的时候，费南斗和自己讲好了不进格濡纳德的。有一天，他禁不住一阵热情的袭击；他走过宗教裁判所高大的门面下临的窄胡同。他走进一家工艺铺子，找个借口，待下来说话。工匠把伊洒丝居室的窗户指给他看。这些窗户在一座高极了的二层楼上。

睡午觉的时候费南斗重新拾起醋伊亚的小道，心叫种种的妒火吞烧着，他很想刺死伊洒丝，然后杀掉自己。一壁恼怒，一壁他向自己重复道："柔弱无耻的性格，只要她以为那是她的本分，她就能爱他

---

① 巴塞劳：西班牙东部贾达劳的省会，邻近地中海。

的！"转过一条胡同，他遇见桑莎；他做出不是和她说话的样子，叫起来道：

——呵！我的女友！我叫巴布劳，我住在醋伊亚的天使客店。明天晚祷的时候，你能到大教堂来吗？

桑莎不看他，道：

——我能来的。

第二天晚晌，费南斗看见桑莎一句话也不说，走向他的客店；她进去也没有叫人看见。费南斗关住了门。满眼的泪水，他向她道：

——唉，怎么样？

桑莎答道：

——我已经不伺候她了。到如今有一年半了，她把我打发走，没有情由，也没有解说。我敢说，她爱上了布拉司。

费南斗揩干眼泪，喊叫道：

——她爱布拉司！这真出乎我的意外。

桑莎继续道：

——她打发我的时候，我跪在她的脚前，求她告诉我，她辞掉我的原因。她向我冷冷地答道："我丈夫要这样做。"一句话也不多添。你知道她极其信教；如今她的生命也只是一个不断的祈祷。

布拉司为讨当局的喜欢，请求把他居住的宗教裁判所的一半改做圣克莱①女道院。来了好些女修士，还为她们盖了一座教堂。伊迤丝就在这里消磨日子。布拉司一出门，人一定会看见她，跪在圣母和圣婴的神坛前面。

费南斗继续道：

——她爱布拉司！

---

① 圣克莱 Sainte-Claire：十二世纪著名的女修士，与圣福朗丝瓦同为意大利人。

桑莎继续道：

——辞我的前一天，伊迺丝小姐跟我讲……

费南斗打断道：

——她如今快活吗？

——不快活，不过总是平声柔气的，和你从前认识的那种性情全不一样了。如今她不活泼，也不胡闹，像牧师从前说的那样子。

费南斗一壁大踏步在屋里走着，一壁叫着：

——无耻的东西！这就是她践她往日的信誓；这就是她爱我！甚至于忧愁也没有！而我……

桑莎继续道：

——就像我适才和您讲的，辞我的前一天，伊迺丝小姐还跟从前在亚高劳蒂一样，和我怪要好，怪和气地说笑。第二天，一句"我丈夫要这样做"就是她唯一对我讲的话，递给我一张她签了字的纸，写好了我每年应有八百莱阿勒的恤金。

——哎！把这张纸给我！

费南斗吻着伊迺丝的签字。

——她也说起我来吗？

桑莎答道：

——从来没有，简直没有，有一次当着我，老叶穆还责备她忘掉那样可爱的一位邻居。她脸白了，不过她不做声。把她父亲一送到门口，她就跑进小教堂，关起自己。

费南斗喊道：

——不用说了，我是一个糊涂虫。我真要恨她！我们不要谈起她了……我真幸运，走进格濡纳德，而且一千倍幸运，恰好碰见了你……那么你，你做什么？

——离格濡纳德五里地，有一个亚巴辣散（Albaracen）村子，我在那里开了家铺子。(她放低声音接着道)我有好些上好的英国货,全是亚浦贾尔(Alpujarre)山的私贩子带给我的。在我箱子里面,我有价值二千以上莱阿勒的货物。我很快活。

费南斗道:

——我明白;在亚浦贾尔山的那群健儿里头,你有一位情人。我们不会再相见了。得,拿着这只表,算是纪念我。

桑莎要走;他拦住她道:"我去见她怎么样?"

——那怕是跳出窗户,她也要躲你。小心点儿(桑莎折到费南斗身边道:)不管你怎么装扮,围着房子巡逻不断的八个或者十个探子就先抓住了你。

费南斗惭愧得不得了,不再言语了。他决定明天动身回马岳克去。

八天之后,他偶而走过亚巴辣散村子。一群强盗刚好擒住奥道迺勒(O'Donnel)将军,让他头朝下,在泥里整整躺了一点钟。费南斗看见桑莎惊惶的样子跑了来,向他道:

——我没有工夫跟你讲话,到我家里来。

桑莎的铺子上了门,她忙着把好些英国衣料放进一只黑色的大橡木箱子。她向费南斗道:

——今晚我们也许遭人攻打。强盗头儿和我那位私贩子朋友本人是仇敌。要抢的话,头一个就是这铺子。我方才从格濡纳德来;伊迺丝小姐总算一个有良心的女人,她答应下我把最珍贵的货物存到她屋子。不叫布拉司看见这箱子的,里面装满了私货;要是不幸他看见了,伊迺丝小姐会找一句托辞的。

她急着安排她的面网和围巾。费南斗看着她忙;忽然他奔向箱子,扔出面网和围巾,跳进里面去。桑莎吓坏了,急道:

——你疯了不成?

——瞧，这儿是五十两银子；不过，在到格濡纳德宗教裁判所以前，要是叫我出来，杀了我也不干！我要见她。

桑莎又怕又急，无论说些什么，费南斗全不听。她正在说着，进来一个苦力，仓喀（Zanga），桑莎的表哥，要把箱子放到他的骡子上，运到格濡纳德。听见他进来的声音，费南斗慌忙把箱盖一拉盖住。桑莎只好听他冒险，把箱子锁住。箱子要是打开看，更加坏事也难说。

早晨十一点钟，一个六月天，费南斗搁在箱子里头，叫人运进格濡纳德；他差不多要噎气。到了宗教裁判所。仓喀用力上梯子的时候，费南斗直盼人家把箱子放在二层楼，最好就在伊迺丝的屋子。

等人把门关住，听不见脚步响，他借着他的刺刀，把箱子锁簧弄掉。他成功了。他简直说不出来地高兴，一看他是在伊迺丝的屋子。他发觉好些女人衣裳；他认出靠近床的一个十字架，从前挂在亚高劳蒂她的小屋子。有一次，吵嘴吵的利害极了，她一气把他领进她的屋子，就在这十字架上，立下誓爱他一辈子。

热极了，屋子黑黑的。百叶窗关着，印度轻纱的大帘子也垂得低低的。在屋子犄角，有一个几尺高的小喷泉，水起来又落在她的黑大理石盘子。就是喷泉的声音差不多也破不开这深深的沈静。

费南斗一辈子做过足足二十回出生入死的冒险，如今听见小喷泉极其幽微的声音，反而抖索起来。在马岳克，他想尽方法要进她的屋子，梦想那完美的幸福，如今真正到了这屋子，他反而寻不见了。流放，不幸，离开自己的亲人，一种差不多因长久一致的不幸而变疯了的，热烈的爱情，做成费南斗全个的性格。

在这时候，费南斗唯一的情感是招惹伊迺丝不欢喜的畏惧。他知道她是又贞娴，又畏怯。我希望读者有点儿南方人热烈而奇特的性格的知识，我就不至于不好意思说，费南斗几乎要晕了过去，在道院的钟响了两下之后不久，在深深的沈静中间，他听见轻微的步子走上石级来。他随即走近门口。他听出伊逦丝的步声；然而不敢去碰一个尽心本分的女人乍一相见的恼怒，他藏到箱子里头。

天气真热坏了人，屋子又黑暗极了。伊逦丝坐到床边；不久，听见她呼吸的平静，费南斗明白她睡熟了。他这才敢走近床来；他看见伊逦丝了，多少年来她是他唯一的思想。一个人，在她睡梦的不知不觉之中，完全听他摆布，她反而叫他害怕上来。这种奇异的情感越来越凶。他看出两年没有见她，她的面容已经印有一种他所不识的冰冷的威仪。

不过，这种重逢的幸福渐渐深入他的灵魂；夏天半零乱的装梳，和这种差不多严肃的威仪一衬，形成一种特别可爱的对比！

他明白一看见他，伊逦丝的第一个观念会是逃走。他过去锁住门，把钥匙取在自己手里。

这决定他整个未来的时间，终于来了。伊逦丝动了几动，她差不多要醒过来；灵机一动，他过去跪在十字架前面，这从前挂在亚高劳蒂的伊逦丝的屋子里的。睁开睡沈重了的眼睛，伊逦丝以为费南斗死在远方，而十字架前，她看见他的形像，只是一种幻觉。

她静静地不动，直立在床前，合起两手。

——可怜的不幸人！

她的声音颤抖着，差不多噎窒住。费南斗，总在跪着，转过半身为的看她，向她指着十字架；不过他一不小心，身子动了动。伊逦丝，整个醒了过来，明白是怎么回事了，逃到门边，看见门也锁了。她喊道：

——多胆大，出去，费南斗先生！

她逃向小喷泉，屋子顶远的犄角。她的声音也抽搐了，只是重复道：

——别来，别来；出去！

她眼里闪灼着最纯洁的道德的光辉。

——不，你没有听我的话，我不出去。两年了，我要忘你忘不掉；白天黑夜我眼前都有你的形像。你没有当着这十字架发誓，说你永久是我的吗？

她气极了，只是向他重复道：

——出去，要不我喊叫了，你我都会叫人辨死的！

她跑去捺铃，不过费南斗先走在她前头，把她卷进胳膊里面。费南斗抖索着；伊迺丝看得清清楚楚，不由失掉她生气的所有的力量。

费南斗不复受爱欲统制，全心倾于他的责任。他比伊迺丝还要抖索得利害，因为他觉得他方才对于她的行为真和一个仇敌一样；不过他不生气，也不热狂。伊迺丝向他道：

——那么你要我不朽的灵魂毁灭吗？不过至少相信一桩事，就是我崇拜你，我从来爱的也只有你。从我结婚以来，我过的这可憎的年月，没有一分钟我不是在思念你的。这是一种了不得的罪孽：我安排一切为的忘掉你，然而我忘不掉。我的费南斗，别因为我渎神害怕：你相信吗？这十字架，你看见的，在我的床边，时常呈给我的，并不是应理审判我们的救主的形像；这叫我想起来的只是在我亚高劳蒂的小屋子，我向牠伸手，我给你立下的誓。呵！费南斗，我们要下地狱，要无从挽救地下地狱！（她热狂地喊道：）至少让我们在我们活着的这两三天里快活快活。

这场话把费南斗的畏惧打散了；他快活起来。

——什么！你饶我，你照样爱我？

时间飞的很快，日已经斜了；费南斗向她讲，看见箱子，他怎么灵机一动，跳进去，来到这里。他们正在欢喜，就听见屋门那边一声大响。布拉司来寻他夫人，去做黄昏的散步。费南斗向伊迺丝道：

——说天气热极了，你有点儿难过。我把我自己再关到箱子里头。这儿是你门上的钥匙；装做开不开门，把钥匙向反面扭，直到你听见箱子关住上锁的响声。

事情办得全如意；布拉司相信因炎热而生的意外。

——可怜的孩子！

他叫着，向她道歉，说他不该把她吵醒。他用胳膊抱住她，把她放到床上，正在做出极其温柔的爱抚，忽然他看见箱子。他挤住眉道：

——这是什么？

所有他警察厅厅长的天才全醒了出来。他重复了五六回：

——这在我家！

同时伊迺丝小姐向他讲着桑莎的恐惧和箱子的来由。他样子很无情地道：

——把钥匙给我。

伊迺丝答道：

——我没有收下那钥匙；你的听差会有也难说。我没有答应收下钥匙，好像很叫桑莎喜欢。

布拉司叫道：

——就算是她罢！不过我这手枪柜子倒有东西开所有的钥匙。

他走到床头，打开一个全是军器的柜子，取出一把英国开锁家具，来到箱子前面。伊迺丝打开一扇百叶窗，斜身倚上去，只要布拉司一发见费南斗，她好跳下街去。不过费南斗恨极了布拉司，反而镇静上来；他想了个主意，把刺刀尖儿插进箱子的坏锁簧，所以布拉司弯坏了他英国开锁家具，也开不开箱子。布拉司直起身子道：

——真怪，这家具自来没有不中用过。我亲爱的伊迺丝，我们晚点儿散步罢；那怕在你身边，只要我一想到这箱子，箱子里面说不定全是犯罪的文件，我就不会快活。谁敢说，我不在家的时候，我的仇敌，主教，不会暗地来一趟，带着王爷什么意外的命令？我到公事房去，马

359

上就带一个工匠回来,他一定比我能干。

他出去了。伊迺丝离开窗户,过来把门关住。费南斗怎么央求她一同逃走,她都不肯。她向他道:

——你不知道可畏的布拉司监视的多么严密;他能够在几分钟之内和离格濡纳德几十里地的密探通信。真的,我多愿意跟你逃走,到英国住着去!你只要想想,这么大的房子,每天有人来巡查,一直查到再小的犄角地方。不过,我总想法子藏起你来;你要是爱我,请你谨慎点儿,因为你死了,我也绝不要活下去的。

门边一阵大响,打断了他们的谈话;费南斗闪在门背后,手里握住他的刺刀,幸而进来的只是桑莎!他们只两句话她就明白了。

——不过,小姐,你不想想,你一藏起费南斗先生,布拉司不就看见箱子空了。我们瞧瞧,在这么短的时间,我们能往里放点儿什么?不过这一乱,我倒忘记了一桩好消息;全城都惊惶得不得,布拉司大人也正忙着分不开身。国会议员的白拙先生(Don Pedro Ramos),在大马路咖啡馆,叫一个皇家义勇军糟蹋了一顿,就用刺刀把他刺死了。我方才在蒲艾达(Puerta del Sol)碰见布拉司,就在他的军警中间。所以你藏好费南斗先生,我到各处去找仓喀,回头他好来连箱子连人一齐扛走。不过,时候够我们用的吗?把箱子搁到另外一间屋子,好先有一句话回答布拉司,别叫他一下子把你刺死。就说是我移动的箱子,打开的箱子。再说,别做梦;要是布拉司回到我前头,我们全不用想活。

桑莎的劝告一点也打不动这对情男女;他们把箱子移到一条黑过道;他们叙着这两年他们的生活。伊迺丝向费南斗道:

——将来你绝找不出我一丝毛病来,我全听你的:我现在已经感到我们不会活长久的。你不知道布拉司多不看重他的性命和别人的性命;他会发见我遇见你,杀了我的(梦想了一时,她继续道:)我在阴间遇见什么？还不是永劫不返！（随后她搂住费南斗的颈项，喊道：）我是人间最快活的女人了！你要是有法子让我们再会，叫桑莎转给我知道；你有一个女奴才，她叫做伊洒丝。

仓喀直到晚晌才来；费南斗重新进了箱子，让他扛走：斥候的军警在各处寻找自由党议员，没有寻见，有好几回拦住仓喀问询：他总回答扛的箱子是布拉司大人的，人家就放他过去了。

最后，在沿着坟地的一条僻静的胡同，仓喀又叫军警拦住了：坟地比胡同要低下十来尺，用一堵短垣隔开，正好当做扶手。仓喀打算靠住憩憩。他一壁回答军警，一壁把箱子放上墙头。

唯恐布拉司回来，箱子急忙扛出去，仓喀正好把费南斗扛了一个头朝下。费南斗痛苦得越来越受不住；他希望不久就到：觉得箱子不动，他实在忍不住了。胡同整个静极了；他计算这时候至少也该是夜里九点钟。他想道："给他点儿钱，仓喀就不会不守秘密了。"痛苦得实在受不住了，他向他低声道：

——把箱子转个过儿，我难受透了。

在这违禁的时间，靠着坟墙，这位苦力已经于心不安，忽然听见声音就在他耳朵边响，简直吓坏了；他以为听见鬼讲话，张开腿就跑。箱子笔直立在短垣上；费南斗的痛苦越加利害。不见仓喀答应，他明白人家扔掉了他。危险也罢，他决意弄开箱子；他使力一动，连箱带人一齐滚下坟地里去。

费南斗摔晕了过去，过了好些时，他才醒过来；他看见星星在他的头上照耀着：坠落的时候，箱锁开了开，正好把他倾向一座新近翻过土的坟头。他想起伊洒丝应有的危险；这么一想，他的力量全回来了。

血流着，他跌了不少的伤口；无论如何，他用力站直，过了不久，就行动起来；爬过坟墙，来到桑莎的住宅，他很吃了些苦；看见他一身

血,桑莎以为他叫布拉司发见了。听他讲完,她笑向他道:

——你得认账,你这回可真叫我们坐到了针毡之上!

他们觉得,不管怎么样危险,他们也得趁着黑夜,把跌到坟地的箱子弄出来。桑莎道:

——要是明天有布拉司的奸细发见了这浑账箱子,伊迺丝小姐跟我的性命就算完了。

费南斗接着道:

——不用说,箱子上也有血。

仓喀是他们唯一可以使用的人。正在说他,恰好他来敲桑莎的大门。她同他讲的话吓了他一个不轻。

——你给我讲的我全知道。你扔了我的箱子;箱子跌到坟地里,还有我一箱走私的货物;我损失的多么大!看罢,事情就要来了;布拉司大人今晚或者明早要拘问你的。

仓喀叫道:

——呵!我可毁了!

——你只要回答,从宗教裁判所出来,你把箱子运到我这里,你就有救了。

仓喀很难受,把他表妹的货物连累上;不过他怕鬼,他怕布拉司大人,最简单的事情他都像没有法子弄个明白。桑莎一遍一遍地向他讲解,他应该怎样回答厅长,才不牵连别人。费南斗忽然露面向他道:

——这儿是你十块金洋;①你要不照着桑莎教给的话讲,我一刺刀把你弄死。

仓喀道:

——先生,您又是谁?

---

① 金洋 ducat:值十或十二佛郎,铸于意大利。

——一个倒霉的犯人,皇家义勇军正在搜寻。

仓喀简直怕得不知所以;一看见走进布拉司大人的两名警察,他越发害怕了。一个警察抓住他,立即带去见他的厅长。另一个仅只来告诉桑莎,宗教裁判所的府邸要她去;他的任务不像前一个那样严重。

桑莎和他一壁谈笑,一壁请他尝一杯上好的朗乔(Rancio)酒。她打算叫他泄漏点儿秘密,好让费南斗从藏身的地方全听了去。

警察讲,仓喀叫鬼吓跑,脸白得和死人一样,进了一家小酒馆,向人叙说他的故事。有一个奸细,私下探访杀了一个皇党人的罪犯,或者自由党人,正好也在这家酒馆,于是跑去给布拉司报告。警察接着道:

——不过我们的厅长,一点也不笨,马上就说仓喀听见的声音是藏在坟地里罪犯的声音。他打发我找那箱子,我们看见箱子叫人打开,还沾了好些血。布拉司大人极其吃惊打发我到这里来的。我们走罢。

一壁同警察向宗教裁判所走着,桑莎一壁向自己道:"伊迺丝和我都逃不掉死。布拉司一定认出来那只箱子;现在他知道有生人进了他的府邸。"夜黑极了;桑莎一时想到溜掉。她向自己道:"别那末样,伊迺丝小姐为人那么老实,这时一定不晓得怎么回答,我要是丢下她不管,未免太没有良心了。"

来到宗教裁判所,她吃了一惊,看见人把她领上二层楼,就在伊迺丝的屋子。她觉得这不是什么好兆头。屋子灯亮极了。

她看见伊迺丝小姐坐在一张桌子旁边,布拉司,眼睛亮煌煌的,在她一旁站着。那只倒霉箱子正当着他们打开。箱子上全是血。她进来的时候,布拉司正在盘问仓喀;马上有人把他带了出去。桑莎向自己道:"他卖掉我们没有?他记得告诉他怎么回答的话吗?伊迺丝小姐的性命全在他手上。"她看着伊迺丝小姐,叫她放心;她从她的眼睛看到镇静和沈毅。桑莎倒因之吃了一惊。这女人平常那么畏怯,如今那里来的勇气。

从她第一句回答布拉司的问话,桑莎就看出这位老爷,平时那样稳定,如今和疯了一样。不久他就自言自语道:

——事情在明明摆着!

伊迺丝自然听见这句话,和桑莎一样;因为她神气极其坦率地道:

——这屋子点了这一大堆蜡烛,热的简直和大灶一样。

她走到窗户跟前。桑莎晓得几小时以前她的计划是什么了;她明白这种行动。马上她就装做神经受了猛烈的刺激,叫唤道:

——这些人要杀我,因为我救了白拙先生!

她使劲儿握着伊迺丝的腕子。

就在神经错乱之中,桑莎半句话半句话地讲着,说仓喀把她的货物箱子重新扛来以后,就见一个全身是血的男子,手里拿着一把刺刀,冲进她的屋子来。他说他方才杀了一个皇家义勇军,死人的伙伴正在找他。她要是不救他的话,他就会叫人当着她杀掉。桑莎好像不由自己,附喊道:

——呵!瞧瞧我手上的血,他们要杀我。

布拉司冷然道:

——讲下去。

——白拙先生跟我讲:耶罗尼米蒂(Hiéronymites)道院的院长是我舅舅;只要我到了他的道院,我就有救了。我只是抖索;他看见打开的箱子,我正好取完我的英国面网。他忽然扔出箱子里面余下的包裹,自己跳进箱子去。他喊道,把我上面的箱盖锁住,把箱子赶紧运到耶罗尼米蒂道院去。他扔给我一把金洋,这儿是;这是恶人的钱,……

我怕都怕不及……

布拉司喊道：

——少麻烦了！

桑莎继续道：

——我怕我不听他的话他会杀我的；他左手总拿着那把刺刀，上面还挂着那可怜的皇家义勇队人的血。真的，我害怕，我叫仓喀把箱子扛到道院去。我……

——别再讲了，要不你会死的！

布拉司差不多猜出桑莎想多磨点儿时候。他叫人带仓喀来。桑莎觉得布拉司平常深不可测，如今简直把持不住自己；他怀疑他两年来以为忠实的女人。天气彷彿把布拉司热得很难受；一看见警察把仓喀带到，他就扑了过去，使劲握住他的胳膊。

桑莎向自己道："我们现在到了要命的关头。仓喀会决定伊迺丝小姐和我的性命。他向来对我忠实；不过今天晚晌，叫鬼和费南斗的刺刀一吓，上帝才知道他要说些什么。"

布拉司用力摇着仓喀。仓喀看着他，眼睛叫人吓的没有了光，话也不敢回一句。桑莎想道："呵！我的上帝，他没有招供以前，人家会叫他立誓的，他平日敬神极了从来不肯撒谎的。"机缘凑巧，布拉司不在公堂上，也就忘记叫他立誓。桑莎终于理会这极度的危险，桑莎的眼色，甚至于和他过度的恐惧，决定说话了。不知道是小心，还是真着慌，他讲了个一塌糊涂。他说，从厅长大人府上搬回箱子以后，桑莎又叫他来扛箱子，不过他觉得这回箱子重多了。走过坟墙，累得不得了，他就把箱子靠上墙头。他耳边听见一种呻吟的声音；他就跑掉了。

布拉司反覆地问他，不过他自己也疲倦上来。临到夜里一点钟，他停止审问，预备明早再来。仓喀还算没有讲什么自相矛盾的话。桑莎求伊迩丝答应她还住在她隔壁的套间，从前她睡过的地方。或许布拉司没有听见关于这桩事的几句话。伊迩丝一直担心费南斗，过去寻找桑莎。桑莎继续道：

——费南斗很安稳；不过，小姐，你我的性命可真危险极了。布拉司直犯疑心。明天早晨，他会很利害地恐吓仓喀的，而且传来对他有势力，平日为他忏悔的和尚，想法叫他说话的。我说的那套鬼话，也只是敷衍一时罢了。

伊迩丝小姐好像一点不在乎几点钟以内她的恶运，依然和平时一样温柔道：

——好！你逃罢，我亲爱的桑莎。留下我一个人死罢。我死得很高兴；我心里有费南斗在。隔了两年又见到他，拿命来换这点儿快乐也值得。我告诉你，马上你就走。你一直溜到大院子，在大门旁边藏起好了。我希望你有法子救出你自己。我只求你一件事；把这钻石十字架交给费南斗告诉他，说想到他回到马岳克，我死也祝福他。

天一破晓，早祷的钟声一响，伊迩丝小姐叫醒她丈夫，说她上圣克莱女道院去听第一遭弥撒。布拉司一个字也不回答，虽说就在自己家，他也在家，依旧打发四个听差陪着她。

到了教堂，伊迩丝拢近女修士的栅栏。过了一刻，布拉司派来看守他太太的人们就见栅栏开开。伊迩丝走进里面的禁地。她宣布她已经私下求做女修士了，绝不再出道院来。布拉司来要他太太回去；不过女院长已然通知主教。主教很仁慈的样子，回答气急了的布拉司道：

——尊贵的布拉司夫人是你合法的妻子，自然她没有权利服侍救主，不过伊迩丝小姐怕的是她结婚没有子嗣。

伊迩丝小姐和她丈夫起了诉，不过，几天之后，人家发现她在床上叫刺刀刺了好几下子；同时布拉司发见一件阴谋，于是在格濡纳德的空场上，伊迺丝的父亲和费南斗的两颗脑袋全落了地。

　　《箱中人》原名应做《箱与鬼》(Le coffre et le Revenant)，司汤达一八三零年发表于《巴黎杂志》第十四期，直到一八六七年，才由后人收进《文艺丛谈》。　一八二九年圣诞节，司汤达拿这篇小说读给麦瑞麦听，大约就在同年写的罢。连同前期我译出的《迷药》，这两篇都很能表示作者的西班牙精神 L'Espagnolisme。有一点，读者必须记住，然后格外会了解作者的怪癖的：就是，这里虽是拿破仑时代的故事，实际富有中世纪似讲理而不讲理的野蛮味道。看过这篇以后，我们可以想见麦瑞麦他年轻的文友，在短篇小说（特别关于西班牙故事）方面，受了多少司汤达的影响。他们都可以归入传奇派，自然这是我杜撰的一个名词。他们的好处正在，他们分析得极其深刻，从迅速的动作上，见出人物内心的变化。这绝不是普通传奇小说所能比拟的。

——译者附志。

费理拜·赖嘉勒

——一个有钱的年轻人在巴黎一生的素描

我有些认识这身高六尺的伟大的赖嘉勒（Lescale）先生，他是巴黎最阔的一位商人：他在马赛有一家铺面，海里还有几只大船。他最近去了世。这人一点不忧郁，然而他偶尔一天要是说上十句话，你就会当做神迹叫唤的。不过他喜爱愉快，我们每星期六有一次晚宴，十分保守秘密的，他却想尽方法叫我们请他参加。他有经商的本能，我要有事闹不清楚的话，一定找他商量商量。

临死，他请我代他写封短笺。信是写给他关心的一个年轻人。然而不和他一个名姓。他把他叫做费理拜（Philibert）。

他父亲曾经向他道："你高兴做什么，做什么，我全不管：等你胡闹丢人的时候，我也死了。你有两个弟兄，在你们三个人当中，我把我的财产遗给最不蠢的一个，此外两个人，全是每年二百路易①。"费理拜曾经获有学校所有的褒奖；事实是，离校的时候，他是一无所知。从那时起，他做了三年轻骑兵，到亚美利加洲旅行过两次。到最后那一次，他自以为爱上了一个二等歌女，但是我觉得这是一个道地的女流氓，只能给她的情人添些债，而且是假债，最后甚至于惹点儿不轻不重的罪过，把他一直领上法庭；我把我的想法告诉了他父亲。

赖嘉勒先生把费理拜叫了来，他有两个月没有见到他了。他向他道：

"你要愿意离开巴黎，到纽奥连②去，我给你一万五千佛郎，不过上了船才给，我请你做我船上的管货的。"

年轻人动了身，同时大家安排好了，叫他在亚美利加洲的居留，整个由于他的意志，比他热情的期间还要长久。

得到赖嘉勒去世的消息，他又回来了。这可怜的老头子，其实已经七十九岁了，还总给人讲他六十五岁。在遗嘱上，他认了他作儿子，给他留下四万镑的年金。甚至于，他卖掉所有的产业，他全然破产，赖嘉勒的一个朋友，会在每月上旬，给他二百佛郎使用，如果因债下狱，就给他三百佛郎。

费理拜过来看我，极其受感动的样子，请我严重地予以指教。我向他道："好罢，你就住在巴黎；但是有一个条件，就是，你加入正统派③，反对而且总说政府的坏话，不管是什么政府。你选一个歌剧院④的小姐津贴，想法子破产只破到一半；你要做到这一切，我继续接见你，八年之后，等你到了三十二岁，你就自然好了。"

他回答我道："我从今天就做起，至少在一方面。用我荣誉作证，我向你立誓，我一年绝不花过四万佛郎。不过为什么叫我反对政府呢？"

——那你就更光采了，再说，很合宜你这样一个不用求人的人。

这篇小说没有什么了不得，不过我愿意记录下来，因为这是一丝不差地真实。费理拜做了些荒唐事，不过实际全依照我的指教。只有，第一年他花了六万佛郎，不过他惭愧极了，我想今年他也就是每月花个两千佛郎。

他自己决定开始重学拉丁文和数学；他还想有一天，乘着自己的船，重访亚美利加洲，游游印度。总之，虽说意想不到地富裕，他可以变成一个极其不凡的有为之士，念着我这篇东西，也会高兴的。

---

① 路易（Louis）：法国币名，创于路易十三时代，往昔值二十四镑，现今约值二十佛郎。
② 纽奥连（New-Orleans）：美国南部鲁西亚纳（Louisiane）的省会。
③ 正统派（Légitimiste）：在法国司汤达的时代，这应该属于一八三〇年推翻的布尔崩（Bourbons）一姓的长房的拥护者。
④ 歌剧院（Opéra）：巴黎最著名的国家歌剧院。

我往细里指教他了些小地方,也全成功了。他住在郊外圣杰尔曼[①]最偏僻的一条胡同,极受他那一带门房的尊敬。他用五十路易施舍;他只有三匹马,然而他亲自到英吉利寻找来的。他不预定任何书店的书籍,他也绝不念书,除非是他自己的,或者装订富丽的。他只有两个下人,和他们绝不谈话,然而每年把他们的工钱加上四分之一。人已经为了婚事诱探了他三四次,关于这件事,我向他宣告道,他要是在三十六岁以前娶妻,我就再也不肯管他了。我总盼他做出点儿胡闹丢人的事,因为怕把我自己拴到他身上。他极美而且极沉默。按着我的意见,他总穿一身黑衣服,好像戴着孝。我给人讲,这全由于纽奥连附近,"红杖"酒馆的一位女子去了世,而他忘记不开。他不打算再和那歌剧院的情妇在一起,但是我怕热情,我叫他维持下去。

他喜欢居留的地方,是我在离龚辟耶[②]四十里左右,在森林的边沿,叫他买的一块地:决定我的,是良善的伴侣,这就是说,八个或十个邻近的堡主的忠实性格。乡间游手好闲的人们,全歌颂着赖嘉勒先生的好处;他施舍了许许多多,时时显出受人欺哄的傻样。他走了好些不可意想的运气;然而内心他只爱一个每礼拜在剧场看见两次的女人。他觉得其他女人演的戏既是严重,又是空虚。

总之,费理拜·赖嘉勒是一个教育良好的人,通常所谓一个可爱的人。

附言(两年以前)。我不该叫可怜的费理拜留下他的歌女,最近为了她,他和一个自命为俄罗斯亲王的人决斗,后者从他前额打进一颗枪弹,他就死了。

---

① 圣杰尔曼(Saint-Germain):在巴黎西郊,距凡尔塞不远,四周有叫做赖(Laye)的一个森林,所以原名应做 Saint-Germain-En-Laye。这是一个贵族聚居的名地。
② 龚辟耶(Compiègne):也是一个旧日帝王游猎的地方。在巴黎北郊,和圣杰尔曼一样,有行宫,有森林,有城市。

那位俄罗斯亲王,欠了债,而且既非亲王,又非俄罗斯人,急忙利用这个机会离开了法兰西和那歌剧院的厢位。隔着花玻璃窗投出一道奇怪的光彩。这小教堂由圣福朗且斯考①派的僧侣主持着。他奔向大门,用刀把子使力敲着。遥遥尾随的人们,离他有五十步远。他们向他跑了来。一个僧人把门开开;赛勒塞奔进教堂;僧人重新放下门后的铁闩。僧人道:这些浑东西!赛勒塞给了他一块金洋②。他道:"他们一定是要我性命的。"

这座教堂至少有一千枝蜡烛照亮。

他向僧人道:

——什么!这时还做祭事!

——大人,是至高的副主教吩咐做的超度。

圣福朗且斯考(San Francesco a Ripa)小教堂③的窄狭的后壁,整个叫一座华丽的墓碑盖住;有人在唱亡魂的焰口。赛勒塞道:

——谁死了?什么王爷?

教士回道:

——还用说,因为什么也没有省掉;然而这一切,只是白花钱,白糟蹋蜡烛,院长曾经告诉我们,死者临了总是执迷不悟。

赛勒塞走近些;他看见一种法兰西样式的徽饰;他的好奇心加重了;他立即趋前一看。是他自己的军徽!还有一道拉丁文的碑铭:

Nobilis homo Johannes Norbertus Senece eques decessit Romae.

"高贵强壮的赛勒塞大人,男爵,死于罗马。"

赛勒塞思维道:"我是第一个人有荣誉参加自己的丧礼的……我瞧

---

① 圣福朗且斯考(Saint Francesco):意大利宗教家,创立教派,为阿西依(Asissi)人(一一八二——一二二六。)
② 金洋:原文做 Séquin,意大利通行的金币。
③ 圣福朗且斯考教堂(San Frrncesco a Ripa):在罗马河西(Trastevere),邻近包尔泰塞(Portese)城门,建于一二三一年,内有圣福朗且斯考的遗容一帧。

只有查理·第五①大帝喜欢这个调调……不过这教堂对于我有点儿不合适。"

他又拿一块金洋赏给执事。他向他道:"教父,烦你开开你寺院的后门,救我出去。"

僧人道:"愿意的很。"

一到街上,赛勒塞一手握住一支手枪,用一种非常的速度,开始跑起来。不久他就听见背后有人追逐。走近他的公馆,他看见大门关着,一个人站在前面。年轻的法兰西人思维道:"这是角斗的时候了"他正要准备放枪打他,一看是他自己的听差。他向他喊道: ──开开门!

门是开着的;他们赶快进去,把门关住。

──呵!老爷,我那里没有寻找你;我有好些坏消息: 可怜的约翰,你的车夫,叫人家拿刀弄死了。他们弄死了他,还臭骂你。老爷,有人要你性命……

就在听差说话的时候,短铳一连八响,同时打进开向花园的窗户,放倒了赛勒塞,躺在他听差旁边;每人中了有二十多颗子弹。

两年以后,罗马人把康包巴骚王妃尊敬做信心最诚的模范,而紫衣教官福辣泰辣也已做到红衣主教。

饶恕作者的错误。

这里两篇长短不一的小说,全是关于作者本国人的,一篇写一个纨袴子弟怎样在巴黎生活,一篇写一个贵族子弟怎样在罗马做爱。而

---

① 查理第五(Charles-Quint): 十六世纪的日耳曼大帝,晚年退居虞司特(Yuste)寺院,未死即行举丧,所以小说中如此云云。

他们全牺牲于各自的追逐。我们译出《费理拜·赖嘉勒》(Philibert Lesonle) 只是要表示司汤达对于生活了解的深刻，与他玩世不恭的哲学。但是，第二篇，《圣福朗且斯考教堂》(San Francesco a Ripa)，却完全显出作者对于性格与心理的悲剧的分析，虽说是短篇，已经不得不令我们钦佩他的深刻。他把法兰西十八世纪的一个倜傥少年，和他心折的一个十六世纪的意大利热情少妇放在一起，叫我们玩赏二者中间的冲突和可能的牺牲。赛勒塞永久追寻快乐，然而永久忽略快乐；他是那点法国人的虚荣作祟，而不是真情真意做爱。他缺乏脑筋；他的死可以说做自取其祸。但是，康包巴骚王妃，缺乏法国人透明的理性，完全被她的热情支配，永久生活在她唯一的需要之下。

费理拜·赖嘉勒是司汤达一篇遗作，由他的擎友高龙 (Colomb)，一八四六年交给海采勒 (Hetzel) 书店，在杂志上发表。其后一八五四年，重新收入司汤达的全集。

圣福朗且斯考教堂也是一篇遗作，是他一八三一年九月间写的，一八五三年在《两世界杂志》发表，其后和前篇收入同一的集子。最初这篇题目是圣玛丽亚教堂 (Santa maria Romana)，主旨由作者撮要为："描写一个法国人怎样在罗马叫他的情妇暗杀掉。"

——译者

法妮娜·法尼尼
——教皇治下发见的革命党人末次秘密集会的详情

一八二×年春天有一晚晌,全罗马都出动:B公爵,著名的银行家,在威尼士公场他的新邸,开一个跳舞会。所有意大利的艺术,所有巴黎和伦敦出产的最华贵的奢侈品,全聚在一起,装璜这座府邸。来的人多极了。高贵的英吉利的端庄而又金黄头发的美人,也设法以参加这个跳舞会为荣;她们成群而来。罗马最美的妇女和她们竞争美丽的比价。一个年轻女孩子,眼睛的光辉和她的青发全说出是罗马人,由她父亲领了进来;目光全随着她转。她每一个动作都带着一种难以言传的骄傲。

进来的外国人,全叫跳舞会的华贵慑住。他们讲,"欧洲任何帝王的宴会也比不上。"

帝王先没有一座罗马式建筑的府邸:他们又不得不邀请他们宫廷的命妇;B公爵却只约会漂亮女子。他这一晚女宾的选择很叫走运;男人们都像失了主宰。在那样多引人注目的妇女之中,问题是决定谁最美;选择起初有些不定;然而最后落到法妮娜·法尼尼(Vanina Vanini),那有火似的眼睛和青发的年轻女孩子,被大家推选做跳舞会的皇后。马上外国男子和年轻的罗马男子,离开其他所有的客厅,成群来到她那间客厅。

她父亲,亚斯都巴莱·法尼尼(Asdrubale Vanini)亲王,要她先和两三位德意志的王公跳舞。随后她接受几位非常高贵而又非常美丽的英吉利人的邀请;她讨厌他们矫模作样的神气。她彷彿很高兴给年轻的里维奥·萨外黎(Livio Savelli)苦吃,而他似乎极其爱她。这是罗马最体面的年轻男子,而且他也是亲王;不过,有人要是给他一本小说读，不到二十页，他就会把书扔开，说这叫他头疼。法妮娜把这看做一种缺陷。

临到半夜，一桩新闻在跳舞会传播起来，而且十分动人听闻。一个在圣天使（Saint Ange）堡子①囚禁的年轻革命党人，②就在当晚逃脱，化了装，而且带着传奇式的非常的勇敢，走近监狱最后的看守队，竟然拔起刺刀攻打兵士；然而他本人也受了伤，弓手随着他的血迹追他，有希望把他擒回来。

就在大家谈论这个故事的时候，里维奥·萨外黎方才和法妮娜跳完舞，目眩于她的仪态和胜利，扶她走回她原来的地方，差不多因爱而狂的样子向她道：

——不过，劳驾，那么谁能讨你欢喜呢？

法妮娜回答他道：

——方才逃脱的年轻革命党人至少他还做了点儿事，值得活在人世上。

亚斯都巴莱亲王走近她女儿。这是一个阔人，有二十年了，没有和他的总管算账；后者拿他自己的收入高利借给他。你要是在街上遇见他，你会把他当做一个老戏子；你不会注目到他手上戴着五六只大戒指，上面嵌着极其巨大的钻石。他两个儿子全做了耶稣会教士③，随后发疯死掉。他忘掉了他们；然而他很不高兴他的独生女，法妮娜，不肯出嫁。她已经十九岁了，拒绝了好些最体面的对方。她有什么理

---

① 圣天使堡子：在罗马城内河右，离圣彼得礼拜堂不远，纪元二世纪罗马皇帝亚追亚晋（Adriano）的陵墓，下方上圆，雄伟浑大，其后教皇用做防守的寨垒和监狱。传说纪元六世纪，瘟疫盛行，教皇圣格诇格洼（St. Grégoire le Grand）祈祷，行经桥头，忽然望见堡子顶尖站着一个天使，收剑回鞘；上天示意瘟疫将终，所以堡子改名圣天使。
② 革命党人：原文是（Carbonaro），煤商的意思。在一八五九年统一以前，意大利饱受外人制控，特别是拿破仑失势之后，从一八一五年起，并归奥地利统治。当时有志之士，聚而图谋革命，因为最初多在树林中间秘密开会，所以得到煤商的绰号。为读者方便起见，本文一律译做革命党人。
③ 耶稣会教士 Jésuites：十六世纪罗耀拉（Ignace de Loyola）创立的军士教派，专为对付异教徒，服务天主教而设。其后势力逐渐强大，先后为葡萄牙与法兰西各国强迫出境。

由？犹如席拉（Sylla）①退位的理由：厌憎罗马人。

跳舞会的第二天，法妮娜看见她父亲，男子中最大意的人，一辈子没有想到去拿一把钥匙，却小心翼翼，锁住一个小楼梯门，往上通到府邸三层楼上的房间。这房子有好些窗户，开向一座点缀着橘树的花坛。法妮娜出去访了好几次人；回来时候，只见府邸的大门，因为装设灯盏，横七横八地拦住，马车改由后院进来。法妮娜举起眼，不由一惊，便见她父亲加意锁住的房间的一个窗户敞开了。她打发开她的伴妈，上到楼梯顶高的地方，因为用心寻觅，终于发现一个有铁栏杆的小窗户，开向橘坛。她先前看见的敞开的窗户离她两步远。不用说，这屋子住了人；然而住了谁？第二天，法妮娜终于得到一个开向橘坛的小门的钥匙。

窗户依然开着，她悄悄溜到下面。一个百叶窗正好藏住她。屋子靠里有一张床，上面有人躺着。她第一个动作是退回；然而她看见一件女人袍子，扔在一张椅子上。仔细一望床里的人，她看出她有金黄头发，样子极其年轻。她相信这是一个女的。扔在椅上的袍子沾着血；桌上放着一双坤鞋也染着血。不识者动了一动；法妮娜瞧出她受了伤。一大块带血的布盖住她的胸部；这块布仅仅用几条带子挽住；显然不是一个外科大夫的手安排的。法妮娜发现每天快到四点钟，她父亲把自己锁到她的屋子，随后走去探视那不识者；不久他下来了，坐了马车去拜望斐泰莱斯基（Vitteleschi）伯爵夫人。他一出去，法妮娜就上到小花坛，从这里她可以瞧见那不识者。这年轻妇人，如此不幸，引得她非常好奇；她猜寻她的故事。扔在椅上的血袍，好像叫剌刀扎破了的。法妮娜可以数出撕烂的地方。有一天，她看见那不识者，看

---

① 席拉：纪元前一世纪，罗马共和国的贵族首领，战胜敌党，被举为狄克推多。纪元七十九年，正当势盛之际，他无故宣布退位，迄今犹为隐谜。本文所举退位的理由，也只是一种揣测。

得格外分明：她的蓝眼定定地望着天；她好像在祈祷。不久好些泪水充满她美丽的眼睛；年轻的郡主直忍不住要和她讲话。第二天，不等她父亲来，法妮娜斗胆先藏在小花坛上面。她看见亚斯都巴莱先生走进不识者的屋子；他提着一个小篮，里面装着食物。亲王样子有点儿不安，不大讲话。他的声音低极了，虽说门窗敞着，法妮娜也听不见他的语句。他随即离开了。

法妮娜向自己道：

——这可怜的女人一定有好些可怕的仇敌，所以我父亲，那样随便惯了的一个人，才不敢信托别人，每天辛辛苦苦爬上一百二十级的楼梯。

有一黄昏，法妮娜正轻轻把头探向不识者的窗户，遇见她的眼睛，一切全叫她发见了。法妮娜跪下来喊道：

——我爱你，我愿意服侍你。

不识者举手请她进来。

法妮娜喊道：

——我该多向你抱歉，我的胡闹和好奇该多惹你生气！我起誓不说出你的秘密，只要你吩咐，我绝不再来了。

不识者道：

——谁能看见你不觉得幸福？你住在这座府邸吗？

法妮娜答道：

——自然哪。不过我看你不认识我：我是法妮娜，亚斯都巴莱先生的女儿。

不识者样子有点儿诧异，看着她，飞红上来，随即接着道：

——请您允我希望您每天来看我；然而我愿意亲王不知道您的下访。

法妮娜的心使劲跳着；她觉得不识者的态度非常优雅。这可怜的女人,不用说,得罪了什么有权势的人物;或许一时嫉妒,她杀了她的情人。法妮娜以为她的不幸不会由于一个庸常的原因。不识者告诉她,她肩膀有个伤口,一直戳到胸脯,很让她痛苦。她时常发见一嘴的血。

法妮娜叫道:

——那你离得开外科大夫?

不识者道:

——你知道,在罗马外科大夫全得向警察仔细报告他们调理的伤口。你看得见,亲王只好委曲,亲自用布绑扎我的伤口。

带着一种完美的韵致,不识者避开那套哀怜自己遭遇的情态;法妮娜爱疯了她。然而有一桩事很让年轻的郡主诧异,就是在她极其严肃的谈话之中,不识者用力压抑一种忽然想笑的欲望。

法妮娜向她道:

——我真高兴知道你叫什么。

——人家叫我克莱芒婷(Clémentine)。

——好得很!亲爱的克莱芒婷,明天五点钟我再来看你。

第二天,法妮娜觉得她的新女友病很沉重。法妮娜一壁吻她,一壁道:

——我打算给你带一个外科大夫来。

不识者道:

——我宁愿死。难道你要我害我的恩人吗?

法妮娜赶忙道:

——罗马市长萨外黎·贾达荼辣(Savelli-Catanzara)大人的外科大夫,是我一个用人的儿子;他很听我们支使,仗着他的位置,他谁也不怕。我父亲不凭信他的忠心;我让人叫他来。

不识者的激昂简直都让法妮娜惊异了。他喊道:

——我不要外科大夫!看我来好了,要是上帝叫我去他那儿的话,我倒高兴死在你的胳膊里。

第二天,不识者的情形更坏了。法妮娜离开她的时候道:

——你要爱我,你就得叫一个外科大夫看看。

——他要一来,我的幸福就烟消云散了。

法妮娜继续道:

——我去打发人寻他来。

一言不发,不识者揪住她,握住她的手,吻着。静了好半晌;不识者眼里挂满了泪水。最后,她离开法妮娜的手,差不多断气的神情,向她道:

——我有句话向你招认。前天我说我叫克莱芒婷,其实是撒谎;我是一个不幸的革命党员……

法妮娜惊得撤退椅子,不久站了起来。

革命党员继续道:

——我觉得我这个招认,会让我丢掉那唯一把我牵连在生命上的幸福;但是欺骗你,我又太不够人了。我叫做彼得·米西瑞黎(Pietro Missirilli),我十九岁;我父亲是法道·圣安杰罗(Saint-Angelo-in-Vado)地方的一个穷外科大夫,我哪,是个革命党人。人家围住我们的秘密集会;我叫人上了锁链,从罗玛涅① Romagne 解到罗马。丢在一个地窖里面,白天晚晌全点着一盏灯,我过了一年零一个月。一个慈悲的人行好救我。他把我打扮成个女人。我走出监狱,经过末道门的看守前面,中间有一个看守诅咒革命党;我打了他一巴掌。我告诉你,这不是由于轻举妄动,只是我心不在焉罢了。惹了祸以后,夜里被人在罗马的胡同追赶,挨了好几枪刺,已经失了力量,我走进一家敞开

---

① 罗玛涅:古时意大利的一省,在威尼市和翡冷翠之间,属教皇管辖,省会是辣外纳,但丁去世的地方。

的大门,爬上楼梯;我听见兵士在我后面也上了楼梯,我跳进一座花园;我跌得离一个散步的女人只有几步远。

法妮娜道:

——斐泰莱斯基伯爵夫人!我父亲的女友。

米西瑞黎叫道:

——什么!她给你讲了吗?不管怎么样,这女人救了我。我绝不应该说出她的名姓。兵士进来就要擒我,你父亲设法让我出来,上了他的马车。我现在自觉病重极了:好几天以来,我肩膀挨的那一枪刺,阻碍我呼吸。我要死了,简直绝望,因为我再也看不见你了。

法妮娜不耐烦地听着;她很快就走出去了:米西瑞黎看见这双眼睛,如此倩丽,一点没有怜悯,仅仅只有一种受了伤的高傲的性格的表情。

夜间,一个外科大夫出现了;他独自来的。米西瑞黎绝了望;他害怕再也见不到法妮娜。他盘问外科大夫,后者调理他,然而不答理他。随后的日子,同样沉默。彼得的眼睛就不离开花坛的窗户,法妮娜通常由这里进来;他非常不快乐。有一次,将近半夜,他相信瞧见有谁在花坛的影子里:这是法妮娜吗?

法妮娜夜夜来,把脸靠在年轻革命党人的窗玻璃。她向自己道:"我要一跟他讲话,我就毁了!不,我绝不应当再见到他!"

主意打定了,情不自禁,她却想起从前她傻气把他当做一个女人,自己对于这年轻男子的友谊。经过那样甜蜜的亲昵,如今必得忘掉!在她思路最清楚的时际,一想自己变得多利害,法妮娜也怕起来了。自从米西瑞黎说出真情,她平常思索的一切物事,全像盖了一层网,远远地有些模糊。

一个礼拜没有过去,惨白而又抖索,法妮娜随着外科大夫走进年轻革命党人的屋子。她来告诉他,如今必须劝告亲王另换一个用人上来。她停留不到十分钟；但是过了几天，出于慈悲，她又随大夫来了一次。有一黄昏，虽说米西瑞黎见好，法妮娜不再有什么为他担忧性命的借口，她斗胆一个人来了。看见她，米西瑞黎快乐得难以形容，然而他用心隐起自己的爱情；特别是，他不愿意失掉一个男子应有的尊严。法妮娜涨红着脸进来，唯恐听到爱情的语言，然而看见他接待她，不大温存，却又属于忠诚而高贵的友谊，反而有些怅惘。她走了，他也不十分留她。

过了些日子，她又来了，同样行径，同样永久感谢和敬爱的保证。绝不打算约束年轻革命党人的热情，法妮娜自问自，是否她是单恋。这年轻女孩子，自来高傲，如今既辣且苦，感到她疯狂的全个的幅员。她假装快活，甚至于冷淡，不大常来，然而却又不能不来看看年轻的病人。

米西瑞黎热狂地爱她，然而想到自己隐晦的出身和他自己的责任，决定轻易不开口说爱，假如法妮娜真有八天不来看他。年轻郡主的骄傲渐渐淡了下来。最后她向自己道：

——哼！我要看他，是为了我，为了讨我自己高兴，但是我绝不同他讲起是他引我来的。

她过访米西瑞黎，一待就好久；他同她谈话，好像当着二十个人。有一黄昏，恨了他整整一天，决定比平常还要冷淡，还要严肃，她告诉他，她爱他。不久她什么也不再拒绝他了。

她的疯狂要是大的话，我们必须承认，法妮娜完全幸福。米西瑞黎不再想到他自以为然的男子的尊严；他爱得犹如一个十九岁意大利青年的初恋。他具有热情爱[①]所有的征兆，甚至于向那位高傲的年轻郡

[①] 热情爱（l'amour-passion）：司汤达在他说爱"De l'Amour"一书里面，把爱情分做四种，而第一种便是他最推重的热情爱；这是精神的，灵性的，崇高的，到了最激越的时候，差不多可以叫人忘掉肉体的愉悦。

381

主讲起他引诱她爱他的政策。他简直不相信自己过度的幸福。四个月很快就过去了。有一天,大夫准许他的病人自由行动了。米西瑞黎思维道,我怎么办才好?依然藏在罗马最美丽的一个女子的家里?而那些混账官僚,把我在狱里拘了一年零一个月,不见天日,倒许以为我没有了胆气!意大利,你真不幸,你的孩子们要全为了这么一点点就丢开了你!

法妮娜自信彼得最大的幸福是永久和她胶在一起;他那样子太快乐了;然而拿破仑将军有一句话在这年轻人的灵魂里,辣而且苦地回应着,影响到他一切关于妇女的行径。一七九六年,拿破仑将军离开布逦西亚(Brescia)①,伴他来到城门边的市民向他讲:布逦西亚人民爱自由,超过其他一切意大利人。

他答道:

——是的,他们爱拿自由跟他们的情妇谈。

米西瑞黎十分不得已的样子,向法妮娜道:

——天一黑,我就要出去。

——只要不等天亮小心回到府里好了;我等着你的。

——赶到天亮,我已经离罗马好几里地了。

法妮娜冷冷地道:

——好得很,可是你到哪儿去?

——到罗玛涅,复仇去。

法妮娜极其安详的样子接着道:

——我很阔,我希望你接受我些钱跟军火。

米西瑞黎看了她些时,没有蹙眉;随后,投入她的胳膊,向她道:

---

① 布逦西亚:意大利北部,米兰之东的一个重要城市。

——我生命的灵魂,你叫我忘掉一切,甚至于我的责任。然而你的心越高贵,你越应该了解我。

法妮娜哭了好久最后商量好了,他后天离开罗马。

第二天她向他道:

——彼得,你时常告诉我,一位名人,例如一位罗马亲王,只要能拿出许多钱来,就为自由立下最大的功勋,只要奥地利离我们远远的,在别的地方大打其仗。

彼得诧异道:

——自然哪。

——好哪!你有胆子;你缺的只是一个高位置:让我下嫁你,我给你带二十万镑的年息。我负责要求我父亲的同意。

彼得扑到她的脚边;法妮娜欢喜得容光焕发。他向她道:

——我热烈地爱你;不过我是国家一个可怜的子民;意大利越是不幸,我越应该对他忠实。为了得到亚斯都巴莱先生的同意,我得好些年扮演一个可怜的角色。法妮娜,我拒绝你。

米西瑞黎急着说出这句话。他快要缺乏勇气了。他叫道:

——我的不幸,是我爱你比生命还爱,所以离开罗马,对于我是最大的惩罚。呵!意大利早就脱离野蛮人而独立,该多好!和你上船到亚美利加过活,我该多欢喜!

法妮娜僵了似地站着。拒而不纳,实在伤了她的傲性;但是不久她就投进米西瑞黎的胳膊。她叫道:

——我觉得你从来没有这样可爱过;是的,我的小乡下大夫,我跟定了你。你跟我们古代的罗马人一样伟大!

所有关于未来的思想,所有常识忧郁的提示,全消逝了;这是一时完美的爱情。等到彼此恢复了理性,法妮娜道:

——你一到罗玛涅,我不久也就来了。我设法叫大夫劝我到包逎达（Poretta）①洗澡。靠近佛尔里（Forll）②，在圣尼可罗（San Nicolo）地方，我们有座堡子，我会在这儿停下的……

米西瑞黎叫道：

——在那儿，我跟你一起过活！

法妮娜叹息道：

——我注定了为人所不敢为。我为你毁了我自己，不过，管他哪。你能爱一个遭人唾弃的女孩子吗？

米西瑞黎道：

——你不是我女人，我永久崇拜的女人？我知道爱你，保护你。

法妮娜要出去做客。她刚一离开米西瑞黎，他就觉得他的行径野蛮了。他向自己道：

——'国家'算得了什么？这不是一个人，行了善，我们应理感恩报答，要是他遭了难，我们不报答，就会诅咒我们。'国家'和'自由'，彷彿我的大衣，是件有用的东西，要是我父亲没有遗留给我，我真还得买上一件；然而临了我爱国家和自由，因为这两件东西对我有用。我要是拿到手不知道怎么摆弄，对于我，它们要是一件八月天的大衣，买它们做什么，还出那样大的价钱，法妮娜那样美！她有那样难以形容的天才！只要'一个'情人，那儿寻找这样的女人去？这些罗马王公，不够资格做国民，比起我却有那么多的方便！他们一定很可爱！呵！我要一走，她就忘掉我，我就永久失去她了。

临到半夜，法妮娜走来看他；他告诉她，他方才怎样游疑不决，因为爱她，他怎样讨论'国家'那伟大的名词。法妮娜很快活。她向自己道：

——他要是不得不在国家跟我中间选择的话；我一定会被选的。

---

① 包迺达：著名的硫磺泉；在翡冷翠西北。
② 佛尔里：在辣外纳西南，距海不远的一个城市。

邻近教堂的钟响了三下；最后分手的时辰到了。彼得从他女友的胳膊拔出自己。他已经走下小楼梯了，法妮娜忍住泪，忽然向他微笑道：

——要是一个穷乡下女人照料了你一场，你不弄点儿什么谢谢她吗？你不想法子给她点儿钱吗？来日没有准靠，你要到你的仇敌中间旅行：给我三天，算是谢我的，就像我是一个穷乡下女人，你谢我照料了一场。

米西瑞黎留下了。他终于离开罗马。感谢从一家外国使馆买来的护照，他来到了家乡。一场大欢喜；人家以为他死了。朋友们庆祝他生还，打算杀一两个枪手。（教皇联邦警察的名称。）米西瑞黎道：

——不到紧要关头，不要杀一个知道放枪的意大利人；我们的国家不跟幸运的英吉利一样是个岛：我们缺乏兵士抵抗欧洲帝王们的侵略。

过了些时，被枪手逼得太紧，米西瑞黎用法妮娜送给他的手枪杀了两名枪手。官方悬赏捕他。

法妮娜没有到罗玛涅来：米西瑞黎以为她忘记自己。他的虚荣心受了伤；他不由想到那分隔他和他情妇的阶级的差别。有时动了情，追思过去的幸福，他真想回到罗马，看看法妮娜做些什么。这种疯狂的念头渐要战胜他的责任观念。然而有一黄昏，山上一座教堂到了做祷告的时辰，钟声奇怪地响着，好像敲钟的人有点儿心不在焉。这是革命党秘密集合的一个记号；米西瑞黎一到罗玛涅就加入了工作。就是这一夜，大家在树林里面某座道院聚首。那两位隐士，被鸦片麻醉住，一点不晓得他们小院落供人使用。米西瑞黎满腹忧愁，进来才知道他们的首领被捕，而他哪，不到二十岁的年轻人，被选做一个秘密集社的首领，同时党里有的是五十岁以上的人，从一八一五年缪辣（Murat）①远征以来就在活动。接到这意外的荣誉，彼得觉得他的心也在跳。他一个人的时候，他决定不再思念那忘记他的罗马少女，把他所有的思想献给'从野蛮人手中救出意大利'②的责任。

当了革命党的首领，米西瑞黎收到好些来往的报告，两天以后，有人向他报告法妮娜郡主新近来到她圣尼可罗堡子。读到这名字，他心里感到的不宁比欢喜还大。他向自己再三说要忠心报国，绝不当夕就赶到圣尼可罗堡子，然而白用力；想到使他冷清的法妮娜，他简直不能按部就班去工作。第二天他看见她；她和在罗马一样爱他。她父亲要她结婚，所以她动身晚了。她带来两千金币。这意外的捐助，帮了米西瑞黎绝大的忙，非常增高他新地位的信用。他们派人到高尔福（Corfou）③订制刺刀；他们买动那奉命铲除革命党人的教皇大使的亲信秘书。给政府做奸细的牧师的名单，他们也因之弄到了手。

也就是在这时期，在这多灾多难的意大利，最不轻举妄动的一个政治阴谋完成了它的组织。我不想在道里细加解释。我所要说的仅是，如果这次举义成功，米西瑞黎会分到一大部分的光荣。靠着他，只要暗号一下来，成千的叛徒会揭竿而起，武装好了，等候高级领袖们的指挥。最后的时机眼看到了，然而和向例一样，领袖们被捕，阴谋终于昙花一现。

差不多一到罗玛涅，法妮娜就自信看见她情人为了爱国，忘了其他的爱情。罗马少女的傲性忍受不下了。她白用力自相解说；一种黑暗的苦恼占有了她：发见自己诅咒自由，她也吃惊了。有一天，她到

---

① 缪辣：拿破仑的妹夫，勇敢善战，一八零八年到一八一四年，拿破仑的藩王，其后拿破仑失败，他宣布下野，不久为人枪毙。
② '从野蛮人手中救出意大利'：司汤达自己注解道："这是一三五零年白塔克（Pètrarque）的一句话，其后朱莲第二（Jules Ⅱ）、马齐亚处里（Machiavel）、亚非耶瑞（Alfieri）伯爵全重复起来。"
③ 高尔福：希腊西岸的一个小岛，省会同名，在岛的东滨。

佛尔里去看米西瑞黎,她的傲性直到如今还能驾驭的痛苦,她如今支持不住了。她向他道:

——说真的,你像一个丈夫爱我;我没有想到这个。

不久她的眼泪流下来;然而卑贱到责备,也就够可羞的了。米西瑞黎答复这些眼泪,犹如一个人别有所思。忽然之间,法妮娜动念离开他,回到罗马。方才她把自己显得太欺弱了,这样一处罚自己,她感到一种酷虐的喜悦。沉静了一刻之后,她立下决心;不离开米西瑞黎的话,她简直配不上他了。等到他在身边寻不见她,又惊又痛苦的时候,她才高兴哪。随后一想,她为这人惹了许多乱子,如今得不到他的爱情,未免深有所憾。于是她破开沉默,用尽心力,赚他一句爱情的话来。心不在焉的样子,他向她说了好些极其温存的语言;然而和他政治的举动相比,语音便轻浅多了。他痛苦地喊道:

——呵!要是这次不成功,再叫政府发见,我就洗手不干了。

法妮娜动也不动地站住。有一点钟了,她觉得她这是末次和她情人相会。他这句话,彷佛一道致命的光,打开她的思路。她向自己道:

——革命党人收了我好几千金币。他们绝不至于怀疑我对阴谋的忠心。

法妮娜思维了一阵,然后向彼得道:

——你愿意跟我到圣尼可罗堡子过二十四小时吗?你们今晚的聚会用不着你出席。明天早晨,我们可以在圣尼可罗散散步;这会叫你安静,帮你镇定的;遇着这些重大的关头,你全需要的。

彼得应允了。

法妮娜离开他,和平常一样,把隐匿他的小屋子锁住,去预备旅行。

她有一个侍女从前为了结婚辞工,在佛尔里开家小铺子;她跑去见她。来到这女人家里,她在她屋里寻见一本《赞美》书,急急忙忙就边儿写好了当晚革命党人秘密集会的准确的地点。她最后一句告密是:"这次秘密集会由十九个人组成;下面就是他们的名姓和住址。"写完了这张名单,看了看没有遗漏,只有米西瑞黎的名字删掉,她向她信托的侍女道:

——把这本书送给教皇代表大主教那儿;请他读一下上面写的字,再把书归还你。这儿是十个金币;万一教皇代表说出你的名姓,你就准死无疑;不过,你一把我方才写的那一页给教皇代表念,你就救了你的性命。

一切美满。教皇代表因为害怕,行径绝不光明磊落,像个大人物。那个求见的民妇,他吩咐戴上面具进来,而且手必须捆住。就在这种情境,商妇被引到大人面前,发见他缩在一张蒙着绿毡的大桌子后面。

教皇代表把《赞美》书摔得远远的读那一页,唯恐染有精细的毒药。他把书还给商妇,也不打发人尾随她。离开她情人不到四十分钟,法妮娜看见她旧日的侍女回来了,这才重新来到米西瑞黎面前,以为他永久归她所有了。她告诉他,城里的景象很特别;好些枪手在他们从不出面的街市巡逻。她接着道:

——你要是凭信我的话,我们马上就到圣尼可罗去。

米西瑞黎应允了。年轻郡主的马车,还有她的伴妈,收买好了的谨慎的亲信女人,在城外一二里的地方等她。他们步行到马车那里。

来到圣尼可罗堡子,法妮娜,因为举动荒诞,心有所不安,加倍待她情人温柔。然而一和他谈爱,他就觉得她在作戏。昨天,出卖的时候,她不知道后悔。现在,抱紧她情人,她向自己道:"有一句话,我倒想跟他讲,然而只要一讲,马上,而且永久,他就厌恶我了。"

临到半夜,法妮娜一个男用人,撞进她的屋子。这人是一个革命党,不过她不知道。可见米西瑞黎对她还有秘密,甚至于有关细情的。她气得抖索上来。这人来警告米西瑞黎，夜间，在佛尔里，十九个革命党员的家被人包围，他们开完秘密会议回来，统统被捕了。虽说事出意外，九个人逃掉。枪手只捕了十名解进市立监狱。进狱的时候，有一名跳进深极了的井自杀了。

法妮娜失了面色；幸而彼得没有看出：否则一看进她的眼睛，他会看出她的罪状。

男用人接着道：

——现在，佛尔里的守兵排队守定所有的街巷。每一个兵和他旁边的弟兄近得都可以说话。除非有军官的地方，否则居民不许穿过街道。

这人出去了之后，彼得仅仅忧郁了一时。他终于道：

——现在没有什么可做的了。

法妮娜要死的样子；只要她情人看她一眼，她就抖索上来。他向她道：

——你又怎么啦？

他随即想到别的事，不注目她了。临到中午，她冒起胆子向他道：

——现在秘密集会又叫人发见了；我想你该安静些时了。

带着一种让她抖索的微笑，米西瑞黎回答道：

——极其安静。

她必须出去拜望一趟圣尼可罗村子的牧师，说不定他是耶稣会的奸细。七点钟回来用餐的时候，她看见她情人隐藏的那间小屋子空了。急得不得了，她跑遍全家找他；他全不在。绝了望，她依旧回到那间小屋子，就是这时候，她看见一张短笺；她读着：

"我到教皇代表那里自首去；我对我们的起义绝了望；上天和我们作对。谁出卖我们？显然是投井的浑账东西。既然我的生命无所用于

389

可怜的意大利,我不愿意叫我的同志看见,只有我一个人没有被捕,还以为我出卖了他们。再见;你如爱我,记住为我复仇。铲除那出卖我们的无耻之徒,哪怕是我父亲,也要铲除。"

法妮娜差不多晕了过去,陷入最残酷的痛苦,不由倒在一张椅子上。她说不出一句话来;她的眼睛是干的,火炙的。

她终于扑在地上跪下来,喊道:

——老天爷!接受我的誓;是的,我要惩罚那出卖的无耻之徒;不过,先得恢复彼得自由。

一点钟以后,她上路往罗马去。她父亲早就催她回来。当她不在的时候,他已经把她许给里维奥·萨外黎亲王。法妮娜一到,他就担着心向她提起。出乎他的万分意外,她立即答应了。当晚,在斐泰莱斯基伯爵夫人府邸,她父亲差不多正式向她介绍里维奥;她和他谈了好久。这是最漂亮的年轻人,有最美的马;然而,大家虽说他很有才智,他的性格却那样轻浮,政府从不加以怀疑。法妮娜心想,把他调理成她的人,他也许成功她一个有用的眼线。既然是罗马市长,警察总监,萨外黎·贾达茶辣大人的侄子,她揣测没有奸细敢于尾随他。

足有好几天,法妮娜殷勤款待可爱的里维奥,最后却向他宣布,他绝做不了她丈夫;她以为,他头脑太轻浮了。她向他道:

——你要不是一个小孩子的话,你叔叔的人员也不会逢事瞒你。譬如说,最近被人在佛尔里发觉的革命党,人家要怎么处置,你知道吗?

两天以后,里维奥来对她讲,在佛尔里被捕的革命党人全逃走了。两只大黑眼睛盯着他,她穷极蔑视地苦笑着,整整一黄昏不屑和他说句话。第三天,里维奥红涨脸向她招认,他先遭人欺骗了。他向她道:

——不过,我弄来我叔叔书房一把钥匙;我在这儿看见好些纸张,其中有一件关于一个会议,由最忠信的大主教和教官组织成的,他们聚在一起严守秘密,考虑在罗马还是辣外纳(Ravenne)鞫问革命党人。在佛尔里被捕的九个革命党,和他们的头目,一个自来送死的傻东西,叫什么米西瑞黎的,如今全在圣赖奥(San Leo)堡子拘禁着。

听到"傻东西"这字眼,法妮娜用她全份的力气掐了亲王一把。她向他道:

——我要亲自看一眼那些公文,跟你一同到你叔叔书房去一趟;你也许念错了。

听了这话,里维奥抖索上来;法妮娜要求他一桩几乎不可能的事;然而这年轻女孩子的怪才越发加重他的爱情。过不了几天,法妮娜扮做男子,穿了一身萨外黎府邸用人的漂亮的小制服,得以在警察总监最秘密的文件中间过了半小时。发见了"被告彼得·米西瑞黎"逐日的报告,她不由大喜上来。捧着这份公文,她的手颤索着。再一看上面的姓名,她觉得自己要病上来。走出罗马市长的府邸,法妮娜准许里维奥吻她。她向他道:

——我原是试试你,不过你卷子做得很好。

一听这话,年轻的亲王为讨法妮娜欢心,就是放火烧了瓦蒂喀奴(Vatican)①也甘心。当晚,法兰西大使馆举行跳舞会;她跳得很久,差不多总是同他。里维奥快乐得要醉了。法妮娜必须阻挡他思索。

有一天她向他道:

——我父亲有时很怪气,今早他撵走两个底下人,全到我那儿哭求。一个要我把他安插到罗马市长你叔叔那儿;一个在法兰西人手下当过炮兵,要谋圣天使堡子的差事。

---

① 瓦蒂喀奴:教皇的禁宫,在罗马圣彼得礼拜堂之侧。

年轻的亲王匆忙道：

——他们全到我这儿做事好了。

法妮娜傲然回道：

——我这么要求你来的吗？我一字一句地给你重复那两个可怜人的哀求；他们应当得到他们的要求，此外什么事也白搭。

再没有比这困难的了。贾达茶辣大人绝不是一个随便的人，家里用人全要他熟悉的。在这表面充满了种种娱乐的生活之中，法妮娜，从上到下是懊悔，又非常愁苦。事情的迟缓苦死她，她父亲的经纪人供她钱用。她应该跑出父亲的府邸，跑到罗玛涅，设法放她情人越狱吗？不管多么不合理，她正要照着这念头做，机运却可怜起她来。

里维奥向她道：

——米西瑞黎领袖的那十个革命党人，快要解到罗马来了，除非判决了在罗玛涅执刑。这是我叔叔方才黄昏时候从教皇那儿得来的旨意。罗马只有你我知道这个秘密。你满意了罢？

法妮娜答道：

——你变成大人了：拿你的画像送给我。

米西瑞黎应理来到罗马的前一天，法妮娜寻了个借口去齐达·贾斯泰拉纳（Citta-Castellana）①，从罗玛涅解往罗马的革命党人，要下在这座城的监狱过夜。她早晨看见米西瑞黎从监狱出来：他叫链子锁在一辆货车上，她觉得他苍白极了，然而一点没有垂头丧气的样子。一个老妇人扔给他一捧紫罗兰；米西瑞黎微笑着谢她。

法妮娜看见她情人了，她的思想也像全部更新了一次；她有了新勇气。老早她就帮教士贾瑞（Cari）谋了个好位置，在圣天使堡子她情人将要被囚禁的地方，做司祭的神父；她请这位牧师做她私人的忏悔

---

① 齐达·贾斯泰拉纳：齐达通常做齐维达（Civita），城的意思。在罗马正北。

教士。在罗马,这可不是桩小事,做一位郡主,市长的侄媳私人的忏悔教士。

佛尔里的党案并不久搁。激烈派原本不要他们解到罗马,看见无法拦阻,为了报复起见,设法组织了一个特别会审厅,由野心最大的教官们裁判,警察总监担任主席。

法律制裁革命党人是很明显的:佛尔里的革命党人一点指望也没有;他们尽所有可能的狡诈保护他们的生命,绝不因之少有所为。他们的法官不仅判以死罪,而且好几位以为应该采用苛刑,剁手,等等。警察总监,权位已然高到无复再高(因为卸了职也不过是披袈裟),用不着剁手的:他拿判决书去见教皇,设法让教皇把所有罪人的死刑减成几年的徒刑。只有彼得·米西瑞黎不在此例。总监把这年轻人看做一个危险人物,而且,我们先前说过,他杀了两名枪手,罪已应死。总监从教皇那里出来不久,法妮娜就知道了判决书和减刑。

第二天,将近半夜,贾达茶辣大人返回府邸,再也不见他寝室的用人;总监,一壁诧异,一壁捺了好几遍铃;最后来了一个糊里糊涂的老听差;总监不耐烦了,决定自己脱衣服。他锁住门;天气热极了;他脱掉上衣,折成一卷,往椅子上一扔。力量太大了,扔过椅子,衣服打开窗户的纱帘,露出一个男人的形体。总监急忙奔到床边,攫了一双手枪。他刚好走回窗前,一个极其年轻的男子,穿着他下人的制服,举着手枪,走近他的身旁。一看这情形,总监把手枪举到他的眼边;他要放枪。年轻人向他笑道:

——怎么!大人,你不认识法妮娜·法尼尼了吗?

总监怒气冲冲地回道:

——这种恶作剧是什么意思?

年轻女孩子道:

——我们放冷静来理论。再者,你的手枪没有子弹。

总监吃了惊，一看果不其然；于是他从背心的口袋抽出一把刺刀。

法妮娜，一种可爱的权威的小样子，向他道：

——大人，我们坐下好了。

她安安详详地往安乐椅上一坐。

总监道：

——至少就是你一个人吗？

法妮娜叫道：

——绝对一个人，我敢向你起誓！

总监却要细加证实：他在屋里走了一圈，四处看着；随后，他坐在一张离法妮娜三步远的椅子上。

法妮娜温和而且安详的样子道：

——我干吗要谋害一个中和人，事后说不定换来个什么能毁自己还能毁别人的热头涨脑的软弱东西？

总监怄气道：

——那么你想怎么样，小姐？这出戏对我不合适，也不应理长久下去。

法妮娜忽然忘掉她优雅的神情，高傲的样子道：

——我所要说的，大半在你而不在我。有人希望革命党人米西瑞黎活着；要是他死掉，你不会比他多活一个星期。这一切全不关我的事；你埋怨我胡闹，起初我这么做为的开心，其次哪，为的帮我一个女友的忙。我愿意（法妮娜重新显出她平时和悦的样子，继续道），我愿意搭救一个聪明人，不久他就要变成我的叔叔，单就表面情形来看，他这一家的权势也统得仗他维系久远的。

总监取消了生气的神情：法妮娜的美丽自然有关这迅速的改变的。在罗马，人人知道贾达茶辣大人对于漂亮妇女的鉴赏能力，而法妮娜，扮做萨外黎府邸的厮走，丝袜子收拾得十分整饬，一件红背心，银袖章的天蓝色的小上身，手里捧着手枪，是很动人的。

总监差不多笑着道：

——我的未婚侄媳，你胡闹得也真有你的，这不会是末次罢。

法妮娜回答道：

——我希望，这样一位明理的人物替我保守秘密，特别是在里维奥那方面；为你事后保守秘密起见，我亲爱的叔叔，只要你答应我女友保护的人不死，我跟你接一个吻。

罗马贵族妇女知道怎样运用半开玩笑的声调，对付最大的事变。也就是利用这种半开玩笑的声调，法妮娜一壁继续谈话，一壁得能把这次会晤，以手枪始，以做客终，年轻的萨外黎王妃做的和拜访她叔叔罗马市长一样。

不久，贾达茶辣大人，虽说十分高傲，抛开迫于畏惧的观念，却因为畏惧，给他侄媳叙说挽救米西瑞黎性命应有的种种困难。总监一壁谈论，一壁同法妮娜在屋里徘徊；他从壁炉上取下一瓶柠檬水，倾进一只水晶杯子。他正要拿起端到嘴唇，法妮娜抢过杯子，捧了一会儿工夫，好像心不在焉，一松手，杯子落在花园。过了一时，总监从糖盒取出一块巧克力，法妮娜夺过来，向他笑道：

——请你留神，你屋里的东西全加了毒药；因为有人要你死。是我求人饶下我未来叔叔的性命，免得嫁到萨外黎家，两手空空如也。

贾达茶辣大人，饱受惊恐，再三谢过他的侄媳，以为米西瑞黎的性命大有可望。

法妮娜叫道：

——我们的交易成功了！证明是，这儿就是酬劳。

她一壁说，一壁吻他。总监接受酬劳。他加添道：

——我亲爱的法妮娜，你得知道，我自己，我不爱流血的。而且，我还年轻,虽说你也许以为我老,不过我还能活下去,活到了再一个时代,倒是今日流的血怕会变成污点的。

贾达茶辣大人陪伴法妮娜一直走到他花园小门的时候,正好两点钟在响。

第三天,总监参见教皇,想到要讲的事,正在为难,但是教皇向他道:

——我有一桩事求你同意。佛尔里的革命党人,其中有一个判成死刑的;一想到这个,我就不能安眠:必须救下这人才是。

看见教皇已经站在他这一边,总监提出许多反对的理由,临尾下了一道手谕(或者圣旨),由教皇破例签字。

法妮娜已经想到她或许得到她情人的恩赦,不过人家也许毒死他:就在前一天,米西瑞黎已经由他忏悔教士贾瑞牧师递来好些匣的旅行饼干,牧师还嘱咐他,不要动用公家方面的食品。

知道佛尔里的革命党人解往圣赖奥监狱的消息以后,法妮娜很想在米西瑞黎经过贾斯泰拉纳的时候,设法见他一面;她在二十四小时以前来到这里;她在城里寻见牧师贾瑞,他已经来了好几天了。他已经得到狱吏的许可,米西瑞黎可以在半夜监狱的小教堂听弥撒。狱吏答应的还要多:如果米西瑞黎允许人家用链子捆起他的四肢,狱吏可以退到小教堂的门口,因为他负责,总得望着囚犯,不过听不见他说些什么了。

决定法妮娜命运的那一天终于来了。从早晨起,她就把自己锁在监狱的小教堂。谁能说出,在这长长的一天,激动她的那些思想米西瑞黎爱她还能饶恕她?她告发了他的秘密集会,但是她救下他的性命。等到理性安绥住这凌乱的灵魂,法妮娜希望他会答应同她一起离开意大利:如果她犯罪的话,都只为过分爱他。四点钟的时候,她听见远远走道上传来枪手的马步。这些步子的每一声响,全彷佛回震在她的心里。不久她辨出递运囚犯的货车的滚动。货车在监狱前的小空场停住；她看见两个枪手扶起米西瑞黎；他独自在一辆货车上，带了一大堆铐镣，简直行动不得。她一壁流泪，一壁向自己道，只要他活着，就是人家还没有毒死他。黄昏长得不得了；神坛的灯盏，挂得高高的，又因为典狱省油，只有这么一盏照着黯沉沉的小教堂。法妮娜的眼睛流转在几个中世纪死在邻近监狱的大人物的坟头。他们的雕像样子全很残暴。

好久就没有声响了；法妮娜沉入自己黑暗的思想。半夜钟打了不久，她相信听见一个轻轻的声音，好像蝙蝠飞翔。她想走动，然而神志一迷糊，倒在神坛的栏杆上。就在同时，她一点没有听见动静，两个身影站在她的身旁。这是狱吏和米西瑞黎；后者带了一身链子，活像褴褛的孩子。狱吏打开一盏提灯，放在法妮娜身旁的神坛栏杆上，他好远远看清他的囚犯。随后他退到门那边深的地方。狱吏刚一走开，法妮娜就扑到米西瑞黎的颈上。用胳膊紧紧一搂，她只感到他冷而尖的链子。她想道，谁叫他戴这些链子的：她吻着她情人，然而一点快活也没有，接连着是一个比这还要锐利的痛苦：他的接见冰冷极了，有一时她还以为米西瑞黎知道了她的罪状。

他终于向她道：

——亲爱的女友，我悔不该你这样爱我；我简直寻不见蒙你见爱的原因。相信我，回到最合基督教训的情绪，忘掉往日迷失我们的幻象；我不能归你所有。我每次起义遭到的患难，或许由于我时时刻刻全在罪不可逭。甚至于只要听一听人性应有的谨慎的劝告，我也应该明白，当佛尔里不幸的夜晚，为什么我不同我的朋友们一齐被捕？为什么当千钧一发的时际，我不奉守我的职位？为什么我一缺席，就会引起最不情的疑心？因为我在意大利的自由的热情以外，还有一种热情。

米西瑞黎的变更只有法妮娜惊异的份儿。不算特别瘦削，然而他有三十岁的神情。法妮娜把这种变更看做狱中他受的恶劣待遇的结果，她哭了起来。她向他道：

——呵！狱吏们早就答应了我好好款待你的。

事实上是，快到死了，所有宗教的原理，凡和解放意大利的热情一致的，全来到这年轻革命党人的心里。法妮娜渐渐看出，她情人惊人的变更全是精神的，一点不是身体的恶劣待遇的效果。她的痛苦，她相信到了顶点，越发增加了。

米西瑞黎不言语；法妮娜彷佛哭得噎住了气。他有一点感动的样子道：

——如果我大地上爱什么的话，那就是你，法妮娜；然而感谢上帝，我这一生如今只有一个目的：我死在监狱，或者把自由还给意大利。

又沉静了一刻；显然法妮娜不能开口；她白费力，然而口不听话。米西瑞黎接着道：

——责任是无情的，我的女友；然而做事要不吃点儿苦，哪儿去找英雄主义？给我起誓，你再也不要打算见我。

虽说链子十分紧，他尽力移动手腕，把手指伸给法妮娜。

——如果你肯听一个你亲爱的人的劝告，你就老老实实嫁给你父亲说给你的那个有地位的男子。别把自己任何不快意的事说给他听；然而，另一方面，再也不要打算见我；让我们从今变做生人。你从前拿出一大笔款子服役国家；如果有日自由了的话，一定会拿国家的财产偿还你。

法妮娜难受得无以复加。和她说话，彼得的眼睛只有提到"国家"的时候亮了亮。

骄傲终于出来帮忙年轻的郡主：她带了好些钻石和小锉来。不回米西瑞黎一句话,她捧出献给他。

他向她道:

——为了责任起见,我接受这些东西,因为我得想法子越狱;不过冲着你这些新的恩赐,我发誓,我绝不再见你了。再见,法妮娜;答应我,绝不给我写信,绝不要打算见我;把我整个留给国家,对你我算死了;再见。

法妮娜气急道:

——不,我要你知道,受了我爱你的指导,我做了些什么。

于是她向他叙说她所有的作为,自从米西瑞黎离开圣尼可罗堡子到教皇代表那里自首以来。这段故事说完了,法妮娜道:

——这算不了什么;为了爱你,我做的还要多。

于是她告诉他,她怎么出卖他来的。

彼得气极了,扑过去,想用链子打她,叫道:

——呵!浑账东西!

要不是狱吏一听叫唤就跑过来的话,他就打着她了。他抓住米西瑞黎。

米西瑞黎向法妮娜道:

——瞧,浑账东西,我不要欠你一点点情分!

他不顾链子,尽力把锉子和钻石给她扔过去,然后很快就走开了。

法妮娜失了魂地站着。她回到罗马;新近报纸上宣布,她刚和里维奥·萨外黎亲王成婚。

《法妮娜·法尼尼》发表于一八二九年的《两世界杂志》,一八五五年,收进司汤达的全集。我们晓得司氏嗜爱意大利的热情。法妮娜·法尼尼的故事属于十九世纪初叶的意大利，描写一个复兴祖国的志士，在奥地利和教皇的暴政之下，因为恋爱而密谋泄露的一段慷慨激昂的心理浪漫的事迹。普通的读者，大半会原谅或者至少同情法妮娜的，唯其"恋爱"犹如司氏自述道："对于我永久是最大的事情或者不如说，唯一的事情。"然而法妮娜，这传奇式的贵族少女，与其看做近代的，不如说是十六世纪的，司氏心向往之的一个有力的世纪。纯就故事的发展和艺术而论，这篇或许是司氏最精致的一篇：这里有的是心理过程，有的是戏剧，而且戏剧性如此其浓，一八九六年，海斯（Paul Heysse），一个德国剧作家，写成一出四幕的剧本，在柏林海尔兹（Wilhelm Herz）书店出版。搬上银幕，自然更是意中的事。在中国现今情况之下，读了司氏这篇小说，实在是一个很好的教训。译者具有好些感慨，但是最好，还是请读者自己去体会一番，便知道我们有多少志士，不像拿破仑讥嘲布洒西亚人民："是的，他们爱拿自由跟他们的情妇谈。"

（译者）

贾司陶的女住持

一

关于十六世纪意大利的强盗,我们现今的见解再错误不过了,唯其戏里不时把他们演给我们看,唯其好些人,不认识他们,偏要谈起。我们大致可以说,这些强盗"反对"的是那些继意大利中世纪各共和邦而起的无道的政府。新暴君通常是前共和国最富的公民,他给城市装璜了若干庄严的教堂和美丽的图画,好来引诱下级人民。例如辣外纳 Ravenne 的包嫩蒂尼 Polentini,法恩蕯 Faenza 的曼福遒第 Manfredi,伊貌拉 Imola 的瑞亚瑞奥 Riario,外罗纳 Vérone 的贾遒 Cane 包老牙 Bologne 的北蒂渥里奥 Bentivoglio 米兰 Milan 的文斯孔蒂 Visconti,最后,翡冷翠 Florence 的麦第齐 Médicis,① 比较要算最不好战然而也最虚伪的了。这些小暴君,白昼见鬼,心有所畏,下毒药,暗杀,多到简直无从算起;这些独立小国的严重的史家,原本就吃他们的饭,便没有一个人敢于记载。只要想想,每一个暴君熟识每一个共和党人,而又知道他憎恶自己(例如陶斯贾 Toscane 的高麦 Côme 大公爵就认识司陶齐 Strozzi),② 同时好几位暴君死于暗杀,你就明白深沉的憎恨,永生的不信任,赋与了多少智勇给十六世纪的意大利人,多少天才给他们的艺术家。赛维涅 Sévigné 夫人③时代所谓的"荣誉",不过是牺牲了一个男子一生来伺候主上(他生而是他的臣民)和讨贵夫人们欢心。这种十分可笑的偏见,你看得出,深沉得热情就没有机会产生。在十六世纪,一个男子要想在法兰西活动,表示他真正的价值,获得羡慕,只有决斗,或者在战场拚命;妇女既然喜爱勇猛,特别是大胆的作为,她们也就变成了一个男子价值最高的评判。于是"服役于妇女的精神"l'esprit de galanterie 产生了,开始不断地销毁所有的热情,甚至于爱情,只为成全我们全体服从的那残酷的暴君: 虚荣。人君保护虚荣,并且大有道理: 绶章的帝国因而成立。④

在意大利,一个人可以用"种种的功勋"成名,或因宝剑的舞动,或因古籍的发见: 看看白塔克 Pétrarque,⑤他时代的偶像;一个十六世纪的女子,爱一个希腊学者,不下而且甚于一个武功彪炳的男子。你看见的是热情,而不是为妇女服役的习惯。这正是意大利和法兰西的大区别,这也就是何以意大利产生了好些辣法艾勒 Raphaël,焦焦尼 Gèorgione,狄先 Titien,高酒吉 Corrège⑥,而法兰西十六世纪产生了好些队长,今日虽说湮没无闻,当年正不知杀了多少仇敌。

话说得自然太实在,我请求饶恕。无论如何,中世纪意大利小暴君的残忍而"必需"的报复,却叫民心趋向了强盗。强盗偷了他们的马匹,麦子,银钱,一言以蔽之,所有他们生存的必需品,人民当然憎恨;不过实际民心却向着他们;乡村女孩子喜欢的年轻小伙子,全得生平有一回,惹了点儿祸,不得不 andar alla machia,这就是说,逃到树林,强盗藏身的窟穴。

我们如今,别瞧害怕遇见强盗,只要他们一遭到惩罚,人人可怜他们。老百姓有的是心眼儿,也知道挪揄,凡长官检查之下发表的书

---

① 辣外纳,法恩薩,伊貌拉,外罗纳,包老牙,米兰,翡冷翠: 全是意大利中世纪著名的城邑,当时各自为政,不相统属。包嫩蒂尼,曼福通etus,瑞亚瑞奥,贾酒,北蒂渥里奥,文斯孔蒂,麦第齐: 全是当时各城邑的霸主,父死子继,一脉相传。
② 司陶齐 Philippe Strozzi (一四八八——一五三八),生于翡冷翠,意大利的政治家,反对麦第齐甚力。
③ 赛维涅侯爵夫人(一六二六——一六九六),生于巴黎,法国十七世纪著名的女文豪,死后遗有写给女儿等的"信札",一七二六年成书问世,为法国文学一大宝库,反映路易十四时代的民情风俗。
④ 司汤达不大喜欢本国人士,不免常有苛刻之词。他以为法国人喜好虚荣(犹如中国人爱面子),朝廷特创纪功的绶章(分若干颜色,以示等级),来消磨一般男儿的志气。
⑤ 白塔克(一三〇四——一三七四),文艺复兴时代第一个伟大的人文运动的领袖,生于亚莱曹 Arezzo,流传后世的却是他不朽的白话诗章,纪念他爱情的"十四行诗"。
⑥ 辣法艾勒(一四八三——一五二〇),焦焦尼(一四七八——一五一一),狄先(一四七七——一五七六),高酒吉(一四九四——一五三四): 全是文艺复兴时代著名的画家。

籍会一笑置之但是渲染最有名的强盗一生的小诗却是他们惯常的读物。在这些故事里面，凡他们觉得英雄的，都正好抓住那永久生息在"下等阶级"的艺术纤维再说，他们腻透了官家颁给某些人的褒奖，凡不带官家气息的，全一直打进他们的心里。我们必须知道，在意大利，下级人民宽容若干事，旅客即使在这地方住上十年，也辨别不出。例如，十五年以来，在颖慧的政府清除强盗以前，①常见小城邑的统治者一不公道，往往饱受他们的膺惩。这些统治者，辖地税收多不过二十艾居，②威权无限，却须听从本处最有名望的家族的指挥，而这家族，用这简单的方法，压制住自己的仇敌。强盗膺惩这些专制小魔王，不见其每次成功，然而至少敢于迎面揶揄他们，在灵活的老百姓的眼里，这就足可佩服了。一首讽刺的十四行诗安慰住他们所有的痛苦，他们也绝不忘记一种凌辱。这是意大利人和法兰西人中间另一个重大的区别。

在十六世纪，一个村镇的统治者，只要袒护有钱有势的家族，把一个本地的穷人判处死刑，你会时常看见强盗劫狱，图谋救出受欺的人。而有力的家族这方面，不大凭信政府派下来守狱的八个或十个兵士，自行出资，组成一队临时的兵士。这些兵士，通常叫做"团勇"，驻扎在监狱周围，责任是把那被钱买去了性命的可怜虫护送到法场。要是这有力的家族有一个心腹的年轻人，就把他派做这些临时编制的兵士的首领。

我承认这种文化情况有碍道德；我们如今有的是决斗，无聊，同时审判并不标价出卖；但是这些十六世纪的习俗却也真能创造些名符其实的男子汉。

许多史家，今日依然承蒙守旧的学院文学夸奖，想法掩饰这种事

---

① 作者原注道："贾斯巴罗迺 Gasparone，最后一个强盗，一八二六年同政府讲和；他同手下三十二个弟兄，全叫关在老齐维塔 Civita-Vecchia 的寨堡。他逃到亚拜南的山顶，因为缺水，不得不请和。这是一个聪明人，容貌也很动人。
② 艾居 écus：古时值三镑的银币，也有值六镑的，不大适用。

实,不知在一五五零年左右,这正形成了那些伟大的性格。在他们那时代,翡冷翠的麦第齐,福辣辣 Ferrare 的戴司蒂 D'Egt,拿波里 Naples 的郡王,等等,用所有可能的荣誉酬劳他们谨慎的谎话。有一个叫做贾脑迤 Gianone 的史家,想揭开网幕的一角;然而,他所敢说的,其实只是实情极小的一部分,还用的是怀疑与模棱的形式,临了招人厌恶,八十二岁了,一七五八年三月七日,不免瘦死狱内。

所以你打算知道意大利历史,第一桩事就是,别读那些一般人恭维的作者;随你走到什么地方,你看见鼓励说谎的奖金,没有比意大利给的更多的。①

意大利最早的史乘,在九世纪野蛮民族大混乱以后,便提到了强盗,文字之间,好像古已有之了。(参阅穆辣陶瑞 Muratori② 的辑录。)中世纪各共和邦一经颠覆,最能干的共和党人,比他们大多数的同胞更爱自由,全逃到树林里头。这对于公众的福利,法律,良好的政府,虽说不幸,对于艺术,却幸极了。受尽巴里奥尼 Baglioni,马拉泰斯蒂 Malatesti,北蒂渥里奥,麦第齐各姓折磨的小民,自然敬爱他们的仇敌。承嗣最初僭位者的那些小暴君全很残酷,不时讨伐这些强盗。例如翡冷翠的高麦一世大公爵就够残酷的,甚至于逃到威尼市,逃到巴黎的共和党人,也要派人行刺。不说远的,单看一五五零年左右,我们女主角活着的时代,就有孟泰·马瑞亚奴 Monte Mariano 公爵亚奉斯·皮考劳米尼 Alphonse Piccolomini,和马考·夏辣 Marco Sciarra,指挥着些武装的人众,在亚巴奴 Albano③ 附近,三番四次打败当时极其勇

---

① 作者原注道:"高麦 Côme 的主教保罗·周夫 Paul Jovc(一四八三——一五五二),亚莱蒂奴 Arétin(一四九二——一五五七),还有成百的不大高明的作家,例如罗摆逊 Robertson,罗斯考 Rozcoe,故意把文章写得无聊而又无聊,掩饰他们的无耻,实际全充满了谎话。古伊贾第奴 Guichardin(一四八二——一五四〇)把自己卖给高麦一世,还受尽了高麦一世的奚落。我们现时,有高莱达 Colatta 和皮咬蒂 Pignotti 说真话,而后者老怕为人革职,虽说甘愿死后付印。"
② 穆辣陶瑞(一六七二——一七五〇),意大利的考古学者。
③ 亚巴奴:在罗马东南,同名山湖之西南角。

敢的教皇兵士，这些著名的首领，如今小民还在羡慕，把战线从泡河 Pô① 和辣外纳的沼泽一直扯长到当时盖着维苏维 Vesuve② 火山的树林。在教皇格逎格洼 Grégoire 十三统治之下。夏辣有时聚合数千兵士，把司令部设在法焦拉 Faggiola 森林。这离罗马五哩远，在往拿波里的路上，因为他们打仗，也打出了名气。现在人，自来不想了解这著名强盗的动机，绝不会凭信他一生的事故。一五九二年他才失事的。看见事情无可挽救，他和威尼市共和邦协议，带着他最忠心或者最负罪（随你形容好了）的兵士，投到后者之下做事。虽说和夏辣订好了约，禁不住罗马政府的要求，威尼市叫人暗杀了夏辣，把他勇敢的兵士遣去保护康第 Candie 岛③，和土耳其人作战。然而聪明的威尼市人知道康第流行一种致命的瘟疫，所以几天之内，夏辣带在共和邦做事的五百兵士，减到了六十七名。

这座法焦拉森林，巨树大木遮满一座旧火山，是马考·夏辣最后作战的舞台。所有旅客会告诉你，这是罗马宜人的郊野最庄严的风景，它沉郁的面容彷彿就为悲剧而设。它的绿冕，黑压压地，戴在亚巴奴的峰头。

在罗马建立的好些世纪以前，火山有一次炸裂，为我们做成这片庄严的山景。往日有一片广大的平原，在亚拜南 Apennino④ 和海之间展开，其后史前某一时期，中央突出这座山来。贾维 Cavi 峰是它最高的顶尖，四下围着法焦拉沉郁的树荫；站在什么地方全瞧得见它，罗马和蒂渥里 Tivoli⑤ 不用说，泰辣齐纳 Terracine 和奥司西 Ostie⑥ 也瞧得

---

① 泡河，横贯意大利北部，东流入海。
② 维苏维火山，在拿波里之南。
③ 康第岛，在地中海，现属希腊，亦即克莱蒂 Créte 岛。
④ 亚拜南是纵贯意大利全境的长山，使意大利形成一屋脊状。
⑤ 蒂渥里，在罗马东北。
⑥ 泰辣齐纳，在亚巴奴之南，滨海，距拿波里与罗马约相等。奥司西，在罗马正西，泰外 Tevere 河入海的地方。

见;这座亚巴奴山(如今建满了府邸),正午时光,横断罗马的天边,久已脍炙于行旅之间。在贾维峰巅,原有周彼泰 Jupiter Férétrien① 神庙,改成一座黑衣僧侣的道院,由各拉丁民族共同修建,借以增进一种宗教同盟的联络。翼蔽在庄严的栗树荫下,旅客走上几小时,便来到周彼泰神庙残废的大石;这沉郁的树荫,在这地带虽说可人,然而走在下面,便是如今,旅客望着森林,心也要为之不安;他害怕强盗。来到贾维峰顶,旅客在神庙遗址里点起火,预备饮食。这地方主有罗马全郊,站在峰头往西望,人灼见海,虽有三四哩之遥,也就好像两步光景;人辨得出最小的船只;戴着最弱的望远镜,人数得清往拿波里的汽轮上的乘客。望向其他三面,是一片庄严的平原,往东阻于巴莱司屯纳 Palestrine② 之上的亚拜南,往北阻于罗马的圣彼得③和其他大建筑。贾维峰不算太高,然而人眼辨得出这庄严璀璨的国度最小的景物。历史的附会可以不需要了,然而平原里,或者山坡上灼见的每一丛树林,每一段残墙,全叫人想起狄蒂·里夫 Tite-Live④ 演述的一场可歌可泣的爱国的血战。

  周彼泰神庙残余的大石,用做黑衣僧院的围墙。如今我们要上去,还可以依循当年罗马最初帝王们凯旋归来的"大路"route triomphale。上面铺着四四方方的石头;在法焦拉森林中间,我们还寻得见长的碎块。

  熄了的火山口,如今盛满了一滩清水,周遭有五六哩,深深嵌在火山喷出的岩石之中,成为秀丽的亚巴奴湖。湖边是亚布 Albe,罗马的母城,从最初的帝王们起,就被罗马政策所毁。不过废址依然存在。过了好几世纪,在面海的山坡上,亚巴奴新城建起;然而一道石垒

---

① 周彼泰,古代希腊罗马众神的领袖。作者此处所叙均有实据,神庙遗址今日尚存。
② 巴莱司屯纳,罗马东南的一个城邑,在亚巴奴东北,亚拜南山脚之下。
③ 圣彼得,此处指教皇的大礼拜堂。
④ 狄蒂·里夫,拉丁著名的爱国史家,生于纪元前五十九年,死于纪元后十九年。

将城湖遮开，两两不得相见。从平原往上一望，就见深黑的绿林，衬着新城白色的建筑。森林四面八方布满了这座火山。强盗爱极了这著名的森林。

亚巴奴，如今有五六千居民，一五四零年还不到三千。在第一等贵族之中，强盛的有康皮莱阿里 Campireali 家族。我们下面就要演述这一家的不幸。

这段故事我译自两种厚厚的抄本，一个是罗马的，一个是翡冷翠的。不顾利害，我斗胆采用它们的风格，颇似我们旧日民间传说的风格。目下精致而匀称的风格，我觉得，太不适于演述动作，特别是作者们的论断了。他们写于一五九八年左右。我请读者宽容他们，也宽容我。

二

翡冷翠抄本的作者道："我写了那么多悲伤的故事，临了却想不到演述这最叫我难受的故事。我要说的正是贾司陶 Castro 地方，拜访 Visitation① 寺院著名的女住持海兰·康皮莱阿里。她的诉讼和死亡曾经引起意大利和罗马上流社会纷纷的议论。在一五五五年左右，强盗已经盘踞罗马的四郊，唯其官吏久已卖给有力的家族。在诉讼的一五七二那一年，格洒格洼十三，布翁孔巴尼 Buoncompagni，御登圣彼得的大宝。这位圣明的教皇，一身兼具所有使徒的道德；然而他内政方面，也未尝没有若干缺陷为人指责：他不知道选择公正的审判，也不知道铲除强盗；见人犯罪他就忧愁，却不知道惩罚，他觉得处人死刑，他就得负起可怕的责任。这种看法的结果，就是京师四面八方的道路，布满

---

① 拜访：寺名采自新约。圣母马利亚怀了孕，动身去看圣约翰的母亲。一个是先知，一个是救主，当时都还在母亲的腹内。

了无数强盗。要想旅途平安,就得结交强盗。法焦拉森林,往拿波里走过亚巴奴必经之处,好久就是教皇政府的敌人的司令部,有好几次,彷彿国与国间,罗马不得不和林子里一个叫做马考·夏辣的强盗皇帝缔约。这些强盗其所以势力膨胀,全因为他们的邻居农民爱戴。

"这秀丽的亚巴奴城,极其邻近强盗的司令部,在一五四二年,得见海兰·康皮莱阿里诞生。她父亲算是当地最阔的贵族,也就是凭着这个资格,他娶下维克杜洼·贾辣法 Victoire Carafa 为妻。她在拿波里王国有很大的采邑。我可以指出几位现存的长者,全熟识维克杜洼·贾辣法和她女儿。维克杜洼是一个谨慎与智慧的活榜样;然而,用尽她的天才,她也预防不了她家族的圮毁。说来真也奇怪!可怕的不幸做成我故事伤心的主旨,然而我觉得,也不能归罪于任何个别的演员(我就要呈给读者看):我看见不幸,但是,实际,我寻不出罪人。极端的美丽和温柔的灵魂是年轻海兰的两大嵚巇,同时也是原宥她情人虞勒·布朗齐佛尔泰 Jules Branciforte 的根据。便是贾司陶主教齐塔第尼 Cittadini 大人,唯其极不聪明,也值得相当的原宥。他的教职其所以升擢很快,一则由于行为廉正,一则更由于无比高贵的神情和五官端好的面孔。我见到文章记载他,说,未有人见而不爱之者。

"我既然不想恭维谁,我也就勿需乎隐瞒了。贾维峰的寺院,有一个圣僧,在他修道的小屋,时常被人发见站在半空,离地有几尺高,不用扶持,犹如圣保罗,借着神力。①他会向康皮莱阿里爵爷预言,他这一家到他就要灭绝,他只有两个孩子,全要不得其死。也就是因为这个预言,他不能在本地成亲,跑到拿波里,侥幸发了笔大财,娶了一个女人。要是他命运不济的话,仗着她的天才,她或许有本领改得掉。

---

① 作者原注道:"就在如今,罗马四乡的人民,还把这种奇怪的站立看做一个神仙的表征。在一八二六年左右,有人看见亚巴奴的僧侣,好几次借着神力,离开地面。据说他做了许多神迹,周围二十哩以内,人人跑来求他赐福;好些上流社会的妇女,曾经看见他,在他修道的小屋,离地三尺之高,忽然间他就不见了。"

这位康皮莱阿里爵爷,性好施舍,为人极其忠诚;但是,他并不聪明,因此渐渐也就不在罗马居住,差不多整年退在他亚巴奴的府邸过活。他专心务农,他的田地正好就在介乎海与城之间的肥沃的平原上。他听从妻室的建议,让他儿子法毕奥 Fabio 和他女儿海兰受到最好的教育。法毕奥是个极以门第自骄的年轻人。海兰是个美丽的奇迹。在法赖塞 Farnèse① 的收藏里面,我们如今还可以见到她一张名不虚传的画像。从一着手写她的故事,我就到法赖塞宫,观看上天赋与这女人的倾国的容貌。她不幸的命运不唯当时甚嚣尘上,便是如今人们还牢牢记着。她的头是个长蛋模样,额很高,头发是种深色的金黄。她的面相要算欣快的;她有一双表情深刻的大眼睛,显明如画的弯弯的褐眉。薄薄的嘴唇,你会以为是著名的画家高迺吉勾下的轮廓。挂在法赖塞画馆收藏的画像当中,和四围一比,她俨然像个皇后。庄严和欣快的神情合在一起,正是希有的现象。

"贾司陶城的拜访寺院,如今已然颓毁,当时是罗马多数王公的女儿寄学的地方。海兰在这里足足寄读了八年,然后给教堂的大神坛献了一只华丽的祭爵,返回自己的家乡。一回到亚巴奴,她父亲立即花了很大的薪俸,从罗马请来那已经老耄不堪的著名诗人窃基奴Cechino;他让海兰记诵诗圣斐尔吉 Virgile,白塔克和他著名的弟子亚瑞奥斯陶 Ariosto 和但丁最美的诗词。"

译者这里不得不删掉一长段议论:十六世纪如何如何表彰这些大诗人。海兰大概认识拉丁文。她念的全是关乎爱情的诗词,一种我们会觉得可笑的爱情,如若我们在一八三九年遇到;我是说热情爱,含有伟大的牺牲,生存于神秘的氤氲,永久和最可怕的不幸为邻。

这正是虞勒·布朗齐佛尔泰感动海兰(她刚刚十七岁)的爱情。

---

① 法赖塞,意大利著名的姓氏,一门名贵迭出。他们罗马的府邸,藏有辣法艾勒的壁画。

这是她一个邻居，极其贫穷；他住在山里盖的一家破房屋，离城四分之一哩远，在亚布的废墟当中，一百五十尺高的绝崖边沿；绝崖环着湖水，蒙了一层绿草。这房子原先紧挨法焦拉阴沉而庄严的森林，如今因为建筑巴拉醋奥拉 Palazzuola 寺院，便拆毁了。这可怜的年轻人什么也没有，除去他灵活的神气，支持恶运的无忧无虑的坦白的心情。最可以耐人奉承的，怕就是他不美而有表情的面孔。但是在高劳纳 Colonna 郡王指挥之下，伙同他的"团勇"有两三次危险万状的袭击，他全奋勇作战来的。虽说穷，虽说丑，在亚巴奴所有的年轻姑娘眼里，他却有颗最值得人取而有之的心。处处受人欢迎，虞勒·布朗齐佛尔泰有的不过是些容易上手的爱情。于是海兰从贾司陶寺院回来。"大诗人窃基奴由罗马来到康皮莱阿里府邸，教这年轻姑娘文学，为时不久，虞勒早先和他相识，便用拉丁文给他写了一首诗，歌颂他老年有福，得以看见那样美丽的眼睛接触他的眼睛，同时歌颂那样纯洁的一个灵魂，只要他肯赞同他的思想，便全然快乐上来。他用心掩藏他渐渐成长的热情，然而他白用心，因为在海兰回来以前，他殷勤伺候的那些年轻姑娘们，又是气，又是嫉妒，不久就给张扬了出去。我相信谨慎不会赞成一个二十二岁的青年这样和一个十七岁的少女做爱的。三个月没有过完，康皮莱阿里爵爷觉出虞勒·布朗齐佛尔泰在他府邸（在向湖去的大街中间，如今还看得见）的窗下来往得太勤了。"

共和国允许自由，爽直和粗鲁便是自由的自然结果；而爽直的热情的习惯，也还没有叫君主政体取消。康皮莱阿里爵爷第一个行动，老实不客气地就是这个。一看年轻的布朗齐佛尔泰时常走动，当天他就训叱道：

"你怎么敢这样不断在我住宅前面行走，不知死活，望着我女儿的窗户，你自己倒连件衣服还没有得穿？要不是害怕街坊误会，我真想赏你三块金洋，好到罗马买件合身的衣服穿去。至少不像现在你这身破布条罗,我跟我女儿看见了也少恶心点儿。"

海兰父亲自然把话说过了火:年轻的布朗齐佛尔泰的衣服并不是破布条罗,材料也极其纯净;不过,虽说时常刷,十分干净,我们可得承认,一看就看出穿得很久了。康皮莱阿里爵爷的斥责伤透了虞勒的心,白天他再也不在他的住宅前露面了。

我们前面说过,古时水道残余下来两个圆拱,正好做成布朗齐佛尔泰住宅的主墙。这所房子,他父亲盖的,传给儿子,离亚巴奴也不过就是五六百步。从这高地方下到新城,虞勒不得不走过康皮莱阿里府邸;海兰不久就觉出这特别的年轻人不见了,听她女友说,他丢开所有其他的纠葛,把全副精神用在看她的幸福上。

夏天有一晚响,将近半夜的光景,年轻的海兰打开窗户,吸着海风;这座城和海,中间虽说有三哩的一块平原隔开,在亚巴奴山上很可以感到吹来的海风。夜沉沉的,静极了;掉一片叶子也会听得见。海兰靠着窗户,也许在想虞勒罢,忽然她瞧见有件东西,彷佛一只夜鸟静静的翅膀,轻轻地蹲着她的窗户。她惊得抽回身子。她想不到这会是什么过路人送来的东西:她窗户在府邸的二层楼,离地有五丈高。那特别的东西,在一种深深的沉静之中,在她靠着的窗前过了来又过了去。忽然她看清中间有一捧花;她的心暴跳起来。她觉得这捧花绑在两三棵苇子(大蒲草的一种,很像竹子,生在罗马的田野,秆子有两三丈高)的尖端。苇子弱,风又强,虞勒虽说假定海兰会在这个窗口,却很难把花举得正对窗口,而且夜又那样沉,人在街心也望不到那么高的地方。动也不动站在窗前,海兰心却乱极了。拿了这捧花,不就自认爱他吗?在我们今日,一个上流社会的少女,受过良好教育,预备接受生活,会因这类奇遇而有若干情绪的感应,但是海兰却一点感不到这些情绪。父兄既然在家,她第一个思想就是,一点点声音都能引起一声枪响,照准虞勒射去;她可怜这年轻穷人冒的危险。她第二个思想是，她虽说不大知道他，除去她的家庭，他总算世间她最爱的人。迟疑了几分钟，她终于拿下花捧，随后暗里一碰花朵，她觉得有封短笺缚在一根花柄上；大楼梯有盏灯挂在圣母神像前面，她跑过来迎着光亮读这封短笺。头几行就会叫她幸福得脸红的。她向自己道："多不小心！要有人看见我，我毁了，我家里也绝不放松这可怜的年轻人。"她回到自己屋子，把灯点起。虞勒这时快活极了。觉得行为有点儿可耻，好像要在深夜藏起自己，他贴着一棵奇形怪状的绿橡树的巨干。这些橡树如今还对着康皮莱阿里府邸。

在这里，虞勒用最质直的口吻，叙述他受到海兰父亲的辱骂。他继续道："我穷也是真的，你也想像不出我怎样一个穷法。我只有一所房子，在亚布水道的废址之下，你也许会经见到；围着房有一个园子，由我亲手种下菜蔬，供我自己食用。我还有一座葡萄园，每年收三十艾居租钱。说实话，我不知道我为什么爱你；尝然我不能向你提议，来分担我的穷苦。然而，你要不爱我，生命在我也就毫无价值；我更勿需对你讲，我愿死上一千回给你看。然而，在你从寺院回来以前，我并不痛苦；正相反，我有最写意的幻想。所以我倒可以说，幸福反而叫我不幸。说真的，令尊羞辱我的话，往年没有一个人敢当我讲；我的刺刀马上会替我雪耻的。往年，拿起家伙，以我之勇，我自以为是人人的匹敌；我什么也不在乎。如今全改了样：我知道害怕了。写出来也就够受的，你厌憎我也难说。如若正相反，你可怜我，不管我穿得多么破烂，你可以看见，每天夜晚，山顶方济僧院一敲十二点，我藏在那棵大橡树下面，对着我望不休歇的窗户，因为我假定这是你屋子的窗户。要是你不像令尊那样厌恶我，请你从花捧摘下一朵扔给我，但是小心别叫它落在你府邸的飞笺或者阳台上面。"

这封信念了好几回；海兰的眼睛渐渐充满了泪水；她看着这盛大的花捧，心也柔了。花是用一根坚忍的丝线捆扎的。她打算揪出一枝，但是揪不出来；她随即懊恼上来。在罗马的少女看来，揪出一朵花，毁伤一捧爱情送来的花，就是明使爱情消亡。她唯恐虞勒等急了，赶忙跑向窗口：然而，一到窗前，她忽地想起灯光照遍全屋，她未免叫人看得太清楚了。海兰简直不知道她应当做个什么记号才好；她觉得是太显然了。

一害羞，她跑回屋子。停了停，她忽然想起一个念头，说不出地心乱：虞勒会以为她和她父亲一样，厌恶他的贫穷！看见桌上放着一粒小宝石的货样，她取来结在一条手帕当中，把手帕扔向对窗的橡树根。随后，她摆手叫他走开；她听见虞勒服从她；因为，走的时候，他就不再掩藏他的步声了。他走到隔开湖和亚巴奴最后几家的石垒的顶端，她听见他唱着情歌；她做势和他告别，这次不那样畏怯了，随即走出重读他的信笺。

第二天，其后若干日，同样递信相会；但是，在一个意大利村子，一切藏不住马脚，何况海兰又是当地最阔的待嫁的女郎，有人就警告康皮莱阿里爵爷，每天晚响，半夜以后，他女儿的屋子全有灯亮；顶奇怪的是，窗户开着，甚至于海兰站在窗边，好像她一点不怕那些"秦茶逦"Zinzares（极其惹厌的一种蚊蚋，罗马田野的美丽的夜晚多半毁在它们身上）。在这里我得重新请求读者宽容。一个人要想知道异乡的风俗，他就得预先接受好些谬妄的观念，和我们的观念大不相同。康皮莱阿里爵爷准备下他和他儿子的枪支。晚响，十一点三刻打的时候，他警告了一声法毕奥，两个人尽力做得没有声响，溜到府邸第一层楼上的一个大石阳台，正好就在海兰窗户下面。石栏杆的粗柱子一直遮到他们的腰围，足够防备外来的枪弹的。半夜打了；父子听清他们府邸对面沿街的树底下细微的响声；但是，最让他们意想不到的，是海兰的窗边没有灯亮。这位小姐，直到现在，那么简单，行动和孩提一样明快，从她一爱上人，就换了性格。她知道稍不小心，她情人的性命就有危险；像她父亲那样有地位的一个爵爷，要是杀了虞勒·布朗齐佛尔泰那样一个穷人，他只要不露面，到拿波里躲上三个月就成；在这期间，他罗马的朋友安排好了事端，当时最时髦的是，给圣母神坛献上一盏值几百艾居的银灯，命案也就结束了。第二天午餐的时候，海兰看见她父亲面容沉沉的，大生其气；他自以为没有人注意，但是就他看她的神情，她明白这生气和她大有关联。她立即走去，给五只华丽的枪的木柄撒些尘土；她父亲把这些枪挂在他的床边。她给他的刀剑同样撒了一层浮土。整天她快活得要发狂，不停地在楼上下跑动；她时时靠近窗口，决心给虞勒打一个不要来的手势，如若她走运瞧见他的话。不过她忘记了：自从有钱的康皮莱阿里爵爷那样羞骂过他以后，这可怜孩子白日绝不在亚巴奴露面；只有星期天，责任把他领到教堂来做弥撒。海兰母亲非常钟爱女儿，从不加以回驳，这一天带她出了三趟门，然而全无用；海兰看不见虞勒的影子。她绝望透了。黄昏去看她父亲的武器，她发现两支枪装好子弹，差不多所有的刀剑全动用过，试想想她的惊恐！她小心翼翼，装出不理会一切的模样；这样一用心，她倒稍稍减轻一点致命的杌陧。她的房子连着她母亲的外间。晚晌十点钟，她退回屋子，锁住房门，然后她贴住窗户，伏在地上，好让外面瞧不见她。你想她多焦急，听着钟响：她时常责备自己和虞勒要好得太快了，唯恐他觉得她配不上他的爱情，如今这种问题早不知丢在几重云霄之外了。这一天加快成全年轻人的好事，比六个月的忠实和抗议还来得有效。海兰向自己道："说诳有什么用？我不整个灵魂在爱他吗？"

临到十一点半钟，她清清楚楚看见她父兄埋伏在她窗户下面的大石阳台上。方济僧院半夜响了两分钟以后，她又清清楚楚听见她情人的步声，来在大橡树底下停住；她父兄好像一无所闻，她不由喜慰上来：辨别这样轻微的声响，必须焦急的爱情。

她向自己道:"现在他们要杀我了,不过,宁可死,万不能叫他们劫掉今夜的信笺;他们将来不会放松可怜的虞勒的。"她画了一个十字,然后,一只手抓牢她窗台的铁栏杆,她尽量把身子探出街面。不等十五秒钟,就见花捧,犹如往日,缚在长苇子上,碰到她的胳膊。她抓住花捧;然而从苇子尖梢慌忙一抓花捧,她牵带苇子碰上石阳台。立刻两声枪响,紧接着一阵全然的寂静。她哥哥法毕奥,在黑地里,错以为猛然打击阳台的是虞勒下到他妹妹屋子用的一条绳索,照她窗台放了一枪;第二天,她看见弹痕,原来子弹在铁上碰出去了。康皮莱阿里爵爷往石阳台下面的街心放了一枪,因为虞勒抓牢要倒的苇子,弄出了点儿响声。虞勒这面也听见头上的响声,猜想到下文如何,闪躲在阳台突出部分的下面。

法毕奥不等他父亲说话,急忙装好枪弹,跑下家园,轻轻推开一个邻街的小门,然后走在外面,潜着脚,检查一下府邸阳台底下散步的人士。这时候,虞勒贴住一棵树,离他二十步远。今晚他带好了伙伴的。海兰倚住栏杆,直替她情人担心,听见她哥哥在街心走动,马上提高了声音和他说话;她问他是否杀了几个小偷儿。

她哥哥在街心大步四处巡逻,向她喊道:

——别以为我会上你小贱人鬼计的当!准备好你的眼泪罢,我要杀那胆敢爬上你窗户的混账东西。

这话刚刚说完,海兰就听见她母亲叩她的屋门。

海兰急忙跑去开门,说她不明白门怎么会锁了的。她母亲向她道:

——别骗我,我亲爱的天使,你爹暴跳得说不定要杀你;来跟我一块儿藏到我的床上;你要有什么信件的话,交给我,我好藏起。

海兰向她道:

——这是那捧花,信就藏在花儿里头。

母女刚一上床，康皮莱阿里爵爷就进他太太屋子来了。他到府里小教堂弄动所有的摆什回来。最叫海兰吃惊的是，她父亲，惨白的和个鬼一样，慢悠悠地行动，好像一个打定了什么主意的人。海兰向自己道："我活不了了！"

她父亲，气得直哆嗦，然而假装无动于心，走过他太太床边，向他女儿屋子一壁走，一壁道：

——有了孩子们我们就高兴，有了孩子们我们就高兴，可是到了孩子们不是儿子是女儿的时候，我们倒该眼里哭出血来才对。老天爷！谁想得到！ 我活了六十岁，自己没有惹过一回是非，回头她们不知自爱，却毁了我的名誉。

一边说着这些话，他走进女儿屋子。

海兰向她母亲道：

——我毁了，那些信都在靠窗一个十字架座子底下。

她母亲立即跳出床，追上她丈夫；她开始同他胡吵瞎闹，好把他气个糊涂；她完全成功了。老头子气极了，砸坏他女儿屋子所有的东西；但是母亲趁他不防取走了信。一点钟以后，康皮莱阿里爵爷回到他太太屋子隔壁他的屋子，全家静了下来，母亲向女儿道：

——这是你的信，我不要念它们，你看见它们给我们惹下多大的乱子！我要是你，我烧了它们。再见，亲亲我。

海兰回到她屋子，哭了起来；她觉得，自从听了母亲的话，她不再爱虞勒了。她准备焚烧他的信；但是，未烧之前，她禁不住再念一遍。她念了那么多遍，直到太阳已经高高在天了，她终于决心遵从一个有益的劝告。

第二天是一个星期日，海兰同她母亲到教堂去；总算走运，她父亲没有尾随她们。她在教堂遇见的第一个人，就是虞勒·布朗齐佛尔泰。瞥了他一眼，她就明白他没有受伤。她快乐极了；夜晚的事便离她的记忆有一千哩远。她先预备好了五六张短笺,写在土(浸过水的)污了的旧纸屑上,掉在一座教堂的石地上不至于启疑的;这些信笺写的全是同样的警告:

"他们全发现了,除去他的名字。他别再在街上露面了;人家会常来这里的。"

海兰随手掉下这样一张破纸:她瞥了虞勒一眼,他过去捡起,不见了。一小时以后,回到家,她看见府邸的大楼梯上有一张破纸,和她早晨使用的一丝不差,不由她不注目。她拾了起来,她母亲什么也没有看见;她在这上面看见:

"他必须去罗马一趟,三天里就回来了。十点钟的时候,在大白天,在赶集的日子,在乡下人的叫嚣之中,有人要歌唱的。"

海兰觉得罗马之行有点儿奇怪。"难道他怕我哥哥的枪弹吗?"她向自己忧郁道。爱情饶恕一切,除去随便走开;因为这是最凶的折磨。不唯不能甜甜地梦想,全心用来权衡相爱的理由,生命反而兴起酷虐的怀疑。布朗齐佛尔泰整整不在了三天,海兰向自己道:"然而,我真就相信他不爱我了吗?"忽然一种疯狂的愉悦替代了她的痛苦:第三天正午,她看见他在她父亲府前的街心散步。他穿了一身新衣裳,差不多可以说是华丽了。他举止的高贵,他面容的勇敢而又欣快的天真,从未有这样神采奕奕;在亚巴奴,人也从未有像今天这样爱谈虞勒的贫穷。男子们,特别有些年轻人们,重复这两个酷虐的字;妇人们,特别有些女孩子们,不断夸他的风仪。

虞勒整天在城里散步;他的贫穷罚了他几个月的蛰伏,如今他像要一气偿补。犹如个个作爱的男子,虞勒新衣服下面藏好了家伙。除去他的短剑和刺刀,他还穿上他的甲胄giacco(铁丝编织的一种长背心,穿着极其不便,然而医治得意大利人一种可怜的心病,在如今这世纪他们还不断地感到,我是说,怕在街头拐弯的地方叫自己熟识的仇敌刺死)。这一天,虞勒希望瞥见海兰,而且他不大情愿老是一个人在他孤寂的家里待着: 原因如下。辣鲁切 Ranuce,他父亲的一个老兵,随他父亲在各家私募的队伍,最后在马考·夏辣的队伍,打了好些仗,其后他父亲受了伤,辣鲁切也就随着队长下野。布朗齐佛尔泰队长有好些理由不在罗马住家: 他容易碰见他杀过的人们的儿子;甚至于在亚巴奴,他也不高兴完全承受官方的庇护。他不在城里买租房子,偏要盖一所房子,远远会见他的来客。他在亚布的废墟寻见了一个可心的地址: 不等大意的来客瞧见,他就可以逃入森林。他的老友兼长官的法布瑞切·高劳纳 Fabrice Colonna 亲王统治着这座森林。布朗齐佛尔泰队长不拿儿子的将来搁在心上。告休的时候,他才不过五十岁,但是一身伤口,他计算自己还能活个十年下去,于是盖好房子,每年花销他十分之一的财产(全是他大城小村,打家劫舍,积蓄下来的)。

他买了一座葡萄园(他儿子每年可以收到三十艾居的租金),为的答复亚巴奴一个中产阶级者恶意的取笑。有一天他正和人辩论本城的利害和荣誉,这位先生挖苦他,说队长和他原来都是有钱的地主,够得上给亚巴奴的"元老"建议。队长买下葡萄园,宣言他还要买些地产;随后,在一个寂静的地方,遇见恶意取笑的人,他一手枪送了他的性命。

这样生活过了八年,队长去了世;他的军副辣鲁切崇拜虞勒;不过,闲散一久,起了腻,他投入高劳纳亲王的队伍。他时常来看"他儿子虞勒"(他为他起的名字);有一次,亲王为保持他白泰拉 Petrella 城堡,不得不大举迎战,他带虞勒和他一起打仗。见他非常勇猛,他向他道:

——你简直疯了,简直还是一个傻瓜,住在亚巴奴附近,甘心做一个穷人的穷人! 我瞧,仗着你的本领,你父亲的名义,你在我们中间很能成一名"响马"sodat d'aventure，因而升官发财。

这些话很叫虞勒难过；一个牧师教他念的拉丁文；但是他父亲，除去拉丁文，牧师说什么全加以揶揄，所以他一点知识也没有。另一方面，不见重于人，贫居独处，他反而得到一种常识，独具只眼，会吓倒了那些学者。例如，在爱海兰之前，不知道为什么，他崇拜战争，却厌恶抢掠，这在队长他父亲和辣鲁切看来，好像是演完高贵的悲剧，来出令人一笑的小戏而已。自爱海兰以来，这种由孤寂的思维获有的常识，变成了虞勒的苦难。这个灵魂，往日那样任意而行，向谁也不敢请教它的疑问，充满了热情和痛苦。康皮莱阿里爵爷如若知道他是"响马"，又有什么不说的呢？赶明儿他责骂的更有根据了！虞勒在父亲铁柜子里寻见好些金项圈和其他的珠玉，变卖了使用，但是等到来日花光了，他总以为当兵是条活路。虞勒虽说贫穷，抢走有钱的康皮莱阿里爵爷的女儿，却也毫无顾忌，唯其在这时期，父亲们可以随意处置他们的产业，而康皮莱阿里爵爷很可以给他女儿遗留个一千艾居，不怕外人笑骂。另一个问题也深深占有虞勒的想像：第一，从年轻的海兰父亲那里把她抢来成亲之后，安顿在什么城镇居住呢？第二，他用什么银钱让她过活？

康皮莱阿里爵爷的痛骂，好不叫虞勒难受，足有两天，他心里又气又苦：他既不能决心杀了那可恶的老头子，也不能决心留他活口。他整夜在哭；他终于决定和他人世唯一的朋友辣鲁切商量；然而这位朋友了解他吗？他寻遍全法焦拉林子，也找不见他，他最后走过外莱春 Vellétri①，来到去拿波里的路上，辣鲁切统率了一队人马，在这里埋伏：他带了大队弟兄，预备劫杀西班牙将军雷磁·亚法劳 Ruiz d'Avolos。后者要由睦地到罗马去，忘记往年当着许多人，他言语之间

---

① 外莱春：在亚巴奴的东南。

蔑视高劳纳的响马。起程之前,他的神甫正好提醒这桩小事,雷磁·亚法劳决定武装一只船,取海道到罗马来。

辣鲁切队长一听完虞勒的故事,向他道:

——给我细细描述一番康皮莱阿里爵爷的形貌,别叫亚巴奴良善的居民陪他胡言乱语一条性命。我们这儿的事不管落空不落空,只要一完,你就奔罗马,整天到各旅馆,各公共地方,兜风去;你得别叫人疑惑因为你爱他女儿。

虞勒白设法叫他父亲的老伴息怒。他不得不生气了,最后向他道:

——你以为我要你的剑吗?怎么着,我也有把剑呀!我来是为的要你出个主意。

辣鲁切这样结束他的训话:

——你还年轻,你还没有带过伤;凌辱是公开的:然而一个人失掉荣誉,就是女流也看不起。

虞勒向他说,他还愿意思索一下他心里的意旨;辣鲁切一定要留他攻打西班牙将军的扈从,他不唯获有荣誉,还要弄到些都布隆的①。不管他怎么劝导,虞勒一个人回到他的小屋子。也就在他的小屋子,在康皮莱阿里爵爷放他一枪的前一天,他招待辣鲁切和他的连长,新近从外莱春附近回来的。辣鲁切用力打开他长官布朗齐佛尔泰队长的小铁柜,从前里面锁着些金项圈和其他的珠玉,当时刚远征回来,他觉得还不到变卖的时光。辣鲁切在里面寻见两个艾居。他向虞勒道:

——我劝你做和尚去,你有的是和尚的道行:爱穷,眼前就是例;忍辱,你白叫亚巴奴阔人在大街上糟蹋你一顿;你现在缺的只有虚伪和饕餮了。

---

① 都布隆:西班牙的金币。

辣鲁切硬往小铁柜里塞了五十都布隆。他向虞勒道：

——我向你发誓，从现时算起一个月，康皮莱阿里爵爷要不下葬，依照他的富贵，承受盛大的殡仪，我手边的连长会带三十个人来，拆毁你的小屋子，烧掉你的穷木器。布朗齐佛尔泰队长的儿子不应该借口爱情，叫世人笑话。

康皮莱阿里爵爷父子放那两枪的时候，辣鲁切和他的连长正在石阳台下面防候，虞勒用了绝大的力量拦阻他们去杀法毕奥，或者绑他一票。我们前面说过，这位先生走过花园，大意出来。辣鲁切不动手的理由是：一个年轻人也许来日出头，成为有用之材，所以不应杀死，至于一个老朽，犯罪比他还重，也只有入土好些。

这事的第二天，辣鲁切进了森林，虞勒去了罗马。他拿辣鲁切留给他的都布隆，欢欢喜喜买了一身华丽的衣服，但是这种欣悦，立即毁在另一个念头上。他向自己道："海兰应理知道我是干什么的。"这种想法，在他的时代，要算很格别了，同时也正证明他来日的飞黄腾达。任何和他同年同代的人，一心一意也就在享受爱情，劫走海兰，绝不会顾到她半年之后的生活，更不用提她对于他的意见。

回到亚巴奴，他穿上罗马带来的华丽的衣服，逢人显扬，就是当天下午，他的朋友老司考蒂 Scotti 告诉他，法毕奥骑马出了城，到三哩远近的地方去，靠近海边的平原，他父亲有块地亩。过后，他看见康皮莱阿里爵爷，伴着两个牧师，走在绿橡树的美丽的林径。这些橡树围满了火山口，往里就是亚巴奴湖水。十分钟之后，一个老妇人斗起胆，借口卖好果子，撞进康皮莱阿里府邸，她头一个遇见的就是小丫环玛丽耶达 Marietta，她小姐海兰的身边亲信。接到一捧好花，海兰羞得一直红到了眼白，花捧掩藏的信笺长得不得了；虞勒叙述放枪之夜以来他所有的感受；然而，由于一种奇怪的羞涩，别的和他同代的年轻人会引以为傲的，他却不敢承认，例如：他是一个著名的响马队长的儿子,而他自己勇于作战,出手也不止一次了。他总相信听见老康皮莱阿里的见解。我们必须知道,十五世纪的少女,接近共和国的常识,尊敬一个男子,绝不由于他父亲发财或者有为,全看他自己有没有能耐。然而也只是民间的少女才这样想。富贵阶级的少女害怕强盗,而且,原来也就应该,极其敬重富贵。虞勒结束他的信道:"在我外表尴尬的时际,从前你所尊敬的一个人当面辱骂我,我不知道我从罗马穿来的合身的衣服能否令你忘掉他的讥笑。我可以雪耻的,我应该雪耻的,我的荣誉要我雪耻;我没有那样做,怕的是我的报复会叫我崇拜的一双眼睛流泪。这可以帮你证明,一个人可以赤贫,同时可以有高贵的情感;除非我倒了楣,你如今还怀疑我。再说,我有一个可怕的秘密向你宣泄;向任何别的妇女讲,我不会感到一丝困难,然而我不知道为什么,一想起告诉你,我就哆嗦。这会马上毁掉你对于我的爱情;随你怎样否认,我全不会满足。我要在你眼里读出招供的效果。最近,总有一天夜晚,我要在府邸的后园看见你。这一天,法毕奥和令尊全要不在家;只要我一弄准了他们不在家,别瞧他们看不起一个褴褛的可怜的年轻人,他们也打不断我们一点钟或者三刻钟的谈话。只要我一弄准了他们不在家,就有一个人来在尊府的窗户下面,哄本地小孩子们来看一只养驯了的狐狸。稍后,'敬礼玛利亚'Ave Maria 的祷钟一响,你就听见远远地一声枪响;这时你就拢近你花园的墙,你要不是一个人,你就歌唱。只要一静下来,你的奴才就哆哆嗦嗦来在你的脚前,向你说些令你畏怖的事体。我等着我这可怕的待决的一天;在这时期,我不再半夜冒险向你献花了。然而夜里两点钟的时光,我会唱着歌走过来的,或许,站在大石阳台上,你从花园早就摘好一朵花,顺手丢下来。这或许是你赏给不幸的虞勒最后的恩情。"

三天之后,海兰的父兄,骑着马,去看他们海边的田地;他们应当在日落之前不久出发,好在夜里两点钟左右到家。然而,临回家上路时候，不单他们的两匹马不见了，田庄的马匹全不见了。贼人胆大已极，他们好不吃惊，四下寻找他们的马匹，直到第二天，在海边的老树林子才寻到。康皮莱阿里父子没有法子，只好坐了一辆乡下的牛车，回到亚巴奴。

这一晚晌，虞勒来在海兰的膝前，差不多已经黑黑的了，这位可怜的小姐十分欢迎这种黑暗：她第一次来在她心爱的男子之前，虽说非常清楚他，却始终没有和他谈过话。

不过她有了一点勇气，看见虞勒比她还苍白，还哆嗦得利害。他跪在她面前，向她道："说实话，我一时不能言语。"有一阵子他们似乎极其快乐；他们互相看着，说不出一句话，好像两座颇有表情的不动的石像。虞勒跪着，握住海兰一只手；她垂下头，用心端相他。

虞勒清楚，依照罗马的荒唐少年他朋友们的劝告，他应理有所作为；不过他厌恶这种念头。他沉醉于爱情所给的最剧烈的幸福，但是一个念头唤醒了他：时间飞得很快；康皮莱阿里父子行将走近他们的府邸。他明白像他这样一个有天良的灵魂，不会寻见持久的幸福，除非向他情妇供出可怕的实情。就他罗马的朋友们看来，这却要算最大的失计了。他最后向海兰道：

——我告诉你我有话讲，或许我不应该这样做。

虞勒变得苍白极了；好像气要断了，他努力接下去道：

——或许我要看见我一生希望所钟的情感消失。你以为我穷；这还不够：我是强盗，强盗的儿子。

海兰，一个阔人的小姐，素日不免阶级的成见，听见这话，觉得她要难受过去；她怕自己倒下去。她想道："可怜的虞勒该多难过！他以为我看不起他。"他跪在她面前。唯恐倒下去，她扶住他，过了一刻，好像失掉知觉，她倒进他的胳膊。我们可以看出来，十六世纪的人喜欢把爱情故事说个一丝不走。正因为理智不来评判这类故事，只有想像在感觉，读者的热情自然化入主角们的热情。我们依据的两种抄本，特别是翡冷翠方言独有的一些句法，把此后所有的幽会叙得极其详细。危险夺去那年轻女孩子的懊悔。有时也真危险万分；但是这更加燃起他们两颗心来，所有来自爱情的感觉，对于他们全是幸福。好几次法毕奥和他父亲眼看要捉住他们。父子二人气极了，以为他们胆敢撄怒：外面传说虞勒是海兰的情人，但是他们什么也没有看见。法毕奥，血气方刚的年轻人，以他的门第为傲，向他父亲提议杀掉虞勒。他向他道：

——只要他活在人间，我妹妹的日子就免不了危险。谁敢说，到了必要时节，为了我们的荣誉，我们的手不会浸在这执拗东西（海兰）的血里？她已经胆大得无法无天，居然不否认她的爱情；你看见她的，你数说她，她只是郁住气不答理；好啦！不答理就判定了虞勒·布朗齐佛尔泰的死刑！

康皮莱阿里爵爷答道：

——想想他父亲是谁。自然哪，我们到罗马住半年不算什么，在这期间，布朗齐佛尔泰失了踪迹。可是谁敢说他父亲，别瞧犯罪重重，又勇猛，又慷慨，慷慨得甚至于他有好几个兵发了财，自己穷着，谁敢说他父亲如今没有朋友，说不定是孟泰·马瑞亚奴公爵的队伍，说不定是高劳纳的队伍，高劳纳的队伍有时就在法焦拉林子里头，离我们也就是半哩光景。这样一来，我们全得叫人家杀掉，你，我，或许你不幸的母亲也得牵连上。

父子这些话，时常说起，不全瞒着海兰母亲，维克杜洼·贾辣法。她伤心透了。法毕奥和他父亲商量的结果是，亚巴奴流行的诳言诳语，他们的荣誉不便听其长久下去。年轻的布朗齐佛尔泰，一天比一天无礼，如今穿了一身华丽的衣服，简直小人得意，在公共场所不和法毕奥，就和康皮莱阿里爵爷自己攀谈起来。既然暗杀他不相宜，就得选行下面二者之一，或者甚至于二者：全家回到罗马居住，把海兰重新送回贾司陶的拜访寺院，一道等到他们为她寻下适当的婆家。

海兰从来没有对她母亲供出她的爱情；母女极其相爱，她们总在一起过活，然而对于这桩事，却一字不提，虽说二人同样关怀。所以母亲告诉女儿，全家打算移到罗马居住，甚至于或许送她回到贾司陶寺院过几年，还是第一次语言出卖了她们几乎无二的思想。

这次谈话，却要算维克杜洼·贾辣法不小心了，可以见谅的是她发疯地钟爱她的女儿。海兰，醉心爱情，想要向她情人证明，她不以他的贫穷为羞，她无限度地信任他。翡冷翠的作者呼喊道："谁能相信？经了那么多与死为邻的冒险的幽会，在花园，甚至于有一两次在她自己的屋子，海兰会玉洁无瑕，心地贞坚，她向她情人提议，半夜由花园走出府邸，下半夜消磨在他建于亚布废墟之上的小屋子，离这里有四分之一哩远近。他们装扮做圣福朗丝瓦 Saint François 教派的僧侣。海兰有个修长的身材，这样一打扮，彷佛一个十八岁或者二十岁的年轻的戒僧。叫人不敢相信，足见天意的是，在窄小的石径，如今还绕过方济僧院的外墙，虞勒和他情妇，扮做僧侣，遇见康皮莱阿里爵爷和他儿子法毕奥。他们从湖边近处一个叫做甘道否 Gandolfo 的镇堡回来，前面走着一个侍童打着一枝燃了的火把，后面随着四个武装好了的仆人。石径有八尺宽，康皮莱阿里父子和他们的仆人闪在两旁，让这两个情人过去。这时要叫认了出来，海兰该多走运！她父兄也许一手枪打死她，她的痛苦也不过一刻工夫；然而上天却要另一个做法 (superis aliter visum)。

关于这次不意之逢，有人还添了点儿细目，而康皮莱阿里夫人，寿命绵长，差不多活了一百岁，有时还在罗马，当着些严重的人物讲述，这些人物也够老的了，挡不住我好奇穷究，左一问，右一问，问得

425

他们不得不为我再说一遍。

"法毕奥·康皮莱阿里,一个充满了高傲勇敢的青年,注意到最老的僧侣走过他们不致敬他们父子,于是喊道:

"——这混账和尚倒傲气!老天爷知道,在这时光,走出寺院,他和他的伴侣干些什么!我不知道有什么拦着我摘掉他们的僧帽;我们倒该看着他们的面孔。

"一听这话,虞勒抓牢他僧袍下面的短剑,过来站在法毕奥和海兰中间。这时他离法毕奥不过一尺距离;然而上天却要另一个做法,以一种神迹按住这两个年轻人的怒火,惜乎不久他们还得逆逢。"

其后当局控诉海兰·康皮莱阿里,有人还把这次宵行譬做败德的一个证明。实际这是一颗年轻的痴迷的心,为一种疯狂的爱情所燃而已,心却是玉洁无瑕的。

三

我们必须知道,奥西尼 Orsini 一姓是高劳纳一姓永久的仇敌,当时在罗马邻近的村庄具有绝大的势力;不久以前他们利用政府的法庭,把一个生于白泰拉叫做巴达萨·邦狄尼 Balthazar Bandini 的富农判决死刑。他们指控邦狄尼的种种罪名,写在这里未免太长了;今日看来,大半全抵触条例,但是在一五五九年,却不就看得那样严重。邦狄尼住在奥西尼管辖的一座堡子,离亚巴奴六哩远,在法孟陶洒 Vahnontone 那边的山中。罗马的弓手队长,有一夜,带了一百五十名弓手上路;他来提取邦狄尼,解往罗马的陶第奴纳 Tordinona 监狱;因为邦狄尼不服判决,在罗马上了诉。但是,我们先前说过,他是白泰拉的人,白泰拉是高劳纳管辖的堡垒;法布瑞切·高劳纳赶巧正在白泰拉,所以邦狄尼的女人当众见他道:

——你就听你一个忠心的奴仆死去吗?

高劳纳回答道:

——皇天在上,我自来尊奉我主教皇法庭的裁判!

他的兵士不久就接到命令,同时他吩咐所有他的党徒准备。集合的地点指定法孟陶逦。这是一个建在不高的山顶的小城,城垒是一面不继的绝崖,差不多垂直有六丈到八丈的高度。就是在这教皇治下的小城,奥西尼的党徒和政府的弓手,得以起解邦狄尼在当道最热心的党徒之中:有康皮莱阿里爵爷和他儿子法毕奥而且他们和奥西尼有点儿姻亲,正相反虞勒·布朗齐佛尔泰和他父亲,自来就依附高劳纳。

有些事,高劳纳不便公然动作,他们便采取一种极其简单的预防:罗马大多数的富农,今犹如昔,分入各种忏悔者的会社。忏悔者出外的时候,头上全顶着一块布,遮住脸,只有当着眼睛挖成两个窟窿。高劳纳不打算承认某桩事的时候,就请他的党徒穿忏悔者的衣服来集合。

半月以来,起解邦狄尼变成了全境的新闻。经过长期的准备,这指定在一个星期日。这一天,清晨两点钟,法孟陶逦的县长就差人打起法焦拉森林所有村庄的警钟。只见成群的农民走出各村。(中世纪共和邦的风俗,在农民心里保存下许多勇气,当时谁想得到所要的东西,就去打架,到了我们如今,没有一个人会动弹的。)

这一天有一桩事很特别:武装的农民一小队一小队走出各村,但是越进森林,人数倒越见减少;高劳纳的党徒趋向法布瑞切指定的集合地点。他们的首领似乎以为这一天不会交锋的;早晨他们接到命令,散布这个谣言。法布瑞切率领他本党的精兵,骑着他厩房半野性的小马,巡逻森林。他检阅各队的农民;但是他不同他们交谈,一切语言全可以坏事。法布瑞切是一个瘦高的人,具有不可置信的敏捷和力

427

量:虽说刚刚四十五岁,他的须发都雪似的白,极其有碍他的心意:有些场合他不愿意被人看破,但是一看他的须发,人家就认准了他。农民一见到他,就喊:"高劳纳万岁!"然后戴好他们的布僧帽。亲王自己胸前也有一顶僧帽,一瞧见敌人,就好顺手戴上。

敌人来的并不算晚:太阳刚一升起,就见奥西尼同党有一千人左右,从法孟陶逦那边走进森林,离法布瑞切·高劳纳的农民(他叫他们匍匐在地面上)有三百步光景。等奥西尼前线落后的人马全进来几分钟之后,亲王指挥他的党徒行动:他们决定在押解邦狄尼的军队走进森林一刻钟之后进攻。在这地带,森林里散着好些十五尺或二十尺高的石块;这是火山喷出来的颇有年代的石块,上面长了些可人的栗子树,差不多整个翼蔽住天日。这些石块,多少经过时间的打击,把地弄得极其坎坷不平;为了免去大路上无数而且无用的奔上奔下,石块也就挖空了,特别是大路,时常此森林低个三四尺。

法布瑞切拟定进攻的地方,是林中一块草地,路正好经过它的一端,拐进树林。这个地方,介乎树干之间,充满了荆棘和灌木,简直无从窥探。在树林中间路的两旁,约有百步光景,法布瑞切安置下他的骑兵。一看亲王的手势,每一个农民戴好僧帽,在一棵栗子树后拿好枪站定;亲王的兵士藏在离路最近的树后。农民奉到确切的命令,只准在兵士放枪之后动手;而兵士动手,必须敌人相距二十步的时际。路在这地方低了三尺,而且窄得利害,有些树枝子整个遮住了法布瑞切。他急忙叫人砍了二十来株。辣鲁切队长,带了五百人,随在先行队伍后面;他奉到命令,听见枪声从横断道路的乱堆发出,才准进攻。看见他的兵士和党徒各自闪在树后,决心作战,法布瑞切·高劳纳带着他手下的骑兵,快跑下去。有人看见虞勒·布朗齐佛尔泰也在他的骑兵队里。亲王选了大路右手的一条小径,离大路最远的空地的一角。

亲王走了不到几分钟，就见法孟陶迺大路上，远远来了一大队骑马的人，正是弓手和他们的队长，和奥西尼所有的骑士，押解邦狄尼而来。巴达萨·邦狄尼在他们中间，周围是四个红衣刽子手；后者奉到命令，只要看见高劳纳的党徒快要救走邦狄尼，就执行初审的判决，把他弄死。

高劳纳的骑士不等驰到离大路最远的草地的外角，他就听见埋伏在大路上乱堆后的自家人的枪响。他立即命令骑士疾驰而下，奔向围住邦狄尼的四个红衣刽子手。

这桩小事也就支持了三刻钟，我们勿须照样演述；总之，奥西尼的党徒，出乎不意，吓得四散而逃；但是在先锋队里，勇敢的辣鲁切队长却叫人杀掉，布朗齐佛尔泰来日因此走了乖运。他不过挥了几下剑，拚命杀向红衣刽子手，他就迎头遇见法毕奥·康皮莱阿里。

骑着一匹烈火似的马，穿着一件镀金的甲胄，法毕奥喊道：

——这些藏起脸的究竟是些什么人？用剑割断他们的面具；瞧我给你们割个样子看！

差不多就在同时，虞勒·布朗齐佛尔泰额头横受了他一剑。这一剑来得狡狯极了，他的盖脸布掉下来，同时伤口虽说不重，血却溅瞎了眼。虞勒把马打开，好有时间呼吸揩脸。无论如何，他绝不和海兰的哥哥打仗；他的马离开法毕奥已经有四步远，就见当胸猛地来了一剑，幸而穿着甲胄，没有戳进，不过也足叫他有一时喘不上气来。差不多就在同时，他耳边听见人喊道：

——混账东西，我认识你！你就是这样挣到钱，换掉你的破烂衣裳！

虞勒受不住了，忘掉他先前的决心，奔向法毕奥，喊道：

——倒霉东西，你这是自取其祸！

两下剑相交了几个回合，覆盖他们甲胄的外衣，便纷纷掉了下

来。法毕奥的甲胄是镀金的,华丽的,虞勒的甲胄却再平常不过了。法毕奥向他喊道:

——你从什么阴沟拾来的这身甲胄?

同时,虞勒半分钟以来寻找的机会,终于寻到了:法毕奥优丽的甲胄,并不十分束紧颈项,虞勒照准他有点儿裸露的颈项给了一剑。虞勒的剑刺进法毕奥的咽喉,有五寸深,只见涌出一大股的血水。虞勒喊道:

——无礼的东西!

于是他加鞭奔向红衣刽子手,有两名还离他一百步远。他拢到他们身边,第三名倒了;然而,等他靠近第四名刽子手,后者一看有十来名武士围住自己,就近一手枪,放倒不幸的巴达萨·邦狄尼。布朗齐佛尔泰喊道:

——我亲爱的先生们,我们这儿没有得活做了!那些弓手四处逃走,我们不如追了这群混账东西的命。

大家随他追下去。

半点钟以后,虞勒回到法布瑞切·高劳纳身边,这位老爷平生还是第一次和他讲话。虞勒看见他正在暴怒;这次大获全胜,都是他调度有方所致,所以他还以为他大喜发狂;唯其奥西尼那面有三千人,而这次,法布瑞切只聚合了一千五百人。亲王向虞勒喊叫道:

——我们损失了我们勇敢的朋友辣鲁切!我自己方才摸过他的身子;已经僵冷了。可怜的巴达萨·邦狄尼受了致命的伤。所以,实际讲来,我们并没有成功。不过勇敢的辣鲁切队长并不孤独,有好些人陪伴他去见蒲路东 Pluton[①]。我下令把所有的混账俘虏,挂在树枝子上。

[①] 蒲路东:周彼泰的兄弟,司理地狱,等于中国的阎罗。

于是他高声喝道:

——照我的话干,各位!

他重新驰向先锋队作战的地方。虞勒差不多是辣鲁切一队人的副统领;他随着亲王,来到这勇敢的战士的尸身一旁,第二次下马握住辣鲁切的手。尸身四圈围有五十多具敌人的尸身。虞勒也下了马,握住死者的手,哭了起来。亲王向虞勒道:

——你还很年轻,不过我看你一身的血,你父亲是一个勇敢的战士,在高劳纳一姓做事,受过二十多伤口。你就统率辣鲁切残余的弟兄好了,把他的尸身运到白泰拉我们的教堂;留神路上你也许遭人袭击。

虞勒没有遭人袭击,但是他一剑戳死他的一个兵士,后者对他讲,他太年轻,不配统率。别瞧不小心,他倒成了功,唯其虞勒还是一身法毕奥的血水。沿路他看见树上挂着缢死了的敌人。这种丑恶的景象,加上辣鲁切的死亡,特别是法毕奥的死亡,差不多逼疯了他。他唯一的希望是人家不知道打胜法毕奥的人的名姓。

我们略过军事的节目。战事之后,过了三天,他得以回到亚巴奴休息几小时;他告诉朋友们,他在罗马忽然发起烧来,不得不在床上躺一整星期。

然而处处他受到人们格外的尊敬;城里最有地位的人士,先来问候他;有些不谨慎的人们,甚至于称他"队长大人"。他有好几次走过康皮莱阿里府邸,只见严严地关住,想要托人打听,新队长却非常怯馁,直到中午,遇见司考蒂,时常厚待他的老头子,他才得到机会问道:

——康皮莱阿里一家人到底那儿去了?我看见他们府门关着。

司考蒂忽然忧郁上来,回答道:

——我的朋友,这一姓你再也不应说出口才对。你的朋友们全相信是他和你寻衅,他们会逢人解说的;不过,他是你婚姻主要的障碍,

431

他一死，就剩下一个爱你的妹妹，承袭偌大的财产。你挡不住人家说你闲话。而且人家还可以说，她爱你爱到夜晚亲自过访你亚布的小屋子。别瞧胡说八道，还真有人信。所以就有人关心你，说你们在齐安皮 Ciampi（我们方才描写的战地的名字）不举之战以前就是夫妇了。

老头子停住了，因为他看见虞勒流起泪来。虞勒道：

——我们到店里说话去。

司考蒂随着他；他们要了一间屋子把门锁住，然后虞勒请求老头子给他从头到尾讲一下这一星期的经过。这段故事说了许久才完：

——我看出你没有事先存心那样做，要不你也不会流眼泪的；但是法毕奥之死，不管怎么样，对你总是不利的。海兰不得不向她母亲宣布，你好久就是她丈夫了。

虞勒不作声；老头子把这夸做慎重。虞勒坠入深深的梦想，他问自己，海兰激于哥哥的去世，是否考虑到她特殊的地位；想起往日他们的行为，他很后悔。随后，老头子禁不住他问，向他照实说起作战那一天亚巴奴所有发生的事故。早晨六点半钟，法毕奥叫人杀掉，离亚巴奴才六哩多，太不可置信了！从九点钟起，大家就开始谈论他的遇害。临到正午，老康皮莱阿里流着泪，扶住他的仆人，到方济僧院去。过了不久，三个长老，骑着康皮莱阿里最良的马匹，随着许多仆人，奔向齐安皮村子，靠近这里打的仗。老康皮莱阿里一定要随了去；但是大家劝开了他，理由是法布瑞切·高劳纳大发雷霆（大家不很知道为了什么缘故），要是把他捉去，绝不会好脸看待他。

晚晌，将近半夜，法焦拉森林好像失了火；原来亚巴奴所有的僧侣和所有的穷人，每人拿着一支点起来的大蜡烛，前往迎接年轻法毕奥的尸身。

老头子好像怕人听见，放低声音道：

——我不瞒你，往法孟陶逦和齐安皮的路……

虞勒道：

——怎么样？

——怎么样，这条路经过你的屋子，大家讲，法毕奥的尸身运到这里，他颈项可怕的伤口涌出血来。

虞勒站起叫道：

——多可怕！

老头子道：

——安静些，我的朋友，你明白，你全该知道。现在我不妨给你讲，你在这里露面，如今似乎显得早了点儿。要是你高兴听我的劝告，我敢说，队长，从现时起一个月，你不宜在亚巴奴露面。我再切实警告你，你不要粗心大意奔罗马去。大家还不知道教皇对高劳纳一方采取什么态度；大家以为他凭信法布瑞切的宣言。法布瑞切说他还是听众人讲起，才知道齐安皮有打仗的一回事。但是罗马市长是奥西尼一姓的人，气透了，急于缢死法布瑞切手下一两名勇士，好在他不能提出理由抗辩，因为他起誓没有参预战争。我更要警告你的，那怕你不问我，我也得斗胆给你一个军事上的劝告；亚巴奴人全爱你，要不你也不会平安的。试想想，你在城里散了好几点钟步，就许奥西尼有一个党徒自以为你蔑视人，或者至少打算利用时机，发一笔横财。老康皮莱阿里重复了上千回，他把他最好的田地送给毁了你的人。你屋里的兵士，你应该叫几个跟你到亚巴奴来。

——我屋里就没有兵士。

——这样的话，队长，你简直疯了。这家店有一个园子，我们从园子出去，从葡萄地里溜掉。我伴着你；我老了，也没有武器；不过，碰见不存好心的人们，我可以同他们说话，至少替你多争点儿时候。

虞勒简直心碎了。我们敢说他疯狂到怎样一个地步吗？他一听说康皮莱阿里府邸关住，全家人去了罗马，他就计划重看那花园一趟，往日海兰和他在这里曾经不时会晤过的。他甚至于希望重看一下她的屋子，往日她母亲只要一不在家，她就在屋里见他。她如今一定生了他的气，为的自坚其心，他也需要看一下那些地方，往日他在这些地方看见她待他那样多情。

布朗齐佛尔泰和慷慨的老头子穿过葡萄地的小径，向湖那面走上去，一路并没有遇见什么意外。

虞勒让他重新叙述一遍年轻法毕奥的殡葬的详情。好些牧师伴着这勇敢的青年的尸身，送到罗马，埋在贾尼库 Janicule 山顶，圣奥鲁福 Saint-Onuphre 寺院，他家族的小教堂。事情最特别的是，在入土的前一天，有人看见海兰父亲把她重新领进贾司陶的拜访寺院；这证实了外面的谣言，以为她私下和响马结了婚，响马不幸又杀了她哥哥。

行近屋子的时候，虞勒看见他手下的连长和四个兵士；他们告诉他，他们的旧队长走出林子，身边总有几个弟兄跟随。亲王说了好些回要是有谁不自小心叫人杀了必须先行辞职免得他大动干戈为死者报仇。

虞勒·布朗齐佛尔泰明白这些见解的正确，以前他完全不理会的。他以为，犹如儿童似的民族，战争只在勇猛相打。他马上就服从亲王的意旨；他移出时间，吻一下那好老头子，好意把他伴到他的家门。

然而，过不了几天，郁成了半疯，虞勒重新回来看一眼康皮莱阿里府邸。天一黑，他，还有他三个兵士，打扮做拿波里商人，走进亚巴奴。他一个人走进司考蒂的家；他听到海兰始终贬在贾司陶的寺院。她父亲以为她嫁给他所谓的杀他儿子的凶手，发誓不再和她相见。别瞧他把她送回寺院，他就没有看她一眼。正相反，她母亲的恩情却加倍了；她时常离开罗马，和她女儿过上一天两天。

四

当晚虞勒回到森林里面他队伍驻扎的营盘，向自己道：“我要不给海兰解说一番，临了她会以为我是一个凶手的，上帝知道人家向她怎样描说这不幸的战争！”

来到亲王的白泰拉寨堡听训，他请求准其前往贾司陶。高劳纳皱紧眉头道：

——前次的冲突和圣上还没有安排好。你应该知道，我已经宣布了事实，就是，我全然不知情，我知道新闻，还只是第二天，在这里，我白泰拉的堡子。我相信圣上临了会信从这忠实的叙述的。但是奥西尼很有势力，但是人人全说，你参加这次抢劫，还很出风头来的。奥西尼竟然说，有好几个俘虏全吊在树枝子上。你知道这话多陷诬好人，不过人得预先想到报复。

年轻队长的天真的视线，透出深沉的惊异，很让亲王好笑：看他这样天真，他觉得必须再往清楚解说一番。他继续道：

——你用你的勇猛使得全意大利知晓布朗齐佛尔泰的名字，我不是看不出来。我希望你对我这一姓忠实，犹如你父亲，我视同手足，我想在你身上报答。这就是我行军的命令：凡有关我和我的兵士的，一句真话也不要讲。如若，到了你非说话不可的时际，你看撒诳没有一点用处，你就随便瞎扯好了，但是一点点真情也不要出口，好像一出口就要大遭上天谴责。你明白，这和别的报告凑在一起，可以妨害我的计划的。我也知道，在贾司陶，拜访寺院里你有一个小情人；你要是在这小城逛上半个月，奥西尼在这里不会没有朋友，甚至于奸细的。你到我管家那儿去一趟，他会送你二百金洋的，我对于你父亲的友谊（亲王笑着道），直叫我多想帮你出些主意，好去完成你这爱情而军事的举

435

动。你跟你三个弟兄扮做买卖人；你有一个同伴，总是喝得醉醺醺的，替贾司陶所有的流氓出酒钱，闹得你老要跟他生气……（亲王换了声调道）再说，要是奥西尼捉住了你，判成死刑，你可千万不要招出真姓实名，更不要招出你是我手下的人。你得走遍所有的小城，总从这边城门进来那边城门出去，我这样劝你也许不需要，不过对你总会有用的。

亲王平常严重得不得了，今天给了这些仁慈的劝告，十分感动虞勒。看见年轻人眼里转着泪水，起初亲王微笑着；随后他的声音却也变了。他手指上戴了许多戒指，他取下一个来；虞勒一壁接受戒指，一壁吻着这只完成无数大事的名手。年轻人狂热地喊道：

——我父亲从来对我也没有说过这么多的话！

过了两天，天才破晓，他走进贾司陶小城的围墙；五个兵士随着他，和他一样打扮：两个人走在一边，好像不认识他，也不认识那三个人。在没有进城以前，虞勒就瞧见拜访寺院，围着黑墙的大建筑，彷佛一座堡垒。他跑向教堂：教堂华丽极了。那些女修士，全是贵族，有大半属于富裕的家庭，不免自负，彼此争着装璜这座教堂，寺院唯一公开的部分。习惯是，拜访教门的保护人红衣主教呈上一张名单，上边有三个贵妇人的名字，听凭教皇选派一个做女住持，于是被选派的女住持，倾其所有，献上一件礼品，好叫自己名字传之不朽。凡是礼品不如前任女住持的礼品名贵的，她和她的家庭全要受人奚落。

虞勒哆哆嗦嗦走进这座庄严的建筑，镀金和大理石交相成辉。说实话，他一点没有想到大理石和镀金；他觉得自己就在海兰目光之下。有人和他讲，大神坛值八十多万佛郎；但是他的视线，舍开大神坛的珠宝，一直看向一个镀金的栅栏，高约四丈，有两根大理石的方柱隔成三间。这座栅栏，大得怪怕人的，正好立在大神坛后面，把女修士的乐堂和公之信徒的教堂分开。

虞勒向自己道，在这镀金的栅栏后面，每逢大典，女修士和寄宿的女生就全来了。在教堂的内部，白天无论何时，女修士或者女生只要一想祈祷，便可以来的；也就是这种人人知悉的情况，做成那可怜的爱人的希望。

一块大的黑幔子挂在栅栏的内面，也是真的；不过虞勒心想，"这块幔子绝挡不住女生往公众的教堂瞭望，因为我，离栅栏还有些距离，隔着幔子，我清清楚楚瞧见照亮乐堂的窗户，甚至于我辨识得出窗户建筑最小的关节。"这金漆辉煌的栅栏，每一根立柱顶端全有一个细尖，指向列席的人们。

虞勒选了一个十分显眼的位置，在最光亮的地方，正对着栅栏的左半，就在这里，他整日谛听弥撒。看见四围全是乡下人，他希望隔着栅栏内面悬挂的黑幔子，他被人注意到。有生第一次，这老成的年轻人寻求效果；他的衣着全很讲究；出入教堂的时候，他大量地施舍。和寺院有点儿关系的工人和小供奉，他和他的弟兄们尽量讨他们欢喜。直到第三天，他这才有望递给海兰一封信。他盼咐他的弟兄们，跟定那两个给寺院购买零用物品的道婆；其中一个和一个小买卖人有暧昧。虞勒的一个兵士，曾经当过僧侣，弄到买卖人的友谊，应下每次给他一块金洋，如若他肯把信交给女生海兰·康皮莱阿里。

一看讲妥的第一封的信皮，买卖人道：

——什么！一封给"强盗女人"的信！

海兰到贾司陶不到十五天，这个绰号却已经成立了：对于这喜好一切正确的详情的民族，凡引动想像的传说，全流行的极其迅速！

小买卖人接着道：

——管它哪，好在她是结了婚的！我们的贵妇人，有多少没有这种借口，不仅只收外面的信，简直还收别的东西。

在这第一封信里，虞勒详详细细地叙述法毕奥死的那不幸的一天的种种经过："你恨我吗？"他临尾道。

海兰回复了一行说她谁也不恨，她要用她残余的岁月设法忘记那置她兄长于死的人。

虞勒赶忙答复，当时流行的一种精神，模拟柏拉图诅咒命运，他采用了之后继续道：

"那么你想忘记《圣经》里上帝留给我们的话吗？上帝说：妇人离开她的家庭和她的父母，随她丈夫走。你敢说你不是我女人吗？想想在圣彼得的那一夜。贾维峰后已经透出黎明了，你跪在我前面；我很愿意答应你；只要我愿意，你就是我的；你不能抵抗当时你对于我的爱情。忽然我觉得，（我已经和你讲了好几回，）我好久就把我的生命献给你，把人世我所视为最亲爱的都献给你，你可以回答我，（虽然你从没有回答我，）所有这些牺牲，缺乏任何外在的征记，仅仅属于想像的世界。一个我视为酷虐然而实际上正确的念头启悟了我。我心想把我所能梦想的最大的幸福如今为你牺牲掉，我不可白白放过我这机会。你已经在我胳膊里。想想，还没有保护；便是你的嘴都不敢拒绝。就在这时候，早晨'敬礼马利亚'的钟声在贾维峰的寺院响了起来。由于一种莫测的神机，这声音一直传到我们耳边。你向我道：'看在圣母面上，贞洁之母的面上，牺牲你这次好了。'我已经有一刻想到这最上的牺牲，这唯一现实的牺牲，我可以有机会为你做的。你同样想到这里，我未尝不觉得特别。远远的'敬礼马利亚'的声音感动了我，我承认；我允了你的应求。为了你，这牺牲还不算完全；我相信把我们未来的结合，交在圣母庇佑之下；当时我心想障碍不会从你（负心的女子！）这面来，要来也就是从你富贵的家庭来。当时要不是冥冥中有神意在焉，这祈祷的钟声怎么会打那么远传到我们耳边，越过半个林子的树梢头，还有早晨的风在吹动。你记得，当时你跪在我的膝前；我站起来，我从胸口取出我带在身边的十字架，你用这十字架立誓，赌下永劫不复的大咒，不管你在什么地方，遇见什么事故，只要我一命令你，你就完全听命，犹如贾维峰的'敬礼马利亚'那样远，打上你的耳朵。这十字架如今就在我的面前。随后我们诚心虔意，念了两遍'敬礼马利亚'，两遍'天父'。好了，用你当时对我的爱情，（如今你忘记了，我怕是）用你永劫不复的大咒，我命令你今晚在拜访寺院的花园或者你的屋子接见我。"

在这封信以后，虞勒·布朗齐佛尔泰还写了许多长信，好奇的意大利作者全保存了下来；然而海兰·康皮莱阿里的回信，他却仅仅来了一个节录。经过了二百七十八年，这些信里含有的爱情和宗教的情绪，离我们那样遥远，我怕这些信今日只有一个腻长的感觉。

大概由于这些信罢，海兰终于服从上面写好的命令（我们方才节译过的）。虞勒设法溜进寺院；我们可以结论，他扮做一个妇人。海兰接见他，然而仅仅在楼下开向花园的有栅栏的窗户内。这年轻女孩子从前那样温柔，甚至于那样热情，如今却变成了路人一般，虞勒看在眼里，痛苦到说也说不出来；她待他差不多"有了礼貌"起来。她让他到花园里来，几乎完全出于遵依宗教的盟誓。会晤很短：过了一刻，虞勒的骄傲，或许激于半月以来的事变，终于战胜了他深沉的痛苦。他在一旁向自己道：

——从前在亚巴奴，海兰好像把她永久交托了我，如今我眼前却只是她的坟墓。

海兰同他会谈，措词极其彬彬多礼。不久，虞勒最大的事端就是掩藏他洗面的眼泪。她说，在她兄长去世之后，这样一个改变是很自然的；等她表明完了，虞勒慢悠悠地向她道：

——你不实践你的誓，你不在花园接见我，你不跪在我前面，如我们往日听过贾维峰的"敬礼马利亚"半分钟之后你的作为。只要你能够，忘掉你的誓；至于我，我什么也忘不掉；上帝随着你！

439

说完这话，他就离开栅栏窗户，虽说他还可以在这里停留一个钟头。一刻之前，谁会给他讲，他自愿缩短这久已希望的会晤，这牺牲撕碎了他的心；不过他心想，如若他回答海兰的"礼貌"，不过分给她难堪，让她懊悔，人人，甚至于海兰，也要看不起他的。

破晓之前，他走出寺院。不久他就骑上马，吩咐他的兵士在贾司陶等他一整星期，再回林子里去；他绝望到了极点。起初他奔向罗马。走一步，他就向自己道：

——什么！我离开她！什么叫我们彼此变成了路人！噢，法毕奥，你报复得也真够凶的了！

一路他遇见的行人，更加增深他的恼怒；他让马穿过田野，一直奔向沿海的荒凉的沙滩。眼前没有那些和平的农夫（他羡嫉他们的命运）打搅，他可以呼吸了：这荒野地方和他的绝望形成一片，减轻他的恼怒：他如今可以思索一下他可怜的命运了。他向自己道：

——在我这年纪，我有一条路走：另爱一个女人！

这样忧郁地一想，他觉得他的痛苦反而增加了；他看得太清楚了，他在人世只有一个女人。他想像他应受的活罪，当着另一个女人，他敢于说出爱情这个字眼儿：这念头苦透了他。

他不由苦笑了一阵。

他思索道：

——我如今正像亚瑞奥司陶的那些英雄，独自在荒凉的国度旅行，为的忘记方才发见他们负心的情妇在另一个武士的怀抱……可是她还不那样可恶（他狂笑了一阵接着又哭了上来）；她负心还没有负到另爱一个男人。这热烈而纯洁的灵魂，定是听了别人讲的我的残忍的故事，迷失了本性；不用说，别人在她眼前说我这回打仗，私下只希望寻个机会杀她哥哥。也许人家讲得还要坏：以为我早就存心卑劣，只要她哥哥一死，她就变成万贯家私唯一的承继人。……而我，蠢透了,足足有半个月工夫,叫她听信我仇人的引诱。总之,我虽说不幸,上天却也剥夺掉我指导自己生命的理智。我是一个十分可怜,十分可憎的东西!我的生命对任何人没有用处,对我自己更没有用处。

这时候,年轻的布朗齐佛尔泰忽然起了一个念头(他那时代极其少见的):他的马走向岸的尽头,有时蹄子都叫浪头打湿了;他倒想把马推下海,这样完结了他身受的可怕的命运。那世上唯一让他感到幸福的存在的人,如今抛下了他,他活着还做什么呢?于是忽然间一个念头打断他的胡思乱想。他向自己道:

——我现在受的折磨算得了什么,和我回头死后的苦楚相比?海兰对于我,还不是和她现在一样地无情;她会躺在我情敌的怀抱,而这情敌说不定就是罗马什么贵公子,有钱也"受人敬重";因为,为了撕碎我的心,魔鬼职责所在,就许寻找最刻薄的意象的。这样一来,就是死了,我也不能忘记海兰;我对她的热情会加倍热烈起来,唯其这是上天惩罚我可怕的罪过最稳当的方法。

虞勒开始诚心虔意,默诵"敬礼马利亚",好来驱逐心头的诱惑。也就是听见早晨"敬礼马利亚"(献给圣母的祈祷)的钟声响,他从前上了当,做了一桩慷慨的事,而如今他视为他一生最大的过失。然而,由于尊敬,他不敢过分其词,表示所有占据他心灵的观念。

——如若,由于圣母的意旨,我掉入一个致命的错误,她不该凭她无限的公道的力量,安排一点儿境遇,把幸福归还我?

圣母公道的观念渐渐赶掉绝望。他抬起头,望见面对面,在亚巴奴和森林之后,绿郁郁的贾维峰和寺院,也就是寺院早晨的"敬礼玛丽亚",把他引得做下如今他视为无耻的诳骗。圣地不意的面容倒安慰住了他。

他喊道:

——不,圣母不会丢下我不管的。海兰既然是我的女人(她的爱情如此允许,我男子的尊严如此要求),听人讲起她哥哥去世,她就应理记起她和我分不开的姻缘。机会不巧,叫我在战场和法毕奥碰头,但是好久以前,她就该承认,她早已属于我了。他比我大两岁;他比我还要精于武艺,比我还要勇往,还要强壮。成千上万的理由可以帮我女人证明,不是我有意起衅。她应理记得,我一点没有恨她哥哥的心思,甚至于他放枪打我,我也没有和他为难的意思。我记得我从罗马回来,当我们第一次会晤,我向她讲:"你要怎么样? 荣誉要他那样做;我不能责备一个做兄弟的人!"

一皈依圣母,虞勒又有了希望;他打起马,不到几小时,来到他的营盘。他看见弟兄们拿着兵器,开往拿波里到罗马走贾散 Cassin 山的路去。年轻的队长换了马匹,和他的兵士一同起行。这一天大家并不打仗。虞勒也不过问大家为什么这样走动,他全没有放在心上。看见自己在兵士前面,他发现了自己命运的一个新景象。他向自己道:

——我真正是一个蠢东西,我就不该离开贾司陶;我生了气,以为海兰可恶,实际也许不像我想的那么坏。不,她那样天真,那样纯洁,我亲自看见她爱情萌芽发叶,绝不会中途丢下我不爱!她对我有那样一份忠贞的热情!她没有十多回自愿跟我这穷鬼私奔,去请一个贾维峰的僧侣帮我们结了婚!我应当在贾司陶设法和她再见一次,同她讲讲道理才是。热情真把我弄成了一个心不在焉的小孩子!老天爷!我有一个朋友帮我打个主意多好!不到两分钟,同样的行径,我会一时以为坏得不得了,一时以为好得个利害!

当天夜晚,大家离开大路,折回森林,虞勒走到亲王身边,请示他可否在亲王知道的地方再逗留几天,法布瑞切向他喊道:

——随你滚到那儿去!你以为我有工夫跟你瞎捣乱吗?

一点钟以后,虞勒再往贾司陶出发。他在这里寻见他的弟兄们;但是他不知道怎样给海兰写信才好,从前离开她的时候他太倨傲了。

他第一封信只写了这样几个字:"明夕可否赐见?"

"君可来,"是所有的答复。

虞勒前次走了之后,海兰以为他再也不管她了。她立即感到这不幸的可怜的年轻人的理论所有的分量: 在他不幸和她哥哥战场相值以前,她已经是他女人了。

这一回,不像第一次会晤,那些彬彬多礼,拒人于千里之外的措辞,虞勒一点也没有遇见。海兰自然依旧掩身在有栅栏的窗户后面;但是她直哆嗦,而虞勒的声调极其拘板。差不多和应对路人一样措辞,这回轮着海兰感受痛苦,听着这刻薄的半官腔顶替了那最甜蜜的亲切的关系。唯恐海兰来几句冷言冷语撕碎了他的心,虞勒采用一个律师的声调,来证明在齐安皮不幸之战以前,海兰便是他的女人。海兰听他说下去,因为她害怕自己把话一放长,眼泪忍不住会滚下来。最后,看见自己实在支持不下去了,她约她的朋友明天再来。明天是一个大节,当晚的晨课特别提早,他们的幽会易于为人发见。虞勒,犹如一个爱人在论长道短,满腹心事,走出了花园。他弄不清她款待他是好是坏。犹如军事观念,往往来自弟兄们的谈话,他脑子里开始下了种子。他向自己道:

——有一日,说不定得来抢走海兰。

他开始打量冲进花园的方法。因为寺院极其有钱,十分值得绑票勒赎,所以雇了一大群男仆,大半全是老兵;一堵两丈四尺多高的黑墙,中间挖成寺院的大门,然后一个窄窄的过道,通到女知客看守的二门;过道的左面开了好些有栅栏的窗户,正是男仆住的营房,右面便是三丈高的花园墙。寺院临街的前脸,是一堵岁月弄黑了的大墙,开口只有大门和一个小窗户,卫兵从这里可以看到外面。这堵大墙只开了一道门,门还包着大段的钢皮,嵌着大钉子,而且仅仅一个四尺高一尺八寸宽的小窗户,我们也就可以想见其肃穆的气象了。

虞勒以后不断和海兰相会,原作者铺排了一大篇,我们却大可不必了。和从前在亚巴奴的花园一样,这两个情人在一起的声调又完全变得亲切了;不过海兰从不肯答应下到花园来。有一夜,虞勒觉得她满腹心事:她母亲由罗马来看她,决定在寺院停留几天。母亲温柔极了,她总体恤女儿,把情感表达得十分入微;所以女儿觉得欺骗她,心下非常不安;因为,说真的,她敢给她讲,她接见杀掉她儿子的人吗?海兰临了老老实实向虞勒供道,母亲待她那样好,只要随便一问她,她再也没有力量扯谎回话。虞勒觉出他地位上所有的危险;他的命运全看机会是否泄给康皮莱阿里夫人一言半语。第二晚晌,他决然道:

——明天我来得很早,我去掉这栅栏的一根柱子,你下到花园,我领你到城里一座教堂,寻一个对我忠心的牧师帮我们结了婚。不等天亮,你就回到花园。只要你是我女人,我就不再畏惧了;我们同样哀悼那可怕的祸殃,如若你母亲要求我赎罪,我全答应,那怕罚我几个月不见你,我也心甘。

看见海兰听到这个提议惊得发呆,虞勒继续道:

——亲王命我回到他那里去;荣誉,还有各式各样的理由,全叫我不得不动身。我的提议是我们未来唯一的保障;你要是不赞成,我们就在这里,如今,永远分手。别瞧我走,我会后悔自己不小心的。我从前相信你发的誓,如今你违背了最神圣的盟誓,我希望你的轻举妄动引起正当的厌恶,最后能够治好了我的爱情,这好久好久以来就成为我一生的祸根了。

海兰流下泪来,她哭喊道:

——老天爷!这多惹我母亲气苦呀!

她终于答应了他的提议。她继续道:

——不过,我们一去一来,也许叫人看破了;想想来日发生的谣言,想想我母亲将来可怕的地位;她停几天就要走的,还是等她走了罢。

——你简直叫我怀疑我视为最神最圣的事：我对你立誓的信心。明晚我们就结婚，要不，这就是我们死前最后的一面。

可怜的海兰说不出话来，只有哭，虞勒的决然的酷虐的声调特别撕烂了她的心。她真该受他蔑视吗？这就是从前那样绵顺温柔的情人！她终于答应了他的吩咐。虞勒走了。从这时起，海兰交割于最伤心的焦忧急虑，等着次夕的来临。如若她准备去死，她的痛苦或许不那么锐利；想着虞勒的爱情和她母亲的慈爱，她倒可以寻见勇气。下半夜她一会儿一个主意，苦得不得了。有时她倒想全说给母亲。第二天，来在母亲面前，她的脸色苍白极了，不由母亲忘记她聪明的决心，投进女儿的胳膊，叫道：

——怎么了？老天爷！告诉我，你做了什么，或者你打算要做什么？你这样同我一言不发，倒不如拿把刺刀，一下子扎透我的心，少叫我受点儿活罪。

在海兰的眼里，她母亲极度的慈爱是太显然了；母亲也看得清清楚楚，她终于软了心肠，用力免去情感过分的铺张；她跪了下来。她母亲，追寻这致命的秘密，责备海兰老躲着她不见面；海兰回道，明天以后，她便寸步也不离开，不过她求她再也不要多问。

这话一出口，接着就是全部的供述。康皮莱阿里夫人知道儿子的凶手离她这样近，气苦得不得了。但是接着这种痛苦，就是一阵十分热烈纯洁的欢悦。听见女儿从未失身，谁能想像到她的心喜欲狂？

这位谨慎的母亲马上改动了她全部的计划；她觉得自己应该使用狡计，对付一个和她不相干的男子。热情最酷虐的变动撕碎了海兰的心；她尽力往忠实里供述；这苦闷的灵魂需要吐露。康皮莱阿里夫人，一时自信无不可为，寻了一大串理论，长得这里都不便披载了。不费气力，她就向她不幸的女儿证明，私下成婚总是妇女一生的污点，她应下那样慷慨的一个情人的事,只要她仅仅肯延缓一个礼拜,她就可以得到一个冠冕堂皇的公开的婚礼。

她,康皮莱阿里夫人,要到罗马去;她要去告诉她丈夫,在齐安皮不幸之战许久以前,海兰已经嫁给虞勒。那一夜,扮成一个僧侣,在方济僧院墙外的石径上,她在湖边遇见她父兄的那一夜,婚礼已经完成了。母亲一整天寸步不离她的女儿,最后,到了黄昏,海兰给她情人写了一封天真烂漫的信(就我们看来,十分动人的一封信),叙述情理怎样撕碎了她的心。临尾她跪求他延缓一个星期。她接着道:

"我母亲的一个信差等着我写这封信,但是一壁写这封信,我一壁觉得我不该全告诉她,种下最大的过错。我相信看见你在恼怒,你的眼睛带着恨看我;最酷虐的懊悔撕着我的心。你也许要说,我有一个十分软弱,十分卑贱,十分可恶的性格;我全承认,我亲爱的天使。但是想想这个情景:我母亲哭着,差不多跪在我的膝前。于是我不得不和她讲,有一个理由不允我答应她的要求;我心一软,明知把话说大了意,但是不知什么在我心里作怪,我就不得不说出你我之间一切的经过。如今我尽力追想,我觉得我的灵魂,缺乏力量,当时需要一点意见。我希望我母亲会帮我的忙……我忘记了,我的朋友,我这亲爱的母亲有一个和你相反的利害观念。我忘记了我第一个责任是服从你,显而易见我不能感受真正的爱情,人说真正的爱情会战胜一切的试探。蔑视我罢,我的虞勒;但是,看着上帝的面子,别不爱我。抢走我,只要你愿意;但是给我这点儿公道,如若不是我母亲正在寺院,人世最可怕的危险,甚至于羞耻,都拦不住我服从你的命令。不过母亲那样好!她有的是天才!她又那么慷慨!想想我从前告诉你的故事;我父亲擅进我的屋子,我正没有法子藏起你的信件,她把它们救了出来;随后,危险过了,她把信还给我,绝不想拆开看,也绝不责备我一句！总之，她一生待我，正如这危忽万分的时机。你看得出来我是否应该爱她，然而，给你写这封信的时候（说起来都可怕），我觉得我恨她。她宣布因为天热，她要在花园帐棚下面过一夜；我听见斧子响，有人正在支帐棚哪；我们今晚聚不成了。我怕甚至于女生宿舍也上了锁，转梯的两座门也上了锁，（自来没有这样做过。）这些预防叫我无从走下花园，甚至于我相信，为了求你息怒，走下花园也有用。呵！我这时多想投奔你，如若我有投奔的方法！我多想跑到那座有人给我们结婚的教堂！"

这封信最后的两页全是些疯狂的句子，我觉得这里有若干热情的理论，似乎拟自柏拉图的哲学。我方才译出这封信，遇见里面这一类的辞藻，就删了不少下去。

在黄昏"敬礼马利亚"钟响前一小时的光景，虞勒·布朗齐佛尔泰接到这封信，非常惊异：他方才正好同牧师安排妥帖。他气得不得了。

——她用不着劝我抢她走，软弱无耻的东西！

他立即奔往法焦拉森林去了。

对方康皮莱阿里夫人的情形是这样的：她丈夫病倒床上，要捉住布朗齐佛尔泰报仇，又绝不可能，慢慢离死也就不远。他给罗马的团勇许下大量的款项，然而没有用，谁也不肯攻打高劳纳亲王手下一个连长（他们这样讲）的。他们这样一来不要紧，他们和他们的家族一个也就不用想活着。不到一年罢，高劳纳替一个兵士报仇，烧了一个村子，居民不分男女，凡想逃到田野的，手脚全叫绳子捆住，扔进火焰齐天的屋子。

康皮莱阿里夫人在拿波里王国有很大的采邑；她丈夫吩咐她就地选派些刺客来，不过她仅仅表面服从：她以为她女儿和布朗齐佛尔泰的结合，毫无挽回的余地。这样一假定，她便以为虞勒应理追随西班

447

牙军队打一两次仗。当时西班牙军队正在剿灭福朗德 Flondre① 地方的反叛。她心想,他要不死的话,就是天意赞同这必需的婚姻;在这种情况之下,她把她拿波里王国的采邑赠给女儿;虞勒·布朗齐佛尔泰用一个采邑做姓,和他女人好到西班牙过上几年。经过这些试探,她或许会有勇气见他一面。不过自从女儿说了实情,全盘变了个样子:婚姻不是必需的了:不唯不必需,就当海兰给她情人写信(我们方才译出的那封信)的时候,康皮莱阿里夫人往白斯贾辣 Pescara 和基耶蒂 Chieti② 打信,命令她的佃夫给她往贾司陶送些可靠的打手来。她索性告诉他们,是为报她儿子他们少主法毕奥的仇。不等天黑,信差就动了身。

五

但是,第三天,虞勒又回到贾司陶,还带来手下八名兵士。他们不管亲王生不生气,全愿意随他走,因为像他们干的这类冒险事,亲王有时要治以死罪的。在贾司陶,虞勒先有五个弟兄,如今他又带来八个;虽说十四名兵士,全都勇猛,他觉得人手还不够,因为寺院直似一座堡垒。

问题在用武力或者用狡计越过寺院的头座门;随后还得走完一个五十多步长的过道。我们前面说过,左面是一个营房的栅栏窗户,女修士们在这里安插了三四十名男仆,老兵。只要警号一响,从栅栏窗户立即饱饱放出一排枪弹。

为首住持的女方丈,很害怕奥西尼一姓的领袖,高劳纳亲王,马考·夏辣,以及附近称孤道寡的头目来抢劫。怎么样抵抗八百的干

---

① 福朗德:现今荷兰比利时等国一带滨海地方旧日的统称。福朗德在十六世纪尚属西班牙统治。
② 白斯贾辣:意大利东部滨海的一个城邑,在同名的河入海的地方。基耶蒂在白斯贾辣西南,相距不远。

手，以为寺院有的是金子，万一出人不意，跑来占据贾司陶这样小的一座城呢？

平常，贾司陶的拜访寺院，在寺院二门前过道左面的营房，安插好了十五名或者二十名的团勇；在过道右面，有一堵钻不进去的大墙；过道临尾是一座铁门，开向一个有柱子的大厅；过了这个大厅，就是寺院的大院子，往右去便是花园。有女知客看守这座铁门。

虞勒和他八个弟兄，走到贾司陶城外三哩的地方，在一家隐僻的客店停住，好等大热的太阳过去。在这里，他才宣布他的计划；随后，他在院子的沙地上画出他要攻打的寺院的图样。他向他的兵士们道：

——晚晌九点钟，我们在城外吃饭；半夜我们进城；我们顶好在寺院近处等候我们的五位弟兄。其中有一个，骑着马，假装做罗马下来的一个信差，请康皮莱阿里夫人回到她丈夫身边，说他去了世。（他向他们指着沙上的图样道：）我们想法悄悄溜过寺院的头道门，就在这儿，营房的中间。我们要在头道门动手的话，女修士们的团勇太容易照准我们放枪了，我们这时不是在寺院前面这块小空场子，就是在通二门的过道。二门是铁的，不过我有钥匙。

不错，这里有大铁杠子，或者顶门柱子，一头嵌在墙上，搁对了地方，拦得住两扇门开开。可是这两根铁杠子太重了，女知客拿不动，所以我从来没有看见用过；我出入这座铁门有十多回了。我盼望今晚还平安过去。你们明白，我寺院里面有内应；我的目的是抢走一个寄宿的女生，不是一个女修士；除非到了万不得已，我们千万不要动武。要是不等来到铁柱子二门，我们就开了火，女知客就会喊来两个七十岁的老园丁；这两个老头子住在寺院里面，就会跑来把我同你们讲起的铁杠子搁好。万一我们倒霉遇见这种事，我们要到二门那边，就得用十分钟来拆毁那堵墙；不管怎么样，我领头冲向这座门来。我收买好了一个园丁；不过你们知道，我绝不向他透出我抢劫的计划。过了这座二门，往右拐，就到了花园；一开火，不管走来谁，我们全得打死。自然，你们要用也就是你们的刀剑，一点点枪声都会惊动全城，等他们出来攻打我们。我只有你们十三位做伴，冒险走过这座小城：实际也没有人敢下到街心；不过有些居民全有枪，也许隔着窗户放射。所以大家记住，我们必须沿着人家的墙壁走。一到了寺院的花园，你们就低声向来人喝道："退开，"来人要是不听从，你们马上用刀杀掉。由花园的小门，我同身边的弟兄们就上到寺院，三分钟以后，我就带一两个女人下来；我们不要她们走路，用胳膊把她们抱下来。然后我们赶快走出寺院和城。我在城门口留两个弟兄，放二十来枪，一分钟一放，好吓唬那些居民，不敢往前逼近。

虞勒重复了两遍这个解释。他向他的弟兄们道：

——你们明白了没有？过道下面会黑洞洞的；右手是花园，左手是大院子；大家别弄错了方向。

兵士们喊道：

——交给我们好了！

随后大家喝酒去了；连长却不跟去，请求和队长谈话。他向他道：

——没有再比大人的计划简单了。我已经抢过两座寺院，如今这是第三次了；不过我们人手太少。万一敌人把我们逼得不得不拆毁支持二门门插关的那堵墙，我们就得想到营房的团勇；他们不会闲着手，听凭我们老在拆墙的。他们只要一排枪，就会放倒我们七八个人手，那时不等走出大门，女人会又叫人家从我们手里抢掉的。我们从前在包老牙附近一个寺院里就遭到这种事：人家杀了我们五个人，我们杀了他们八个人；然而队长没有把女人弄到手。我向大人提议两桩事：在我们停的这家小店附近，我认识四个乡下老，当年在夏辣手下很立了些功劳，只要一块金洋，就会跟狮子一样打个全夜的。他们也许偷点儿寺院的银器；不过犯罪的是他们，跟你不相干；你不过雇了他们，为抢一个女人罢了。我第二个提议是：有一个年轻人叫乌高逎Ugone，又老练，又灵巧，从前当医生的时候杀了他亲戚，投身绿林。你可以天黑前一点钟打发他到寺院门首；他央人赏他点儿事，把话说得好好的，人家会把他留在守卫队里的；他想法子灌尼姑们的底下人一个烂醉；再说，他很能弄湿他们枪铳的火稔子。

不幸的是，虞勒接受了连长的提议。临走的时候，后者又道：

——我们去攻打一个寺院，教皇会把我们赶出教堂的，再说，这寺院直受圣母庇护……

圣母这个名词彷佛唤醒了虞勒，不由叫道：

——我跟你一样想！别走。

连长关好门，回身和虞勒一同祈祷。这足足占了一点钟。天黑了，他们这才重新上路。

虞勒在十一点钟先一个人走进贾司陶，临到半夜钟响的时候，又回到城门外约会他的人手。他带着他八个弟兄进城，另外还有三个武装好了的农夫；他领大家和城内的五个兵士聚首；他一共统率着十六个决心死干的人手，两个扮做仆人，穿着一身青的宽大的粗布衣服，好掩藏他们的甲胄，便是帽子，也去掉了羽毛。

十二点半钟的时候，虞勒装做信差，快马奔到寺院门口，大声敲打，喊叫内面急速开门，放进红衣主教派遣的一个信差。看见大门旁边小窗户里和他对答的兵士全醉了个差不多，他很高兴。依照惯例，他把名字写在一张纸上；一个兵士把这张纸递给掌管二门钥匙的女知客，遇有重要关节，她得唤醒女住持。回答足足占了三刻钟；在这时光，虞勒费尽力量不让全队喧哗：有些居民甚至于小心翼翼打开他们的窗户。女住持的允许终于来了。寺院的团勇嫌麻烦，不肯开开大门，从小窗户垂下一个五六尺长的梯子；虞勒来到守卫室，后面随着两个扮做仆人的兵士。从窗户跳进守卫室，他遇到乌高逦的眼睛；仗着他用心，守卫队全喝醉了。虞勒告诉头目，康皮莱阿里家的三个听差，一路带着武器，扮做兵士护送他来，如今闻见了烧酒气味，请求上来，免得独自留在外面无聊；他们同声允许这要求。他自己，伴着他两个人手，走下从守卫室到过道的楼梯。他向乌高逦道：

——想法子开开大门。

他平平安安走近铁门。他在这里遇见那老实的女知客；她告诉他，夜已经过了子时，他要想进寺院来，女住持便得通知主教一声；所以她请他把信件交给一个小尼姑，女住持打发她来取的。虞勒回答她道，谁也想不到康皮莱阿里爵爷要死了，当时一乱，只有医生写的一个凭条，所以病人的妻女还在寺院的话，他得亲口叙述一切详情，否则，也得见到女住持法师。女知客进去传话。门边停留约只有女住持打发来的小尼姑。虞勒一边和她说闹，一边把手伸进门的大铁栅栏空当，笑着要开开它。尼姑胆小极了，又害怕，又羞恼；一看时间耽搁了不少，虞勒不该求她开门，给她一把金洋，说他等得太累了。史家道，他看出他做错了事：他应当用铁动手，不应当用金子动手，可惜他没有想到这一层：尼姑在门那边离他不过一步远，只要一伸手就抓住了。一看见金洋，这年轻姑娘惊了上来。事后她讲，看着虞勒同她说话的样子，她就明白这不是一个简单的信差；她心想：这是我们一个女修士的情人，赴幽会来了。她很虔诚。所以大惊之下，她开始用力摇动挂在大院的小铃铛的绳子，铃铛响得就是死人也会吵醒来。虞勒向他的手下人道：

——动手了，大家小心！

他拿出钥匙，胳膊穿过铁栅栏的空当，开开门，把年轻尼姑逼得走投无路，跪在地上，一壁诵着"敬礼玛丽亚"，一壁骂他们渎圣。虞勒这时真应该叫那年轻姑娘闭住嘴，不过他没有勇气。他手下一个人抓住她，用手堵住她的嘴。

就在同时，虞勒听见背后过道一声枪响。乌高迺开开大门；下余的兵士静悄悄溜进来；然而有一个守卫的团勇，不像别人那样醉，拢近一个栏杆窗户；看见过道里那么多人，他吃了惊，一壁恐吓，一壁禁止他们往前进。他们应理不做声，继续走向铁门；领头的兵士们就这样做；然而落在末尾的，是下午征募的农夫之一，照准隔窗说话的寺院的听差放了一手枪，送掉他的性命。这一手枪，在半夜的时光，加上醉鬼们看见伙伴摔下来的叫唤，惊醒了那些没有喝乌高迺的酒，当夜已经上了床的寺院兵士。八九个寺院的团勇，半裸着身子，跳到过道。立即和布朗齐佛尔泰的兵士拚命厮打起来。

我们方才说过，嘈杂的声音开始的时候，虞勒正好开开铁门。他投进花园，后面随着他两个兵士，奔向寄宿生的楼梯小门；然而接他的是五六声手枪。他两个兵士倒了。他右臂中了一弹。康皮莱阿里夫人得到主教允许，把她人手安顿在花园里过夜。这些手枪响声就是他们放的。虞勒一个人奔向他熟悉的小门。这小门从花园通到寄宿生的楼梯。他用了大力摇撼，然而门关得紧极了。他寻找他的人手，全不做声，死掉了；他在深沉的黑地遇见康皮莱阿里三个听差，便拔出刺刀保护自己。

他奔向过厅，铁门，招呼他的兵士；门已经关了：小尼姑的铃铛唤醒老园丁，跑来搁好那两根重极了的铁杠子，而且下了锁。虞勒向自己道：

——我断了出路！

他说向他的人士；他白用剑拨动一把锁头：他要成功的话他就可以拔掉一根铁杠子，开开一扇门。他的剑折到锁环里头；就在同时，从花园来的一个听差伤了他的肩膀；他转回身，贴住铁门，觉得有好几个人和他交手。他用刺刀保护自己；幸而天黑得密不透缝，几乎所有的剑刃落在他的甲胄上。他膝盖受了重伤疼极了；有一个敌人往前多进了一脚，剑脱了空，他便扑过去，照准脸一刺刀杀死他，侥幸抢到他的剑。于是他相信有了救；他站在靠近院子的门左边。他的人手跑过来，隔着门的铁栅栏，放了五六手枪，吓散那些听差。在这过厅下面，大家只有借着手枪放射的光亮看清物事。虞勒喊向他的人手道：

——别朝我这面放！

隔着铁栅栏，连长无动于衷，向他道：

——你现在好像进了一架捕鼠机；我们死了三个弟兄。我们打算拆毁对着你的那扇门的柱脚；你别走近，枪弹要照我们打过来；花园里彷佛有仇人，是不是？

虞勒道：

——康皮莱阿里的混账听差的。

他正和连长谈话，就见通向花园那边的过厅，有人照准说话声音的所在，朝他们放起手枪来。虞勒躲向女知客的门房，这在一进来的左手；他欢喜得不得了，看见一枝摇摇欲灭的蜡烛，在圣母像前燃烧；他小心翼翼举起蜡烛，唯恐它灭了；他觉出自己哆嗦，心里不由难过起来。他检查膝盖的伤口，这很叫他吃苦来的；血流得多极了。

往四面一望，他不由吃了一惊，看见一个女人晕在木椅子上，正是小玛丽耶达，海兰的心腹丫头；他用力摇她。她哭喊道：

——唉，怎么！虞勒老爷，你要杀掉玛丽耶达，你的朋友吗？

——没有那回子事；告诉海兰，我打搅了她睡觉，求她饶恕，请她记住贾维峰的"敬礼马利亚"。这儿是我在她亚巴奴花园掰的一捧花；不过这染上了点儿血；给她以前，把花洗洗干净。

在这时候，他听见过道里一排枪响；女修士们的团勇攻打他的人手。他向玛丽耶达道：

——告诉我，小门的钥匙在什么地方？

——我不知道；不过这儿是顶大门的铁杠子的锁的钥匙。你可以出去的。

虞勒拿起钥匙，冲出门房。他向他的兵士道：

——用不着拆毁墙了，我弄到了门的钥匙。

大家静了一时，等他用小钥匙设法把锁开开；他弄错了钥匙，又换了一把；他终于把锁开开；然而，正当他举起铁杠子的时候，差不多相离不远，一手枪放来，子弹打进他的右胳膊。马上他觉得这只胳膊不中了。他向他的人手喊道：

——举起铁杠子。

他用不着同他们讲。

借着枪弹的光亮，他们先已看清杠子弯曲的尖端，有一半脱开门上的环子。马上三四只强壮的手举起铁杠子；等到它的尖端脱开环子，他们就听它掉下去。他们如今可以半开一扇门了；连长进来，低下声向虞勒道：

——没有可指望的了，死了五个人，我们只有三四个人没有带伤。

虞勒道：

——我血流得太多了，我觉得我要晕；叫他们抬我走。

正当虞勒和勇敢的连长说话，守卫队的兵士又放三四枪，打死了连长。幸而乌高逎听见虞勒的命令，他指名叫进两个兵士，抬走队长。他并没有晕过去，叫他们把他抬到花园紧里小门那边。听见这命令，兵士骂了起来；不过他们照办下去。虞勒喊道：

——谁开开小门，赏谁一百金洋！

然而三个凶猛的人手的力量也不成。有一个老园丁，靠近二楼的一个窗户，朝他们放了好些枪，正好帮他们照亮走路。

白撞了半天门，虞勒忽然晕了过去；乌高逎告诉兵士，加快把队长扛走。至于他,他走进女知客的门房,把小玛丽耶达扔出门外,用一种可怕的声音,吩咐她急速逃命,而且不许她说破他们的来历。他抽下床上的草垫,砸坏好些椅子,往屋子点了把火。一看火势渐旺,他撒腿就跑,也不顾寺院团勇的枪林弹雨。

直到离拜访寺院一百五十步开外,他才寻见完全失了知觉的队长。人扛着他飞跑,奔出城外,过了好几分钟,乌高迺才叫大家停住:他只有四个兵士和他在一起;他打发两个人返回城,命令每隔五分钟放一阵枪。他告诉他们道:

——设法寻回你们受了伤的弟兄,不等天亮就要出城;我们打红十字 Croce Rossa 那条小道走。你们瞧有地方可以放火,就来它一把。

等虞勒恢复了知觉,大家已经离城三哩,太阳早已高高升在天空。乌高迺向他报告一切情形。

——你的部下只有五个人,其中三个受了伤。有两个乡下人没有死,每人拿了两块金洋赏钱,全逃命去了,我打发那两个没有受伤的人,到邻近镇店去寻一个外科大夫。

外科大夫,哆哆嗦嗦的老头子,不久就骑着一匹大驴子来了;他本不想来,其后要放火点他的家,才吓得他上了路。他害怕得不得了,叫他们灌了好些烧酒,才把精神振作起来。他终于动手;他告诉虞勒,他的伤口一点也不危险。他接着道:

——膝盖的伤口并不危险;不过你要不安安静静躺上半个月或者三个礼拜,你会跛一辈子的。

外科大夫绑扎好受伤的兵士。乌高迺向虞勒飞了一个眼色;他们给了外科大夫两块金洋,把他感激得什么怪模样也做出来了;随后,借口酬谢,他们灌了他一顿烧酒,灌得他大睡而特睡。他们正希望这个。他们把他扛到一块邻近的田地,用张纸包了四块金洋,放在他的口袋:这是他驴子的价钱。他们把虞勒和一个伤了腿的兵士放到驴子上。他们走进池边一座古代的废墟躲避白天的毒热；沿路的村庄非常之少，他们整夜绕开村庄行走，终于第三天，日出的时辰，虞勒（弟兄们扛着他）醒了过来，在法焦拉森林的中心，在柴夫的草屋子，也就是他司令部的衙门。

六

作战的第二天，拜访寺院的女修士好不惊惶，看见花园和外门铁栅栏门之间的过道摆了九个尸首；她们八个团勇受了伤。寺院从来没有经过这样一种恐怖： 她们有时听见当地放枪，但是从来没有这样多的枪火，就在女修士们的窗下，建筑的中心，花园里面放起来的。事变延长了一点半钟，在这时间，寺院内部的秩序紊乱到了极度。虞勒·布朗齐佛尔泰和任何一个女修士或者寄宿生要有一点点勾结的话，他就会成功： 向花园的门那么多，只要有人开开一扇就够了；然而虞勒以为海兰背誓，满腹怒恨，一心要用武力到底。把他的计划设法叫人透给海兰知道，他会以为有失他的尊严的。实际，只要和小玛丽耶达说一个字就会成功： 她开开一扇通花园的门，只要一个男人冲进寺院的寝室，加上外面不断可怕的枪声，大家就会服从他的。听见第一声枪响，海兰就替她情人的性命担忧，只有和他逃走的一个念头。

怎么样描写她的绝望，小玛丽耶达向她讲起虞勒膝盖可怕的伤口，只见大量的血涌。海兰痛恨自己怯懦卑鄙。

——我一心软，同我母亲多说了一句话，虞勒的血就流了；他的勇气什么也干得出来，他能把命送到这惊天动地的袭击上的。

女修士们急于知道昨晚的事变，把团勇传进会客厅问询。团勇向她们讲，有一个扮做信差的年轻人指挥强盗作战，他们平生遇见的英雄，也没有一个比得上他的胆量的。女修士们全带着最热烈的兴趣听讲，我们更可以看出，海兰带着极度的热情，向团勇打听关于强盗的年轻首领的详情。她不唯叫他们讲，还叫老园丁（极不偏心的证人）来讲，听完了之后，她觉得自己一点也不爱她母亲了。在攻打之前，她们还亲爱得了不得，如今也禁不住吵了一时；康皮莱阿里夫人看见海兰有一捧花，一刻也不分离，上面有好些血渍。她表示厌恶道：

——你应当扔掉这些染了血的花。

——是我弄得人家流了勇敢的血，人家流血，全因为我心一软，多向你说了一句话。

——你还爱你哥哥的凶手吗？

——我爱我丈夫，不幸我哥哥要攻打他，害了我一辈子。

说了这话以后，康皮莱阿里夫人依然在寺院停了三天，不过母女之间，再也没有交一句话。

她动身的第二天，来了一大群石匠，要给花园建设新的防御工事；海兰乘他们聚在寺院两道门引起的乱杂，得以溜在外面。小玛丽耶达和她扮做工人。然而居民大家严守城门。海兰要想出城，绝不像想的那样容易。最后，还是那个小买卖人，从前为她传递布朗齐佛尔泰的信札，如今又答应把她认做女儿，一直陪伴到亚巴奴。海兰走来藏在她奶妈家里，从前她赏赐了她许多东西，如今她开了一家小铺面。她一到就给布朗齐佛尔泰写信，奶妈费了好大事，寻下一个人，没有高劳纳兵士的口号，情愿冒险深入法焦拉森林。

三天临了，海兰打发去的信差好不惊惶回来了；起初，寻找布朗齐佛尔泰简直不可能，后来老是盘问年轻队长的下落，招人怀疑，他只好逃了出来。海兰向自己道：

——不必疑惑了，可怜的虞勒准是死了，还是我杀死他的！这正是我该死的软心和卑鄙底结果；他应该爱一个心强的女人，高劳纳亲王手下队长的女儿才是。

奶妈以为海兰要死。她上到方济寺院。这正邻近石径,就是法毕奥和他父亲从前有一夜遇见两个情人的地方。奶妈向她忏悔的教士讲了好久,更于神圣的秘密之下,向他供出康皮莱阿里小姐想和她丈夫虞勒·布朗齐佛尔泰聚会,愿意给寺院的教堂献上价值一百西班牙银币的一盏银灯。僧人不耐烦了,回道:

——一百银圆!我们要是惹下康皮莱阿里爵爷怨恨,我们的寺院还有好日子吗?从前他托我们到齐安皮战场寻回他儿子的尸首,给了我们整千银圆,还不算蜡钱!一百银圆!

我们也别太作践寺院,说实话,有两个上了年纪的僧人,晓得年轻海兰真正的情况以后,下山来到亚巴奴看她,心想劝她或者强她回到她的府邸;他们知道康皮莱阿里夫人会大大酬谢他们一番的。全亚巴奴充满了海兰逃走的消息,和她母亲悬重赏征求女儿下落的传说。然而可怜的海兰,相信虞勒·布朗齐佛尔泰去了世,绝望得不得了,感动了两个僧人,不唯不向她母亲泄露她藏身的地方,反而答应护送她到白泰拉寨堡。海兰和小玛丽耶达装做工人,夜里步行到法焦拉森林里的一座泉水,离亚巴奴有一哩远近。僧人先就牵了几头骡子来,等天一亮,大家就奔白泰拉而去。大家知道亲王保护僧侣,所以在森林遇见了兵士,都向僧人致敬;然而轮到陪伴他们的两个小人儿,却就不同了:兵士走近她们,起初极其严酷地看着她们,随后大笑起来,向僧人致贺他们骡夫的雅致。僧人一壁走,一壁答道:

——闭住嘴,污渎神的东西,你们要知道,这全是高劳纳亲王的命令。

然而可怜的海兰不幸之至;亲王不在白泰拉,三天以后,他回来了,但是接见的时候,他待她非常酷刻。

——为什么你到这儿来,小姐?你这种冒昧的举动有什么意义?你这种女人,一多嘴,毁掉七个意大利最勇敢的男子,唯其如此,明理的人谁也不会饶恕你。在这世界，要就要，不要就不要。不用说，又是你新近一多嘴，人家宣布虞勒·布朗齐佛尔泰'亵渎神圣'，处以钳烙，用烧红了的钳子烤两小时，再像待犹太人那样烧死他，他，我知道是最好的一个基督徒！要不是你多嘴，人家怎么会造这种可怕的谣言，说攻打寺院的那一天虞勒正在贾司陶呢？我手下人全可以告诉你，那一天大家都看见他在这儿，在白泰拉，临到黄昏，我打发他去的外莱春。

年轻的海兰流着泪，足喊了十次道：

——不过他活着吗？

亲王继续道：

——对于你，他算死了，你再也见不到他。我劝你回到你的贾司陶寺院；想法子别再大意惹祸了；我限你一小时以内离开白泰拉。千万别向人讲起你见到我，否则我会办你的。

这著名的高劳纳亲王，虞勒那样尊敬他，因为他爱他，海兰也爱他，如今却这样招待她，真是伤透了可怜的海兰的心。

随高劳纳亲王怎样讲，海兰的举动绝不冒昧。她要是早三天来到白泰拉，她就会在这里寻见虞勒·布朗齐佛尔泰的；他膝盖的伤口妨碍他走路，亲王差人把他送到拿波里王国一个叫做亚外茶奴 Avezzano 的大镇店。听见康皮莱阿里爵爷买下布朗齐佛尔泰可怕的谳定的消息，宣布他亵渎神圣侵入寺院，亲王觉得一方面他必须保护布朗齐佛尔泰，一方面他不敢凭信他四分之三的部下。每一个强盗自以为有特权保护圣母，而布朗齐佛尔泰正好触犯圣母。要是罗马有一个弓手队长敢进法焦拉森林捕捉虞勒·布朗齐佛尔泰，他就能马到成功的。

到了亚外茶奴，虞勒改称冯达纳 Fontana。运送他的人们全有戒心。回到白泰拉，他们向人哀悼道，虞勒死在路上了，从这时候起，亲王的大小兵士晓得谁要说出这不幸的名字，谁就没有了性命。

所以海兰回到亚巴奴，白花掉她所有的金钱，叫人一封信一封信地送给布朗齐佛尔泰。那两个上了年纪的僧人，变成她的朋友，因为，翡冷翠的史家说得好，即令自私虚伪把人心变得多么卑下残忍，也禁不住无比的美丽的势力；那两个僧人警告这可怜的少女，随她用尽什么方法，她的信札到不了布朗齐佛尔泰眼边。高劳纳宣布他死了，自然哪，虞勒要想出世，除非亲王愿意。海兰的奶妈哭着告诉她，她母亲已经发见了她藏身的地方，下令务必用武力把她押进亚巴奴康皮莱阿里的府邸。海兰明白，一进了府邸，她的监禁会无限制地严酷，人家会完全停止她和外面所有的往来，但是在贾司陶寺院，她可以收发书信，有所有女修士们的方便。而且，决定她去的，更因为在这寺院的花园里面，虞勒为她流的血：她可以看见那女知客的木椅子，他曾经在上面坐了一时，检察他膝盖的伤口；也正是在这里，他给玛丽耶达那捧她再也不分离的染着血的花。于是她垂头丧气回到贾司陶寺院，如今她的故事正可以结束了：这样一结束，对她好，说不定对读者也好。说真的，我们以后所看的，正是一个高贵而勇敢的灵魂的长期堕落。文明底谎话和慎重的步骤，由各方来侵袭她，换掉那些有力而超人的热情底诚挚的动作。说到这里，罗马的史家老老实实议论道：一个女人受了些苦，生下一个美丽的女儿，便自以为该有才分指导她的一生，更因为她六岁的时候，她吩咐她吩咐对了：小姐，弄直你的领子，所以到她十八岁，她五十岁的时候，女儿和母亲有一样才智的时候，母亲习于统治的癖嗜，便自以为有权指导她一生，甚至于诳言诳语也可以。我们回头就会看见，海兰的母亲，维克杜洼·贾辣法，用了一串巧组妙合的狡计，叫她亲爱的女儿吃了十二年的苦，临了逼到残虐的死路，统治的癖嗜的伤心的结局。

看见罗马判处布朗齐佛尔泰，在罗马的主要十字街口，用红铁烙烤，随后用小火烧化，尸灰扔在泰外莱 Tibre 河，康皮莱阿里爵爷死前总算欢喜。翡冷翠圣玛丽亚新教堂的道院的壁画,今日依然告诉我们往常怎样执行污渎神圣者的酷苛的罪谳。通常总得一大队卫兵来阻止激昂的百姓代理刽子手的职务。人人自信是圣母的知己。康皮莱阿里爵爷,死前不久,叫人把罪谳重新给他念一遍,然后把他亚巴奴与海中间的地产送给成事的律师。这位律师并非没有功劳。因为,布朗齐佛尔泰被处极刑,信差虽说彷佛很有权威指挥攻打者的行动,其实没有一个人证明扮做信差的年轻人就是他。馈赠的奢华引动罗马所有的阴谋家。当时宫廷有一个和尚,深沉不测,能作敢为,至于强迫教皇封他红衣主教;他经心高劳纳亲王的事务,后者也十分敬重这可畏的主顾。所以康皮莱阿里夫人一见女儿返回贾司陶,她就让人把和尚请过来。

——我会从丰酬劳先生,如若先生肯帮我成就一件小事。事情是这样的。再有几天工夫,判处虞勒·布朗齐佛尔泰以极刑的法令在拿波里王国也快要公布执行了,郡王和我有点儿亲戚关系,所以屈尊给我报告这桩新闻。请先生读一下他这封信。在那一国布朗齐佛尔泰能够寻到一个隐身的地方?我愿意提付五万银圆给亲王,请他全部或者一部分交给虞勒·布朗齐佛尔泰,条件是他到西班牙王手下做事,去剿灭福朗德的反叛。郡王会发给布朗齐佛尔泰一个队长的证书,至于污渎神圣的谳令,我怕不久在西班牙也会有效的,所以为了不妨碍他的事业起见,他可以改姓李荼辣 Lizzara;这是我在亚布鲁采 Abruzzes[①]的一块小地方,我想法子作为买卖让给他。我想,先生绝没有见过一个母亲这样对待她儿子的凶手。用五百银圆,我们早就可以除掉这臭东西;不过我们不愿意得罪高劳纳。所以请您向他说明,为了尊重他的权力,我花了六万或者八万银圆。我愿意再也不要听人谈起这布朗齐佛尔泰,就是这一点点事情,请代我向亲王致意。

---

① 亚布鲁采:意大利中部山地迄东一带,分为四省,基耶蒂即其一。

和尚说三天以内,他便到奥司西那边游玩去,于是康皮莱阿里夫人送了他一个价值千圆的戒指。

过了几天之后,和尚在罗马重新露面,告诉康皮莱阿里夫人,他一点没有把她的提议说给亲王知道,不过一月以内,年轻的布朗齐佛尔泰坐船要到巴切劳遁 Barcelone① 去,她可以由当地一家银行交给他五万银圆的数目。

亲王在虞勒身边费尽了周折;无论在意大利要冒多大的险,这年轻的爱人不能决心离开他的国家。亲王让他往远处着眼,康皮莱阿里夫人有日会死的;他答应三年临尾,情形无论好坏,虞勒可以回来重访他的故国;然而没有用,虞勒流着泪,绝不同意。亲王最后请他把走看做对于他个人的一种报效;虞勒不能拒绝他父执的要求;然而无论如何,他愿意听从海兰的命令。亲王答应负责代他转交一封长信;而且额外允许虞勒从福朗德每月给她写一封信。最后,绝望的情人坐船到了巴切劳遁。亲王再也不盼虞勒转回意大利,烧掉他所有的情书。我们忘记了说,为了谈判易于成功,亲王的生性虽说并不骄妄,他觉得也不得不说,他以为应理赠送高劳纳家里一个最忠心的臣仆的独生儿子一点儿资产。

贾司陶寺院把可怜的海兰待得和个公主一样。她父亲一死,她获有一大笔财产,承袭了若干广大的采邑。她父亲去世的时节,凡贾司陶或附近的居民,自愿为康皮莱阿里爵爷守服的,她叫人一律送上五尺多的青呢。她还在初服的时期,一个完全不识的人递给她一封虞勒的信。打开这封信的欢狂,读过之后深沉的忧郁,描写全不容易,这的确是虞勒的手迹;她加细用心检验这封信。这里也谈爱情;然而怎样一种爱情,老天爷! 康皮莱阿里夫人有的是才智,这封信也正是她写

---

① 巴切劳遁:西班牙东境滨近地中海的著名港埠。

的。她计划起头先来七八封热烈爱情的书信；然后她好把以后的书信，写得爱情似乎渐渐消灭了。

我们一下子跳过十年不幸的生涯。海兰以为自己完全被人忘却，但是她也目若无睹，拒绝了好些罗马最有名望的公子。不过人家向她谈起年轻的奥克达夫·高劳纳 Octave 的时节，她却迟疑了一刻。这是著名的法布瑞切，从前在白泰拉没有好好接见她的那个人的长子。她觉得，要是必须嫁一个丈夫，保护她在罗马和拿波里的采邑，用往年虞勒爱过的一家人做姓，似乎对于她还不过分难堪。她如若应允了这家亲事，海兰很快就会知道虞勒·布朗齐佛尔泰的真情。老亲王法布瑞切时常欢喜谈起李荼辣（虞勒·布朗齐佛尔泰）副将超人的勇武。简直和旧小说的英雄一般，李荼辣因为爱情不幸，对于所有的娱乐也就变成麻木了，一心只用打仗自相排遣。他以为海兰早已嫁人；康皮莱阿里夫人同样用谎话包围着他。

海兰同这狡黠的母亲也有一半和好。后者热望她结婚，请求她的朋友，老红衣主教圣第·古阿陶 Santi-Quatro，拜访寺院的保护人，亲自到贾司陶，私下向寺院最老的女修士宣布，她原本要来，如今因为赦诏下来，所以她只好稽迟了。教皇格迺格洼十三，怜悯一个叫做虞勒·布朗齐佛尔泰的强盗的灵魂，从前他虽说有心亵渎她们的寺院，如今听说他死了，教皇便撤消掉谶令，因为布朗齐佛尔泰，万一要叫墨西哥反叛的野蛮人出其不意杀掉，顶多也就是下到炼狱 Nurgatoire，如若惩处的明文不取消，他就不用再想出去。这个新闻轰动了贾司陶全寺院；最后也就传进海兰的耳朵。海兰当时正好无聊之至，既然有的是财产，便任性挥霍，满足自己的虚荣。从听见新闻时候起，她再也没有走出她的寝室。我们必须知道，从前虞勒作战那夜，有一时避进一间小门房，海兰要把这间门房改成她的寝室，便翻盖了一半寺院。费了无限辛苦，她终于发见布朗齐佛尔泰用的三个团勇（从前贾司陶之役逃出的五个人，只有他们活了下来），叫来听她差遣，不管谁谤多难打消。其中有乌高迺，如今老了，带着一身伤口。这三个人的露面引起好些闲言诽话；然而最后，海兰高傲的性格慑住全寺院，唯其怕她，大家也就不言语了，所以每天就见他们，穿着她的制服，来到栅栏外面听她盼咐，时常用了许多时间，回答她永久同一题目的问话。

虞勒去世的消息宣布之后，经过六个月的隐居，不问世事，而最先唤醒这业已被不幸和长期无聊所毁的没有救的灵魂的，正是一种虚荣的感觉。

女住持新近死掉。依照惯例，圣第·古阿陶红衣主教（别瞧他高寿九十二，依然是拜访寺院的保护人）开上三位女修士的名单，听凭教皇选择一位做住持。若非有严重的动机，圣上轻易不看名单末后两位，通常拿笔一勾，正式任命就算规定了。

有一天，海兰靠近旧时女知客门房的窗户。如今这改在她命令翻修的新建筑的一溜厢房的末端。窗户离当年虞勒血染的过道也就是两尺多高，如今过道也变成花园的一部分了。海兰的眼睛盯在地上，动也不动。红衣主教开的名单，不多小时以来，大家全晓得了。那有指望的三位女修士正好走过海兰窗户前面。她没有看见她们，因而也就没有能够向她们致敬。其中一位恼了上来，向另外两位提高声音道：

——这倒好，一个寄宿生把她的寝室露给街上人看！

海兰被这些话惊醒了，举起眼睛，遇见三双恶意的视线。她也不致敬，关住窗户向自己道：

——哼，我在这寺院做够了羊，那怕单为城里好奇的先生们换换消遣，我也得做个狼瞧。

一点钟以后，她打发一个下人当信差，把下面的书信递给她母亲。后者在罗马住有六年了，给自己争下很大的声望。

"母亲大人，

"每年逢我生日,你送我三十万佛郎;我拿这钱任性挥霍,虽说自信无愧,挥霍却也属实。你虽说久已向我表示绝望,但是你待我所有的好意,我知道我有两种方法可以向你证明我的感谢。我不会结婚,但是我很欢喜做这寺院的住持;我所以想到这里的,是我们红衣主教圣第·古阿陶呈给圣父的名单,上面三位女修士全是我的仇敌;不管谁中选,我将来都会感受种种的气苦。把我生日礼转赠应赠的人们;先让任命稽迟半年发表,也好叫我的知己,寺院现下的临时院长高兴。这于我已经是一种幸福的源泉,而幸福这个字,你女儿用的实在也太少了。我觉得我的念头荒唐;然而如若你以为我有成功的机会,三天之内我就改做女修士,在寺院居住八年,未曾外宿,我有特免半年的权利的。特许不会不允,破费也就是四十艾居罢了。

"即此敬请　母亲大人安好,……"

这封信好不叫康皮莱阿里夫人欢喜。接到信的时候,她正后悔把布朗齐佛尔泰去世的消息叫人传给女儿;她不知道女儿深沉的忧郁怎样了结;她唯恐女儿一意孤行,会到墨西哥看一眼所谓布朗齐佛尔泰遇害的地方,要是真的这样一来,她很有可能在马德里 Madrid 探出李茶辣副将的真名实姓。另一方面,她女儿来信的要求,是人世最难,简直可以说做最胡闹的事体。一个年轻女孩子,又不是女修士,出名也就因于一个强盗发疯的热情,说不定她也有份儿,偏要来做一院之长,而罗马的王公全和这里沾亲有故!然而,康皮莱阿里夫人想道,人家说得好,官司只要打,就能赢。在回信里面,她告诉女儿事有可望,不过就一般而论,她也未免胡闹,因此事成之后,也就很容易生厌的。夜晚她去打听一切远远近近能够影响贾司陶寺院的人士,因而知道她的朋友红衣主教圣第·古阿陶,好几月以来全在怄气:他想把他的侄女许配奥克达夫·高劳纳,法布瑞切(我们前面时常提到的)亲王的长子。亲王却向他推荐他的次子劳栾曹 Lorenzo,因为,拿波里郡王和教皇终于同心协力和法焦拉的强盗作战,他的财产不免大受损失,所以为了补救起见,他长媳必须给高劳纳家里带来六十万银圆(三百二十一万佛郎)的嫁资。然而红衣主教圣第·古阿陶,即使不顾笑骂,把产业不遗给他其余的亲戚,也拿不出三十八万或者四十万的财产。

维克杜洼·贾辣法当夜用了好些时间,叫所有老圣第·古阿陶的朋友坐实事情的真相。第二天七点钟,她就来拜会老红衣主教,她向他道:

——我们两个人全老了;我们用不着自骗自,给不美的物事起个美名儿;我来向您提议一桩胡闹的事情:我所能辩护的,就是事情并不丑恶;不过我承认,我觉得这极其可笑。从前奥克达夫·高劳纳公子和我女儿海兰议婚的时候,我就很喜欢这个年轻人,所以他结婚那一天,我交您二十万银圆的地产或者现金,请您设法叫他收下。不过,像我这样一个穷寡妇,要想完成这样大的一个牺牲,我女儿海兰必得做贾司陶的女住持;她如今二十七岁,从十九岁起,就没有出院住过一次;所以,选举必须展缓半年;事情很合教条的。

老红衣主教气得叫道:

——你说什么,夫人?你向一个可怜而无力的老头子要求的事情,就是圣上自己也办不到。

——所以我方才给您讲,事情原本可笑:糊涂人会把这看成胡闹的;然而熟悉朝廷事故的人士,全以为我们圣上,教皇格迺格洼十三,有心酬谢您的忠心和长久的勤劳,愿意助成全罗马知道的一桩您中意的亲事。再说,事情很可能,我敢说,很合教条的;我女儿明天就做女修士。

老头子用一种可怕的声音叫了起来:

——然而借神敛财,夫人!……

康皮莱阿里夫人往外走去。

——你留下的是什么纸张?

——是我赠送的价值二十万银圆的地产单子,万一不要现金的话;地产换主的事情,可以许久守秘密的;好比高劳纳和我打官司,我打输了官司……

——然而借神敛财,夫人!借神敛财!

——先得把选举展缓半年,明天我再来听您吩咐。

我觉得我必须为生在亚尔帕司山以北的读者,解释一下这篇对话若干部分近乎官式的腔调;我不妨提醒一句,在完全信奉天主教的国家,大多数关于猥琐的题目的对话,临尾一到忏悔的地方就算成功了,然后用一个恭敬的字眼,或者一个讽喻的名词,任听尊便。

第二天白日,维克杜洼·贾辣法知道选举展期半年,因为呈上去的三位后补贾司陶住持的女修士的名单,被人发见了一个绝大的事实的错误:名单上第二位的家族有一个叛教的男子;她有一个叔叔在乌第奴 Udine① 改奉了耶稣教。

康皮莱阿里夫人以为应理到法布瑞切·高劳纳亲王那边尽力一番,唯其她送了他那么一份大的财产。费了两天周折,她得以和他在罗马附近一个村子会面,然而会面之下,她却吃惊不小;她发见亲王,通常那样沉静,如今满心全是李茶辣(虞勒·布朗齐佛尔泰)副将的战功,她觉得在这方面要求他保守秘密,完全没有用处。副将之于他,彷佛一个儿子,简直还要好,彷佛一个宠爱的弟子。亲王用他的日月读而又读福朗德的若干来函。为了自己宠爱的计划,康皮莱阿里夫人十年来牺牲了那么多,要是她女儿晓得李茶辣副将的存在和光荣,她宠爱的计划变成了什么呢?

有许多事情,我相信还是秘而不宣的好,因为,虽说表出当时的

---

① 乌第奴:意大利东北边境的大邑,在威尼市东北。

风俗，然而说破了我觉得有些苦相。罗马稿本的作者费了无限心力，追究节目正确的时日，但是我全删掉了。

康皮莱阿里夫人和高劳纳亲王会面两年之后，海兰做了贾司陶的女住持；然而，老红衣主教圣第·古阿陶，却因为借神敛财的痛苦，死掉了。在这时节，贾司陶的主教是教皇宫廷最美的男子，福朗且斯考·齐塔第尼 Francesco 米兰城的贵族。这年轻的主教，当时二十七岁，举止文雅，声调高傲，是很有名气的。齐塔第尼和拜访寺院的女住持常有往来，特别当她修饰寺院，翻造新道院的机会。他爱疯了美丽的女住持。一年以后公诉的时候，一群女修士来做见证人，说主教尽可能增多过访寺院的次数，时常向她们的女住持讲："在别的地方，我命令，但是，我不顾羞承认，在这里我寻见些快乐；靠近你，我奴隶一样服从，然而比在别的地方命令还要快乐得多。我觉得一个更高的生命支配着我。不管我多么用力，临了我的意志仍是你的意志，我宁可看着自己永生做你最卑贱的奴隶，也不愿意离开你做皇帝去。"

见证人全讲，在这些斯文辞句之中，女住持时常命他闭嘴，表示厌恶，把话说得很难堪。另一个见证人接着道：

——说真的，女住持待他和待一个听差一样；临到这些情形，可怜的主教低下眼睛，开始哭起来，然而并不走开。他每天寻些新借口到寺院来，惹得女修士的忏悔教士和女住持的仇敌纷纷议论。但是女住持的院长知己，承她谕旨，管理院内的事务，却极力替她辩护。

这位女院长讲：

——我高贵的姊妹，你们全知道，我们女住持年幼的时节喜爱一个土匪，但是自从遭逢阻碍以来，她的观念便有许多奇怪的地方；可是你们全知道她的性格有这点儿特别，她要讨厌谁，就讨厌定了，绝不会改口喜欢的。然而，说不定一辈子，她没有说过那么多伤人的话，像当着我们骂那可怜的主教齐塔第尼。每天我们见到他受到的待遇，我们都为他高贵的身份脸红。

先入为主的女修士们回道：

——不错，可是他天天来；所以，实际他并没有受到什么坏的待遇，无论如何，事情的外表妨害拜访宗派的名誉。

样子那样油滑的年轻主教，每天受到高傲的女住持的气，便是最利害的主人咒骂最蠢的仆人，也到不了她四分之一的程度；然而他爱她，从他本乡带来这个基本的格言，就是，这类事体只要一动手，该开心的也就是目的，不必顾到方法不方法。主教向他的心腹恺撒·拜逎 César del Bene 道：

——不等绝大的力量加以压迫，便撤消进攻，这种爱人才真正不值一顾哪。

海兰死于这次公诉。现在我伤心的职务便是限制自己于撮述一下这必然十分枯燥的公诉。我在一家图书馆（名字勿需宣布）读到全部的诉文，共总有四开本八册之多。问询同推论是拉丁文，供词是意大利文。我在这里发现，一五七二年十一月，夜里十一点钟，年轻的主教独自来到日间接纳信徒的教堂；女住持亲自给他开门，应允他随她进来。她在常时居住的一间屋子接见他，这间屋子有一个暗门，通到教堂中部讲经的高坛。一点钟还没有过去，主教连惊带骇，就叫打发了回去；女住持亲自把他送到教堂门口，向他说着这样的话。

——回你的府上去，赶快离开我。再见，大人，你叫我憎恶我自己；我好像把自己丢给一个听差的。

三个月以后，到了复活斋祭节之前行乐的期间。在这时期，贾司陶居民的过节出名热闹，全城充满种种化装游戏的喧嚣。人人走过寺院某座马厩的一个凸出的栅栏小窗户。大家看得出来，在行乐期间的前三个月，马厩就改成了大厅，化装游戏的日子一定挤满人的。在公众兴高采烈之中，主教坐着马车恰好过来；女住持向他递了一个暗号，当晚一点钟,他准时来到教堂门口。他进去了;但是,不到三刻钟,人家就生了气把他打发出来。自从十一月第一次幽会以来,差不多每礼拜他来寺院一趟。人人从他的面孔看出一种胜利和痴骏的小模样,然而这非常有伤年轻女住持的高傲的性格。复活节的星期一以及其他的日子,她待他和待最微贱的人一样,对他说的话,就是寺院最穷的苦工也受不下去。不过,几天之后,她递了他一个暗号,于是美丽的主教半夜准时来到教堂门口;她叫他来,为的告诉他,她有了孕。诉文上讲,一听这话,年轻的美男子,惊骇得失了颜色,马上因为害怕发起呆来。女住持发烧;她叫医生来,一点不把实情瞒他。医生知道病人慷慨的性格,答应从患难救出她来。他先给她介绍了一个年轻好看的乡下女人,没有顶产婆的招牌,却有产婆的本领。她丈夫是个面包师。海兰听了这女人的谈话很满意。后者告诉海兰,她希望救了她,不过要实行这些计划,她必须在寺院有两个心腹。

——像你这样一个女人,也还罢了,但是我同事里面的一位!不成;你给我出去。

产婆退出去。不过,怕这女人多嘴给张扬出去,过了几点钟,海兰叫医生再把她找回寺院,从丰加以厚待。这女人发誓说,就是不叫转回,她也绝不张扬人家交托她的秘密;不过她重新声明,要是寺院内没有两个忠心于女住持的知情的妇人,她便一点忙也帮不了。(不用说,她怕人家控她杀害婴孩。)思索了许久,女住持决定把这可怖的秘密说给维克杜洼女士,寺院的院长,C公爵高贵的家族……,和拜纳德Bernarde女士,P侯爵的小姐……。她请她们当着她们的'日课',宣誓不泄露她告诉她们的秘密,甚至于到了忏悔的地方。两位女士恐怖得张不开口。事后她们在口供里面承认,当时想着住持高傲的性格,她们静等她招出什么暗杀的事件。女住持却质直的样子,向她们冷然道:

——我破坏了清规，我有了孕。

院长维克杜洼女士，和海兰交好了那么多年，深为友谊所动，绝不是迫于一种无谓的好奇心，含着眼泪叫道：

——那么谁是那犯罪的粗心男人？

——我连我的忏悔教士都不告诉；试想我倒肯告诉你们！

两位女士立即思索方法，掩住这致命的隐秘，瞒下寺院此外的男女。她们先打定主意把女住持的床从她现下的寝室移到药房：前者正在寺院的中心。后者在寺院最偏僻的角落，新近落成，在海兰捐资盖起的大建筑的第三层楼上。就在这地方，女住持养了一个男孩子。面包师的女人，三星期以来，就藏在院长的房屋。这女人抱住孩子，沿着道院赶趱，半路上孩子哭了起来，一害怕，她就躲到地窖下面。一点钟以后，拜纳德女士，还有医生帮忙，设法打开花园的一个小门；面包师的女人急忙奔出寺院，跟着立即出了城。来到旷野，好容易遇见一个石洞，原本心惊胆战，她就藏了进去。女住持通知恺撒·拜迺，主教随身的心腹侍仆，奔向指定的石洞；他骑了马去；孩子一抱进胳膊，他就加鞭奔往孟泰-费亚司高迺 Monte-Fiasconoe。小孩子在圣玛贾瑞蒂 Sainte-Mar guerito 教堂领了洗，取名叫做亚力山大。当地的女店家寻来一个奶妈，恺撒给了她八个艾居：行洗礼的时节，围住教堂聚了许多女人，高声问恺撒先生孩子父亲的姓名，他向她们道：

——一个罗马的大贵人，一高兴，骗了你们这样一个可怜的乡村女人。

他不见了。

七

在这住了三百多好奇的妇女的大寺院，直到如今，一切总算顺利；没有一个人看见了什么，没有一个人听见了什么。但是女住持送了医生若干罗马新铸出来的金币。医生又分了一些金币给面包师女人。这女人长得既然好看，丈夫便不免嫉妒；他搜寻她的行李箱子，发见了这些亮晶晶的金币，以为是他不名誉的代价，于是刀子对着喉咙，逼她说出金币的来源。经过了半天犹疑，女人讲出真情，才算了事。两夫妇打量这样一笔钱的用途。女的要还债；不过男的以为买匹骡子更称心。他们就这样办了。本地人晓得他们夫妇穷，一见骡子，不由议论纷纷上来。全城的长舌妇，不管是朋友是仇敌，前前后后来问面包师女人，谁是那慷慨的情夫，会给她钱买下一匹骡子。女人激急了，回答的时候，有时不免说出了真情。有一天，恺撒·拜迺去看小孩子，回来求见女住持报告，后者虽说有病在身，也磨蹭到栅栏跟前，责备他用人不加小心。主教那面，因为害怕，叫吓病了；他写信给他米兰的兄弟们，讲他遭人暗算，受到不公道的控诉；他求他们来救他。虽说病势沉重，他决心离开贾司陶；不过，走前，他给女住持写信道：

"想你已经知道我们的隐秘被人揭露。如若你有心救我，不仅我的名誉，或许我的性命，而且有心避免一个更大的诽谤，你可以诬指两天前故去的约翰·道莱瑞 Jean-BaptisteDoleri；这样一来，你要恢复不了你的名誉，至少我的名誉不会遭逢任何危险。"

主教叫来卢伊吉 Luigi，贾司陶道院的忏悔教士，吩咐道：

——把这交给女住持本人。

后者，读完这无耻的信笺，当着屋内所有的人士嚷道：

——大凡女孩子发了疯，以为身体的美丽强似灵魂的美丽，全该遭受这种惩罚。

贾司陶所有的谣言，很快就传到"可怕的"红衣主教法洒塞 Farnèse 的耳朵（好几年以来，他就戴上这种性格的面具，因为他希望下次竞选教皇，得到虔诚的 Zelanti 红衣主教们的援助），他立即命令

473

贾司陶长官捕拿主教齐塔第尼。后者的侍从，害怕拷打，全逃走了。只有恺撒·拜逦还忠心于他，向他起誓，宁可死于非刑，也不供出一句妨害他的话。齐塔第尼，看见人家把自己监禁在他的府邸，重新给他的兄弟们写信。他们急忙从米兰奔来，发见他已经拘在龙齐里奥逦 Ronciglione 监狱。

在女住持最早的口供，我看见她完全承认她的过失，然而否认和主教的关系；她的奸夫是约翰·道莱瑞，寺院的律师。

一五七三年九月九日，格逦格洼十三谕令该案急速严厉结束。一个承审官，一个检察官和一个警官来到贾司陶和龙齐里奥逦。恺撒·拜逦，主教随身的心腹侍仆，仅仅招认把一个小孩子抱到一个奶妈那里去。人家当着维克杜洼女士和拜纳德女士鞠问他。他一连受了两天酷刑，苦得不得了；但是，忠于誓言，他仅仅承认他无法否认的部分，检察官再也讯问不出别的。

临到维克杜洼女士和拜纳德女士，她们亲眼看见恺撒受刑，便招出她们一切的作为。关于奸夫的名姓，问遍了女修士，大多数回答，耳闻是主教。有一个女门房说起女住持把主教揉出教堂门外骂他的话。她接着道："两个人能这样说话，一定是在一起做爱做了好久。真的，主教平日的自负，人人知道，谁也想不到他走出教堂的时候，样子十分窘迫。"

有一个女修士，当着刑具问话，回说奸夫是猫，因为女住持总把它抱进胳膊，不时加以抚摸。另一个女修士以为奸夫应理是风，因为一到刮风的日子，女住持就高兴上来，脾气也好了，她就来在她特意起造的一个亭子上面；人要到这地方求她点儿什么事，她从不加以拒绝的。面包师女人，奶妈，孟泰-费亚司高逦的长舌妇们，看见恺撒受刑，吓坏了，全说了真情。

年轻的主教在龙齐里奥逦生病或者装病；他的兄弟们，凭借康皮莱阿里夫人的信用势力，和他称病的机会，好几次跪到教皇脚下，求他暂停审问，等主教病好再说。红衣主教法洒塞听到这话，反而增加他监狱看守的兵士。主教既然不能审问，承审官重新提出女住持问话。有一天她母亲传话给她，叫她坚持到底，否认一切。她全招了。

——你为什么起初诬赖约翰·道莱瑞？

——因为可怜怯懦的主教，再说，他要活了命，他能够照管我的孩子。

招了以后，女住持就被关在贾司陶寺院的一间屋子；屋墙和屋顶全有八尺厚；女修士们一提起这座地窖就恐怖，通常把这叫做和尚屋子；有三个女人看守着女住持。

主教的健康一见好，三百个弓手或者兵士来到龙齐里奥洒，用舁床把他解往罗马，收在叫做萨外拉院子 Corte Savella 的监狱。过不了几天，女修士们也被提到罗马；女住持收在圣马尔泰 Sainte-Mathe 寺院。被告的女修士有四个：维克杜洼，拜纳德，女知客，和听见女住持谩骂主教的女门房。

审问主教的是最高法院的理事，司法界最高的一位人物。他们重新拷打恺撒·拜洒；他不唯不招供，反而说出好些让检察官难堪的话，结局又是一阵拷打。这种初步的刑罚同样加在维克杜洼和拜纳德两位女士身上。主教傻里傻气地否认一切，而且十分固执；有三夜明明在女住持身边过的，他却一丝不紊，缕举他另外做了些什么事体。

最后，他们提出女住持和主教对质；她说的常是真情，不过他们依旧施以拷打。自从她第一次招认之后，她说的永久是一样的口供，于是主教，顽固到底，破口骂起她来。

经过查理第五 Charles-Quint 和菲力浦第二 Philippe II 统治之后，意大利的法庭有时太看重严酷的精神，所以实际虽说合理，经过若干次严酷的步骤，主教便被判做终身监禁，囚在圣天使堡子；女住持原来拘在圣马尔泰寺院，如今也被判在这里终身监禁。但是为了搭救女儿，康皮莱阿里夫人早已着手叫人挖掘一个地道。这地道一头连着古代富丽的罗马留下来的一道阴沟，另一头应该达到存放圣马尔泰女修士们遗骸的深幽的地窖。地道差不多二尺宽，有板壁支持左右的土墙，同时往前去，另外有两块斜板，结成一个大写的 A 字形的尖顶。

地道挖得差不多离地有三丈深。要紧在把方向弄对；工人时时刻刻遇见些井，古建筑的基础，不得不掉方向。另一个大困难就是土堆子，简直没有办法，只好夜晚倾在罗马的四街。看见这堆土好像从天上落下来，人人吃惊。

为了搭救女儿，康皮莱阿里夫人不知花了多少钱，然而，要不是一五八五年教皇格洒格洼十三驾崩，不用说，她的地道早就叫人发见了。皇位一空，全国马上乱了起来。

海兰在圣马尔泰极其吃苦；贫苦而简单的女修士们，碰上一个十分阔绰的女住持，又相信她罪大恶极，我们可以想见她们如何虐待她。海兰就盼她母亲着手的工作有个分晓。但是她的心忽然感到奇怪的情绪。看见格洒格洼十三的健康发生问题，计划在皇位虚悬的时节大干一番，法布瑞切·高劳纳半年前就派了他一个官员去见虞勒·布朗齐佛尔泰，正所谓李荼辣副将，如今在西班牙军队极有名气。他叫他回意大利来；虞勒急于重睹他的乡土。他用了一个假名字，在亚布鲁采的白斯贾辣（亚得亚海 Adriatique 的小海口，属基耶蒂管辖）上岸，从山道来到白泰拉。亲王的欢喜无以形容。他告诉虞勒，他叫他回来继他统率他的兵士。听见这话，布朗齐佛尔泰回答道，就军事来讲，他很容易证明此举无足轻重；只要西班牙有心那样干，不用什么钱，半年工夫，西班牙可以剿掉意大利所有的土匪。年轻的布朗齐佛尔泰接着道：

——不过，我的亲王，只要你愿意，我就可以领上兵干。勇敢的辣鲁切战死在齐安皮，我永久照着他的榜样伺候你。

在虞勒来到之前，亲王命令（他知道应该怎样命令的）不准白泰拉有人谈起贾司陶同女住持的诉讼；谁要走露一点点消息，定死无赦。别瞧他接见布朗齐佛尔泰欢喜得不得了，他同时吩咐他，要去亚巴奴，便得和他一同去；于是促成这趟旅行，他派了一千兵士把城占住，又往罗马的大路安插了一千二百名的先锋队。老司考蒂还活着。亲王差人把他叫到司令部，打发他来到布朗齐佛尔泰的屋子。我们试想想可怜的虞勒的神情。两个朋友刚一投进胳膊，亲王就告诉虞勒道：

——现在，可怜的副将，你等等就知道，还有坏的哪。

说完这话，他就吹了蜡烛出来，把两个朋友锁在里面。

第二天，虞勒，不愿意走出他的屋子，打发人向亲王要求，允许他请几天假，回到白泰拉。但是去人回来向他报告，亲王不见了，他的队伍也不见了。亲王当夜听见格洒格洼十三驾崩的消息；他忘掉他的朋友虞勒，跑出忙他自己的事情去了。虞勒手边只有三十来人，全是辣鲁切旧日的部属。人人全知道皇位虚悬的时际，法律变成哑子，人人只想满足自己的热情，什么力量也没有了，只有力量是力量；这也就是为什么，天没有黑，高劳纳亲王已经缢杀五十名以上他的仇敌。至于虞勒，虽说他连四十人都不够，敢于向罗马杀来。

所有贾司陶女住持的听差全都誓忠不贰；他们住在圣马尔泰寺院隔邻的破烂房子。格洒格洼十三咽气延长了一个多礼拜；康皮莱阿里夫人等他死后骚乱的日子，完成她地道最后的五十步，等得她好不心急。地道要经过好几家有人居住的房子的地窖，她唯恐工程临尾叫人发见。

布朗齐佛尔泰来到白泰拉的第三天，海兰雇用的虞勒的三名老团勇，彷佛中了疯病。虽说无人不知她在最严密的秘室，有恨她的女修士看守她，乌高洒，团勇之一，来到寺院门首，匆匆忙忙，要人立即答

477

应他探视他的女主人。人家把他推搡到门外面。绝了望,他就停在这里,拿一枚巴岳克 bajoc(一分钱)给寺院所有出出入入的服务人员,向他们讲着下面同一的话:"跟我一同欢喜罢;虞勒·布朗齐佛尔泰先生到了,他活着哪; 把这话传给你朋友知道。"

乌高逈的两个伴侣整天忙着为他送巴岳克,不分昼夜把钱散出去,一壁总说着同样的话,直到最后一文钱也没有了。然而这三名团勇,绝不因之气馁,一个替一个,继续站在圣马尔泰寺院门首,向行人总说着同样的话: 虞勒先生到了,等等。然后他们行一个大礼。

这三个好老头子的意思成了功: 第一个巴岳克散了三十六小时之后,拘在地窖密室深处的可怜的海兰,知道了虞勒"活着";这句话把她扔进一种疯狂的情境,不由喊道:

——噢,我的母亲! 你可害苦了我!

过了几小时,小玛丽耶达证实了这惊人的新闻。后者献上她所有的金饰,得以随同送饭给囚犯的女知客进来。海兰投进她的胳膊,喜欢得泪也流了下来。她向小玛丽耶达道:

——这好极了,不过我不会同你再在一起了。

玛丽耶达向她道:

——自然哪! 我想,不等教皇选出,你的监禁就会改做流放的。

——呵! 我的人,再见虞勒! 再见他,我却有了罪!

在这谈话之后的第三夜晚中间,教堂一部分的石道哗啦陷了下去;圣马尔泰的女修士以为寺院要塌了。人人喊着地震了,乱了个不成样子。教堂的石道陷落了差不多一小时之后,前面走着服侍海兰的三名团勇,康皮莱阿里夫人由地道进了窖。团勇喊道:

——胜利,胜利,小姐!

海兰怕得要死;她以为虞勒·布朗齐佛尔泰和他们在一起。弄明白他没有来,她的容貌重新严重了起来;他们告诉她,他们伴来的只是康皮莱阿里夫人，虞勒还在亚巴奴。新近他统着几千兵士占领了亚巴奴。

等了一时，康皮莱阿里夫人出现了；她扶着她的总管，走动得十分艰难。总管穿着礼服，挎着剑；不过他华丽的衣服沾了一身土。康皮莱阿里夫人喊道：

——噢，我亲爱的海兰！我救你来了！

——可是谁告诉你我要人救的？

康皮莱阿里夫人惊呆了；她睁大了眼睛，望着女儿；她心里非常凌乱。最后她道：

——好了，我亲爱的海兰，从前我们家里遭逢不幸，老天爷逼得我做了桩事，当年也许是自然的，不过如今我后悔了，我求你饶恕我：虞勒……布朗齐佛尔泰……活着。

——正因为他活着，我不要活着。

康皮莱阿里夫人起初不明白女儿的言语，随后向她说了好些极其动心的央求话；但是她得不到回答：海兰转向她的十字架，一心只在祈祷。整整一点钟工夫，康皮莱阿里夫人用了最后的力量，也没有得到一言，或者一视。她女儿终于不耐烦了，向她道：

——就在这十字架的石座下面，在我亚巴奴的小屋子，藏着他的书信，当时叫我父亲刺死我，也强似今日！出去，把钱留给我。

不顾总管惊惧的手势，康皮莱阿里夫人想继续和女儿讲话，海兰却不耐烦了。

——至少留给我一点钟的自由；你害了我一辈子，我死了你还想害我。

康皮莱阿里夫人流泪道：

——我们还可以做两三点钟地道的主子；我希望你再仔细想想！

她重新走进地道。海兰向她的一个团勇道：

——乌高洒，你留在我身边别走；家伙带好，说不定要你保护我。看看你的短剑，你的剑，你的刺刀！

老兵指家伙给她看。

——好了，你站到我监狱的外面；我要给虞勒写封长信，要你亲手递给他；我不愿意信经别人的手，因为我没有东西封口。信里的话你可以看的。我母亲留下的钱，你全放进你的口袋，我自己只要五十金币；数出五十，放到我的床上。

说完了，海兰就写信道：

"我不怀疑你，我亲爱的虞勒；如若我不出去，正是我怕自己难受，怕我死在你的胳膊里面，怕想到我的幸福该多大，要是我没有失足的话。别相信我在你以后爱过任何人；正相反，我让那男子进了我的屋子，我心里却把他厌恶到了极点。我失足纯粹由于无聊和放荡。想想，我到白泰拉去见亲王，我尊敬他，因为你爱他，可是他待我待得坏极了，从此我的精神馁了许多，想想，我说，我的精神已经馁了许多，还叫诳言诳语包围了十二年。我四周全是虚伪欺罔，我知道。起初我接到你三十多封信；打开最初几封我该多兴奋！可是，一念它们，我的心就冷了起来。我检查字迹，我认出你的手笔，然而我认不出你的心。想想，这诳言诳语怎样搅乱我生命的本质，简直无精打采来拆一封你写的信！我保存下来的那点儿我们幼小快乐的年月的东西，全叫你去世的那可憎的消息毁了个干净。我第一个计划，你明白，是到墨西哥的海滩看一眼，亲手摸一下海滩，据说野蛮人在这里杀害了你的；我要是这样做了的话……我们如今也该快乐了，因为，来到马德里，不管家人在我四周密密布好多少侦探，侦探如何狡黠，我这方面也许会感动还有点儿慈心的君子，说不定我就知道了真情：因为，我的虞勒，你的英勇已经引到人人注目，马德里或许有人知道你就是布朗齐佛尔泰。你要我告诉你，是什么阻止我们的幸福吗？起初是亲王在白泰拉残酷而凌辱的接见的回忆；回头一想，从贾司陶到墨西哥，要遇见多少巨大的障碍！你看，我已经失掉了我灵性的存在。我随即起了一种虚荣的念头。我设法在寺院，大兴土木，为的要你作战那夜避难的女知客的门房做我的寝室。有一天，我看着你从前为我流血溅湿的地面；我听见有人讥诮我；抬起头，我看见了些不良的面孔；为了报复起见，我想做女住持。我母亲，知道你还活着，费了绝大周折，弄到这狂妄的任命。这位置仅仅做成我一个无聊底泉源；这完成我灵魂的猥贱；我觉得快活，有权时常把苦给别人吃；我做些不公道的事。我看见自己，在三十岁的年纪，依照世俗，德高，望重，有钱，然而全然不幸。于是这可怜虫来了，愿良和愚骏的化身。他的愚骏叫我忍受他最初的语言。自从你走了以后，四周把我的灵魂弄得不幸极了，没有力量拒绝那最小的诱惑。我告诉你一桩龌龊事吗？我想死人是无不可说的。你念这封信的时候，那所谓的美人，原该为你活着的，会叫虫蛀了的。总之，我必须说出这桩疚心的事；我不明白为什么我不可以尝试粗俗的爱情，犹如我们所有罗马的贵族妇女；我有放荡的念头，但是我失身于他，感到的也只是一种恐怖和厌恶的情绪，因而破坏了所有的愉快。我总看见你在我身旁，在亚巴奴我们府邸的花园，圣母当时引起你那表面慷慨的念头，不过依照我母亲，这念头做成我们一生的不幸。你一点也不威胁，和你平时一样地温柔良善；你看着我；于是对于另一个男子，我感到一时恼怒，甚至于用尽我的气力打他。这就是那全部的实情，我亲爱的虞勒：我不愿意死了还瞒着你，同时我想，和你一谈话或许我就不想死了。我也越发明白我重见到你，我该怎样欢喜，如若我眼前配得上你。听见你的成功，我好不欢喜。我要你活下去，继续军人的事业。好天爷！我要真能接到你的信，特别在亚晒勒 Achenne 之役以后，我的欢喜更将如何！活下去，时常想着死在齐安皮的辣鲁切，和死在圣马尔泰，不愿从你眼睛看见责备的海兰。"

写完了，海兰走到老兵跟前；看见他睡着了，她偷去他的短剑，他还不知觉；她叫醒他，告诉他道：

——我写完了，我倒怕我们的仇敌占了那地道。把桌上我的信赶紧拿起，你亲自交给虞勒，'你亲自'，听清楚没有？还有，拿我这条手绢给他；告诉他，我现时爱她，和我以往总在爱他一样，'总在爱他'，听清楚了！

乌高逦不走。

——去罢！

——小姐，你想透了吗？虞勒先生那样爱你！

——我也是，我爱他，拿着这封信，你亲自交给他。

——那么，上帝赐福你，你是好的！

乌高逦去了又赶快回来；他发见海兰死了：那把短剑插进她的心口。

在司汤达的《意大利平话》之中，《贾司陶的女住持》L'Abbesse de Castro 比较最长，也最著名。因之，书局有时不用《意大利平话》，而用《贾司陶的女住持》代表其余的短篇小说，做为全部的书名。一八三九年二月三月，《贾司陶的女住持》分两期在《两世界杂志》发表。

司汤达是一个把爱情当做对象来研究的心理作家。在爱情里面，他最看重的是热情爱，而这种热情爱表现的最真挚的，又只有中世纪的意大利或者西班牙。《贾司陶的女住持》便是一个有所证明的动人的实例，在这里作者告诉我们："一种我们会觉得可笑的爱情，如若我们在一八三九年遇到，我是说热情爱，含有伟大的牺牲，生存于神秘的氤氲，永久和最可怕的不幸为邻。"热情爱是一种精神的冒险。爱得那样深，男或女相见了会要哆索的。危险不唯不能减低，反而增高他们的爱情。在这篇故事里，作者又说："危险夺去那年轻女孩子的懊悔。有时也真危险万分；但是这更加燃起他们两颗心来，所有来自爱情的感觉，对于他们全是幸福。"这正好证明作者关于爱情的定义道："爱情是朵可爱的花，然而得有勇气到可怕的绝崖边儿上采摘。"

看到作者的《箱中人》，朋友和我讲，这很像唐人小说。他的意思是指作者注重故事，一种传奇式的曲折。唐人小说属于纯粹的传奇。但是，对于司汤达传奇的性质只是一个方便，或者一种证明罢了。证明什么呢？证明力的存在。力！犹如朗松 Lanson 说得好，"力的研究是司汤达小说的灵魂。"司汤达说他有意采用"我们旧日民间传说的风格"，同时他故意卖弄风姿，犹如民间传说，把错推到天命："然而上天却要另一个作法。"实际，扯破他的障眼法，我们马上明白，力是这里一切的底基。这种力，一种野蛮而热情的勇往直前，是唐人小说轻易看不见的一个东西。生在今日颓废时期的中国人，司汤达正好是一付补剂。

译者附言。

司汤达行状

[法] 司汤达 著

司汤达行状①

司汤达（Stendhal）是十九世纪初叶法兰西文坛的一个怪物。看到他的《罗马、拿波里和翡冷翠》（Rome, Naples et Florence）游记，歌德一八一八年给他的朋友写信道："他吸引、摈拒、有趣、激恼，然而一个人就不用想离得掉他。"这句话胜似任何批评，然且多少可以应用到他所有的著作，甚至于他的两部小说杰作。他的同代没有一个人了解他：和他认识的，莫测他的高深，因为不时须加提防，只好敬而远之；和他不接近的，当着他的作品，犹如到了一个陌生的国度，抓不住他的要旨。便是他的好友，例如高龙②（Colomb）、麦瑞麦③（Mérimée），也不过知其一，不知其二，往往说到他这一点，漏掉他那一点，而每一点都做成他奇特的心性。

他的哲学是追求幸福，他的对象是爱，他的憧憬是力，而他自己，一辈子流离坎坷：人生的酸苦，应有尽有，他一一亲身尝到。至于爱，他所最爱的，他得不到，而绝望成功他最大的安慰，至于力，老天爷知道他怎样喜欢分析，却怯懦得和个小犊子一样。后人偶尔看到他一本书，发现他的哲学是只应世的百宝箱，却不料作者自己流落在人世的大门之外。他三番四次想到自杀。这无时不在"生"上打算的英雄崇拜者，却无时不在安排死神的来临。他一八四二年逝世，就在一八二八年到一八四○年之间，他留下十四通遗嘱来。还不算他给自己写的两篇行状。

由于厌倦、无聊、寂寞，他把笔当作他唯一的伴侣。他的兴趣是广的，见解是独到的，方法是自己的，个性是深厚的，所以他的著作和他同样陷于孤独。一个晚辈巴尔扎克写过一篇书评恭维他，圣佩夫（Sainte-Beuve）还猜作受了他的贿赂。这可怜虫，他自己穷途末路，还有余钱搭救别人，即使是初未谋面的穷鬼巴尔扎克！他知道他无名的命运，这幸福追求者，总在书后写上一句英文："献给少数的快乐人（to the happy few）"。他喜欢巴黎，然而厌憎法兰西，到死把自己称做米兰人。他的碑铭就是意大利文写的。他爱这有光有热有历史的风土，而他，多年便寄寓在这举目无亲的异域。他好谈话；无可与语，便埋头写文章。材料穷了，便拿自己做对象来消遣时日。纪德（A.Gide）这一脉相传的近代心理小说家，就更爱他的自传。他的日记，直到今日，学者还在抄写，将是人性一大记录。现在我们译出他的两篇"行状"，权作一个介绍的引线。

第一篇的年月，根据专家司屯燕司基（Casimir Stryienski, 1853—1912），应该写在一八二二年；但是根据较近的马尔地鲁（Henri Martineau, 1882—1958），应在一八二〇年，写于米兰。第二篇原就写好了一八三七年四月三十日。在行状的开首，附有一张小纸，是高龙的手笔，写着："年月，甚至于事实，都不大准确；不过，多少总有东西可用。"两篇行状本身便不免矛盾，例如关于父亲（Chérubin Beyle, 1747—1819）逝世的年月，一差就是几年。然而这仍不妨其为趣味浓郁的文献。司汤达是他的笔名，他的名姓原是亨利·白勒（Henri Beyle）。

——译者

---

① 本文发表于 1936 年 7 月 1 日《文学》七期一号，文末有译者附注："应该注释的地方太多，现因匆忙，留待来日，一一细补。"为了却译者生前缺憾，编者勉力酌情补注；由于历史原因，显得过于生僻费解的人名、地名也稍加修正。——编者
② 高龙（1784—1858），司汤达的远房表弟、终身好友和遗嘱执行人。——编者
③ 麦瑞麦，今多译为梅里美（1803—1870），法国具有浪漫主义艺术品格的现实主义作家。——编者

行 状

(司汤达自撰)

一

亨利·白勒，一七八三年生于格勒诺布尔①（Grenoble），新近死于某地（一八二〇年十月某日）。他先曾研究数学，后来在龙骑兵第六联队做了一时军官（一八〇〇年——一八〇一年——一八〇二年）。他逢到短期的和平，来在巴黎追随他心爱的一个女人，而且辞了职，极其不招他的上司高兴。其后他追随一个女戏子到了马赛，她在这里扮演头等悲剧角色，一八〇六年又回到军队，做军需处的助理。他看到德意志，凭这资格，他身逢拿破仑攻克柏林的胜利。他很受感动。他和陆军部长达律（Daru）先生是亲戚，而达律先生又是拿破仑和勒沙泰（Neufchâtel）亲王之外的第三位要人，白勒先生就近看到这大机器的若干机件。一八〇六、一八〇七和一八〇八年，他受命在布伦瑞克②（Brunswick）做事，颇能出人头地。他在该城研究德意志语言和哲学，结局十分蔑视康德、费希特③（Fichte）等等优异之士，他们不过筑了些玲珑的纸城而已。

一八〇九年白勒先生又回到巴黎，一八〇九和一八一〇年，在维也纳作战。

回来，他被任做参政院参议兼内务府动产总监。此外他还被派在管理皇俸之下的荷兰司办事。他认识弗留利（Frioul）公爵④。一八一一年，他短期在意大利旅行。自从他少年在意大利住过三年以来，这国家他总钟爱。一八一二年，多亏总管大臣喀道尔（Cadore）公爵⑤、尚巴尼（Champagny）先生为力，他得以参加俄罗斯战役。一八一二年八月十四日，他投到奥尔沙⑥（Orcha）附近的总司令部。九月十四日，他和拿破仑攻进莫斯科，而十月十六日，又奉命离开该地。他得为军队弄粮食来，也就是他，在奥尔沙和博布尔（Bobr）之间，供给退军接到的唯一面包。达律先生在包布尔用皇帝的名义感谢他的勤劳。白勒先生从不相信这次撤退有什么事情可哭。

靠近柯尼斯堡⑦（Koenigsberg），逃避哥萨克的骑兵，他在维斯图拉（Frische Haff）潟湖的冰上渡过，冰在它的冰床下面裂了开。他和军需官马尔尚（Marchant）男爵（杜淫耶迺 Doyenné 街，门牌5号）在一起。惟其大家不承认皇家军队撤退，他在司朗高（Slangaud）停下，随后又在柏林停下。他看到柏林离开法兰西独立。

危险越去越远，他倒痛不欲生了，赶他来到巴黎，心全要碎了。这多半由于身体的疲病。一个月的美肴良馔（不如说做足吃足喝）就又复原了。他的上司强他参加一八一三年的战役。他在萨刚（Sagan）做军需，和最忠厚最见识不广的将军拉杜-毛布（Latour-Maubourg）侯爵（当时是伯爵）在一起。他在这里病倒了，得了一种致命的热症。八天之内，他弱到一种不堪言说的地步，上司之好允他返回法兰西。他登时离开巴黎，在科莫（Côme）湖⑧上恢复了健康。刚一回来，皇帝就有事派他同一位颓唐之至的参议员，到第七军团去。他在这里遇见勇敢的德塞（Dessaix）将军，足配得上那位和他同姓的大人物，而且和他一样宽大为怀。不过德塞将军的才分和热烈的爱国精神，却毁在马

---

① 格勒诺布尔，法国东南部的城市，是阿尔卑斯山区的交通中心，伊泽尔省的首府。——编者
② 布伦瑞克，是德国下萨克森州继汉诺威之后的第二大城市。——编者
③ 费希特（1762—1814）是德国唯心主义哲学的主要奠基人之一。——编者
④ 弗留利公爵（1772—1813），即杜洛克（Duroc）将军，拿破仑好友、宫廷总监，战死于德国包岑。——编者
⑤ 喀道尔公爵（1756—1834），即尚巴尼海军上将。——编者
⑥ 奥尔沙和下文中的博布尔都是白俄罗斯的地名。——编者
⑦ 柯尼斯堡当时是普鲁斯的首府，位于维斯图拉潟湖东岸，如今是俄罗斯的加里宁格勒。——编者
⑧ 科莫湖是意大利阿尔卑斯山区著名的旅游休养地，在米兰以北40公里处。——编者

尔尚将军不可救药的自私和凡庸手上。后者既戴头等宝章，又属同乡，他只好使用。他们不能利用维齐尔（Vizille）良好的地势和多菲内①（Dauphiné）行省许多别的村子。

白勒先生请求去看一下日内瓦的前哨。他原先的猜测，他越觉得对了，没有再比攻取日内瓦容易的事了。看见他们不接受他的提议，恐怕有人暗算，他得到允许，返回巴黎。他发现哥萨克骑兵到了奥尔良②（Orléans）。一看这情形，他觉得国家没有指望了，或者说准确些，他眼看帝国掩住了国家。大家厌倦了拿破仑的知府和其他人员的无耻行径。他来到巴黎，正好赶上给蒙马特③（Montmartre）之战和拿破仑部长的愚呆做见证。

他看见复辟。布拉喀斯④（Blacas）先生若干行事，他看在眼里，立即让他想起斯图亚特⑤（Stuarts）一姓来。博鸟（Beugnot）先生好心送了他一个优缺，他拒绝了。他退隐到意大利。直到一八二一年，他日子都算过得快乐；其后有些革命党人叫一个混账警察抓去了，自己虽说不是革命党人，也不得不离开意大利。意大利人的恶作剧和不见信，他先就受不了，所以也就不肯参加秘密活动，他们的口号是：到时我一准来。

一八一四年，他冷眼观看波旁（Bourbons）一姓的时节，他有两三天痛苦极了。为了打发日子，他用了个誊写生，根据一八一四年一部八开本的意大利著作，给他口述海顿（Haydn）、莫扎特（Mozart）和麦塔斯塔斯⑥（Métastase）的传记，一部改正过的翻译。

---

① 多菲内当时是法国东南部的行省，法国大革命的起源地，1790 年被分割为伊泽尔、德龙和上阿尔卑斯三省；维齐尔靠近格勒诺布尔的一个小县城。——编者
② 奥尔良是法国中部的历史名城，位于法国第一大河卢瓦尔河的河谷。——编者
③ 蒙马特，巴黎的一处高地，是著名的旅游景点，尤以最高处的圣心教堂闻名。——编者
④ 布拉喀斯（1771—1839）是波旁复辟王朝时期的大臣。——编者
⑤ 指英国的斯图亚特复辟王朝。——编者
⑥ 麦塔斯塔斯（1698—1782）是意大利诗人。——编者

一八一七年,他印了两册意大利绘画史和一部三百页的意大利游记。

绘画史既告失败,他把末三本锁进一只柜子,准备留在他死后问世。

一八一九年七月,路过博洛尼亚①(Bologne),他听到他父亲去世的消息。他来到格勒诺布尔,和法兰西唯一还能挽救宗教的正人君子亨利·格雷古瓦②(Henri Grégoire)谈话。米兰的警察因此也就更垂青他了。依照一般意见他父亲应当给他遗下五千或六千佛郎的年金。他连一半都没有给他留下。从这时起,白勒先生设法缩减他的需要,居然成功了。他写了好几部著作,其中有一部五百页谈爱情的,然而他不付印。一八二一年,法兰西式的喜剧腻死他了,他到英吉利过了六个星期,爱情做成他一生的幸与不幸。麦拉妮(Mélanie)、戴莱丝(Thérèse)、吉娜(Gina)和赖奥闹(Léonore)是占他心的名字。他虽说长得难看,他有时为人所爱。三月六日,他晓得了拿破仑回来,不过吉娜拦住他去投奔。帝国的再造打消他所有的遗憾。时常为了一时热情的不如意而忧郁,他却膜拜快乐。他只有一个敌人,就是 Tr 某。他很可以用残忍的手段报复,不过他不肯,唯恐惹怒了赖奥闹。俄罗斯之役给他留下激烈的神经疼痛。他膜拜莎士比亚,无以复加地厌恶伏尔泰(Voltaire)和斯达尔(Staël)夫人。人间他最爱的地方是科莫湖和拿波里。他膜拜音乐,写了一本罗西尼(Rossini)小传,充满真实然而也许可笑的情绪。他疼爱他妹妹宝琳(Pauline),憎恨他的故乡格勒诺布尔。他在这里受的教养很残苦。他的亲族他全不爱。他爱他母亲,七岁上他就丢掉她了。

---

① 博洛尼亚是意大利亚平宁山脉以北波河平原上的历史文化名城。——编者
② 格雷古瓦(1750—1831)是法国天主教神父,布卢瓦主教,拥护宪政、普选和废奴。——编者

二

> 一八三七年四月三十日,星期日,
> 巴黎(法瓦 Favard 旅馆)

大雨如注。

我记得虞勒·亚宁① (Jules Janin)对我讲:

——"啊!你要是死了,我们会写多美的文章谈论你!"

为了避免夸张,我倒高兴自己来写。

生前不得宣读。

白勒(亨利),一七八三年一月二十三日生于格勒诺布尔,某年某月某日死于某地。他的父母属于上等中产阶级,生计安适。他父亲,多菲内省省议会的律师,公家总当他贵族看待。他的外祖父是个医生,富有才学,渥尔泰的朋友,要不至少也是信徒。他叫做贾硬(Gagnon)先生,世上最正直的人,在格勒诺布尔极受敬重,所有改良的计划都由他做主脑。当著名的"砖瓦日 Journée des Tuiles"(一七八八年六月七日),年轻的白勒看见法兰西革命第一次流的血。人民反抗政府,从屋顶揭起瓦来砍兵士。年轻的白勒的父母是虔诚的,就变成了热烈的贵族,而他哪,是激烈的爱国志士。他母亲,有才学的女人,读但丁,很早就去了世。贾硬先生,失掉这心爱的女儿,难受极了,亲自经管她独生子的教育。外祖家对于荣誉和骄傲具有非常感觉,也就把这种感觉的样式传给年轻人。谈话谈到"钱",甚至于无意中说起,贾硬先生都看做卑贱。贾硬先生大约有八九千佛郎的年金,在一七八九年的格勒诺布尔就算是富翁了。

一直到死,年轻的白勒憎恨这座城;就是在这里,他学会了认识人和人的卑贱。他热烈地盼望去巴黎,住在这里写书,写喜剧。他父亲告诉他,他不愿意丧失他的家风,除非他到了三十岁,才许他去巴黎。

从一七九六到一七九九年,年轻的白勒专心数学,希望去进工艺大学(l'École Polytechnique),好到巴黎。一七九九年,他得到市立中学数学头奖(教员是杜蒲 Dupuy 先生);两个月之后,得到二等奖的八个学生全准进工艺大学。贵族阶级盼着俄罗斯人到格勒诺布尔来,他们喊道:

——O Rus, quando ego te aspiciam!(噢,俄罗斯人,什么时候我才看见你!)

这年监考官路易·孟吉(Louis Monge)也不来了。巴黎不知糟到什么地步了。

这些年轻人全奔往巴黎,就近到大学来应考;一七九九年十一月十日。白勒来到巴黎,正好赶着革命政府二月十八日拿破仑独揽政权的前一天。白勒经人荐给严厉而又极其刚毅的达律先生,旧日朗格多克(Languedoc)省巡抚衙门的总文案。白勒不顾年幼,壮起胆向他宣告,他不愿意进工艺大学。

这时军队出征马伦哥[②](Marengo),白勒入了伍;一八〇〇年五月,达律先生(此后皇帝的部长)任命他做龙骑兵第六联队的少尉。他当了些时通常的龙骑兵。他爱上了安——安杰娜·皮耶塔格鲁阿(Angela Pietragrua)——夫人。

---

① 虞勒·亚宁(1804—1874),法国作家和戏剧批评家。——编者
② 马伦哥是意大利亚历山大里亚城东南5公里的一个小村庄,拿破仑在此击溃梅拉斯统帅的奥地利帝国军队,取得重大胜利。——编者

他在米兰过了些时。这是他一生最美的时光，他膜拜音乐、文学的荣誉，而且极其珍重比刀的艺术。有一次决斗，他脚上受了一下子刀伤。他做了米修（Michaud）中将的副官；他很能出人头地，他有这位将军给的一张褒奖状（在他知友高龙先生手中）。临到和平，陆军部长命令所有少尉副官返回本队，他真是人里最快乐，或许最发疯的了。白勒回到驻在皮埃蒙特（Piémont）萨维里亚诺① （Savigliano）的第六联队。他无聊得要死，受了伤，请下假，来到格勒诺布尔，爱上了人，一句不关照部长，尾随他所爱的 V·小姐到了巴黎。部长生了气，白勒辞了职，因而和达律先生失了和睦。他父亲为闹荒年想要他。

　　白勒，比较前还要发疯，为了来日变成一个大人物，开始用功。他每半个月看一次 A.夫人。其余的时间，他一个人过活。他就是这样从一八〇三年过到一八〇六年，对谁也不讲起他的计划，憎恶皇帝的专制，剥夺法兰西的自由。白勒的朋友芒特（Mante）先生，工艺大学的毕业生，联络他来完成莫罗② （Moreau）的阴谋（一八〇四年）。白勒每天工作十二小时，他读蒙田、莎士比亚、孟德斯鸠，写出他关于三者的见解。我不知道为什么他厌憎一八〇四年他在达律先生家里遇见的著名文人。有人引白勒去见德里勒（Delille）方丈，白勒厌恶伏尔泰，觉得他孩子气；斯达尔夫人，他觉得夸大；博胥埃（Bossuet），觉得是严重的诳语。他膜拜拉封丹（La Fontaine）的寓言，高乃依（Corneille）和孟德斯鸠。

　　一八〇四年，白勒爱上了麦拉妮·居拜（Mélanie Guilbert）小姐（巴斯考夫 Baskoff 夫人）。这回是真实的热情。他随她来到马赛，先和玛德 Mad——闹翻了，其后又爱她爱个不了。麦拉妮·居拜小姐

---

① 萨维里亚诺是意大利北部皮埃蒙特大区的直辖市，距都灵市 50 公里。——编者
② 莫罗（1763—1813），法国革命时期的将军，1804 年因反对拿破仑被放逐。——编者

离开马赛的戏园子,白勒回到巴黎;他父亲开始不景气起来,给他汇来的钱少多了。陆军副督察马尔夏·达律(Martial Daru)劝勉白勒从军,白勒虽说一心不愿意,离开了他的读书生涯。

一八〇六年十月十四或者十五日,白勒身逢耶拿①(Iéna)之战,二十六日他看见拿破仑攻进柏林。白勒以见军需的资格,来到布伦瑞克。一八〇八年,他以见习军需的资格住在里奇蒙(Richemont)小宫(离布伦瑞克有十分钟远近),开始写作一部《西班牙袭位战史》(I'guerre de la succession en Espagne)。一八〇九年,白勒仍以见习军需的资格,在维也纳作战。他在这里病倒了,热恋上了一位可爱的妇人,良善,或者不如说优越的妇人。他同她从前有过关系。

仗着达律伯爵,白勒被任命做参政院参议兼内务府动产总监。他来到俄罗斯作战,以镇定为人赏识;临到回来,他才知道这次撤退多么可怖。五十五万人马渡过涅曼(Niemen)河;只有五万或许两万五千渡过这条河。

白勒来在吕岑②(Lützen)作战,在西里西亚③(Silésie)靠近博布尔河的萨根做军需。因为疲倦过度,他得了场热病,险些儿送了终,多亏来到巴黎,贾勒(Gall)治好了他。一八一三年,白勒和一位愚蠢的参议员,奉命遭到第七军团。拿破仑向白勒详细解释他的任务。

波旁一姓进巴黎的那天,白勒心下理会,对于到过莫斯科的人们,如今在法兰西只有羞侮。博鸟夫人拿巴黎给养总监的地位送他。他拒绝了,来到米兰住下。他对于波旁一姓的厌恶,就是爱情也不能比拟。他自以为从 A.夫人对于他的高傲看出了爱情。他这次

---

① 耶拿是德国中部图林根州萨莱河畔的市镇,第四次反法同盟时期法军在此击溃普鲁士军队。——编者
② 吕岑是德国萨克森—安哈尔特州南段的小镇,在莱比锡西南约 19 公里处。——编者
③ 西里西亚在波兰南部,博布尔(Bobr)河是奥德河的重要支流。——编者

热情的周折,要是全叙述起来,正如意大利人所云,太可笑了。一八一七年,他付印《海顿传》(La Vie de Haydn),《罗马、拿波里和翡冷翠》(Rome,Naples et Florence),最后《绘画史》(L'Histoire de la Peinture)。一八一七年,他回到巴黎,巴黎好不叫他厌恶;他去看伦敦,重新回到米兰。

一八二一年,他失掉了父亲,后者不好好经营自己的事(在克莱① Claix)。却去经营波旁一姓的事(以格勒诺布尔州佐的资格),弄得完全破了产。一八一五年,他父亲让菲里·佛尔(Félix Faure)转告他,会给他遗下一万佛郎的年金,实际只给他留了三千资本。幸而白勒有一千佛郎的年金,来自他母亲(亨利耶蒂·贾硬 Henriette Gagon 小姐,一七九〇年左右,在格勒诺布尔去世,是他永久膜拜和惜恋的女子)的投资。在米兰,白勒用铅笔写出《爱情》(L'Amour)一书。

白勒,处处不幸,一八二一年七月,回到巴黎,他一心想着自尽,同时他自以为看出 C.夫人对他有情。他不愿意重新驶进这狂风暴雨的海面,所以全身掷向浪漫主义者群的论争,他付印《拉辛与莎士比亚》(Racine et Shakespeare)、《罗西尼传》(La Vie de Rossini)、《罗马漫游》(Les Promenades dans Rome)等等。他旅行了两次意大利,去了趟西班牙,一直走到巴塞罗那(Barcelone)。西班牙的田野不容再往前了。

当他在英吉利(一八二六年九月),这最后的情妇 C.丢开他不要了! 她爱了六个月,从前爱他爱了两年。他极其不幸,又回到意大利。

一八二九年,他爱上了 G.,七月二十九日,在她家里过夜,为的

---

① 克莱是法国伊泽尔省格勒诺布尔市的一个小镇,他的父亲在克莱有田产。——编者

看住她。他在法兰西剧场（Théâtre‑Françaic）廊庑下看到一八三〇年的革命，皇家卫队都败在帽商穆溚桑（Moizan）下面。一八三〇年九月，他被任命做的里雅斯特①（Trieste）领事；梅特涅②（Metternich）先生，因为不高兴《罗马、拿波里和翡冷翠》这部书，拒绝同意。白勒被任命做齐维塔韦基亚③（Civita‑Vecchia）领事。一年有一半他在罗马过掉，他在这里消磨掉他的时间，就文学而言，他在这里写成《绿骑兵》（Le Chasseur Vert），收集了些故事，例如《维多利亚·阿科朗博尼》（Vittoria Accoramboni）、《比阿特丽丝·秦奇》（Beatrix Cenci）等等，两开大本，共总有八册或者十册。

一八三六年五月，他向模仿拿破仑脾气的梯也尔④（Thiers）先生告假，回到巴黎。从一八三六年十一月九日到一八三七年六月，白勒整理《拿破仑传》（La Vie de Napoléon）。

（我没有重读上面的纸张，从四时写到六时；四月三十日，星期日，大雨拂意，于法瓦旅馆，巴黎的意大利人圆场 Place des Italiens。）

白勒在一八二一年写好他的碑铭。

米兰人	Qui giace
阿瑞高·白勒之墓	Arigo Beyle Milanese
活过、写过、爱过	Visse, serisse, amo
逝于一八……	Se n'andiede di anni ____
享年……	Nell 18 ____

---

① 的里雅斯特是意大利东北部靠近斯洛文尼亚边境的港口城市。——编者
② 梅特涅（1773—1859），在德国出生的奥地利政治家，1809年起任奥地利帝国外交大臣，1821—1848年任首相。——编者
③ 齐维塔韦基亚是意大利中西部距罗马62公里的港口镇。——编者
④ 梯也尔（1797—1877），法国臭名昭著的反动政治家，马克思曾经说："他的社会活动编年史就是一部法国灾难史。"——编者

他爱齐玛罗萨① （Cimarosa）、莎士比亚、莫扎特、科雷乔②（Le Corrège）。他热恋 V.、M.、A.、安吉（Ange）、M.、C.，他虽说长得难看，其中就有四五位爱他。

他只尊敬一个人： 拿破仑。

行状写完没有重读（为了不说诳话）。

（末页的背面：）
亨利·白勒行状，死后宣读，不得在前。

---
① 齐玛罗萨 (1749—1801)，意大利歌剧作曲家，《秘密婚姻》的作者。——编者
② 科雷乔 (1489—1534)，意大利画家。——编者